Barbara Monajem

Verrückt nach einer VAMPIRIN

Roman

Aus dem Amerikanischen
von Nicole Friedrich

Knaur Taschenbuch Verlag

Die amerikanische Originalausgabe erschien 2010
unter dem Titel *Sunrise in a Garden of Love and Evil*
bei Dorchester Publishing Co., Inc., New York.

Gerne empfehlen wir Ihnen weiteren spannenden Lesestoff
aus unserem Programm – schreiben Sie einfach eine E-Mail
mit dem Stichwort »Verrückt nach einer Vampirin« an:
fantasy@droemer-knaur.de

Besuchen Sie uns im Internet:
www.knaur.de

FSC
www.fsc.org
MIX
Papier aus verantwortungsvollen Quellen
FSC® C083411

Deutsche Erstausgabe Dezember 2010

Redaktion: Martina Igel
Umschlaggestaltung: ZERO Werbeagentur, München
Umschlagabbildung: FinePic®, München
Satz: Adobe InDesign im Verlag
Druck und Bindung: CPI – Clausen & Bosse, Leck
Printed in Germany
ISBN 978-3-426-50802-2

2 4 5 3 1

1

Vampir: Ein menschliches Wesen mit genetischer Mutation, das sich unter anderem durch die Herausbildung von Reißzähnen in der Pubertät, heftiges Verlangen nach menschlichem Blut und unwiderstehliche Anziehungskraft auf das andere Geschlecht auszeichnet. Der Legende nach existiert diese spezielle Form der Mutation seit Jahrtausenden, tritt jedoch so selten auf, dass die Mehrheit der Menschen nicht an die Existenz dieser Wesen glaubt.

D. Tull, Gesellschaft zum Schutze
nicht-mythischer Wesen

Ophelia Beliveau rammte sich die Reißzähne zurück in den Oberkiefer, wo sie hingehörten, woraufhin sie sich in den Daumen stach und die gottverdammten Dinger gleich wieder nach unten glitten. Sie saugte an der winzigen Wunde und blickte finster auf den verwusteten Garten. Beleidigungen? Nichts als Worte. Eine tote Katze vor der Haustür? Widerlich und gruselig. Zugegeben, sie hätte das arme Tier begraben sollen, als sie die Gelegenheit dazu hatte. Doch niemand – verdammt noch mal, *niemand* – verwüstete ungestraft ihren Garten.

Während sie die Wunde versiegelte und die Fangzähne dieses Mal behutsamer an ihren Platz verbannte, ging sie im

Kopf die Möglichkeiten durch, die sie hatte. Dem Scheißkerl aus Rache seinen eigenen Garten zu Kleinholz verarbeiten? Nein, das konnte sie den wehrlosen Pflanzen nicht antun, selbst wenn sie derart vernachlässigt waren, dass sie ohnehin bald eingehen würden. Den Bastard zum Krüppel schlagen? Damit machte sie die Last, die seine Frau und seine Kinder zu tragen hatten, nur noch schlimmer. Ihn töten? Die Vorstellung war verlockend, aber was würde aus ihren eigenen Pflanzen werden, wenn sie im Gefängnis vermoderte? Weggeschlossen, einsam, ungeliebt. Nein, das kam gar nicht in Frage. Ihr Garten hatte etwas Besseres verdient.

Ophelia dachte angestrengt nach, ohne jedoch eine neue Idee zu haben. Dann tat sie etwas, von dem sie sich geschworen hatte, es niemals zu tun. Sie rief die Polizei.

Gideon O'Toole riss sich das Handy vom Ohr. »Artemisia, ohne Anzeige kann ich unmöglich eine Untersuchung wegen Erpressung einleiten. Wo sollte ich denn da beginnen?«

Die Stimme seiner Schwester war so dröhnend, dass es in der Leitung knisterte. »Sie hat viel zu viel Angst.«

»Das ist der Grund dafür, warum die meisten Erpresser ungeschoren davonkommen«, antwortete Gideon, doch Artemisia redete ohne Pause weiter. Meine Geduld ist unerschöpflich, dachte er bei sich, während er die pfeilgerade Landstraße Louisianas entlangraste und in Gedanken bereits bei einem verspäteten Mittagessen in Form von Bier und Steak saß, das er in Gesellschaft seiner drei Hunde einnehmen würde. »Ich muss jetzt Schluss machen, Schwesterherz«, sagte er. Er fand, sie hatte sich lange genug bei ihm ausgeheult. »Ein Notruf wegen Vandalismus. Sprich mit deiner Nachbarin, bring sie dazu, mit der Wahrheit herauszurücken. Eine andere Möglichkeit gibt es nicht.«

Wenigstens musste er nicht weit fahren, um sein Ziel zu erreichen: ein alter Trailer, eine Mischung aus mobilem Haus und überdimensioniertem Wohnwagen auf Betonpfeilern, umgeben von einem verwüsteten Blumengarten und einem ehemals gepflegten Rasen. Auch ein Gewächshaus, hinter dem sich eine Reihe von Komposthaufen bis zum Waldesrand erstreckte, befand sich auf dem Grundstück. In der Auffahrt stand ein auf Hochglanz polierter grüner Pick-up mit seitlichem Werbeaufdruck. In dem Wagen steckt bestimmt das gesamte Vermögen des Besitzers, mutmaßte Gideon. Vermutlich will der Kerl Eindruck bei seinen Kunden schinden. In dem einen oder anderen Garten in und um Bayou Gavotte waren Gideon bereits die kleinen Schilder der Landschaftsgärtnerei Beliveau aufgefallen. Allesamt Gärten wie aus dem Bilderbuch. Na ja, auf der anderen Seite würde nur ein Idiot seine misslungenen Projekte bewerben.

Gideon lenkte seinen alten kastanienbraunen Mercedes in einer engen Kurve auf die Beliveau-Auffahrt und parkte hinter dem grünen Pick-up, wodurch er eine graugetigerte Katze erschreckte, die wie von der Tarantel gestochen über den Rasen schoss. Hinter dem Pick-up, in einer schlammigen Pfütze, umringt von unzähligen zerbrochenen Blumentöpfen und verstreut herumliegenden Pflanzen, stand eine Frau mit einem doppelläufigen Jagdgewehr im Anschlag. Obwohl sie nicht direkt auf ihn zielte, war unmissverständlich zu erkennen, dass sie keine Sekunde zögern würde, einen Schuss abzugeben, wenn sie es für angebracht hielt.

Gideon musterte sie durch die Windschutzscheibe hindurch und entschied wieder einmal, die Dienstvorschriften gepflegt in den Wind zu schlagen. Nein, sie würde ihn nicht erschießen. Er stellte den Motor ab und öffnete die Fahrertür.

»Wer zum Teufel sind Sie?«, fragte die Frau mit sanfter und leiser Stimme, während sie ihn aus den kältesten Augen anstarrte, die ihm je untergekommen waren. Das war jedoch das einzige Frostige an ihr. Als er ausstieg und sie ansah, reagierte sein Körper sofort.

Komplett aus dem Konzept gebracht, was eher untypisch für ihn war, kramte er umständlich in der Hosentasche seiner Jeans und zog seinen Dienstausweis hervor. Obwohl sie ihn mit unverhohlener Abscheu musterte, wollte es ihm nicht gelingen, den Blick von ihr abzuwenden. »Gideon O'Toole von der Polizei«, stellte er sich vor, während er ernsthaft darum bemüht war, sich und seinen Körper wieder unter Kontrolle zu bringen. Als er merkte, dass es ihm mehr schlecht als recht gelang, lachte er, und die Mundwinkel der Frau begannen leicht zu zucken. Sie hatte das Gewehr zwar nach wie vor im Anschlag, doch immerhin lag in ihren Augen jetzt ein wenig Wärme.

»Ich nehme an, Sie haben diesen Effekt auf alle Männer, denen sie begegnen, Mrs. Beliveau«, sagte Gideon schließlich und gab sich alle Mühe, so still wie möglich stehen zu bleiben und abzuwarten, bis sich seine Erektion wieder gelegt hatte. Ophelia Beliveau – sollte sie es tatsächlich gewesen sein, die ihn gerufen hatte – fiel nicht unbedingt in die Kategorie »umwerfend«. Mir ihren rotbraunen Locken, ihren sinnlichen Lippen und ihrer guten Figur war sie nett anzuschauen. Gideon mochte ihr Erscheinungsbild, sicherlich, aber sie war definitiv nicht der Typ Filmstar. Außerdem war sie nicht gekleidet, als wollte sie viel Aufmerksamkeit auf sich ziehen. Sie trug ein verschwitztes T-Shirt, weite Shorts und Arbeitsstiefel, die ihre besten Zeiten bereits hinter sich hatten. Ihr Gesicht war dreckverschmiert, genau wie ihre Hände. Selbst unter ihren Fingernägeln sammelte sich der Schmutz. Sie legte es offensichtlich nicht auf Teufel komm raus darauf an, sexy zu wirken. Es war eigenartig, aber die Luft um sie herum knisterte trotzdem, und sie sprühte geradezu vor sexueller Energie. Was für ein Glückspilz ihr Mann doch war.

»Verdammt«, riss sie ihn aus seinen Gedanken. Ihre Augen waren wieder eisig wie zuvor. »Ich wollte einen uniformierten Beamten und ein Polizeiauto mit allem Drum und Dran. Können Sie nicht wenigstens ein Blaulicht auf Ihr Autodach setzen?«

Gideon sammelte sich. »Klar, könnte ich. Die Frage ist nur, warum ich das tun sollte.«

»Weil«, antwortete sie ungehalten und wedelte mit dem Gewehr herum, »ich möchte, dass mein gottverdammter Nachbar, der für dieses Durcheinander verantwortlich ist, sieht, dass ich die Bullen gerufen habe.«

»Sie wissen also, wer dafür verantwortlich ist?« Widerstrebend löste Gideon den Blick von ihr und zog angesichts des Chaos eine Grimasse, bevor er den weißen Pick-up auf der benachbarten Auffahrt und schließlich das Haus nebenan betrachtete. Hinter einem Fenster fiel ein Vorhang zurück. »Er beobachtet uns. Haben Sie gesehen, wie er es getan hat?« Gideon griff durch das heruntergekurbelte Fenster seines Mercedes, holte ein Blaulicht hervor, setzte es auf das Dach und schaltete es an.

»Nicht *der* Nachbar«, sagte Ophelia. »Willy Wyler steckt dahinter. Der Kerl kann von Glück sagen, dass ich ihn nicht auf frischer Tat ertappt habe. Er wohnt im übernächsten Haus.« Sie zielte mit dem Gewehr auf ein eindrucksvolles, aus Stein gebautes Haus, das ein Stück von der Straße zurückgesetzt lag, und sah durch das Zielfernrohr. »Wenn es nicht gegen das Gesetz wäre, würde ich ihn erschießen, um der Sache ein Ende zu bereiten.« Sie ließ das Gewehr sinken und zuckte mit den Achseln. Gideon hatte noch nie eine so wunderschöne Bewegung gesehen. »Stattdessen habe ich Sie gerufen.«

Vielen Dank.

Gideon riss sich am Riemen. Was war nur mit ihm los? Sie war verheiratet. Sein Erfolg beim anderen Geschlecht konnte sich zwar sehen lassen, doch er hatte es sich zur Regel gemacht, die Finger von verheirateten Frauen zu lassen. »Willy Wyler. So, so.« *Lahm, unglaublich lahm.*

Das Gewehr wanderte wieder in seine Richtung. »Das *glaube* ich jetzt nicht«, sagte seine Besitzerin verbittert. Wieder schoss Gideon nur ein Wort durch den Kopf: *Wunderschön.*

Er schien allmählich den Verstand zu verlieren. Nein, sein Hirn funktionierte noch, wanderte blitzschnell zu dem Bier, den Hunden und dem Steak. Es war vielmehr sein Körper, der verrücktspielte – so als wäre er ein liebestoller Teenie. *Verflucht noch mal, du bist beruflich hier! Bleib cool. Ignorier die Waffe. Sieh zu, dass du Land gewinnst.* Einen Augenblick lang schloss er die Augen. »Was glauben Sie nicht?«

»Ich weiß, dass die Polizei von Bayou Gavotte mit den Clubs unter einer Decke steckt, aber ich hätte nicht gedacht, dass der Schutz auch betrunkenen und abgehalfterten Musikern gilt. Zum Glück erwarte ich nicht wirklich, dass Sie etwas unternehmen.« Sie deutete mit dem Gewehr auf den Mercedes. »Haben Sie irgendwas an Ausrüstung dabei? Etwas, mit dem man einen Gipsabdruck machen kann? Wyler hat ohnehin schon Bammel vor mir. Wenn er jetzt sieht, dass ich die Bullen gerufen habe, und mitbekommt, wie Sie einen Abdruck von seinen Reifenspuren nehmen … Na ja, das ist für Sie kein großes Ding, und vielleicht hilft's ja. Wenn es also nicht zu viel verlangt ist, möchte ich Sie bitten …«

Und ob das zu viel war – vor allem unter diesen Umständen. Obwohl die Einwohner der Stadt die Tatsache akzeptierten, dass es eine Art Gentleman's Agreement zwischen der Obrigkeit und der Unterwelt gab, die die Clubs kontrollierte, die letzten Endes für den Wohlstand von Bayou Gavotte sorgten, verstanden nur die wenigsten unbescholtenen Bürger die delikate Beziehung zwischen den beiden Lagern. Das war auch in Ordnung, solange die Bürger den Mund hielten – auch die mit einem sinnlichen Mund.

Gideon, der von Natur aus langsam sprach, zog die Silben zusätzlich in die Länge. »Natürlich habe ich alles Nötige dabei. Und warum? Weil ich gerne vorbereitet bin. Sie haben Glück. Statt einer normalen Streife, die sich sonst solcher Vorfälle annimmt, steht ein waschechter Detective vor Ihnen. Wenn Sie jedoch wollen, dass ich Ihnen helfe, sollten Sie auf der Stelle den Mist über Korruption bei der Polizei zurücknehmen.«

Als die Frau ihn anblinzelte, wirkte sie beinahe überrascht. »Okay«, erwiderte sie halbwegs freundlich, drehte sich um, deponierte das Gewehr auf der Ladefläche ihres Pick-ups und lief die von zerbrochenen Tontöpfen gesäumte Einfahrt hoch zu ihrem zerstörten Garten, den sie mit finsterem Blick beäugte.

Auf dem Rasen verstreut lagen zertretene Plastikkübel. Unmengen von aus ihren Töpfen gerissenen Pflanzen waren zu einem Haufen aufgetürmt – ein entsetzliches Gewirr aus Wurzeln und Dreck.

»Das war einmal mein Gemüsegarten«, sagte sie und meinte damit mehrere Beetreihen, die als solche nicht mehr zu erkennen waren, weil sie kreuz und quer von Reifenspuren zerstört waren. »Ich kann von Glück sagen, dass ein Teil meines Inventars im Wintergarten gelagert ist.«

Gideon trat näher. »Haben Sie immer so viel Vorrat?«

»Normalerweise nicht. Letzte Woche gab es eine Rabattaktion in der Großhandelsgärtnerei.« Sie ging neben dem Haufen heimatloser Pflanzen in die Hocke und machte sich daran, mit flinken und nicht gerade zimperlichen Fingern die Wurzeln zu entwirren. Gideon beobachtete sie aus halbgeschlossenen Augen.

»Wieso holen Sie nicht schon mal Ihre Ausrüstung?« Ihre Stimme riss ihn aus den Gedanken. Es war ein Befehl, keine Bitte.

Nachdem Gideon alles Nötige aus dem Kofferraum geholt hatte, hielt er ihr schweigend und nicht minder befehlend zwei Eimer hin, die sie kommentarlos entgegennahm. Gebannt beobachtete er, wie sie zu dem Gartenschlauch schritt, der säuberlich aufgerollt am hinteren Ende des Trailers hing, ehe er sich umdrehte und den Blick über hundert Quadratmeter Matsch und zerstörte Botanik schweifen ließ. Obwohl es erst Anfang April war, hatten die Beliveaus bereits damit begonnen, Gemüse zu ziehen. Ein kleiner Teil der Rüben aus dem letzten Herbst war vielleicht auch noch zu retten, entschied Gideon, wenngleich sie vermutlich ziemlich zäh sein dürften. Lediglich eine Reihe von kargen Pflanzen war verschont geblieben. Gideons Augen weiteten sich plötzlich, als sein Blick auf die Pflanzen am Rande des Gartens fiel. Marihuana. So, so.

Als Ophelia mit dem Wasser zurückkehrte, hatte er bereits zwei Fotos von den Reifenspuren gemacht und sie mit Fixiermittel besprüht. Er konnte ihre Blicke spüren, als er den Gips anrührte, einen Holzrahmen plazierte und vorsichtig den Gips hineinlaufen ließ. Um den Fluss besser steuern zu können, hielt er den Stab, mit dem er den Gips angerührt hatte, in die herauslaufende Masse. Schade nur, dass die Aufmerksamkeit, die sie ihm zuteilwerden ließ, nicht allzu viel zu bedeuten hatte. Die meisten Menschen hielten Gipsabdrücke für etwas Cooles.

»Ziemlich neue Reifen«, merkte Gideon an und blickte mit gerunzelter Stirn zu Ophelias Pick-up. »Anders als Ihre.«

»Ich hoffe, er sieht uns zu«, antwortete Ophelia. »Vielleicht bekommt er es ja mit der Angst zu tun und steckt vierhundert Mäuse in einen Satz neue Reifen. Man weiß ja nie!«

Eine Blondine mittleren Alters, die trotz ihres dunklen Haaransatzes auf eigentümliche Art und Weise hübsch war, stolzierte über den Rasen des Nachbarn mit dem weißen Pick-up, ehe sie sich über die Gartengrenze beugte, als hätte sie es mit einer Klippe zu tun. »Ophelia, es tut mir unendlich leid, dich zu stören, wo du doch gerade Gesellschaft hast, aber ich bräuchte dringend eine Tasse Zucker«, sagte sie mit piepsiger Stimme.

»Was für ein Zufall«, brummte Ophelia. »Lisa Wyler, das ist … Wie war doch gleich Ihr Name, Officer?«

»Gideon O'Toole von der Polizei in Bayou Gavotte«, antwortete Gideon und dachte wehmütig darüber nach, dass er keinen allzu großen Eindruck gemacht haben konnte, wenn sie sich nicht einmal an seinen Namen erinnerte. Er stellte sich hin, reckte sich und nickte Mrs. Wyler zu, die ein bedeutungsschweres nervöses Lächeln aufsetzte, ehe sie den Blick über den Gipsabdruck und den dem Erdboden gleichgemachten Garten schweifen ließ. Für den Bruchteil einer Sekunde blieb ihr Blick an den traurig anzusehenden Marihuana-Pflanzen hängen.

»Jemand hat meinen Garten verwüstet«, sagte Ophelia leise. Der befremdliche Ton, der sich in ihre Stimme schlich, jagte nicht nur Gideon einen Schrecken ein, sondern setzte ganz offensichtlich auch Mrs. Wyler zu. Diese Beliveau wusste, wie sie andere das Fürchten lehrte. Gideon unterdrückte den Impuls, ein weiteres Mal zu lachen, und musterte stattdessen nachdenklich die Nachbarin.

»Dieser reizende Polizist ist gerade dabei, einen Gipsabdruck von den Reifenspuren zu nehmen, die der Eindringling freundlicherweise hinterlassen hat«, fuhr Ophelia fort, rückte näher an Gideon heran und legte ihm verspielt die Hand auf die Schulter. »Ist das nicht süß von ihm?«

Gideon grinste Mrs. Wyler an. Er hoffte, dass es besonders dämonisch wirkte, während er sich insgeheim fragte, was die Nachbarin von ihm erwartete – dass er Ophelia Handschellen anlegte, weil sie Gras im Garten anbaute? Wohl kaum. Außerdem hatte er das Gefühl, dass Fesselspiele nicht unbedingt zu ihren Vorlieben zählten.

»Ich … muss jetzt gehen«, stammelte Mrs. Wyler und trippelte davon.

»Und was ist mit dem Zucker?«, rief Ophelia ihr nach.

»Ich … komme auch ohne zurecht.«

Gideon gab dem leisen Lachen nach, das sich in ihm angestaut hatte, und machte sich noch immer glucksend daran, seine Ausrüstung zusammenzupacken. Er wischte sich den Schweiß von den Brauen und lächelte Ophelia an. »Wegen der hohen Luftfeuchtigkeit dauert es ein Weilchen, bis der Gips getrocknet ist. Was halten Sie davon, wenn wir uns solange hinsetzen und Sie mir alles erzählen?«

Der freundliche Ausdruck in Ophelias Gesicht war auf einmal wie weggeblasen. »Streng genommen brauche ich den Abdruck gar nicht, Officer. Ich wollte Wyler lediglich einen Schrecken einjagen. Nur für den Fall, dass es Ihnen entgangen ist, das dumme Blondchen eben war seine Frau.« Ein Hauch von Reue huschte über ihr Gesicht. »Ich hätte sie nicht so verschrecken dürfen. Die Arme ist gestraft genug, mit diesem Schluckspecht verheiratet zu sein. Normalerweise bin ich gar nicht so unhöflich.«

»Ich nehme an, dass Sie normalerweise auch nicht aus Eigennutz die Polizei rufen, oder?« Gideon war wieder kurz davor zu lachen. »Auf jeden Fall spielen Sie Ihre Rolle ziemlich gut. Als kämen Sie direkt aus einem Horrorfilm. Sie klingen wie der Teufel, sehen aber aus wie die personifizierte Liebe.«

Ihre Reaktion ließ nicht lange auf sich warten. »Personifizierte Liebe? Schwachsinn. Wenn ich nach etwas aussehe, dann nach Sex. Das wissen Sie und jeder andere Mann auf dieser gottverdammten Welt.« Sie kniff die Augen zusammen. In ihrer Stimme schwang die pure Wut mit – Wut auf ihn, sich selbst, ihren Nachbarn oder jemand anderen, das wusste er nicht.

»Manchmal ergänzen sich Sex und Liebe«, sagte er und fügte nach einer kurzen Pause hinzu: »Zumindest habe ich das mal gehört. Aber egal, was Sie auch verkörpern mögen, ich muss jetzt die Anzeige aufnehmen. Und dafür bräuchte ich noch ein paar Informationen.« Nachdem er seine Ausrüstung wieder im Wagen verstaut und die entsprechenden Formulare geholt hatte, führte sie ihn zu einem Plastiktisch samt Stühlen, die unter dem Sonnensegel am Ende des Trailers standen. Gideon nahm ihr gegenüber Platz. »Was macht Sie so sicher, dass Willy Wyler hinter der Verwüstung steckt?«

»Weil er eine Stinkwut auf mich hat.« Ophelia blickte Lisa Wyler nach, die erst jetzt in ihrem prunkvollen Haus verschwand. »Sieht aus wie ein achtbares Plätzchen, finden Sie nicht auch? Nicht jeder Abschaum lebt in Trailern.«

»Er bezeichnet Sie als Abschaum? Ist das der Grund für Ihre Wut?«

Ophelia reagierte unerwartet gelassen. »Als ob es mich juckt, was der Kerl von mir denkt.« Sie schnaubte, griff unter den Trailer und holte einen Stapel Blumentöpfe aus Plastik hervor. »Ich reagiere nur deshalb so harsch, weil ... er und seine Musikerkumpels glauben, sie können jede Frau rumkriegen, nur weil sie es sich in den Kopf gesetzt haben. Ich habe den Jungs mehrfach klargemacht, dass sie bei mir nicht landen können, aber die Hohlköpfe akzeptieren kein Nein«, sagte sie und stellte die Blumentöpfe in zwei ordentlichen Reihen neben ihrem Stuhl auf. »Das Chaos soll ihre armselige Rache sein.«

Gideon blinzelte. Sein Verstand begann zu summen. Wyler und seine Freunde mochten Gefallen an der Beliveau finden – was er durchaus nachvollziehen konnte. Nichtsdestotrotz war ihm nicht entgangen, dass sie kurz gezögert hatte. »Ist das das einzige Problem?«

»Reicht Ihnen das etwa nicht?« Plötzlich legte sie es sehr wohl darauf an, sexy zu wirken, nur um ihn aus der Reserve zu locken und um ihm zu zeigen, wozu sie fähig war. Verdammt. Ihretwegen würden noch Kriege angezettelt werden.

Doch so richtig ergab das Ganze für Gideon noch immer keinen Sinn. »Was ist denn mit Ihrem Ehemann? Wie kommt Wyler auf die Idee, er könnte mit Ihnen anbändeln?«

»Ich bin nicht verheiratet«, gab Ophelia zur Antwort. »Und nein, ich habe auch keinen Freund. Ich lebe hier ganz allein.«

»Oh«, sagte Gideon. »Ich dachte …«

Da war er wieder, der frostige Blick, in den sich dieses Mal auch noch eine gehörige Portion Resignation mischte. »Ich weiß schon, was Sie dachten. Das kenne ich zur Genüge. Ja, *ich* bin die Landschaftsgärtnerei Beliveau. Ich und sonst niemand. Ich arbeite alleine, es sei denn, ich muss einen Springbrunnen installieren, mannsgroße Bäume einpflanzen oder Unmengen von Rasen verlegen. In solchen Fällen hole ich mir Hilfe.«

»Tut mir leid«, sagte Gideon. »Im ersten Moment dachte ich, Sie wären einfach nur eine Hobbygärtnerin. Sie sind wohl gerade erst von der Arbeit zurückgekommen?« Er rutschte verlegen hin und her und entschuldigte sich ein weiteres Mal, weil er ihr augenscheinlich zu nahe getreten war.

Ophelia nickte fast unmerklich. »Klischees sind mein geringstes Problem. Egal. Jedenfalls hält dieser Mistkerl mich für Freiwild, und es will zum Verrecken nicht in seinen Schädel, dass ich nicht zu haben bin. Damit kommt er einfach nicht klar. Der Typ ist ein drogenabhängiger Vollversager. Ich vermute, dass selbst sein Musikerimage ihm nicht mehr zu One-Night-Stands verhelfen kann.«

»Aber Ihren Garten zu verwüsten, ist kein sonderlich cleverer Schachzug. Da muss doch noch mehr dahinterstecken.«

»Der Typ ist alles andere als clever«, sagte Ophelia und schüttelte ihre rotbraunen Locken. »Aber ich möchte nicht weiter darüber sprechen. Vielen Dank für Ihre Hilfe. Sie können jetzt gehen.« Ophelia stand auf, drehte sich um und beobachtete, wie ein glänzender, roter Pick-up aus der Auffahrt der Wylers rollte und anschließend stadteinwärts fuhr. »Wer weiß, vielleicht ist er losgefahren, um sich einen Satz neuer Reifen zuzulegen. Falls ja, hat sich Ihre Stippvisite wenigstens gelohnt.«

Gideon hastete zu seinem Wagen und gab über Funk durch: »Jeanie, ich bin noch bei Ms. Beliveau. Falls sich ein Streifenwagen zwischen hier und der Innenstadt befindet, sollen die Kollegen nach einem roten Ford 350 Ausschau halten. Er ist auf einen gewissen Willy Wyler zugelassen, einen Nachbarn von Ms. Beliveau. Sie sollen sich an seine Fersen heften. Falls er Anstalten macht, sich neue Reifen zu kaufen, sollen sie ihn sich vorknöpfen und die alten Reifen in Beschlag nehmen.«

Als Gideon das nervige Blaulicht ausgeschaltet hatte, drehte er sich um und sah, dass Ophelia ihn mit messerscharfen Blicken sezierte. »Was sollte das denn?«, zischte sie. »Wer hat Ihnen erlaubt, sich in meine Angelegenheiten zu mischen?«

»Dann hätten Sie mich nicht rufen sollen. Regen Sie sich nicht auf. Was ist schon gegen ein wenig Schikane einzuwenden? Wenn tatsächlich ein Wagen zwischen hier und der Innenstadt sein sollte, machen wir ihn nur ein wenig nervös.«

Als Ophelia lächelte und sich der Hauch von Röte auf ihre Wangen legte, wurde Gideon ganz warm ums Herz. »Vielen Dank«, sagte sie und wich zurück, als hätte sie sich verbrannt. »Gott, habe ich einen Durst. Wollen Sie auch eine Cola?«

Und wie er wollte. »Ja danke.«

Ophelia wirkte beinahe etwas durcheinander. Wunder oh Wunder, sie war nicht verheiratet. Und hatte auch keinen Freund. Und obwohl er nicht ernsthaft damit rechnete, von dieser Frau je etwas anderes als Feindseligkeit zu ernten, schoss ihm zum hundertsten Mal durch den Kopf, was für ein Prachtexemplar sie war, und dass er nichts unversucht lassen sollte. »Korruption hat eben auch ihre guten Seiten, finden Sie nicht auch?« Für den Bruchteil einer Sekunde fragte er sich, ob er damit die Cola verspielt hatte und ob es tatsächlich etwas brachte, wenn er auf ein Getränk blieb. Als Antwort stieß Ophelia einen kurzen zynischen Laut aus, der an ein genervtes Schnauben erinnerte, und setzte sich in Bewegung.

Für eine Frau war sie ungewohnt durchtrainiert, was angesichts ihres Berufes nicht sonderlich überraschend war. Ihre Bewegungen waren geschmeidig und entschlossen. Im selben Moment, in dem sie im Trailer verschwunden war, klingelte Gideons Handy. Seufzend blickte er aufs Display. »Was gibt es denn jetzt schon wieder, Art?«, nahm er das Gespräch entgegen und hielt vorsichtshalber das Handy ein Stück von sich. »Ist deine Freundin endlich bereit, Anzeige zu erstatten?«

Gideon hatte kaum ausgesprochen, da legte seine Schwester schon wieder los. Gideon regulierte die Lautstärke nach unten, klemmte sich das Handy zwischen Schulter und Ohr und machte sich daran, den Einsatzbericht zu verfassen, in dem er das Ausmaß der Verwüstung des Gartens festhielt. Ein Fledermauskasten, in dem sich offensichtlich Wespen eingenistet hatten, baumelte schief im Wind über den zertrümmerten Scheiben des Gewächshäuschens. Er hielt sämtliche Schäden fest, ließ das Marihuana jedoch absichtlich unerwähnt.

»Wir – die Polizei – haben zwei Optionen«, sagte er, als seine Schwester endlich Luft holte. »Entweder erstattet deine Freundin oder ein anderes Opfer Anzeige oder wir warten, bis einem der Kragen platzt und der Kerl umgelegt wird. Letzteres wäre an und für sich nicht weiter schlimm, abgesehen davon, dass wir es in diesem Fall mit einem Mord zu tun hätten, den wir dann lösen müssten.« Als er aufblickte und sah, dass Ophelia ihm eine Dose Cola anbot, hielt er einen Finger in die Luft. »Deine Freundin hat genau zwei Möglichkeiten. Entweder sie bezahlt oder sie packt aus.« Er hielt inne. »Klar hat sie Angst. Deshalb funktioniert Erpressung eben auch. Ich muss jetzt Schluss machen. Ja, ich hab dich auch lieb, Baby.« Er klappte das Handy zusammen, nahm die Cola und folgte Ophelia zurück zum Tisch.

»Ihre Frau?« Seine Gastgeberin öffnete die Getränkedose und nahm – den Kopf leicht in den Nacken gelegt, so dass sich ihr Hals anmutig nach hinten bog – einen kräftigen Schluck. Während ihrer Stippvisite im Innern des Trailers hatte sie sich Hände und Gesicht gewaschen. Schade nur, dass sie es wohl kaum seinetwegen getan hatte, sondern nur, um endlich wieder sauber zu sein. Doch die Hoffnung starb ja bekanntlich zuletzt.

»Meine Schwester. Ich bin nicht verheiratet.« Gideon gab sich größte Mühe, nicht zu grinsen. »Ich bin Single, genau wie Sie.« *Was soll's?* Er konnte sich ein Grinsen nicht mehr verkneifen.

»Schlagen Sie sich das ganz schnell aus dem Kopf«, fuhr Ophelia ihn an. »Ich stehe nicht zur Verfügung.«

Sie sich aus dem Kopf schlagen? Leichter gesagt als getan. Er spreizte die Hände. »Habe ich was gesagt?« Gideon lächelte verschlagen. »Aber jetzt, wo Sie das Thema schon mal angeschnitten haben: Warum denn nicht?«

Ophelia warf ihm einen finsteren Blick zu und ignorierte seine letzte Bemerkung. »Wer wird denn erpresst?«

»Eine Nachbarin meiner Schwester.« Er lächelte sie abermals an.

»Die arme Frau. Sie steht bestimmt vollkommen neben sich.« Gideons Gastgeberin musterte ihn kritisch. Genau wie die graugetigerte Katze, die sich unter dem Trailer hervorschob. »Und Sie haben nicht vor, etwas dagegen zu unternehmen?«

Verflucht, dachte Gideon. *Ihr Frauen seid doch alle gleich.* Wieso vergeudete er bloß seine Zeit hier? In seinem Alter müsste er es eigentlich besser wissen. »Nicht mein Problem, bis sie Anzeige erstattet.« Er nahm einen Schluck und stellte die Dose neben dem Stuhl ab. Es war höchste Zeit, den Bericht abzufassen und zu seinem Bier, seinem Steak und seinen drei Hunden zu flüchten, die um Längen unkomplizierter als Frauen waren.

Als Gideon nach seinem Klemmbrett greifen wollte, fauchte die Katze ihn hysterisch an.

»Psyche ist kein sonderlich freundliches Geschöpf«, sagte Ophelia und hob das Tier hoch, das unter ihren Stuhl gekrochen war. »Genau wie ich hat sie so ihre Probleme mit Männern.« Psyche schnurrte, während sie Gideon mit glühenden gelben Augen anfunkelte. »Das ist vermutlich der Grund dafür, dass sie noch lebt.«

Ophelia nahm in aller Seelenruhe einen weiteren Schluck und überließ es Gideon, sich den Rest zusammenzureimen. Plötzlich wurde ihm bewusst, was sie meinte, und ein unbehagliches Gefühl erfasste ihn. »Sie hatten früher eine verschmuste Katze, die Ihr Nachbar …«

»So ähnlich. Vor ein paar Tagen fand ich eine tote Katze vor meiner Tür.«

»Was zum Teufel!« Gideon umfasste die Lehnen des Plastikstuhls und drückte sich nach oben. Seine Handknöchel liefen weiß an.

Die Katze fauchte abermals und grub die Krallen in Ophelias Oberschenkel, ehe sie wieder unter dem Trailer Zuflucht suchte. Schaudernd blickte Ophelia auf das Blut, das aus den Kratzern sickerte. »Arme Psyche. Sie haben sie erschreckt.« Sie benetzte ihren Zeigefinger und verrieb die winzigen roten Tropfen. Ohne aufzublicken sagte sie mit plötzlicher Ungeduld: »Kein Grund, sich aufzuregen. Das war gar nicht meine Katze. Nur ein alter Streuner, der schon vorher tot war, von einem Auto überfahren. Ich hatte das arme Tier bereits am Morgen auf dem Weg zu einem Kunden im Straßengraben liegen sehen und mir vorgenommen, es abends zu vergraben. Ich war spät dran, müssen Sie wissen.« Als Ophelia sich das Blut vom Finger leckte, hätte Gideon schwören können, dass sie einen wohligen Seufzer ausstieß. Wenige Augenblicke später hob Ophelia den Blick. »Nachdem ich sie bei mir gefunden hatte, habe ich Wyler die Katze auf die Veranda gelegt. Bei uns hier draußen sind überfahrene Tiere an der Tagesordnung, deshalb habe ich darauf gebaut, dass seinen Kindern die tiefgründigere Symbolik entgeht.«

»Wieso haben Sie keine Anzeige erstattet?« Gideon beugte sich nach vorne und konnte sich gerade noch davon abbringen, sie bei den Schultern zu packen und kräftig durchzuschütteln. »Was, wenn er in der Nacht kommt und Sie alleine sind?«

»Ich bitte Sie«, sagte Ophelia verächtlich. »Wyler? Dieser Feigling doch nicht.« Sie seufzte abermals. »Ich habe es noch im selben Moment bereut. Was ich getan habe, war vollkommen respektlos der armen Katze gegenüber, die ein anständiges Begräbnis verdient hätte. Nachdem ich mich wieder gefangen hatte, kam mir der Verdacht, dass Wyler damit vermutlich gar nichts zu tun hatte. Er ist kindisch und rachsüchtig, aber nicht morbide.«

Als sie sich erhob und wegdrehte, sah Gideon gerade noch, wie ein Schatten über ihr Gesicht huschte. »Er nicht, aber dafür jemand anderes, habe ich recht? Verdammt, Ms. Beliveau, Sie …«

Ophelia schnitt ihm unsanft das Wort ab. »Im Gegensatz zu der armen Frau, die erpresst wird, kann ich sehr gut auf mich selbst aufpassen.«

Verflucht noch mal. »Ich nehme an, Sie spielen auf Ihr Gewehr an. Was, wenn er – oder wer auch immer – nachts in Ihr Haus eindringt, während Sie schlafen? Oder er im Vollrausch mit seinen Kumpels bei Ihnen einfällt? Sagen Sie mir endlich, wer dieses Arschloch ist, und ich kümmere mich um alles Weitere.« Gideon brannte förmlich darauf, ihr zu helfen.

»Nicht der Rede wert«, antwortete Ophelia, hob einige der zertretenen Lilien auf und hielt schützend die Hand unter die spiralförmigen Wurzeln. »Es kommt eben manchmal vor, dass sich Männer auf mich fixieren. Keine große Sache.«

»Das sehe ich anders. Vor allem, wenn die Gefahr besteht, dass die Typen nachts uneingeladen in Ihrem Schlafzimmer stehen oder eine Morddrohung in Form einer toten Katze auf ihrer Türschwelle hinterlassen. Sie sollten sich wenigstens einen Wachhund zulegen. Haben Sie ein Handy, für den Fall, dass jemand Ihr Telefonkabel kappt?«

Ophelia prustete. »Regen Sie sich ab.« Liebevoll verteilte sie die Lilien auf die Blumentöpfe. »Tausend Dank, dass Sie da waren, aber vielleicht könnten Sie zusehen, dass Sie das Formular endlich ausgefüllt bekommen und mich in Frieden lassen. Ich komme schon klar.«

Wenn sie meint. Ihr Problem, nicht meins. Bier, Steak, Hunde. Als er wieder zu ihr sah, beobachtete er, wie sie sich eine kastanienbraune Locke hinter das Ohr schob, ehe sie mit einem traurigen Ausdruck in den Augen eine Pflanze aussortierte, die definitiv nicht mehr zu retten war.

Nein, es war sehr wohl sein Problem. Und ein gewaltiges obendrein.

»Ms. Beliveau«, hob er an, ehe er sich kurz unterbrach und noch einmal von vorne anfing. »Ophelia, warum sagen Sie mir nicht endlich, was hier wirklich gespielt wird?«

»Weil es Sie nichts angeht.« Sie schnappte sich das Berichtsformular, löste den Durchschlag heraus, der für sie bestimmt war, und gab ihm den Rest zurück. »Und vergessen Sie bitte nicht den Gipsabdruck. Sonst sieht es nicht echt aus. Sie können ihn ja wegwerfen, wenn Sie zu Hause angekommen sind.«

»Der Gips ist noch nicht trocken. Das dauert noch mindestens eine Stunde.«

»Dann kümmere ich mich darum. Wie ich schon sagte, ich wollte dem Mistkerl lediglich eine Lektion erteilen. Bitte gehen Sie. *Jetzt.*« Nachdem sie einen Blumentopf von Spinnweben befreit hatte, stellte sie die letzte einsame Lilie hinein, ehe sie die Töpfe zu ihrem Wagen trug.

»Nein«, sagte Gideon, pflanzte seinen Hintern wieder auf einen der Plastikstühle, nahm die Getränkedose und tat, als bemerkte er Ophelias wütende Blicke nicht. »Sie sollten das Ganze nicht so auf die leichte Schulter nehmen. Ich muss warten, bis der Gips trocken ist, und werde jedem, der es wissen muss, sagen, dass Sie von nun an unter Polizeischutz stehen.«

»Ich brauche keinen …«, setzte Ophelia an. Ihre Worte verloren sich jedoch in dem unverwechselbaren Kreischen von AC/DC, das aus einem lilafarbenen Z-300 dröhnte, der mit quietschenden Reifen auf Ophelias Auffahrt donnerte und um Haaresbreite hinter Gideons Auto zum Stehen kam.

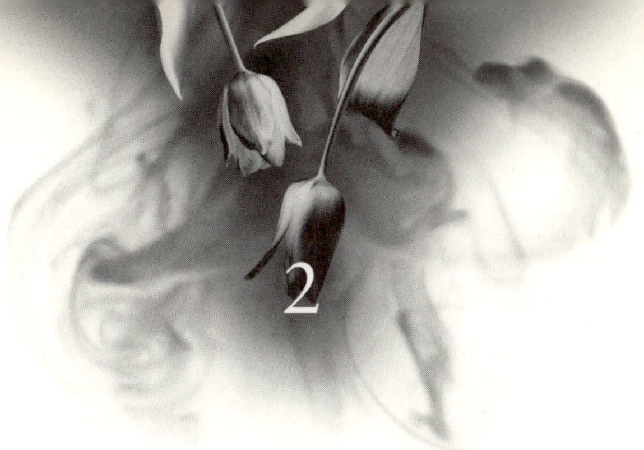

2

Der Wagen bebte im Takt von Violet Duprees Lieblingsband. Die Beifahrertür öffnete sich, und Violets Tochter Zelda, die sich die Finger in die Ohren gesteckt hatte, sprang heraus. »Wir haben einen Deal!«, rief sie Ophelia über den Krach hinweg zu. »Erst AC/DC, dann Enya, bis wir wieder zu Hause sind!«

Gott sei Dank sind die beiden hier, dachte Ophelia und hastete die Auffahrt entlang, um ihre spindeldürre und sommersprossige Nichte in die Arme zu schließen. Die Dreizehnjährige, die allmählich erste weibliche Rundungen bekam, zeigte zum Glück noch keinerlei Anzeichen dafür, dass sie das Vampirgen in sich trug. Ophelia packte Zelda bei den Schultern und musterte eingehend ihr Gesicht. Das Mädchen grinste. Ein nettes Grinsen, nicht das eines Vampirs. Noch nicht.

»Hör auf, dir ständig Sorgen zu machen«, sagte Zelda. »Ihr beide macht mich noch wahnsinnig. Mom ist dafür, und du bist dagegen. Es kommt sowieso, wie es kommen muss.« Sie sah sich im Garten um. »Jemand hat deinen Garten verwüstet? Was für ein Chaos. Aber wenigstens hatten wir einen Grund, früher von unserer Shoppingtour in New Orleans zurückzukommen. Mom hat so was von überhaupt keinen Sinn für Mode!« Ihre Augen leuchteten auf, als sie

Gideon erblickte, der gerade den Rest seiner Cola herunterspülte. »Wer ist denn dein Freund?«

»Er ist nicht mein Freund. Nur ein nerviger Bulle. Ich bin so froh, dass ihr beide da seid.« Sie schnitt eine Grimasse. »Woher weiß Violet überhaupt von der Verwüstung?«

»Sie ist mit Jeanie von der Polizeidienststelle befreundet, die die Notrufe entgegennimmt. Sie meinte, sie würde dir einen ziemlich heißen Typen schicken.« Zelda beobachtete Gideon, als er näher kam. »Nicht schlecht dafür, dass er schon über dreißig ist.«

Violet stellte die Musik ab, stieg aus dem Wagen und schwebte in einer Wolke aus limonengrünem Chiffon und schwarzer Spitze auf die beiden zu. »Schätzchen, das ist ja entsetzlich!«, seufzte sie und warf sich Ophelia in die Arme.

Ophelia herzte ihre Halbschwester und atmete den Lavendelgeruch, den sie nicht zu knapp verströmte, tief ein. »Tut mir leid, dass ihr meinetwegen euren Einkaufsbummel abbrechen musstet. Aber ich freue mich, dass ihr da seid. Ich habe Mist gebaut. Rette mich, *bitte*«, flüsterte sie.

Violet unterdrückte einen spitzen Schrei, klopfte Ophelia auf den Rücken und jammerte theatralisch: »Du bist ja vollkommen durcheinander, mein armes Engelchen. Kein Wunder, wenn man bedenkt ... Ha-*l-lo!*« Sie musterte Gideon mit einem Schlafzimmerblick. »Wen sehe ich denn da? Sie müssen der Polizist sein, den Jeanie losgeschickt hat. *Sehr* erfreut, Sie kennenzulernen, Officer.«

Gideon musterte die Fremde und reagierte prompt so, wie alle Männer auf weibliche Vampire reagierten. Er lachte geschmeichelt. »Die Freude ist ganz meinerseits«, sagte er. »Ms. ...«

»Violet Dupree. Ich bin Ophelias Schwester.« Sie lächelte und drehte ihre Anziehungskraft bis zum Anschlag auf.

»Charme scheint in der Familie zu liegen«, merkte der Detective augenzwinkernd an. »Ich bin Gideon O'Toole.« Er nahm Violets ausgestreckte Hand und neigte den Kopf, um ihr einen Handkuss zu geben.

Mit einem breiten Grinsen hielt Zelda ihm ebenfalls ihre Hand hin. »Ich bin Zelda. Violet ist meine Mutter.«

Gideon beugte sich über Zeldas Hand und drückte sie sanft an seine Lippen.

Violet legte den Kopf schief und musterte ihn ein weiteres Mal, ehe sie sich Ophelia zuwandte. »Was hast du denn? Ist doch ein echter Leckerbissen.«

Jetzt geht das wieder los, dachte Ophelia entnervt, der das Gerede ihrer Schwester allmählich zum Hals heraushing. Um das Schlimmste abzuwenden, zuckte sie gleichgültig mit den Achseln. »Er gehört dir. Krall ihn dir, wenn du magst. Ich muss jetzt zurück an die Arbeit.« Damit lief sie die Auffahrt wieder hoch.

Violet zupfte sich das vom Fahrtwind zerzauste, orangefarbene Haar zurecht. »Bist du sicher, Ophelia? Der ist doch süß.«

Ophelia drehte sich um und zog ein Gesicht. »Eher der Typ Mann, der tut, als müsste er eine Frau beschützen, damit er sie stundenlang anglotzen kann, während er eine andere, die mit echten Problemen zu kämpfen hat, links liegenlässt.«

»Wow«, sagte Zelda. »Das war ja mal eine Abfuhr.«

Gideons Gesicht verfinsterte sich. »Sie haben keine Ahnung, wovon Sie reden, Ms. Beliveau. Was wissen Sie schon über Polizeiarbeit?«

»Schlimm genug, dass ich so viel über Korruption unter Polizisten weiß«, entgegnete Ophelia. Einen nicht enden wollenden Moment hielten ihre Augen seinen Blick fest, ehe sie sich wegdrehte. Sie musste sich wieder an die Arbeit machen. *Ignorier den Kerl,* sagte sie sich, als sie den Garten betrat.

»Da kommt Donnie Donaldson«, sagte Zelda, den Blick auf die Veranda des Nachbarn gerichtet. »Wie aufs Stichwort. Donnie steht nämlich auf meine Mom«, erklärte sie Gideon. »Willkommen in unserer ganz privaten Seifenoper. Es ist nicht Ihr Fehler, dass Sie ein Mann sind. Seien Sie froh, dass Sie nur eine winzige Rolle spielen. Wir machen es euch Männern nämlich nicht einfach.«

Zelda holte ein abgegriffenes Döschen aus ihrer Tasche und bot Gideon ein Bonbon an. »Danke, Zelda«, sagte er, nahm einen Himbeerdrops und beobachtete, wie der Nachbar die Stufen der vorderen Treppe herunterschlenderte. »Vielleicht hat er etwas gesehen. Ich werde ihn mal fragen.«

Ophelia fuhr herum. »Haben Sie's immer noch nicht kapiert? Ich will nicht, dass Sie in meinem Leben herumwühlen.«

»Dann hätten Sie mich nicht rufen dürfen.« Während Gideon über den Graben zum Nachbargrundstück sprang, zückte er seinen Dienstausweis.

»Siehst du, was ich meine?«, zischte Ophelia ihrer Schwester zu. »Violet, ich muss dringend mit dir reden. Zelda, sei so lieb, geh in die Küche und hol uns drei Dosen Cola. Oder Eistee. Zitrone steht im Kühlschrank.«

»Er tut doch nur seine Pflicht«, protestierte Violet. »Im Übrigen ist es ziemlich nett von ihm, dass er sich so in die Sache reinhängt, wenn man bedenkt, wie ruppig du mit ihm umspringst.«

»Ich will aber nicht, dass er seine Pflicht tut«, fauchte Ophelia. »Das, was ich von ihm wollte, habe ich bekommen. Jetzt will ich, dass er Leine zieht.« Warum hatte sie das mit der Katze nicht für sich behalten? Ihre Blicke folgten Gideon.

»Aber Engelchen«, sagte Violet, »wieso machst du nicht das Beste aus der Situation? Ich war vollkommen aus dem Häuschen, als ich gehört habe, dass du ihn gerufen hast. Jeanie hat wirklich nicht übertrieben. Ein Hammerkerl, der echt einen Flirt wert ist. Irgendwann musst du ja wieder damit anfangen. Man soll die Feste schließlich feiern, wie sie fallen.«

Ophelia holte sechs Töpfe mit Wandelröschen, die am nächsten Morgen eingepflanzt werden sollten, und stellte sie auf die Ladefläche ihres Pick-ups. »Vi, ich habe die *Polizei* und nicht ihn gerufen. Am liebsten wäre mir eine Polizistin gewesen. Von mir aus auch ein vertrottelter Polizist oder einer, der verheiratet ist. Damit wäre ich klargekommen. Aber wen schicken die mir? Einen Superhelden. Ich kann von Glück sagen, dass die Eindringlinge die hier verschont haben.« Sie deutete auf ein Springkraut, das sie neben die Wandelröschen stellte. »Nicht, dass ihre Überlebenschancen gut stehen, wenn ich sie erst einmal bei dem Kunden eingepflanzt habe, aber …«

»Aha«, fiel Violet ihr ins Wort. »Aber er ist weder ein Trottel noch eine Frau, sondern eine echte Augenweide.«

Ophelia verdrehte die Augen. »Schlecht sieht er nicht aus, nein. Gute Statur, angenehme Stimme und …«

Lass gut sein.

»Wenn das kein Zeichen ist«, meinte Violet.

Schon klar. Wieder mal zeigte ihr das Schicksal den Stinkefinger und schickte ihr einen umwerfenden Mann. Seufzend wischte Ophelia sich den Schweiß von der Stirn, während sie krampfhaft auszublenden versuchte, wie Gideons Hände kraftvoll den Gips angerührt, wie der Wind sich in seinen

Nackenhaaren verfangen und welch männlichen Duft er verströmt hatte. Mit leuchtenden Augen blickte sie zu einem Eimer, der noch zu drei Vierteln mit Wasser gefüllt war und wie ein Feuer in der Nachmittagssonne strahlte. Sie hob ihn hoch und entleerte ihn über ihrem Kopf.

»Oh«, kicherte Violet. »Verstehe.«

Nachdem Ophelia ihre Vampirzähne an ihren Platz verbannt hatte, wrang sie sich das T-Shirt aus.

»Du bist echt vollkommen neben der Kappe«, lachte Violet. »Ist es jetzt schon so weit, dass dich dein eigenes Blut anmacht?«

Ophelia schleuderte zwei Säcke Zypressenmulch auf die Ladefläche. »Ich komme schon klar. Bisamratten tun es auch.«

»Ophelia, das sind *Nagetiere.* Wie ekelerregend!«

Ophelia zuckte mit den Achseln. »So schlecht schmecken die Viecher gar nicht. Außerdem kann ich das Fell zu Geld machen.« Nachdem sie sich das Isolierband und eine Schere von der Ladefläche geangelt hatte, ließ sie den Blick abermals zu Gideon schweifen, der vollkommen ungezwungen und locker Donnie Donaldson verhörte. Sie schüttelte ungläubig den Kopf. Was hatte dieser Bulle nur an sich? »Wahrscheinlich spielen meine Hormone verrückt.« Sie reichte Violet die Schere und rollte etwas von dem Klebeband ab.

Violet schnaubte. An der Stelle, auf die Ophelia zeigte, schnitt sie das Isolierband ab. »Ich habe neunundzwanzig Eisprünge auch ohne Mann hinter mich gebracht«, merkte Ophelia an, in der Hoffnung, stolz zu klingen. Als sie Violets Blick auffing, prustete sie los. »Ja, ich habe sie gezählt. Erbärmlich, ich weiß.« Nachdem sie einen gerissenen Tontopf notdürftig repariert hatte, rollte sie ein weiteres Stück Klebeband ab.

»Schätzchen, ich kann dir in null Komma nix einen Spender besorgen, oder noch besser, einen Kerl für die Übergangszeit. Ich muss bloß mit den Fingern schnippen. Im Club wimmelt es nur so von potenziellen Kandidaten. Es geht einfach nichts über ein bisschen Menschenblut, und wenn dabei noch guter Sex abfällt, kannst du auch wieder klar denken.« Violet schnitt weitere Stücke Klebeband ab.

»Vi, bei einer Übergangsphase hat man immer ein Ziel, auf das man zusteuert. Ich habe das Kapitel *Männer* ein für alle Mal abgeschlossen. Damit bin ich durch. So wie mit diesem verdammten Klebeband hier.« Etwas fröhlicher fügte sie hinzu: »Wenn man die Zyklen der nächsten zwanzig Jahre dazurechnet, sind es nur noch zweihundertvierzig Eisprünge, die ich ohne Sex überleben muss.« Ihre Halbschwester schauderte, doch sie fuhr unbeirrt fort: »Natürlich darf ich die Hormonschübe kurz vor der Periode nicht vergessen. Und dann wäre da noch die Menopause, die …«

»Aufhören!« Violet presste sich die Hände gegen die Schläfen. »Allein der Gedanke an Liebesentzug bereitet mir Kopfschmerzen. Wie wäre es denn mit einer Frau? Du hast zwar bisher nie den Eindruck gemacht, als ob du gerne mal ans andere Ufer schwimmen würdest, aber seit neuestem verirren sich immer häufiger lesbische Frauen in den Club.«

»Violet, ich habe weder vor mit Männern noch mit Frauen zu schlafen.« Ophelia war dazu übergegangen, eine Stechpalme, die den Angriff einigermaßen unbeschadet überstanden hatte, in einem der geklebten Tontöpfe unterzubringen.

Kopfschüttelnd schnalzte Violet mit der Zunge. »Engelchen, du brauchst entweder Blut oder Sex. Wenn du dir beides verweigerst, kann das auf Dauer gefährlich werden.

Irgendwann wirst du unachtsam, und dann finden womöglich die Falschen heraus, dass du ein Vampir bist. Das ist das Ganze doch nicht wert.«

Den Blick auf Gideon gerichtet, fragte sie weiter: »Ist er eigentlich wirklich so ein Mistkerl, wie du sagst? Wen sollte er deiner Meinung nach denn gerade retten?«

Erleichtert darüber, dass sie endlich das Thema wechselten, entspannte Ophelia die Schultern. »Es geht um eine Frau, die erpresst wird, sich aber nicht traut, Anzeige zu erstatten. Vermutlich hat er nicht ganz unrecht, dass er nichts dagegen unternehmen kann, solange es keine offizielle Anzeige gibt. Trotzdem. Er könnte sich wenigstens die Mühe machen, herauszufinden, wer das Opfer ist, und ihm helfen. Stattdessen hängt er hier ab und geht mir auf die Nerven.« *Und macht mich scharf.*

Violet kicherte aufs Neue. »Du kannst einem fast schon leidtun. Wenn du nicht aufpasst, bekommst du seinetwegen noch ein paar Hormonschübe.« Sie runzelte die Stirn. »Woher weiß er denn, dass die Frau erpresst wird, wenn sie sich nicht traut, Anzeige zu erstatten?«

Ophelia befüllte eine Plastikwanne mit Gauklergras. »Die Frau ist eine Freundin seiner Schwester. Es wäre also keine große Sache für ihn, herauszufinden, wer sie ist. Selbst wenn seine Schwester sich weigert, ihm den Namen der Freundin zu nennen, müsste er nur in ihrem Telefonspeicher nachsehen, mit wem sie zuletzt gesprochen hat.« Ophelia hievte die Plastikwanne auf den Pick-up und legte den Rest des Gauklergrases in eine kleinere Wanne, die für Donnie Donaldson bestimmt war, und stellte sie beiseite. »Kaum hatte er das Gespräch mit seiner Schwester beendet, hat er mich angegraben.«

»Engelchen, daraus kannst du ihm wohl kaum einen Vorwurf machen. Alle wollen dich anbaggern. Ich weiß, ich weiß, unwiderstehlich zu sein, kann ganz schön nerven. Was hat dich überhaupt dazu getrieben, die Polizei zu rufen? Immerhin hast du auch noch ganz andere Optionen.«

»Vorübergehende Unzurechnungsfähigkeit«, antwortete Ophelia. »Als ich nach Hause kam und sah, was mit meinem Garten passiert ist, ist bei mir eine Sicherung durchgebrannt. Du meinst, dass ich lieber Leopard hätte anrufen sollen. Aber ich mag seine zwielichtigen Methoden nicht sonderlich. Außerdem nervt es mich, ständig in seiner Schuld zu stehen. Ich dachte, ein stinknormaler Streifenwagen würde es auch tun. Ich hatte fest damit gerechnet, dass der Polizist auf meinen Charme anspringt, tut, worum ich ihn bitte, und anschließend wieder brav verschwindet – erledigt, finito. Ein kleiner Warnschuss für meinen Nachbarn, mehr nicht. Keine Schläger, keine Gewalt, kein Mist. Stattdessen schicken die mir diesen neugierigen Detective in einem braunen Mercedes.« Sie wickelte den Schlauch ab und wässerte die Pflanzen, die sie wieder eingetopft hatte. »Ich hasse es, wenn andere ihre Nase in meine Angelegenheiten stecken. Wir müssen ihn irgendwie ablenken.«

»Dafür sorgt schon dein nasses T-Shirt«, sagte Violet lachend. »Vor allem, weil du heute keinen BH trägst.« Doch dann dämmerte es ihr. »Dein Nachbar hat das getan? Aber doch nicht Donnie, oder?«

»Natürlich nicht. Willy Wyler steckt dahinter.«

Mit einem Tablett, auf dem ein Glaskrug mit selbstgemachtem Eistee, drei Dosen Cola, mit Eiswürfeln gefüllte Longdrinkgläser, Zitronenscheiben und ein Zuckerdöschen standen, balancierte Zelda die Stufen des Trailers herunter. Ohne dass etwas verrutschte oder klapperte, stellte sie das Tablett auf dem Tisch ab. »Habt ihr gesehen, wie gut ich das kann? Es fehlt nicht viel, und ich kann im Club anfangen. Was ist denn mit Willy Wyler?«

»Er ist derjenige, der meinen Garten verwüstet hat.« Ophelia hielt eine grüne Mülltüte auf und füllte sie mit Piniennadeln. »Er lebt da drüben in dem protzigen Neubau.«

»Willy Wyler, der Gitarrist?« Zelda riss ihre großen blauen Augen auf. »Das ist Joanna Wylers Vater. Moment mal, ist sie das nicht, da drüben, im Garten, mit ihrer kleinen Schwester?« Sie kräuselte die Nase. »Ist sie das wirklich?«

Ophelia blickte zu ihrer Nichte und bemühte sich um einen möglichst neutralen Ton. »Ist Joanna eine Freundin von dir?«

Zelda verzog die Lippen. »Ich kenne sie zwar seit dem Kindergarten, aber wir sind nicht befreundet. Sie hält sich für was Besseres. Habt ihr gesehen, was sie anhat? Ich glaub, ich spinne. Abgeschnittene Jeans sind so was von out. Und Grüngelb? Geht gar nicht. Ich hätte nie gedacht, dass sie solche Klamotten überhaupt besitzt.«

»Du trägst doch auch abgeschnittene Jeans«, bemerkte Ophelia. »Und Grüngelb.«

»Ich bin meiner Zeit eben voraus«, konterte Zelda. »Ich schätze, es wäre irgendwie komisch, wenn ich zu ihr gehen und hallo sagen würde. Immerhin hat ihr Vater deinen Garten verwüstet. Arme Joanna. Mist, jetzt hat sie mich gesehen.« Zelda winkte Joanna hektisch zu, die jedoch nur träge die Hand hob, ehe sie ihre kleine Schwester packte und in Richtung Haus zog.

»Na toll«, sagte Zelda. »Da bin ich ja ganz schön abgeblitzt. Außerdem noch in unserer Seifenoper: das quälende Leben geplagter Teenies. Bleiben Sie dran, wenn es morgen weitergeht.« Sie schenkte ein Glas Tee ein und hielt es ihrer Mutter hin.

Ophelia knotete die Tüte zu und warf sie ebenfalls auf die Ladefläche. »Vi, ich müsste ein paar Pflanzen für ein paar Tage bei dir zwischenlagern, bis sich alles wieder beruhigt hat.« Mist! Es fuchste sie, dass sie zu härteren Maßnahmen greifen müssen würde, wenn der Bulle sich weiter einmischte.

»Aber sicher doch, Engelchen. Da kommen ja auch schon die beiden Männer. Jetzt bloß nicht hyperventilieren. Wie wäre es, wenn *du* mitkommst und ein paar Tage bei uns bleibst?«

Ophelias Antwort bestand aus einem düsteren Blick.

»Eine hervorragende Idee«, sagte Gideon, der einen neugierig dreinblickenden Donnie Donaldson im Schlepptau hatte. Die Augen des Detectives glitten über Ophelia und verweilten kurz auf ihren Brüsten, die sich durch das nasse T-Shirt abzeichneten, ehe er Violet einen flüchtigen Blick zuwarf. »Vor allem nach der Geschichte mit der toten Katze.«

»Mistkerl!«, murmelte Ophelia.

»Was?«, rief Violet entsetzt und verschüttete ihren Tee. »Welche tote Katze? Doch nicht etwa Psyche, oder?«

»Nein, nein, Psyche geht es gut. Sie jagen meiner Schwester unnötig einen Schrecken ein«, zischte Ophelia zwischen ihren Zähnen. »Ganz zu schweigen von meiner Nichte.«

»Das sehe ich anders«, sagte Gideon, der abermals auf Ophelias Brüste sah, ehe er ihren Blick erwiderte, als wäre nichts gewesen. »Die beiden haben jeden Grund, sich Ihretwegen Sorgen zu machen, Ms. Beliveau.« Er sprach, als wäre sie ein Fall für die Klapse. So weit war das gar nicht mal hergeholt, denn sie wünschte sich nichts sehnlicher, als ihm erst eine zu verpassen und ihn dann bis zur Besinnungslosigkeit zu vögeln. Und wer war schuld daran? Ihre verdammten Vampirgene.

Als Gideons Handy plötzlich klingelte, klappte er es auf. »Ja, Art, was gibt es denn jetzt schon wieder?«, fragte er leicht genervt und zog sich in die Auffahrt zurück.

»Ophelia.« Violets Stimme klang besorgt. »Raus mit der Sprache!«

»Nicht jetzt, okay? Ich erzähle es dir später«, brummte Ophelia. »Nein, am besten fragst du Donnie. Zelda, sei so lieb und schenk Donnie ein Glas Tee ein.« Ophelia schnappte sich eine Dose Cola. Während sie sie öffnete, folgten ihre Blicke Gideon. »Donnie, was wollte der Bulle eigentlich von dir?«

Der Nachbar ließ Violet nur so lange aus den Augen, bis er das Glas entgegengenommen hatte. »Vielen Dank. Er wollte wissen, ob ich etwas gesehen habe und ob ich mir vorstellen kann, dass Willy Wyler deinen Garten so verschandelt haben könnte.«

»Das ist ja wohl klar«, sagte Violet. »Schließlich ist dieser Kerl schon seit einer halben Ewigkeit hinter Ophelia her.«

»Das habe ich ihm auch gesagt. Und dass Willy ein ziemlich hitzköpfiger Zeitgenosse ist. Da ich erst kurz vor Ophelia nach Hause gekommen bin, habe ich leider nichts gesehen.« Er hob das Kinn und deutete damit auf die schmale Auffahrt auf der anderen Straßenseite, die zwischen den Bäumen verschwand. »Er wollte wissen, wer dort drüben wohnt. Aber ich habe ihm gesagt, dass Plato von seinem Haus aus eh nichts sehen kann und die meiste Zeit schläft, wenn er zu Hause ist, weil er nachts arbeitet.«

Violet hakte sich bei Donnie ein und zog ihn auf den Rasen. »Erzähl mir mehr davon ...« Sichtlich hingerissen holte Donnie Luft.

Während ihre Mutter mit Donnie im verwüsteten Garten

umherspazierte, fragte Zelda ihre Tante unsicher: »Darf ich dem netten Polizisten auch ein Glas Eistee anbieten?«

»Ach, *Süße*«, seufzte Ophelia. »Natürlich darfst du. Nur weil ich auf diesen Kerl sauer bin, heißt das noch lange nicht, dass du unhöflich zu ihm sein sollst.« Sie legte den Arm um Zeldas knochige Schultern und herzte sie. »Ich bin eine ziemliche Zicke, oder?« So lief das mit der Angst nun mal: Sie zerstörte alles, selbst die Beziehung zu den Menschen, die einem am nächsten standen. »Aber mir fällt nichts Besseres ein, um den Kerl loszuwerden. Das mit Joanna Wyler tut mir übrigens leid.«

»Mach dir meinetwegen keine Sorgen«, antwortete Zelda. »Ich werde einfach nett zu ihr sein. Irgendwann fängt sie sich schon wieder.«

»Du bist echt erstaunlich«, sagte Ophelia. »Aber sei bitte nicht enttäuscht, wenn sie nicht nett zu dir ist. Letzte Woche hat Willy Wyler mir verboten, je wieder mit seinen Kindern zu reden. Mir ist vollkommen schleierhaft, warum.« Sie zog die Schultern hoch. »Es ist noch gar nicht lange her, da haben er und seine Frau mich hin und wieder gefragt, ob ich auf die beiden Mädchen aufpassen kann. Ich hab keine Ahnung, was plötzlich in diese Familie gefahren ist. Das Ganze stinkt zum Himmel.«

»Art, Baby, niemand wird ihr die Kinder wegnehmen!«

Ophelias Herz verkrampfte sich, als Gideons laute Stimme zu ihnen herüberschallte. »Vielen Dank, Süße, dass du dich um die Getränke gekümmert hast«, sagte sie zu Zelda, als der Detective – das Handy noch am Ohr – auf sie zugeschlendert kam. »Ich muss jetzt wieder zurück an die Arbeit.«

Während Gideon weiter mit seiner Schwester sprach, ihr zuhörte und sie belehrte, schlurfte Ophelia durch den

Matsch in ihrem verwüsteten Garten und sortierte holzige Rüben aus, ehe sie die plattgewalzten Reihen abging. Plötzlich blieb sie vor den halbvertrockneten Marihuanapflanzen stehen, die sie noch nie in ihrem Leben gesehen hatte. Entsetzt wich sie einen Schritt zurück und riss die Augen auf. »Wo zum Teufel kommt das denn her?«, murmelte sie.

Wie aus dem Nichts stand Gideon, der inzwischen sein Gespräch beendet haben musste, neben ihr. »Ihre Nachbarin hat mich auf die Pflanzen hingewiesen.« Er zupfte ein Blatt ab und warf es beiseite, während er mit amüsierter Stimme fortfuhr: »Ich habe natürlich keinen Beweis dafür, ob Sie oder einer von den Wylers das hier angebaut haben, aber …«

»Wenn ich sie angebaut hätte, sähen sie wohl nicht so armselig aus. Und jetzt? Wollen Sie mich etwa festnehmen?« Sie starrte ihn wütend an und biss sich auf die Lippe. Als sie merkte, dass Leben in ihre Fangzähne kam, wandte sie sich schnell ab.

»Natürlich nicht. Ich gehöre doch zu den korrupten Bullen, schon vergessen?«

Ihre Stimme zitterte verräterisch. »Stimmt ja. Ich nehme mal an, ich muss jetzt mit Ihnen schlafen, damit Sie mich laufen lassen.«

»Sie werden niemals mit mir schlafen *müssen.*«

Der angewiderte Unterton des Detectives ließ Ophelia zusammenzucken. Was hatte sie denn erwartet? Schließlich hatte sie ihr Bestes getan, um ihn zu vergraulen. Mission erfolgreich beendet. Sie warf die restlichen Marihuanapflanzen auf den Abfallhaufen.

Im selben Moment erschien Zelda – Gott sei Dank – mit einem Teller Kekse. »Bedienen Sie sich doch, Mr. O'Toole. Sind Sie schwul?«

Ophelia verschluckte sich beinahe, und Gideon blinzelte hektisch. »Wie bitte? Wie kommst du denn darauf?«

»Wegen des Telefonats. Sie haben mit einem Art gesprochen und *Baby* zu ihm gesagt. Das klingt irgendwie schwul, finde ich.«

»Artemisia.« Gideon lächelte zu ihr herab. »Meine kleine Schwester.« Er nahm sich zwei Kekse.

»Artemisia O'Toole«, sagte Zelda. »Cooler Name. Nimm dir auch einen Keks, Ophelia. Was ist mit dir, Mom?«

Die zappelnde Psyche fest an die Brust gedrückt, kam Violet auf sie zugehastet. Donnie war ihr dicht auf den Fersen. »Ophelia, bist du sicher, dass du nicht eine Weile bei mir wohnen möchtest, während dieser nette Polizist sich um alles kümmert? Am besten wäre es, wenn du den Trailer samt Garten an Donnie verkaufst und wieder in die Stadt ziehst. Er würde dir alles nur zu gerne abkaufen, nicht wahr, Donnie-Darling?«

»Na ja, im Moment bin ich etwas klamm.« Donnie blickte zu Violet und fügte schnell hinzu: »Aber irgendetwas würde mir schon einfallen. Solange ich dir damit einen Gefallen tun kann.«

»Keine Angst, Donnie«, entgegnete Ophelia. »Ich habe nicht vor zu verkaufen.« Das konnte sie auch gar nicht.

Violet schmollte. »Du könntest deinen Betrieb auch von der Stadt aus lenken und dich ab und zu mal im Club sehen lassen. Das wäre wunderbar.«

»Nein«, sagte Ophelia. »Ich bleibe hier.«

Als Violet seufzte, war kaum zu überhören, wie entnervt sie war. »Wenn Ophelia in diesem Ton spricht, hat es keinen Sinn, mit ihr zu diskutieren.« Sie bedachte Gideon mit einem Blick, der nur darauf ausgerichtet war, ihn zu umgarnen. »Mr. O'Toole, bevor Sie uns verlassen, bräuchte ich

Ihren Rat wegen eines eigenartigen Gastes, der ständig in meinem Club auftaucht.«

Gideon lief neben Violet die Auffahrt entlang und wünschte sich, er könnte sie ebenso einfach abwimmeln, wie sie es mit Donnie Donaldson getan hatte. Er brannte förmlich darauf, dass sie mit dem Gejammere aufhörte, um endlich nach Hause fahren zu können. Nicht, dass er nicht Mitleid mit ihr hatte. Die Clubs in Bayou Gavotte standen permanent unter der Beobachtung der zahlreichen Moralapostel der Stadt. Manchem Club warfen sie zu Recht vor, eine regelrechte Lasterhöhle zu sein, aber Violet wurde nicht müde zu betonen, dass ihr heißgeliebtes *Blood and Velvet* nicht dazugehörte.

»Bei mir verkehren ausschließlich Touristen und harmlose Angeber. Allesamt Schwachköpfe, die entweder so tun, als seien sie Vampire, oder anderen dabei zusehen, wie sie sich als Blutsauger verkleiden. Was ist denn schon dabei? Außer Drinks und Snacks gibt es bei uns nichts zu kaufen. Und die Drogen bringen die Gäste selbst mit. Natürlich versuchen wir alles, um sie davon abzuhalten, aber was können wir da schon groß ausrichten? Wir können ja nicht hingehen und jede Hand- und Hosentasche nach Pillen durchsuchen, oder? Bei uns gibt es keine Peitschen, keine Ketten, keine Minderjährigen, keinen Sex vor Publikum im Hinterzimmer wie in anderen Clubs, deren Namen ich nennen könnte. Gut, manchmal kommt es vor, dass ein Vampirblender über das Ziel hinausschießt und sein Date beißt, aber unsere medizinische Notfallversorgung ist erstklassig.«

»Mit anderen Worten«, zwitscherte Zelda, die an Gideons anderer Seite lief, »ein Club für totale Weicheier.« Mit leiserer Stimme fügte sie hinzu: »Und trotzdem wünschte ich mir, ich könnte endlich dort arbeiten. Aber nein, ich muss noch fünf lange Jahre warten.«

Gideon grinste Zelda an. Ein nettes Mädchen. Auch ihre Mutter war gar nicht so übel, wenn sie nur endlich das Anmachgetue lassen könnte, das sie eigentlich gar nicht nötig hatte, weil sie auch so umwerfend attraktiv war. Vielleicht spielte sie diese Rolle aber schon so lange, dass sie sie gar nicht mehr ablegen konnte. Er gab sich größte Mühe, das Ziehen in seinem Unterleib zu ignorieren, das in Violets Gegenwart nur halb so stark ausgeprägt war wie bei Ophelia, die zum Glück im Trailer verschwunden war. Die Chancen, dass er wieder klar denken und nach Hause fahren konnte, ohne sie jemals wiedersehen zu müssen, standen gut.

Der Gedanke, sie nie wiederzusehen, hinterließ allerdings ein komisches Gefühl in seiner Magengegend. Doch auch das ignorierte er. Wenn sie erst einmal Sex gehabt hätten, wäre sie vermutlich die Langeweile in Person. Hunde, Bier, Steak. Das war sein Leben.

»Sie sollten einen Privatdetektiv engagieren«, sagte er, als Violet einmal Luft holte. »Wenn jemand neugierige Fragen in einem Club stellt, ist das nicht unbedingt gleich ein Fall für die Polizei. Solange er nichts Illegales tut, sollten Sie ihn erst einmal gründlich durchleuchten lassen.« Er legte die Hand auf den Türgriff seines Mercedes.

»Das haben wir längst«, antwortete Violet. »An seiner Geschichte ist was dran, ich habe das überprüft. Bleibt zu hoffen, dass er nicht fürs FBI arbeitet. Die sorgen nur für unnötigen Wirbel, und wir sind ohne sie viel besser dran.« Ihre Finger glitten in Gideons Armbeuge und zogen ihn zurück.

Gideon fragte sich schon seit längerem, wie die Unterweltbosse es geschafft hatten – ob mit sanften oder brutalen Methoden –, dass Washington sie in Ruhe ließ. Die Abmachungen, die sie mit der örtlichen Polizei getroffen hatten, waren akzeptabel, wenngleich der Polizeichef noch immer zwischen dem unguten Gefühl, mit Leopard und seinen Schlägern zu kooperieren, und dem Stolz, dass Bayou Gavotte als ein sicheres Fleckchen Erde galt, schwankte.

»Der Typ ist ein Blender, irgendwie nicht echt«, sagte Violet.

»Dafür haben wir einen Riecher«, meldete sich Zelda zu Wort. »Sie sind kein Blender. Genauso wenig wie Ophelia oder Lep. Mom spielt zwar gerne mal mit verschiedenen Rollen, aber so ist sie eben. Ich wette, Joanna würde alles dafür geben, endlich mal sie selbst zu sein. Constantine macht auch oft einen auf böser Junge, aber der ist unter seinem Getue eigentlich ganz in Ordnung.«

Verflucht. Ein aufgedrehter Teenie, der mit der Unterwelt und Rockstars abhängt. »Sie kennen Leopard und Constantine Dufray?«

»Alle Clubbesitzer kennen die beiden«, antwortete Violet. »Lep macht seine Aufgabe hervorragend. Ohne ihn wären die Clubs bei weitem nicht so sicher, wie sie sind. Und das würde wiederum die Touristen vergraulen. Wenn er sich Ophelias Problem angenommen hätte, hätte er den armen Wyler zusammenschlagen lassen und ihn anschließend achtkantig aus der Stadt geworfen. Und keiner, der noch ganz richtig im Kopf ist, würde Constantine um Hilfe fragen.«

»Na ja«, sagte Zelda. »Das kommt auf die Art von Hilfe an, die man nötig hat. Einmal hat er mir bei einem Projekt für die Schule geholfen.« Als Zelda Psyche unter dem

Trailer entdeckte, lockte sie das Tier mit einem Schnalzen zu sich.

»Aus dem Grund hat Ophelia ja auch Sie gerufen«, erklärte Violet Gideon. »Wenn Leps Handlanger mit Willy Wyler fertig gewesen wären, würden sie bei Ophelia herumlungern und sie vermutlich in den Wahnsinn treiben, bis sie denjenigen in die Finger bekommen, der die Sache mit der Katze abgezogen hat« – sie schauderte – »und ihm dann etwas Fürchterliches antun. Und genau das wird jetzt wahrscheinlich passieren.«

»Eine Abreibung hätte der Kerl allemal verdient«, sagte Gideon.

»Ich weiß, aber Sie unterschätzen die Wirkung, die Ophelia auf Männer hat!« Violet kicherte. »Natürlich wissen Sie, wovon ich rede. Aber Sie sind ja eher ein ausgeglichener Typ und gehören nicht zu den Männern, die einen Hang zur Besessenheit und Gewalttätigkeit haben und bei denen die Sicherungen schnell mal durchknallen.« Sie seufzte. »Ophelia ist ein herzensgutes Mädchen – auch wenn es Ihnen schwerfällt, mir das zu glauben, weil sie sich Ihnen gegenüber so kratzbürstig verhält. Sie müssen wissen, dass sie nach ein paar schlechten Erfahrungen mit Männern hier in die Einöde gezogen ist und sich all diese schrecklichen Waffen zugelegt hat. Obwohl ich mir sicher bin, dass sie noch nie auf jemanden geschossen hat, habe ich große Angst, dass sie es eines Tages doch tut. Das wäre unweigerlich das Aus für sie.«

»Ganz zu schweigen von ihrem Opfer«, meinte Gideon und lenkte Violet wieder zu seinem Auto. Und zu ihrem, das sie umparken musste, damit er endlich von hier wegkam.

Violet blieb stehen und legte den Kopf auf die Seite. »Nein, sie ist eine exzellente Schützin. Sie würde dem armen Kerl in den Fuß schießen oder so. Eigentlich ist sie schwer in Ordnung. Denken Sie nicht allzu schlecht über sie.« Sie ließ ihre Wangengrübchen spielen. »Am besten, Sie denken gar nicht mehr an Ophelia. Sie ist äußerst dickköpfig. Wenn sie nein sagt, dann meint sie es auch so.«

Ich kann genauso dickköpfig sein, dachte Gideon, den Mercedes fest im Visier. Nicht, dass ihn seine Sturheit bei Ophelia weiterbrachte. Nicht, dass er bei ihr überhaupt etwas erreichen wollte. *Bier, Hunde … ach verdammt.* Um ein Haar hätte er geknurrt, was ihm ein kräftiges Fauchen von Psyche einbrachte, die bei Zelda auf dem Arm saß.

»Ich möchte mich an ihrer Stelle bei Ihnen entschuldigen. Denn sie wird es nicht tun. Eher beißt sie sich die Zunge ab.« Violet ließ von seinem Ärmel ab und stieg in ihren Wagen. »Ich würde mich freuen, wenn Sie in den nächsten Tagen mal im Club vorbeischauen könnten. Vorher sollten Sie sich aber um den Kerl kümmern, der die Freundin Ihrer Schwester erpresst. Die Arme hat es schlimmer getroffen als uns.«

»In Ordnung«, sagte Gideon. »Sobald der Erpresser geschnappt ist, stehen Sie ganz oben auf meiner Liste.«

Fest entschlossen, Ophelia, ihre Schwester und seine eigene Schwester endlich aus dem Kopf zu bekommen, stieg Gideon in seinen Wagen und fuhr davon. Fünf Minuten später sprang er die Stufen zu seinem Haus hinauf, während die Hunde ihn freudig aus dem Zwinger im Garten begrüßten. Er hörte, wie im Innern des Hauses das Telefon klingelte. Gerade als er die Tür aufgeschlossen hatte, sprang der Anrufbeantworter an.

Ophelias Stimme ertönte. Leise und zögerlich. Als er endlich beim Telefon angelangt war, hatte sie bereits aufgelegt.

»Ich bin echt das Letzte«, sagte Ophelia zu sich selbst, als sie die Dusche anstellte. Sie hatte die anderen in der Auffahrt stehengelassen, hatte sie mit windigen Ausreden abgespeist – einem Termin für einen Kostenvoranschlag, dem Pick-up voller Pflanzen und natürlich damit, dass sie wieder mit ihrem normalen Leben weitermachen musste.

Bei der Erinnerung an Gideons Stimme straffte sie die Schultern, was im Grunde genommen lächerlich war. Sie sollte vielmehr erleichtert sein, dass ihr Plan aufgegangen war und dass Vi seine Aufmerksamkeit erfolgreich auf sich gelenkt hatte. Während sie sich das Haar einshampoonierte, dachte sie daran, wie Gideon sichtlich angetan neben Violet hergelaufen war. Beweis genug dafür, dass er Abschaum war, wenn auch ziemlich attraktiver Abschaum. Sie schrubbte sich den Kopf wie wild und spülte sich mit ungehaltenen Bewegungen das Shampoo aus. Als sie aus der Dusche stieg, war sie zwar sauber, aber noch immer verärgert und wusste, dass sie die Sache so nicht auf sich beruhen lassen konnte.

Beide Autos waren weg. Sicher war Gideon Vi wie ein freudig hechelndes Hündchen in die Stadt gefolgt. *Na toll. Soll er doch!* Nachdem sie das nasse Haar in ein Handtuch eingeschlagen und zu einem Turban aufgedreht hatte, schlug sie das Telefonbuch auf. *O'Toole, Artemisia … O'Toole, Gideon – Highway* 43, *Bayou Gavotte*. Viel zu nah. Sie schaute sich noch einmal Artemisias Eintrag an. Olive Street, ganz in der Nähe eines guten Kunden.

Ophelia legte den Finger unter Gideons Nummer und griff zum Telefon. Sie brauchte nichts weiter zu tun, als ihm zu beweisen, dass sie in Wahrheit gar nicht so zickig war. Doch das würde vermutlich sowieso nichts ändern, weil er nur Abscheu für sie übrig hatte. Sie hatte also nichts zu verlieren. Nach dreimal Klingeln ertönte seine wundervolle, tiefe Stimme – leider nur vom Band. »Gideon – Mr. O'Toole, hier spricht Ophelia Beliveau. Ich rufe an, weil ich mich für meine letzte Bemerkung entschuldigen wollte. Was ich gesagt habe, war nicht in Ordnung. Äh ... Auf Wiederhören.« Wie jämmerlich. Aber immerhin hatte sie es hinter sich gebracht und konnte jetzt wieder in Ruhe ihr Leben leben.

Sie zog sich an, griff sich ihr Klemmbrett und eine Broschüre über Steinfliesen, ehe sie zu ihrem Pick-up lief. Mit einer Holzlatte und einer Säge bewaffnet, sprang Donnie Donaldson über den Graben. »Was wird der Detective jetzt unternehmen?«

»Nichts«, antwortete Ophelia. »Ich habe ihn weggeschickt. Ist echt lieb von dir, dass du meine Veranda reparierst.«

»Wie heißt es so schön? Was du heute kannst besorgen, das verschiebe nicht auf morgen. Hast du denn gar nicht vor, Anzeige zu erstatten?« Als sein Blick auf die zerschlagenen Scheiben des Gewächshauses fiel, stieß er einen leisen Pfiff aus.

»Wo denkst du hin?«, erwiderte Ophelia. »Ich wollte Willy nur einen Denkzettel verpassen. Wahrscheinlich war er auf Drogen oder sturzbesoffen, sonst hätte er so einen Blödsinn gar nicht erst veranstaltet. Sobald er wieder bei Sinnen ist, werde ich ihn mir mal vorknöpfen und ein ernstes Wörtchen mit ihm reden.« Sie schleuderte das Klemmbrett mitsamt der Broschüre auf den Beifahrersitz ihres Pick-ups, nahm die kleine Wanne mit dem Gauklergras und plazierte sie neben dem schmalen Graben, der zwischen ihrem und Donnie Donaldsons Grundstück verlief. »Wärst du so nett, das in deinem Garten aufzubewahren, damit Willy sie nicht in die

Finger bekommt? In ein oder zwei Tagen pflanze ich sie bei dir ein, versprochen.«

»Ich frage mich nur, warum die Polizei dir einen Detective geschickt hat«, sagte Donnie, als er die Holzlatte und die Säge auf dem gepflasterten Gehweg abstellte, der zu den Eingangsstufen des Trailers führte. »Ich kannte seine Eltern. Er lebt ein Stück flussabwärts.«

Ophelia zuckte nur mit den Achseln.

»Du weißt doch, wer er ist, oder?« Donnie holte ein Maßband und einen Bleistift aus seiner Hosentasche.

»Sollte ich?«

»Er ist *der* Polizist schlechthin. Er war derjenige, der sich schützend vor Constantine Dufray gestellt hat.«

»Er hat ihn nicht geschützt«, entgegnete Ophelia gereizt. In den Monaten nach dem Giftmord an Constantines Frau hatte sie diesen Quatsch unzählige Male gehört. Obwohl die Bürger von Bayou Gavotte ihm zu verdanken hatten, dass sie in Sicherheit lebten, waren sie schnell dabei, den Rockmusiker und all die anderen Unterweltgrößen zu verurteilen. Wenn sie so darüber nachdachte, war ihr unfreundliches Verhalten dem Polizisten gegenüber alles andere als angebracht gewesen. Was war nur in sie gefahren? Als Vampir stand sie nicht nur in der Schuld der Unterwelt, die sie beschützte, sondern auch der Polizei, die ständig beide Augen zudrückte. »Es gibt keine Beweise gegen Constantine. Er war nicht einmal in der Nähe, als seine Frau vergiftet wurde.«

Donnie schüttelte den Kopf. »Ich weiß, dass du mit ihm befreundet bist. Aber hinter jedem Gerücht steckt auch ein Fünkchen Wahrheit.« Mit einem Bleistift schrieb er die Maße auf eines der Bretter.

Bestimmt ging eine Reihe von Morden auf Constantines

Konto, aber nicht das Leben seiner Frau. »Denk doch, was du willst, Donnie«, sagte Ophelia. »Aber pass gut auf, was du sagst. Constantine und Violet sind nämlich eng befreundet.«

Damit kletterte Ophelia in den Pick-up und fuhr auf die andere Seite der Stadt. Nachdem sie 45 Minuten später einen potenziellen Kunden mit dem Versprechen verließ, ihm eine Zeichnung für einen Steinpfad, der sich durch seine Blumenbeete schlängelte, zukommen zu lassen, fuhr sie direkt in das belebte Touristenzentrum vom Bayou Gavotte. Ihr Ziel war das *Impractical Cat*. Vorgeblich um dort Pflanzen abzuliefern, doch in Wahrheit wollte sie Leopard vorwarnen, ehe er die Sache selbst in die Hand nahm. Sie war überzeugt davon, dass Vi ihn längst angerufen hatte.

Ophelia bog in die Einfahrt hinter dem Restaurant, stieg aus, betrat den Innenhof, der gerade umgebaut wurde, und stellte ein paar Petunien in einer Ecke ab. Die Tür flog auf. »Hi, Ophelia!«

Im selben Moment schlug ihr eine Hand auf den Hintern. Unsanft rammte Ophelia dem Mistkerl, der nun auch noch versuchte, ihre Brust zu berühren, den Ellbogen in die Seite. »Verpiss dich, Burton.« Sie trat ihm gegen das Schienbein, damit er wusste, dass sie es ernst meinte. »Lass den Scheiß, oder ich tu dir wirklich weh.«

Lachend rieb Burton Tate sich das Schienbein.

Im Innern des Restaurants lief eine Kellnerin mit Wasserkrügen vorbei. »Hi, Marie«, rief Ophelia. »Ist Lep da?«

»Im Büro, mit Constantine.« Marie zog Ophelia zur Seite. »Deine Telefonnummer stand schon wieder in der Männertoilette. Lep hat drübermalen lassen, aber …« Sie verzog das Gesicht. »Sorry.«

Ophelia seufzte auf. »Danke, dass du es mir gesagt hast. Jetzt bin ich wenigstens vorgewarnt.«

»Du kannst meine Nummer gerne ins Damenklo hängen, wenn dir der Sinn danach steht.« Burton humpelte schnell davon.

»Soll ich ein Foto von dir dazuhängen, Burton?«, fragte Ophelia. Marie lachte laut, und Ophelia lief den Flur entlang, direkt in die Schaltzentrale des Unterweltchefs von Bayou Gavotte.

»Komm rein, Mädchen«, seufzte Leopard, während Constantine Dufray sie mit einem breiten Grinsen begrüßte. Nicht das Grinsen, das die Fans des Rockers reihenweise in Ohnmacht fallen ließ, sondern eins, das zeigte, wie lustig er die Situation fand.

Leopard hingegen war alles andere als amüsiert. Ophelia ließ sich in einen Sessel in einer Ecke fallen und sagte: »Ich habe dir ein paar Petunien in den Innenhof gestellt. Morgen oder übermorgen komme ich wieder und pflanze sie ein.«

»Aha«, antwortete Leopard. »Du nervst.«

»Und du bist ein Verbrecher, also was soll's?«

Constantine grinste erneut. »Cappuccino, Blutsaugerin? Klasse Ellbogencheck, den du Burton verabreicht hast.« Er legte seine Gitarre unterhalb des von außen verspiegelten Fensters ab, von dem aus man einen guten Ausblick auf die Tanzfläche hatte, ohne selbst gesehen zu werden. Dann streckte er sich wie eine Katze und trat vor die Espressomaschine.

»Vielen Dank, und jetzt halt die Klappe«, sagte Ophelia. »Hör zu, Lep, tut mir echt leid, wenn ich deine Gefühle verletzt habe. Ich wollte die Sache aus der Welt schaffen, ohne dass jemand zusammengeschlagen wird.«

»Dieser Penner Wyler hätte aber eine Abreibung verdient«, grunzte Leopard, zupfte an seinen Dreadlocks und löste das schmuddelige Lederband, das sie zusammenhielt.

»Blut? Oder tut es auch Mokka?« Constantine ließ etwas Schokoladensirup in die Tasse laufen.

»Halt die Klappe, Constantine«, wiederholte Ophelia. »Lep, ich möchte es mir mit meinem Nachbarn nicht ganz verscherzen. Außerdem will ich nicht, dass die Wyler-Kids mitbekommen, wie ihr Vater zu Brei geschlagen wird. Lass mich die Sache bitte alleine regeln.«

»Und das, obwohl du Morddrohungen erhältst? Vergiss es.« Leopards kräftige braune Finger ließen das Lederband knallen. »Aber das ist alles egal. Nicht egal ist allerdings, dass du so zickig zu Gideon O'Toole warst.«

Ophelia schwieg bestürzt, sank tiefer in den Sessel und setzte einen finsteren Blick auf. »Ich hätte wissen müssen, dass er ein Freund von dir ist. Was hat er getan? Ist er winselnd bei dir angekrochen gekommen?«

Leopard schnaubte. »Du bist diejenige, die winselt, Mädchen. Nein, als Freund würde ich ihn nicht gerade bezeichnen. Eher als Stoßdämpfer zwischen mir und diesem Trottel von Polizeichef. Trotzdem hat er etwas mehr Respekt verdient. Vi meinte, du hättest ihn wie Dreck behandelt. Kann aber auch gut sein, dass sie angenervt war, weil sie mit ihm nicht ihre Spielchen abziehen konnte. Sein Hirn ist ihm bei ihrem Anblick eben nicht in die Hose gerutscht.«

Ophelia gab sich größte Mühe, den Stein zu ignorieren, der ihr vom Herzen fiel. Nur wenige widerstanden den Annäherungsversuchen ihrer Halbschwester. »Ich habe ihn angerufen und mich bei ihm entschuldigt. Genauer gesagt, ich habe eine Nachricht hinterlassen.«

Constantine stieß einen erstaunten Pfiff aus, während er Sahne auf den Kaffee sprühte.

»Halt die Klappe«, entgegnete Ophelia. »Tu mir den Gefallen.«

Jetzt war es Leopard, der breit grinste. »Sieht dir gar nicht ähnlich, dich bei einem Typen zu entschuldigen, der was von dir will.«

»Ich war einfach ein wenig neben der Spur«, erklärte Ophelia und nahm den Cappuccino von Constantine entgegen. »Ich bin ausgerastet. Ich hatte irgendeinen Idioten erwartet, den ich mit meinem Charme verwirren und anschließend wieder wegschicken kann. Mit einem gottverdammten Detective, der überall seine Nase hineinsteckt, habe ich nicht gerechnet.«

»Dann hättest du ihn nicht rufen dürfen«, sagte Lep, immer noch grinsend.

»Ich habe nicht *ihn* gerufen«, fauchte Ophelia und verdrehte die Augen. »Egal, Hauptsache, ich bin den Kerl los. Und lasst mir ja Willy Wyler in Ruhe. Mit der Katze hat er nichts zu tun. Gib mir die Gelegenheit, mich mit ihm und seiner Frau zu unterhalten, bevor du deine Schläger losschickst. Und was das tote Tier betrifft …«

»Du bist ihn nicht losgeworden«, fiel Lep ihr ins Wort. »Gideon hat mich vor wenigen Minuten angerufen und mir gesagt, dass er sich um dich kümmern wird.«

O Gott, ja, dachte Ophelia. *O Gott, nein.* »Ich brauche keinen Bullen, der in meinem Leben herumschnüffelt. Und ja, ich habe verstanden, dass ich ihn nicht hätte rufen sollen.«

Leopard dehnte seine Finger. »Da Gideon sich um dein kleines Problem kümmern möchte und ich nicht vorhabe, ihm in die Quere zu kommen, musst du selbst sehen, wie du klarkommst. Es sei denn, er findet einen Grund, dir Handschellen anzulegen.«

»Die Frage ist nur, *warum* er sie in Handschellen legen sollte«, warf Constantine ein. Als Ophelia ihm einen Vogel zeigte, lachte der Rocker schallend los, nahm die Gitarre und nestelte an den Stimmwirbeln. »Er ist ein echter Kerl, und du hast es dringend nötig.«

Letzteres konnte nicht einmal sie bestreiten. »Du erwartest doch nicht allen Ernstes, dass ich mit einem Typen ins Bett gehe, den ich kaum kenne?«

»Ich kenne ihn«, sagte Leopard. »Er ist in Ordnung. Krall ihn dir.«

»Und wenn ich gar nicht mit ihm schlafen will?«

Lep und Constantine prusteten so laut los, dass sie beinahe von den Stühlen rutschten.

Ophelia kochte innerlich, wartete aber, bis die beiden sich wieder beruhigt hatten. »Sieht aus, als wäre Vi heute sehr gesprächig gewesen. Ich fasse es nicht, dass ihr mich so im Stich lasst.«

»Das wolltest du doch«, sagte Leopard noch immer kichernd. »Ich wünschte, ich könnte dabei sein, wenn er herausfindet, dass du ein Vampir bist. Soweit ich weiß, steht er eher auf Frauen mit normalem Gebiss.«

»Sieh es von der guten Seite«, fügte Constantine hinzu. »Keine Schläger, die Willy fertigmachen – genau, wie du es wolltest. Und sobald dein Bulle herausgefunden hat, wer das mit der Katze war, kümmere ich mich um den Kerl. Nur so zum Spaß.« Seine Finger glitten über die Gitarrensaiten. »Eine kleine Auszeit von dem Stress, den der Rock'n'Roll mit sich bringt, könnte nicht schaden.«

»Halt die Klappe«, sagte Ophelia erneut und sank noch ein Stück tiefer in den Sessel. »Was soll ich denn jetzt machen? Das Letzte, das ich gebrauchen kann, ist ein Bulle, der mir über die Schulter sieht.«

Constantine zuckte mit den Achseln. »Für einen Vampir führst du ein verdammt sauberes Leben.« Als Ophelia nichts erwiderte, wurden die Augen des Rockers eine Spur dunkler. »Wie wäre es«, fuhr er fort, »wenn du ihn mit Sex ablenkst?«

»So einfach ist er nicht von seinem Vorhaben abzubringen. Der Kerl ist ziemlich hartnäckig.«

»Dann wird er auch hartnäckig auf Sex bestehen«, sagte Constantine. »Wie groß ist die Gefahr, dass er Ophelia wegsperrt, wenn er sie erst mal flachgelegt hat?«

»Null Komma nix«, antwortete Leopard. »Zumindest wird er sie nicht in eine Gefängniszelle stecken.«

»Da keiner von euch beiden Perversen mit mir geschlafen hat«, brummte Ophelia, »könnt ihr zu dem Thema gar nichts sagen.«

Die beiden Perversen brachen wieder in schallendes Gelächter aus.

Ophelia nippte an ihrem Cappuccino, bis sie sich wieder beruhigt hatten. Sie war hin- und hergerissen zwischen ihrem Verlangen und ihrer Furcht. Während sie mit der Zunge über die in sich zusammenfallende Sahne fuhr, malte sie sich aus, wie es sein würde, über Gideons Körper zu lecken und ihm die Fangzähne in die Haut zu bohren. Und wie es wäre, wenn *er* sich tief in sie bohrte. Doch bei der Erinnerung an den letzten Mann, den sie gebissen hatte, wurde ihr speiübel. Sie setzte sich auf und stellte die Tasse vorsichtig beiseite.

»Scheiße«, sagte sie und hielt sich den Magen. »Ich hab echt Angst.«

»Manchmal schadet es nicht, einen Schritt vorauszudenken.« Für einen Mann, dem nachgesagt wurde, einen Hang zur Gewalt zu haben – nicht, dass er je dafür offiziell zur Rechenschaft gezogen worden war –, sprach Constantine mit erstaunlich sanfter Stimme. »Du darfst nicht zulassen, dass …«

»– ich vor lauter Angst nicht mehr klar denken kann«, sagte sie. »Ich weiß.«

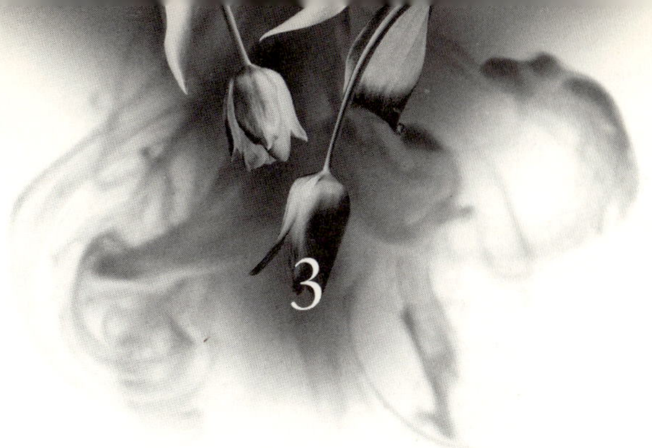

3

M*änner und ihre bescheuerten Bondage-Witze,* dachte Ophelia. *Und Vi ist auch keine große Hilfe. Verdammt, was mache ich denn jetzt? Auf jeden Fall nicht herumheulen, weil mich keiner versteht,* rief sie sich zur Ordnung, wenngleich sie das Gefühl hatte, dass Constantine, egal, wie brutal er auch sein mochte, Verständnis für sie hatte. Vor allem wegen des Todes seiner Ehefrau und der anschließenden Medienhysterie. Aber Tatsache blieb: Zwei mehr als zwielichtige Freunde und eine Schwester, die in sexueller Hinsicht kaum moralische Bedenken kannte, waren keine sonderlich guten Ratgeber. »Schlaf mit ihm!«, hatte ihr einstimmiger Rat gelautet. Warum also nicht?

Vielleicht, weil ich ihn erst wenige Stunden kenne? Weil ich spüre, dass meine Vergangenheit mich einholen könnte?

Ophelia ließ das Stadtzentrum mit all seinen Touristen und Clubs hinter sich und bog in einen Stadtteil von Bayou Gavotte ein, in dem es hinter alten Eichenalleen nette Wohnhäuser gab. Selbst wenn sie ihre schreckliche Vergangenheit hinter sich ließ, war es widerwärtig, einen Kerl vorsätzlich mit Sex abzulenken. Bei dem Gedanken an Sex mit Gideon verspürte Ophelia plötzlich ein so großes Verlangen, wie sie es schon lange nicht mehr erlebt hatte. Trotzdem musste es doch noch andere Möglichkeiten geben, ihn abzulenken und dadurch Zeit zu schinden.

Ophelia tuckerte in gemächlichem Tempo die Olive Street herunter, bog an ihrem Ende links ab, fuhr durch das rückwärtige Gartentor und parkte neben dem neuen Minivan, dessen Kofferraumtüren sperrangelweit offen standen. Im Innern entdeckte sie zwischen planlos eingeladenen Koffern einen Kinderwagen und ein zerlegtes Babybett. Auf dem Boden hinter dem Wagen standen fünf Blumentöpfe mit Azaleen. Sah aus, als hätte Andrea wieder mal ein dubioses Schnäppchen im Baumarkt erstanden.

»Ms. Ophelia!« Mit fliegenden Pferdeschwänzen stürmten zwei kleine Mädchen auf sie zu. »Wir laufen weg!«

Ophelia stellte die Lilien und eine Palette im schützenden Schatten des Zaunes ab. »Seid ihr sicher, dass ihr das tun wollt? Eure Schwester und euer Bruder werden euch vermissen.«

»Die laufen auch weg. Genau wie Mom.«

Mit dem einjährigen Bruder auf dem Arm kam das älteste der Dukas-Mädchen auf sie zu. Mit einem gequälten »Hallo« verfrachtete sie den kleinen Simon in seinen Kindersitz, ehe sie die Zwillinge zu sich rief.

Hatte Andrea sich von ihrem Mann getrennt? Unmöglich! »Wo geht die Reise denn hin?«

»Zu Groß...«

»Sei still«, kreischte die ältere Schwester. »Mom hat uns verboten, darüber zu reden.« Sie schniefte. »Tut mir leid, Ms. Ophelia. Ich wollte nicht unhöflich sein.«

»Schon in Ordnung.« Mit einer Kühltasche beladen, schwankte Andrea auf sie zu, gefolgt von einer großen, dunkelhaarigen Frau mit grimmigem Gesichtsausdruck, die Becher, Sandwiches, drei Tupperdosen und eine prallgefüllte

Einkaufstasche jonglierte. Irgendwie kam sie Ophelia bekannt vor. Als ihr Blick auf Andreas verheulte Augen fiel, zog sie die Stirn kraus. »Tut mir leid, wenn ich unpassend komme. Ich wollte nur schnell die Pflanzen für morgen vorbeibringen.«

Andrea verzog das Gesicht. »Hast du meine Nachricht denn nicht bekommen? Du kannst die Pflanzen gleich wieder mitnehmen. Alles ist schiefgegangen, und jetzt kann ich mir deine Arbeit nicht mehr leisten.« Es war ihr anzusehen, dass sie mit den Tränen kämpfte. »Ich habe ein paar Azaleen gekauft und wollte sie umtauschen. Aber das ging nicht. Weil du sie nicht mehr einpflanzen kannst, werden sie wohl eingehen.« Sie hievte die Kühltasche in den Van und warf schluchzend die Türen zu.

»Selbstverständlich werde ich sie einpflanzen. Dann haben sie wenigstens eine Chance«, antwortete Ophelia, die insgeheim nicht viel von Pflanzen aus dem Baumarkt hielt. »Ich pflanze alles ein, was ich mitgebracht habe. Du kannst mir das Geld geben, sobald du wieder flüssig bist. Keine Eile.«

Weinend setzte Andrea sich hinter das Steuer. »Ophelia, verstehst du nicht? Wir werden niemals bezahlen können. Wir müssen das Haus verkaufen und in einen Trailer ziehen.« Sie wurde blass. »Tut mir leid.«

»Mensch, Andrea, als ob mir das was ausmacht.« Was ging hier bloß vor sich?

Während Andrea ihre Kinder anschrie, teilte ihre Freundin Becher und Sandwiches aus und hob die Einkaufstasche durch das Fenster. Zwei Fotos fielen heraus.

Andreas Stimme wurde panisch. »O nein! Was, wenn wir welche auf dem Rasen verloren haben?«

Ihre Freundin hob die Fotos auf. »Ich werde alles absuchen. Sobald du weg bist, rufe ich meinen Bruder an und erkläre ihm alles.«

»Erst, wenn ich die Staatsgrenze passiert habe! Was, wenn er anfängt herumzuschnüffeln und Fragen über mich zu stellen?« Andreas Augen schwammen vor Tränen.

Die Freundin sah kurz zu Ophelia und dann wieder zu Andrea. »Das ist eher unwahrscheinlich. Er redet nur mit mir, wenn es gar nicht anders geht.«

»Kann ich irgendwie helfen?«, schaltete Ophelia sich ein.

»Nein.« Schnell schob die Freundin ein grimmiges »Nein danke« nach.

»Ich wünschte, du könntest etwas tun.« Andrea bedachte Ophelia mit einem flackernden Blick. »Dein Rat hat mein gesamtes …« – ihre Lippen formten das Wort »Sexleben«, als sie die Fotos entgegennahm – »… auf den Kopf gestellt. Vielleicht solltest du dich mal mit Ophelia unterhalten, Art. Du weißt, was ich meine. Und du weißt, wen ich meine.«

Art versteifte sich. »Du solltest jetzt lieber los.« Sie machte einen Schritt vom Wagen weg, und Andrea fuhr los. Ophelia musterte Art ausgiebig, die sie im Gegenzug böse anfunkelte.

Perfekt! Auf einmal hatte sie die Lösung, wie sie Gideon ablenken konnte. Mit Detektivarbeit und nicht mit Sex.

»Sie werden beide erpresst, habe ich recht?«

* * *

Gideon legte das Telefon weg, nahm es wieder in die Hand und ließ es erneut in die Aufladestation fallen. Er legte sich aufs Sofa und versuchte, wieder einen klaren Kopf zu bekommen.

»Eher beißt sie sich die Zunge ab, als sich zu entschuldigen«, hatte Violet gesagt. Wie falsch sie damit lag. Er hatte recht behalten. Auf seine Instinkte war Verlass – wie immer, wenn es um Sex ging. Als Ophelia ihn länger als nötig angestarrt hatte, lag ein Feuer in ihren Augen. Klar, sie wollte ihn mit Missachtung strafen, doch je länger sie ihn angesehen hatte, desto weniger konnte sie ihr Verlangen verbergen.

Mann, ist die heiß, dachte Gideon und rief sich sofort wieder zur Ordnung. Diese Frau würde nichts als Ärger machen. Er fuhr sich mit der Hand durchs Haar. Das Jaulen der Hunde riss ihn aus seinen Gedanken. Nachdem er die drei Vierbeiner hereingelassen und fast schon ein wenig mechanisch begrüßt hatte, öffnete er eine Dose Bier und holte das Steak aus dem Kühlschrank. So unglaublich heiß, dass er den Ärger gerne in Kauf nahm.

Pfeifend brachte er die Holzkohle und den Anzünder auf die Terrasse, um den Grill anzuwerfen. *Geh es langsam an,* sagte er zu sich. *Untersuch die Sache mit dem verwüsteten Garten. Finde heraus, wer hinter der toten Katze steckt, und sorg dafür, dass es sich nicht wiederholt. Und in der Zwischenzeit bringst du in Erfahrung, worauf diese Ophelia Beliveau so steht.*

Während die Holzkohle zu glühen begann, schnitt er eine reife Tomate in Scheiben und legte eine Kartoffel in die Mikrowelle. Anschließend entfernte er den Fettrand vom Steak, den er den Hunden hinwarf. *Alles zu seiner Zeit,* entschied er, als er das Steak behutsam auf den Grillrost legte. Gegen die Balustrade seiner Terrasse gelehnt, rief er Jeanie an.

»Oje«, stöhnte Jeanie, als sie kichernd das Gespräch entgegennahm. »Hi, Gideon.«

»Du wolltest mich verkuppeln«, sagte er scherzend und anklagend zugleich. »Ich bin bereit, dir unter einer Bedingung zu vergeben.«

»Aha«, entgegnete Jeanie. »Was auch immer du willst. Ist Ophelia eigentlich wirklich so sexy, wie alle sagen?«

»Wer ist alle?«

»Ihre Schwester. Die Kerle, die im *Blood and Velvet* abhängen. Die Spinner, die ihre Nummer an die Wände der Herrentoilette kritzeln.«

»Verfluchter Mist.« Er atmete langsam aus.

»Violet meint, damit wäre Schluss, sobald sie endlich einen festen Freund hat. Ihrer Meinung nach steht Ophelia immer leicht neben sich, wenn sie lange Zeit keinen Sex mehr hatte. Als sie angerufen hat, habe ich sofort an dich gedacht und dich zu ihr geschickt.«

»Hoffentlich erwartest du jetzt nicht, dass ich mich geschmeichelt fühle.«

»Nein, nein«, lachte Jeanie. »Nach außen magst du wie der Held aus einem Liebesroman wirken, aber in Wirklichkeit gehst du deinen Mitmenschen mächtig auf die Nerven. Und deshalb wollen wir dich am Boden sehen. Am besten gefesselt, geknebelt und hilflos.«

»Ich kann mir nicht vorstellen, dass Ophelia Beliveau auf Bondage steht«, erwiderte Gideon. »Hör zu, Kleine, hat eigentlich jemand diesen Willy Wyler beschattet?«

Einen Moment lang schlug Jeanie einen anderen Ton an. »Nein. Er ist nie stadteinwärts gesehen worden. Aber ich habe herausgefunden, dass er heute Abend einen Gig im *Chamber* hat. Wer weiß, vielleicht hat er die Abkürzung über den Golfplatz genommen, der gerade gebaut wird, oder über eines dieser stinkvornehmen Neubauviertel in der Nähe von Ophelia. Du interessierst dich für sie, oder?«

»Jeder Mann, der ihr begegnet, interessiert sich für sie«, sagte Gideon ausweichend. »Sie ist einfach unglaublich sexy. Egal, ich muss jetzt auflegen.«

»Klingt, als hätte sie dich abblitzen lassen. Bei ihr musst du dir schon richtig Mühe geben, um sie rumzukriegen. Ich kann kaum abwarten, Art alles zu erzählen. Apropos.«

Jetzt kommt's. Gideon schloss die Augen, hielt den Hörer vom Ohr weg, nahm die Gabel und wendete das Steak. *Frauen.* Sein Blick glitt zu den drei Hündinnen, die geduldig und voller Bewunderung zu ihm aufsahen. Kein Herumgenörgel und im Handumdrehen befriedigt. Sexappeal, auf der anderen Seite, komplette Fehlanzeige.

»Ich wette, sie lässt dich früher oder später ran«, hörte er Jeanie sagen, »allerdings frage ich mich ernsthaft, wieso. Du bist arrogant und unausstehlich. Außerdem solltest du erst einmal der armen Frau helfen, die erpresst wird.«

»Worauf willst du eigentlich hinaus?«

»Falls sie auch Interesse an dir zeigt, Gideon, solltest du sie lieber gut behandeln. Violet meint, sie hätte schlechte Erfahrungen mit Männern gemacht. Sehr schlechte.«

»Jeanie, denk jetzt bitte nicht, ich wüsste deine Anstrengungen nicht zu schätzen, aber ich bin gerne arrogant und unausstehlich. Am besten, du suchst Ophelia einen Kerl, der gerne seine weibliche Seite auslebt. Ich bin nicht der Typ Mann, der andere in endlosen Gesprächen therapiert. Es fällt mir schon schwer, ein halbwegs normales Telefonat mit meiner Schwester zu führen. Wie soll ich da eine Beziehung zu einer Frau aufbauen, die der Männerwelt abgeschworen hat?«

»Wenn du wüsstest, was sie durchgemacht hat, hättest du mehr Verständnis«, meinte Jeanie streng. »Du redest die ganze Zeit davon, deinen Instinkt für andere Menschen verloren zu haben. Wenn du mich fragst, bist du selbst schuld daran. Wie kannst du zu anderen Beziehungen aufbauen, wenn du nie eine Freundin hast? Ich stelle mir das ganz schön einsam vor, nur du und deine Hunde. Weißt du was? Ich sehe zu, was ich über sie herausfinden kann, und lass es dich wissen.«

Gideon seufzte. »Wie du meinst, Jeanie. Ich lege jetzt auf.« Als er das Gespräch beendet und das Steak auf einen Teller gelegt hatte, rückten seine drei Hunde mit heraushängenden Zungen näher. »Ich bin nicht einsam.«

Eine Stunde später, nachdem er das Steak mit ihnen geteilt hatte, überließ er die beiden älteren Schäferhündinnen Daisy und Belle ihrem Nickerchen im Schatten der Flussbirke, die seinen Garten dominierte, und pfiff Gretchen in sein Auto. Sie war eine wunderbare Begleiterin, wenn er auf Streife ging. Er konnte sie problemlos im Auto lassen, sie war freundlich zu Kindern und sorgte auch für einen entspannten Umgang mit den meisten Erwachsenen.

Während er aus der Einfahrt zurücksetzte, sagte er zu seiner tierischen Beifahrerin: »Gretchen, du als meine weibliche Seite. Was soll ich denn jetzt tun?«

Gretchen drehte ihr struppiges, blondes Gesicht zur Seite und starrte aus dem Fenster.

»Das Ganze ist bestimmt nur ein Spiel. Sie hat die ganze Zeit über mit mir gespielt. Nicht, dass es mir nicht gefallen hätte. Aber trotzdem … es muss ein Spiel gewesen sein. Mir ist nur nicht klar, warum sie es spielt. Wenn sie mich gewollt hätte, hätte sie mich haben können.«

Gretchen ließ die Zunge aus dem Fenster hängen.

»Sie hätte mir schließlich keine Cola anbieten müssen«, fuhr er fort. »Oder mir von der toten Katze vor ihrer Tür erzählen müssen.«

Gretchen holte den Kopf wieder herein und knabberte an ihrer leicht verfilzten Flanke.

»Sie war wahnsinnig nervös, dabei war es ja nicht so, dass ich versucht hätte, sie zu bespringen. Ich habe nichts weiter getan, als sie freundlich anzulächeln. Die meisten Frauen lieben mein Lächeln. Soll ich versuchen, sie zu beeindrucken? Aber wie und womit?«

Gretchen wandte sich ab und richtete ihre Aufmerksamkeit wieder auf das, was vor dem Fenster vorbeizog.

»Was ist mit dem verwüsteten Garten? Mit Willy und seiner Frau?«

Es spielt keine Rolle. Du musst Ophelia deine liebevolle, mitfühlende Seite zeigen. Es sei denn, du willst wie dein Vater enden.

Gideon schob diesen Gedanken unsanft beiseite, genau wie er es mit jeder Andeutung tat, er hätte Ähnlichkeit mit seinem Vater – abgesehen von der Statur und Haarfarbe. Während er nach rechts vom Highway 43 abbog, sagte er vor sich hin grübelnd: »Lep meint, dass Willy seine Frau von Anfang an betrogen hat und dass es ihr egal ist, solange sie das Haus, ihren Luxusschlitten und die Designerklamotten für sich und die Kinder hat. Es ist ja nicht so, als ob Ophelia ein Auge auf diesen Idioten geworfen hat.«

Je mehr er sich Ophelias Haus näherte, desto schneller schlug sein Puls – vollkommen bescheuert, weil sie höchstwahrscheinlich gar nicht zu Hause war. Er fuhr ja auch nur vorbei, um zu sehen, ob der Gipsabdruck noch da war. Nicht, dass der Abdruck irgendwie wichtig wäre, aber wenn es dieser Frau gelang, ihn derart aus der Fassung zu bringen, dass er Beweisstücke vergaß, musste er ganz dringend in sich gehen. Oder ganz dringend Sex mit ihr haben, um seiner Verwirrung ein Ende zu setzen.

»Normalerweise weiß Lep, wovon er redet«, erklärte er Gretchen. »Er meinte ja auch, dass Constantine mich langsam und qualvoll umbringen würde, wenn ich Ophelia weh tue.«

Gretchen gähnte.

»Und ich dachte, dich interessiert es, was in meinem Leben vor sich geht … Das bedeutet wohl, dass ich nicht einfach Sex mit ihr haben kann, um die Sache abzuhaken.« Er kraulte Gretchen hinter dem rechten Ohr. »Ich würde nur gerne wissen, wie Constantine und sie zueinander stehen. Die Vorstellung, dass sie mehr mit ihm zu tun haben könnte, gefällt mir nicht.«

Er drosselte das Tempo des Mercedes und bog in Ophelias Einfahrt ein. Ein Mädchen von etwa zwölf oder dreizehn Jahren mit einem grüngelben Top und einer abgeschnittenen Jeans – ihr Outfit sah dem von Zelda erstaunlich ähnlich, nur war das Mädchen schon um einiges weiblicher – hockte mitten in dem verwüsteten Garten. Als sie das Auto sah, sprang sie auf. Ein kleineres Mädchen, die denselben cremefarbenen Teint und die gleichen blonden Locken hatte, stand neben ihm. Gideon gab sich größte Mühe, nicht zu bedrohlich zu wirken, als er den Wagen parkte und ausstieg. Gretchen lief sofort auf die große Pfütze zu, um die beiden zu begrüßen.

»Das ist Gretchen«, sagte Gideon.

Die jüngere der Wyler-Schwestern strahlte und schlang die Arme um den Hals des Hundes, während die ältere Gideon mit bebender Unterlippe anstarrte. Mist. Das Letzte, was er beabsichtigte, war, ihr einen Schrecken einzujagen.

»Ihr wollt den Gipsabdruck haben?«, fragte er. »Wartet, ich hole eine Unterlage aus meinem Pick-up, damit er nicht kaputtgeht.«

In den Augen des älteren Mädchens sammelten sich Tränen. »Brauchen Sie ihn denn nicht? Werden Sie meinen Vater nicht verhaften?«

»Wie kommst du denn darauf?« Gideon holte einen Pappkarton aus dem Wagen, um ihr ein wenig Zeit zu verschaffen. Er hoffte, dass sie nicht anfangen würde zu weinen.

»Aber … warum nicht?«

Er lächelte. »Weil Ms. Beliveau das nicht möchte.«

Das Mädchen stieß einen erleichterten Seufzer aus und nestelte an dem Pentagramm, das an einer Goldkette um seinen Hals baumelte. »Sehen Sie Ophelia noch mal?« Die feuchten Augen des Mädchens sahen ihn fast flehend an.

Und ob! »Bestimmt.« *Bitte, fang nicht an zu heulen.* »Wie heißt du denn?«

»Joanna Wyler. Das ist meine Schwester.« Joanna fischte ein gebrauchtes Taschentuch aus ihrer Hosentasche und putzte sich die Nase, ehe sie dem kleineren Mädchen einen bitterbösen Blick zuwarf. »Connie, reib dir bitte nicht das Gesicht an dem Hund. Das ist ekelhaft.«

»Ist es nicht«, erwiderte Connie. »Komm, Gretchen, ich stell dir Psyche vor.«

»Dummkopf«, schimpfte Joanna. »Psyche ist eine Katze. Hunde und Katzen vertragen sich nicht.«

»Tun sie wohl.« Als Connie hüpfend zum Trailer lief, folgte Gretchen ihr fröhlich.

»Ich darf nicht mehr mit Ophelia sprechen«, erklärte Joanna. »Sagen Sie ihr bitte, dass es mir wirklich sehr leidtut. Können Sie ihr das hier geben?« Sie spielte mit der zierlichen Kette, ohne sie jedoch abzulegen.

»Sie gehört Zelda. Ich habe sie in der Auffahrt gefunden.« Ihre Finger schlossen sich um das Pentagramm, während sie einen tiefen Atemzug tat. »Ich wünschte, ich wäre wie Zelda. Die hat einfach immer Glück, und sie ist so cool.«

»Psyche!«, säuselte Connie, die an der Ecke des Trailers stand.

Vorsichtig bewegte sich die graue Katze, die unter dem Trailer gehockt hatte, aus ihrem Versteck. Als ihre gelben Augen Gretchen erblickten, blieb sie kurz stehen und starrte den Hund an. Wieder machte sie zwei Schritte nach vorne. Schnuppernd streckte Gretchen sich in ihre Richtung, so dass sich die Nasen der Tiere sanft berührten. Psyche rieb sich im nächsten Moment an Gretchens Vorderlauf und miaute Connie an.

»Sag ich doch«, triumphierte das Kind. »Gretchen ist ein Mädchen. Psyche hasst nur Jungs.«

Joannas Kinn bebte. »Sehen Sie, ich habe mich schon wieder geirrt. Ich kann einfach nichts richtig machen. Zelda vertut sich nie. Außerdem besitzt ihre Mutter einen Club. Ich werde nie in einen Club gehen dürfen.«

Bitte, bitte, dachte Gideon. *Mach, dass sie nicht weint.*

»Und sie hat auch nicht so einen hässlichen Busen«, jammerte Joanna. »Mein Leben ist schrecklich.«

So ein Mist! Gideons Blick streifte ihre Oberweite, die sich unter dem viel zu eng sitzenden T-Shirt abzeichnete und die er die ganze Zeit versucht hatte zu ignorieren. Was zum Teufel sagte man in solch einem Fall zu einem Mädchen? Netter Vorbau? Es hatte schon einen Grund, warum er kein Therapeut geworden war. »Mit deinen Brüsten ist doch alles in Ordnung.«

Das Mädchen errötete. »Ich kann keinen Sport mehr machen. Dann hüpfen sie. Und die Jungs in der Schule starren mich die ganze Zeit an.« Ihre Wangen glühten regelrecht. Wieso erzählte sie bloß ausgerechnet ihm davon?

Aber Joanna schien gerade erst in Fahrt zu kommen und schob hastig nach: »Das nervt total. Ich wünschte, ich wäre so dünn wie Zelda. Sie kann einfach alles tragen, was sie will. Und sie kann tun, was sie möchte.«

»Warte noch ein bisschen«, entgegnete Gideon. »Früher oder später machen sich die Gene auch bei Zelda bemerkbar. Sieh dir nur mal ihre Mom und Ophelia an.« *Nicht zu verachtender Vorbau, den die beiden haben, übrigens.*

»Aber sie muss sich nicht so langweilig und *fein* anziehen«, fuhr Joanna verbittert fort. »Wann ist man eigentlich alt genug, um Sex zu haben?«

Verdammt. Wo stecken nur deine Eltern? »Wenn du erwachsen bist«, antwortete Gideon streng. »Wenn du einen Jungen kennenlernst, den du liebst. Aber jetzt ist es noch zu früh, an so etwas zu denken. Ignorier die Jungs lieber. Sie glotzen dich an, weil das Jungs halt so machen. Aber dabei sollte es noch ein paar Jahre bleiben.«

»Das sagt Ophelia auch.« Tränen glitzerten in den Augen des Teenies. »Wahrscheinlich hasst sie mich jetzt. Genau wie Zelda. Sie war zwar noch nie meine Freundin, aber jetzt wird sie bestimmt nicht einmal mehr mit mir reden.« Entschieden zog sie sich die Kette über den Kopf. »Geben Sie das bitte Ophelia. Sie kann es dann Zelda bringen.«

Gideon ignorierte ihre ausgestreckte Hand. »Warum gibst du sie Zelda nicht selbst, wenn du sie in der Schule siehst? Du kannst ja nichts dafür, dass dein Vater Ophelias Garten verwüstet hat.«

Joanna schüttelte den Kopf. Ihre Lippen zitterten, und Tränen liefen über ihre Wangen. Gideon kramte im Seitenfach der Beifahrertür seines Mercedes und gab Joanna eine Papierserviette, mit der sie sich die Augen trocknete und die Nase putzte.

»Hör zu«, sagte Gideon. »Ophelia hasst dich nicht, und Zelda wird es dir auch nicht zum Vorwurf machen.« Plötzlich kam ihm eine Idee. »Sie versteht sicher, wie schrecklich es ist, wenn die Eltern einen keine coolen Klamotten tragen lassen. Geh einfach zu ihr und rede mit ihr.« *Bitte, bitte, heul dich bei ihr aus. Ich komme einfach nicht mit kleinen, weinenden Mädchen klar. Das ist der Grund, warum ich Hausbesuche hasse. Da bearbeite ich lieber jeden Tag einen netten, sauberen Mord.* »Du wirst schon sehen, es funktioniert.«

So als würde dadurch etwas von Zeldas Magie auf sie abfärben, presste sie sich den Anhänger an die Brust. Die Worte purzelten nur so aus ihr heraus. »Das mit der Katze war nicht mein Vater, das schwöre ich Ihnen. Das war echt gruselig. So etwas würde er nie tun. Bitte sagen Sie das auch Ophelia.«

»Ich werde es ihr sagen«, entgegnete Gideon freundlich. »Hast du eine Ahnung, wer dahinterstecken könnte?«

Joanna schüttelte den Kopf. »Nein. Die Leute mögen Ophelia. Sie ist so nett.« Ein trauriger Ausdruck glitt über ihr Gesicht.

Gideon ging neben dem trockenen Gipsabdruck in die Hocke und legte ihn mit der Oberseite nach oben in den Karton. »Hat eure Mom euch geschickt, um das hier zu holen?«

Joanna nickte. »Sie ist total sauer, weil Dad neue Reifen gekauft hat, die wir uns gar nicht leisten können. Werden Sie Ophelia denn gar nicht verhaften? Wegen des Marihuanas, meine ich. Mein Vater hat es dort eingepflanzt. Er war sich fast sicher, dass sie die Polizei rufen würde, und dachte, dass Sie Ophelia dann verhaften, wenn Sie die Pflanzen sehen. Meine Mom hat ihm gesagt, wie dumm das war.«

Bingo, dachte Gideon. »Kann gut sein, dass Ophelia ihn beim nächsten Mal nicht so leicht davonkommen lässt. Meinst du, wir könnten deine Eltern und Ophelia zusammentrommeln, um darüber zu reden?«

Panik huschte über Joannas Gesicht. »Nein! Wir müssen jetzt los.« Zwei Häuser weiter donnerte ein verbeulter weißer Van in die Auffahrt. »Oh, nein«, stöhnte sie. »Was wollen die denn ausgerechnet jetzt hier? Ich sehe schrecklich aus, wenn ich geweint habe.«

Alles klar, sagte sich Gideon und beäugte den jungen Mann, der auf der Beifahrerseite ausstieg, und der ihm irgendwie bekannt vorkam.

»Joanna hat einen Freund«, trällerte Connie.

»Habe ich nicht.« Joanna starrte sie finster an.

Ein zweiter Mann, der einige Jahre älter war, erschien vor dem Van. Auf seinen Armen waren Dolche tätowiert. »Das ist Burton Tate«, sagte Gideon.

»Sie kennen ihn und seinen Bruder?« Aufgeregt faltete Joanna die Hände vor der Brust zusammen. »Sind sie nicht obercool?«

Nein, sind sie nicht. »Ich bin mit Burton zur Schule gegangen«, erklärte Gideon. »Der Kleine ist sein Bruder, oder?«

»Gabe«, antwortete Connie. »Joanna findet Gabe süß.«

Joanna lief um ihre Schwester herum. »Halt die Klappe.« Sie putzte sich lautstark die Nase. »Dad hat einen Gig mit ihrer Band. In einem Club, in den ich nicht darf. Das ist echt nicht fair.«

Als der jüngere Mann Joanna entdeckte, winkte er ihr grinsend zu. Joannas Wangen wurden rot. Verschüchtert winkte sie zurück. Der ältere Bruder starrte einen Augenblick lang in ihre Richtung. Dann schlug er Gabe nicht gerade zimperlich auf die Schulter und ging mit ihm zum

Haus. Ein paar Sekunden später kehrten sie mit einem Gitarrenkoffer und einem ramponierten Karton zurück. Dieser Idiot Wyler hatte doch tatsächlich sein Equipment vergessen.

Gideon hob die Hand, um Burton zu grüßen, der ihm kurz zunickte, ehe er sich hinter das Steuer setzte. »Wir sollten jetzt lieber nach Hause gehen. Connie muss zum Turnen. Danke für den Gipsabdruck. Das wird meine Mom beruhigen. Sie ist gerade etwas neben der Kappe.«

Ihr könnt einem echt leidtun, dachte Gideon, als er Gretchen auf den Beifahrersitz springen ließ und ebenfalls einstieg. Er setzte den Wagen zurück. *Wunderbare Kinder, die dazu verdonnert sind, ihre verblödeten Eltern zu decken, und sich ganz alleine mit der Pubertät herumschlagen müssen.* Vermutlich waren sogar Drogen im Spiel, aber er würde den Teufel tun, die Kinder da mit hineinzuziehen.

Er fuhr bis an das Ende der Sackgasse, bog rechts und dann gleich wieder links auf eine unbefestigte Privatstraße ab. Im Rückspiegel beobachtete er, wie die Wyler-Kinder nach Hause schlenderten. Joanna hielt den Karton im Arm, als hätte sie einen Schatz ausgegraben, und Connie lief noch dreimal zu Psyche zurück, um sich zu verabschieden, bevor sie endlich zu ihrer großen Schwester aufschloss. Am Ende des Weges, der durch einen Wald führte, parkte Gideon vor einem Trailer, der ungefähr so alt war wie Ophelias, sich aber in einem deutlich schlechteren Zustand befand.

»Sie brauchen sich gar nicht erst die Mühe zu machen«, hatte Donnie Donaldson zu ihm gesagt. »Plato ist ein ziemlich seltsamer Zeitgenosse und kann von seinem Haus aus eh nichts sehen.«

Vor dem Trailer stand kein Wagen. Plato war vermutlich bereits zu seiner Nachtschicht losgefahren, von der Donnie gesprochen hatte. Gideon lief die Stufen hoch, um durch die Eingangstür zu spähen, und klopfte. Als niemand öffnete, wendete er den Mercedes und fuhr im Schneckentempo die kleine Straße zurück durch den Wald.

Knapp hundert Meter vor dem Ende des Schotterweges entdeckte er in einer Eiche einen Hochsitz. Gideon war sich sicher, dass er von der Straße aus, die an den Grundstücken von Ophelia und Wyler vorbeiführte, nicht zu sehen war. Bestimmt wäre er ihm sonst vorher aufgefallen. Er stellte seinen Wagen ab, stieg aus und folgte einem ausgetretenen Pfad, der geradewegs zu dem Baum führte. Ungefähr anderthalb Meter über seinem Kopf entdeckte er eine zusammengerollte Strickleiter. Als er um die Eiche herumlief, sah er ein Seil und zog daran. Die Strickleiter sauste in die Tiefe.

Abgesehen von einer rostigen Metallschere, die an einem Nagel hing, war der Hochsitz ordentlich und blitzblank. Die Äste des mächtigen Baums waren exakt so beschnitten, dass sich ein perfekter Ausblick auf Ophelias Trailer bot.

4

Art wurde blass. »Woher wissen Sie von der Erpressung?« Ihre dunklen Augen und kantigen Züge, die Ophelia seltsam vertraut vorkamen, aber an einer Frau eigenartig wirkten, verhärteten sich feindselig.

»Wow«, platzte es aus Ophelia heraus. »Sie sind Gideon wie aus dem Gesicht geschnitten.«

»Ich fasse es nicht!« Art schäumte vor Wut. »Jetzt zieht dieser Kerl sogar schon seine dummen Betthäschen ins Vertrauen.«

Betthäschen? So sah also die Wahrheit aus über den einzigen Mann seit langem, der es geschafft hatte, echtes Interesse bei ihr zu wecken? »Ich steige nicht mit Ihrem dämlichen Bruder ins Bett«, zischte Ophelia.

Art kniff die Augen zusammen. »Mein Bruder ist nicht dämlich! Im Gegensatz zu seinen Tussis!«

Es fehlte nicht mehr viel, und Ophelia würde explodieren. »Ich kenne ihn erst seit heute Nachmittag.«

»Na und?«, antwortete Art und zog verächtlich eine Augenbraue hoch. »Ich habe gehört, dass er nicht lange fackelt.«

Das konnte Ophelia sich lebhaft vorstellen. »Was auch immer er mit seinen Freundinnen macht, er hat mir gar nichts verraten.«

»Woher wissen Sie dann davon?«

»Mein Garten wurde heute verwüstet, und die Polizei hat Gideon losgeschickt, um es sich anzusehen. Ich habe zufällig mitbekommen, wie er mit Ihnen darüber gesprochen hat, dass jemand erpresst wird.«

»Na wunderbar.« Art riss die Hände in die Höhe und stapfte über den Rasen zu Andreas Haus.

Ophelia heftete sich an ihre Fersen. »Was wollen Sie denn jetzt dagegen unternehmen?«

Art fuhr herum. »Das spielt keine Rolle. Da Sie uns eh nicht helfen können, vergessen Sie die ganze Sache am besten gleich wieder.« Zwei Stufen auf einmal nehmend, lief sie die kleine Treppe hinauf, hob ein Foto, das auf dem Boden lag, auf, und verschwand im Haus.

Ophelia folgte ihr. »Natürlich kann ich helfen. Wow, was für ein Durcheinander.«

»Ich habe versprochen, dass ich aufräume«, sagte Art. »Es hat Andrea fix und fertig gemacht, dass sie das Haus so zurücklassen musste.«

»Ich kümmere mich um die Schlafzimmer.«

Ehe Art etwas dagegen einwenden konnte, setzte Ophelia sich in Bewegung. Früher oder später würde sie sich ihr sowieso anvertrauen. Frauen mit verkorkstem Liebesleben konnten gar nicht anders, als Vampiren ihr Herz auszuschütten. Einer der Vorteile, wenn man diese besonderen Gene in sich trug. Zwar hatte Ophelia sonst nicht unbedingt den Eindruck, anderen hilfreiche Ratschläge geben zu können, aber mit Erpressung kam sie klar.

Es klapperte und klirrte, als Art die Küche aufräumte, bis der Krach irgendwann nachließ und der Duft von frischem Kaffee durch das Haus zog. Nachdem Ophelia die Waschmaschine mit Handtüchern beladen hatte, schlenderte sie in die Küche. Gideons Schwester saß zusammengesunken vor einer großen Tasse Kaffee und starrte trübsinnig auf eine Obstschale. »Das ist nicht fair«, sagte sie und richtete die Äpfel und Birnen. »Es ist doch nicht illegal, Nacktaufnahmen von sich zu machen.«

»Nein«, pflichtete Ophelia ihr bei, »ist es nicht.«

»In der Kunstakademie habe ich mir als Aktmodell ein bisschen Geld dazuverdient. Und irgendein Idiot hat heimlich Aufnahmen davon gemacht.«

Ophelia schenkte sich eine Tasse Kaffee ein. »Wie widerwärtig.«

»Ich bin Kunstlehrerin an der Highschool. Er hat gedroht, mit den Bildern zur Schulleitung zu gehen.«

»Aber dafür kann man doch nicht gefeuert werden.« Ophelia legte ihr mitfühlend die Hand auf die Schulter.

»Außerdem will er allen männlichen Schülern an der Schule einen Abzug schicken.«

»Verdammt, das klingt übel«, sagte Ophelia und ließ sich in einen Stuhl fallen.

Art drapierte Weintrauben auf den Äpfeln. Dann nahm sie einen großen Schluck Kaffee und legte eine Banane seitlich in die Schale.

»Hat Andrea auch Modell gestanden?«

»Nein.« Auf dem Tisch lag jetzt nur noch ein Apfel. Art nahm ihn am Stengel und drehte ihn so lange, bis er abfiel. »Ihr Mann Simon hat ein Foto von ihr gemacht, wie sie den kleinen Simon junior stillt. Sie und das Baby sind nackt. Der Erpresser hat gedroht, sie beim Jugendamt anzuschwärzen.«

»Mit welcher Begründung denn?«

»Sexuelle Befriedigung mittels eines Kindes.«

»Das ist doch Schwachsinn!«, entgegnete Ophelia. »Sie

können ihr doch nicht wegen eines einzigen, noch dazu völlig harmlosen Fotos die Kinder wegnehmen.«

»Haben Sie eine Ahnung! Die Welt ist voll von prüden Neandertalern. Ich weiß das so genau, weil ich mal mit einem verheiratet war.« Art öffnete eine Schublade und holte einen Apfelteiler hervor. »Wir wissen nur, dass der Erpresser Verbindungen zum Fotoladen hat, aber wir zahlen ihm keinen einzigen Cent. Andrea ist zu ihrer Mutter gefahren. Ihr Mann ist auf Geschäftsreise. Ich werde meinem Bruder nur von mir und nicht von Andrea erzählen. Wahrscheinlich wird er dann einen noch größeren Bogen um mich machen als sonst, aber er wird den Mistkerl festnehmen und die Sache damit beenden.« Ihre Stimme zitterte. »Wenn die Bilder an die Öffentlichkeit gelangen, kann ich beruflich einpacken. Vielleicht bin ich ja wirklich eine Exhibitionistin. Mein Ex war jedenfalls davon überzeugt. Ach ja, außerdem nehme ich meine Schüler gerne mal in den Arm. Das macht mich definitiv zu einem perversen Luder. Am besten, ich fange in einer Vampirbar an, damit meine Schüler sich hineinschleichen und mich anstarren können.«

Ophelia verzog das Gesicht. »Sie wollen in einem Club arbeiten?«

Art knallte ein Schneidebrett auf den Tisch. »Haben Sie ein Problem damit?«

»Überhaupt nicht. Meine Schwester besitzt einen Club in der Innenstadt.« Sie runzelte die Stirn. »Unterrichten Sie denn nicht gerne? Wollen Sie das wirklich alles aufgeben?«

In Arts Augenwinkeln glänzten Tränen. »Was spielt denn das noch für eine Rolle?« Mit vorsichtigen Bewegungen legte sie den Apfel auf das Schneidebrett.

»Eine ziemlich große«, sagte Ophelia. »Sie dürfen nicht zulassen, dass irgend so ein dahergelaufenes Arschloch Ihre

Karriere zerstört. Ich kenne Gideon erst seit heute, aber ich bin mir sicher, dass er das auch nicht will.«

Art hielt den Teiler über den Apfel. »Soll ich Ihnen mal sagen, was passiert, wenn ich ihm davon erzähle?« Sie senkte die Stimme und äffte mit unüberhörbarer Gönnerhaftigkeit ihren Bruder nach: »Warum hast du überhaupt nackt Modell gestanden, Art? Du hättest wissen müssen, dass du dir damit nichts als Ärger einhandelst. Ach ja, und warum hast du dich eigentlich von Steve scheiden lassen? Er ist doch so ein netter Kerl.« Sie seufzte. »Scheiße, scheiße und nochmals scheiße.« Damit drückte sie den Apfelteiler mit voller Wucht nach unten, wobei sie sich in den kleinen Finger schnitt, mit dem sie den Apfel fixiert hatte. Rotes, unwiderstehliches Blut quoll hervor.

Ophelia packte Arts Hand, legte die Lippen um den blutenden Finger und schloss die Augen, um jeden einzelnen Tropfen Blut zu genießen. Die Wunde verheilte augenblicklich. Wirklich der krönende Abschluss eines auf der ganzen Linie misslungenen Tages.

Gideon blieb an einer roten Ampel stehen. »Und jetzt? Zu ihrer Schwester oder zu meiner?«

Gretchen öffnete ein Auge und schloss es wieder.

»Zum Glück beobachtet die perverse Ratte Ophelia und nicht die Kinder«, sagte Gideon. »Das ist zwar genauso widerwärtig, aber Ophelia kann sich wenigstens selbst verteidigen.« Er grübelte. »Joannas Hormone spielen verrückt. Und das in Kombination mit Gruppenzwang, Schuldgefühlen und der Tatsache, dass sie bis über beide Ohren in einen Kerl verschossen ist, der doppelt so alt wie sie ist.« Gideon schüttelte den Kopf. *Frauen. Wie schön wäre das Leben ohne sie.*

Plötzlich dämmerte es ihm. Von einer Sekunde auf die nächste wurde ihm klar, dass sein Vater genauso gedacht haben musste. Schweigend fuhr er auf die Hauptkreuzung von Downtown Bayou Gavotte zu. Ganz in der Nähe lag das *Impractical Cat.* Aber es war noch zu früh, um mit Leopard zu reden. Linker Hand befanden sich die meisten Clubs seiner verschrobenen kleinen Heimatstadt, darunter auch Violets *Blood and Velvet.* Da bis zum Einbruch der Dunkelheit hier ohnehin nicht viel los war, bog er nach rechts in das Wohnviertel ab, in dem Artemisia wohnte.

Als Zelda die Tür öffnete, sah sie, wie Joanna Wyler zurückschreckte. *Schisser,* dachte sie, doch schon im nächsten Moment empfand sie Mitleid für das Mädchen und lächelte das arme aufgetakelte Ding freundlich an. »Hey, komm doch rein.« Sie wischte sich die mehligen Hände an der Rüschenschürze ab, die sie seit Urzeiten besaß.

»Ich kann nicht.« Joanna schluckte. »Ich bin nur vorbeigekommen, weil ich dir deine Kette bringen wollte. Ich habe sie in Ophelias Auffahrt gefunden.«

»Vielen Dank!« Zelda nahm das Pentagramm entgegen und schloss Joanna in die Arme. »Das ist total lieb von dir.« Ihr Blick glitt suchend auf die Straße. »Wie bist du denn hergekommen?«

»Mom hat mich beim Café rausgelassen. Eigentlich müsste ich jetzt meine Hausaufgaben machen, während meine Schwester beim Turnen ist.« Joanna blickte nervös hinter sich.

Zelda zuckte die Achseln und wartete immer noch freundlich lächelnd.

»Mom würde mich umbringen, wenn sie wüsste, dass ich hier bin«, fügte Joanna hinzu.

Dann geh doch, dachte Zelda, sagte aber: »Sie braucht ja nichts davon zu wissen. Sicher, dass du nicht reinkommen willst? Ich backe gerade Kekse.«

Das Mädchen schüttelte so schnell den Kopf, dass Zelda sich auf die Zunge beißen musste, um nicht loszulachen. Wieder wartete sie ab und war sich nicht sicher, ob Joanna gleich sprechen oder in Ohnmacht fallen würde, weil sie die Luft anhielt. Plötzlich sprudelte es nur so aus dem verschüchterten Mädchen heraus: »Kannst du Ophelia eine Nachricht überbringen?«

»Klar doch.« Mit einem Mal wünschte Zelda sich, ihre Mutter wäre zu Hause und Joanna würde nicht so jämmerlich dreinblicken. »Was soll ich ihr denn ausrichten?«

»Ich darf doch nicht mehr mit ihr reden.«

»Aha«, sagte Zelda. »Was willst du ihr sagen?«

»Ich fühle mich echt mies«, murmelte Joanna. »Ich mag Ophelia nämlich.«

»Jeder mag sie«, sagte Zelda, der im selben Moment aufging, dass ihre Mutter Joannas Geständnis in etwa vorausgesagt hatte. Aus unerklärlichen Gründen hatten Frauen, die in verkorksten Situationen steckten, das Bedürfnis, sich Vampiren anzuvertrauen. Sie wusste zwar noch nicht, ob sie je ein Vampir werden würde oder nicht, aber sie wollte alles daransetzen, Ophelia zu helfen. »Ich könnte jetzt einen Kaffee gebrauchen«, meinte sie schnell. »Die Kekse können warten.« Innerhalb weniger Augenblicke hatte sie die Schürze auf den Boden geworfen, ihrer Mutter eine Nachricht geschrieben, sich ihren Rucksack geschnappt und die Tür hinter sich zugezogen.

»Hoppla«, entfuhr es Ophelia, während sie so tat, als wäre es das Normalste der Welt. »Tut mir leid. Aber sieh es mal von der positiven Seite. Jetzt brauchst du kein Pflaster mehr.« Art sah mit weit aufgerissenen Augen dabei zu, wie Ophelia ihre Fangzähne zurück in den Oberkiefer saugte.

»O mein Gott.« Fassungslos blickte Gideons Schwester von Ophelia zu ihrem Finger und wieder zurück. »Du bist ein Vampir! Wie cool ist das denn?«

»Nicht besonders.« Ophelia musterte den Apfel und aß den Schnitz, an dem Arts Blut klebte.

»Weiß Andrea davon?« Art starrte sie noch immer fasziniert an.

»Nein, und du wüsstest es auch nicht, wenn ich mich nicht gerade selbst verraten hätte. Normalerweise gehe ich damit nicht hausieren.« Durch ihren Ärger hindurch hörte Ophelia Vis Stimme: »Erst wirst du gierig und dann unvorsichtig.« Sie hatte vollkommen recht. Aber Violets Angebot, ihr einen Blutspender oder einen Kerl für den Übergang zu suchen, war keine Alternative.

Aber Art war inzwischen schon so neugierig wie einer dieser schrecklichen Touristen. »Kann ich deine Reißzähne noch mal sehen? Wie machst du das, dass du sie aus dem Zahnfleisch hervorholst und sie dort wieder verschwinden lässt?«

Verdammt. Entnervt führte Ophelia ihr vor, wie die Reißzähne funktionierten. »Ich kann sie je nach Lust und Laune nach unten schieben und wieder zurückziehen. Aber sie entwickeln ein Eigenleben, wenn ich Blut rieche oder schmecke.« *Oder wenn ich mich ärgere. Oder erregt bin.*

»Wahnsinn! Ich hab schon immer gehofft, dass es Vampire wirklich gibt. O Gott, du hast von meinem Blut getrunken. Und die Wunde ist komplett verheilt. Wie hast du das gemacht?«

Ophelia seufzte. »Mein Speichel kann kleine Wunden sofort heilen.«

»Wow. Aber du bist nicht tot, oder? Werde ich jetzt ein Mutant?«

Ophelia verdrehte die Augen. »Natürlich nicht. Das Ganze ist rein genetisch. Bis auf die Reißzähne bin ich total normal.« *Abgesehen davon, dass ich bei Nacht sehen kann und mit einem ultraempfindlichen Gehör und einem ausgeprägten Geruchssinn gesegnet bin. Und natürlich meine besondere Spucke und …*

»Aber du bist unwiderstehlich, stimmt's?« Art kicherte. »Wusste ich doch, dass an den Geschichten etwas dran ist. Endlich habe ich mal recht und nicht Gideon. Er hält Vampire für eine perverse Fantasie.«

Ophelia ignorierte die bleierne Last, die sich auf ihr Herz legte. »Gut. Je mehr Menschen das glauben, desto besser. Wir Vampire haben ohnehin schon genug Probleme.« Sie hielt inne. »Bitte erzähl niemandem davon.«

»Also …«, setzte Art an, als hätte sie kein Wort gehört. »Wie hat Gideon denn auf dich reagiert?«

»Was für einen Unterschied macht das?«, fragte Ophelia gereizt. »Er hat reagiert wie all die anderen Männer. Da er ja offensichtlich nicht gerade schüchtern ist, wenn es um Frauen geht, hat er die erstbeste Chance ergriffen, mich anzugraben. Aber ich habe ihm klargemacht, dass er bei mir keine Chance hat. Du musst mir wirklich versprechen, niemandem zu verraten, dass ich ein Vampir bin. Zu deiner eigenen und meiner Sicherheit.«

»Weiß Gideon Bescheid?«

Mit wütendem Blick beobachtete Ophelia, wie Artemisias Lächeln immer breiter wurde. »Nein, und das soll auch so bleiben. Ich habe die Polizei nur gerufen, um dem Typen, der meinen Garten verwüstet hat, einen Schrecken einzujagen. Das ist alles. Ich brauche keine Hilfe. Aber dein Bruder tut gerade so, als bräuchte ich Schutz, und steckt seine Nase in Dinge, die ich locker selbst regeln kann. Wenn er herausfindet, dass ich ein Vampir bin, macht das alles nur noch schlimmer.«

»Das glaube ich nicht. Er wird sich vor Angst in die Hose machen. Er wirkt vielleicht verwegen und sexy, aber im Grunde ist er eher der konventionelle Typ.« Art stieß ein unheilvolles Lachen aus. »Wenn du ihn loswerden willst, dann zeig ihm einfach deine Beißerchen.«

»Toll.« *Ganz toll.* »Ich will ihn noch gar nicht in die Flucht schlagen. Wenn wir dem Erpresser eine Falle stellen, brauchen wir ihn, damit er den Kerl endgültig drankriegt und sich um die Beweise kümmert, die dir und Andrea schaden könnten.«

»Um sie zu vernichten, meinst du? Aber das ist doch illegal.«

»Nicht, wenn wir so tun, als hätte er nur mich erpresst.«

»Dich? Auf keinen Fall.« Art stand auf und schenkte sich Kaffee nach. »Das Risiko ist viel zu groß.«

»Warum denn nicht? Wer weiß, vielleicht gibt es noch andere unschuldige Opfer. Wir lenken Gideons Aufmerksamkeit auf etwas Wichtigeres als die Sache mit meinem verwüsteten Garten.«

»Eine lausige Idee.« Art stellte die Tasse ab und lief umher. »Wie willst du das anstellen? Soll irgendjemand verfängliche Fotos von dir machen? Du bist selbständig und damit genauso verletzlich wie ich.«

Ophelia schüttelte den Kopf. »Ich *wirke* genauso verletzlich wie du. Das ist ja das Schöne daran. Am besten, wir lassen einen Film im Fotoladen entwickeln. Mit Bildern, auf denen mein Geschäftsschild zu sehen ist, das ich in den Gärten von Kunden aufstelle – natürlich so, dass man ihre

Häuser nicht erkennt.« Art, die noch immer nervös von einem Ende der Küche zum anderen lief, schüttelte den Kopf. Ophelia zückte ihren größten Trumpf. »Mein bester Kunde ist Constantine Dufray. Er wird das für den Brüller schlechthin halten. Und falls seine Schlägertypen Wind davon bekommen, nerven sie mich nur deshalb, weil wir solche Probleme eigentlich anders lösen. Ich hänge meine Verbindungen zu den Clubs zwar nicht an die große Glocke, aber ich muss sie auch nicht verheimlichen.«

Art schien nur den ersten Satz mitbekommen zu haben. »Du kennst Constantine Dufray?«

»Ja, ich kenne ihn, und ja, ich kann dir Tickets oder Backstagepässe besorgen oder dich mit ihm persönlich bekannt machen. Aber können wir jetzt wieder über die wichtigen Dinge nachdenken? Hast du noch eine alte Kamera mit Film, keine Digitalkamera?«

»Klar. Ich unterrichte Fotografie.« Art sah mit träumerischem Blick zum Fenster hinaus. »Constantine Dufray. Cool.«

»Wir machen heute Abend ein paar Fotos im *Blood and Velvet.* Ich werde mich als Domina verkleiden. Vi findet sicher jemanden, der mit mir posiert. Das nötige Equipment werden wir uns allerdings von einem anderen Club ausleihen müssen. Meine Schwester erlaubt nichts, das mit Bondage zu tun hat im *Blood and …*«

»Scheiße«, rief Art. »Mein Bruder ist hier.«

Ophelias Herz machte einen Satz, als sie zum Fenster hechtete. Ein paar Häuser weiter, hinter einem Toyota, stand Gideons Mercedes.

»Wie lange er wohl schon da ist?« Art wurde plötzlich unruhig. »Seitdem er mich dabei erwischt hat, wie ich nackt staubgesaugt habe, kommt er nicht ohne Grund vorbei.«

Mist. »Ein Blick in deinen Telefonspeicher, und er weiß, mit wem du den ganzen Nachmittag geredet hast. Verdammt, er wird uns einen Strich durch die Rechnung machen.«

»Da kommt er. Moment, jetzt ist er stehen geblieben und unterhält sich mit meiner Nachbarin. Vielleicht zieht sie ihn ja in ihren Garten und ... Nein, er verabschiedet sich schon wieder. Ich könnte *versuchen,* ihn abzuwimmeln.« Art schnitt eine Grimasse. »Aber so wie ich ihn kenne, wird er mich so lange ausquetschen, bis ich ihm alles haarklein erzählt habe.«

»Lass mich nur machen«, sagte Ophelia. »Ich kann ihn ablenken.«

»Das glaube ich dir gerne«, lachte Art.

»Komm zum Abendessen zu meiner Schwester und bring deine Kamera und einen Farbfilm mit. Ich gebe ihr Bescheid, dass du kommst. Um sieben Uhr. Das große lilafarbene Stadthaus hinter dem *Blood and Velvet.* Und kein Wort zu niemandem, dass ich ein Vampir bin. *Bitte.*«

Art grinste erneut. »Ich schwöre es.«

Ophelia bezog neben dem Fenster, das zur Straße hinausging, Position und beobachtete, wie Gideon im Schein der späten Nachmittagssonne Andreas Auffahrt entlangschlenderte – ruhig und selbstsicher. Ein großer blonder Mischlingshund mit langem Fell trottete neben ihm her. Sie atmete tief durch, um ihr wie wild klopfendes Herz zu beruhigen. *Und wenn schon. Dann ist er eben der erste Mann seit Jahren, auf den du abfährst. Der Kerl hat an jedem Finger eine andere Tussi und Angst vor ein paar Beißerchen. Erst die Detektivarbeit, dann der Sex, falls alle Stricke reißen.*

Ophelia zählte langsam bis zehn, ehe sie die Tür öffnete. Vor ihr stand Gideon – pures Testosteron auf zwei Beinen, in

Jeans und einem karierten Hemd, das er bis zu den Ärmeln aufgerollt hatte. Wieso stand sie nur so auf hochgekrempelte Ärmel? Kräftige Unterarme, starke Hände … *Reiß dich zusammen, Mädchen!*

»Was für eine Überraschung.« Sie ließ die Tür offen stehen, lehnte sich an den Rahmen und sah Gideon mit einem Ausdruck in den Augen an, von dem sie hoffte, dass er leicht hochmütig wirkte und ihre immer größere Lust verschleierte. Für den Bruchteil einer Sekunde wirkte der Detective fasziniert. Dann klärte sich sein Blick, und seine Lippen zuckten.

»Ophelia. Was tun Sie denn hier?«

»Gartenarbeit.« Sie drehte ihre Anziehungskraft bis zum Anschlag auf und erntete einen glühenden Gesichtsausdruck, der ihre Knie weich werden ließ. Sie musste sich schnell wegdrehen. »Netter Hund.« Ophelia streckte ihre Hand aus, damit die Hundedame daran schnüffeln konnte.

»Das ist Gretchen«, sagte Gideon. »Also Gartenarbeit. Im Innern des Hauses.«

»Ich kümmere mich auch um Mrs. Dukas' Zimmerpflanzen, solange sie fort ist.« Ophelia schlüpfte auf die Veranda und schloss die Tür hinter sich. »Die Dukas' sind nicht da, tut mir leid.« Sie kraulte Gretchen hinter den Ohren.

»Ach wirklich?« Ein Anflug von Verärgerung schlich sich in Gideons Stimme.

»So ist es.« Ophelia fuhr Gretchen durch das weiche Fell, das dringend gestutzt und gebürstet werden musste. »Was haben Sie denn mit ihnen zu schaffen?« Sie bereitete sich innerlich darauf vor, ihn wieder direkt anzusehen.

»Dann spreche ich eben mit meiner Schwester.«

Ophelia gab sich größte Mühe, überrascht zu wirken.

Gideon lachte. »Art kann mir genauso gut meine Fragen

beantworten.« Er wollte die Hand nach der Türklinke ausstrecken, doch Ophelia blockierte ihm den Weg. Plötzlich war sie ihm gefährlich nahe. »Oder auch nicht.« Ohne zu zögern, beugte er sich nach vorne, bis sich ihre Nasen beinahe berührten. Auf ihren Lippen spürte sie seinen heißen Atem. Sie schloss die Augen und holte tief Luft. Wie von selbst öffneten sich ihre Lippen, und als sein Mund ihren sanft streifte, lief ein Schauer durch sie hindurch. Nur weil sie gerade Arts Blut probiert hatte, schaffte sie es, ihre Fangzähne jetzt unter Kontrolle zu halten.

Sie ließ sich gegen die Tür fallen. »Nein.«

»Nein?« Er war nur noch Millimeter entfernt. »Warum nicht?«

»Das ist keine gute Idee.« Sie machte einen Schritt zur Seite. »Und ich würde Ihnen auch nicht raten, ins Haus zu gehen.«

»Warum denn das?« Mit einem verwirrten und gleichzeitig besorgten Blick wich Gideon nach hinten. »Stimmt etwas nicht mit Art? Geht es ihr gut?«

»Ihr geht es gut, aber sie möchte im Moment nicht mit Ihnen sprechen.« Als Ophelia sah, wie verletzt er war, fügte sie hinzu: »Wieso setzen wir uns nicht und reden endlich?«

Schnell überquerte Ophelia die Veranda und setzte sich auf die oberste Stufe der kleinen Treppe neben eine Säule. Nachdem sie Gretchen zu sich gelockt hatte, löste sie die Baumschere aus ihrem Gürtel. »Der arme Hund ist ja völlig verfilzt.« Sie nahm eine Strähne von Gretchens Haar, hielt sie zwischen zwei Finger und schnitt sie ab.

Gideon blickte mit gerunzelter Stirn auf sie herab. »Worüber möchten Sie denn reden? Über Hundpflege? Wohl kaum. Über meine Beziehung zu meiner Schwester, die Sie nichts angeht? Oder vielleicht darüber, dass Sie sich nicht zu mir hingezogen fühlen, und das ist absoluter Schwachsinn. Ich weiß, dass Sie mich wollen.« Er setzte sich auf Gretchens andere Seite. »Los, machen Sie schon. Sagen Sie mir, dass ich arrogant und widerwärtig bin.«

»Sie sind ganz schön von sich selbst überzeugt, das muss man Ihnen lassen.« Ophelia, die sich wieder gefangen hatte, ließ ohne jegliche Regung ihren Blick über ihn gleiten, ehe sie sich einer weiteren verfilzten Strähne zuwandte. »Sie sind durchtrainiert, sehen nicht schlecht aus, sind selbstbewusst ... alles Dinge, die Frauen an Männern mögen.«

»Sie eingeschlossen.«

»Ich bin zwar nicht immun dagegen, aber das heißt noch lange nicht, dass ich mit Ihnen in die Kiste springe. Deshalb schlage ich vor, dass Sie Ihre Annäherungsversuche ab jetzt lassen.«

»Das könnte Ihnen so passen.« Er grinste. »Ich mag Ihr kleines Spielchen.«

»Das ist kein Spiel«, erwiderte Ophelia. »Ich kann wirklich nicht glauben, dass ich heute Nachmittag für einen kurzen Moment gedacht habe, Sie wären in Ordnung. Sie wollen die Frauen doch nur flachlegen. Ob sie dabei Gefühle entwickeln, ist Ihnen egal. Ich wette, Sie sind eine herbe Enttäuschung.« Sie wollte nach einer weiteren Strähne greifen, merkte aber, dass sie damit Gideon zu nahe kommen würde, und hielt inne.

»Nicht ganz«, wand Gideon ein. Er klang so, als würde es ihm Spaß machen, Ophelia zu ärgern. »Ich weiß, worauf Frauen stehen.«

»Sie haben nicht den blassesten Schimmer, worauf *ich* stehe«, antwortete sie, nahm dann doch die Strähne und schnitt sie ab. »Aber Sie würden sowieso den Schwanz einziehen, wenn es um meine Vorlieben geht.«

»Warum probieren Sie es nicht aus?«, fragte Gideon lächelnd. »Für Sie wäre das eine klassische Win-win-Situation. Entweder totale sexuelle Befriedigung … oder die Genugtuung, dass Sie recht hatten.«

»Recht zu haben ist mir nicht wichtig«, fuhr Ophelia ihn an.

»Sie werden auch nicht recht behalten«, wehrte sich Gideon, »aber Sie werden voll auf Ihre Kosten kommen. Was meinen Sie?«

Wieder musste eine von Gretchens verfilzten Strähnen dran glauben. »Sie wissen nicht das Geringste über die weibliche Psyche«, erwiderte Ophelia und zwang sich, nicht an Sex mit ihm zu denken. »Kein Wunder, dass sich Ihre Schwester bei so einem Bruder vernachlässigt fühlt.« Ihr Blick schoss zu ihm hinüber. »Das habe ich so nicht gemeint. Ich bin mir sicher, dass Sie sich um Art Gedanken machen. Normalerweise bin ich nicht so zickig, auch wenn Sie sich das wahrscheinlich nur schwer vorstellen können. Nicht, dass Ihre Meinung zählen würde, weil Sie eh ein Widerling sind.«

»Ich bin kein Widerling.« Gideon rutschte ein Stück zur Seite, damit Ophelia besser an Gretchens andere Flanke kam. »Wie wäre es mit einem Waffenstillstand? Lassen Sie uns ehrlich miteinander sein.«

Sie wünschte, sie könnte. Er hatte so eine tiefe, ruhige Stimme. Und dieses Lächeln in seinem Blick. Bis er ihre gottverdammten Reißzähne sah. Bis er … Sie schob die aufkommenden Erinnerungen schnell beiseite. »So einfach ist das nicht.«

»Das wird sich noch zeigen«, entgegnete Gideon. »Ist Art diejenige, die erpresst wird?«

Ophelia suchte fieberhaft nach einer passenden Antwort,

fand aber keine. Stattdessen schob sie die abgeschnittenen Strähnen zu einem Haufen zusammen.

»Verdammt«, brummte Gideon. »Was hat sie getan?«

Ophelia schüttelte den Kopf. »Nichts Illegales, aber sie denkt, dass Sie sie dafür verurteilen würden. Wenn Sie sich weiter so aufführen, wird sie sich noch mehr zurückziehen. Überlassen Sie die Sache einfach mir.«

»Ich und aufführen?! Ich würde sie niemals verurteilen. Schließlich ist sie eine erwachsene Frau. Sie kann tun und lassen, was sie will.«

»Aha.« Ophelia gönnte sich ein verkniffenes Lächeln. Gretchen gähnte und legte den Kopf auf den Pfoten ab. »Selbst wenn sie nackt das Haus staubsaugt?«

Gideons Gesichtsausdruck verfinsterte sich. »Hat sie Ihnen etwa in der letzten Stunde ihre ganze Lebensgeschichte erzählt? Von mir aus kann sie nackt durchs Haus tanzen, solange sie die Vorhänge zuzieht. Alles andere wäre einfach nur dumm.«

»Sie macht das doch nicht ohne Grund, Gideon. Sie hat eine schreckliche Ehe hinter sich. Das steigert nicht gerade das Selbstbewusstsein – auch in sexueller Hinsicht –, und ehrlich gesagt glaube ich, dass es von Anfang an nicht besonders stark war. Ihre Schwester kämpft gerade darum, wieder sie selbst zu werden. Das ist anstrengend genug. Da wäre es schade, wenn sie auch noch gegen Sie kämpfen müsste.«

»Das alles hat sie Ihnen erzählt?«

»In anderen Worten, aber ja, hat sie.«

Gideon starrte auf die Treppe und bemühte sich, seinen Ärger hinunterzuschlucken. »Es ist mein Fehler, dass sie sich an fremde Leute wendet, statt an mich.« Ein Eichhörnchen hastete über einen Ast der immergrünen Eiche am Straßenrand. Als es kopfüber den Stamm hinunterlief, hob Gretchen den Kopf. Selbst Gideon beobachtete das Tier. »Was kann ich für sie tun? Abgesehen von Sex habe ich keine Ahnung von Frauen, und darüber wird Art wohl kaum mit mir diskutieren wollen.«

»Seien Sie ein Freund. Verbringen Sie Zeit mit ihr. Wenn sie gut aussieht, sagen Sie es ihr. Und wenn Sie sie daran erinnern, die Vorhänge zuzuziehen, dann geben Sie ihr zu verstehen, dass Sie es nur tun, weil Sie sich Sorgen um ihre Sicherheit machen.« Kaum hatte das Eichhörnchen den Boden erreicht, machte Gretchen freudig bellend einen Satz nach vorne, um es wieder den Baum hochzujagen. Ophelia kicherte. »Ein süßer Hund.« Als sie für einen Moment ihre Hemmungen vergaß, lächelte sie ihn an.

Er schluckte. »Mein Gott, sind Sie schön.«

Ophelia zuckte zusammen und sprang auf. »Sowohl Art als auch Andrea Dukas werden erpresst. Andrea und ihr Ehemann sind deshalb aus der Stadt geflohen. Am besten, Sie sprechen Art gar nicht darauf an. Ich kümmere mich selbst um den Erpresser.«

Wortlos erhob sich Gideon. Sein entgeisterter Gesichtsausdruck sprach Bände.

Ophelia lief die Treppe hinauf. *Zurück an die Arbeit, Mr. O'Toole. Gott sei Dank.*

5

Gideon erwischte gerade noch Ophelias Hand. »Nicht so schnell.«

»Fassen Sie mich nicht an!«, fauchte Ophelia und riss sich los.

Hoppla. »Ms. Beliveau«, versuchte Gideon es erneut. »Ich weiß nicht, was Sie mitmachen mussten oder warum Sie sich nicht dazu durchringen können, freundlich zu mir zu sein, aber meine Schwester ist in Gefahr. Wenn Sie mir nicht sagen wollen, was Sie vorhaben, dann habe ich keine andere Wahl, als die Sache selbst in die Hand zu nehmen.«

Ohne Gideon eines Blickes zu würdigen, lief Ophelia mit geballten Fäusten auf und ab. Schließlich sagte sie: »Für Sie mag das unsinnig sein, aber ich bin auf der Suche nach einer Lösung, bei der Art und Andrea den Mistkerl nicht anzeigen müssen. Damit würden sie sich öffentlich bloßstellen. Andrea spielt da ohnehin nicht mit. Sie würde lieber ans andere Ende der Welt ziehen, als zu riskieren, dass ihre Kinder zu Pflegeeltern kommen. Und Art redet jetzt schon davon, ihren Job aufzugeben.«

»Wie bitte? Sie liebt ihre Arbeit! Sie ist mit ganzem Herzen Lehrerin.« Gideon unterdrückte den Impuls, ins Haus zu stürzen. »Womit wird sie denn erpresst?«

Ophelia riss die Hände in die Luft. »Sie hat an der Kunstakademie als Aktmodell gearbeitet, und jemand hat heimlich Fotos davon gemacht.«

»Ist sie jetzt völlig durchgedreht? Wenn sie Geld braucht, hätte sie auch zu mir kommen können!«

»Sie verhalten sich exakt so, wie sie es vorhergesagt hat. Was ist schlimm daran, als Aktmodell zu posieren? Vielleicht gefällt es ihr? Vielleicht mag sie es, wenn andere ihren nackten Körper betrachten? Es gibt viele Frauen, die darauf stehen.«

Das plötzlich einsetzende Brummen des Staubsaugers war zu nahe, als dass es sich um einen Zufall handeln konnte. Ophelia lachte leise auf. Sie legte die Hände um die Augen und spähte durch das schmale Fenster neben der Tür, während Gideon bewusst zurückwich. *Frauen. Die hatten doch alle einen an der Klatsche.*

»Feigling«, zog Ophelia ihn auf. Um ihre Mundwinkel lag der Anflug eines Grinsens.

Es fehlte nicht viel, und Gideon hätte ebenfalls gelächelt. »Wenn *Sie* nackt putzen wollen, wäre ich sofort dabei. Mit einem Staubwedel sehen Sie bestimmt ziemlich süß aus.« Er lehnte sich gegen eine der Säulen und musterte Ophelia von Kopf bis Fuß.

»Das ist unglaublich sexistisch.« Ophelia erwiderte seinen Blick mit einem überheblichen Ausdruck. »Aber das scheint ja in Ihrem Charakter zu liegen. Ihre kleinen Betthaschen tun wahrscheinlich alles, was Sie ihnen sagen.«

Betthäschen? »Ich vermute mal, dass Sie diesen Schwachsinn von meiner herzallerliebsten Schwester haben, die nicht mehr über mein Sexleben weiß als ich über ihres.« Er konnte seine Augen nicht mehr von ihren Brüsten und den sanften Rundungen ihrer Hüfte abwenden. Plötzlich stieg eine unglaubliche Hitze in ihm auf. Etwas in seinem Innern, gegen das er vollkommen machtlos war, zog ihn unwiderstehlich zu ihren sinnlichen Lippen. Er stieß sich von der Säule ab. Wie von selbst legte sich seine Hand fest um ihre Taille, während seine andere Hand zart ihre Brust streifte und sein Mund ihre Lippen mit einem Kuss versiegelte. Leise aufstöhnend, schmiegte sich Ophelia in seine Umarmung. Ihre Lippen öffneten sich, und ihre Zunge fuhr fordernd über seinen Mund.

»Gideon O'Toole!« Wie ein Peitschenhieb fuhr die schrille Stimme auf ihn nieder, woraufhin Gretchen aufgeregt zu bellen begann. Laute Schritte polterten die Stufen hinauf. »Du solltest dich was schämen!«

Ein Spazierstock versetzte Gideon einen Schlag vors Schienbein, und er wich wie benebelt zurück. Gretchens Bellen wurde lauter. »Vielen Dank, Mrs. Cotter«, stammelte Ophelia mit kreidebleichem Gesicht, ehe sie sich die Hände vor den Mund schlug und die Treppe hinunterhastete. »Ich weiß auch nicht, was in mich gefahren ist.« Ophelia eilte in Richtung Garten.

»So war Gideon schon als kleiner Junge«, antwortete Mrs. Cotter, die sich seit Ewigkeiten gerne in die Angelegenheiten anderer einmischte. »Als er in der ersten Klasse war, habe ich ihn schon dabei erwischt, wie er ein Mädchen nach dem anderen geküsst hat.«

»Ja, Mrs. Cotter«, brummte Gideon. »Und keine von ihnen hat es je bereut. Genau wie Ophelia, ehe Sie gekommen sind.«

»Du frecher Bengel! In aller Öffentlichkeit herumschmusen. So etwas macht man zu Hause und nicht auf der Straße.« Damit ging Mrs. Cotter auf ihren Gehstock gestützt hinter Ophelia her. »Seien Sie gewarnt, Ophelia. Dieser Junge macht nichts als Scherereien.«

Ophelia musterte eines der Blumenbeete. »Nochmals vielen Dank, Mrs. Cotter, ich weiß Ihre Sorge zu schätzen. Aber jetzt muss ich mich wieder an die Arbeit machen.« Sie holte eine kleine Schaufel hervor und deutete auf die verschiedenen Beete. »Hier, da und dort.« Wenig später türmten sich neben unzähligen kleinen Löchern kleine Häufchen frisch duftender Erde auf, die von Gretchen ausgiebig beschnüffelt wurden.

»Küssen unter Ausschluss der Öffentlichkeit klingt nach einer guten Idee«, sagte Gideon, während Mrs. Cotter mit energischen Schritten in ihrem Haus verschwand. *Würde mich nicht wundern, wenn der Drachen es so eilig hat, um den Chief zu verständigen.*

Ophelia sah nicht von dem Blumenbeet auf. »Nein.«

»Ihnen hat es gefallen und mir auch. Warum also nicht?«

»Nein«, wiederholte Ophelia, schob Gretchen sanft beiseite, lief den gepflasterten Weg entlang und verschwand durch ein Tor in der Steinmauer. Ohne ihn auch nur eines Blickes zu würdigen, kehrte sie eine Minute später mit zwei Paletten Springkraut wieder.

Du wusstest doch, dass das keine gute Idee war, sagte Gideon zu sich selbst. Irgendwie brachte er es nicht übers Herz, Ophelia alleine zu lassen, obwohl es dringend angebracht wäre, sich um Art zu kümmern. Diese Frau war vollkommen neben der Spur. Genau wie seine Schwester. Er war doch kein verdammter Therapeut.

»Weshalb wird Mrs. Dukas denn nun erpresst?«

Einen Augenblick lang dachte Gideon, Ophelia würde ihm die Antwort verweigern. »Ihr Ehemann hat Fotos davon geschossen, wie sie nackt ihr Baby stillt.« Als er ein ungeduldiges Geräusch von sich gab, fügte sie hinzu: »Man kann ja nie wissen, was das Jugendamt für pervers hält und was nicht. Andrea wollte nur ihre Kinder in Sicherheit bringen.«

»Hat der Erpresser etwas mit dem Fotoladen zu tun? Es gibt ja nur noch einen in der Stadt.«

»Ja«, antwortete Ophelia mürrisch.

»Lassen Sie mich raten: Jetzt wollen Sie ihm eine Falle stellen? Ihm ein weiteres Opfer vor die Nase setzen?«

Statt etwas zu erwidern, pflanzte Ophelia mit gekonnten Handgriffen die Blümchen in die ausgehobenen Löcher.

»Und da Sie lieber auf eigene Faust handeln und ich zu allem Überfluss auch noch ein Bulle bin, haben Sie entschieden, mich außen vor zu lassen?«

Ophelia stieß einen überzogenen Seufzer aus. »Am besten, wir lassen das Thema. Wieso vertrauen Sie mir nicht einfach?«

Gideon brach in schallendes Gelächter aus. »Wie wäre es, wenn *Sie mir* vertrauen? Geben Sie sich einen Ruck, so schlimm bin ich gar nicht. Ehrenwort.«

»Das ist etwas anderes.« Ophelia drückte die Erde um eine der Pflanzen an. »Ich vertraue Ihnen ja, mehr oder weniger.«

»Wer's glaubt!«

»Wenn ich es doch sage!« Ophelia war gerade dabei, den letzten Setzling einzupflanzen. »Sie verstehen gar nichts.«

»Dann erklären Sie es mir doch.«

»Ich wünschte, ich könnte«, sagte sie mit leiser, verbitterter Stimme, das Gesicht noch immer abgewandt.

»Was immer Sie sich wünschen«, sagte Gideon. »Geben Sie mir einfach eine Chance.«

Was für ein Schwachkopf er doch war.

Ophelia klopfte sich den Dreck von den Händen und stellte die Paletten ineinander, bevor sie sich ihren Weg zum hinteren Teil des Blumenbeets bahnte. Nach weiteren zwei Minuten hielt Gideon die Stille nicht mehr aus. »Schätzchen, Sie haben mir keinen einzigen Grund gegeben, Ihnen zu vertrauen. Die Signale, die Sie mir senden, sind widersprüchlich. Warum sollte ich Ihnen also glauben? Im Moment interessiert mich in erster Linie, dass meine Schwester unbeschadet aus der Sache herauskommt. Doch dazu muss ich wissen, was hier vor sich geht.«

Ophelia nestelte an der Zeitschaltuhr des Bewässerungssystems der Dukas'. »Wenn ich so weit bin, dass der Erpresser verhaftet werden kann, rufe ich Sie an.« Sie hob die Pflanzschaufel und die Paletten auf und setzte sich in Bewegung.

Sichtlich unbeeindruckt lief Gideon neben ihr her. »Nehmen wir an, Sie finden einen Dummen, der sich absichtlich erpressen lässt. Vielleicht springt der Kerl im Fotoshop sogar darauf an, und ich verhafte ihn. Das wäre der Idealfall. Was aber, wenn Ihr Freund Mist baut und der Typ herausfindet, dass es eine Falle war? Und selbst wenn der Plan aufgeht, kann es Probleme geben. Was ist mit den Fotos von Art und Mrs. Dukas? Sie könnten im Laden, bei ihm zu Hause oder auf seinem Computer sein. Ich kann nicht garantieren, dass ich an sämtliche Kopien herankomme. Wenn Sie mich mit einbeziehen, hätten wir bessere Chancen. Sie mussen mir alles erzahlen, was Sie und Art uber diesen Kerl wissen. Dann kann ich darauf vorbereitet sein.«

»Ich werde Sie auf dem Laufenden halten.« Ophelia beschleunigte die Schritte.

Gideon folgte ihr. »Das reicht mir als Antwort nicht.«

»Ich rufe Sie morgen an. Morgen früh, versprochen«, sagte sie und steuerte auf ihren Wagen zu.

»Damit kann ich mich leider auch nicht zufriedengeben.

Was zum Teufel ist nur los mit Ihnen? Jetzt reden Sie schon endlich mit mir, verdammt noch mal.«

»Ich will aber nicht. Ich komme auch gut ohne Ihre Hilfe zurecht.«

»Tja, Pech gehabt.« In seiner Stimme lag unverkennbar Ärger. »Ich werde Ihnen helfen, ob es Ihnen nun passt oder nicht. Den Sex können wir ja vorerst verschieben, obwohl Sie genauso scharf darauf sind wie ich. Aber wenn es um das Gesetz geht, sollten Sie lieber mit mir zusammenarbeiten.«

Ophelias Hände ballten sich zu Fäusten, und sie ging noch schneller. »Ich habe Freunde, die sich mindestens genauso gut oder sogar noch besser um die Sache kümmern können.«

»Sie wollen mit der Unterwelt gemeinsame Sache machen?«, fragte Gideon perplex. »Ich dachte, Sie hielten nicht viel von Gewalt.« Ophelia rannte jetzt beinahe. Vor lauter Frust ging Gideon zum Angriff über: »Auf der anderen Seite natürlich eine ziemlich unkomplizierte Lösung: Constantine Dufray macht den Kerl platt, und alle sind glücklich.«

Ophelia wirbelte herum, kniff die Augen zusammen und zischte: »Wagen Sie es ja nicht, in meiner Gegenwart schlecht über Constantine zu reden!« Mit mehr Schwung als nötig beförderte sie die dreckige Schaufel und die leeren Paletten in den Wagen. »Und jetzt lassen Sie mich verdammt noch mal in Ruhe.«

Gideon schäumte regelrecht vor Wut und sah Ophelia hinterher, die in ihren Pick-up sprang und wegfuhr. Erst als Gretchen ihn mit ihrer kalten Nase an der Hand anstupste, machte er sich auf den Weg zu seinem Mercedes auf der anderen Straßenseite. Art würde warten müssen.

»Hat sie dir einen Korb gegeben, Junge?«, ertönte Mrs.

Cotters krächzende Stimme von der anderen Seite ihres Gartentors. »Sie ist zu klug für dich. Bleib bei den Dummchen, wie du es schon in der ersten Klasse getan hast.«

Gideon wurde langsamer. »Wenn Sie das sagen, Ma'am.«

Mrs. Cotter klopfte mit ihrem Stock gegen den Zaun. »Ophelia ist ein Mädchen zum Heiraten – da solltest du in deinem Alter langsam mal drüber nachdenken. Sie ist schlau, hübsch, hat ein gutes Herz und einen grünen Daumen. Wenn es jemanden gibt, der deinen verwilderten Garten in den Griff bekommt, dann sie. Meine Tochter hat mich letzten Sonntag im Auto mitgenommen, um mir die neue Schickimickisiedlung am Golfplatz zu zeigen. So überwuchert, wie deine Auffahrt ist, grenzt es an ein Wunder, dass du dort parken kannst. Weiß der Himmel, wie es in deinem Haus aussieht. Deine arme Mutter würde sich im Grabe herumdrehen.«

»Ja, Ma'am.« Da sie mit ihrer Standpauke anscheinend immer noch nicht fertig war, wartete Gideon zähneknirschend.

»Du musst Ophelia den Hof machen, wie es sich gehört und wie es sein sollte. Erst heiraten, dann der Sex.«

Für Gideon kein Problem, vorausgesetzt, die Hochzeit fand in den nächsten 24 Stunden statt. Nein, besser noch am selben Abend. Allmählich hatte er das Gefühl, er würde durchdrehen.

Mrs. Cotter piekste ihn mit ihrem Gehstock. »Sonst denkt sie, sie wäre nichts weiter als eine von vielen Eroberungen.«

»Ich würde niemals ...« Nein, er würde nicht sein Sexleben mit seiner ehemaligen Grundschullehrerin diskutieren. »Ja, Ma'am.«

»Was? Du denkst wohl allen Ernstes, dass du nie jemandem weh getan hast? Ich wette, die Stadt ist voll von unzähligen gebrochenen Herzen, die auf dein Konto gehen. Lass dir eins gesagt sein: Wenn du Ophelia nicht anständig behandelst, bekommst du es mit mir zu tun.«

Und mit Leopard und Constantine, Violet, Zelda und jetzt vermutlich auch mit Artemisia. Nicht zu vergessen Gretchen und Psyche.

»Ja, Ma'am.« Gideon flüchtete.

Bei Sonnenuntergang traf Gideon im *Chamber* ein. Im Gegensatz zu Violets *Blood and Velvet,* in dem nur ein paar Spinner, die sich für Vampire hielten, verkehrten, ging es im *Chamber* härter zu. Hier standen sogar sanfte Formen der Bestrafung und SM-Praktiken an der Tagesordnung, bei denen die Gäste entweder zusahen oder aktiv mitmachten. Wer wollte, konnte sich ausziehen, fesseln, in Ketten legen und auspeitschen lassen. Ganz Mutige vertrieben sich die Zeit mit Piercings, Tätowierungen oder einem Cutting. Alles geschah allerdings nur auf freiwilliger Basis, denn genau wie das *Blood and Velvet* war das *Chamber* in erster Linie ein Club für neugierige, aber harmlose Touristen. Auch wenn die Einrichtung mit viel Samt, Gold und den Bordellbetten etwas anderes vermuten ließ, ging hier nichts Illegales ab.

Um nicht vor der noch verschlossenen Tür zu stehen und sich auf Diskussionen einlassen zu müssen, benutzte Gideon den Personaleingang, von wo aus er sich ohne Probleme seinen Weg zur Bühne bahnte. Dort war Willy Wyler gerade dabei, einen Gitarrenständer aufzubauen. Gideon sprang auf die Bühne und packte den Musiker unvermittelt bei der Gurgel, bis er röchelte. Dann stieß er ihn unsanft gegen die Balustrade.

»Was zum Teufel ist hier los?« Burton Tate ließ das Gewirr aus Kabeln fallen und eilte auf die Bühne, dicht gefolgt von seinem jüngeren Bruder und einem schlaksigen Typen, der ohne Zweifel auf Speed war. »Verzieh dich, oder ich rufe die … Ach ja, du gehörst ja zu den Bullen. Was willst du hier?«

»Willy davor bewahren, dass er in die Fänge von Leopards Schlägern gerät«, antwortete Gideon. »Dafür sollte er mir eigentlich dankbar sein.«

»Mach ihn nicht so fertig. Wir wollen heute noch auftreten.« Derselbe schleimige Burton wie eh und je. »Was hat er denn angestellt?«

Der Musiker auf Speed stand da und glotzte nur, während Gabriel Tate mit einem verängstigten Blick auf Gideon ein paar Groupies verscheuchte.

»Er hat den Garten von jemandem verwüstet, mit dem man sich besser nicht anlegt.«

Gideon wartete, bis Willy Wyler sich aufrappelte.

»Davon habe ich gehört«, meinte Burton. »Lisa war wahnsinnig sauer wegen der Sache.« Er kratzte sich an seinem tätowierten Dolch auf dem Bizeps. »Willy hätte es besser wissen müssen. Ophelia lässt niemanden ran, außer Constantine und Leopard. Aus welchem Grund sollten die beiden die kleine Schlampe sonst beschützen?«

Gideon packte Willy grob am Arm. »Ich werde ihm nicht weh tun, es sei denn, er lässt mir keine andere Wahl.«

Nachdem er den Gitarristen zur Bar gebracht hatte, drückte er ihn auf einen Hocker, fischte eine Zigarette aus dem Päckchen, das in Willys Hemdtasche steckte, und zündete sie für ihn an. »Okay, Willy, hör mir genau zu. Wir wissen beide, dass du Ophelias Garten nicht verwüstet hast, weil sie dich nicht ranlässt. Das wäre ziemlich dumm, selbst für einen wie dich, der nicht sonderlich hell in der Birne ist. Also, warum hast du es getan?«

Willy nahm die Zigarette und zog kräftig daran. Offensichtlich dachte der Idiot tatsächlich nach.

»Komm schon«, sagte Gideon. »Ich weiß, dass du dahintersteckst. Mich würde nur interessieren, warum.«

Willy räusperte sich. »Scheiße, Mann. Kein Grund, mir gleich an die Gurgel zu springen. Ich hätte dir auch so gesagt, was du wissen willst.«

»Pass auf, Willy. Ich will, dass du und die anderen, dass ihr Ophelia in Ruhe lasst. Der Abdruck meiner Hand auf deinem Hals hinterlässt mehr Eindruck als ein Gespräch.«

Willy starrte ihn an. »Scheiße, Mann, sag jetzt bloß nich', dass du auch was von der Lesbe willst.« Er wurde blass. »Schlag mich nich', ja? Es stimmt, das schwöre ich.«

Gideon bewegte sich keinen Millimeter und seufzte: »Mensch, Willy, nur weil sie nicht mit jedem Idioten in die Kiste springt, heißt das noch lange nicht, dass sie auf Frauen steht.«

Willy Wyler zog wieder an seiner Zigarette. »Versprich mir, dass du mich nich' schlägst.«

»Ich verspreche dir, *dass* ich dich schlage, wenn du mir nicht alles erzählst, was du weißt.«

»Okay, aber es wird dir nich' gefallen.« Er zuckte zusammen, als Gideon sich nach vorne lehnte. »Schon gut, schon gut. Ich sag dir, was ich weiß. Ophelia steht auf Kinder. Gegen Tunten oder Lesben hab ich nix. Solange sie sich von Kindern fernhalten. Vor allem von meinen.«

Gideon hielt den Atem an, packte Willy beim Hemd und riss ihn nach vorne, auch wenn er dabei dem stinkenden Kerl näher kam, als ihm lieb war. »Sag mir jetzt endlich die Wahrheit, du Arschloch.«

»Das is' die Wahrheit, ich schwör's«, stammelte Willy. »Sie hat Nacktfotos von meiner Joanna gemacht. Widerliches Zeug. Das Mädchen ist gerade mal dreizehn, und sie lässt es wie eine dahergelaufene Schlampe posieren. Es gibt sogar ein Foto von Connie in der Badewanne. An und für sich keine große Sache, aber wer weiß, was sie sich als Nächstes ausdenkt? Ich musste etwas unternehmen, verstehst du?«

Der Geruch nach purer, tiefsitzender Angst mischte sich in seine widerlichen Ausdünstungen. Gideon ließ Willys Hemd los und runzelte die Stirn. »Red weiter.« Er gab dem Barmann, der sich vorsichtshalber an das andere Ende des Tresens verzogen hatte, ein Zeichen. »Bourbon, ohne Eis.«

»Ich hab ihr gesagt, sie soll sich von meinen Kindern fernhalten. Das war vor einigen Wochen.« Willy hielt kurz inne, um seine Gedanken wieder zu sammeln. »Um es kurz zu machen, ich hatte heute Morgen etwas zu viel Koks getankt und bin ausgerastet.« Er sackte in sich zusammen. »Aber verdammt noch mal, sie hat nich' das Recht, meine Kinder anzufassen.«

Gideon lehnte sich nach hinten, um wenigstens halbwegs frische Luft zu bekommen. »Wie bist du denn an die Fotos rangekommen, Willy? Ist Ophelia etwa vorbeigekommen und hat sie dir gezeigt?«

»Du glaubst mir nicht, oder? Aber es stimmt. Ophelia hat Lisas CDs beim Fotoshop abgegeben. Da muss aus Versehen eine von ihren druntergerutscht sein. Ist ja auch egal. Ich kenne die Bilder, weil mein Name auf dem beschissenen Umschlag stand und …«

»Und was?«, fragte er, auch wenn es klar auf der Hand lag. Während Willy wieder sein Hirn anstrengte, tauschte Gideon einen Fünf-Dollar-Schein gegen den Whiskey und hielt ihn Willy unter die Nase. »Hat Joanna gesagt, dass Ophelia die Bilder gemacht hat?«

»Natürlich hat sie …« Willys Augen schossen unruhig im Raum umher. »Das musste sie mir gar nich' sagen. Sie hat sich die Augen aus dem Kopf geweint und gesagt, dass es ihr leidtut. Aber sie hat auch nich' gesagt, dass Ophelia die Bilder *nich'* gemacht hat.«

Gideon blickte zum Himmel. »Wer hat ihr die tote Katze vor die Tür gelegt? Einer von deinen widerlichen Kumpels?«

Willy spülte den Whiskey mit einem Zug hinunter. »Keine Ahnung, Mann. Es gibt viele Typen, die nich' gut auf sie zu sprechen sind. Und vielleicht hat sie auch mit anderen Kindern ihre perverse Fotonummer durchgezogen.« Er schüttelte den Kopf. »Ich will nich', dass irgendjemand denkt, ich hätte was damit zu tun. Oder dass ich die Fotos gemacht hätte.« In seiner Stimme lag Panik. »Ja, okay, ich nehme ab und zu Drogen, aber ich bin nicht pervers. Meine Karriere wäre im Arsch, meine Kinder müssten ins Heim, und Lisa würde mich umbringen.«

»Als ob deine Karriere nicht schon längst vorbei wäre«, murmelte Gideon. »Schau dir doch nur mal an, mit wem du zusammenarbeitest. Wenn du die Scheißdrogen weglassen würdest, bekämst du auch wieder mehr Gigs, so wie früher. Reiß dich mal zusammen. Ich kann dir nur raten, von jetzt an den Ball flach zu halten, keine Gärten zu verwüsten und niemanden zusammenzuschlagen – vor allem keine Erpresser. Hast du mich verstanden?« Er grinste, als Willys Kinnlade erstaunt eine Etage tiefer fiel. »Ich kümmere mich um den Erpresser und finde heraus, wer wirklich hinter den Fotos steckt. Sieh zu, dass du von dem Dreckszeug loskommst, sonst landen deine Kinder trotzdem noch im Heim.«

Er brachte Wyler zurück auf die Bühne und gab Burton ein Zeichen, ihn zur Tür zu begleiten. »Sorg dafür, dass die Minderjährigen von hier verschwinden«, sagte er, als sie alleine im Flur standen. »Du kennst die Gesetze.«

»Ja, Mann, aber mein kleiner Bruder ...«

»Dein Bruder ist kein Teenie mehr. Und du willst doch, dass er seine Eier behält, oder?«

»Verdammt, Gideon, komm schon.«

»Das ist nicht auf meinem Mist gewachsen, Burton. In den Clubs gelten die Gesetze der Unterwelt, und das weißt du genau. Erstens: Keine Besucher unter achtzehn. Zweitens: Niemand wird zum Mitmachen gezwungen.«

»Das sind Freundinnen meines Bruders, und er will sie dabeihaben. Ohne ihn als Sänger kann die Band nicht auftreten.«

»Macht nur weiter so, wenn ihr wollt, dass er bald eine Oktave höher singt, weil Leopards Schläger ihm die Eier abschneiden.«

»Verdammt, Gideon. In anderen Clubs hängen auch Minderjährige ab.«

»In diesen Clubs ist aber auch der eine oder andere gewaltsam zu Tode gekommen, schon vergessen, Burton? Wenn du auf Risiko stehst, dann schnapp dir deinen Bruder und seine Groupies und tritt dort mit ihm auf.«

Sie betraten den Clubraum, in dem sich das Tattoo- und Piercingstudio sowie ein Souvenirshop befanden. Die Mitarbeiter trafen gerade die letzten Vorbereitungen für den Abend, als sich über das geschäftige Treiben hinweg eine lachende Stimme erhob. »Das ist eine niedliche Peitsche, Joe, aber pink? Ich brauche etwas Männlicheres.«

»Hi, Baby!« Burton streckte seine schmierige Hand aus. »Etwas Männlicheres als mich wirst du nicht finden.«

Als Ophelia die Peitsche schwingend herumwirbelte, riss Burton die Hand in die Höhe, um den Schlag abzuwehren. Stattdessen trat sie ihm zwischen die Beine, woraufhin Burton – mit beiden Händen im Schritt – keuchend zu Boden ging.

»Du hättest eben auf mich hören sollen, Burton.« Ophelia ließ die Peitsche auf den Tresen fallen. »Dasselbe gilt auch für Sie, Gideon O'Toole. Joe, zeig dem Bullen, warum ich heute hier bin.«

Kichernd brachte der Verkäufer den Inhalt einer silberfarbenen Einkaufstüte zum Vorschein. Handschellen, ein falsches Vampirgebiss, Nippelklemmen, Ketten und Fesselriemen.

Was für ein Akt. Gideon lachte in sich hinein und verschränkte die Arme vor der Brust.

»Gib mir eine echte Peitsche.«

Joe reichte ihr ein Monstrum aus schwarzem Leder, das mühelos durch Elefantenhaut schneiden würde. »Hier, Schätzchen. Heute Abend noch viel vor, was?«

»O ja.« Ophelia warf die überdimensional große Peitsche in die Tasche. »Pack mir alles ein.«

»Schade, dass wir nicht auf dasselbe stehen«, sagte Joe. »Aber vielleicht kann ich ja vorbeikommen und zugucken?«

Ophelia lachte. »Wie wäre es mit dem pinkfarbenen Vibrator dort hinten? Der mit den Federn.«

Gideon spürte, wie sich Wut in ihm breitmachte. Beinahe so, als wäre er verletzt. *Lächerlich.* In der Hoffnung, wenigstens einen coolen Eindruck zu machen, lehnte er sich gegen den Verkaufstresen und sagte mit bemüht ruhiger Stimme: »Was hat Burton Ihnen denn angetan?«

»Er hat mich angegrabscht«, antwortete Ophelia, ohne

ihn eines Blickes zu würdigen. »Und das nicht zum ersten Mal.« Sie schraubte das Ende des Vibrators ab. »Batterien.«

Joe kramte unter dem Tresen und gab ihr, wonach sie verlangt hatte. Neugierig blickte er von Ophelia zu Gideon und wieder zurück.

»Ich kann mich noch lebhaft daran erinnern, dass ich dasselbe getan habe«, sagte Gideon.

»Nur weil Sie in einer anderen Liga als Burton spielen, heißt das nicht, dass Sie ein toller Hengst sind.« Ophelia schraubte den Vibrator wieder zu und fügte hinzu: »Ein nettes, unschuldiges Spielzeug für eines Ihrer netten, unschuldigen Mädchen. Am besten, Sie suchen sich wieder ein dummes Betthäschen. Dann können die beiden hier viel Spaß miteinander haben.« Als sie den Vibrator ausschaltete und endlich zu ihm aufblickte, sah sie den merkwürdigen Ausdruck in seinem Gesicht. »Sie sind ein guter Kerl, Gideon, aber das mit uns würde definitiv nicht klappen«, sagte sie mit leisem Bedauern, drückte ihm den Vibrator in die Hand und legte seine Finger um das Spielzeug. »Halten Sie sich von mir fern, zu Ihrer eigenen und meiner Sicherheit.«

Damit nahm sie die Einkaufstasche, bat Joe, alles auf ihre Rechnung zu setzen, und ging.

6

Ophelia ließ die Einkaufstüte auf die malvenfarbenen Marmorfliesen in der Küche ihrer Schwester fallen. Als sie sich einen Keks nehmen wollte, bekam sie von Violet einen Klaps auf die Finger.

»Die gehören Zelda! Außerdem müssen wir sie noch glasieren.«

Ophelia setzte sich hin. »Ich weiß nicht, was in mich gefahren ist, Vi. Immer, wenn ich diesen Bullen ansehe, bekomme ich weiche Knie.«

»Nichts ist in dich gefahren«, antwortete ihre Halbschwester und stellte eine elegante japanische Schale mit dampfendem grünem Tee vor ihr ab. »Oder, um es anders zu sagen, schade, dass *niemand* in dich gefahren ist. Tut mir leid, Engelchen, aber mein Mitleid hält sich in Grenzen. Ich verstehe ja, dass du Kerle, mit denen du nichts anfangen kannst, auf Abstand hältst. Aber auf diesen Typen bist du doch vom ersten Moment an abgefahren.« Vi schenkte sich eine Schale Tee ein. »Ich beneide deine Verzweiflung fast schon. Ich bin andererseits nämlich so gelangweilt, dass ich ernsthaft mit dem Gedanken spiele, mit Donnie zu schlafen. Seit Jahren zieh ich mein kleines Spielchen mit ihm ab. Es wäre sozusagen eine gute Tat, ihn endlich zu erlösen, und mit *irgendjemandem* muss ich es ja tun. Wer weiß, vielleicht lohnt es sich sogar.«

Ophelia verzog das Gesicht. »Das bezweifle ich.«

»Aber wenn ich Pech habe, werde ich ihn anschließend nicht mehr los. Es ist besser, wenn ich bei meinen anderen Lovern bleibe«, meinte Violet und fischte das falsche Vampirgebiss aus der Tüte. »So wie in den guten alten Tagen.« Als sie einen zweiten Blick in die Tüte warf, atmete sie scharf ein. »Du weißt, dass ich diese Bondage-Sachen nicht gerne in meinem Club sehe.«

»Niemand außer uns wird etwas davon mitbekommen«, versicherte Ophelia ihr.

»Ja, aber du siehst nun mal umwerfend sexy aus, selbst wenn du dich nur als Vampir verkleidest, Engelchen. Du warst damals ein wahrer Publikumsmagnet …«

Ophelia verkniff sich eine bissige Bemerkung über die Unmengen von Hohlköpfen, die ihr Tag und Nacht gefolgt waren. »Es soll aber nicht so aussehen, als ob ich auf eine Kostümparty gehe. Ich muss wie eine Domina rüberkommen, die zu allem bereit ist. Wegen eines Halloweenkostüms wird niemand erpresst, wegen Sadomaso schon.«

Violet plazierte die Utensilien zwischen den drei Tellern, auf die Zelda die Kekse zum Abkühlen gelegt hatte. Zum Schluss kam die Peitsche zum Vorschein. »Igitt. Warum hast du sie nicht eine Nummer kleiner genommen?«

»Weil Gideon plötzlich im *Chamber* aufgetaucht ist. Weißt du vielleicht, was er dort wollte? Ich hab's erst kapiert, als ich schon weg war. Er hat Willy Wyler bedroht. Und das, obwohl ich es ihm ausdrücklich verboten habe. Der Typ ist unmöglich. Er gibt einfach nicht auf. Dir ist doch hoffentlich bewusst, mit wem wir es hier zu tun haben, oder? Donnie hat es mir erzählt.« Sie ließ den Tee links liegen und schielte stattdessen zu den Keksen. »Dieser O'Toole ist derjenige, der die ganze Kritik von den Medien einstecken musste, als es keinen Beweis dafür gab, dass Constantine seine Frau umgebracht hat. Jeder dachte, dass er entweder eingeschüchtert oder bestochen wurde. Doch ihn hat das nicht im Geringsten gekümmert.«

»Dann müsste er dir ja noch sympathischer sein. Du stehst doch auf Männer mit moralischen Werten.«

»Ich schätze, er verachtet Constantine auf der ganzen Linie. Weil Constantine sein Image als böser Junge ausschlachten konnte, während Gideon wie ein Versager dastand.« Ophelias Finger schwebten über einem Keks. Gerade noch rechtzeitig zog Violet den Teller weg. Ophelia seufzte. »Sein Anblick hat mich aus der Fassung gebracht, weil ich noch gar keine Zeit hatte, den Kuss zu …«

»Er hat dich *geküsst?* Und du hast ihn *gelassen?* Davon hast du aber nichts erwähnt, als du mich angerufen hast.«

Es hatte fast schon an ein Wunder gegrenzt, dass sie überhaupt in der Lage gewesen war, ohne größere Aussetzer mit Vi zu telefonieren, weil ihre Gedanken die ganze Zeit um Gideon gekreist waren.

Ihre Halbschwester kicherte. »Wie fand er denn deine Beißerchen?«

»So weit ist es nicht gekommen.« Ophelia war sich der Enttäuschung in ihrer Stimme bewusst. Sie bemühte sich, das Positive zu sehen. Es hatte keinen Zweck, ihn zu beißen und dabei sein Blut zu probieren, um sich dann mit ihm herumzuschlagen, weil er austickte. »Ich hatte mich gerade erst wieder beruhigt, als er im *Chamber* aufgetaucht ist. Eigentlich wollte ich eine nette rote Lederpeitsche, aber ich dachte, dieses Exemplar würde ihn endgültig in die Flucht schlagen.« Um nicht in Versuchung zu geraten, wieder nach den Keksen zu greifen, legte sie die Hände um die warme Teeschale.

»Und?« Vi zwinkerte Ophelia zu, während sie einen Schluck Tee trank.

»Es hat nicht funktioniert«, antwortete sie mit finsterem Blick. »Und weil er das Ganze so lustig fand, fiel mir nichts anderes ein, als ihn zu beleidigen. Ich habe ihm einen pinkfarbenen Vibrator mit Federn geschenkt.«

Violet schnappte nach Luft. »Er muss dich für verrückt halten.«

»Nein, er wusste genau, was ich damit bezwecke. Außerdem habe ich es ihm noch mal direkt ins Gesicht gesagt. Es war natürlich eine glatte Lüge, und jetzt fühle ich mich zum millionsten Mal heute richtig beschissen.« Sie klammerte sich an die Teeschale und starrte hungrig auf die Kekse. Ihr war, als würde sie allmählich den Verstand verlieren. »Bisher hatte immer ich die Zügel in der Hand, konnte nein sagen und habe es dann auch so gemeint. Ohne Rücksicht auf die Typen, die ich abblitzen lasse.« Sie versuchte die Tränen, die in ihr hochstiegen und die eigentlich so gar nicht zu ihr passten, mit Tee hinunterzuschlucken. »Aber Gideon ist mir nicht egal. Und selbst wenn ich nein sage, meine ich eigentlich ja. Auch dann, wenn ich vor Wut schäume. Oder richtig Angst habe.«

»Worauf wartest du? Schnapp ihn dir«, redete Violet ihr zu. »Wenn die Chemie zwischen zwei Menschen stimmt, sollte man sie nicht ignorieren. Und mach dir wegen des Vibrators keine Gedanken. Sobald er die Gelegenheit bekommt, wird er ihn mit dir zusammen ausprobieren.« Der Zeitmesser am Ofen klingelte. »Wo ist eigentlich Zelda? Das sind doch ihre Kekse. Ich habe ihr gesagt, sie soll sich nicht nach Sonnenuntergang draußen herumtreiben, bis sie ihre Reißzähne bekommt.«

»*Falls* sie überhaupt Reißzähne bekommt«, berichtigte

Ophelia sie, angelte sich in einem unbeobachteten Moment einen Keks und steckte ihn sich in den Mund.

»*Bis* es so weit ist«, sagte Violet streng, holte das Backblech aus dem Ofen und beförderte die restlichen Kekse auf einen vierten Teller.

Die Haustür flog auf und fiel gleich wieder krachend ins Schloss. Zelda schlenderte in die Küche. »Hi, Mom, hi, Ophelia. Tut mir leid, dass ich zu spät bin.« Als ihr Blick auf die zum Auskühlen ausgebreiteten Kekse fiel, sagte sie: »Mom, du bist die Beste. Ich hole den Zuckerguss.« Sie zwinkerte jemandem in der Diele zu. »Kommen Sie schon. Sie müssen nicht schüchtern sein. Willkommen in unserer Lasterhöhle.«

Langsam und sichtlich nervös schob sich Artemisia O'Toole in die Küche.

»*Hallöchen«,* entfuhr es Violet. »Du siehst deinem Bruder aber ziemlich ähnlich. Und ich habe gehört, dass du mal wieder Sex brauchst. Trink erst einmal eine Tasse Tee. Keine Sorge, ich bin nicht hinter deinem Blut her. Ich bediene mich ausschließlich bei Männern. Kannst du gut Kekse glasieren?«

Überrumpelt setzte Artemisia sich auf den Stuhl, den Ophelia für sie heranzog. »Äh, ja«, sagte sie. »Ich habe sogar mal einen Preis für den schönsten Kuchen gewonnen.« Sie starrte Violet an, die gerade den Tisch leerräumte und alles wieder in die Tüte packte. »Mensch, Ophelia, eine kleinere Peitsche hätte es wirklich getan«, meinte Vi, woraufhin Artemisia bis in die Haarspitzen errötete.

»Oje, Schätzchen, du brauchst echt dringend Hilfe«, sagte Violet kopfschüttelnd.

»Wir machen hier nicht auf niedlich«, entgegnete Ophelia. »Wir machen auf krank und gruselig.« Sie schenkte Art etwas Tee ein. »Nicht, dass es deinem nervigen Bruder vorhin etwas ausgemacht hätte«, murmelte sie. »Du hast doch behauptet, er hätte Angst vor Reißzähnen. Aber beim Anblick der Peitsche ist er nicht mal zusammengezuckt!« Trotzig nahm sie sich einen weiteren Keks und steckte ihn sich in den Mund.

»Hey! Die sind für die Schule!« Zelda stellte drei Schüsseln mit farbigem Zuckerguss und drei Spritzbeutel auf den Tisch. Mit einem Seufzer ließ sie den Blick über die drei Frauen gleiten. »Hier geht es um Sex, stimmt's? Oder darum, dass man keinen hat. Mom, beeil dich und brat Ophelia ein Steak. Sonst futtert sie mir noch mehr Kekse weg. Ich kann nur ein bis zwei Kekse hergeben, und Ophelia hatte schon einen.«

»Zwei.« Violet ging zum Kühlschrank. »Wie magst du dein Steak am liebsten, Artemisia? Wir essen es am liebsten blutig.«

»Fast roh«, sagte Zelda. »Und allmählich schmeckt es mir sogar.«

»Natürlich schmeckt es dir, Kleines. Das sind die Vampir-Gene.« Violet warf Ophelia einen Ich-habe-es-dir-doch-gleich-gesagt-Blick zu, während sie ein dickes, saftiges Steak auf ein Schneidebrett legte. »Aber das hier ist ein Notfall«, sagte sie und fütterte Ophelia mit einer dünnen, blutigen Scheibe Steak.

Köstlich, dachte Ophelia und leckte sich verzückt die Lippen. Würde Gideon das amüsant finden, oder würde er sich womöglich angewidert wegdrehen?

Art schien all das nichts auszumachen, auch wenn sie ein wenig errötete. »Ich hätte meins gerne medium.«

»Schätzchen, was du brauchst, ist Frischfleisch«, entgegnete Violet mit einem Lächeln.

»O ja, da hast du recht«, antwortete Art leicht gequält und dennoch entschieden. Sie legte die Hände um die Wangen und blickte fahrig zu Zelda. »Mein Gott, ist das peinlich.«

»Tut einfach, als wäre ich nicht da«, sagte Zelda. »Ich bin meinem Alter sowieso um Jahre voraus. Wollen Sie Rosen machen? Oder Blätter?«

»Ich nehme Grün.« Art zog eine der Schüsseln zu sich. »Für welchen Anlass sind die Kekse eigentlich?«

»Das Motto unserer Schulfeier ist *Frühlingsfeste international*«, erklärte Zelda. »Ostern, Nouruz ... Unsere Lehrerin hat immer so coole Ideen.«

»Ich könnte Tulpen oder Narzissen machen«, schlug Art vor und malte eine breite, flache Tulpe samt Stiel auf einen Keks. »Oder Lilien, aber dazu müsstest du noch mehr Zuckerguss anrühren.«

»Ist so gut wie erledigt.« Zelda holte sämtliche Utensilien, die sie gerade verstaut hatte, wieder hervor.

»Gib mir mal das Rosa«, sagte Ophelia und verzierte zwei Kekse mit mittelmäßigen Rosen. *Langweilig.* Sie zeichnete ein Herz. *Bescheuert.* Dann malte sie einen großen, pinken Penis, der sich durch das Herz bohrte. Finster blickte sie auf den Keks. Violet riss ihn an sich und zeigte ihn den anderen. »Seht mal. Wenn das kein Zeichen ist!« Als Ophelia nach dem Keks greifen wollte, steckte Violet ihn sich blitzschnell in den Mund.

»Lecker«, kicherte sie. »Glaubst du, Gideon hat einen pinken?«

Ophelia unterdrückte ein Lachen. »Sein Teint ist etwas dunkler als der von Art.«

»Dann würde ich eher die lila Glasur nehmen. Du kannst ja einen neuen malen und aufessen, sobald Zelda fertig ist.«

»Zu schade, dass es kein Schwarz gibt«, sagte Art mit

erstickter Stimme. »Das wollte ich schon immer mal ausprobieren.«

»Hmm«, meinte Violet. »Ich bin mir sicher, dass wir da etwas arrangieren können.«

Art wurde rot und wandte sich schnell an Ophelia: »Ich dachte, du hättest kein Interesse an Gideon. Was ist denn auf Andreas Veranda mit dir los gewesen?«

»Er ist ein echter Prachtkerl«, sagte Ophelia. »Und ich bin ein Vampir, der schon zu lange keinen Sex mehr hatte.« Sie zuckte mit den Achseln. »Keine große Sache.« Oder doch? Der Beule in seiner Hose nach zu urteilen, war es sehr wohl eine große Sache.

»Ich habe Neuigkeiten für dich, auch wenn ich es selbst kaum glauben kann«, fuhr Art fort. »Mrs. Cotter meinte, Gideon will dich heiraten.«

»Siehst du?« Ophelia ließ die Faust herabsausen. Die Kekse machten einen Satz, und der rosa Zuckerguss verteilte sich auf dem Tisch. »Es ist doch immer dasselbe.«

»Was ist immer dasselbe?« Art schmierte mit dem Finger durch den pinkfarbenen Zuckerguss und leckte ihn ab, ehe sie sich wieder daranmachte, Blätter aufzumalen. »Ich finde, das ist eine großartige Idee.«

»Beruhige dich, Engelchen«, sagte Violet, die am Herd stand. »Vielleicht hat sie recht. Denk nur an all den Sex, den du hättest. Guten Sex obendrein, möchte ich wetten.«

Nachdem Art ein letztes Tulpenblatt auf einen Keks gemalt hatte, nahm sie Ophelia den leeren Spritzbeutel ab. »Das sagen alle seine Tussis, selbst nachdem er ihnen das Herz gebrochen und sie abserviert hat. *Oh, Art, ich kann ohne ihn nicht leben, er ist so gut im Bett,* heißt es immer.« Sie zeichnete eine winzige Tulpe auf den Tisch. »Wieso kann *ich* nicht an so einen Mann geraten?«

Violet legte ein Steak in die Pfanne und Brötchen in den noch immer warmen Ofen, bevor sie an den Tisch trat. »Das wirst du bestimmt, Schätzchen. Sei offen. Denk nicht so negativ. Schau dir nur die kleine, traurige Blume an, die du gemalt hast. Sie wirkt nicht so, als ob sie Spaß hätte oder glücklich wäre.«

»Stimmt.« Artemisia wischte die Blume mit dem Finger weg, lutschte die Glasur ab und startete einen neuen Versuch.

»Und was dich betrifft«, sagte Violet an ihre Schwester gerichtet, »Gideon ist genau das, was du brauchst. Du nimmst alles viel zu ernst. Es ist höchste Zeit, dass du Sex mit jemandem hast, der dich zum Lachen bringt. Nein, es ist höchste Zeit, dass du überhaupt mal wieder in den Genuss von Sex kommst. Aber wenn du es nicht genießen kannst, wird es dir auch keinen Spaß machen.«

»Toller Ratschlag. Wie soll ich denn Spaß haben, wenn ich keinen klaren Gedanken mehr fassen kann? Entweder er flippt danach völlig aus und denkt, er könnte sich HIV eingefangen haben oder sei vom Teufel gebissen, oder er wird wie besessen von mir sein. Und wenn ich ihm dann sage, dass er mich in Ruhe lassen soll, wird er depressiv oder will sich umbringen oder mutiert zum Stalker oder …«

»Gideon würde niemals jemandem nachstellen«, fuhr Art ihr verletzt ins Wort. »Wenn du ihn loswerden willst, musst du nichts weiter tun, als ihn zuzutexten.« Sie schnitt eine Grimasse. »Unsere Mutter hat die ganze Zeit geredet, genau wie ich. Unser Vater hingegen war ein dickköpfiger alter Brummbär. Gideon hat höllische Angst, selbst einmal so zu werden, deshalb gehen seine Beziehungen meist nicht über Sex hinaus.«

»Das ist doch klasse, Engelchen.« Violet lachte. »Nimm

mit, was du kriegen kannst, und dann lässt du ihn fallen, als wäre nichts gewesen. Er wird schon damit klarkommen. Er macht ja einen ganz gefestigten Eindruck.«

»Mein Vater wirkte auch gefestigt«, sagte Ophelia mit eisiger Stimme. »Und dann hat er sich umgebracht.«

Arts Hand erstarrte in der Bewegung. »O Gott! Das tut mir leid.«

Violet stieß ein angewidertes Geräusch aus. »Dein Vater war ein eifersüchtiger Trottel, Ophelia. Wir sind nämlich Halbgeschwister, Art. Mein Vater war Moms erster Mann. Ophelias Vater war wie besessen von dem Gedanken, dass sie ihn betrügen könnte, obwohl sie nie einem anderen Kerl auch nur nachgesehen hat – zumindest bis zu dem Tag, an dem sie ihn verlassen hat. Danach hat sie nichts anbrennen lassen, bis sie irgendwann an einen religiösen Fanatiker geraten ist, der es für eine Sünde hält, Blut zu trinken. Zum Glück ist er bereit, sein Seelenheil für ein bisschen Sex mit ihr aufs Spiel zu setzen.« Vi verzog angewidert den Mund. Nachdem sie das erste Steak gewendet hatte, legte sie drei weitere Scheiben Fleisch nach.

»Ich werde niemanden heiraten«, verkündete Ophelia trotzig.

»Da wir gerade von Perverslingen sprechen«, meldete Zelda sich zu Wort, die ungewöhnlich ernst dreinblickte. »Ich habe mit Joanna Wyler heute Nachmittag einen Kaffee getrunken.« Sie stellte eine Schüssel mit leuchtend lilafarbenem Zuckerguss auf den Tisch.

Ophelia hob den Blick. »Hast du etwas herausgefunden?«

»Ja und nein«, antwortete Zelda. »Aber irgendwie macht das alles keinen Sinn. Sie meinte, ihr Vater sei überzeugt davon, dass du einen schlechten Einfluss auf sie und ihre Schwester hättest. Weiß er, dass du ein Vampir bist?«

»Ich glaube nicht«, sagte Ophelia. »Dann würde er mich nur noch mehr anbaggern. Außerdem ist es ja nicht so, als ob ich Joanna in einen Vampir verwandeln könnte. Da braucht er keine Angst haben. Entweder trägt man die Gene dafür in sich oder nicht.« Sie musterte Zeldas Gesicht. »Was? Denkt er etwa, ich wäre lesbisch, nur weil jeder weiß, dass ich Männer nicht ausstehen kann?«

Zelda rutschte unruhig hin und her. »So etwas Ähnliches.«

»Na und?« Violet wendete drei Steaks. »Das ist doch kein Verbrechen. Nicht, dass ein Gesetz irgendjemanden davon abhalten könnte, homosexuell zu werden. Aber Willy hat außerdem nichts gegen Homosexuelle. Lisas Schwester ist lesbisch, und sie haben auch schwule und lesbische Freunde.« Als Zelda noch immer nicht mit der Sprache herausrückte, fügte sie hinzu: »Jetzt spuck's schon aus!« Sie öffnete den Kühlschrank und holte Salat hervor.

»Das ist total dumm«, sagte Zelda. »Mom, leg bitte den Salat wieder zurück und geh von der Anrichte weg.«

»Red endlich Klartext!«

Zelda stemmte die Hände in die Hüften. »Ich meine es ernst, Mom.«

Violet verdrehte die Augen und gab nach.

»Okay«, sagte Zelda. »Er denkt, dass Ophelia ... auf Kinder steht.«

Violet machte einen Satz nach vorne, kehrte zum Herd zurück, klatschte die Steaks unsanft auf einen Teller und stürmte durch die Hintertür auf die Veranda. Die Tür knallte, und man hörte einen ohrenbetäubenden Schrei, bevor sie wieder in die Küche stapfte, wo sie das Telefon fast von der Wand riss. Mit tiefer und vor Wut rasender Stimme sagte sie: »Ich werde dafür sorgen, dass Lep ihn windelweich prügelt. Dann werde ich dafür sorgen, dass Constantine ihn umbringt. Nein, noch besser, ich bringe ihn selbst um.« Mit zitterndem Zeigefinger hackte sie auf dem Tastenfeld herum.

»Nein!« Ophelia wollte zum Telefon stürzen, stolperte aber über die Einkaufstasche und landete auf den Knien. Vi klemmte sich den Hörer zwischen Ohr und Schulter, schnappte sich die Peitsche und spielte damit herum. »Aber zuerst soll er um Gnade winseln. Lep? Constantine! Perfekt. Du musst auf der Stelle herkommen. Dieses widerliche Arschloch Willy Wyler läuft herum und behauptet, Ophelia wäre pädophil.«

Ophelia entriss ihr den Hörer und duckte sich unter Violets Arm hindurch. »Das Ganze ist nur halb so wild!«, zischte sie in den Hörer. »Bleib, wo du bist, wir brauchen keine Hilfe.« Im selben Moment ging die Hintertür auf. »Tony ist gerade gekommen. Er wird schon dafür sorgen, dass sie sich wieder beruhigt. Nein, ihr müsst nicht vorbeikommen. Und jetzt hör auf zu lachen! Ich lege jetzt auf.«

Tony Karaplis durchquerte die Küche und nahm Violet in den Arm. Der stämmige Mittfünfziger, der mit seinen starken behaarten Armen und einem ausladenden Schnurrbart wie ein Schläger wirkte, war die Ruhe in Person. Violet trommelte mit den Fäusten gegen seine Brust und schrie. Abgekämpft hing Ophelia das Telefon wieder an die Wand. Zelda stand resigniert da, während Art, die Spritztüte mit der gelben Zuckerglasur in der Hand, entgeistert auf die sich ihr bietende Szene starrte.

Tony wartete geduldig, bis Violet fertig war. »Geht's wieder, Baby?«

»Nein.« Violet blickte finster drein. »Aber trotzdem danke.«

»Wen haben wir denn hier?« Tony warf Art einen langen Blick zu. Was er sah, schien ihm zu gefallen, denn er setzte sein unwiderstehlichstes Lächeln auf. Die Spritztüte fiel zu Boden. Art errötete und lächelte schüchtern zurück.

Zelda hob den Spritzbeutel auf. »Tony, so gerne wir dich auch haben, aber du hältst meine beste Keksdekorateurin von der Arbeit ab. Und ich brauche die Kekse für die Schule morgen.«

»Und diese kleine Lady hier braucht was anderes wirklich dringend«, sagte Tony mit einem anzüglichen Lächeln.

»Nicht jetzt und nicht von dir.« Ophelia drückte Art zurück auf den Stuhl. »Er ist ein Vampir, Art, und ein Aufreißer obendrein. Willst du so einen Mann oder lieber einen normalen Typen, der was draufhat?«

Art seufzte, als wäre ihr gerade ein Licht aufgegangen.

»Jetzt weiß sie wenigstens, wie sich ihr Bruder fühlt.« Nachdem Violet die Steaks auf den Tisch gestellt hatte, mischte sie den Salat mit dem Dressing. »Hast du Hunger, Tony?«

»Ja, aber nicht auf Steak und Salat.« Tony zwinkerte, nahm Zelda die Schüssel mit den warmen Brötchen ab, zog einen Stuhl nach hinten und wandte sich an Ophelia. »Was hatte das eben zu bedeuten?«

»Ich sag's dir. Aber nur, wenn du mir versprichst, dass du nicht losläufst und jemanden um die Ecke bringst«, sagte Ophelia verbittert.

»Hey«, antwortete Tony. »Ich drehe schon seit Jahren keine krummen Dinger mehr. Ich bin sozusagen im Ruhestand.«

»Ich nicht«, sagte Violet und fiel über ihr Steak her. »Ich genieße gerade die Vorstellung, Willy Wyler in Stücke zu hacken.«

Als Tony das Gesicht verzog, klärte Ophelia ihn auf. Danach meinte Tony: »Willy zu massakrieren, löst das Problem nicht.«

»Vielen Dank«, seufzte Ophelia. »Das Ganze ergibt einfach keinen Sinn. Ich kenne die Wylers seit fast drei Jahren, habe sogar schon den Babysitter für ihre Töchter gespielt. Ich war immer nett zu ihnen. Wie kommen die jetzt bloß drauf, dass ich ihre Kinder missbrauchen würde? Hier ist irgendetwas gewaltig faul, und ich muss herausfinden, was.« Sie reichte Art einen Teller mit Salat. »Iss, oder ich sorge dafür, dass Tony wieder geht. Auf uns wartet noch ein Haufen Arbeit.«

Art riss sich am Riemen. »Lass mich zuerst die Kekse fertigmachen.« Sie nahm den Spritzbeutel und malte die letzten drei Osterglocken. »Armer Gideon. Er ist bestimmt total fertig.«

»Stimmt leider. Sein Urteilsvermögen ist meinetwegen ziemlich durch den Wind.«

»Vielleicht aber auch nicht.« Art legte den gelben Zuckerguss beiseite und nahm die Spritztüte zur Hand, die Zelda gerade mit der lilafarbenen Glasur gefüllt hatte. »Ich meine, Tony ist wunderbar ...« Sie warf ihm einen flüchtigen Blick zu und errötete sofort wieder. »Aber ich weiß ganz genau, dass er nicht der richtige Mann für mich ist. Er verkörpert mehr ein Versprechen   das Versprechen, dass etwas, das ich nie für möglich gehalten habe, doch noch passieren könnte.« Sie senkte den Blick. »Gideon ist der Vernünftige in unserer Familie. Er macht keine Dummheiten.«

Tony lachte leise. »Den Typen muss ich unbedingt kennenlernen.«

Violet, die sich nach ein paar Bissen ihres blutigen Steaks wieder etwas gefangen hatte, sagte zu ihrer Schwester:

»Wenn du nicht willst, dass ich Willy umlege, solltest du mit Gideon schlafen.«

»Mensch, Violet! Das ist doch Schwachsinn!«

»Nur eine reine Vorsichtsmaßnahme, Engelchen. Damit Leopard sich nicht einmischt, falls du wegen Kindesmissbrauch oder so beschuldigt wirst. Dann hast du wenigstens die Polizei auf deiner Seite und einen speziellen Detective ganz besonders ...«

»Ich kann mir keinen dämlicheren Grund vorstellen, um mit ihm in die Kiste zu hüpfen«, erwiderte Ophelia. »Was sollte man mir denn noch vorwerfen?«

Als Violet ihr einen eigentümlichen und besorgten Blick zuwarf, dachte Ophelia: *O Gott, was kommt denn jetzt noch?*

»Ich stimme Violet zu«, mischte sich Art ein. »Dass du mit meinem Bruder schlafen solltest, meine ich. Allerdings aus rein egoistischen Gründen.«

Ophelia runzelte die Stirn.

»Du magst ihn, und er mag dich. Und vielleicht wirst du eines Tages meine Schwägerin.« Art zauberte eine Iris nach der nächsten auf den Keks. »Ihr seid alle ziemlich schräg, aber irgendwie gefällt mir das.«

»Vielen Dank«, meinte Violet. Tony und Zelda lachten nur.

Art vollendete die letzte Lilie mit einem Schnörkel. »Wieso eigentlich nicht?«

7

Fuchsteufelswild starrte Gideon auf den leuchtend pinkfarbenen Vibrator in seiner Hand.

»Brauchst du eine Tüte dafür?« Joe grinste affektiert über den Tresen hinweg und hielt eine kleine silberfarbene Einkaufstasche mit rosafarbenen Henkeln auf. »Du willst doch bestimmt nicht, dass dich jemand für schwul oder so hält.«

»Niemand hält Gideon für schwul«, sagte eine warme Stimme plötzlich vom anderen Ende des Raumes. Ein großer Schwarzer mit fröhlich strahlenden Augen steuerte auf ihn zu. »Vor allem nicht die Frauen, mit denen er herumhängt.«

»Darby Sims!« Gideon umfasste die Hand seines alten Freundes. »Mensch, Dar, woher weißt du denn, mit wem ich so abhänge? Du bist jahrelang verschollen gewesen. Lange genug, um dir eine Frau anzulachen und einen Haufen kleiner Darbys in die Welt zu setzen.«

Darby lachte auf. »Nein, ich bin noch immer frei wie ein Vogel – aber ich bleibe dabei: Alle Mädels, mit denen ich dich je gesehen haben, waren Dummchen. Vielleicht gut im Bett, aber mehr auch nicht.«

»So schlimm waren sie auch nicht«, sagte Gideon verunsichert und legte den Vibrator auf den Tresen. »Wie wär's, wenn du ihn mir als Geschenk einpackst, Joe?«

»Wer ist denn die Glückliche?«, erkundigte sich Darby.

»Ophelia Beliveau, die ihn mir auch gerade geschenkt hat.«

Im Hintergrund rappelte sich Burton Tate hoch, während er sich immer noch mit schmerzverzerrtem Gesicht den Schritt hielt. Er schleuderte Gideon einen bitterbösen Blick zu, ehe er den Flur in Richtung Bühne entlangstolperte. Gideon tat, als bemerke er nichts.

Hinter dem Tresen schüttelte Joe den Kopf. »Verlieb dich bloß nicht in Ophelia. Schwerer Fehler.« Er zog silberfarbenes Geschenkpapier mit dunkelroten Glitzersternen hervor.

»Das war also die berühmte Ophelia«, sagte Darby. »Wenn es stimmt, was man sich so erzählt, ist sie eine ziemliche Wucht.«

»Was meinst du denn mit *berühmt?*«, fragte Gideon.

Darby hielt abwehrend die Hand in die Höhe. »Ich werde nichts Schlechtes über sie sagen, mein Freund, aber hast du die Statue von ihr im Garten ihrer Schwester gesehen? Sie sieht aus wie ein Vampir, mit Reißzähnen und so. Aber selbst ohne Beißerchen ist sie brandgefährlich. Sieh dir nur an, was sie mit dem armen alten Burton gemacht hat.«

»Er hätte eben die Finger von ihr lassen sollen«, entgegnete Gideon. »Mir macht die Kleine keine Angst.«

Joe schlug den Vibrator so in das Papier ein, dass lediglich die Federn herausblickten, und sagte: »Du wirst noch eine böse Überraschung erleben, Gideon. So einfach lässt sie dich das nächste Mal nicht davonkommen.«

Wenn ich es richtig angehe, dachte Gideon, *wird sie mich gar nicht davonkommen lassen.*

Kopfschüttelnd rollte Joe etwas Geschenkband ab. »Sie kann sich aussuchen, mit wem sie etwas anfängt. Zum Beispiel mit Constantine Dufray. Du siehst nicht schlecht aus, zugegeben, aber …« Er ließ sich Zeit, ehe er hinzufügte: »Aber ein Bulle für unsere Ophelia? Nein.«

Und ob, entschied Gideon, der das Gefühl hatte, noch verrückt zu werden. »Wir werden ja sehen.«

»Dein Todesurteil«, antwortete Joe glucksend. »Wenigstens bekommt sie einen qualitativ hochwertigen Vibrator für ihre Sammlung. Allerdings wird sie an Constantine denken, wenn sie ihn benutzt, und nicht an dich.«

»Ich werde sie schon noch von Dufray abbringen.« Gideon zuckte die Achseln.

Darby verdrehte die Augen. »Du warst schon immer etwas verrückt. Bleib besser bei deinen Dummchen. Ophelia ist zwar heiß, aber sie wird dir nur Ärger bereiten.«

»Ophelia ist süß!«, sagte Joe mit Nachdruck. »Passen Sie auf, was Sie sagen, wenn Sie hier abhängen wollen. Jeder hier im Club liebt dieses Mädchen.«

»Bis auf die armen Kerle, die sie verrückt macht.« Nachdenklich warf Darby einen Blick auf seine Armbanduhr. »Ich hab hier gleich ein Einstellungsgespräch. Als Tätowierer.« Sichtlich angespannt hielt er inne. »Wie geht es denn deiner Schwester? Ist sie noch mit diesem Steve zusammen? Haben sie schon Nachwuchs?«

»Wusstest du das etwa nicht? Sie hat sich schon vor einer Weile von ihm scheiden lassen.«

»Wie bitte?!« Darby richtete sich auf.

»Sie hat eine schwere Zeit hinter sich«, erklärte Gideon seinem alten Freund.

Darby setzte einen funkelnden Blick auf. »Hat dieser Schweinehund sie etwa betrogen?«

»Nicht, dass ich wüsste. Aber darüber schweigt sie sich lieber aus. Eines Tages hat sie aus heiterem Himmel die Scheidung eingereicht, angeblich wegen unüberbrückbarer

Differenzen, und er hat das Spiel mitgespielt. Seit kurzem hat er eine neue Flamme.«

»Zum Glück ist sie den los. Ich konnte Steve noch nie leiden.« Darby sah noch mal auf seine Uhr. »Ich hoffe, sie findet jemanden, der besser zu ihr passt.«

»Wie wäre es, wenn du mal bei ihr vorbeischaust? Sie würde sich sicher freuen«, schlug Gideon vor.

»Keine gute Idee.« Das Gesicht des Mannes verhärtete sich. »Ich muss jetzt los.« Er ging in Richtung Tätowierstudio davon. »Wir sehen uns.«

Ein Rätsel nach dem anderen. Gideon drehte sich zum Tresen um und blickte auf das protzig eingepackte Geschenk. »Ophelia treibt die Männer also in den Wahnsinn? Erzähl mir mehr davon, Joe. Dann weiß ich, was auf mich zukommt.«

Jo straffte die Schultern. »Da gibt es nicht viel zu erzählen. Die Kerle sind wie besessen, verlieren den Verstand und stellen ihr nach.« Er gab einer Rolle mit rotem Geschenkband einen Schubs.

»Kennst du jemanden, der im Moment besessen von ihr ist?«

»Abgesehen von dir?« Gideon kassierte ein schmieriges Lächeln. »Da gibt es einige Typen. Burton, dieser Trottel, zum Beispiel. Ich habe gehört, dass Willy Wyler ihr eine tote Katze vor die Tür gelegt hat, aber der weiß genau, dass er überhaupt keine Chance bei Ophelia hat. Dann noch die Typen, die im *Blood and Velvet* abhängen und hoffen, dass sie dort auftaucht. Ja, und Plato Lavoie. Der wohnt ihr gegenüber und ist schon seit Jahren in sie verschossen.«

Plato. Gideon war plötzlich ganz Ohr. Endlich schien Bewegung in die Sache zu kommen.

»Aber es kommen ständig neue dazu«, fuhr Joe fort.

»Wenn die Jungs zu aufdringlich werden, kümmern sich ihre Freunde um sie. Da sie dich offensichtlich auch nicht will, solltest du so schlau sein und dich von ihr fernhalten.«

»Von wegen«, sagte Gideon. »Ach übrigens, das mit der Katze, das war nicht Willy Wyler. Wenn du mitbekommst, wer es gewesen sein könnte, sag mir Bescheid.« Er überreichte dem Verkäufer seine Visitenkarte, der sie mit spitzen Fingern und einem gequälten Gesichtsausdruck entgegennahm. »Wenn du dich nicht dazu überwinden kannst, mit einem Bullen zu plaudern, dann sprich direkt mit Leopard. Egal, wie, aber dem Typen, der das getan hat, muss das Handwerk gelegt werden.«

Eine Blondine in einem schwarzen Paillettenkleid und zwölf Zentimeter hohen Pumps kam hereingetrippelt. Gideon musterte sie von Kopf bis Fuß. Klasse Figur. Aber ein unzufriedenes Gesicht.

»Was glotzt du denn so?«, fuhr sie ihn mit schriller Stimme an, ehe sie ihn richtig ansah und einen anderen Ton anschlug. »Hey, du bist ja ganz süß!« Etwas nüchterner fügte sie hinzu: »Hast du zufällig einen großen schwarzen Kerl gesehen, der …« Sie schauderte. »Jeans und ein lilafarbenes T-Shirt trägt?«

»Im Tattoostudio«, antwortete Gideon.

»O Gott«, stöhnte die Frau. »Immer noch? Ich brauche ihn jetzt!« Sie beäugte Gideon. »Der Club hat gerade erst aufgemacht. Lust auf einen Drink? Du siehst aus, als ob man mit dir Spaß haben könnte.«

Im Gegensatz zu dir. Wenn Darby das mit »frei wie ein Vogel« meinte, dann wollte er lieber nicht wissen, wie das Gegenteil davon aussah. »Vielen Dank, aber ich bin schon verabredet.« Er nahm die silberfarbene Einkaufstasche und steckte Joe einen Fünfer zu.

Die Blondine deutete mit ihren Klauen auf die Tüte.

»Ein 1-A Vibrator mit pinken Federn.« Joe grinste. »Ich kann Ihnen gerne zeigen, was wir sonst noch so im Sortiment haben.«

Zurück im Auto, kraulte er Gretchen, die die ganze Zeit über brav auf ihn gewartet hatte, ausgiebig hinter den Ohren. Auf dem Weg zum *Impractical Cat* klingelte sein Handy. Es war Jeanie. »Ich hätte da ein Gerücht, das dich interessieren könnte«, sagte sie.

»Moment noch.« Als Gideon am Club ankam, vor dem sich eine riesige Menschentraube gebildet hatte, parkte er kurzerhand im Halteverbot auf der anderen Straßenseite. »Schieß los.«

»Ich bin brillant. Ich habe meine Oma gefragt. Sie weiß alles, was in den letzten fünfundsiebzig Jahren in Bayou Gavotte passiert ist.« Jeanie legte eine kurze theatralische Pause ein.

Gideon sank tiefer in den Sitz, um es sich gemütlicher zu machen. Gretchen legte ihren Kopf auf den Pfoten ab. »Sag schon, Süße. Jetzt bin ich neugierig.«

»Ich wünschte, du wärst neugierig auf mich«, flötete Jeanie. »Wie auch immer. Meine Oma meint, Violet und Ophelia wären beide in Bayou Gavotte zur Welt gekommen. Ihre Mutter war eine echte Schönheit aus New Orleans. Violets Vater, ein Gangster, hat das *Blood and Velvet* damals gegründet. Ihre Eltern trennten sich, als Violet noch ein Kind war, weil ihre Mutter ein normales Leben ohne Clubs und zwielichtige Gestalten führen wollte. Irgendwann heiratete sie Ophelias Vater, einen College-Professor, und brachte Ophelia zur Welt. So weit war alles in Ordnung. Bis Mr. Beliveau dann eine heftige Paranoia entwickelt hat. Er war nämlich felsenfest davon überzeugt, dass jeder im

College und in der Stadt eine Affäre mit seiner Frau haben würde.« Sie hielt kurz inne. »Gideon?«

»Sprich weiter, Jeanie, ich bin ganz Ohr.«

»Die Familie ist ein paar Jahre später nach Atlanta gezogen. Dort wurde es aber schlimmer, weil es dort noch mehr Männer gab, die angeblich mit ihr geschlafen haben sollen. Tja, und eines schönen Tages hat Ophelias Vater sich selbst die Kugel gegeben.«

Gideon atmete bedächtig aus. »Klingt nach einer sauberen Lösung für seine geplagte Frau.«

»Meine Oma meint, sie hätte bald darauf noch einmal geheiratet. Wer weiß, vielleicht hatte sie wirklich Affären. Direkt nach ihrem Highschool-Abschluss ist Violet nach Bayou Gavotte zurückgekehrt, um zu lernen, wie man einen Club führt. Ihr Vater hat ihn ihr schließlich vermacht. Ophelia ist erst nach dem College zurückgekommen. Das war vor ungefähr drei Jahren.«

Nachdem Gideon sich bei ihr bedankt hatte, überließ er Gretchen erneut sich selbst und betrat durch den Hintereingang das *Impractical Cat*. Beim Anblick der vielen Besucher fluchte er. Egal, wie viel los war, er musste auf jeden Fall kurz mit Leopard sprechen. Gideon setzte sich auf einen der letzten freien Barhocker und bestellte sich ein Bier. »Ist Leopard irgendwo in der Nähe?«

»Wer will das wissen?«, fragte der pickelige Typ hinter dem Tresen. *Idiot.*

»Gideon O'Toole. Richte ihm aus, ich müsste dringend mit ihm sprechen.«

»Und als Nächstes erzählen Sie mir, dass Sie Constantine Dufray sehen wollen.« Das Pickelgesicht nahm einen Joint, der in einem Aschenbecher lag, und zog kräftig daran.

»Wäre mir auch recht.« Gideon packte den Joint und ließ

ihn in ein halbvolles Glas fallen. »Du kennst die Regeln, Junge. Kein Gras. Wenn du Leopard brav meine Nachricht überbringst, buchte ich dich vielleicht nicht ein.«

Der College-Student verzog das Gesicht, als auf einmal Leopards Stimme durch den Raum donnerte. »Was zum Teufel hat Ophelias Telefonnummer schon wieder an der Wand der Männertoilette zu suchen?« Fluchend trat er durch die Schwingtür zwischen Küche und Bar. Als er Gideon sah, ging er zu ihm und schlug ihm auf die Schulter. »Komm mal mit.«

Gideon folgte Leopard, der sich den Weg durch die Menge bahnte, ehe er der Wache zunickte, die er vor der Toilette postiert hatte. Ein Blick auf die Wand genügte, und Gideon wäre fast vor Wut geplatzt. Er war so außer sich, dass er kaum sprechen konnte, als er wieder herauskam. Fast wäre er mit einem Angestellten zusammengeprallt, der eine Sprühdose in der Hand hielt. Zornig schob Gideon sich durch die Menge, bis er Leopards Büro erreichte. Nachdem er die Tür mit voller Wucht ins Schloss geworfen hatte, fluchte er, was das Zeug hielt, und ließ sich danach auf die Couch sinken.

»Das ist schon das zweite Mal heute«, sagte eine rauhe Stimme, die aus der Ecke des Raums kam.

Verärgert darüber, dass er Constantine nicht bemerkt hatte, versteifte sich Gideon. Frauen und ihr verdammtes Talent, Männern den Kopf zu verdrehen. Dass er, anders als die meisten Männer, beim unerwarteten Aufeinandertreffen mit Constantine keine Angst bekam, war nur ein schwacher Trost. Dem Rocker konnte man an der Nasenspitze ansehen, dass er nicht vor roher Gewalt zurückschreckte. Entsprechend schlecht war sein Ruf. Aber Constantine war nun mal Leopards Freund, das durfte man nicht unterschätzen, selbst wenn Ophelia – Gott bewahre – in ihn verliebt war. Es ging das Gerücht um, dass Constantine anderen böse Träume schicken konnte. Gideon glaubte kein Wort davon. Außerdem hielt sich die Meinung, er hätte seine Frau umgebracht.

Gideon riss sich am Riemen. »Wie oft passiert das?«

»Von Zeit zu Zeit«, sagte Constantine, legte die Gitarre beiseite und schlenderte zur Espressomaschine. »Espresso? Cappuccino?«, fragte er mit einer gewissen Härte im Blick und unverhohlenem Spott in der Stimme. »Kein Grund, gleich so aus der Haut zu fahren.« Er deutete noch mal auf den Kaffeeautomaten.

»Espresso. Danke.« Gideon sah durch die von außen verspiegelte Scheibe in den Club, wo es nur so vor Gästen wimmelte. Er ahnte, dass es diesmal mit Zusehen nicht getan wäre.

»Ich frage mich, ob es beide Male derselbe Typ war.« Constantine löffelte Kaffeepulver in den Filter und drückte es fest. »Menschen sind schon wegen weniger schlimmen Sachen umgebracht worden.«

Gideon war einer Meinung mit dem Rocker. »Höchste Zeit, dass Lep eine Überwachungskamera im Klo installiert.«

»Das ist gegen das Gesetz. Ich kann mich wohl glücklich schätzen, dass du dich damals strikt an die Vorschriften gehalten hast, als es um die angeblichen Beweise gegen mich ging?«

»Du kannst dich glücklich schätzen, dass du zweihundert Meilen weg warst, als deine Frau ermordet wurde«, antwortete Gideon.

Mit einem Fluch auf den Lippen stürmte Leopard herein und knallte die Tür. »Wir sollten keine Zeit verlieren und endlich eine Kamera in den Toiletten montieren.«

»Sobald der letzte Gast weg ist«, sagte Constantine gelangweilt. »Aber versprich dir nicht zu viel davon. Selbst wenn wir den Scheißkerl schnappen und ihm eine Abreibung verpassen, wird früher oder später ein anderer auf die Idee kommen. Wenn sie sich endlich einen Kerl anlachen würde, würden sich diese Idioten vielleicht weniger für sie interessieren.« Er grinste Gideon breit ins Gesicht. »Wie wär's mit dir?«

Leopard gluckste. »Constantine hat recht. Damit würdest du sozusagen der Allgemeinheit einen Dienst erweisen. Vorausgesetzt, sie stößt dich nicht von der Bettkante.«

»Wird sie nicht.« Gideon nahm die Tasse, die Constantine ihm reichte. »Aber jedes Mal, wenn sie mir ein Stück näherkommt, macht sie gleich wieder einen Rückzieher. So als hätte sie sich verbrannt.«

»Du bist es echt nicht gewohnt, eine Abfuhr zu kassieren, oder?« In Constantines Stimme schwang mehr Belustigung als Ärger mit.

»Von wegen Abfuhr.« Gideon nippte an seinem Espresso. »Sie hat mich sogar geküsst.« In die Stille, die daraufhin herrschte, sagte er: »Aber sie hat vor irgendetwas Angst.«

»Du bist doch nicht so dumm, wie man meinen könnte.« Constantine zog sich wieder in die Ecke zurück und griff sich seine Gitarre. »Wir hätten ihr schon vor Jahren einen Detective besorgen sollen.«

Gideon stieß einen langen Atemzug aus. »Was ist denn damals passiert? Ophelia ist doch nicht vergewaltigt worden?«

Leopard schnaubte. »Würde einer versuchen, Ophelia zu vergewaltigen – ich schwöre bei Gott – das Arschloch hätte kein langes Leben mehr.« Er zuckte mit den Achseln. »Die Kerle sehen sie und geraten ziemlich schnell außer Kontrolle. Das macht ihr Angst.«

»Und deshalb lässt sie niemanden an sich heran? Weil sie sofort mit Panik reagiert und davonläuft?«

Leopard seufzte und schüttelte den Kopf. »Was würdest du denn tun? Ihr sagen, dass du sie liebst und den ganzen anderen Mist?«

»Nicht ganz. Aber das ist eine lange Geschichte … Sie ist gerade dabei, einem Erpresser eine Falle zu stellen.«

»Das ist unsere Ophelia«, sagte Constantine und entlockte seiner Gitarre ein kompliziertes Riff.

»Sag jetzt nicht«, warf Leopard ein, »du hast versucht, sie davon abzubringen?«

»Ich habe ihr klar und deutlich gesagt, dass ich ihr so lange auf den Wecker fallen werde, bis sie mit mir zusammenarbeitet.«

»Du Idiot. Wie hat sie darauf reagiert? Hat sie dir ihr Knie in die Eier gerammt?«

»Sie meinte, dass sie zu euch kommen würde, wenn sie Hilfe bräuchte. Und dann ist sie weggefahren.«

»Scheiße, Gideon, du weißt echt nicht viel über Frauen, kann das sein?«

»Schon, aber Ophelia ist eben besonders.« Gideon klang reumütig. »Soll ich sie denn einfach machen lassen und zusehen, wie sie dem Erpresser eine Falle stellt?«

»Komm ihr besser nicht in die Quere«, meinte Leopard lachend. Constantine murmelte zustimmend.

»Dafür ist es jetzt zu spät. Sie machte den Eindruck, als wollte sie mich anspringen und beißen.«

»Das würde mich nicht wundern«, sagte Constantine, woraufhin Leopard laut loslachte.

Gideon reckte sich. »Nur zu dumm, dass ich sie nicht diese bescheuerte Sache durchziehen lassen kann. Ich würde lieber meine Ruhe haben.« Mit aufgesetzter Lässigkeit fügte er hinzu: »Wenn es nur um Ophelia ginge, würde ich mich gar nicht einmischen. Den Ärger ist sie nicht wert. Aber meine Schwester steckt da mit drin.«

»Dich nicht einmischen?«, fragte Constantine drohend.

Leopard klang ungläubig. »Ophelia ist es nicht wert?«

»Verdammt, ihr zwei schlagt euch auch nicht gerade um sie. Und wenn ihr sie bereits im Bett hattet, warum solltet ihr sie mir dann auf einem Silbertablett servieren? Wenn sie sogar zu verkorkst ist, um Rockern wie euch zu gefallen, dann …« Er nippte nachdenklich an seinem Espresso. »Entweder ist es so oder sie zieht ein Spielchen ab.«

»Ophelia ist nicht verkorkst«, widersprach Constantine. »Und sie ist auch nicht der Typ für Spielchen.«

»Sie ist ziemlich anspruchsvoll«, antwortete Leopard. »Mindestens zweimal am Tag Sex.«

»Und sie verabscheut Gewalt«, ergänzte Constantine. »Damit ist sie nichts für mich.«

»Nicht nur das, sie erinnert mich auch noch an meine Mom«, fügte Leopard hinzu. »Das geht gar nicht!«

»Aber da sie offensichtlich ein Auge auf dich geworfen hat, du armes Würstchen …«

»Du bist das Opferlamm.«

»Wenn sie tatsächlich ein Auge auf mich geworfen hat«, sagte Gideon, »warum läuft sie dann vor mir weg?« Er leerte die Tasse, stellte sie weg und verschränkte die Arme vor der Brust, als hätte er alle Zeit der Welt. »Da muss mehr dahinterstecken als ein paar Ex-Freunde, die nicht wissen, wann Schluss ist, und ein Vater, der sich umgebracht hat, weil er davon überzeugt war, dass seine Frau an jedem Finger einen Liebhaber hatte.«

Leopard spreizte die Hände. »Der Typ war vollkommen durchgeknallt.«

»Ophelia kann doch nicht ernsthaft denken, dass alle Männer gleich sind. Ihre Mutter hat auch noch mal geheiratet.«

»Einen religiösen Fanatiker«, rief Leopard ihm in Erinnerung. »Ich bin mir nicht sicher, ob das ein Plus- oder ein Minuspunkt ist.«

»Ich bin kein Schläger«, sagte Gideon und fing an, es an den Fingern abzuzählen. »Und auch kein Moralapostel. Ich bin nicht verrückt und auch nicht fanatisch. Was darf ich sonst noch *nicht* sein? Ein Dreckskerl? Ein Lügner? Kein Problem. Aber in der kurzen Zeit, die ich Ophelia jetzt kenne, wurde sie schon als schwierig, als Zicke, als Lesbe, als Kinderschänderin und als richtig heiße Nummer bezeichnet.« Gideon tat einen tiefen Atemzug. »Und trotzdem scheinen alle dieses Mädchen zu lieben, meine Schwester, sogar meine alte Grundschullehrerin und der Typ, der im *Chamber* das *Spielzeug* verkauft.«

»Kinderschänderin?« Constantines Ton war eisig. »Wer sagt das?«

»Ein Idiot, der dumm genug war, es zu glauben«, antwortete Gideon. »Es spielt keine Rolle. Wichtig ist nur, wer ihm das eingeredet hat.«

Leopard erhob sich. »Ihr müsst alleine weitermachen«, sagte er. »Ich muss mich draußen um ein paar Dinge kümmern.« Damit verschwand er im Lärm und dem Licht des Clubs.

»Du kannst von mir aus mit ihm machen, was du willst«, meinte Gideon zu Constantine, »aber lass mich das Schwein erst einmal finden.«

»Ich kann dir nur raten, dich anzustrengen«, antwortete Constantine. Als das Telefon auf dem Schreibtisch klingelte, hob er ab. »Hallo, Violet«, sagte er und fing wenige Sekunden später an zu lachen. »Das klingt ziemlich ernst«, gluckste er. »Willy Wyler, sagst du?« Ein anstößiges Grinsen legte sich um seine Mundwinkel. »Dann ist es wohl das Beste, wenn ich bei dir vorbeikomme und dich rette.« Er konnte sich kaum noch halten vor lauter Lachen. »Mach's gut, Ophelia«, sagte er und legte auf. »Du hast recht«, richtete er das Wort an Gideon. »Willy hat weder den Mumm noch den Grips, sich so etwas auszudenken. Warum hast du das nicht gleich gesagt?«

»Weil das eine verdammte Erpressung ist. Ich wollte nicht, dass die Sache in einen Mord ausartet.«

Constantine grinste. »Aber irgendwie muss ich meinen Durst nach Blut stillen, Kumpel. Entweder mach ich den Typen platt, der so einen Schwachsinn über Ophelia verbreitet, oder ich warte so lange, bis du Ophelia weh tust, um mich dann an dir abzureagieren.«

»Warum sollte ich ihr weh tun wollen?«

Constantine zuckte mit den Achseln. »Weil Menschen nun mal so sind. Vor allem die Männer, die sich in sie verknallen. Hoffentlich kommt es erst gar nicht so weit, dass ich dich umlegen lassen muss.«

Gideon lachte und rief: »Du bist echt ein Trottel, Dufray.«

»Los, sehen wir zu, dass wir aus dieser Kaschemme rauskommen.«

8

Gideon und Constantine verließen Tonys griechisch-italienisches Restaurant durch die Hintertür. Sie hatten in einem privaten Innenhof gegessen, wo Gretchen mit so vielen Resten gefüttert worden war, dass sie fast platzte. Der Besitzer des Restaurants, ein Freund von Constantine, hatte ihnen keine Gesellschaft leisten können.

»Du wirst ihn ein andermal kennenlernen«, sagte der Rocker, dem man seine indianischen Wurzeln deutlich ansah. Nachdem er sich sein langes schwarzes Haar zu einem Pferdeschwanz gebunden hatte, zog er eine Baseballkappe auf. Gemeinsam durchquerten sie eine menschenleere Gasse und den Garten eines unbewohnten Hauses, bis sie auf die Parallelstraße kamen, in der Gideon seinen Mercedes geparkt hatte.

»Ophelia wird aus der Haut fahren, wenn du Plato Lavoie dumm anmachst«, sagte Constantine, als sie durch die klare Frühlingsnacht zum *Blood and Velvet* fuhren. »Sie weiß von dem Hochsitz in seinem Baum.«

»Ich werde ihm schon nicht zu nahe treten«, antwortete Gideon. »Ich will ihm nur ein paar Fragen stellen. Wenn er nicht hinter der Sache mit der toten Katze steckt, dann hat er vielleicht gesehen, wer es getan hat.«

»Das ist sehr unwahrscheinlich.« Constantine schüttelte

den Kopf. »Er arbeitet abends und schläft bis nachmittags, wenn Ophelia längst zu Hause ist. An den Abenden, an denen er nicht arbeitet, hängt er im *Blood and Velvet* rum.«

»Ich muss ihn trotzdem befragen.«

Constantine seufzte auf. »Du willst ihn abchecken, herausfinden, ob er eine Bedrohung für deine Kleine ist.«

»Das habe ich auch vor«, antwortete Gideon betont freundlich.

Einen Block vom *Blood and Velvet* entfernt nickte Constantine mit dem Kinn nach rechts. »Park am besten hinten. Vielleicht sollten wir lieber mal schauen, ob deine Kleine nicht eine Bedrohung für *dich* darstellt.«

Gideon verdrehte die Augen und bog hinter dem Club ein. Constantine wies ihn an, auf der gegenüberliegenden Seite der Gasse neben einer zweieinhalb Meter hohen Mauer, die ein altes, viktorianisches Gebäude mit lilafarbenem Anstrich umgab, zu parken – vermutlich Violets Haus. Gretchen machte es sich auf der Rückbank gemütlich, so als wüsste sie instinktiv, dass sie wieder eine Weile alleine sein würde.

Nachdem Constantine ein Tor aufgeschlossen hatte, führte er Gideon in einen kleinen Garten. Die Außenbeleuchtung sprang an und enthüllte eine höher gelegene Terrasse, die mit Pflanzen vollgestellt war. Gideon tippte auf Ophelias Vorräte, die hier vorübergehend untergebracht waren. Im Schatten des Tores stand eine Frauenstatue aus Stein.

Constantine ging mit Gideon zu der Terrasse. »Ophelia hat ihr nicht erlaubt, sie im *Blood and Velvet* aufzustellen. Nach wochenlangem Hin und Her hat Violet dann eingelenkt und sie hier hingestellt. Er griff unter die Holzdielen der Terrasse und legte einen Schalter um. Mit der freien Hand zeigte er auf die Statue. Es war Ophelias Ebenbild, kunstvoll in Stein gehauen. Sie schwang eine Peitsche und trug ein flatterndes Cape, das lediglich ihre Brustwarzen und ihren Schritt bedeckte. Doch das wirklich Besondere waren die Reißzähne, die im grellen Licht leuchteten – lang, scharf und tödlich.

»Ach du Scheiße.«

»Sicher, dass du es damit aufnehmen willst?«, fragte Constantine mit rauher Stimme.

Gideon durchquerte den Innenhof, lief einen von Azaleen gesäumten Pfad entlang, der zu der Statue führte. Sie war genau so plaziert, dass die Gartenmauer sie vor neugierigen Blicken schützte. »Ich will die lebende, atmende Version aus Fleisch und Blut. Wozu dient die Statue? Als Werbung für den Club?«

Constantine trat hinter ihn. »Als Ophelia hergezogen ist, rechnete Violet damit, dass sie in die Leitung des Clubs einsteigen würde. Ophelia hat es zwar eine Weile versucht, aber sie mag es lieber, in aller Herrgottsfrühe im Dreck zu wühlen, als sich die Nächte mit grölenden und angetrunkenen Clubbesuchern um die Ohren zu schlagen. Sie haben ein paar Vampirfotos gemacht, und Vi hat ohne Ophelias Wissen einen Bildhauer beauftragt, die Statue anzufertigen. Es gab einen Riesenstreit um das Ding. Vi und Ophelia sind beide solche Dickköpfe. Irgendwann haben sie sich wieder vertragen, seitdem geht jede ihren eigenen Weg. Vi hat die Hoffnung nicht aufgegeben, dass Ophelia doch noch ihre Meinung ändert.« Er machte eine kurze Pause. »Aber das ist nicht sehr realistisch. Ophelia hat von ihrem alten Herrn den Trailer zusammen mit einigen Hektar am Fluss geerbt. Das Grundstück, auf dem Plato lebt, gehört ihr auch.«

»Sie ist Platos Vermieterin?« Gideons Blicke tasteten jeden

Zentimeter der Statue ab, blieben aber immer wieder an dem ganz besonderen Detail hängen.

»Ja«, antwortete Constantine mit einem schiefen Grinsen. »Sieht aus, als könntest du den Reißzähnen nicht viel abgewinnen, Alter.«

»Die sind vollkommen lächerlich.« Gideon wandte sich ab.

Constantine streckte die Hand nach dem Schalter aus. »Nicht sexy? Nicht beängstigend? Sie sind ein wenig zu groß geraten, aber der Bildhauer wollte nicht auf sie verzichten.«

»Die erinnern mich an das Draculagebiss, das sie heute Abend im *Chamber* gekauft hat. So ein Schwachsinn.«

Constantine überließ Ophelias Ebenbild wieder der kühlen, versöhnlichen Dunkelheit. Fünf Minuten später liefen sie durch den von Kerzen beleuchteten Vorraum des *Blood and Velvet*.

Ein Barkeeper begrüßte Constantine, während seine Augen auf Gideon ruhten. »Was darf's denn sein? Ein Blood'n'Tonic?« Wie aus dem Nichts zauberte er ein Messer hervor und hielt es sich an die Pulsadern. »Das Blut ist ziemlich frisch.« Er warf den Kopf in den Nacken, entblößte seine angespitzten Reißzähne und lachte dämonisch.

»Das ist Vis Idee«, sagte Constantine zu Gideon. »Sie meint, die Kunden stehen auf so was.«

»So 'ne abgehalfterte Blondine ist vorhin voll drauf reingefallen.« Der Barkeeper warf Constantine einen vielsagenden Blick zu, während er mit einem alten Lappen über die Theke wischte. »Leider hat es nicht gereicht, sie vollends in die Flucht zu schlagen.«

Constantine legte den Kopf auf die Seite. »Gibt es Probleme?«

»Vi und Ophelia sind im Fotostudio. Plato hat Wind davon bekommen und ist nach oben gegangen.«

»Mit Plato wird Ophelia locker fertig«, versicherte Constantine ihm. »Sie fände es nicht gut, wenn ich sie stören würde.«

»Das ist noch nicht alles«, sagte der Angestellte, während er kurz zu Gideon sah.

»Er ist ein Bulle, gehört aber fast schon zur Familie«, antwortete Constantine. »Sag schon, Al.«

Al sprach gerade so laut, dass seine Stimme nur ein Hauch lauter war als die erlesene Jazzmusik, die den Raum erfüllte. »Es geht um diesen Sims, der Violet schon lange ein Dorn im Auge ist. Er stellt unbequeme Fragen und tut, als würde er auf sie abfahren. Aber darauf fällt sie nicht rein. Und jetzt ist er mit dieser Blondine hier aufgekreuzt, und die beiden sind hinter Plato hergedackelt. Wenn sie Plato zusammen mit Ophelia sehen …« Er hob abwehrend die Hände. »Das ist nicht die Art von Werbung, die Vi gerne sieht.«

»Darby Sims?«, mischte Gideon sich ein. »Die Blondine mit dem Paillettenkleid?« Als Al nickte, sagte er: »Dar ist ein Freund von mir. Er wird mir schon verraten, was hier vor sich geht.«

»Vorher muss ich dir noch etwas über Plato erzählen«, meinte Constantine auf dem Weg nach oben. »Er hält sich für Ophelias Liebessklaven und hängt ihr wahrscheinlich sabbernd am Rockzipfel.«

Gideon stieß einen Fluch aus.

»Daran musst du dich gewöhnen, Kumpel. Es wird immer Männer geben, die sich in sie verknallen.«

»Idioten. Wie ist deine Frau denn mit deinen ganzen Groupies und ihren heißen Fantasien klargekommen?«

Constantine lachte höhnisch auf. »Wenn meine Frau mal

aus ihrem Drogenrausch erwacht ist, hatte sie nichts Besseres zu tun, als der ganzen Welt zu verkünden, dass der Sex mit mir entsetzlich ist. Wahrscheinlich sah sie es als ihre Mission, meine Fans davor zu bewahren. Nicht, dass ich mit einem Groupie geschlafen hätte, aber woher sollte sie das wissen? Zum Glück dachten die meisten, sie hätte Wahnvorstellungen, oder es sei ihre eigene Schuld.«

Auf der zweiten Etage angekommen, liefen sie einen langen Korridor entlang, an dessen Ende gerade Darby und die Blondine um die Ecke bogen.

»Es ist gut, dass meine Frau nicht mehr lebt«, sagte Constantine.

Gideon wusste nicht, was er darauf erwidern sollte.

»Können wir endlich weitermachen?«, lispelte Ophelia. »Das falsche Gebiss bringt mich noch um.«

»Ich will, dass alles perfekt ist.« Artemisia justierte erst den einen, dann den anderen Scheinwerfer und sprang im Raum herum. »Falls ich meinen Job als Lehrerin doch an den Nagel hängen muss, könnt ihr mich für eure schrägen Fotos engagieren.«

»Du wirst deine Stelle nicht verlieren«, beruhigte Violet sie.

Ophelia, die in einem schwarzen Negligee steckte, nestelte an der Peitsche. »Die Fotos sollen gar nicht professionell wirken. Sie können grottenschlecht sein. Die Hauptsache ist, dass ich und ein möglichst unbekannter Mann gut darauf zu erkennen sind. Verflucht, mit diesem Gebiss kann man ja nicht normal reden.«

»Dann halt einfach die Klappe«, stöhnte Tony, der mit verbundenen Augen auf einer Chaiselongue mit falschem Leopardenfell lag, und streckte seine stark behaarten Beine.

Bis auf die Boxershorts war er nackt. »Weckt mich, wenn es Zeit ist, nach Hause zu gehen.«

»Wenn du einschläfst, fesseln wir dich wirklich«, warnte Ophelia ihn.

»Ihr könnt es ja mal versuchen«, erwiderte Tony.

Violet trat einen Schritt zurück und nickte zufrieden. »Schätzchen, du siehst wirklich umwerfend aus. Ich würde mir wünschen, dass du wieder in den Club einsteigst.«

Ophelia schnaubte, und Art schoss zwei weitere Fotos.

»Moment, Artemisia, Ophelias Netzstrümpfe sind verdreht«, rief Vi und zupfte den Strumpfhalter zurecht, bevor Art weiter fotografierte. »Da du dich ja standhaft gegen High Heels wehrst, Engelchen, wie wäre es dann mit ein wenig Wind in deinem wundervollen Haar? Das sieht einfach klasse aus bei der Statue.«

»Ich habe keine Lust, mir die Brüste abzufrieren«, brummte Ophelia.

Von der Tür her war ein leises Klopfen zu vernehmen, gleich darauf ein lauteres. »Das ist vermutlich für mich«, sagte Violet und setzte sich in Bewegung.

»Noch zwei Bilder«, schlug Ophelia vor. »Dann haben wir noch genügend Platz auf dem Film für Aufnahmen von Gärten.« Sie setzte sich rittlings auf Tony und schwang die Peitsche.

Als Violet die Tür einen Spaltbreit öffnete, drang undefinierbares Gemurmel in den Raum. Art machte ein Bild von der Seite, ehe sie sich an das Kopfende der Chaiselongue stellte, um ein letztes Bild von vorne zu schießen. »Wir sind in zwei Minuten fertig«, rief Violet.

»Ich will zu Ophelia!«, ertönte eine grelle Frauenstimme, gefolgt von männlichem Protestgeflüster.

»Unsere Fotosession ist fast vorbei«, erklärte Violet. »Oh,

hallo Plato. Du weißt doch genau, dass Ophelia es nicht mag, wenn du …«

»Sie ist als Domina verkleidet! Ich muss sie sehen!« Plato stieß die Tür auf und stürmte an Violet vorbei.

»Scheiße.« Ophelia sprang von der Chaiselongue und lief mit erhobener Peitsche auf Plato zu, der sich wimmernd in die Ecke verzog und ein irres Grinsen aufsetzte. »Bleib, wo du bist!«, befahl sie ihm streng, woraufhin er sofort gehorchte. Dann drehte sie sich um und sah in die gaffenden Gesichter eines schwarzen Hünen und einer aufreizenden Blondine. Im selben Augenblick schoben sich Constantine und – wie konnte es auch anders sein – Gideon durch den Türrahmen.

Ophelia spuckte das falsche Gebiss aus und erwiderte das breite Grinsen in den Gesichtern ihres engsten männlichen Freundes und ihres Beinaheliebhabers mit einem finsteren Blick. Dann wandte sie sich langsam dem Riesen und der Blondine zu. *Was für ein verdammter Mist.*

»Ganz toll gemacht«, fuhr sie Art an, die knallrot anlief und schnell ihren Bruder ansah.

»Du Schlampe«, zischte die aufgetakelte Blondine.

9

Gideon ließ die Situation und alles in dem ungefähr fünfzehn Quadratmeter großen Raum auf sich wirken. Der kleine Tisch samt Deckchen mit einem Silbertablett, auf dem Wasserflaschen und ein Spender mit Kosmetiktüchern standen. Der Raumteiler in der hinteren linken Ecke, die schweren Vorhänge auf der gegenüberliegenden Seite, die die Glastüren zu einem Balkon verbargen, den Gideon meinte von außen gesehen zu haben.

Violet, die sich aus dem Griff eines stämmigen und nur mit Boxershorts und Socken bekleideten Mannes zu winden versuchte, schäumte vor Wut. Neben ihnen, mit hochrotem Kopf, hielt Artemisia ihre Kamera fest an die Brust gepresst. Ein schlaksiger Mann mit lichtem Haar, vermutlich Plato, kauerte in der Ecke. In der Mitte des Zimmers standen sich die finster dreinblickende Blondine aus dem *Chamber* und Ophelia gegenüber, die mit ihrer lächerlichen Peitsche bewaffnet war.

»Marissa, du bist auf dem Holzweg«, sagte Darby, dem man ansehen konnte, wie peinlich ihm das Ganze war. Er drehte sich zur Tür »Reg dich wieder ab, oder sie rufen die Polizei.«

»Die ist doch schon da«, flüsterte Gideon ihm zu. »Was ist eigentlich aus deinem guten Frauengeschmack geworden?«

Darby schnaubte. »Mann, bin ich froh, dass du da bist. Was machen wir denn jetzt?«

»Erst mal nichts. Wir warten ab. Und beobachten das Ganze.«

»Mit dem Beobachten hab ich kein Problem.« Darby sog scharf die Luft ein und murmelte: »Und ich dachte schon, Violet wäre der Hammer.«

»Verdammt noch mal, Vi«, meldete Constantine sich zu Wort. »Lass Tony sich doch anziehen. Ophelia kann sich selbst verteidigen.« Mit einer fließenden Bewegung legte er den Arm um Violet und zog sie weg.

»Schlampe!«, schrie Marissa, die nur Augen für Ophelia hatte. »Na los, sag schon, verdammt noch mal! Du Schlampe!«

»Viele würden dir da vermutlich zustimmen«, sagte Ophelia, die aufrecht dastand und angriffslustig auf den Fersen wippte.

»Kein Wunder, dass die Männer dir hinterherlaufen, wenn du dich so billig anziehst«, merkte Marissa höhnisch an. »Nutte.«

Ophelia ließ den Blick über das Outfit der Blondine gleiten. »Die würden mir auch hinterherrennen, wenn ich einen Sack anhätte. Aber ich schicke sie alle weg. Und dann kommen ihre Frauen heulend zu mir.« Als sie die Peitsche knallen ließ, schrie Marissa erschrocken auf und machte einen Satz nach hinten. »Du musst anscheinend eine dieser armen, hilflosen und vernachlässigten Ehefrauen sein? Welcher der Typen ist denn deiner?«

»Du weißt es wirklich nicht, oder?« Die Blondine war so außer sich, dass sie ihre feuchte Aussprache gar nicht bemerkte. »Du hast mir den Ehemann geklaut, ohne auch nur einen Augenblick darüber nachzudenken, was du mir damit antust. Du hast meine Ehe auf dem Gewissen, du Flittchen, du Hexe …«

Ophelia fuhr ihr ins Wort. »Ich habe niemandem etwas weggenommen. Wenn dein Mann, wer auch immer er sein mag, so idiotisch war, sich an mich heranzumachen, habe ich ihm unter Garantie gesagt, dass er sich zum Teufel scheren soll. Aber manche Männer wollen eben einfach nicht hören.«

Obwohl Ophelia innerlich brodelte, versuchte sie, nach außen hin cool zu bleiben. Gideon hingegen musste seine volle Konzentration zusammennehmen, um nicht nur Ophelia anzustarren.

»Wer auch immer er sein mag?« Die Blondine riss aufgebracht die Arme in die Luft. »Habt ihr das gehört? Wer auch immer er sein mag! Als ob jemand Johnny vergessen könnte.«

Ophelia versteifte sich für den Bruchteil einer Sekunde. Um ein Haar wäre Gideon ihre Anspannung entgangen. Sie lief weiter, drehte sich um, rollte die Peitsche zwischen ihren Handflächen und schlug damit hinter sich, als wäre sie ihr Schweif. »Ich kenne viele Johnnys.«

»Johnny Parkerson«, schoss Marissa zurück. »Also, wo ist er?«

Verkrampft lächelnd und den Griff der Peitsche fest umklammernd, blieb Ophelia einen Augenblick stehen, bevor sie sich wieder in Bewegung setzte. »Der verrückte Johnny. Blond wie du, auch wenn ich eigentlich gar nicht auf blond stehe, aber ein hübscher Bursche. Ich habe ihn seit Ewigkeiten nicht mehr gesehen. Vielleicht solltest du es in einem der Clubs versuchen, in denen er gearbeitet hat.« Sie warf ihrer Schwester einen wütenden Blick zu.

Violet, die die ganze Zeit gegen Constantines Umarmung

angekämpft hatte, verharrte in der Bewegung und funkelte zurück.

Constantine beförderte sie auf die Liege neben Artemisia. »Ich kann mich an ihn erinnern«, sagte er gelassen. »Du weißt schon, Vi, der Stripper. Er nannte sich *Blonder Bomber.*«

Violet verzog das Gesicht. »Ach ja, der. Er war immer sofort auf hundertachtzig.« Art, die vollkommen bestürzt neben ihr saß, stieß ein nervöses Kichern aus. »Darby sprach erst kürzlich von ihm. Johnny hat Bayou Gavotte schon vor einer halben Ewigkeit verlassen. Ophelia hat recht. Außerdem hat er nie in meinem Club gearbeitet.«

»Ich habe ihm einen Arschtritt verpasst, der ihn bis nach Atlanta katapultiert hat«, sagte Ophelia voller Genugtuung. »Im Grunde habe ich dir sogar einen Gefallen getan, Lady. Schau dir unseren Plato hier an. So hätte dein Johnny auch enden können, wenn mir der Sinn danach gestanden hätte.« Sie deutete auf das kauernde Bündel an der Wand. »Stattdessen habe ich ihn nach Hause geschickt.«

»Besonders geschickt hast du dich allerdings nicht angestellt, du Schnepfe. Er hat mich nämlich gleich wieder sitzengelassen, um hierher zurückzukehren, damit er mit dir in ihrem Club tanzen kann.«

»Stimmt, er ist zurückgekommen, mehr als einmal sogar, aber ich habe ihn jedes Mal wieder weggeschickt. Und was das Tanzen betrifft, da muss er sich eine andere Partnerin gesucht haben. Außerdem ist das Jahre her.« Gelangweilt fing Ophelia an, die Peitsche einzurollen.

Violet erhob sich und wandte sich mit eisiger Stimme an die Blondine: »Die Arbeit ruft. Es ist mir ein Rätsel, warum Sie Ophelia derart die Hölle heißmachen, aber ich kann so ein Verhalten in meinem Club nicht dulden.«

Marissa stemmte sich die Hände in die Hüften und kreischte: »Ich bin hier, um meinen Kotzbrocken von Ehemann zu finden! Darby hat es in jedem Club der Stadt versucht, aber ich weiß, dass ihr ihn irgendwo versteckt!«

»Warum sollten wir Johnny verstecken? Wenn Ophelia sagt, sie hat ihn abgewimmelt, dann stimmt das auch.« Violets Blick streifte Gideon flüchtig. »Sie sagt die Wahrheit. Meistens zumindest. Aber bei Johnny können Sie Gift drauf nehmen. Übrigens ein ziemlich labiler Typ. Wir haben drei Kreuze gemacht, als er endlich abgedackelt ist.«

»Aber er ist nie zu Hause angekommen!«

Mit einem angespannten Lächeln hob Ophelia den Blick und bemühte sich um eine feste Stimme: »Wollen wir wetten, dass er eine Neue gefunden hat?«

»Ophelia!«, zischte Violet. »Sei nicht so gehässig.«

Ophelias Mundwinkel zuckten. »Sieh dir doch mal an, was für ein Gesicht ihr Begleiter zieht.«

Plötzlich mischte sich Tony zur Überraschung aller ein: »Vielen Dank für diese unerwartete Unterhaltung, aber ich muss jetzt gehen.« Damit zog er sich seine Slipper an und verließ den Raum.

Violet sammelte die Handschellen und Ketten ein, die sie für das Foto im Raum verteilt hatten, und ließ sie in die silberne Einkaufstüte aus dem *Chamber* fallen. An Marissa gewandt, sagte sie: »Sieht aus, als hätten Sie auf der ganzen Linie versagt, wenn er nicht bei Ihnen bleiben wollte. Aber sehen Sie es positiv. Der Kerl ist verrückt. Er ist allen auf die Nerven gegangen. Würde mich nicht wundern, wenn die Ehe mit ihm die reinste Hölle war.« Sie drehte sich um. »Constantine, sei so lieb und begleite Artemisia zum Auto.« An Artemisia gerichtet, fragte sie: »Hast du eigentlich alles Nötige mit Ophelia besprochen?«

Art riss den Blick von Dufray los. »Äh, ja.« Sie funkelte Gideon mit den Augen an, damit er gar nicht auf die Idee kam, einen seiner Kommentare abzugeben.

Violet schmunzelte. »Sie müssen sich keine Sorgen um Ihre Schwester machen, Mr. O'Toole. Constantine kann ein perfekter Gentleman sein, wenn er will.«

Gideon gab sich alle Mühe, einen neutralen Gesichtsausdruck zu wahren. Leider gelang es ihm nicht annähernd so gut, wie er gehofft hatte. Niemand, der noch alle Tassen im Schrank hatte, würde seelenruhig dabei zusehen, wie seine Schwester mit Dufray abzog.

»Hey!«, brüllte Marissa. »Ihr könnt mich nicht einfach abwimmeln. Mein Ehemann ist verschwunden, und ich weiß nicht einmal, ob er überhaupt noch lebt.« Ihre Augen weiteten sich auf einmal. »Mein Gott, Sie sind ja Constantine Dufray!«

»Wenn Sie nett fragen, gibt er Ihnen bestimmt ein Autogramm«, sagte Violet.

»Ein Autogramm!«, kreischte Marissa. »Von einem Mörder?«

Violet schüttelte den Kopf, doch Constantine grinste nur.

Daraufhin lief Marissa vor Wut knallrot an. »Ich habe überall nach Johnny gesucht, ohne auch nur eine Spur von ihm zu entdecken. Und jetzt weiß ich auch, warum. Weil mein Johnny euch auf die Nerven gegangen ist, habt ihr einfach den stadtbekannten Mörder Constantine Dufray auf ihn angesetzt!«

Im Zimmer herrschte von einem Moment auf den nächsten betretene Stille. Die Peitsche glitt Ophelia aus der Hand und fiel klappernd zu Boden. Gideon starrte die aufgetakelte Blondine ungläubig an, während Darby ein grimmiges Brummen ausstieß. Violet hatte es komplett die Sprache verschlagen, und Constantine brach in schallendes Gelächter aus. Als Plato aus seiner Ecke ein hysterisches Geräusch verlauten ließ, hob Ophelia die Peitsche auf und stellte sich vor ihm in Position.

»Halt die Klappe!«

Plato schlug die Hand vor den Mund, legte sich wie ein Hund auf den Rücken und wackelte mit den Beinen.

Constantine, der sich immer noch nicht gefangen hatte, legte Art die Hand auf die Schulter, woraufhin diese zusammenzuckte und bestürzt zu ihm aufsah. »Mach dir keinen Kopf, Schätzchen.« Sanft, aber bestimmt schob er sie in Richtung Tür. »Eine sicherere Begleitung als mich gibt es nicht. Ich lege gnadenlos jeden um, der sich uns in den Weg stellt«, meinte er, gab ihr einen Klaps auf den Allerwertesten und bugsierte sie zur Tür hinaus.

»Ich rufe die Polizei«, fauchte Marissa. »Damit kommt dieser Mistkerl nicht durch. Keiner von euch.«

»Die Polizei?«, antwortete Ophelia sichtlich unbeeindruckt. »Da musst du gar nicht lange suchen, es ist sogar einer von ihnen hier.«

»Ich bin nicht im Dienst«, entgegnete Gideon, der seinen Ohren nicht traute. »Am besten, Sie kommen morgen früh auf die Wache und melden Ihren Mann als vermisst.«

»Den Teufel werde ich tun! Nichts anderes höre ich in dieser verdammten Stadt.« Marissa lachte höhnisch auf. »Wie hat der Vibrator eigentlich Ihrer Freundin gefallen? Das ist Ihnen scheinbar wichtiger als die Frage, ob mein Mann noch lebt oder nicht.«

»Nicht so hastig. Erstens bin ich nicht im Dienst, und zweitens ist das nicht mein Fall.«

»Dann stimmt das Gerücht also, dass die Polizei von Bayou Gavotte mit den Clubs unter einer Decke steckt. Sie sind der lebende Beweis dafür. Das wird Ihnen noch leidtun. Euch allen!«

Mit klackernden Absätzen stürmte sie in Richtung Tür. »Komm schon, Darby.«

Gideons Freund atmete schwer aus. »Später, Mann«, sagte er zu Gideon. »Violet, ich muss mich echt entschuldigen.«

Violet verschränkte die Arme vor der Brust und stampfte verärgert mit dem Fuß auf den Boden.

»Komm jetzt!«, zischte Marissa auf dem Weg nach draußen. Entnervt riss Darby die Hände in die Luft und folgte ihr.

Als Ophelia sich samt Peitsche über Plato aufbaute, schoss Gideon der Wunsch durch den Kopf, selbst ihr Lustsklave zu sein. Doch sein gesunder Verstand übernahm sofort wieder die Kontrolle.

»Diesmal kannst du dir dein Grinsen sparen, Plato«, sagte Ophelia mit strenger und zugleich freundlicher Stimme. »Und jetzt raus mit dir.« Ohne den Blick von seiner geliebten Ophelia zu nehmen, kroch der winselnde, kleine Mann rückwärts in Richtung Tür. Ophelia ließ die Peitsche noch einmal knallen und warf Gideon einen bösen Blick zu, als würde sie ihm am liebsten dasselbe befehlen. Aber ihre zuckende Unterlippe verriet sie.

»Gideon, ich erwarte, dass Sie Ophelia sicher zu Hause abliefern«, erklärte Violet streng. »Macht das Licht aus, wenn ihr geht. Los, Plato, ab mit dir.« Sie schob den Mann bestimmt nach draußen und schloss leise die Tür hinter sich.

Ophelia lief zur Balkontür, zog die Vorhänge beiseite, riss die Tür auf und stürmte nach draußen. So verletzt und wütend, wie sie gerade war, wollte Gideon sie eigentlich in Ruhe lassen, doch Violet hatte ihm keine andere Wahl gelassen. Zumindest könnte es nicht schaden, wenn er … ja was eigentlich? Sich dafür entschuldigte, dass er ein so gefühlloser Klotz war? Wenn er von Johnny gewusst hätte … Nein, das eigentliche Ausmaß des Problems war ihm noch gar nicht bewusst. Wenn er sich vorstellte, dass es noch mehr Typen wie Plato in Ophelias Leben gab, war es kein Wunder, dass sie Angst hatte. Zugegeben, er hatte sich wie ein absoluter Vollidiot benommen, aber es war ja nicht seine Schuld, dass der Abend in einer Katastrophe endete. Also musste er sich auch nicht entschuldigen. Andererseits konnte er ihr nicht versprechen, ihr nie wieder zu nahe zu kommen …

Gideon stellte die Scheinwerfer aus, so dass der Raum nur noch von einer kleinen Leuchte neben der Tür erhellt wurde. Anschließend schlüpfte er durch den Vorhang auf den Balkon, an dessen schmiedeeiserner Balustrade Blumenkästen mit wuchernden Petunien hingen. Rechts und links entdeckte er zwei Buchsbäume, über seinem Kopf baumelte eine mit Farn bepflanzte Hängeampel. Von unten drang die gedämpfte Musik des Clubs zu ihnen herauf. Es dauerte einen Moment, bis Gideon Ophelia ausmachen konnte, die sich zwischen einen der Buchsbäume und das Geländer gequetscht hatte und sich würgend darüberbeugte.

»Verdammt«, flüsterte Gideon, ging wieder nach drinnen und holte die Kosmetiktücher und eine Flasche Wasser. Als er wieder bei ihr war, wartete er, bis das Würgen und Spucken abebbte, legte seine Hand auf ihre Finger, die sich um das Geländer gekrallt hatten, und sagte leise: »Hier, nehmen Sie das.«

Ophelia wischte sich das Gesicht ab und wollte gerade nach der Flasche greifen, als sie sich abermals erbrechen musste. Kraftlos und zitternd sackte sie in sich zusammen. Gideon zog sich das Hemd aus, legte es ihr über die Schultern und nahm sie behutsam in den Arm. Auch wenn Ophelia seine Geste nicht erwiderte, stieß sie ihn nicht weg. Als das Zittern nachließ, atmete sie lang und tief ein.

»Geht's wieder?«, fragte Gideon.

Ophelia zuckte mit den Achseln. »Ja, alles in Ordnung. Sie können jetzt gehen.« Sie klang nicht gerade überzeugend, machte aber auch keine Anstalten, ihn von sich zu schieben.

Das könnte dir so passen, Kleines, dachte Gideon. *Das macht die Sache nicht einfacher. Weder für dich noch für mich.* Er ließ den Blick über Violets Haus und die anderen Dächer bis in die Tiefen des violetten Himmels über Bayou Gavotte gleiten und hoffte inständig auf eine Eingebung.

Aus nicht zu weiter Ferne drang ein trauriges Heulen an seine Ohren. »Armes Gretchen«, sagte Gideon. »Sie durfte nicht einmal die Statue sehen, während ich Zeit mit dem Original verbringe.«

»Ich nehme an, Constantine hat sie Ihnen gezeigt«, seufzte Ophelia verbittert. »Wie kann Vi es wagen, Ihnen den Auftrag zu geben, mich nach Hause zu bringen?«

»Sie macht sich eben Sorgen um Ihre Sicherheit«, erklärte Gideon. »Da ist sie übrigens nicht die Einzige. Mir geht es nicht anders.«

Ophelia befreite sich aus seiner Umarmung. »Sie will mich regelrecht dazu zwingen, mit Ihnen ins Bett zu gehen. Aber da hat sie sich geschnitten.«

»Natürlich«, antwortete Gideon. »Ich brauche auch nicht

Violets oder Constantines Hilfe, um Sie von meinen Qualitäten zu überzeugen.«

»O Gott«, entgegnete Ophelia. »Bitte tun Sie mir das nicht an. Nicht Sie auch noch.« Als sie sich mit zittrigen Fingern vom Geländer wegdrückte, glitt sein Hemd von ihren Schultern.

Geistesgegenwärtig fing Gideon es auf und streckte die Hand aus, für den Fall, dass sie das Gleichgewicht verlor. »Was meinen Sie damit?«

»Ich brauche nicht noch einen hoffnungslosen Romantiker, der mir gefühlsduselige Komplimente macht und mir Briefe schreibt, die nach Rosen duften.«

»Im Moment riecht es hier eher nach Erbrochenem, Schätzchen. Aber keine Sorge.«

Ophelia stieß einen Laut aus, der mit viel Fantasie an ein Lachen erinnerte, bevor sie sich in Richtung Tür wandte. Gretchens Jaulen wurde lauter. »Kümmern Sie sich endlich um den armen Hund. Sie müssen mich nicht nach Hause bringen. Wahrscheinlich habe ich nur was Falsches gegessen. Es geht schon wieder.«

»Gretchen kann warten«, sagte Gideon.

»Kapieren Sie es immer noch nicht? Ich möchte nicht, dass Sie mich nach Hause bringen.« Mit einiger Anstrengung fügte sie hinzu: »Sie waren wirklich sehr nett zu mir. Aber bitte gehen Sie jetzt.«

Gideon folgte ihr nach drinnen, schloss die Balkontüren und zog die Vorhänge zu. »Ophelia, wir vergessen jetzt diesen ganzen Höflichkeitsquatsch. Lass uns endlich Klartext reden.«

»Du gibst wohl niemals auf, oder?«

»Nein«, stimmte Gideon ihr zu.

Plötzlich schien sie wieder zu ihrer alten Masche zurückzukehren. Ophelia setzte sich abrupt auf den Rand der Chaiselongue, löste die Strumpfbänder, rollte die Strümpfe an ihren sonnengebräunten Beinen nach unten und zog sie sich über die Zehen. Dann hielt sie sie mit spitzen Fingern über einen silberfarbenen Abfalleimer neben dem Paravent. »Bedien dich, falls du auf Souvenirs stehst. Sie haben nichts von der Kotze abbekommen«, meinte sie angewidert und ließ sie fallen.

Gideon spürte, wie ihm das Blut in die Wangen stieg. »Nein danke.«

Ophelia verschwand hinter dem Raumteiler, der mit orientalischen Erotikbildern verziert war, wie Gideon erst jetzt bemerkte. Wenig später segelte das schwarze Kleidchen durch die Luft. »Wenn du das Negligee nicht willst, schenke ich es vielleicht Plato. Das dürfte ihn die nächsten Wochen beschäftigen.«

Gideon holte tief Luft. Er würde sich von ihr nicht aus dem Konzept bringen lassen. Er war hin- und hergerissen zwischen einer unbestimmten Wut und dem Drang, trotz dem Erbrochenen ganz den Duft dieses transparenten Hauchs von nichts einzuatmen. Als er sich sicher war, dass seine Stimme ihn nicht verraten würde, fragte er: »Was genau hast du mit Art eigentlich besprochen?«

Wie gebannt beobachtete er ihre Bewegungen hinter dem Raumteiler, die sich durch das Gegenlicht deutlich abzeichneten. Slip an. Shorts. Top. Kurz darauf trat sie mit Socken und Turnschuhen in der Hand wieder hervor und setzte sich auf die Liege. »Wenn ich es dir nicht sage, machst du ihr das Leben zur Hölle, richtig?«

»Leider ja, das würde ich tun. Dafür setze ich sogar das ohnehin schon zerrüttete Verhältnis zu meiner Schwester aufs Spiel.«

»Jetzt hab ich's. Du warst gar nicht auf eine Beziehung mit mir aus«, sagte Ophelia. »Das Einzige, was du willst, ist ein Quickie. Da bin ich wirklich erleichtert. Nicht, dass ich mich jemals auf dich einlassen würde, aber jetzt weiß ich wenigstens, dass bei dir keine echten Gefühle im Spiel sind.« Sie richtete sich die Socke und schlüpfte in ihren Schuh. »Bleibt nur zu hoffen, dass die Glückliche, für die der Vibrator bestimmt ist, einen besseren Deal bekommt.«

»Ophelia«, entgegnete Gideon leise und erntete einen kurzen, aber ausgesprochen wütenden Blick, bevor sie sich auf ihre zweite Socke konzentrierte. »Ich kann bei meiner Schwester um den heißen Brei herumreden und mir alle Mühe geben, ihre Gefühle nicht zu verletzen, aber das kann und werde ich nicht bei dir machen. Der Vibrator gehört dir, und das weißt du. Und jetzt sag mir endlich, was hier eigentlich los ist.«

Ophelia, die sich gerade den zweiten Schuh schnürte, stieß einen übertriebenen Seufzer aus. »Morgen früh wird Art Fotos von Gärten machen, die ich gestaltet habe. Dabei soll sie fein säuberlich darauf achten, dass mein Schild gut zu sehen ist, damit der Erpresser auch gleich weiß, wo mein wunder Punkt liegt. Später fahre ich dann zu ihrer Schule, hole den Film ab und bringe ihn zum Entwickeln.« Sie erhob sich. »Reicht das?«

»Ein bisschen auffällig, wenn ihr mich fragt, aber einen Versuch ist es wert. Wie nimmt der Erpresser eigentlich mit seinen Opfern Kontakt auf?«

»Per Post. Art meint, er würde eine stinknormale Briefvorlage vom Computer verwenden. Sie soll das Geld in eine der Tüten tun, in die die Kunden ihre Filme zum Entwickeln stecken, und sie in den Nachtbriefkasten werfen.«

»Scheint, als hätte der Typ keine große Angst davor,

geschnappt zu werden.« Wie von selbst glitt Gideons Blick zum Negligee. »Willst du es wirklich Plato geben?«

Ophelia las das Kleidungsstück vom Boden auf. »Natürlich nicht. Es gehört Vi. Und jetzt raus mit dir.«

10

Eine halbe Meile von ihrem Trailer entfernt, merkte Ophelia, dass der Wagen hinter ihr Gideon gehörte. Allem Anschein nach würde er tatsächlich nicht so schnell aufgeben. Nein, er würde wohl nie aufgeben. Sie spürte, wie sich ein Gefühl des Verlangens und der Verzweiflung in ihrem Innern zusammenbraute, bis sie ihre Tränen, die ihr schon während der ganzen Fahrt unter den Lidern brannten, nicht mehr zurückhalten konnte. Was, wenn sie den hartnäckigen Bullen doch einfach ins Netz lockte und es dann so festzurrte, dass … *Nein.* Das konnte sie nicht. Dazu mochte sie ihn schon viel zu sehr. Ihr blieb gar nichts anderes übrig, als ihn auf Abstand zu halten.

Sie wischte sich die Tränen weg und bog in ihre Einfahrt. Geblendet von den Scheinwerfern, suchte Psyche unter der Veranda Schutz. Ophelia stellte den Motor ab und sprang – das Gewehr so fest im Anschlag, dass ihre Hände nicht mehr zitterten – in einer geschmeidigen Bewegung aus dem Pick-up.

Ohne den Motor abzustellen, stieg Gideon aus und öffnete Gretchen die Tür. »Leg das Gewehr weg, Ophelia«, sagte er und kam mit langsamen Schritten näher. »Ich bin es nur.«

»Ich weiß.« Ophelias Stimme überschlug sich. Eine verräterische Träne kullerte über ihre Wange. »Hau endlich ab!«

»Süße …«

»Nenn mich nicht Süße. Ich bin alles andere als süß!«

Sie beobachtete, wie Gideon sich sammelte und von neuem ansetzte. »Ich bin auch gleich wieder weg, wollte nur schnell Gretchen dalassen. Sie kann dir ein wenig Gesellschaft leisten und dich warnen, falls Gefahr droht.«

»Es gibt keine Gefahr, mit der ich nicht selbst klarkomme.« Wie war er nur auf diese wundervolle Idee gekommen? »Nimm deinen Hund und fahr nach Hause«, zischte sie und biss sich dabei so fest auf die Unterlippe, dass sie zu bluten begann. Wieder kämpfte sie mit den Tränen, und ihre Sehnsucht nach dem Hund, nach ein wenig Gesellschaft, war einfach überwältigend.

»Ophelia, du musst nicht weinen«, antwortete Gideon mit sanfter, einfühlsamer Stimme. »Süße, du glaubst doch nicht ernsthaft, dass ich dich bedrängen würde, nach allem, was du heute Abend durchgemacht hast.«

»Und ob du mich bedrängst«, entgegnete sie genervt. »Noch mal zum Mitschreiben: Nenn mich nicht *Süße*. Und jetzt zisch endlich ab.« Sie schniefte. Gretchen kam auf sie zugetrottet und drückte ihre kühle Nase gegen Ophelias Oberschenkel. Als sie merkte, dass ihre Finger instinktiv durch das Fell streicheln wollten, klammerte sie sich noch fester an das Gewehr. Zögerlich streckte sie doch eine Hand aus, so stark war ihr Wunsch, das Tier bei sich zu behalten. »Gretchen will gar nicht bei mir bleiben. Sie gehört zu dir. Nimm sie mit und verzieh dich endlich.«

»Gretchen und ich haben uns während der Fahrt unterhalten und darauf geeinigt, dass sie erst mal bei dir bleibt.«

»Das ist das Bescheuertste, das ich je in meinem Leben gehört habe.« Ophelia spannte den Abzug, doch das hatte leider nicht den gewünschten Effekt – Gideon rührte sich nicht von der Stelle. »Runter von meinem Grundstück, und komm bloß nicht wieder«, schob sie nach.

Gideon stieß einen leisen Fluch aus. »Bescheuert oder nicht, Gretchen bleibt hier.« Wie aufs Stichwort setzte sich der Hund.

»Verdammt, Gideon!«, schrie Ophelia und feuerte ab. Obwohl der Schotter unweit von seinen Füßen aufspritzte, zuckte Gideon nicht einmal zusammen. »Raffst du es nicht?«, brüllte sie. »Ich versuche nur, dich vor dir selbst zu beschützen. Ich bringe dir nur Ärger.«

»Das ist das Bescheuertste, das *ich* je in meinem Leben gehört habe«, äffte Gideon sie verbittert nach. »Du hättest dir wenigstens eine bessere Lüge ausdenken können.«

Ophelia öffnete den Mund, schloss ihn aber gleich wieder. Sie wollte ihn so wütend machen, dass er freiwillig das Weite suchte.

»Keine Angst, ich bin schon so gut wie weg und komme auch nicht zurück, es sei denn, du brauchst mich. Gretchen, du bleibst hier bei Ophelia.« Gideon stieg in den Wagen, setzte zurück und rief durch das Fenster hindurch: »Wie kommst du eigentlich darauf, dass ich keinen Ärger haben will?«

Ophelia hatte nicht den Hauch einer Chance, ihm zu entkommen. Wie jedes Mal überrumpelte der Traum sie, streckte ohne Vorwarnung die Krallen nach ihr aus und packte zu. Sie spürte förmlich das Pochen in ihren Reißzähnen und glaubte, den berauschenden und zugleich entsetzlichen Geruch nach menschlichem Blut einzuatmen. Doch dieses Mal riss das hohe Jaulen eines Hundes sie aus ihrem Traum. Mit ausgefahrenen Fangzähnen und die Hände zu Fäusten geballt, schreckte Ophelia aus dem Schlaf. Psyche, die in einer Ecke saß, fauchte laut, während Gretchen sie winselnd anstupste. Ophelia holte schluchzend Luft. Sie war schweißgebadet, und Tränen liefen ihr in Strömen über die Wangen.

Mit dröhnendem Schädel setzte sie sich auf. Das Licht war an, und sie lag auf dem Teppich. Dicht an Gretchen gekuschelt, hatte sie sich in den Schlaf geweint – ein beängstigendes Zeichen, denn in den letzten Jahren hatte sie außer in ihren Träumen kaum eine Träne vergossen und war stets frischgeduscht im eigenen Bett eingeschlafen. Sie hatte sich unter Kontrolle. Und jetzt eben nicht mehr.

Um ihre Nerven wieder in den Griff zu bekommen, duschte Ophelia ausgiebig und frühstückte Tee und Toasts mit Käse, die sie mit Gretchen und Psyche teilte. Anschließend kletterte sie zurück ins Bett und schob Gretchen die Füße unter die Flanken. Wenn Gideon nicht endlich damit aufhörte, seine Nase in ihre Angelegenheiten zu stecken, würde sie ihn eben auf andere Gedanken bringen müssen, selbst wenn Sex der letzte Ausweg war. Wäre Gideon ihr Lover, würden Leopard und Constantine ihm nichts antun. Er wäre sicher. Außer vor ihr.

Egal, wie sie es drehte und wendete, was sie auch tat, die Aussichten waren schlecht. Aber wenn sie es schon nicht schaffte, auf die Ereignisse oder Menschen in ihrem Umfeld Einfluss zu nehmen, so konnte sie wenigstens dafür sorgen, dass sie die Kontrolle über sich selbst zurückgewann. Und vielleicht bekam sie ja tatsächlich, genau wie Violet es angedeutet hatte, noch guten Sex, ehe ihr die ganze Sache um die Ohren flog. Mit diesem zweifelhaft aufmunternden Gedanken kuschelte Ophelia sich an Gretchen und zwang sich, noch ein wenig zu schlafen.

»Du wirst nie erraten, was letzte Nacht passiert ist«, sagte Artemisia am nächsten Morgen. Ophelia und sie standen vor der Tür des Kunstraums. Artemisias Gesicht strahlte im Sonnenschein. Sie wirkte weicher und sinnlicher. Irgendwie verändert.

»Was denn?«, fragte Ophelia, obwohl sie genau wusste, was als Nächstes kam.

»Gideon hat mich angerufen.«

Okay, damit hatte sie nicht gerechnet. »Es ist unmöglich von ihm, dich so zu bedrängen.«

»Nein, nein. Er hat sich bei mir *entschuldigt,* Ophelia. Er meinte, er wäre ein grottenschlechter Bruder und dass wir wieder mehr Zeit miteinander verbringen sollten.« Art biss sich auf die Lippe. »Du musst etwas zu ihm gesagt haben.«

»Kann schon sein«, gab Ophelia kleinlaut zurück.

»Es hat mich einiges an Überwindung gekostet, ihm nicht zu sagen, dass du ein Vampir bist. Rate mal«, sagte Art.

Jetzt kommt's. »Was? Wo ist der Film? Ich muss dringend los.«

Art fischte die Filmdose aus der Tasche ihres Kittels. »Ich mag Constantine wirklich. Es will mir nicht in den Kopf, wie jemand ihn für einen Mörder halten kann.«

Ophelia erwiderte nichts. Es gab einfach keine passende Antwort, die zudem auch noch der Wahrheit entsprach.

Glücklicherweise war Art mehr als gesprächig. »Er war unglaublich lieb zu mir letzte Nacht. Und das, obwohl ich ihm meine ganze Lebensgeschichte erzählt habe. Er meint, mein Ex wäre ein gefühlskalter Klotz, der zu einer hübschen, sinnlichen Frau wie mir gar nicht passt. Wenn ich Dar möchte, sagt er, sollte ich ihn mir schnappen.«

»Dar?«

»Der Typ, der gestern mit dieser grässlichen Blondine unterwegs war. Er ist ein Freund von Gideon. In der Highschool war ich bis über beide Ohren in ihn verliebt, obwohl ich damals schon mit Steve zusammen war. Aber mein Vater hätte es sowieso nicht geduldet, dass ich mit einem Schwarzen ausgehe. Dafür kann ich jetzt ja tun und lassen, was ich möchte. Trotzdem wäre es nicht richtig, ihn einer anderen auszuspannen. Obwohl, wenn Marissa verheiratet ist ... Und auch wenn ihr Mann wirklich tot ist. Egal, wie ich es drehe und wende, gegen die blonde Tussi komme ich nicht an. Sie ist umwerfend und sexy, ich bin nur die kleine Schwester seines Freundes ...« Ihre Stimme verlor sich. »Weißt du was?«

Na endlich.

Art beugte sich vor. »Constantine hat mich zum Höhepunkt gebracht!« Sie lief augenblicklich rot an. »Nicht das, was du jetzt denkst. Ich habe nicht mit ihm geschlafen. Er hat mich nur berührt, und peng!«

Ophelia lächelte. »Er schafft es wie kein Zweiter, die Körperenergien anderer Menschen zu beeinflussen. Er muss dich wirklich mögen.«

»Oder Mitleid mit mir haben«, erwiderte Art gleichmütig. »Er meinte, er hätte es getan, um mir zu beweisen, dass ich sexy sei. Das ergibt zwar irgendwie keinen Sinn, weil er derjenige war, der die Sache in die Hand genommen hat. Aber ich *fühle* mich heute tatsächlich ein bisschen sexy. Außerdem hat er gesagt, dass Dar die ganze Zeit über zu mir geschaut hätte, und dass die Blondine nur hübsch anzusehen, in Wirklichkeit aber eine hohle Nuss wäre.« Ein Ausdruck des Unbehagens huschte über ihr Gesicht. »Er sagte, sie wäre nicht lange in der Stadt. Ich frage mich nur, woher er das weiß. Einen Moment lang hatte ich sogar ein bisschen Angst vor ihm, aber dann war er wieder die

Liebenswürdigkeit in Person und hat mich sogar dazu gebracht, ihm meine Telefonnummer zu geben.«

Verdammt. Was führte Constantine im Schilde?

»Wie auch immer, ich habe mich jedenfalls entschieden, einen letzten *Versuch* zu unternehmen, Dar für mich zu gewinnen. Ich wünschte nur, ich hätte niemals als Nacktmodell posiert. Was, wenn er davon erfährt?«

»Wenn er ein Problem damit hat«, entgegnete Ophelia, »ist er es ohnehin nicht wert, dass du auch nur eine Minute weiter über ihn nachdenkst.«

»Aber …«

»Kein aber. Ich verstehe sowieso nicht, warum du überhaupt auf die Erpressung eingegangen bist. Was ist denn mit den Zeichnungen, die die Studenten von dir angefertigt haben, und die irgendwo da draußen herumschwirren? Darüber hast du doch genauso wenig Kontrolle wie über die Fotos. Am besten, du vergisst die ganze Sache einfach.«

Art blickte unschlüssig drein. Im selben Moment tauchte Gretchen auf, die auf dem Schulhof herumgelaufen war, und schnüffelte an ihr. »Das ist doch Gideons Hund!«

»Er hat ihn mir geliehen«, erklärte Ophelia tonlos.

»Gideon hat dir *Gretchen* ausgeliehen? Seinen Lieblingshund? Er sagt immer, sie sei das einzige weibliche Wesen, mit dem er reden kann.« Art lachte. »Ich dachte, er hätte es aufgegeben, dich ins Bett zu bekommen. Er hat mir erzählt, dass du ihm eine mächtige Abfuhr erteilt hast.«

»So einfach ist das alles nicht«, gab Ophelia zurück.

* * *

Im örtlichen Fotogeschäft angekommen, konnte Ophelia sich nur mit Mühe beherrschen, dem schleimigen Verkäufer, der ein Constantine-Fanshirt trug, nicht an die Gurgel zu springen. Sie gab ihr Bestes, das unschuldige und freundliche Dummchen zu mimen. Der Laden war so klein, dass hier nicht mehr als drei oder vier Angestellte arbeiten konnten. Nachdem dieser Typ die Morgenschicht hatte, musste er auch den Nachtbriefkasten geleert haben. Die Tatsache, dass er die Treppe heruntergekommen war, die zu einem Apartment im ersten Stock führte, ließ vermuten, dass er dort oben wohnte.

Sie überreichte ihm den neuen Film und bezahlte die Abzüge, die sie vor einigen Tagen in Auftrag gegeben hatte. »Das macht sieben Dollar dreiundsechzig«, sagte die Schleimbacke und spielte mit seinem Zungenpiercing, wobei ihm eine dunkelblonde Strähne ins Gesicht rutschte. »Nette Blumenbilder. Haben Sie die gemacht?«

»Ja, ich bin Landschaftsgärtnerin, und das sind Gärten, die ich gestaltet habe«, antwortete Ophelia freundlich. Es konnte nie schaden, die Werbetrommel zu rühren, auch wenn sie von diesem Widerling bestimmt keinen Kunden vermittelt bekommen wollte. Als sie ihm eine Zehn-Dollar-Note reichte, berührten sich ihre Finger. *Igitt!*

»Ich wette, Sie können richtig gut fotografieren, Ma'am«, sagte er gedehnt und mit einem anzüglichen und immer breiter werdenden Grinsen. »Sie sind ja selbst ein ziemlich hübsches Blümchen.«

»Du kannst mich mal, du Penner.« Vorbei war es mit der Freundlichkeit und Unschuldigkeit. So viel zum Thema Selbstkontrolle.

»Wenn du an deinem Leben hängst, denk nicht mal im Traum an sie.« Donnie Donaldson kam auf die Kasse zugeschlendert. »Ophelia kann ziemlich gut mit dem Gewehr umgehen.«

Mist. Warum musste er ausgerechnet jetzt auftauchen? »Hey, Donnie!«

Donaldson grinste. »Hab gestern Abend gesehen, wie du den Bullen damit auf Abstand gehalten hast.«

»Donnie, du bist ja schlimmer als alte Frauen, die den ganzen Tag nichts Besseres zu tun haben, als am Fenster zu hängen und die Nachbarn zu beobachten.«

»Was soll ich denn sonst mit meiner Zeit tun? Meinst du, du bist ihn endlich losgeworden? Das ist echt ein hartnäckiger Kerl. Er hat sich nämlich keinen Millimeter bewegt, als du auf ihn geschossen hast.«

Ophelia zuckte mit den Achseln, als wäre es nicht weiter von Bedeutung. »Er meinte, er würde nicht zurückkommen. Er weiß, dass ich kein Interesse an ihm habe.«

»Warum hat er dir dann den Hund gegeben?«

Sie verdrehte die Augen. »Ich will ihm die Hündin vielleicht abkaufen«, schwindelte sie. »Ein großartiges Tier. So, jetzt muss ich aber los.« *Bevor mein Plan endgültig in die Hose geht.*

»Was? Diese heiße Ische hat auf einen *Bullen* geschossen?« Die laszive Stimme des schmierigen Typen folgte ihr bis zur Ladentür. »Hey, Baby, ich lass dich gerne mal an mein Gewehr.«

Am Nachmittag im Kunstraum der Schule von Bayou Gavotte schlich Joanna Wyler zu dem Tisch, an dem Zelda gerade Bilder aus Illustrierten ausschnitt. Sie flüsterte: »Shawanda ist nicht da, deshalb kann ich heute neben dir sitzen.«

»Du kannst dich auch neben mich setzen, wenn Shawanda da ist.« Zelda rutschte mit ihrem Stuhl zur Seite. »Hier ist locker Platz für drei.«

»Danke«, murmelte Joanna, »aber ich finde Shawanda ziemlich gruselig. Sie macht mir irgendwie Angst.« Sie legte einen Stapel Zeitschriften vor sich ab.

»Wenn du wirklich mit mir abhängen willst, darfst du nicht als Weichei durch die Weltgeschichte schleichen«, antwortete Zelda. »Vorausgesetzt, du willst überhaupt meine Freundin sein.« Ihre Schere schnitt gerade kreuz und quer durch eine Gartenzeitschrift, bis es nach und nach kleine Rosenbilder auf den Tisch regnete. Mit einem herausfordernden Blick auf ihre Vielleicht-Freundin fragte sie: »Was ist los?«

Joanna blätterte nervös durch das oberste Magazin des Stapels. »Ich brauche Hilfe.«

»Von mir?« Zelda grinste verschlagen. »Erstens, keine Polohemden von irgendwelchen Schickimicki-Marken.« Joanna wurde rot und blickte so hundeelend drein, dass sie Zelda leidtat. »War nur ein Scherz. Was du anziehst, ist deine Sache. Oder genauer gesagt, die deiner Mutter. Aber wobei kann ich dir denn helfen?« Sie reichte Joanna eine Schere. »Wir sollten so tun, als ob wir arbeiten. Schneid einfach irgendwas aus.«

Wahllos schnitt Joanna drauflos und sagte leise: »Ich brauche deinen Rat. Es geht um Sex.«

Zelda konnte nur mit Mühe ihre Wut im Zaum halten. Es war ihr zwar egal, ob sie ein Vampir werden würde oder nicht, aber sie wollte um alles in der Welt nicht das Temperament ihrer Mutter erben. Angesichts Joannas weit aufgerissener Augen war es ihr wohl eher schlecht als recht gelungen, ihre Gefühle rechtzeitig zu bändigen.

»Warte bis morgen«, flüsterte sie um einen ruhigen Ton bemüht. »Shawanda weiß mehr als ich darüber. Sie ist älter und hat es schon getan.«

»Tut mir leid.« Mit zitternden Händen schnitt Joanna eine Gabel aus. »Deine Mom hat einen Club, deshalb dachte ich, dass … Scheiße, was bin ich für ein Loser. Ich kann mich nicht mal richtig ausdrücken.«

Zelda legte ihre Hand auf Joannas Finger. »Beruhig dich. Ich bin nicht sauer, und selbst wenn ich es wäre, was für einen Unterschied macht das? Ich bleibe trotzdem deine Freundin.« Sie riss eine Seite mit Gänseblümchen aus.

»Danke.« Joannas Stimme war kaum hörbar. »Ich wollte damit nicht sagen, dass du oder deine Mutter, dass ihr Schlampen seid. Aber du bist irgendwie anders, und meine Freundinnen kannst du in dieser Beziehung vollkommen vergessen. Manche hatten zwar schon Sex, aber sie sind solche … solche …«

»Jasager?«, half Zelda ihr auf die Sprünge, während sich die Gänseblümchen zu den Rosen gesellten.

Joanna kicherte hysterisch und schlug sich mit der freien Hand vor den Mund. »Genau. Und Erwachsenen kann man ja sowieso nicht vertrauen.«

»Das kommt auf den Erwachsenen an«, sagte Zelda. »Mit wem würdest du denn gerne was anfangen? Mit ihm?« Sie wedelte mit der Schere in Richtung eines gutaussehenden Achtklässlers namens Rick. Er arbeitete munter an einer kunterbunten Collage, die eine Göttin zeigen sollte. »Schau ihn dir an. Es ist vollkommen offensichtlich, dass er an nichts anderes als an Sex denkt.«

»Nein!«, zischte Joanna, die dabei war, ein Tranchiermesser auszuschneiden.

»Vielleicht sind das ja deine Brüste, die er da in die Collage einarbeitet«, murmelte Zelda. Rick hob den Kopf und streifte die beiden mit leerem Blick, bevor er Zelda genauer ins Visier nahm. Sie grinste flüchtig in seine Richtung und wandte sich wieder dem blumenübersäten Tisch zu. »Meine sind es definitiv nicht.«

»Du hast echt Riesenglück. Ich hasse es, wie die Jungs mich ansehen«, klagte Joanna und machte sich an einem mit Diamanten besetzten Kreuz zu schaffen.

»Ignorier sie einfach«, sagte Zelda. »Und was die Frage betrifft, die dir unter den Nägeln brennt, lass das mit dem Sex.«

»Du hast leicht reden, dir ist es ja auch egal, was die anderen denken. Ich brauche aber einen guten Grund, warum ich noch keinen Sex habe. Und komm mir jetzt bloß nicht damit, dass ich noch keine sechzehn bin, dass ich schwanger werden oder mir eine Geschlechtskrankheit einfangen könnte. Das weiß ich längst alles.« Als Joanna auf ein Foto mit einer Gartenschere stieß, begann sie umgehend damit, es auszuschneiden.

»Wie wäre es, wenn du einfach sagst, dass du nicht möchtest?«

Joanna blinzelte.

»Wenn dir die Typen auf die Brüste glotzen, geht das doch schon in Richtung Sex«, erklärte Zelda. »Und wenn du das nicht magst, willst du auch keinen Sex. Außerdem ist es sowieso besser, wenn du in denjenigen verliebt bist, mit dem du schlafen willst.«

»Das meint Ophelia auch. Genau wie ihr Polizist.«

»Die beiden haben recht. Es gibt nur einen Weg, sich nicht darum zu kümmern, was andere sagen: Es muss dir einfach am Hintern vorbeigehen.«

»Aber …«

»Denk mal drüber nach«, meinte Zelda. »Du musst kein Weichei sein, wenn du es nicht willst.«

Eine Minute später sah Joanna von der Wodkaflasche auf,

die sie gerade ausgeschnitten hatte. »Mag sein, dass es nicht deine Brüste sind«, sagte sie zu Zelda. »Aber Rick guckt die ganze Zeit zu dir herüber.«

Zelda hob den Blick und sah gleichgültig zu Rick, der sie mit leicht geöffnetem Mund anstarrte. Seine Augen weiteten sich, als Zelda seinen Blick erwiderte.

Gleichgültig wandte Zelda sich wieder ihrer Freundin zu.

Währenddessen sah Ophelia in der Baumschule einem kräftigen Typen namens Bob dabei zu, wie er ihren Pick-up mit Japanischem Ahorn belud. Im Grunde hätte sie das auch selbst tun können, aber Bob hatte sich nicht davon abhalten lassen, ihr zu helfen. Er nutzte jede Gelegenheit, sie anzuglotzen oder so dicht an ihr vorbeizugehen, dass sie sich berührten. Die Vorstellung, über Gideon herzufallen, gewann mit jedem Augenblick an Reiz. Eine heiße Nacht würde ihre Anziehungskraft auf andere schmälern.

Schluss mit der Sexplanerei! Das ist nur der letzte Ausweg. Und hör endlich auf, dir zu wünschen, dass du diesen Trumpf ausspielen musst.

Am frühen Abend, nachdem Andrea Dukas' Pflanzen ein neues Zuhause in der Erde gefunden hatten – die gestressten Azaleen aus dem Baumarkt eingeschlossen –, stellte Ophelia den Wagen auf einem unbefestigten Parkplatz ab und lief mit Gretchen einen Pfad entlang, der zum Fluss führte. »Es ist ja nicht so, als würde ich planen, mit ihm zu schlafen. Ich bin bloß so verdammt nervös«, erklärte sie der Hündin. »Was mache ich denn, wenn er etwas gegen Reißzähne hat?«

Gretchen grinste und entblößte eine Reihe gesund strahlender Zähne.

»Sorry, aber bei dir ist es vollkommen normal, dass du wundervolle Eckzähne hast. Ich will einfach mit keinem Kerl schlafen, der nicht anders kann und hinterher dann total ausflippt.« Als wäre der Teufel hinter ihr her, jagte Gretchen plötzlich davon. Wenige Augenblicke später flog eine ärgerlich zeternde Wachtel davon, die seelenruhig unter einem Busch gesessen hatte. Erwartungsvoll kehrte Gretchen zu Ophelia zurück, die mit den Gedanken jedoch ganz woanders war. »Ich weiß, dass es altmodisch und unpraktisch für einen Vampir ist, aber tief in meinem dummen, romantischen Herzen wünsche ich mir jemanden, der mich liebt – mich *und* meine Reißzähne.« Gretchen stupste Ophelia an und lief abermals davon. Als Ophelia den Waldrand erreichte, erblickte sie zwei flüchtende Truthähne, ehe Gretchen sich wieder zu ihr gesellte und das Gewehr anstupste, das Ophelia sich unter den Arm geklemmt hatte.

»Du bist wohl eine Jägerin. Aber ich bin heute nicht auf der Jagd. Die einzige Beute, auf die ich aus bin, ist ein Mann.«

Wortlos standen Ophelia und Gretchen am Fluss und ließen sich den Wind durch die Haare wehen. *Das ist nun mal meine Natur,* dachte Ophelia. *Ich bin eine verdammte Jägerin, die es auf Männer abgesehen hat. Mehr nicht.*

Ein einsamer Angler tauchte am gegenüberliegenden Flussufer auf und hob zum Gruß die Hand. Aus der Ferne waren Männer etwas Wunderbares. Nachdem Ophelia einen Schwarm Mücken verscheucht hatte, setzte sie niedergeschlagen ihren Weg entlang des Flusses fort. Als sie aus den Augenwinkeln heraus eine Bewegung neben einem Baumstamm erhaschte, blieben beide wie angewurzelt stehen.

In Zeitlupentempo legte Ophelia das Gewehr auf dem Boden ab, griff nach ihrer Schleuder, legte einen Kieselstein ein, zielte und schoss. Bingo! Als die Bisamratte in den Fluss fiel, schoss Gretchen an Ophelia vorbei, wobei sie sie fast ins Wasser gestoßen hätte, hechtete ins Wasser und brach dem Tier mit einem gekonnten Biss das Genick. Mit dem toten Nagetier im Maul kehrte die Hündin zu ihr zurück. »Abendessen«, lobte Ophelia. »Gretchen, du bist die Beste.«

Der Pfad vor ihnen erwies sich alles andere als begehbar. Ophelia musste sich unter einem halbumgestürzten Eisenbaum hinwegducken, wildwuchernde Ranken beiseiteschieben und über eine vermoderte Kiefer hinwegsteigen, ehe sie und Gretchen nicht weit von der Stelle entfernt ins Freie traten, an der Ophelia den Wagen abgestellt hatte. Aufgeregt jaulend lief Gretchen in Richtung Parkplatz, kehrte aber wieder zu Ophelia zurück, nur um gleich wieder loszulaufen. Mit einem mulmigen Gefühl im Magen erblickte Ophelia das rotierende Blaulicht eines Polizeiwagens. Als sie näher kam, hörte sie Stimmen und sah, dass Gretchen einem uniformierten Polizisten die Hand leckte.

»Sitz, Gretchen!«, schimpfte der Polizist. »Wo ist Gideon? Er kann unmöglich schon hier sein. Vor fünf Minuten meinte er, dass er noch zwanzig Minuten brauchen würde.« Dann bemerkte er Ophelia und starrte sie erst mal verträumt an.

Ophelia ließ den Blick vom Beamten zu seinem Dienstwagen gleiten, der die Zufahrt zu dem Parkplatz zur Hälfte blockierte, dann zu einem verstört dreinblickenden Paar neben einem silberfarbenen Toyota und schließlich zu ihrem Pick-up. Ein Paar nackter Füße baumelte von der Ladefläche. »Was zum Teufel geht hier vor sich? Wer ist der Typ in meinem Pick-up?«

Der Polizist stellte das Glotzen ein, als ihm einfiel, dass er im Dienst war. »Ist das Ihr Wagen, Ma'am? Der grüne Pick-up?«

»Natürlich ist das meiner!«, fuhr sie ihn an. »Oder sehen Sie noch einen anderen Pick-up?« Ophelia stapfte zu ihrem Fahrzeug. Schwach protestierend, heftete sich der Polizist an ihre Fersen.

Quer über die jungen Bäume geworfen, lag eine männliche Leiche, deren Gesicht nur noch eine grässlich breiige Masse war. Blut – überall war Blut. Auf dem borstigen dunkelblonden Haar, auf dem Bauch, der durch das zerrissene Constantine-Fanshirt blitzte, und auf der Jeans. Neben der Hüfte des Toten stand ein zerbrochener Ahornast hervor, während sein Hintern einen anderen Setzling unter sich begrub, der nicht mehr zu retten war. Ophelias Mund zuckte, und es kostete sie alle Kraft, ihre Vampirzähne zurückzuhalten. Sie schlug sich die Hände vor das Gesicht und stolperte zum Waldesrand, schmiss das Gewehr und die Bisamratte auf den Boden und tat so, als müsste sie sich übergeben.

11

Aus dem Empfangsbereich der beschaulichen kleinen Polizeiwache von Bayou Gavotte drang eine schrille, unangenehme Stimme. »Was denken Sie eigentlich, mit wem Sie es zu tun haben?«, schrie Marissa. »Dieser Ort ist das reinste Kaff.« Nach einer kurzen Pause fügte sie hinzu: »Ich bestehe darauf, dass Sie Constantine Dufray verhaften.« Gideon, der von einem Büro im hinteren Bereich durch die halbgeöffnete Tür alles mitbekam, legte die Beine auf den Tisch und bereitete sich auf das vor, was unweigerlich als Nächstes kommen würden.

»Moment mal!« Jeanie klatschte in die Hände. »Das sind ja dreiunddreißig Wochen!«

Der Chief, der ausgerechnet heute seinen ältesten Overall trug, legte das Sperrholz, das er auf einer mit Zeitungspapier ausgelegten Bank anstrich, beiseite, griff nach seiner Brieftasche und überreichte Jeanie einen Fünfer. »Verdammt, Jeanie, diese elende Wette frisst mir noch die Haare vom Kopf.«

»Hey!«, sagte die Blondine. »Haben Sie mich nicht gehört?«

»Klar doch, Ma'am. Das ist jetzt die dreiunddreißigste Woche in Folge, in der bei uns Klagen über Constantine Dufray eingehen. Seitdem seine Frau vergiftet wurde, steppt hier der Bär.« Er zog ein abgewetztes Notizbuch aus der Gesäßtasche und setzte sich auf die Bank. »Hat er Sie verflucht und Ihnen Alpträume geschickt? Das ist die gängigste Beschwerde, dicht gefolgt von Sexfantasien, akuten Depressionen, die einen in den Selbstmord treiben, und …«

Jeanie schnaubte. »Das mit den Sexfantasien kann nicht stimmen. Über so etwas beschweren sich Frauen nicht. Das müssen dann ihre spießigen Ehemänner sein.«

»Sie machen nicht den Eindruck, als wären Sie selbstmordgefährdet.« Er spielte mit seinem Kugelschreiber. »Um was für Alpträume handelt es sich denn? Dass Sie von wilden Mustangs niedergetrampelt werden?«

»Das gehört zu den Sexfantasien«, warf Jeanie ein. »Und zwar zu den besseren.«

»Dass Sie an einen überlebensgroßen Traumfänger gefesselt sind?«

»Sexfantasie.« Vermutlich war Jeanie gerade dabei, sich ihre gepflegten, kupferfarben lackierten Fingernägel zu polieren. »Harmlos. Aber wie wäre es damit, gefesselt und wehrlos mit einer Adlerfeder gekitzelt zu werden? Das hatten wir noch nicht!«

»Nicht jetzt, Jeanie«, meinte der Chief. »Unsere Besucherin scheint es ernst zu meinen. Im Gegensatz zu dir.«

»Er schickt mir keine Alpträume. Er hat meinen Mann getötet!«, kreischte Marissa.

Jeanie lachte verzückt, und der Chief riss ärgerlich die Hände in die Luft. »Das ist was? Platz zwölf?«

»Dreizehn«, korrigierte Jeanie ihn. »Das wissen Sie genau.« Murrend gab der alte Polizeichef ihr einen Zwanziger. Er blätterte einige Seiten weiter und machte sich eine Notiz. »Sie wollen also einen Mord melden, Ma'am?«

»Ja, verflucht noch mal, genau deshalb bin ich hier.«

»Leider nicht mein Zuständigkeitsbereich«, antwortete der Chief sichtlich erleichtert. »Gideon!«

Gideon ließ sich alle Zeit der Welt, ehe er in den Empfangsbereich kam, wo eine vor Wut schäumende Marissa, die einen hautengen Catsuit mit Leopardenmuster trug, nervös auf und ab lief. »Das sieht mir eher nach einer Vermisstenanzeige aus«, sagte er. »Nicht mein Zuständigkeitsbereich.«

»Sie meint aber, es handelt sich um Mord«, entgegnete der Chief kühl.

»Ohne Leiche kein Mord«, konterte Gideon.

»Finden Sie die Leiche, dann haben Sie Ihren Mord!« Marissa stemmte die Hände in ihre glänzenden Leopardenhüften. »Das ist der Detective, der für Morde zuständig ist? Dann will ich jemand anderen als diesen Vibrator-Mann.«

Jeanie verkniff sich ein Kichern und blickte von Gideon zu Marissa, dann wieder zurück. »Was hat sich unser Sexgott denn jetzt schon wieder ausgedacht? Eine neue Verhörmethode?«

»Was für ein Mann würde seiner Freundin einen Vibrator schenken?« Marissa verzog das Gesicht. »Nur ein Versager.«

»Du hast eine neue Freundin?« Jeanie sprang auf. »Wer? *Sie* etwa?«

»Nein, keine Freundin«, antwortete Gideon. »Es war ein Witz von ihr.« Er beugte sich über Jeanies Schulter und tippte etwas auf ihrer Tastatur. »Mrs. Parkerson, ich habe mir heute Morgen mal unsere Akten über das Verschwinden Ihres Mannes angesehen. Wir haben den Fall bereits vor zwei Jahren geschlossen.«

Jeanie blickte auf den Bildschirm. »John Parkerson, ein

Stripper aus Atlanta. Der Aussage des Apothekers in Bayou Gavotte nach hat Mr. Parkerson bei ihm ein Rezept für ein verschreibungspflichtiges Schmerzmittel eingereicht und nebenbei erwähnt, er hätte eine Anstellung in Houston gefunden. Der Apotheker ist unmittelbar danach zum Rauchen vor die Tür gegangen und konnte sich deshalb daran erinnern, dass Mr. Parkerson in einen Wagen gestiegen und auf die Interstate 10 in östlicher Richtung aufgefahren ist. Mehr haben wir nicht herausfinden können. Parkersons Fahrzeug ist weder unter seinem noch unter einem anderen Namen hier je wieder aufgetaucht, und er selbst ist seitdem auch nicht mehr in Bayou Gavotte gesichtet worden.«

»Haben Sie es in Houston versucht, Ma'am?«, schaltete sich der Chief ein.

»Natürlich!«, fauchte Marissa. »Ich habe es überall versucht. Nachdem er angeblich von hier fort ist, hat ihn niemand mehr gesehen. Ich wette, das liegt daran, dass er die Stadt nie verlassen hat. Wahrscheinlich, weil er noch immer in diese dämliche Ophelia Beliveau verknallt war. Aber er ist nicht im *Blood and Velvet*. Ich habe ein halbes Vermögen hingeblättert, weil ich den Laden zwei Wochen lang jeden Tag habe überwachen lassen.«

»Im *Blood and Velvet* gibt es gar keine Stripper.« Mit langsamen und gleichmäßigen Bewegungen bestrich der Chief ein weiteres Stück Sperrholz mit Farbe. »Es ist einer der besseren Clubs. Versuchen Sie es doch mal im *Chamber* oder *Oubliette*. Sollte Ihr Ehemann wirklich noch in der Stadt arbeiten, dann werden Sie ihn dort treffen.«

»Und wenn Sie schon im *Chamber* sind, dann lassen Sie sich gleich den Hintern versohlen«, mischte sich Jeanie ein. »Eine ganz besondere Erfahrung, die Sie so schnell nicht vergessen werden.«

»Es reicht, Jeanie«, rief der Chief. »Ich muss doch sehr bitten.«

»Tschuldigung, Chief«, antwortete Jeanie, der anzusehen war, dass sie es nicht ernst meinte.

»Sind *Sie* hier der Polizeichef?« Marissa blickte hochnäsig an seinem mit Farbe bekleckerten Overall herunter.

Er ließ den Pinsel in eine Spiritusflasche fallen. »Jawohl, das bin ich.«

»Dann machen Sie sich gefälligst auf die Suche nach Johnny. Falls Sie ihn nicht finden, dann verhaften Sie Constantine Dufray. Er steckt doch mit diesen Flittchen vom *Blood and Velvet* unter einer Decke. Weil Johnny ihnen auf Nerven gegangen ist, haben sie Constantine beauftragt, ihn umzubringen. Da bin ich mir ziemlich sicher.«

Jeanie grinste. »Von Constantine ermordet zu werden. Wie sexy. Haben Sie ihn eigentlich schon mal gesehen? Für den Typen würde ich auch sterben.« Als das Telefon klingelte, schob sie Gideon unsanft beiseite und hob ab.

»Ja, ich habe ihn gesehen«, sagte Marissa. »Er ist unheimlich. Als ich ihm ins Gesicht gesagt habe, dass er Johnny umgebracht hat, hatte er ein richtig teuflisches Grinsen im Gesicht.«

»So lacht er immer.« Der Chief schraubte den Deckel auf die Dose mit der Farbe. »Er treibt gerne seine Spielchen mit anderen. Wäre gelogen, wenn ich behaupten würde, dass ich ihn mag, aber er zieht eine Menge Leute nach Bayou Gavotte. Wir haben inzwischen fast genauso viele Touristen wie New Orleans. Hauptsächlich wegen ihm.« Er zog die Brauen zusammen. »Haben Sie Dufray in aller Öffentlichkeit beschuldigt, Ihren Ehemann getötet zu haben?«

Marissa zuckte mit ihren zierlichen Schultern. »Na und? Jeder weiß, dass er ein Mörder ist.«

Der Chief schüttelte den Kopf. »Keine sonderlich gute Idee, sich mit Dufray anzulegen. Dreiunddreißig endlose Wochen voller haltloser Behauptungen, die meistens von Menschen stammen, die nicht wissen, wohin mit ihrer Fantasie. Aber andererseits könnte manches auch wahr sein.«

»Sie glauben den Mist?« Nervös fügte sie hinzu: »Was könnte er mir denn antun?«

»Schwer zu sagen, bis es passiert ist, Ma'am. Sollten Sie Alpträume bekommen, in denen Sie verfolgt oder belästigt werden, geben Sie uns Bescheid.«

»Damit Sie *was* tun?«, schrie Marissa.

»Es in die Akten schreiben«, antwortete der Chief. »Und damit wir alle Informationen sammeln, die wir bekommen können.«

»In diesem Kaff stinkt doch irgendetwas zum Himmel!« Marissa hastete zum Ausgang. »Ihr seid alle pervers oder verrückt. Ich werde Johnny finden, und wenn es das Letzte ist, was ich tue.«

»Nicht, wenn Constantine ihn umgelegt hat«, sagte Jeanie, nachdem die Tür hinter der Blondine zugefallen war. Kaum saß sie wieder an ihrem Schreibtisch, klingelte das Telefon. Gerade als sich Gideon in den hinteren Bereich verabschieden wollte, sagte sie: »Dieser Fall ist definitiv für dich.«

»Was brockst du mir denn jetzt schon wieder ein?«, fragte Gideon genervt. »Nach gestern bin ich nämlich nicht zu Scherzen aufgelegt.«

»Kein Scherz«, antwortete Jeanie leise und reichte ihm ein Stück Papier.

Gideon wurde blass. »Scheiße.«

»Sie ist allerdings nicht da«, sagte Jeanie mit Hoffnung in der Stimme. »Es gibt keinen Anlass zur Sorge, dass ihr etwas passiert sein könnte. O Gott, arme Vi.«

»Schick die Spurensicherung raus.« Gideon warf die Tür hinter sich ins Schloss.

Jeanie rief ihm hinterher: »Jetzt konnte ich dich noch nicht einmal wegen des Vibrators aufziehen.«

Ophelia setzte sich auf einen der Baumstämme, die den kleinen Parkplatz säumten, und wartete darauf, dass Gideon eintraf. Der entsetzliche und zugleich verführerische Duft nach Blut sowie die Wut über ihre zerstörten Bäume brachten ihre Gefühle in Aufruhr. Nur ein Vampir konnte verstehen, was gerade in ihr vorging. Ihre Empfindungen waren stärker als die von normalen Menschen. Sie hatte sich noch nicht einmal übergeben können. Als der Polizist zu ihr kam und sich erkundigte, ob es ihr gutging, brachte sie mit größter Mühe hervor: »Ich kann von Glück reden, dass ich vor Stunden das letzte Mal gegessen habe.«

»Dann geht es Ihnen besser als den beiden da drüben, die uns verständigt haben«, erwiderte der schüchterne Polizist namens Turlow. »Ich belästige Sie wirklich nicht gerne damit, Ma'am, aber wissen Sie zufällig, wer der Tote ist? Mach Platz, Gretchen.«

Ophelia unterdrückte den Impuls, loszubrüllen. *Wen interessiert es, wer der Typ ist? Er hat meine Bäume auf dem Gewissen!*

Normale Frauen rasteten nicht aus, nur weil wegen einer Leiche ein paar Äste in Mitleidenschaft gezogen worden waren. Normale Frauen fielen beim Anblick von so viel Blut wahrscheinlich eher in Ohnmacht. Aber normalen Frauen wuchsen im Alter von zwölf auch keine Fangzähne, und sie wichen nicht den Fragen der Polizei aus.

Sie schauderte. »Sie haben das Elend doch selbst gesehen. Nicht einmal seine eigene Mutter würde ihn erkennen.«

»In Ordnung, Ma'am, wenn Sie sich einfach dort drüben hinsetzen und warten würden«, hob der Polizist an, der sich nicht an der Bisamratte störte, aber misstrauisch das Gewehr beäugte. Dann hielt er es vor Neugierde nicht mehr aus: »Was machen Sie eigentlich mit Gideon O'Tooles Hund?«

»Er hat ihn mir geliehen«, antwortete Ophelia, und ihr war im wahrsten Sinne des Wortes hundeelend.

»Ist er ... ein Freund von Ihnen?« Seine Ohren liefen rot an.

»O ja«, sagte sie mit einem zuckersüßen Lächeln, das unechter nicht hätte sein können – mit dem Ergebnis, dass sie sich noch mieser fühlte.

Sie schickte ihn fort und saß, die tote Bisamratte quer über den Oberschenkeln, regungslos da. Gleichzeitig sehnsüchtig und nervös, wartete Ophelia darauf, dass Gideon endlich eintraf. Sie würde ihm alles erzählen. Vorausgesetzt, sie lag mit ihrer Vermutung richtig, würde er zu Recht fuchsteufelswild werden, weil sie sich in die Erpressung eingemischt hatte. Aber woher hätte sie bitte wissen sollen, welche Wendung die Sache nahm? Auf der anderen Seite hatte sie eigentlich nichts zu befürchten. Sie hatte mit dem Mord ja überhaupt nichts zu tun. Reiner Zufall, dass irgendein Geisteskranker den Leichnam in ihrem Pick-up entsorgt hatte.

Gottverdammt, warum musste es denn ausgerechnet mein Pick-up sein?

Noch mehr beschäftigte sie jedoch die Frage, warum das bevorstehende Wiedersehen mit Gideon so unbehagliche Gefühle in ihr weckte.

Als er endlich eintraf, parkte er seinen Wagen an der Straße und kam cool und unnahbar auf den Parkplatz geschlendert.

Ophelias Herz machte einen Satz, und Gretchen schoss auf ihn zu. Nachdem er die Hündin begrüßt hatte, nickte er Ophelia nur beiläufig zu, bevor er Gretchen wieder zu ihr schickte und sich seinem Kollegen zuwandte.

Ophelia, die noch immer auf dem Baustamm saß, streichelte mit fahrigen Bewegungen die Bisamratte, während Gideon sich mit Turlow und der Spurensicherung austauschte, die in der Zwischenzeit eingetroffen war. Dann unterhielt er sich mit dem Paar, das die Leiche entdeckt hatte, und schickte es nach Hause. Turlow holte eine Rolle gelbes Absperrband aus dem Wagen und begann umständlich damit, den Parkplatz einzuzäunen. Ohne ein einziges Mal in Ophelias Richtung zu sehen, gab Gideon der Spurensicherung Anweisungen. Dabei stupste er immer wieder die Leiche an, vermutlich weil er ihren Bäumen absichtlich noch mehr Schaden zufügen wollte. Ophelia wäre ihm am liebsten an die Gurgel gesprungen.

Gretchen rutschte näher an sie heran und schnüffelte begierig an der Bisamratte. »Du weißt wenigstens, wo man seine Prioritäten setzt«, sagte Ophelia. »Zum Teufel mit ihm. Komm, wir essen.« Sie wühlte in ihrer Tasche nach einem Klappmesser, schnitt den Schwanz des Nagetiers ab und schlitzte das Tier bäuchlings der Länge nach auf.

Nachdem sie die Eingeweide herausgetrennt und hinter den Baumstamm geworfen hatte, damit die Aasfresser sie sich später holen konnten, trennte sie den Kopf ab und warf ihn Gretchen zu. »Guten Appetit«, sagte sie. Plötzlich stand Gideon vor ihr.

»Was gibst du meinem Hund zu fressen?«

»Den Kopf einer Bisamratte«, antwortete Ophelia, ohne zu ihm aufzublicken. »Lecker.«

»Gretchen scheint ähnlicher Meinung zu sein.«

Ophelia merkte, dass er sauer war. »Sei froh, dass ich ihr nicht die Eingeweide gegeben habe.«

»Turlow denkt, du bist meine Freundin.«

Als Ophelia kurz aufblickte, bemerkte sie, dass der Ausdruck in seinen Augen den Sarkasmus in seiner Stimme widerspiegelte. *Das* war also der Grund für ihre Nervosität. Sie hatte alles vermasselt. »Weil ich Gretchen bei mir habe. Er meinte, du würdest sie nicht jedem leihen.«

»Mir ist schon klar, warum du dich in dieser Situation als meine Freundin ausgibst.«

»Was für eine Situation?«, schoss Ophelia zurück. »Ich habe den Typen nicht umgebracht.«

»Wir haben es hier mit einem Mordfall zu tun, Ophelia. Es ist also das Beste, wenn du bei der Wahrheit bleibst.«

Obwohl Ophelia innerlich bebte, brachte sie ein desinteressiertes Achselzucken zustande. »Sagt ausgerechnet der korrupte Bulle. Außerdem habe ich gar nicht so getan, als sei ich deine Freundin. Dein Kollege hat es einfach angenommen, und ich wusste nicht, wieso ich es abstreiten sollte.«

Da Gideon einige Augenblicke nichts erwiderte und Ophelia sich alles andere als wohl in ihrer Haut fühlte, hüllte sie sich ebenfalls in tiefes Schweigen. Schließlich atmete sie, den Blick auf die aufgeschnittene Bisamratte gerichtet, tief durch und sagte: »Hör zu, es tut mir leid, dass ich gestern Abend auf dich geschossen habe. Ich weiß, dass du es nur gut meinst.«

»Und mir tut es leid, dass ich dich bedrängt habe«, kam postwendend die Antwort. »Du kannst dich übrigens jederzeit gerne als meine Freundin ausgeben. Selbst wenn ich dadurch auch nicht in den Genuss einer heißen Nacht kommen sollte, lässt es mich wie einen Superhengst dastehen.«

Ophelia kicherte leise.

»Turlow meinte außerdem, du wüsstest nicht, wer der Tote ist.«

Ophelia klappte die Bauchdecke des Nagers zurück. »Ich fürchte, da habe ich nicht ganz die Wahrheit gesagt.«

»Was soll das heißen?«

»Na ja, er ist nur schwer zu identifizieren, weil der Täter ihn so übel zugerichtet hat«, antwortete Ophelia mit steigender Anspannung in der Stimme. »Außerdem war ich mir auch nicht hundertprozentig sicher, und dein Kollege meinte, du wärst schon auf dem Weg ... Und da dachte ich, es wäre das Beste, wenn ich auf dich warte und es dir dann direkt sage. Für den Fall, dass du die Sache auf deine eigene Art regeln willst.«

»Verdammt, Ophelia. Rutsch mal.« Gideon setzte sich so dicht neben sie, dass sein warmer, muskulöser Körper sie berührte. Ophelia schloss die Augen, um ihn besser spüren zu können, und seufzte leise auf. »Wer ist es?«, fragte er.

»Der Größe, den Haaren und den Kleidern nach zu urteilen, ist das der Typ, der heute Morgen Dienst im Fotoladen hatte, als ich den Film abgegeben habe. Ich konnte nicht genau erkennen, ob die Leiche ein Zungenpiercing hatte. Es ist schwer zu sagen, ob sie überhaupt noch eine Zunge hat.«

»Scheiße«, presste Gideon hervor.

»Der Typ war ein ziemlicher Kotzbrocken. Aber selbst wenn er der Erpresser war, finde ich nicht, dass er den Tod verdient hat. Und schon gar nicht so einen«, fügte Ophelia hinzu, schnitt einen Streifen Fleisch ab und fütterte Gretchen damit. »Andererseits hätte ich schon große Lust, diesem Mistkerl, der ihn in meinen Pick-up geworfen und einen meiner Bäume komplett und einen anderen fast zerstört hat, die Eingeweide herauszureißen.«

»Ich wünschte, ich könnte den Fall auf meine Art regeln. Aber wir haben es hier mit einem Mord zu tun. Einem blutigen, brutalen Mord. Ich möchte, dass du das Tier jetzt weglegst und dir den Pick-up noch einmal genauer anschaust. Mir ist bewusst, dass das nicht leicht ist, aber …«

»Ich komme schon klar«, sagte Ophelia mit angespanntem Ton. »Aber wenn ich die Ratte weglege, wird Gretchen sie auffressen. Dabei ist das eigentlich mein Abendessen.«

»Du isst Bisamratten?« Gideons Gesichtsausdruck sprach Bände.

»Tut mir leid. Ja.« Ophelia leckte sich genüsslich die Finger – einen nach dem anderen. *Du willst unbedingt die ganze Wahrheit? Bitte schön!*

»Wenn du drauf stehst.« Ein Lachen schlich sich in seine Stimme. »Warte, ich hol dir eine Tüte. Komm mit.« Gideon lief zu seinem Mercedes. Ophelia sammelte ihr Gewehr auf und folgte ihm. Er hielt eine leere Supermarkttüte auf, damit sie das Nagetier hineinlegen konnte. Nachdem sie das Messer abgeleckt hatte, verstaute sie es wieder in der Tasche.

»Die Tüte kommt in den Kofferraum«, wies Gideon sie bestimmt an. »Zusammen mit dem Gewehr.«

»Warum?«

»Weil du hier besser keine Ratten mehr jagst. Das ist ein öffentliches Gelände.«

»Du weißt ganz genau, dass ich die Waffe nur für Notfälle dabeihabe, um mich selbst zu verteidigen«, entgegnete Ophelia. »Und außerdem habe ich die Bisamratte nicht erschossen.« Aber ihr war bewusst, dass es der falsche Ort und die falsche Zeit für einen Aufstand war, also legte sie die Waffe brav in den Kofferraum. »Verdammt«, schimpfte sie, als sie bei ihrem Wagen standen. »Die Bäume kosten achtzig Dollar das Stück. Und kaputte Bäume lassen sich nicht verkaufen.«

»Vergiss mal die Bäume«, sagte Gideon. »Schau dir alles genau an und sag mir, ob es etwas gibt, das nicht dir gehört.«

»Abgesehen von der Leiche?«

»Scherzkeks.«

»Ich kann die Bäume aber nicht vergessen«, fing Ophelia wieder an. »Das ist rausgeschmissenes Geld. Geld, das ich nicht habe.« Sie ließ den Blick über die Ladefläche gleiten. »Das Werkzeug gehört mir. Genau wie der Zypressenmulch, die Piniennadeln, die leeren Blumentöpfe und die Paletten. Die Schaumstofffetzen an der Kleidung der Leiche kommen mir allerdings nicht bekannt vor. Der Dreck und die Erde auf der Ladefläche stammen von mir. Und dann wären da noch die ramponierten Bäume …«

»Wann hast du das letzte Mal einen Blick auf die Ladefläche geworfen – ohne Leiche, meine ich?«

»Bei der Baumschule, als ich die gesunden, unbeschädigten Bäume gekauft habe«, erklärte Ophelia. »Danach bin ich hierhergefahren, habe beim Aussteigen aber nicht mehr nach hinten gesehen. Wenn die Leiche von oben auf meinen Pick-up geworfen worden wäre, hätte ich doch sicher den Aufprall gemerkt.«

»Hoffentlich. Also nichts, was nicht dir gehört?«

»Soweit ich das jetzt beurteilen kann, nein. Es sei denn, ich würde alles ausräumen. Aber es dämmert ja schon. Ich muss dringend nach Hause und einen Kostenvoranschlag machen.«

Gideon legte Ophelia den Arm um die Schulter und führte sie von ihrem Fahrzeug weg. »Ich bringe dich nach Hause.

Wir müssen den Pick-up aber leider vorerst beschlagnahmen.«

»Wie bitte?« In Ophelias Stimme schwang so viel Wut mit, dass die anderen Polizisten sich zu ihnen umdrehten – als ob sie sich nicht sowieso schon die Hälse ausgerenkt hätten. Alle, bis auf die einzige Polizist*in*. Doch selbst die konnte mit ihrer Neugier nun nicht mehr hinter dem Berg halten. »Gideon, ich brauche meinen Pick-up! Damit verdiene ich meinen Lebensunterhalt. Ganz zu schweigen von den beiden Bäumen, die ich eigentlich morgen einpflanzen sollte. Ihr könnt sie mir nicht einfach wegnehmen.«

»Es tut mir ja wirklich leid«, entgegnete Gideon, »aber wir müssen den Pick-up erst gründlich untersuchen. Wir arbeiten so schnell wir können, versprochen. Apropos, wir sollten wegen der Dämmerung keine Zeit verlieren. Außerdem zieht Regen auf.«

»Verdammte Scheiße, Gideon, ich …«

»Verdammte Scheiße, Ophelia, ich habe keine andere Wahl! Gib mir deinen Autoschlüssel. Ich sagte doch, dass ich dich nach Hause bringe.«

»Wie überaus freundlich von dir«, zischte sie mit bebender Stimme. »Aber ich sagte doch, dass ich dich nicht mehr in der Nähe meines Hauses sehen möchte.« Sie stürmte auf seinen Wagen zu. »Das Gewehr und die Bisamratte, aber schnell. Darf ich wenigstens noch meinen Notizblock vom Beifahrersitz nehmen, oder habt ihr den auch konfisziert?«

»Wir beschlagnahmen den gesamten Pick-up. Was wir nicht mehr brauchen, bringe ich dir morgen früh vorbei.« Gideon machte keinerlei Anstalten, den Kofferraum seines Autos zu öffnen. »In der Zwischenzeit hätte ich gerne den Schlüssel.«

»In der Zwischenzeit kannst du mich mal kreuzweise. Gib mir das Gewehr. Ich laufe nach Hause.«

»Erst, wenn ich dich vernommen habe«, hielt Gideon dagegen.

»Du … Du …« Ophelia fehlten die Worte. »Wenn du mich vernommen hast? Du weißt genau, dass ich mit der Sache nichts zu tun habe. Das ist die dümmste Entschuldigung, um mir nachzustellen, die ich je gehört habe.«

»Ophelia, ich möchte dich eigentlich nur ungern mit auf die Wache nehmen. Am liebsten wäre es mir, wir würden in ein nettes kleines Restaurant gehen, wo wir uns in aller Ruhe unterhalten können.«

»Das ist Schwachsinn, und das weißt du genau! Du hast außerdem gar nicht das Recht, mich mit auf die Wache zu nehmen. Dafür gibt es nämlich keinen Grund.«

»Lass mich überlegen: Eine Leiche in deinem Pick-up und deine mangelnde Unterstützung sind allemal Grund genug.«

Sie starrte ihn mit weit aufgerissenem Mund an. »Du … Du verdächtigst mich allen Ernstes des Mordes?«

»Natürlich nicht, Ophelia. Aber ich muss mich an die Vorschriften halten. Es hilft alles nichts. Du wirst den Parkplatz ohne deinen Pick-up und nur in meiner Begleitung verlassen.«

»Bastard!«

»Wie auch immer.«

Ophelia stampfte mit dem Fuß auf und starrte voller Wut auf den Boden, während sie dagegen ankämpfte, dass ihre Fangzähne nach unten glitten. Ihr Atem ging schnell. »Du lässt mir wohl keine andere Wahl.«

»Schön, dass du es endlich einsiehst.« Gideon schloss den Mercedes auf und öffnete die Beifahrertür, ehe er zum dritten Mal nach dem Schlüssel fragte.

Ophelia nestelte an ihrem Schlüsselbund. Am liebsten hätte sie den Autoschlüssel quer über den Parkplatz geworfen, stattdessen atmete sie erst einmal tief durch und ließ ihn dann in Gideons Hand fallen.

»Vielen Dank«, sagte Gideon. »Steig ein. Ich bin gleich wieder da. Gretchen!« Er pfiff, und fast im selben Augenblick hüpfte die Hündin auf die Rückbank. Anschließend reichte Gideon Ophelia seinen Schlüssel. »Wenn du willst, kannst du Radio hören. Im Handschuhfach liegen noch ein paar CDs.«

Kaum hatte Gideon die Tür zugeworfen, schossen Ophelia wieder Tränen in die Augen. Sie schluckte krampfhaft den Kloß in ihrem Hals herunter, drehte sich um und vergrub die Finger in Gretchens weichem Fell. Der Hund schnüffelte und leckte ihr die Tränen von den Wangen. Ophelia putzte sich die Nase mit dem T-Shirt und ließ sich in den weichen Ledersitz sinken. Sie tat einen tiefen Atemzug. Und noch einen.

Vielleicht lag es an der Tatsache, dass sie keinerlei Kontrolle mehr hatte – wahrscheinlich noch nicht einmal mehr über sich selbst – oder daran, dass das Innere des Autos von Gideons ganz eigenem, männlichem Duft erfüllt war, doch Ophelia nickte weg und schlief tief und fest, als Gideon in den Wagen einstieg.

Mit einem langgezogenen, unheimlichen Wimmern, das Gideon und Gretchen gleichermaßen die Haare zu Berge stehen ließ, rief Ophelia mit rauher, gepeinigter Stimme: »O Gott, nein – ich war es nicht, nein, bitte, bitte nicht!« Die Worte sprudelten nur so aus ihr heraus. Wie vom Blitz getroffen, setzte sie sich aufrecht hin und riss die Augen auf. Mit verzerrtem Gesicht drehte sie sich in Gideons Richtung und stieß einen Schrei aus, der aus den Tiefen ihrer selbst zu kommen schien.

»Ophelia, wach auf!« Gideon riss das Steuer herum, brachte den Wagen zum Stehen und griff nach ihren wild durch die Luft fuchtelnden Armen. Hektisch bellend, sprang Gretchen in die Lücke zwischen Fahrer- und Beifahrersitz. Der Sitzgurt riss Ophelia zurück in den Sitz, bevor ihre Hände jemanden trafen.

»Ogott, wasistgeschehen, washabeichgetan, washabeichgesagt?« Ophelia schlug die Hände vors Gesicht. Sie betete inständig darum, dass der Regen und das Licht der entgegenkommenden Autos ihn geblendet haben mochten, so dass er ihre Fangzähne nicht gesehen hatte.

»Du hast schlecht geträumt«, sagte Gideon leise und verbannte Gretchen wieder nach hinten, während er den Wagen auf den Standstreifen lenkte.

Denk nach! »Das war mehr als nur ein schlechter Traum, das war ein schrecklicher Alptraum.« Ihr Herz schlug wie wild. Fast wäre sie auf ihn losgegangen. Sie hatte es einzig dem Anschnallgurt zu verdanken, dass ... »Ich kann mich zwar nie an irgendetwas erinnern, aber wenn ich aufwache, bin ich total durch mit den Nerven. Was ... was habe ich denn gesagt? Was habe ich getan?«

Gideon erzählte ihr, was geschehen war. Ihre Brust hob und senkte sich, ihr Herz pochte kräftig gegen die Rippen. Sie konnte von Glück sagen, dass sie nichts preisgegeben hatte, was ihr zum Verhängnis werden konnte.

»Passiert dir das oft?«, wollte Gideon wissen.

»Kommt drauf an.« Ophelia kauerte sich in den Sitz und drehte sich von Gideon weg. »Meistens bedeuten die Träume, dass ich ... emotional überreizt bin. Ich weiß nie, wann es so weit ist, aber es ist ja kein Weltuntergang.«

Gideon setzte den Wagen wieder in Bewegung. »Wo wollen wir essen gehen?«

Irgendwo, wo sie sicher war. »*Tony's*«, antwortete Ophelia.

12

Nur mit Boxershorts und pinkfarbenem Schal hatte Tony zwar nicht wie ein Schwächling ausgesehen, aber jetzt, in schwarzer Jeans und einem engen schwarzen T-Shirt, das seine muskelbepackten Arme betonte, sah er umwerfend aus. Um Ophelia zu begrüßen, ließ er eine dürre und von Kopf bis Fuß in Schwarz gekleidete Frau an der Bar stehen und rief mit lauter Stimme quer durch das Lokal: »Ophelia!« Er legte seinen kräftigen Arm um sie und nickte Gideon kaum merklich zu, ehe er die beiden in den privaten Innenhof führte, in dem Gideon und Constantine am Abend zuvor gegessen hatten.

»Was ist los?« Tony versetzte der Tür einen Tritt, so dass sie zufiel, während er Ophelia noch immer eng im Arm hielt – zu eng, wenn es nach Gideon ging. Auf seinem Boxergesicht lag ein freundliches Lächeln.

Ophelia schmiegte sich an Tonys breite Schulter. »Es stinkt zum Himmel. Das ist übrigens Gideon O'Toole von der Polizei. Ich stehe momentan unter Arrest.«

Leise fluchend, ließ Tony von Ophelia ab und lief um Gideon herum, der unbeeindruckt dastand.

»Sie ist nicht unter Arrest, und das weiß sie auch.« Gideons Augen wanderten von Tonys besorgtem Gesicht zu der atemberaubenden Frau, die ihm noch schlaflose Nächte bescheren würde, wenn er nicht aufpasste. »Lass die Spielchen, Ophelia.«

Tony blickte von Ophelias wutentbranntem Gesicht zu der Ausdruckslosigkeit in Gideons Augen. Die Tür öffnete und schloss sich wieder, als die Dame in Schwarz mit bebenden Nasenflügeln und einem lauten Zischen auf den dunkelroten Lippen hereingestürzt kam.

»Nicht jetzt, Sonya«, sagte Tony kühl. »Ich bin gleich wieder bei dir.«

»Tony«, antwortete Sonya. »Ich *brauche* dich.« Das Zischen verwandelte sich in ein bemitleidenswertes Winseln. »Ich brauche dich jetzt.«

Tony schubste sie zur Tür hinaus, ehe er diese unsanft vor ihrer Nase ins Schloss fallen ließ. »Was geht hier eigentlich vor sich?«

»Er hat mich gezwungen, hierherzukommen«, sagte Ophelia. »Wenn ich mich geweigert hätte, hätte er mich mit auf die Wache genommen.«

»Du hast definitiv die richtige Wahl getroffen.« Mit einem unheilvollen Funkeln schleuderte Tony Gideon eine Speisekarte zu. »Sie waren doch erst gestern mit Constantine hier. Anschließend sind Sie mit ihm in Vis Club gesehen worden.« Als Gideon nickte, schob Tony nach: »Was darf es denn sein? Ein Drink?«

Gideon bestellte eine Pizza und ein Bier.

»Nicht mehr im Dienst?«, zog Ophelia ihn auf.

»Wegen dir fange ich noch mit dem Trinken an«, antwortete Gideon cool.

Tony lachte und fragte: »Dasselbe wie immer für dich, Baby?«, ehe er verschwand, um die Bestellungen weiterzugeben.

Ophelia rutschte nach vorne auf die Stuhlkante und faltete die Hände, während Gideon lässig dasaß und sie beobachtete. Er konnte sie unmöglich danach fragen, was er meinte, gesehen zu haben. Es war dunkel gewesen im Auto. Das Licht des Armaturenbretts musste ihm einen Streich gespielt haben. Ihre Gegenwart schien ihn so stark durcheinanderzubringen, dass er schon unter Halluzinationen litt.

»Hör auf, mich anzustarren«, sagte Ophelia mit erstickter Stimme. »Du machst mir Angst.«

Und was machte sie mit ihm? Allein ihr Anblick genügte, um ihm eine Erektion zu bescheren. »Ich hole Gretchen.« Als Gideon zurück war, servierte Tony gerade die Getränke – ein Bier für ihn und eine Cola für sie.

Anschließend nahm der Ex-Boxer sich einen Stuhl, drehte ihn um und setzte sich rittlings darauf, so dass die Lehne vor seinem Oberkörper war. Die Hände legte er auf den Knien ab. »Ich höre.«

Gideon blickte zu Ophelia, die mit den Schultern zuckte. In einfachen und deutlichen Worten erklärte Gideon, was sich zugetragen hatte, warum er Ophelia verhörte und warum er den Pick-up beschlagnahmt hatte.

»Irgendwer scheint dich auf dem Kieker zu haben, Baby, so viel steht fest«, sagte Tony anschließend.

Ophelia, die während Gideons Erklärung einen halben Liter Cola heruntergespült hatte, war hellwach wie selten. »Könnte das nicht alles auch nur Zufall sein?«

»Nein«, sagten Gideon und Tony wie aus einem Munde.

Ophelia schob das leere Glas von sich. »Warum denn nicht? Jemand, der dringend eine Leiche loswerden musste, sah meinen einsam geparkten Pick-up und hat den Toten kurzerhand dort abgeladen.«

»Wenn du eine ganz normale Frau wärst, dann vielleicht ja.«

Gideon merkte, wie Ophelia sich versteifte. *Verdammt.* Mit weicher Stimme fügte er hinzu: »Wenn sonst alles in Ordnung wäre, vielleicht. Aber wir wissen ja bereits, dass es jemand auf dich abgesehen hat.«

»Die Sache mit der toten Katze.« Tony wedelte mit der Hand, als Ophelia sich aufrichtete. »Reg dich nicht auf, Vi hat mir davon erzählt. Du hättest dich sofort an Leopard wenden sollen, als es passiert ist.«

Ophelia verschränkte die Arme und blickte äußerst finster drein.

»Selbst wenn der Täter den Pick-up nur durch Zufall entdeckt hat«, fuhr Gideon fort, »wusste er anhand des Schriftzugs, wem er gehört.«

»Die Frage ist doch, warum er die Leiche in deinem Wagen deponiert hat«, sagte Tony. »Das ergibt keinen Sinn. Wenn er sauer auf dich ist, weil du ihn hast abblitzen lassen, dann …« Er schüttelte den Kopf. »Jeder, der fähig ist, einen Menschen so brutal totzuprügeln, hätte dich kurzerhand vergewaltigt und anschließend umgebracht.«

»Er könnte es versuchen«, meinte Ophelia unheilvoll. »Vielleicht war es ja auch eine Frau.«

»Fällt dir denn eine betrogene Ehefrau ein?«, fragte Gideon.

Ophelia schüttelte den Kopf. »Es gab viele verheiratete Männer, die mir nachgestellt haben, wie du dir nach gestern Abend bestimmt denken kannst. In letzter Zeit ist es besser geworden. Als ich noch im Club gearbeitet habe, war es besonders schlimm. Seitdem gehe ich den meisten Männern aus dem Weg.« Der Blick, den sie Gideon zuwarf, machte ihm klar, dass es seine Schuld war, dass sie sich selbst untreu geworden war.

Ohne sie aus den Augen zu lassen, trank er einen Schluck

Bier. »Könnte womöglich ein Konkurrent dahinterstecken?«

»Mein Betrieb ist viel zu klein, um für jemanden eine Bedrohung darzustellen. Außerdem kommt die Hälfte meiner Aufträge von Constantine. Das bringt mich auf eine Idee.« Ophelia klappte das Handy auf und wählte. »Constantine, könntest du mir für ein paar Tage einen Pick-up leihen? Gideon hat meinen beschlagnahmt, weil irgendein Idiot eine Leiche auf der Ladefläche abgelegt hat.«

Gideon und Tony hörten, wie Constantine in lautes Gelächter ausbrach.

»Ich bin im *Tony's*. Danke.« Ophelia ließ das Handy zuschnappen. »Damit wäre auch geklärt, wie ich nach Hause komme.«

»Prima«, sagte Gideon. »Dann bin ich also aus der Nummer raus.«

Tony blickte zwischen den beiden hin und her und grinste. »Frischverliebte. Wie *süß*.« Er zwirbelte die Enden seines Schnurrbartes. Von der anderen Seite der Tür war ein Stöhnen zu hören. Tony öffnete die Tür, streckte eine Hand nach draußen, um Sonya aufzuhalten, und sprach mit leiser und bedrohlicher Stimme auf sie ein, ehe er die Tür zuwarf. »Frauen. Sie treiben uns noch in den Wahnsinn.«

Amen, dachte Gideon. »Und dann wäre da noch der Vorwurf des Kindesmissbrauchs.«

Ophelia wurde kreidebleich. »Keine Ahnung, wie Willy auf diese absurde Idee kommt. Ich habe die Mädchen nie angefasst.«

Das Ganze scheint ihr tatsächlich an die Nieren zu gehen, dachte Gideon. *Genau wie die blonde Zicke, die ihr gestern Abend so zugesetzt hat. Ganz im Gegensatz zu dem vielen Blut heute, das sie anscheinend kaum störte.*

»Natürlich nicht.« Tony setzte sich wieder breitbeinig auf den Stuhl und streckte die Hand aus, um Ophelias Wange zu streicheln. »Das wissen wir alle.«

Ophelia warf ihm einen dankbaren Blick zu und befestigte das Handy wieder an ihrem Gürtel. »Du hast doch gestern Abend mit Willy gesprochen, oder?«, fragte sie Gideon. »Was zum Teufel hast du ihm gesagt?«

Gideon gab sich größte Mühe, einen mitfühlenden und beruhigenden Eindruck zu vermitteln. »Willy meinte, diese widerlichen Aufnahmen von Joanna wären bei den anderen Fotos dabei gewesen, die du für Lisa im Fotoladen abgegeben hast. Er glaubt, sie wären dir aus Versehen dazwischengerutscht. Der Typ im Fotoladen hat die Bilder gesehen, und jetzt wird Willy ebenfalls erpresst.« Gideon spreizte die Hände. »Willy ist ein Idiot vor dem Herrn, aber wenn wir alles im Zusammenhang betrachten, dann stehst du leider immer im Mittelpunkt.«

»Ich habe diese Fotos nicht gemacht!«, wehrte Ophelia sich hitzig.

»Natürlich nicht«, wiederholte Tony.

»Die Frage ist nur, wer es getan hat«, sagte Gideon.

»Joanna wird es ja wohl wissen«, antwortete Ophelia.

Gideon seufzte. »Als ich mich gestern mit ihr unterhalten habe, wollte sie nicht, dass ich mit ihren Eltern rede oder versuche, dich zu überreden, mit ihnen zu sprechen.«

Ophelia starrte ihn wütend an. »Wann war das?«

»Als ich noch mal vorbeigekommen bin, um den Gipsabdruck zu holen. Joanna und Connie waren in deinem Garten. Mrs. Wyler hatte sie geschickt, um den Abdruck zu klauen.«

Ophelia murmelte etwas Sarkastisches.

»Joanna wollte gar nicht aufhören, über ihre Brüste zu

reden, und wollte von mir wissen, wann sie alt genug für Sex sei.«

Ophelias Wut schlug in Besorgnis um. »Aus Angst davor, mit ihren Eltern zu reden, vertraut sie sich jedem an, der halbwegs nett zu ihr ist. Ich schätze, es war einfacher, mir die Schuld an diesen schmierigen Bildern in die Schuhe zu schieben.« Sie biss sich auf die Lippe. »Es sei denn, Willy steht auf seine eigenen Kinder und ist sauer auf mich, weil ich ihr klipp und klar gesagt habe, dass sie noch zu jung ist. Aber das glaube ich nicht. Ich bin kein großer Fan von Willy, aber er liebt seine Töchter über alles.«

»Ich glaube nicht, dass Willy etwas damit zu tun hat«, meinte Gideon.

»Vielleicht war es ihr Freund, der die Fotos gemacht hat«, sagte Tony. »Wie alt ist das Mädchen denn?«

»Dreizehn«, antwortete Ophelia.

Tony fluchte.

»Ich weiß.«

»Das ergibt doch alles keinen Sinn«, dachte Gideon laut nach. »Warum hat derjenige, der die Aufnahmen gemacht hat, sie im Fotoladen abgegeben? Er hätte doch wissen müssen, dass sie an Kinderpornographie grenzen. Wird er vielleicht auch erpresst? Und woher hat der Erpresser gewusst, um wessen Kinder es sich handelt? Da wir gerade beim Thema sind: Wer hat uberhaupt die Nacktfotos von meiner Schwester gemacht? Angenommen, er hat sie in dem Laden zum Entwickeln abgegeben, woher wusste der Erpresser dann, dass er es mit Art zu tun hat?«

Als ihm niemand antwortete, fuhr Gideon fort: »Es gibt verschiedene Ansätze, die wir uns alle mal genau anschauen sollten. Aber egal, wie man es dreht und wendet, alles läuft auf dich hinaus, Ophelia. Vor allem, nachdem du heute

Morgen selbst einen Film abgegeben hast. Es ist leider nicht abwegig, dass er die Fotos entwickelt und sofort Kontakt zu dir aufgenommen hat. Dann bist du ausgerastet und hast ihn umgebracht. Rein theoretisch könnte es so gewesen sein. Um dich als Verdächtige zu streichen, muss ich wissen, was du heute gemacht hast und mit wem du zusammen warst.«

»Alles klar. Aber erst, nachdem ich auf Toilette war.« Sie schleuderte ihm einen Versuch-erst-gar-nicht-mich-aufzuhalten-Blick zu und verschwand im Restaurant.

Kaum war sie fort, beugte Tony sich zu Gideon herüber. »Haben Sie eine Ahnung, was geschehen wird, wenn Sie Ophelia hinter Gitter bringen?«

»Sie wird nicht ins Gefängnis müssen«, sagte Gideon.

»Das ist mein Ernst, Kleiner.« Tony rückte näher an Gideon heran. »Ich warne Sie nur dieses eine Mal.«

Gretchen, die unter dem Tisch saß, knurrte.

»Sie ist anders als die meisten Frauen. Egal, wie sehr sich die Wachen auch zusammenreißen, ich garantiere Ihnen, irgendwann wird einer durchdrehen und ihr irgendwo auflauern, weil er sie unwiderstehlich findet, und dann …«

Gideon erhob sich mit einer langsamen Bewegung und brummte: »Ich sagte doch, dass sie nicht ins Gefängnis gehen muss.« Er wich ein wenig zurück und beruhigte seinen Hund. »Ich tue mein Bestes, damit sie in Sicherheit ist. Wenn Sie sie dazu bringen könnten, mit mir zusammenzuarbeiten, wäre es um einiges leichter.«

Tony entspannte sich wieder. »Sie sind der Bulle, der Constantine vom Haken gelassen hat. Er meinte, Sie wären in Ordnung.«

»Ich habe ihn nicht *vom Haken gelassen*. Es gab keine Beweise gegen ihn.«

Tony wiegelte ab und wechselte das Thema. »Ophelia ist so zickig, weil sie Angst hat. Sie muss restlos davon überzeugt sein, dass sie bei Ihnen in Sicherheit ist. Und da gibt es nur eine Methode, um …«

Aus der Küche drang plötzlich ein unmenschliches Heulen zu ihnen herüber. In Sekundenschnelle war Tony durch die Tür, dicht gefolgt von Gideon. Auf der Schwelle zur Damentoilette lag Sonya. Aus einer Wunde am Arm sickerte Blut.

Aus einer der Kabinen war Ophelia zu hören, wie sie würgte. »Sie hat mich angegriffen. Deshalb habe ich sie gebissen«, verteidigte sie sich. Nachdem sie ein paarmal gespuckt hatte, kam sie heraus und bewarf Sonya mit einem Stapel Papierhandtücher. »Hier, für deinen Arm, du dumme Nuss. Tony ist nicht an mir interessiert.« Damit verschwand sie wieder in einer der Kabinen.

»Verdammt, Ophelia. Was ist nur in dich gefahren?«, schimpfte Tony.

»Tut mir leid. Ich stehe heute ein wenig neben mir.« Wieder Würgegeräusche. »Sie schmeckt grässlich.«

»Das findest du, ich mag ihr Blut.« Tony hob Sonya auf. »Das Essen ist übrigens fertig«, sagte er an Gideon gewandt. »Geht und lasst es euch schmecken.« Damit trug er die schluchzende Sonya in sein Büro am Ende des Ganges.

Gideon kehrte an ihren Tisch zurück und gab sich größte Mühe, sich die immer bizarrer werdenden Gedanken nicht anmerken zu lassen, die ihm im Kopf herumschwirrten. Als Ophelia zu ihm kam, wirkte sie noch nervöser als vorher. Anscheinend ging es ihr nicht anders als ihm. Bei diesem Gedanken stahl sich ein erleichtertes Lächeln auf seine Lippen, und er fühlte sich spontan besser.

»Das Sandwich ist bestimmt bekömmlicher als Sonya.

Guten Appetit«, sagte er und schnitt seine Pizza in Stücke. »Es wäre übrigens enorm hilfreich, wenn du endlich einsiehst, dass ich dir nichts Böses will. Ich bin nicht gefährlich, Ehrenwort.«

»Schon gut«, gab Ophelia zurück, wenngleich sie nicht sonderlich überzeugt klang oder aussah. Sie machte sich über das Sandwich mit blutigem Lamm- und Rindfleisch her und beantwortete seine Fragen. Was ihr Alibi betraf, war sie sauber: Sie hatte eine Stunde mit Mrs. Cotter geplaudert, während sie die Azaleen in Andrea Dukas' Garten eingepflanzt hatte. Zur Mittagspause war sie im *Impractical Cat* gewesen und hatte danach den Innenhof mit Wandelröschen bepflanzt. Am Nachmittag mussten ein paar Kostenvoranschläge bearbeitet werden, bevor sie die frischgepflanzten Blumen bei den Dukas' gegossen hatte, wo sie sich abermals mit Mrs. Cotter unterhalten hatte. Anschließend war sie zur Baumschule gefahren, was die Verkäuferin und ein heimlicher Verehrer namens Bob bestätigen konnten. Und ehe sie nach dem Spaziergang zu ihrem Fahrzeug zurückgekehrt war, hatte sie einem Fischer auf der anderen Seite des Flusses zugewinkt.

Bei seinem dritten Stück Pizza sagte Gideon: »Was brauchst du denn aus deinem Pick-up?«

»Das Klemmbrett mit meinen Notizen. Ohne die kann ich keine Kostenvoranschläge machen. Meine Arbeitsstiefel wären auch nicht schlecht. Und mein Notizbuch. Ich habe kein Portemonnaie, kein Scheckbuch, keinen Führerschein …« Sie sah ihn herausfordernd an. »Wage es ja nicht, mir deshalb das Fahren zu verbieten.«

»Wie käme ich dazu?«, entgegnete Gideon.

Auf der anderen Seite des Zauns, der den Innenhof begrenzte, tauchte Constantine auf, Hand in Hand mit Art.

Gideon fluchte leise, als der Rocker das Tor öffnete und seine Schwester hinter sich hereinzog. »Eigentlich wollte Art ihrem großen Bruder gar nicht hallo sagen, weil der immer so missbilligend reagiert. Aber wie ich sehe, hast du eh gerade Besseres zu tun, Alter.«

»Volltreffer, Dufray.« Gideon erhob sich. »Mord hat stets Vorrang.« Er lächelte seiner Schwester zu – ein verdammt freundliches Lächeln, gemessen daran, mit wem sie unterwegs war.

Arts Mund zuckte nervös. »Ophelia, geht es dir gut? Constantine hat mir von der Leiche in deinem Pick-up erzählt.«

Ophelia zuckte gleichgültig mit den Achseln. »Ich werde es schon überleben.«

»Art, Baby, warst du heute den ganzen Tag in der Schule?«, erkundigte sich Gideon.

»Natürlich.«

»Und du hast das Gebäude auch nicht verlassen, um zu Mittag zu essen oder schnell ein paar Besorgungen zu erledigen?«

»Nein, ich bin sogar länger als gewöhnlich geblieben, weil wir eine Lehrerkonferenz hatten. Warum fragst du?«

»Gott sei Dank«, murmelte Gideon und setzte sich wieder. »Ich werde es dir sagen, aber du musst mir versprechen, kein Sterbenswörtchen darüber zu verlieren. Meinst du, du schaffst das?«

Art errötete und stemmte die Hände in die Hüften. »Ich bin doch kein kleines Kind mehr, Gideon. Natürlich kann ich ein Geheimnis für mich behalten.« Sie suchte Ophelias Blick. »Stimmt doch, oder?«

»Stimmt«, antwortete Ophelia. »Ich glaube, das Opfer, das in meinem Pick-up gefunden wurde, hat im Fotoladen gearbeitet. Es könnte der Erpresser sein.«

»Soll das heißen, dass du mich jetzt des Mordes verdächtigst?«, quietschte Art und schnappte nach Luft. »Steht Ophelia etwa auch unter Verdacht?«

»Nein, Baby, natürlich nicht«, beruhigte Gideon sie schnell. »Keine von euch beiden wird verdächtigt, aber es ist gut zu wissen, dass ihr wasserdichte Alibis habt.« Er rang sich ein Lächeln ab. »Macht euch einen netten Abend. Ich kümmere mich um alles.«

Seine Belohnung ließ nicht lange auf sich warten. Art schlang die Arme um ihn. »Oh, Gideon, das ist so lieb von dir. Vielen Dank!« Als er ihre Umarmung erwiderte, flüsterte sie ihm ins Ohr: »Es ist nicht so, wie es aussieht, versprochen.«

Unendlich dankbar für die Zuneigung und diese Bestätigung, schlang er die Arme fester um seine kleine Schwester und gab ihr einen Kuss aufs Haar. Als sie sich aus seiner Umarmung gelöst hatte, hastete Art zu Ophelia und drückte sie ebenfalls herzlich. *Wie schön das doch wäre,* dachte er, *wenn ich Ophelia auch mal so trösten dürfte.*

»Gideon wird den Mörder schnappen«, sagte Art, woraufhin Ophelia unmotiviert nickte.

Ich werde auf dich aufpassen, Liebes, versprach er ihr in Gedanken.

Constantine warf Ophelia einen Schlüsselbund zu. »Mein fetter, neuer Pick-up steht draußen vor der Tür. Du wirst dich wie die Königin des Highways fühlen. Lass es mich wissen, falls du noch etwas brauchst.«

»Danke«, antwortete Ophelia.

»Im Pick-up hängt ein Gewehr. Mehr konnte ich in der kurzen Zeit nicht organisieren.«

»Danke«, wiederholte Ophelia. »Ich komme schon klar.«

»Hab dich lieb, Baby. Komm, Art. Die Clubs warten

schon auf uns.« Bevor sie gemeinsam verschwanden, warf Constantine Ophelia einen Kuss zu.

Zähneknirschend blickte Ophelia zu Gideon. »Mach mir bloß keine Szene wegen des Gewehrs.«

»Ophelia, mir reicht's …« Gideon erhob sich abrupt. »Ich gebe auf. Zum Glück hat Constantine dir seinen Pick-up geliehen. Dich nach Hause zu bringen, hätte wirklich keinen Spaß gemacht. Ich bin heilfroh, dass das Thema vom Tisch ist.«

Tony stieß wieder zu ihnen. »Was gibt es Neues?«

»Sie hat ein wasserdichtes Alibi«, antwortete Gideon. »Ich muss jetzt gehen. Die Arbeit ruft.«

»Moment noch«, sagte Tony. »Ich habe etwas für Sie.« Er eilte in die Küche. Ophelia und Gideon blieben alleine zurück. Während Ophelia sich größte Mühe gab, Gideon mit Nichtachtung zu strafen, konnte er kaum die Augen von ihr lassen. Es war egal, wie wütend oder unerwünscht er sich fühlte – er musste sie einfach ansehen.

»Vielleicht sollten wir Handynummern austauschen«, sagte er nach einer kleinen Weile. »Ich darf ja nicht bei dir vorbeikommen. Also rufe ich am besten an und bringe deine Sachen irgendwohin, wo du sie abholen kannst.«

»Okay«, sagte Ophelia zu seiner Überraschung. Sie nahm den Stift, den er ihr hinhielt, schrieb gut lesbar ihre Handynummer auf eine Papierserviette und schob sie über den Tisch. Dann nahm sie die Visitenkarte, die er ihr reichte, und wollte sie in ihrer Tasche verstauen, wozu sie eine Steinschleuder hervorholte. »Damit habe ich übrigens die Bisamratte umgelegt.«

»Beeindruckend.«

»Gretchen hat sie aus dem Wasser gefischt und ihr das Genick gebrochen.« Sie verstaute die Schleuder wieder.

»Das ist mein Gretchen«, sagte Gideon sichtlich stolz. »Sie kann übrigens so lange bei dir bleiben, bis wir den Fall gelöst haben.«

»Okay«, wiederholte Ophelia. Ihr war deutlich anzusehen, dass sie es gar nicht abwarten konnte, endlich von ihm wegzukommen. Als sie noch einmal ansetzte, traute Gideon seinen Ohren nicht: »Du hast dich Art gegenüber großartig verhalten. Constantine wird sie nicht verletzen. Er tut nur so, als wäre er ein Mistkerl.«

»Ich weiß.« *Frag sie endlich, du Holzkopf,* ermahnte Gideon sich, fand aber nicht den Mut. Erst wenn er die Sache zu Ende gedacht hatte. Angenommen, seine Augen hatten ihm keinen Streich gespielt, hatte er tatsächlich Reißzähne gesehen? Es gab eine Menge, über das er nachdenken musste.

Stille senkte sich über den Innenhof. Als Tony endlich zurückkehrte, hielt er einen Pizzakarton und eine Speisekarte in der Hand. Er blickte zu Ophelia, dann zu Gideon und packte den Rest von Gideons Pizza ein. »Hier.«

Gideon nahm den Karton und wandte sich zum Gehen.

»Nehmen Sie unsere Speisekarte mit. Wir liefern auch.«

»Ich lass mir nie etwas liefern«, antwortete Gideon.

»Ernsthaft, Sie brauchen die Karte«, erwiderte Tony beharrlich und hielt ihm die Speisekarte hin. Ehe Gideon wusste, wie ihm geschah, packte Tony die Hand des Detectives und ritzte ihm mit einem Messer, das er aus dem Nichts hervorzauberte, so tief in den Daumen, dass warmes, rotes Blut herausquoll und ihm über das Handgelenk den Arm hinunterlief.

Fuchsteufelswild schleuderte Gideon Tony den Pizzakarton ins Gesicht und machte einen Satz zur Seite. »Was zum Teufel sollte das denn?«

»Tony, du elender Verräter!«, rief Ophelia, sprang dabei auf Gideon zu, packte seinen Daumen und nahm ihn in den Mund. Sein Arm lag zwischen ihren weichen Brüsten, und sie drückte ihn gegen die Wand. Ihre heiße Zunge an seinem blutenden Daumen zu spüren, war so intensiv, dass es Gideon fast den Boden unter den Füßen wegzog. Kraftlos gab er nach und ließ sich gegen die Mauer fallen. Unzählige Male glitt ihre Zunge über seinen Daumen und leckte sein Handgelenk, ehe sich der Schmerz legte und pures Verlangen an seine Stelle trat.

Tony hob den Pizzakarton auf und stellte ihn auf den Tisch, ehe er sich kichernd in die Küche verzog. Kaum hatte er die Tür ins Schloss geworfen, gingen die Lichter im Innenhof aus.

Ophelia ließ von Gideons Daumen ab und sank gegen ihn – er verging fast vor Lust, als er ihre weichen, geschmeidigen Rundungen und ihren sengenden Atem an seiner Brust spürte. Sie zitterte und stieß einen leisen Seufzer aus. Ihre Finger brannten auf seiner Haut, streichelten sanft an seinem Hals entlang bis hinauf zu seinem Haar. Als sie den Kopf hob und ihre Lippen nach seinem Mund suchten, strömte ein wohliger Schauer durch seinen Körper. Gideon stöhnte, gab sich seinem Verlangen und dem berauschenden Spiel ihrer Lippen hin. Die Leidenschaft, mit der er sie umfasste, stand der ihren in nichts nach. Seine Hand wanderte an ihrem Rücken herunter, während seine Zunge immer drängender ihre Lippen und ihren Mund erforschte. Er wollte auch den Rest ihres Körpers entdecken, sie ganz und gar besitzen.

Langsam löste Ophelia ihre Lippen von seinen und machte Anstalten, sich ihm zu entziehen. *Nein!* Mit pochendem Herzen presste Gideon sie eng an sich, drückte ihr seine pulsierenden Lenden entgegen. *Nein, geh nicht!* Seine Sinne wollten alles von ihr aufnehmen. *Bleib bei mir. Für immer.*

Ophelia befreite sich unsanft aus seiner Umarmung. »Komm schon, Gretchen.« Atemlos öffnete sie das Tor, das auf die Gasse hinter dem Restaurant führte. Im letzten Moment drehte sie sich noch einmal zu Gideon um, der wie benommen an der kühlen Steinmauer lehnte. »Übrigens, du wirst kein Pflaster brauchen.«

13

Jetzt weiß er also, dass du ein Vampir bist«, sagte Violet grinsend.

»Nur ein Vollidiot hätte das nicht längst bemerkt.« Ophelia sank tiefer in die weichen Kissen der cremefarbenen Couch und spielte an der Fernbedienung herum.

»Wie hat er geschmeckt?«

»Großartig.« Ophelia zappte sinnlos von einem Kanal zum nächsten, während Violet vor einem Spiegel mit blutrotem Rahmen stand und sich schminkte.

»Dann schnapp ihn dir endlich!«, rief sie.

Um ein Haar hätte Ophelia die Fernbedienung quer durch den Raum geworfen. »Ich will aber keinen Lustsklaven! Warum hast du mich eigentlich nicht vor dieser grässlichen Marissa gewarnt? Ihretwegen hast du mich gestern beim Abendessen doch so seltsam angesehen, oder?«

»Ich hatte doch keine Ahnung, dass sie auftauchen würde, Schätzchen«, sagte Violet. »Aber Darby hat Fragen über Johnny gestellt, und ich war mir nicht sicher, ob ich dir davon erzählen sollte. Nicht, dass es auch nur irgendwie von Bedeutung wäre. Wenn man mal von dem ganzen Ärger absieht, hast du …«

Ophelia blinzelte. *Ärger?* Kopflose Panik traf es eher.

»… Gideon zutiefst beeindruckt.«

Im selben Moment segelte die Fernbedienung durch die Luft, prallte an einem Kissen ab und schlitterte unter einen Stuhl.

»Wen interessiert es schon, was mit Johnny passiert ist?«, sagte Violet, als wäre nichts geschehen. »Worauf hat es diese Ziege eigentlich abgesehen? Will sie seine Lebensversicherung oder eine Erbschaft kassieren? Die Vorstellung, dass er tot sein könnte, scheint ihr sogar zu gefallen. Meinst du, Constantine könnte ihn tatsächlich auf dem Gewissen haben?«

Ophelia riss sich zusammen und hob die Fernbedienung auf. »Warum sollte Constantine einen Tänzer umbringen, den er kaum kennt?«

Violet zuckte mit den Achseln und strich sich über die Augenbrauen. »Ich muss jetzt in den Club. Donnie kommt heute vorbei. Er will mir von seinen Geschäften erzählen. Kannst du dir etwas Langweiligeres vorstellen? Wenn es mir zu öde wird, lenke ich ihn vielleicht mit einem Kuss ab.« Kaum hatte sie sich vom Spiegel weggedreht, kam Zelda die Treppe heruntergeschlendert. »Zelda, sei so lieb und mach Ophelia eine Tasse Tee. Irgendwas, das die Gehirnfunktion unterstützt«, lachte sie und bedachte ihre Schwester mit einem Kopfschütteln. »Engelchen, du verhältst dich vollkommen irrational. Da draußen läuft ein Irrer herum, der es auf dich abgesehen hat. Du solltest die Leiche in deinem Pick-up nicht auf die leichte Schulter nehmen. Dieser schnuckelige Bulle ist Feuer und Flamme für dich, und du zeigst ihm ständig die kalte Schulter. Was soll's, dann wird er halt dein Lustsklave. Ist doch allemal besser, von ihm beschützt zu werden, weil du ein Vampir bist und er dir nicht widerstehen kann, als vollkommen ohne Schutz dazustehen.«

»Klingt irgendwie schäbig, wenn ihr mich fragt«, schaltete Zelda sich ein.

»Vielen Dank.« Ophelia machte sich noch kleiner.

»Es *ist* schäbig«, entgegnete Violet. »Aber so ist das Leben nun mal. Also mach das Beste daraus.« Sie setzte sich auf die Lehne des Sofas und spreizte die Finger. »Sieh mal, was Art heute Nachmittag für mich gemacht hat«, flötete sie und streckte Ophelia ihre schwarzlackierten Fingernägel hin, die scheußliche pinkfarbene Spinnen zierten.

»Wunderschön«, meinte Ophelia trocken.

Violet streckte ihren zierlichen Fuß in die Höhe. »Morgen sind die Zehen dran. Art hat mir übrigens alles über ihren grässlichen Ex und seine weltfremde, spaßbefreite Einstellung erzählt. Ich bin mir sicher, dass Darby gut zu ihr passen würde. Er ist alles andere als spießig. Ich finde es reizend, dass Constantine nichts unversucht lässt, um ihr zu helfen.«

Wieder einmal fragte sich Ophelia, was Constantine im Schilde führen mochte. Er hatte bestimmt nicht vor, Art weh zu tun, aber es konnte durchaus passieren, dass diese Sache mit einem gehörigen Schrecken für sie ausging. Bedauerlicherweise gab es kaum etwas, das Ophelia dagegen unternehmen konnte.

»Ich bezweifle allerdings, dass Gideon der unterwürfige Typ ist«, sagte Vi zwinkernd.

»Da hast du recht. Ich könnte ihn erwürgen. Er schubst mich rum, wie es ihm gerade in den Sinn kommt, besteht darauf, dass alles nach seinem Kopf geht, und dreht die Dinge immer so, dass er einen Vorteil davon hat.« Ophelia bäumte sich auf und ließ sich stöhnend wieder in die Kissen fallen. »Und er ist so verdammt *heiß*, dass es mich um den Verstand bringt.«

»Du klingst schon wie eine Sechzehnjährige, die nur an Sex denken kann.«

»Hey! Lass uns Jugendliche aus dem Spiel!« Zelda zeigte Ophelia ihre Fingernägel: rostfarbene Kakerlaken auf grünem Hintergrund. »Meine neueste Methode im Kampf gegen Jungs.«

»Ist etwas passiert?« Violets Mund zuckte aufgeregt.

»Mo-*om!*« Zelda lief in Richtung Küche. »Nur wenn ein Typ mal hallo sagt, muss ich doch nicht gleich darüber nachdenken, ob ich ein Vampir bin.«

Ophelia und Violets Blicke trafen sich.

»Sogar normale Frauen müssen sich ab und zu Kerle vom Hals halten.« Fest und klar drang Zeldas Stimme aus dem Nebenraum. Trotzdem schwang ein Hauch Unsicherheit mit.

»Aha«, meinte Violet.

»Noch ist nichts entschieden«, sagte Ophelia. Ihre Augen verrieten, dass ihre Gelassenheit nur vorgetäuscht war. »Okay, okay, mag sein, dass du recht hast, und Zelda ein Vampir wird. Was mich angeht, bist du allerdings auf dem Holzweg. Ich muss nicht ständig an Sex denken. Ein Zeichen mit dem kleinen Finger, und ich habe einen Sexsklaven. Aber ich will das nicht. Ich will nicht, dass es immer nur um Sex geht.« Sie rang nach den richtigen Worten. »Er muss *mich* mögen.«

»Ach – du – meine – Güte.« Violet sah ihre Schwester mit großen Augen an. »Wenn mich nicht alles täuscht, bist du gerade dabei, dich zu verlieben.«

Auf dem Rückweg nach Bayou Gavotte klingelte Gideons Handy. Nachdem er sich wie benebelt mit den Kollegen der Spurensicherung auseinandergesetzt hatte, war er quer durch die Sumpflandschaft auf Landstraßen nach New Orleans gefahren. Dort angekommen, war er eine gute Stunde in der Altstadt herumgeirrt und hatte sich sein Hirn zermartert. Immerhin konnte er sich jetzt wieder einigermaßen konzentrieren.

Er warf einen kurzen Blick auf das Display. DARBY SIMS.

»Gideon? Du musst dringend etwas wegen Artemisia unternehmen. Sie zieht mit diesem Dufray durch die Clubs.«

Verdammt. »Ja, und?«

»Ich mag es nicht, wie er sie ansieht«, sagte Darby.

Die schrille Stimme, die aus dem Hintergrund kam, gehörte vermutlich Marissa: »Und was ist mit mir? Sprichst du etwa mit diesem Bullenarsch?« Aus dem Echo schloss Gideon, dass Darby das Telefon auf Lautsprecher gestellt hatte. »Dieser Constantine hat mich angesehen, als wollte er mich um die Ecke bringen. Was wollen Sie dagegen unternehmen, Vibrator-Mann?«

»Du hast eine lebhafte Fantasie, Marissa, mehr nicht«, erwiderte Darby. »Dufray hat dich kaum eines Blickes gewürdigt. Er hatte nur Augen für Artemisia.«

»Constantine ist der gruseligste Mensch, den ich je getroffen habe. Bei seinem Anblick muss ich immer an Äxte und Daumenschrauben denken.«

»Du hast Äxte und Daumenschrauben *gesehen* – und zwar in der Auslage des Clubs.« Aha. Das *Oubliette.* »Gideon, Dufray hat Artemisia mit den Augen regelrecht verschlungen.«

»Wer weiß, vielleicht steht sie darauf«, entgegnete Gideon ohne Gefühlsregung. Er hatte genug eigene Sorgen. Wenigstens war Dufray kein Vampir – zumindest hoffte er das.

Darby stöhnte auf. »Er ist nicht der Richtige für Artemisia. Sie hat gerade eine furchtbare Ehe hinter sich.«

»Und was ist mit *mir?*«, fauchte Marissa. »Meine Ehe war auch furchtbar.«

»Klingt, als hättest du selbst genug Probleme, Dar«, sagte Gideon. »Art ist erwachsen. Sie ist weder dir noch mir Rechenschaft schuldig.«

»Leg endlich auf und fang damit an, nach Johnny zu suchen!« Marissas Herumgezicke folgte ein Grunzen und gedämpftes Fluchen.

»Ich hatte mehr von dir erwartet, Gideon«, keuchte Dar. »Ich schätze, ich muss wohl …«

Wieder mischte sich Marissa kreischend ein. »O nein, das lässt du schön bleiben. Ich gehe nicht wieder da rein. Nicht wegen so einem dummen Mädchen, das es nicht besser verdient hat. Selbst schuld, wenn sie sich mit einem Mörder einlässt.«

Gideon legte auf. Als er Bayou Gavotte erreichte, fuhr er auf direktem Wege zum *Impractical Cat* und platzte ohne anzuklopfen in Leopards Büro.

»Sie ist ein gottverdammter Vampir! Warum hast du mir das nicht gleich gesagt?«

Mit großer Anstrengung gelang es Gideon, die Tür zu schließen, ohne sie zuknallen zu lassen. Vor wenigen Stunden wäre er noch so sauer auf Lep gewesen, dass er die Tür mit seiner Dienstwaffe aus den Angeln geschossen hätte. Im Vergleich zu seiner Laune von vorhin war er jetzt geradezu gelassen.

»Weil man das nicht macht«, antwortete Constantine gelangweilt, ohne von seiner Gitarre aufzublicken. »Normalerweise entscheidet der Vampir selbst, ob er jemanden einweiht oder nicht. Ihr Geheimnis, ihr eigenes Risiko. Menschen, die das Vertrauen eines Vampirs missbrauchen, stoßen manchmal schlimme Dinge zu.«

Statt Constantine die Gitarre über den Schädel zu ziehen, verdrehte Gideon die Augen.

»An Ophelia ist überhaupt nichts *gottverdammt*«, sagte Leopard. »Sie ist weder untot noch böse noch allergisch gegen Kreuze und Knoblauch, nichts von alledem. Betrachte sie einfach als eine heiße Braut mit scharfen Beißerchen.«

»Du weißt genau, dass ich das nicht wörtlich gemeint habe«, brummte Gideon, lehnte sich gegen die Tür und warf einen düsteren Blick durch die verspiegelte Scheibe. Im Vergleich zum Vorabend war wenig los. An der Wand links neben dem Spiegelglas war ein Bildschirm angebracht worden, über den Aufnahmen von den Toiletten und den einzelnen Kabinen flackerten. Gideon bezweifelte stark, dass Leopard Spaß daran hatte, anderen Männern dabei zuzusehen, wie sie ihr Geschäft verrichteten. Geschah ihm recht. »Tony hat es nicht Ophelia überlassen, mir die Wahrheit zu sagen. Er hat mir vor ihren Augen in den Daumen geschnitten.«

»Tony ist schon etwas älter«, erklärte Leopard. »Er nimmt sich eben gewisse Dinge heraus. Außerdem ist er selbst ein Vampir.«

Um ein Haar hatte Gideon die Zähne gefletscht. »Ich habe mich schon gewundert, warum sich die beiden darüber unterhalten haben, wie seine Freundin schmeckt.« Gideon stieß sich von der Tür ab und fluchte insgeheim, dass er so verbittert klang.

»Verstehe«, meinte Leopard und lehnte sich so weit nach hinten, wie sein Stuhl es erlaubte. »Kann gut sein, dass er gespürt hat, dass Ophelia am Rande eines Zusammenbruchs stand, und da hat er den Lauf der Dinge nur ein wenig beschleunigt.«

»Du hast dich *gewundert?*«, zog Constantine Gideon auf. »Ich dachte, du glaubst nicht an Vampire.« Seine Finger glitten über die Saiten, hielten einen Augenblick inne, ehe sie sich erneut in Bewegung setzten.

Als Gideon beschlossen hatte, die Segel zu streichen, ließ er sich auf die Couch fallen. »Du weißt doch, wie das ist. Die ganzen Gerüchte, die Geschichten ... Heimlich wünscht man sich, dass an dem ganzen Gerede doch etwas dran ist.« Er unterdrückte ein Lachen. »Verdammt, diese Reißzähne leuchten sogar im Dunkeln!«

»Hast du ein Problem damit?«, fragte Constantine und entlockte seiner Gitarre einen schrillen Akkord.

»Nein, natürlich nicht!«, antwortete Gideon. Ohne dass die beiden etwas sagten, fügte er hinzu: »Wie kommt Ophelia nur darauf, dass ich ein Problem damit haben könnte?« Lieber biss er sich die Zunge ab, als ihnen von den Qualen zu erzählen, die er in den letzten Stunden durchlebt hatte. Dabei stand das Ergebnis von vorneherein fest. Zum tausendsten Mal starrte er auf seinen Daumen, der aussah wie eh und je. »Gibt es eigentlich viele Vampire in der Stadt?«

»Verglichen mit den sogenannten normalen Menschen, nein«, erklärte Lep. »Es ist ein seltenes Gen. Auf der anderen Seite kommt es mir vor, als gäbe es heute mehr Vampire als früher. Es wird immer schwieriger, ihre Identität geheim zu halten. Das steht schon mal fest. Mittlerweile gibt es sogar Vampirselbsthilfegruppen im Internet, auch wenn die meisten Leute denken, dass es nur ein Spiel ist.« Er warf Gideon einen unnachgiebigen und vielsagenden Blick zu.

Gideon schluckte seinen Ärger herunter. »Du musst mir nicht drohen. Ich werde mit niemandem darüber reden.«

Constantine spielte zum wiederholten Male das Riff, an dem er die ganze Zeit arbeitete. Wieder und wieder, lauter und lauter.

Leopard kniff die Augen zusammen. »Solltest du doch ein Problem mit Ophelias Beißerchen haben, wäre es das Beste, du lässt sie in Ruhe. Entweder man mag sie oder man lässt es sein. Wenn es eines auf der Welt gibt, was einen Vampir wirklich auf die Palme bringt, dann sind es die Arschlöcher, die nach dem Sex kotzen müssen, weil sie mit den Reißzähnen nicht klarkommen. Ophelia kann ein Lied davon singen. Das darf sich nicht mehr wiederholen.«

»Die Reißzähne machen mir nichts aus.« Gideon presste sich den Daumen gegen den Nasenrücken. »Lep, es hat nicht viel gefehlt, und ich hätte sie mit auf die Wache geschleppt. Wenn sie sich nicht bereit erklärt hätte, mit mir ins *Tony's* zu gehen, dann ... Was, wenn sie im Gefängnis gelandet und an einen notgeilen Wächter geraten wäre? Die meisten Kerle verlieren den Verstand, wenn sie ihr zu nahe kommen.«

Leopard rieb sich die Hände. »Sie ist nicht dumm. Sie wusste, was passieren würde, wenn sie ins Gefängnis gekommen wäre. Wenn sie die Wahl hat, auf dein Angebot einzugehen oder eine Wache in tausend Stücke zu reißen, was hätte sie denn da tun sollen?«

»Wenn sie mir doch nur gesagt hätte, dass sie ...« Constantines Riff ging ihm allmählich auf die Nerven. »Verdammt noch mal«, rief er. »Kannst du nicht mal was anderes spielen?«

Die Finger des Rockers verharrten in der Bewegung. »Du bist doch hier hereingeplatzt und hast uns bei den Proben zu einem neuen Song gestört.«

»Das hätte ich schon vor Stunden tun sollen, als ich *richtig* sauer war«, zischte Gideon. »Ich bin hier, weil ich mit Lep sprechen möchte. Außerdem dachte ich, du würdest ohnehin mit meiner Schwester um die Häuser ziehen.«

»Artemisia muss morgen früh arbeiten.« Constantines Finger streichelten die Saiten. »Sie ist wie eine reife, süße Frucht, die nur darauf wartet, gepflückt zu werden.«

»Schlimmer als ihr Ex kannst du auch nicht sein«, erwiderte Gideon gereizt und beglückwünschte sich in Gedanken, dass er den Bastard nicht auf der Stelle umgelegt hatte. Gut, eigentlich war er gar kein Bastard.

»Genau genommen war ich sogar schon um einiges besser als ihr Ex … « Der Rocker lächelte süffisant.

Dafür war er ein Vollidiot.

»Sei kein Vollidiot, Constantine«, sagte Leopard, als könnte er Gedanken lesen, und blickte Gideon mit schiefgelegtem Kopf an. »Wenn du einen Rat brauchst, bist du bei mir an der falschen Adresse. Meine Mutter ist ein Vampir, und ich liebe sie über alles. Aber um nichts in der Welt würde ich etwas mit einem Vampir anfangen. Das ist es einfach nicht wert.«

Constantine stieß einen abfälligen Laut aus. »Sosehr ich unsere Ophelia auch liebe …« Seine Finger wanderten träge über die Saiten. »Ich war gerade mal sechzehn, als ich mit einem Vampir geschlafen habe. Viel zu jung, als dass mich der gesunde Menschenverstand, Selbstkontrolle oder mögliche Konsequenzen interessiert hätten. Lep hat mich zwar gewarnt, aber es kam ganz anders, als er es vorhergesagt hatte. Nicht ich war danach besessen von ihr, sondern sie von mir.«

Es lag Gideon auf der Zunge, ihn zu fragen, was sich genau abgespielt hatte. Stattdessen beobachtete er, wie eine mit dreckigem Geschirr beladene Küchenhilfe Burton Tate auswich.

Constantine brachte unerwartet seine Saiten zum Schweigen und fragte: »Was jetzt, Alter?«

»Jetzt mache ich mich erst einmal wieder an die Arbeit. Um herauszufinden, wer den Typen auf Ophelias Ladefläche umgebracht hat, wer etwas gegen Ophelia hat und warum. Ich werde einen Weg finden, sie zu beschützen. Weiß einer von euch zufällig, wo Plato arbeitet?«

»Ophelia wird sauer sein, wenn du Plato in die Mangel nimmst«, sagte Leopard.

»Was Ophelia möchte, ist im Moment zweitrangig. Vielleicht hat er etwas beobachtet.« Gideons Blick huschte zum Monitor. Die Tür knallend, betrat Burton Tate die Toilette, sah sich um und ging gleich wieder raus.

»Plato ist Apotheker«, erklärte Leopard. »Er könnte seinen Job verlieren, wenn sich sein Fetisch herumspricht.«

»Von mir wird niemand etwas erfahren.«

»Du bewegest dich auf dünnem Eis«, brummte Constantine. »Was Ophelia möchte, ist entscheidend darüber, ob du bei ihr eine Chance hast.«

»Noch entscheidender ist, dass sie am Leben bleibt«, entgegnete Gideon.

»Alle Achtung, du hältst dich ganz schön zurück, Alter. Du gehst bei Ophelia nicht richtig ran und hast noch nicht einmal versucht, mir eine reinzuhauen. Nicht, dass du Erfolg hättest, aber jeder Mann mit Feuer im Blut würde es zumindest versuchen. Oder sparst du dir dein Blut für Ophelia auf? Keine Angst, sie wird dich schon nicht leersaugen. Sie ist auch mit wenig Blut zufrieden – vorausgesetzt, sie wird anständig flachgelegt.«

»Wie denn, wenn sie kaum ein Wort mit mir spricht?«,

fragte Gideon genervt und hielt den Daumen in die Höhe. »Sie hat diese verdammte Wunde nur deshalb versiegelt, weil sie keine andere Wahl hatte.« Burton Tate lief an der verspiegelten Scheibe in Richtung Innenhof. Was war das in seiner Hemdtasche?

»So kann man es auch sehen«, lachte Leopard auf, legte die Hände hinter den Kopf und grinste die Decke an.

»Du musst noch einiges lernen, Kumpel«, meinte Constantine kopfschüttelnd. »Du hattest Ophelia schon so weit und hast sie dann wieder ziehen lassen.«

»Ich wollte sie bestimmt nicht in Tonys Innenhof vernaschen«, antwortete Gideon. »Sie hat mir außerdem verboten, ihr Grundstück zu betreten. Im Moment bleibt mir also gar nichts anderes übrig, als mich im Hintergrund zu halten.« Er stand auf. Burton Tate schwebte am unteren Rand der Spiegelscheibe entlang. Seine Hand schnellte nach vorne, um eine Kellnerin in den Hintern zu kneifen. »Er hat einen wasserfesten Filzstift«, sagte Gideon.

»Burton Tate«, fauchte Constantine, und Leopard schoss in die Höhe.

Burton war auf dem Weg in Richtung der Toiletten.

»Diese elende Ratte.« Leopard wollte gerade den Knopf der Sprechanlage drücken, als Constantines Arm nach vorne schnellte und sie wieder ausschaltete.

»Ich kümmere mich darum«, sagte Constantine. »Es sei denn ...« Er deutete auf Gideon. »Schließlich ist Ophelia dein Mädchen.«

»Klingt verlockend«, gab Gideon freundlich zurück, der keinen Grund sah, den schmierigen Burton vor Constantines Rache zu retten, »aber ich hatte gestern schon das Vergnügen, Willy Wyler eine zu verpassen. Ich sollte mich lieber wieder um den Mord kümmern.«

»Plato arbeitet im *All-Nite*«, antwortete Leopard.

Zehn Minuten später parkte Gideon vor der Apotheke, die an den größten Supermarkt der Stadt angeschlossen war. Weitere fünf Minuten später hatte er eine Verabredung mit Plato Lavoie für halb eins nachts. Noch mal zwei Minuten später entdeckte er den Kollegen, der den Fotoladen im Auge behalten sollte – er saß in seinem Auto und schlief tief und fest.

Hundemüde schleppte sich Ophelia zu Constantines Pick-up. Sie wollte noch schnell ein paar Kleinigkeiten im Supermarkt besorgen, ehe sie nach Hause fuhr. Egal, ob sie nun stundenlang mit Violet darüber redete oder sich allein den Kopf zerbrach – das Ergebnis war stets dasselbe. Das Ganze musste nicht zwangsläufig etwas mit Liebe zu tun haben. Zumindest hatte sie das Violet verklickern wollen. Zögerlich hatte sie ihr gegenüber versucht, ihre Gefühle in Worte zu fassen. »Er steht einfach klar zu dem, was er will. Und ein Nein als Antwort lässt er nicht durchgehen.« Also genau das Verhalten, das sie bei anderen Männern in den Wahnsinn trieb – das machte doch alles keinen Sinn.

Violet hatte gegrinst. »Ich habe dir doch gesagt, dass es Liebe ist.«

»Außerdem hat er Humor und lässt sich nicht so leicht abwimmeln. Ich … ich mag ihn, sehr sogar.« *Viel zu sehr.* »Ich möchte, dass er genauso für mich empfindet.«

»Liebe«, sagte Violet mit Nachdruck. »Du Glückliche.«

Ja, ja. Liebe, Zuneigung – was auch immer hier am Werk war, sie konnte Vi nicht erklären, warum es niemals funktionieren würde. Also hatte sie sich in den Monstermacho-Pick-up mit den überdimensionierten Reifen geschwungen, war davongefahren und hatte sich zum x-ten Mal gewünscht, sie hätte sich einfach in Constantine verliebt. Damit wäre so vieles einfacher. Wenn jemand Verständnis für ihre verzwickte Situation hatte, dann er. Leider waren seine Methoden genauso inakzeptabel wie Violets Einstellung zu Sex.

Ophelia bog auf den Parkplatz vor dem Supermarkt ein und freute sich auf das bisschen Normalität, das sie sich von einem Lebensmitteleinkauf versprach. Wie von selbst wanderten ihre Augen zum Fotoladen, der seit Stunden geschlossen sein müsste. *Mist.* Vor dem Eingang schlich Artemisia herum, rüttelte auffällig unauffällig an der Ladentür. Eine dumme, leichtsinnige Aktion – und das nicht nur, weil das Geschäft offensichtlich nicht mehr geöffnet hatte. Unentschlossen lief Gideons Schwester hin und her, während der Wind ihr das Haar ins Gesicht blies. Dann ging sie mit schnellen Schritten um den Laden herum zu dessen Rückseite.

Verdammt. Ophelia riss das Lenkrad herum, fuhr einen großen Bogen um die parkenden Autos und lenkte den Wagen in die Gasse zwischen dem Supermarkt und der Bank nebenan, hinter der sie links abbog. Die Müllcontainer, die Autos der Supermarktmitarbeiter und vereinzelte Schutthaufen ließ sie links liegen. Kurz vor dem Ende der Sackgasse stellte sie die Scheinwerfer aus und ging vom Gas. Während der Wagen im Schneckentempo ausrollte, dachte sie darüber nach, wie dankbar sie für ihre außergewöhnlich scharfen Augen sein konnte. Einer der Vorteile, die man als Vampir genoss. Nicht, dass sie in diesem Fall unbedingt darauf angewiesen war. Der zuckende Kegel von Arts Taschenlampe verriet, dass sie gerade die Stahltreppe nach oben zur Wohnung über dem Fotoladen emporstieg.

Ophelia stellte den Motor aus und öffnete das Fenster einen Spaltbreit. »Bin gleich wieder da«, flüsterte sie Gretchen zu, sprang aus dem Pick-up und schloss leise die Fahrertür.

»Art!«, zischte sie. Gideons Schwester schluchzte. Der Schein der Taschenlampe irrte ziellos auf dem Boden umher. »Ich bin es, Ophelia. Mach das Licht aus!«

Entweder ignorierte Art die Anweisung oder sie hatte sie schlicht und ergreifend nicht gehört, doch der helle Lichtkegel machte noch immer jedem Leuchtturm Konkurrenz. Schnell hastete Ophelia die Stufen hinauf, riss Art die Taschenlampe aus der Hand und schaltete sie aus.

»Bist du vollkommen verrückt? Was, wenn der Mörder zurückkommt, um den Laden zu durchstöbern? Nicht nur das, ich wette, dass Gideon das Geschäft überwachen lässt. Du willst doch bestimmt nicht eingebuchtet werden, oder? Los jetzt, wir verschwinden.«

»Ich muss da aber rein«, quiekte Art. »Ich weiß, dass es eine Verbindung von der Wohnung nach unten gibt. Ich habe die Treppe im Laden gesehen. Außerdem trage ich Latexhandschuhe, damit ich keine Fingerabdrücke hinterlasse.« Während sie sprach, kletterte sie unbeirrt weiter nach oben.

»Warum musst du denn unbedingt da hinein?« Ophelias düstere Blicke durchbohrten Arts Rücken. »Okay, sag nichts. Es geht hier gar nicht nur um Aktfotos. Raus mit der Sprache, um was geht es? Pornographie?«

»Was denkst du denn von mir? Ich würde niemals ...« Ihre Stimme zitterte und verlor sich. »Nicht, was du denkst. Ich hatte ja keine Ahnung, dass ich gefilmt werde.«

»Art, jetzt sag schon!«

»Es war in der Umkleide an der Kunstakademie. In einer der Kabinen muss eine Kamera installiert gewesen sein, und – o Gott, ist das peinlich – ich hatte mich ausgezogen und stand nackt vor dem Spiegel. Ich habe ein paar Posen durchprobiert. Eigentlich war das überflüssig, weil ich von Freundinnen wusste, wie langweilig das Modellstehen ist. Wie dem auch sei, *er* hat mir dann eines der Bilder geschickt. Auf dem Foto beuge ich mich gerade nach vorne, so dass man alles sehen kann, und blöderweise mache ich auch noch einen anzüglichen Gesichtsausdruck. Niemand würde mir glauben, dass ich es nicht mit Absicht getan habe. Wer weiß, die anderen Bilder sind vielleicht noch schlimmer! Ich bin heute mit Constantine ausgegangen, um Dar ein bisschen eifersüchtig zu machen. Dar war total schockiert. Er wird mich eiskalt abblitzen lassen, wenn er von den Fotos erfährt.«

»Mensch, Art. Leise.« Ophelia riss die Hand in die Höhe. Nicht nur die Augen, auch das Gehör eines Vampirs war überdurchschnittlich gut. »Du kannst von Glück reden, dass ich mich ein wenig damit auskenne, wie man mit verschlossenen Türen umgeht.« Lächelnd holte sie ihren Schlüsselbund aus der Tasche und führte einen Dietrich in das Schloss. »Du drückst die Klinke herunter, wenn ich es dir sage.«

Keine fünfzehn Sekunden später standen die beiden Frauen in der Wohnung und hatten die Tür wieder hinter sich geschlossen. »Das war ja cool«, flüsterte Art. »Wo hast du das denn gelernt?«

»Tony hat es mir beigebracht.« Ophelia ließ den Blick durch das unordentliche Wohnzimmer gleiten, dirigierte Art um das Sofa herum, drückte ihr die Taschenlampe in die Hand und deutete auf die von der Straßenlaterne vor dem Geschäft erhellte Küche. »Nimm das und geh in die Küche. Und lass bloß die Taschenlampe aus! Das Licht von draußen reicht vollkommen aus.«

»Da drinnen ist es doch total dunkel! Wie soll ich denn suchen, wenn ich nichts sehen kann?«

»Du wirst auch nicht suchen«, zischte Ophelia zurück. »Überlass das mal lieber deinem Bruder. Da draußen ist jemand. Wir müssen hier raus.«

»Aber Gideon darf die Bilder niemals zu Gesicht bekommen!«, flüsterte Art panisch.

»Jetzt hör mir mal zu, Art. Mag sein, dass diese Fotos peinlich sind, aber sie sind es definitiv nicht wert, dass du dafür dein Leben aufs Spiel setzt. Geh und versteck dich hinter der Küchentür.« Als Ophelia hörte, wie Gretchen anschlug und dann jämmerlich heulte, fragte sie sich, ob jeder Bulle in der Stadt Gideons Hund kannte. Andererseits musste es nicht unbedingt ein Polizist sein.

»Vielleicht ist es der Mörder!«, stammelte Art. »Was tun wir denn jetzt?«

»*Du* wartest schön brav in der Küche. *Ich* werde dafür sorgen, dass wir hier heil herauskommen.«

Gretchen bellte abermals, heulte auf und schob ein weiteres Bellen nach.

»Sollte es ihm gelingen, an mir vorbeizukommen, rennst du nach unten in den Laden und holst Hilfe.« Ophelia drehte Art so, dass ihr Gesicht in Richtung Küchentür zeigte, ehe sie sie sanft anschob. »Los!«

Ophelia kroch zurück zur Eingangstür und ging in Position. Unter dem Türspalt entdeckte sie einen Lichtstrahl, der gleich wieder erlosch. Sie hörte langsame Schritte und bemerkte, dass Gretchen noch einige Male aufjaulte, bevor sie verstummte. Im nächsten Moment wurde die Klinke heruntergedrückt, und ein Schlüssel oder ein Dietrich glitt in das Schloss. Ophelia war in Alarmbereitschaft und konzentrierte sich. Jeder Muskel in ihrem Körper spannte sich.

Wie gesagt, manchmal hatte es eben auch seine Vorteile, ein Freak zu sein.

Die Tür schwang weit auf. Ihre Reißzähne leuchteten in ihrem eigenen gespenstischen Licht, als sie den Fuß nach vorne riss, doch Gideon machte einen Satz zur Seite und warf sich auf sie. Hatte sie da tatsächlich ein Grinsen in seinem Gesicht gesehen? Verdammt, lachte dieser Kerl sie aus? Der Boden kam näher, näher und näher, bis sie unter Gideon auf einem Läufer aus Schafwolle landete. Ehe sie wusste, was geschah, küsste er sie – leidenschaftlich und fordernd. Seine Zunge verbrannte ihren Mund, erkundete sanft ihre Reißzähne, bis er leicht blutete. Als sein Geschmack in ihren Mund flutete, stöhnte sie auf. Ihre Finger gruben sich in seine Schultern, sie schlang die Beine um ihn und presste sich enger gegen ihn. Mit jeder Sekunde verlor sie sich mehr in diesem Kuss, vergaß alles um sich herum, lebte nur für diesen Moment. Hungrig atmete sie seine Stärke, seinen Geruch und seinen Geschmack in sich ein. Während seine Hände die Rundungen ihres gesamten Körpers nachzeichneten – er streichelte ihre Brüste, umfasste ihre Taille und glitt zärtlich in ihre Shorts – verschmolzen ihre Zungen voller Verlangen zu einem weiteren Kuss.

Als seine Lippen von ihrem Mund rutschten, raunte er ihr ins Ohr: »Lass uns einen Deal machen.« Seine Zunge spielte sanft mit ihrem Ohrläppchen, während seine Finger, ohne ganz in sie einzudringen, über ihr feuchtes Fleisch rieben. »Ich drücke beide Augen zu, wenn es darum geht, wie du hier reingekommen bist, wenn du mich *da* reinlässt …«

Ophelia kicherte, dabei berührten ihre Zähne seinen Hals. Schnell leckte sie einen Tropfen Blut auf und versiegelte die Wunde wieder. Verdammt. »Gideon …«

»Ophelia, Schatz.«

Sein Atem ging schnell und stoßweise. Sein Herz pochte gegen das ihre. Plötzlich schnürte Bedauern ihr den Hals zu. Mit aller Kraft, die sie aufbringen konnte, zwängte sie ihre Hände zwischen ihre Körper und schob ihn von sich. »Nicht jetzt, Gideon.«

»Doch«, antwortete er und saugte begierig an ihrer Unterlippe. »Hier und jetzt.«

Woher sollte Gideon auch wissen, dass Art anwesend war? »Nein.« Ophelia stieß ihn abermals von sich.

Wie ein Dolch bohrte sich Gideons sinnliches Stöhnen in ihr Herz. »Ophelia, bitte …«

»Wir können nicht.« Wieder drückte sie ihn weg. »Deine …«

Aus dem Erdgeschoss drangen ein Poltern und das Geräusch von zersplitterndem Glas herauf.

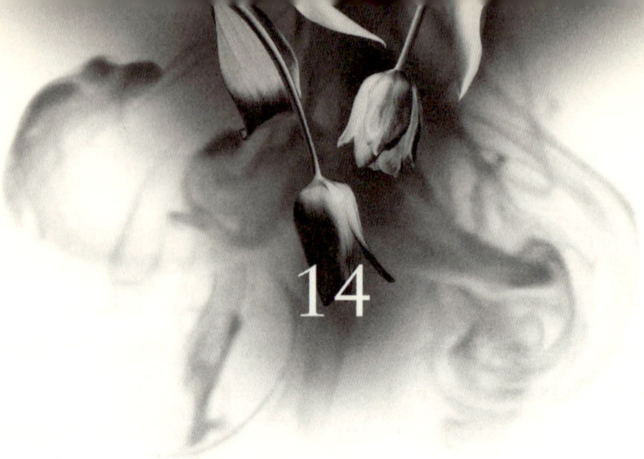

14

Im Bruchteil einer Sekunde war Gideon auf den Beinen. »Wo befindet sich die Treppe nach unten?«

»Neben der Küche.« Ophelia sprang auf und stürzte durch die Türöffnung, um ihm den Weg zu zeigen. Als ihr ein beißender Geruch in die Nase stieg, blieb sie wie angewurzelt stehen. »Halt.«

»Was ist?« Gideon riss ein Handtuch von der Arbeitsfläche und hechtete auf die Tür zu, hinter der sich die Treppe befand.

»Da ist … Geh von der Treppe weg!«

Gideon öffnete die Tür dennoch, und plötzlich schlug den beiden der Geruch von getrocknetem Blut und Tod entgegen. Auf den Stufen lag mit dem Kopf nach unten und mit ausgebreiteten Armen eine Frau. »Scheiße. Bleib hier.« Für einen kurzen Augenblick stellte Gideon die Taschenlampe an, ehe er lautlos nach unten schlich. Er blieb nur so lange stehen, um sicherzugehen, dass die Frau tot war, bevor er sich mit gezückter Waffe in den Fotoladen vorarbeitete.

Ophelia drehte sich um. »Art, komm. Es wird Zeit, dass du nach Hause gehst.«

»War das Gideon?«

»Ja, Gideon und seine Spielchen«, sagte Ophelia. *Und was für Spielchen!*

»Für ein Spiel habt ihr beide aber ziemlich laut gestöhnt«, kicherte Art und kam aus ihrem Versteck hinter der Tür hervor. »Wird das jetzt doch noch was mit euch?«

»Sieht fast so aus.« Ophelia schüttelte den Kopf. »Art, die Lage ist ernst. Auf der Treppe liegt eine Leiche.«

Art rang nach Atem. »Was, wenn der Mörder noch im Laden ist? Was, wenn Gideon …«

»Gideon ist Polizist«, unterbrach Ophelia sie mit kühler Stimme, auch wenn ihr die Luft im Halse stecken blieb und ihr Herz sich zu überschlagen drohte. »Das ist sein Job.« Sie packte Art bei der Hand. »Zuerst bringen wir dich hier raus, dann werde ich mich um ihn kümmern.«

Kaum saß Art im Pick-up, schlang sie die Arme um Gretchens Hals. »O mein Gott. O mein Gott.«

»Wo ist dein Auto?«, fragte Ophelia streng, während sie wieder um das Gebäude herum auf den öffentlichen Parkplatz fuhr. »Am besten, du fährst nach Hause. Ich rufe dich an, sobald ich weiß, was hier vor sich geht.«

»Da, in der nächsten Reihe.« Art zeigte auf einen Wagen. »Der alte Toyota. Aber ich fahre nirgends hin, bis ich weiß, dass mit Gideon alles in Ordnung ist. Wer war denn die Leiche?«

»Keine Ahnung.« Ophelia fuhr in eine Parklücke, die sich nicht direkt neben Arts Auto befand. »Du bleibst hier mit Gretchen. Ich bin gleich wieder da.« Damit sprintete Ophelia in Richtung Supermarkt, rannte aber daran vorbei zum Fotoladen und atmete erleichtert auf, als sie Gideons Stimme vernahm. Er öffnete die Tür zum Laden und sagte: »Danke, Lep.« Noch während er das Handy zuklappte, fuhr er sie mit einem herrischem Unterton, den sie von ihm gar nicht kannte, an: »Woher wusstest du von der Leiche auf der Treppe?«

Er wirkte irgendwie anders als sonst. Stocksauer. Wie ein ziemlich verärgerter Bulle eben aussah.

Ophelia starrte ihn unverhohlen an. »Ich habe es gerochen. Ich habe nämlich ein ziemlich gutes Näschen.«

»Vor allem, wenn Blut mit im Spiel ist, nicht wahr?« Der schneidende Ton ließ sie zusammenfahren. »Was hattest du überhaupt in der Wohnung zu suchen?«

Als Ophelias Reißzähne sich meldeten, schluckte sie. Sie gab sich größte Mühe, ihre Stimme ruhig und leise zu halten. »Andreas und Arts Bilder könnten oben sein.«

»Da liegst du falsch. Weder im Laden noch in der Wohnung ist etwas Verwertbares. Keine Filme, keine Abzüge, keine CDs. Selbst die Computer sind weg.«

Gideon verströmte so viel eisige Wut, dass Ophelia ihre Fangzähne mehr schlecht als recht unter Kontrolle hatte. »Woher kam der Krach aus dem Laden?«, fragte sie.

»Von einem anderen Erpressungsopfer, das auf denselben bescheuerten Gedanken gekommen ist wie du. Du weißt genau, dass du an einem Tatort nichts zu suchen hast.«

Ophelias Brust hob und senkte sich, während ihre Reißzähne verrücktspielten. »Noch vor ein paar Minuten warst du alles andere als unglücklich darüber, mich hier zu treffen.«

»Ich hab's verbockt«, entgegnete Gideon. »Dieser ganze beschissene Fall raubt mir noch den letzten Nerv. Jetzt sind es schon zwei Leichen, verdammt. Wenn ich doch nur früher einen Durchsuchungsbefehl bekommen hätte … Und dann fällt dieser Volltrottel, der den Laden observieren sollte, auch noch in den Tiefschlaf!« Er schlug verärgert mit der Hand durch die Luft. »Aber wahrscheinlich wäre es eh längst zu spät gewesen. Das Mädchen ist schon seit Stunden tot. Du weißt nicht zufällig, wer sie ist, oder?«

Ophelia schob die Fangzähne zurück in den Oberkiefer und versuchte, die Fassung zu bewahren. »Das könnte das Mädchen sein, das immer nachmittags hier arbeitet.«

»Hast du etwas in der Wohnung angefasst? Irgendwas?«

»Abgesehen von dir?« Ophelia gab den Kampf auf und ließ die verdammten Reißzähne endgültig nach unten gleiten. »Nur zur Erinnerung. Ich bin nicht diejenige, die bereit war, an einem Tatort massenhaft DNA zu hinterlassen, du Super-Polizist.«

Gideons Stimme klang rauh. »Wie gesagt, ich habe Mist gebaut. Ich kann mir aber keinen weiteren Fehler leisten. Es wird also nicht mehr vorkommen. Vermutlich sollte ich dir dafür danken, dass du mich zur Vernunft gebracht hast.« Die hässlichen, verbitterten Worte fuhren wie Peitschenhiebe auf sie nieder. Doch das war noch nicht alles. Es kam noch schlimmer. »Verschwinde von hier, Ophelia. Geh nach Hause.«

Ophelia ballte die Hände zu Fäusten und fauchte ihn mit eisigem Blick und leuchtenden Fangzähnen an. »Für wen hältst du dich eigentlich, dass du mich ständig herumkommandierst?« Trotzig ließ sie ihrer Anziehungskraft vollen Lauf, sodass Gideon für einen kurzen Moment ins Schwanken geriet.

Es dauerte keine halbe Sekunde, da hatte er sich wieder unter Kontrolle. Es war ihm bewusst, dass Ophelia absichtlich mit dem großen Reiz, den sie auf Männer ausübte, spielte. Ein angewiderter Ausdruck legte sich auf sein Gesicht, als er mit ruhiger, tonloser Stimme zu ihr sagte: »Geh jetzt nach Hause, Ophelia. Lep schickt heute Nacht Jabez raus, um dein Haus im Auge zu halten.«

»Lep muss nicht …«

»Du steckst so tief in der Sache drin, dass du gar nichts zu melden hast. Nach dem Gesetz würdest du in Untersuchungshaft sitzen – genau wie der Idiot, den ich verhaftet habe, als er den Laden durchwühlt hat. Und jetzt raus mit dir, bevor die Spurensicherung hier eintrifft.« Gideon klappte sein Handy auf und zog sich in den Laden zurück.

Wutentbrannt stapfte Ophelia quer über den Parkplatz zu Constantines Pick-up. Es kam gar nicht in Frage, dass sie nach Hause fuhr, nur weil ein dahergelaufenes Arschloch von Bulle es ihr befahl. »Deinem bescheuerten Bruder geht es gut«, blaffte sie Art an, als sie die Fahrertür aufriss. Plötzlich begann ihr Kinn unkontrolliert zu zittern, ohne dass sie etwas dagegen unternehmen konnte.

»Hey«, fauchte Art. »Er ist nicht bescheuert.« Dann bemerkte sie die Tränen in Ophelias Augen. »Was hat mein blöder Bruder jetzt schon wieder getan?«

»Wenn ich bescheuert bin, ist er es allemal«, entfuhr es Ophelia, die sich mit dem Handrücken die Tränen von der Wange wischte, ehe sie in ihrer Hosentasche herumwühlte, aber nichts außer einer zerknüllten Ein-Dollar-Note fand. »Kannst du mir zehn Dollar leihen? Ich muss dringend ein paar Sachen einkaufen und habe mein Portemonnaie vergessen.«

»Natürlich.« Art holte ihre Geldbörse aus dem Toyota. »Hat mein Bruder dich als bescheuert bezeichnet?«

»Ist doch egal«, antwortete Ophelia, die sich nichts sehnlich wünschte, als dass sie die Klappe gehalten hätte. Als Art ihr den Zehner hinhielt, nahm sie ihn dankbar entgegen. »Ich gebe dir das Geld morgen zurück. Am besten gehst du jetzt nach Hause. Du musst doch morgen wieder unterrichten, oder?«

Art lief neben ihr her. »Warum um alles in der Welt hat er

nur so etwas Gemeines gesagt? Das sieht ihm gar nicht ähnlich. Ganz und gar nicht!«

Ophelia zuckte die Achseln. »Was soll's? Es ist mir vollkommen schnuppe. Ich kann nur hoffen, dass ich ihn nie wiedersehe.« Mit diesen Worten stürmte sie in den Supermarkt.

Art folgte ihr in die Gemüse- und Obstabteilung und zuckte zusammen, als Ophelia ruppig Äpfel in einen Plastikbeutel beförderte. »Du machst die Äpfel doch kaputt! Jetzt beruhig dich mal wieder. Was genau hat er denn gesagt?«

»Dass ich in die Wohnung eingedrungen sei, obwohl ich wusste, dass es ein Tatort ist.« Ophelia schlang die Tüte um ihre Faust und ließ die Äpfel wie ein Wurfgeschoss bedrohlich vor- und zurückschaukeln.

»Du machst mir Angst, Ophelia.« Als Art die Tüte abfing, atmete Ophelia kräftig aus. Sanft, aber bestimmt nahm Art ihr die Äpfel ab.

»Tut mir leid.« Mit zitternden Fingern griff sie nach einer Tüte Vollkornbrot. »Genau das passiert nämlich, wenn ein Vampir stocksauer wird. Und ich gehöre noch zu der harmlosen Sorte. Du hast ja selbst gesehen, wie Violet sein kann.«

»Aber du warst doch nur meinetwegen mit in der Wohnung. Das ist unfair von ihm.«

»Wie gesagt, das ist eh egal.« Ophelia bog in den Gang, in dem auch die Erdnussbutter stand. »Das ist alles, was ich für den Moment brauche. Lass uns gehen.«

»Hast du ihm denn nicht gesagt, dass du nur mir zuliebe über dem Fotoladen eingestiegen bist?«, fragte Art. »O nein, das hast du nicht! Das ist nicht richtig. Es war mein Fehler, nicht deiner.«

»Soll er doch denken, was er will. Ich will ihn ohnehin nie

wiedersehen, also muss er nicht auch noch auf dich sauer sein.«

Art trat unruhig von einem Fuß auf den anderen und kaute auf ihrer Unterlippe, während sie an der Kasse warteten. »Nein«, meinte sie, als sie wieder draußen waren und die kühle Nachtluft sie in Empfang nahm. »Wir können die Sache unmöglich so stehen lassen.«

Ophelia öffnete die Tür des Pick-ups und warf die Einkaufstüte auf den Sitz. »Doch, können wir. Er will mich nämlich auch nicht wiedersehen. Also spielt es keine Rolle, was er von mir denkt. Weißt du was, am besten, du nimmst Gretchen gleich mit. Dann muss er mir definitiv nie wieder unter die Augen treten.«

»Jetzt mach aber mal halblang, Ophelia.« Tränen glitzerten in Arts Augen. »Natürlich will er dich wiedersehen. Er ist nur wegen des Mordfalls gestresst. Seine Arbeit bedeutet ihm viel. Er will keine Fehler machen.«

»Prima, dann soll er die Frau bekommen, mit der er reden kann.« Ophelia öffnete die Beifahrertür. »Raus, Gretchen. Du gehst mit Art mit. Sie bringt dich morgen zu Gideon.«

Doch Gretchen rührte sich nicht von der Stelle.

»Dummer Hund.« Ophelia gab ihr einen sanften Klaps auf den Hintern. »Raus mit dir.«

Gretchen bewegte sich noch immer keinen Millimeter vom Fleck.

»Verdammter Mist. Ruf du sie, Art.«

»Das könnte dir so passen.« Art lächelte bis über beide Ohren. »Auf mich hat sie eh noch nie gehört.«

Ophelia packte Gretchen beim Halsband und zog. Als die Hündin mit einem Knurren und Zähnefletschen antwortete, machte Ophelia einen Satz nach hinten. »Was ist denn los mit ihr? Mag sie dich nicht?«

Art kicherte. »Sie mag mich ganz gern, aber anscheinend bist du ihr noch lieber. Sieht aus, als müsstest du Gretchen behalten und Gideon doch noch einmal wiedersehen. Ob es dir nun passt oder nicht.« Als Art die Hündin angrinste, hatte Ophelia den Eindruck, dass Gretchen zustimmend zurücklächelte.

»Scheiße«, stöhnte Ophelia verzweifelt auf. Art schloss ihre Arme um sie und drückte sie kräftig. »Du verstehst das nicht«, rief Ophelia. »Das mit Gideon und mir würde niemals funktionieren. Erstens, weil er sich nicht mit meinen Zähnen anfreunden kann, und zweitens, weil …«

»Er weiß, dass du ein Vampir bist?«

»Ja, aber das spielt jetzt keine Rolle. Es gibt hunderttausend Gründe, warum das mit uns niemals gutgehen würde.«

Art umarmte Ophelia ein weiteres Mal, bevor sie in ihr kleines Auto stieg. »Mag sein, dass du recht hast. Schließlich ist es dein und nicht meine Beziehung. Aber ich weiß aus eigener Erfahrung, dass man keine wichtigen Entscheidungen treffen sollte, wenn man erschöpft und verärgert ist. Geh nach Hause und schlaf dich mal richtig aus. Wir sprechen uns morgen noch einmal.«

Ophelia sah Art nach, wie sie wegfuhr, und wandte sich Gretchen zu. »Unmöglich!«, schimpfte sie. »Du bist unmöglich, Gretchen.« Im Schritttempo verließ sie den Parkplatz und fädelte sich in den Verkehr ein. Sie hatte nur einen Wunsch: endlich zu Hause zu sein. Jetzt, wo sie alleine war, konnte sie sich auch eingestehen, dass sie sich sehr wohl nach Gideon sehnte.

Mit einem Seufzen legte Gretchen den Kopf auf Ophelias Oberschenkel ab.

»Du verstehst mich, oder? Weil du ihn auch liebst, nicht wahr?«

Gretchen leckte Ophelia das Knie.

»Im Gegensatz zu mir kannst du zu ihm zurück«, meinte Ophelia traurig. Tränen schnürten ihr den Hals zu. »Du hättest mal seinen Gesichtsausdruck sehen müssen. Das ist so typisch. Da verliebe ich mich mal in einen Typen, aber der ist immun gegen meinen Charme, weil er Reißzähne verabscheut.« Gretchen schmiegte sich mit der Schnauze an Ophelias Gesäß. »Und dann liefert er mich auch noch bei Lep ab. Eigentlich müsste ich erleichtert sein, dass er nicht mehr in meinem Leben herumschnüffelt.«

Kaum war Ophelia auf die Landstraße abgebogen, holte sie alles aus dem monströsen Pick-up heraus, was er hergab. Als sie wenig später von einem Streifenwagen angehalten wurde, ließ sie gekonnt ihre Reize spielen und schickte den verzauberten und auf Wolke sieben schwebenden Beamten fort, ohne dass er ihr den verdienten Strafzettel verpasst hätte. »Wenn es bei Gideon schon nicht mehr funktioniert, wenigstens klappt es bei allen anderen noch«, meinte sie zu Gretchen, als sie wieder Gas gab.

Die Hündin schnaubte und kratzte sich hinter dem Ohr.

»Nein, so hilfreich ist das dann auch wieder nicht. Nicht, wenn der eine Mann, den ich gerne hätte, dagegen resistent ist.«

Gretchen gähnte mit weit geöffnetem Maul.

»Einen Augenblick lang schien es, als ob er sie doch mag«, fuhr Ophelia traurig fort. »Die meisten Kerle sind scharf darauf, gebissen zu werden. Gideon hat sich selbst an meinen Reißzähnen geschnitten. Sein Blut war so unglaublich gut!«

Als die Erinnerungen an Gideons Zunge, sein Blut und seine begnadeten Hände zu schmerzhaft wurden, setzte Ophelia alles daran, sich stattdessen auf das Hier und Jetzt zu konzentrieren. »Vielleicht hat es ihn am Anfang angeturnt, und er hat erst hinterher gemerkt, wie sehr es ihn eigentlich anwidert.« Gretchen drehte den Kopf zur Seite und schloss die Augen, als wollte sie damit deutlich machen, dass sie keine Lust mehr hatte, für Ophelia den Seelenmülleimer zu spielen.

»Selbst schuld«, erwiderte Ophelia achselzuckend. »Du hattest deine Gelegenheit, mit Art mitzugehen.«

Als Ophelia in ihre Auffahrt bog, trat sie kräftig auf die Bremse. Sie öffnete das Fenster auf der Beifahrerseite, um den Leibwächter zu begrüßen, den Lep für sie abgestellt hatte, auf den sie aber gerne verzichtet hätte.

»N'Abend, Ophelia«, antwortete eine leise Stimme, die unter der mächtigen Platane zu ihrer Rechten kam. Leopards Bodyguard war dunkler als die Nacht und so regungslos, dass selbst Ophelia Schwierigkeiten hatte, ihn auszumachen.

»Danke fürs Kommen, Jabez.«

»Gerne doch«, antwortete er. »Auf deiner Terrasse wartet übrigens ein Kind auf dich.«

Als Gideon wegen seiner Verabredung mit Plato die Spurensicherung zurückließ, war er noch immer von kalter Wut erfüllt, die sich größtenteils gegen sich selbst richtete. Bis zur Aufklärung des Falls musste er sein unbändiges Verlangen nach Ophelia, das ihn fast schon folterte, einfach nur irgendwie aus seinem Kopf verdrängen. Erst danach konnte er sich daranmachen, sie systematisch aus seinen Gedanken zu streichen. Entsprechend wenig hilfreich war es, dass er unmittelbar gegenüber von Ophelias Trailer verabredet war. Da er jedoch noch etliche Jahre an ihrem Zuhause vorbeifahren würde, um zur Arbeit und wieder zurückzukommen, war es das Beste, wenn er sich schon einmal daran gewöhnte.

Abgesehen von der Terrassenbeleuchtung lag der Trailer im Dunkeln, und ihre Auffahrt war verwaist. Der verlassene Pick-up, den er einen halben Kilometer zuvor bemerkt hatte, verriet ihm, dass Jabez bereits Position bezogen hatte. Jabez gehörte zu den Leuten, die sich nur dann anderen Leuten zu erkennen gaben, wenn sie es wollten. Gideon hob die Hand, um ihn zu grüßen und um sich zu bedanken. Es war nicht das erste Mal, dass die Unterwelt von Bayou Gavotte ihm einen Gefallen tat. Auf sich allein gestellt, wären Polizei und Unterwelt nicht in der Lage, die Dinge unter Kontrolle zu halten. Nur weil die Unterwelt die Vorfälle in den Clubs selbst regelte, während die Polizei sich um den Rest kümmerte, war ihre kleine, niedliche Touristenstadt Bayou Gavotte ein ziemlich sicheres Pflaster. Die offizielle Mordrate lag weit unter dem Durchschnitt.

Sah man einmal von dem heutigen Tag ab. Gideon hatte dabei weniger Mitleid mit dem Erpresser – es war für alle das Beste, dass er aus dem Weg geräumt wurde –, sondern vielmehr mit der jungen Frau auf der Treppe. Scheiße. *Es ist nicht dein Fehler,* sagte er zu sich selbst. Am meisten setzte ihm allerdings sein eigener geistiger Zustand zu, der für die Untersuchungen eines Mordes alles andere als hilfreich war.

Sobald das hier alles vorbei ist, schwor er sich, *werde ich wieder einen kühlen Kopf bewahren. Und wer weiß, vielleicht kehrt sogar mein Gespür für Frauen zurück, dem ich zu verdanken habe, dass ich hin und wieder ein bisschen Spaß habe. An Ophelia komme ich so zwar nicht heran, aber … Verdammt noch mal! Welchen Sinn macht das alles eigentlich?*

Gideon parkte hinter Platos zerbeultem Chevy und zwang sich zur Ruhe. Sichtlich mitgenommen und nervös, wartete Ophelias Nachbar bereits im Türrahmen.

»Vielen Dank, dass Sie einverstanden waren, sich hier mit mir zu treffen, Officer O'Toole«, begrüßte er ihn, tat einen Schritt nach hinten und ließ Gideon in einen Raum eintreten, der von unten bis oben mit Körben vollgestellt war. Sie stapelten sich sogar bis unter die Decke und blockierten den schmalen Zugang zum Schlafzimmer beinahe vollständig. Die meisten waren rund oder oval, dazwischen entdeckte Gideon immer wieder mal ein rechteckiges oder quadratisches Exemplar. Mit Ausnahme des Küchentischs und eines Holzstuhls war jede freie Fläche mit Körben bedeckt: zarte, robuste, kleine, große, mit und ohne Henkel. Auf der einen Seite des Tisches lagen ein Allzweckmesser und ein Haufen Äste.

Fast schon zärtlich hob Plato einen Stapel Körbe von dem anderen Küchenstuhl und balancierte ihn auf dem Rand der Arbeitsfläche aus.

»Bitte setzen Sie sich doch.« Er selbst blieb stehen und knetete sich aufgeregt die Hände, während Gideon Platz nahm.

»Entspannen Sie sich, Mr. Lavoie. Ich bin nicht hier, um Sie in die Mangel zu nehmen.«

»Ich kann es mir nicht leisten, meinen Job zu verlieren«, sagte Plato, faltete die Hände, löste sie wieder und faltete sie abermals. »Selbst hier in Bayou Gavotte gibt es genug Menschen, die mir meine kleine Eigenheit niemals verzeihen würden. Und dabei bin ich ein guter Apotheker. Ich mache keine Fehler. Ich überprüfe alles doppelt und dreifach. Wenn es um Wechselwirkungen geht, erkundige ich mich immer ganz genau. Meine Vorliebe hat keinerlei Einfluss auf meine Arbeit.«

»Mr. Lavoie, ich zweifele gar nicht an Ihrer Kompetenz. Ihr Lebensstil geht nur Sie etwas an. Betrachten Sie unser heutiges Treffen als ein freundliches Gespräch über Ophelia Beliveaus Sicherheit.«

Platos Gesicht wurde dunkler, bis die Farbe an Rost erinnerte. »Mag sein, dass ich ein Wrack bin, aber ich habe nie – *niemals* – etwas getan, das Ophelia geschadet hat.«

»Das behaupte ich auch gar nicht. Bitte, setzen Sie sich doch, Mr. Lavoie.« Als Plato Gideons Bitte nachkam und wie ein Schluck Wasser in der Kurve vor ihm saß, fügte er hinzu: »Sie können ruhig weiterarbeiten, während wir uns unterhalten. Flechten Sie Ihre Körbe aus den Ästen von Kletterpflanzen?«

Plato nahm das Mehrzweckmesser und einen Ast, den er mit langen, fahrigen Bewegungen von den Blättern befreite. »Nicht alle. Eigentlich nur im Frühling, wenn die Äste grün sind und sich leicht verarbeiten lassen.« Die Bewegungen wurden gleichmäßiger.

Gideon lehnte sich auf dem alten Küchenstuhl nach hinten. »Mr. Lavoie, irgendjemand hat es auf Ms. Beliveau abgesehen. Vor einigen Tagen lag eine tote Katze vor ihrer Haustür. Ihr Garten wurde verwüstet. Und heute hat ihr jemand eine übel zugerichtete männliche Leiche in den Wagen gelegt.«

Plato wurde kreidebleich. »Donnie hat mir von der Katze und dem Garten erzählt, aber … Wer ist der Mann?«

»Wir konnten ihn noch nicht identifizieren. Willy Wyler hat das mit dem Garten zugegeben und uns eine glaubwürdige Erklärung für seinen Wutanfall geliefert. Weder er noch Mr. Donaldson wissen etwas von der toten Katze. Und obwohl ich mich noch nicht mit Mrs. Wyler unterhalten habe, ist es eher unwahrscheinlich, dass sie etwas damit zu tun hat.«

Plato stieß ein trockenes Lachen aus. »Lisa Wyler würde sich nicht ihre Händchen mit einer toten Katze schmutzig machen.« Nachdem er die Blätter vom Tisch gekehrt hatte, legte er vorsichtig die kahlen Äste beiseite. »Das würde nicht zu ihrem Lebensziel passen.«

»Das da wäre?«

»Nie wieder arm zu sein, koste es, was es wolle. Sie ist in ärmlichen Verhältnissen aufgewachsen. Doch jetzt, wo Willys Karriere den Bach heruntergeht, weil er nicht die Finger vom Alkohol und den Drogen lassen kann, hat sie Angst, wieder im Dreck zu landen.«

»Werden Sie eigentlich erpresst, Mr. Lavoie?«, setzte Gideon ohne Vorwarnung an.

Doch Plato schien nicht sonderlich überrascht zu sein.

»Schon seit Jahren«, sagte er. »Die Hälfte meines Gehalts geht dafür drauf. Erst dachte ich, der Erpresser ist jemand, den ich früher einmal kannte, weil ich das Geld an ein Postfach in New Orleans senden musste. Seit einiger Zeit soll ich das Geld allerdings an einen Laden hier im Ort schicken.« Er wählte einen weiteren Ast aus und begann, ihn von den Blättern zu befreien. »Und nein, ich habe die Polizei niemals eingeschaltet. Auf Geld kann ich verzichten, aber nicht auf meinen Job. Ich brauche eine feste Struktur in meinem Leben, damit ich nicht vollkommen durchdrchc.«

Gideon sah ihn ernst an. »Bevor Sie das nächste Mal Geld wegschicken, möchte ich, dass Sie mich anrufen. Wir sind über den Erpresser informiert. Es gibt noch andere Opfer. Nur eine Frage der Zeit, bis wir ihn fassen und Sie wieder ein freier Mann sind.«

Plato entspannte sich ein wenig. »Ich nehme an, Sie hätten gerne gewusst, ob ich etwas gesehen habe, das Ihnen weiterhilft. Bedauerlicherweise nicht. Ophelia verlässt bei Sonnenaufgang das Haus und kehrt erst am frühen Nachmittag zurück. Die Zeit dazwischen schlafe ich meist. Deshalb …«

Gideon wartete. Als er nicht mehr mit ansehen konnte, wie Plato die Hände rang, fragte er: »Ihnen bleiben nur ein paar Stunden, um sie zu beobachten, bevor Sie zur Arbeit fahren, richtig?«

»Ja, aber ich gucke nur so.« Die flehende Bitte um Verständnis stand Plato ins Gesicht geschrieben. »Mehr mache ich nicht. Meine freien Abende verbringe ich im Club, wo sie nur selten hingeht. Finden Sie nicht auch, dass sie gestern umwerfend war? Wie hübsch sie ist. Diese feurigen Augen. Und dann diese Peitsche! So eine hatte sie noch nie in der Hand.« Sein Gesicht fiel in sich zusammen. »Ich wünschte, sie würde mir öfter Befehle erteilen.«

»Vielleicht sollten Sie mal darüber nachdenken, zu einer Domina zu gehen, Mr. Lavoie«, sagte Gideon. »Oder einem Sadomaso-Club beizutreten. Suchen Sie sich jemanden, der auf der Suche nach einem guten Hintern zum Verhauen ist.«

»Ich stehe nicht auf SM«, entgegnete Plato angewidert, griff wieder zum Messer und machte sich an die Arbeit. »Ich verehre nur Ophelia. Das war übrigens alles seine Schuld, müssen Sie wissen.«

Gideon saß plötzlich aufrecht. »Was war wessen Schuld?«

»Dieser Typ. Johnny. Seinetwegen hat sie im Club aufgehört. Mit den anderen Kerlen ist sie locker fertig geworden, aber Johnny war irgendwie total verrückt. Sie waren doch letzte Nacht mit dabei. Sie haben es ja gehört. Wenn er Ophelia wirklich geliebt hätte, wäre er ihr auch treu geblieben.«

»Er war verheiratet«, erwiderte Gideon. »Wie steht es mit der Treue seiner Frau gegenüber?«

»Bei übernatürlichen Wesen ist das anders«, antwortete Plato. »Ophelia ist eine Göttin.« Als Gideon skeptisch die Augenbrauen zusammenzog, warf Plato ihm einen mitleidigen Blick zu. »Wussten Sie das etwa nicht? Göttinnen verdienen es, verehrt zu werden. Sie verdienen treue Anhänger, Untertanen, die ihrer Herrin gegenüber loyal sind. Diese Körbe« – er machte eine ausholende Bewegung mit dem Messer – »sind meine Opfergaben. Sehen Sie das nicht? Alles *Os* für Ophelia. Die meisten sind oval und rund, und selbst die rechteckigen symbolisieren den Anfangsbuchstaben ihres Namens.«

Gideon dachte, ein Pferd hätte ihn getreten.

»Ich muss ständig an sie denken«, fuhr Plato fort, »wie Sie unschwer an der Menge meiner Gaben erkennen können.« Er legte den nächsten gesäuberten Ast ab, ehe er eine weitere Fuhre Blätter zu Boden segeln ließ. »Verehrer müssen unerschöpfliche Geduld haben und sich unterwerfen, so wie ich es tue.«

»Und Johnny war dazu nicht bereit?«

»Johnny wollte mit ihr schlafen. Dieser geschmacklose Stripper wollte mit einer Göttin schlafen. Können Sie sich das vorstellen?« Er wählte einen weiteren Zweig aus.

»Aber er hat sie nicht bekommen?«

»Niemand bekommt sie. Sie steht über uns allen.« Er ließ den Blick an der langen dünnen Ranke entlanggleiten. »Eines Tages ist er in seine protzige Karre gestiegen, und wir haben ihn zum Glück nie wiedergesehen.«

Hmm. Etwas in der hintersten Ecke von Gideons Verstand regte sich. Meldete sich sein Instinkt? Oder war es auch wieder bloß Mist, der ihm im Kopf herumspukte?

»Kein Funken von Loyalität.« Plato verzog verächtlich den Mund. »Kein Durchhaltevermögen. Wie sieht es mit Ihrer Besessenheit aus?«

Gideon musterte ihn kritisch. »Bitte?«

»Jeder Mensch ist von irgendetwas besessen. Manche Obsessionen sind salonfähiger als andere. Was ist es bei Ihnen? Wahrheit und Gerechtigkeit? Ihr Ruf als Polizist? Oder ist es Ophelia Beliveau?«

»Ich kann mir momentan keinerlei Besessenheit erlauben«, antwortete Gideon. »Ich arbeite an einem Mordfall.«

»Obsessionen lassen sich nicht so einfach beiseiteschieben, Detective. Wenn Sie ihre Macht unterschätzen, kann sich das rächen, und zwar auf unerfreuliche Weise.«

»Mit Unerfreulichem kenne ich mich aus«, entgegnete Gideon. »Haben Sie eine Ahnung, wer etwas gegen Ms. Beliveau haben könnte?«

Ohne von seiner Arbeit aufzublicken, sagte Plato ausweichend und frostig: »Eine Göttin hat viele Feinde. Aber Ophelia weiß, dass ich ein Auge auf ihr Haus werfe. Ein falscher Zug, und ich erwische den Kerl. Mag sein, dass Sie und tausend andere Männer von ihr besessen sind. Doch am Ende wird nur meine Ergebenheit zählen.«

15

Mist«, entfuhr es Ophelia, und sie starrte auf die einsame Gestalt auf ihrer Terrasse.

»Das arme Ding ist vollkommen durcheinander«, meinte Jabez von seinem Posten unterhalb der Platane. »Ich wollte ihr keine Angst einjagen, deshalb bin ich lieber auf Tauchstation geblieben.«

»Danke«, sagte Ophelia. Gretchen setzte sich auf und wedelte mit dem Schwanz, der rhythmisch gegen den Autositz klopfte.

»Zwei Häuser weiter scheint es ziemlich Stress zu geben.«

»Willy ist wahrscheinlich wieder mal betrunken. Hoffentlich ist es nichts Schlimmeres.«

»Dein Nachbar hat dem Mädchen einen Kakao gebracht, dann ist er rüber, um den Streit zu schlichten.«

Joanna Wyler saß in sich zusammengesunken unter dem Licht der kleinen Terrasse und kratzte sich gedankenverloren die Arme, die mit zahlreichen Mückenstichen übersät waren. *Als Nächstes werden ihre Eltern mir zum Vorwurf machen, dass ich ihr eine Mückensalbe gebe,* dachte Ophelia, als sie den Wagen parkte. Kaum hatte sie den Motor abgestellt, sprang Gretchen aus dem Fenster und lief schnurstracks zu Joanna, um sie zu begrüßen.

Ophelia kramte in einer Kiste unter der Treppe, aus der sie Streichhölzer und eine Duftkerze gegen die Moskitos hervorholte. »Haben sich deine Eltern mal wieder in der Wolle gehabt?«, fragte sie, während sie die Kerze anzündete.

Joanna nickte schniefend. Gretchen leckte ihr die Tränen vom Gesicht.

Ophelia setzte sich auf die Treppe und klopfte neben sich. »Ich weiß jetzt gar nicht, was ich machen soll, Süße. Eigentlich dürftest du ja überhaupt nicht hier sein.«

Joanna brach in lautes Schluchzen aus. »Ophelia, es tut mir so leid. Bitte hass mich nicht!«

»Ich hasse dich nicht!« Sie zog das Mädchen zu sich. *Verdammt, was soll's,* dachte Ophelia. *Schließlich habe ich einen Zeugen.* Sie legte den Arm um Joannas Schultern, drückte sie, ließ sie wieder los und griff um sie herum, um Gretchen hinter den Ohren zu kraulen. »Besonders begeistert bin ich natürlich nicht, dass man mir vorwirft, ich hätte schmutzige Bildchen von dir gemacht.«

»Es tut mir leid!« Joanna kramte in ihrer Hosentasche und brachte ein zerschlissenes Taschentuch zum Vorschein. »Ich schwöre, das habe ich nie gesagt. Meine Eltern ... sie sind einfach davon ausgegangen, dass du die Fotos gemacht hast. Weil du sie im Fotoladen abgegeben hast, und weil Fotos dabei waren, die nicht dazugehörten. Also haben sie gedacht, dass dir irgendwas durcheinandergeraten ist.«

»Warum hast du deine Eltern denn nicht darüber aufgeklärt, dass ich nichts damit zu tun habe?«

»Ich wusste nicht, was ich sagen sollte«, stöhnte Joanna.

»Wie wäre es mit der Wahrheit gewesen?«

»Ich kann ihnen unmöglich die Wahrheit sagen.« Joanna schüttelte weinend den Kopf. »Zelda hat recht, ich bin ein hoffnungsloser Feigling. Mein Leben ist am Ende.«

Kleine, hysterische Göre, dachte Ophelia unbarmherzig, worauf sie sich einen frostigen Blick von Gretchen einfing. *Okay, ist ja gut. Ich hab verstanden. Vielleicht hat Joanna ja einen guten Grund.* »Zelda hat dich einen Feigling genannt?«

»Nein«, antwortete Joanna tränenerstickt, »aber sie hält mich für einen Versager.« Sie putzte sich die Nase mit dem durchnässten Taschentuch. »Zelda meinte, wenn ich mit ihr abhängen will, darf ich kein Weichei sein.«

»Das ist Zeldas Art, dir zu sagen, dass sie dich mag. Eine Art Freundschaftsmutprobe.«

»Zelda ist so cool. Aber ich kann trotzdem nicht die Wahrheit sagen. Das geht nicht.«

»Hast du Angst vor jemandem? Wirst du etwa bedroht?«

Zwei Häuser weiter wurde eine Tür aufgerissen und wieder lautstark ins Schloss geworfen. »Joanna!«, schwirrte Lisa Wylers weinerliche Stimme durch die Nacht, die keinen Zweifel daran ließ, dass Joanna ihre Tochter war.

Ophelia und Joanna erhoben sich und sahen, wie Lisa über den Rasen gestapft kam. Als sich die Tür der Wylers ein weiteres Mal öffnete, stolperte ein wild schimpfender Willy Wyler heraus, dem Donnie Donaldson dicht auf den Fersen war.

Joanna stöhnte. »Ich hasse meinen Vater! Der Typ ist einfach nur *peinlich*. Und *dumm,* wenn er betrunken ist.«

»Pass auf, der ist schneller nüchtern, als du denkst.« Ophelia sperrte den Trailer auf und stellte die Außenbeleuchtung am Ende der Auffahrt an. Wenige Sekunden später kam sie mit einer Schrotflinte und Taschentüchern bewaffnet wieder heraus. Ophelia reichte Joanna die Taschentücher, die mit großen Augen auf die Waffe starrte. »Keine Angst, ich werde ihn nicht erschießen. Wenn er nicht auf mich hört, wird er auf meine Verstärkung hören. Vielleicht solltest du Jabez kennenlernen, damit du nicht aus allen Wolken fällst.«

Wie aufs Stichwort löste sich ihr Bodyguard aus dem Dunkeln. Joanna schlug sich die Hand vor den Mund und erstickte einen erschrockenen Schrei. Jabez nickte, ehe er nahtlos mit den Schatten von Constantines Pick-up verschmolz.

Torkelnd überwand Willy den Graben zu Ophelias Grundstück, während Lisa hysterisch schluchzend neben ihm herlief. Der lautstark protestierende Donnie Donaldson hatte sie fast eingeholt. »Komm schon, Willy, reg dich wieder ab.«

»Diese verdammte Schnepfe m-macht sich an mein kleines Mädchen ran, und das mi-mi-mitten in der Nacht.«

Lisa Wyler verzog das Gesicht. »Joanna, Kleines, geht es dir gut? Hat sie dir weh getan?«

Joanna baute sich in der Mitte der Auffahrt auf. »Mom, es geht mir gut!«

Donnie legte Wyler die Hand auf den Arm. »Komm schon, Willy. Ophelia hat sich an niemanden herangemacht. Sie ist doch gerade erst nach Hause gekommen.«

»Dann hat sie s-sich eben mit Joanna verabredet, um sich an sie ranzumachen.« Willy schlug Donnies Hand weg und schlurfte über das, was einst Ophelias Gemüsegarten gewesen war. Als die Schrotflinte in Ophelias Hände auf seine Brust zielte, blieb er taumelnd stehen.

Lisa ging hinter ihm in Deckung, spähte aber um seine Leibesfülle herum. »Joanna, Liebes, du hast ja geweint! Komm weg von der bösen Frau! Was sie getan hat, war falsch, und sie wird dafür bezahlen. Du bist doch mein kleines, unschuldiges Baby!«

»Das war nicht Ophelia!«, sagte Joanna mit bebender Stimme. »Sie hat nichts mit den Fotos zu tun.«

Lisa blickte wütend drein. »Du musst uns nicht anlügen! Wir sind hier! Sie kann dir nichts mehr tun!«

»Aber ich lüge nicht!«, schniefte Joanna. »Ophelia hat nichts getan, das schwöre ich.«

»Okay, okay«, brüllte Willy. »Wer war es dann?«

Stille breitete sich in der Auffahrt aus, und sämtliche Blicke richteten sich auf das Mädchen. Als Joanna endlich den Mund öffnete, kam nichts als ein Quieken heraus.

»Natürlich steckt Ophelia dahinter!«, fauchte Lisa. »Seit Jahren wanzt sie sich an uns heran, macht einen auf nett. Das ist doch alles Teil ihres teuflischen Plans, um mein kleines Mädchen zu verderben. Joanna ist ihr regelrecht hörig!«

Willy stieß einen aufgebrachten Seufzer aus. »Halt die Klappe, Lisa! Lass das M-Mädchen ausreden.«

»*Du* hältst die Schnauze, du abgehalfterter Säufer!«, keifte Lisa zurück. »Du schaffst es ja noch nicht mal, deine eigenen Töchter zu beschützen!«

»Zuerst muss ich ja mal wissen, vor w-wem sie beschützt w-werden müssen!«

Wutentbrannt machte Lisa einen Schritt auf ihren Mann zu, so dass sie Nase an Nase standen. »Du bringst ja noch nicht mal genug Kohle nach Hause, um unseren Lebensunterhalt zu sichern.«

»Komm schon, Lisa«, mischte sich Donnie ein. »Beruhige dich.«

»Wenn du wirklich Willys Freund wärst, würdest du ihm kein Geld leihen, damit er sich volllaufen lassen kann«, fauchte sie Donnie an. »Er versäuft noch unser Haus, wenn das so weitergeht.«

»Wenn du dir so verdammt viele Sorgen um unsere Hütte machst, dann such dir endlich 'nen Job«, fuhr Willy seine Frau an, ehe er sich zu seiner Tochter wandte. »W-wer hat die Fotos denn jetzt gemacht, Joanna?«

Joanna brach in hysterisches Schluchzen aus. »Das kann ich nicht sagen. Lieber sterbe ich!« Sie schlug sich die Hände vors Gesicht. »Du kannst mich foltern, wenn du willst – ich kann so nicht weiterleben.«

Gerade als Willy verzweifelt die Hände in die Luft warf, unterbrach ein tiefes, eigentümliches Lachen die verfahrene Situation.

»Wer ist das?«, fragte Lisa ängstlich. »Wer lacht da?«

Donnie Donaldson bemerkte ihn zuerst. Als Jabez aus dem Schatten ins Licht hervortrat, stieß Lisa einen spitzen Schrei aus. Joanna verdrehte entnervt die Augen, und Willy wirkte einfach nur so, als hätte er mächtig die Hosen voll.

»Die Party ist vorbei«, meinte Jabez. »Zeit, nach Hause zu gehen.« Lässig lehnte er sich gegen Ophelias Pick-up und wartete.

Dieses Mal wehrte sich Willy nicht gegen Donnie, der ihn zu seinem Haus führen wollte. Lisa schob sich vorsichtig nach vorne und packte Joanna am Arm. »Schätzchen, komm, wir gehen nach Hause«, zischte sie und zerrte ihre Tochter weg. »Sobald du in Sicherheit bist, rufen wir die Polizei, damit du ihnen sagen kannst, was diese böse Frau dir alles angetan hat.«

»Sie hat gar nichts gemacht!«, brüllte Joanna. »Ich werde Ophelia nicht mehr die Schuld an etwas geben, das sie nicht getan hat! Ihr könnt mich ja vor die Tür setzen, wenn euch das nicht passt!«

»Die Polizei ist bereits hier«, verkündete Jabez. »Ein guter Freund von mir, um genau zu sein. Er wird sich bestimmt freuen, die Dinge zu klären.« Damit winkte er dem Wagen zu, der gerade aus der gegenüberliegenden Einfahrt herausfuhr.

Mit einem funkelnden Blick zog Lisa Joanna fort. Donnie bugsierte Willy wieder zurück zu seinem Haus.

Ophelia beobachtete, wie Gideon den Wagen in ihre Auffahrt lenkte. »Was hat dieser verdammte Bulle eigentlich bei Plato zu suchen?«, fragte sie.

Jabez zuckte mit den Schultern. »Am besten fragst du ihn das selbst.«

»Vergiss es«, antwortete Ophelia. »Sag du ihm, dass er hier nicht erwünscht ist.«

Jabez, der am Fuße der Auffahrt stand, grinste. »Sie ist stocksauer auf dich, Mann.«

»Aber nicht annähernd so sauer wie ich auf sie«, antwortete Gideon. »Soll das heißen, dass ich nicht mehr gebraucht werde?«, fragte er und deutete auf die kleine Kolonne, die beinahe den protzigen Neubau erreicht hatte.

»Ich kümmere mich um alles.« In Jabez' Stimme schwang ein streitlustiger Unterton mit. »Ich würde Ophelias bescheuerten Nachbarn nur zu gerne eine Lektion erteilen, aber so wie ich sie kenne, würde sie das niemals zulassen. Das Mädchen war kurz davor, ihr zu sagen, wer die Fotos gemacht hat, doch dann sind die Eltern aufgekreuzt.«

Nachdem Gideon mit quietschenden Reifen aus Ophelias Auffahrt gefahren war, raste er zurück in die Stadt, so als könnte er dadurch die Erinnerung daran abschütteln, wie abweisend sie auf ihrer hellerleuchteten Auffahrt gestanden hatte. Der Bericht der Spurensicherung und das Verhör des Mannes, den er im Laden aufgegriffen hatte, der aber ein wasserdichtes Alibi vorweisen konnte, halfen ihm, die

Nacht zu überstehen, ohne einen weiteren Gedanken an Ophelia zu verschwenden. Als er kurz vor Sonnenaufgang viel zu schnell an ihrem Trailer vorbeifuhr, um zu Hause zu duschen und sich noch eine Stunde aufs Ohr zu hauen, gestattete er sich einen flüchtigen Blick auf das in Stille und Dunkelheit daliegende Haus – doch es war der routinierte Blick eines Polizisten im Dienst, nicht der eines ehemaligen Beinaheliebhabers.

Was für ein Trottel er doch gewesen war. Und dennoch hatte sie es verdient. Ihre fadenscheinige Entschuldigung wegen der Fotos von Art und Andrea brachte ihn noch immer zum Kochen. So dumm war Ophelia nicht. Sie würde es wohl kaum riskieren, verhaftet zu werden, oder gar ihr Leben aufs Spiel setzen, wenn sie zu 99 Prozent davon ausgehen konnte, dass der Erpresser tot war. Aus irgendeinem nicht nachvollziehbaren Grund hatte er erwartet, dass sie ihm die Wahrheit sagen würde. Er war ein Idiot, zu glauben, er wüsste auch nur das Geringste über Ophelia Beliveau. Geschweige denn über seine Schwester oder sonst wen.

Als er die langgezogene und überwucherte Auffahrt zu seinem Haus entlangfuhr und sein Blick auf den alten Toyota fiel, der hier eigentlich nichts zu suchen hatte, fluchte er. Im Wohnzimmer stieß er auf seine kleine Schwester, die in T-Shirt und Slip zwischen Belle und der schnarchenden Daisy auf seinem Futonsofa zusammengerollt lag und schlief. *Scheiße,* dachte er, *dafür habe ich jetzt echt keine Zeit.* Er schlüpfte aus den Schuhen und wollte gerade auf Zehenspitzen zur Treppe schleichen, als Artemisia, die schon immer einen leichten Schlaf hatte, aufwachte.

»Gideon, wir müssen reden.«

Statt auf die erste Stufe stellte Gideon seinen rechten

Fuß wieder auf dem Boden ab. *Geduld. Du bist ein geduldiger Mensch, schon vergessen? Zumindest warst du das einmal.*

Mit diesem Gedanken wandte er sich seiner Schwester zu. »Art, Baby, ich arbeite an einem Mordfall und habe jetzt keine Zeit für Plaudereien. Kann das nicht warten?«

Arts dunkle, weit aufgerissene Augen funkelten trotz des gedämmten Lichts zu ihm herüber. Sie schwang die Beine über Daisy und setzte sich auf. »Von wegen Plauderei, Gideon. Ich weiß, dass du mich für ein dummes kleines Ding hältst. Dass du es mit einer weiteren Leiche zu tun hast und bis zum Hals in Arbeit steckst. Wenn es nicht wichtig wäre, hätte ich wohl kaum die ganze Nacht hier auf dich gewartet.«

Gideon biss die Zähne zusammen. »Hat Ophelia dir von der zweiten Leiche erzählt? Sie hat nicht das Recht, über polizeiliche Ermittlungen zu tratschen. Wieso könnt ihr Frauen eigentlich nie eure verdammte Klappe halten?«

»Du Idiot!«, schrie Art. »Ich weiß von der Toten, weil ich mit in der Wohnung war.«

»Bitte, was?!« Womit hatte er das nur verdient?

Arts Gesicht bebte, ehe sie in Tränen ausbrach. »Ich wollte in die Wohnung einbrechen, um den Laden zu durchsuchen. Ophelia hat versucht, mich aufzuhalten, aber dann hat sie dich gehört, und wir sind eingestiegen, um uns zu verstecken. Als du unten im Laden warst, um dem Lärm nachzugehen, hat sie mich rausgebracht. Und was machst du? Wirfst ihr an den Kopf, sie wäre bescheuert.«

Gideon fuhr sich stöhnend mit der Hand über das Gesicht, schob Daisy unsanft vom Sofa und ließ sich neben Art in die Kissen fallen. »Gott, ich bin ja noch dämlicher, als ich dachte.«

»Gideon, wie konntest du nur?«, fragte Art tränenüberströmt. »Wir hatten doch einen Pakt geschlossen, Gideon. Haben uns gegenseitig ein Versprechen gegeben. Bedeutet dir das denn gar nichts mehr?«

»Natürlich doch, Baby. So großen Mist wie heute habe ich noch nie gebaut. Und das gleich in mehrerlei Hinsicht. Aber ich muss mich jetzt auf den Mordfall konzentrieren. Ich kann es mir nicht leisten, stundenlang meiner eigenen Dummheit nachzuhängen.«

»Sag das nicht. Niemals wieder!« Art sah aufgeregt im Zimmer herum. »Wieso habt ihr Kerle eigentlich nie Taschentücher herumliegen?«, schniefte sie, zog die Nase hoch und wischte sich die Tränen mit dem Handrücken ab.

»Tschuldige«, sagte Gideon und legte den Arm um seine Schwester. »Würde es dir etwas ausmachen, Kaffee aufzusetzen, während ich schnell unter die Dusche springe? Musst du heute eigentlich gar nicht arbeiten?«

Offensichtlich war es Art egal, ob sie arbeiten musste. Die Aussicht, sich endlich mit ihrem Bruder auszusprechen, war verlockender. Zumindest kam es Gideon so vor, als er langsam nach oben ins Badzimmer lief. Währenddessen grübelte er darüber nach, dass Art ebenfalls in der Wohnung gewesen war und wie Ophelia ihm einen Korb gegeben hatte. Und dass genau in dem Moment, in dem sie versucht hatte, ihm etwas Wichtiges zu sagen, der Dummkopf unten im Laden eine Lampe umgestoßen hatte. Obwohl er das Gefühl, ein fieser Kerl und kompletter Volltrottel zu sein, nicht hatte abwaschen können, ging er mit etwas besserer Laune wieder nach unten, wo ihm der Duft nach Kaffee und gebratenem Speck bereits auf der Treppe entgegenkam.

»Pancakes?« Gideon beobachtete, wie Art einen Schuss Teig in die Pfanne goss.

Sie nickte. Eine Träne kullerte ihr über die Wange und zerplatzte auf dem Herd. »Manchmal vermisse ich die guten alten Familienrituale, Gideon. Nicht, dass Dad Mom als dumme Kuh bezeichnet, sondern Sachen wie Pancakes und Moms selbstgebackene Brötchen.« Vorsichtig goss sie zwei weitere Kleckse in die Pfanne.

Gideon verwuschelte ihr Haar. »Geht mir auch so, Kleines.« Er beäugte den Teig. »Teddybär?«

»Extra für meinen großen Bruder.« Aus vier weiteren Klecksen formte sie die Füße und die Ohren. »Ich dachte wirklich, wir könnten wieder eine Familie werden, du und ich. Außerdem habe ich mir gewünscht, du würdest Ophelia heiraten, dann wäre sie ein Teil unserer und wir ein Teil ihrer Familie. Und wer weiß, vielleicht heirate ich irgendwann ja auch noch einen richtig netten Typen ...«

Gideon warf Brot in den Toaster und holte zwei Kaffeetassen aus dem Hängeschrank. »Klingt idyllisch, Art, aber ich fange jetzt schon an, mich wie Dad zu benehmen. Und das, obwohl ich Ophelia erst seit zwei Tagen kenne.«

»Aber du willst sie doch noch immer, oder?«

»Ich weiß nicht, was ich will. Aber ich fürchte, ich muss dir jetzt ein paar dienstliche Fragen stellen. Warum warst du in der Wohnung über dem Fotoladen?«

»Um die Fotos zu holen, natürlich«, antwortete Art leicht genervt. »Meine und Andreas. Hör zu, nur weil ihr euch ein bisschen gestritten habt, ist das doch noch lange kein Grund, gleich alles hinzuschmeißen.«

»Hast du irgendetwas in der Wohnung angefasst?«

Art kniff die Augen zusammen. »Du willst also allen Ernstes vor der ersten intelligenten Frau davonlaufen, in die du dich verguckt hast, aus Angst, du könntest wie Dad werden? Wach endlich auf und reiß dich mal zusammen.«

»Bitte beantworte die Frage«, erwiderte Gideon.

Art stieß einen langgezogenen Seufzer aus. »Hallo? Ich sehe fern. Ich lese Bücher. Ich habe Latexhandschuhe getragen.«

»Wäre das Problem wenigstens schon mal gelöst. Aber jetzt will ich endlich die Wahrheit über diese Fotos hören. Wieso reagierst du eigentlich so panisch auf die Abzüge? Die Studenten haben doch auch Nacktbilder von dir gezeichnet. Mag ja sein, dass sie dir peinlich sind, aber dafür gleich irgendwo einbrechen und das eigene Leben riskieren? Du wusstest doch bestimmt, dass der Erpresser ermordet worden ist. Die Wahrscheinlichkeit, an die Bilder zu gelangen, war minimal. Ich will nicht behaupten, dass ich weiß, wie das weibliche Gehirn tickt, aber ein Einbruch scheint mir doch ein wenig übertrieben.«

Art wendete behutsam den Pancake in Teddybärform. »Streng genommen waren es nicht nur Nacktfotos, und ich verspüre nicht die geringste Lust, dir alles haarklein zu erklären«, gab sie zurück, ohne den Blick von der Pfanne zu heben.

»Und das sagt ausgerechnet die Frau, die nackt staubsaugt?«

»Ich staubsauge, wie es mir passt!« Art schäumte vor Wut.

»Hoffentlich nur, wenn die Vorhänge zugezogen sind«, antwortete Gideon streng. »Solange du dich selbst nicht in Gefahr bringst, kannst du tun und lassen, was du willst. Habe ich dir etwa je die Hölle heißgemacht, weil du mit diesem Dufray ausgehst?«, fragte er und ließ zwei weitere Scheiben Brot im Toaster verschwinden.

»Nein, und das rechne ich dir auch hoch an. Aber diese Fotos, sie sehen ein bisschen aus, als wären sie …« – Art wurde ganz leise – »... aus einem Pornofilm. Ich könnte meinen Job verlieren und ...« Ihre Stimme verlor sich.

Sie ist eine erwachsene Frau, rief Gideon sich in Erinnerung. *Aber was zum Teufel hat sie getan?* Er zwang sich, nicht mit den Zähnen zu knirschen. »Und was?«

Artemisia setzte einen störrischen Blick auf, den er nur zu gut von früher kannte. »Das geht dich gar nichts an. Es hat nichts mit den Mordfällen zu tun, und ich habe mich auch nicht mit jemandem eingelassen, der Pornos dreht. Ich weiß, dass du mich am liebsten anschreien würdest. Aber es wäre das Beste, wenn du mich mein Leben so leben lässt, wie ich es möchte, und du dich stattdessen auf deine Beziehung zu Ophelia konzentrierst.« Sie ließ den Pancake auf den Teller gleiten und dekorierte ihn mit zwei Rosinen, die die Augen darstellten. Danach goss sie einen neuen Schwung Teig in die Pfanne und kreierte ein Gebilde mit acht kleinen Beinen. »Meinst du, du bekommst die Fotos zurück? Bitte, bitte, bitte?«

»Mit ein wenig Glück. Im Moment wissen wir aber noch nicht, wo sie sein könnten. Computer, CDs, Negative, Abzüge – alles verschwunden.« Gideon fuhr sich mit der Hand durch das nasse Haar.

»Das ist ja schrecklich. Armer Gideon«, sagte Art. »Du stehst bestimmt unter ziemlichem Druck, um den Fall zu lösen, oder? Vor allem, nachdem dir Constantine letztes Jahr durch die Lappen gegangen ist.«

»Baby, der einzige Druck, den ich spüre, ist der, den Typen hinter Gitter zu bringen, bevor er noch mal zuschlagen kann. Dieses Mal wird niemand wagen, mich zu bestechen, damit ich falsche Beweise aus dem Hut zaubere.«

Arts Augen weiteten sich. »Es gab Leute, die ernsthaft von dir verlangt haben, Beweise gegen Constantine zu fälschen?

Die dir Geld geboten haben, damit du es so hindrehst, dass er seine Frau umgebracht hat?«

»Ja, leider. Es hat nicht viel gefehlt, und ich hätte den Job an den Nagel gehängt.« Gideon beobachtete, wie seine Schwester den Pfannkuchen wendete. »Eine Spinne. Wenn das mal nicht fast schon ein Zeichen ist«, sagte er und warf die fertigen Toastscheiben auf einen Teller.

Artemisia errötete. »Ich habe bestimmt meine Probleme, und ich bin nicht bereit, dir alles zu erklären.«

Toll. »Aber versuch erst gar nicht, Dufray in dein Netz zu locken. Selbst wenn er nichts mit dem Tod seiner Frau zu tun hat, ist und bleibt er ein gefährlicher Mann.«

»Keine Angst.« Artemisia lief krebsrot an. »Er ist witzig, aber irgendwie auch gruselig. Hast du von den Gerüchten gehört, dass er anderen schlimme Träume schicken kann? Würde mich nicht wundern, wenn da wirklich etwas dran wäre.« Sie hob abwehrend die Hand. »Ich erwarte ja gar nicht, dass du mir glaubst. Und mach dir jetzt bitte keine Sorgen, ich könnte mit Tony, dem Vampir, schlafen. Dazu wird es nicht kommen. Obwohl ich jetzt gut nachvollziehen kann, warum du nicht die Finger von Ophelia lassen kannst.«

Gideon, der gerade dabei war, den Kaffee einzuschenken, blickte zu ihr auf. »Das ist also das Geheimnis, wegen dem du dich die ganze Zeit so aufspielst?«, fragte er und stellte Milch und Zucker auf den Tisch.

»Ja, aber jetzt muss ich es ja nicht mehr geheim halten, zumindest nicht dir gegenüber. Außerdem könnte ich sagen, dass ich es die ganze Zeit gewusst habe. Aber das tue ich nicht. Trotzdem. Ist das nicht cool? Sie hat Reißzähne!«

»Ja, die Reißzähne sind so was von cool.« *Von wegen cool. Ziemlich heiß sind die Dinger.* Gideon zog einen Stuhl an den Tisch heran. *Aber ich kann es mir nicht leisten, ausgerechnet jetzt darüber nachzudenken.*

Artemisia servierte den Pancake in Spinnenform, der ebenfalls zwei große Rosinenaugen bekam, und setzte sich ihm gegenüber. »Du solltest dich bei ihr entschuldigen.«

Gideon zerteilte seinen Teddybär erst in vier und dann in acht Teile. »Wenn ich Zeit habe, rufe ich sie an.«

»Sie anrufen? Du musst mit ihr persönlich sprechen, dich von Angesicht zu Angesicht bei ihr entschuldigen.«

»Schwesterherz, ich glaube nicht, dass sie mich je wiedersehen will.« Er spießte zwei Teddybärstücke mit der Gabel auf und spülte sie mit einem Schluck Kaffee herunter. »Und ich kann ihr noch nicht mal einen Vorwurf daraus machen.«

»Ihre Reaktion ist auch mehr als logisch. Gideon, du hast sie verletzt. Sie hat gestern Abend geweint.«

Gideon fragte sich, wie viel schlechter er sich eigentlich noch fühlen müsste, bis das Ganze ausgestanden war.

»Und sie ist definitiv keine Heulsuse, Gideon. Nicht wie Mom oder ich. Ophelia ist aus härterem Holz geschnitzt. Stattdessen wird sie sauer. Gestern Abend war sie so wütend, dass sie geweint hat. Sie wollte mir sogar Gretchen aufs Auge drücken.« Art rollte ihre Spinne zusammen und schnitt sie in Stücke. »Gretchen hat sich aber geweigert.«

»Wie klug von ihr. Aber ich kann nicht einfach so zu Ophelia gehen. Sie … Selbst wenn sie mir zuhören würde, bringt sie mich vollkommen durcheinander. Und ich muss mich jetzt einfach voll und ganz auf den Fall konzentrieren.«

»Gideon, du *musst* es aber tun.«

»Artemisia, lass gut sein!«

»Na super!«, schrie Art. »Am besten, du krallst dir eine von deinen Tussis, springst mit ihr in die Kiste, und alles ist wieder in Butter!«

»Jetzt führst du dich wie Mom auf.« Als Gideon den niedergeschlagenen Ausdruck auf dem Gesicht seiner Schwester bemerkte, fühlte er sich hundeelend. »Tut mir leid, aber wenn du dir das Recht herausnimmst, dein Leben nach deinen eigenen Regeln zu führen, dann steht mir dasselbe zu.«

Als das Telefon klingelte, sprang Gideon dankbar auf, hängte aber gleich wieder ein, weil jemand die falsche Nummer gewählt hatte.

»Dein Anrufbeantworter blinkt«, meinte Art, ehe sie sich eine Gabel mit Pancake und Toast in den Mund schob.

Um seine Schwester nicht auch noch in ihrem Gerede zu unterstützen, spulte Gideon Ophelias Nachricht vor. Nachdem er zwei belanglose Nachrichten gelöscht hatte, ertönte Darby Sims' Stimme.

»Verdammt, Gideon«, sagte er. »Geh ran, wenn du da bist.« Pause. »Hör zu, Kumpel. Wir müssen *dringend* über deine Schwester und Dufray reden. Es ist schon nach Mitternacht, und sie ist noch immer nicht zu Hause.« Art schnappte nach Luft und hustete. Es dauerte eine Weile, bis Darby weitersprach. »Sie ist viel zu niedlich und unschuldig, um mit diesem schrägen Typen rumzuhängen. Ruf mich an.«

Artemisia spuckte ein Stück Toast aus. »Vielen Dank auch«, krächzte sie, trank einen Schluck Kaffee und hustete abermals.

»Was zum Teufel erwartet er von mir?« Gideon beschmierte seinen Toast dick mit Himbeermarmelade. »Dass ich dir den Kontakt mit Dufray verbiete? Soll ich ihn zum Duell herausfordern, oder was?«

»Hält der mich etwa für ein Kleinkind?«, sagte Artemisia mit rauher Stimme und biss herzhaft in den Toast. »Ich bin so sauer auf ihn«, schob sie nach und starrte wütend auf den Teller vor sich.

Ha! So beiläufig wie möglich fragte Gideon: »Kann es sein, dass du früher mal ziemlich verknallt in Darby warst?«

»Da war nichts. Nichts weiter als ein kleines Schulmädchen, das sich in einen College-Studenten verguckt hat«, antwortete Art und errötete. »Ich fasse es nicht.« Ihre Stimme zitterte leicht. »Er führt sich auf, als wäre ich immer noch sechzehn.« Sie würgte den Toast hinunter. Dann fragte sie in einem Ton, von dem sie hoffte, dass er genauso gelassen wie Gideons klang: »Weißt du eigentlich, ob er in Bayou Gavotte bleibt oder ob er mit dieser schrecklichen Tussi zurück nach Atlanta gehen will?«

Gideon leerte seine Tasse, ehe er antwortete: »Er hat sich gestern als Tätowierer hier beworben. Für mich heißt das, dass er bleiben wird. Was soll ich ihm denn jetzt von dir ausrichten?«

»Ich weiß nicht«, brummte Art. »Was auch immer Brüder ihren neugierigen, aufdringlichen Freunden so erzählen.« Nachdem sie das Geschirr eingesammelt und laut klirrend in der Spüle abgestellt hatte, sagte sie: »Ich muss jetzt los, damit ich nicht zu spät zur Schule komme.« Damit hastete sie in Richtung Haustür.

Keine halbe Minute später war sie wieder da. *Genau wie Mom,* dachte Gideon fast schon liebevoll.

»Geh und rede mit Ophelia. Das ist mein Ernst.« Wenig später hörte Gideon, wie sie wegfuhr.

16

Nach einer Nacht voller endloser Gedanken und unruhiger Träume, in denen Gideon ihr unentwegt erklärte, wie dumm sie war, und Constantine ihr einen auf Hochglanz polierten Pick-up nach dem anderen schenkte, erwachte Ophelia vollkommen gerädert. Sie schwang sich aus dem Bett und funkelte Gretchen an. »Wie schön, dass wenigstens eine von uns gut geschlafen hat.«

Gretchen gähnte herzhaft.

»Heute gehst du zu Gideon zurück, ob es dir passt oder nicht.« Ophelia stieg unter die Dusche und schlüpfte danach in Shorts und ein grell leuchtendes, gelbes Tanktop. Nachdem sie sich das Haar zum Pferdeschwanz gebunden hatte, griff sie sich einen der angeschrammten Äpfel vom Vorabend. Durch die Jalousien sickerte frühmorgendliches Sonnenlicht. Perfektes Frühlingswetter – schade nur, dass die Polizei immer noch die beiden Ahornbäume beschlagnahmt hatte.

Gretchen saß bei der Tür und jaulte. Ophelia entsicherte die Tür, biss in den Apfel und stellte sich auf einen weiteren Ausflug zur Baumschule ein. Sie folgte Gretchen auf die Veranda, stieg die Stufen zum Vorgarten hinab und sah, … dass der Vorgarten tot war. Totes Springkraut, tote Lilien, tote Röschen. Der Efeu? Tot. Zwei erst kürzlich gerettete

Azaleen? So gut wie tot. Der Rasen wies hier und da bräunliche Stellen auf.

Mit wenigen Schritten war sie im hinteren Teil des Gartens. Auf der überschaubaren Rasenfläche hinter dem Trailer wuchs nicht ein grüner Halm. Tote Minze säumte den Rasen. Die Blumenbeete um den Trailer waren allesamt verwelkt. Sie musste erst gar nicht ins Gewächshaus gehen, um zu wissen, dass es dort nicht besser aussah.

Ophelia ballte die Hände zu Fäusten. Instinktiv glitten ihre Reißzähne nach unten, dabei war der Täter längst über alle Berge. Genau genommen hatte er mehrere Tage Vorsprung. Ophelia erkannte sofort, was sich abgespielt hatte. Um sicherzugehen, warf sie einen Blick unter den Trailer. Die Flasche mit dem Unkrautvernichter war leer. Wer in Gottes Namen hasste sie so sehr?

Sie biss sich so fest auf die Lippe, dass es blutete. Erst, als sie wieder im Trailer war, die Tür hinter sich geschlossen und sich auf das Sofa gesetzt hatte, ließ sie ihren Tränen freien Lauf. Nach einer Weile konnte sie endlich den Gedanken daran, wie lange es dauern würde, den Garten wieder zum Leben zu erwecken, beiseiteschieben. Sie musste sich zusammenreißen, um sich auf das Wesentliche zu konzentrieren: Wer steckte dahinter? Und warum?

Gretchen kratzte am Fliegengitter vor der Tür. Sie ließ den Hund herein und schmierte, so als wäre sie auf Autopilot eingestellt, Erdnussbuttersandwiches für sich und Gretchen. »Bedank dich bei deinem idiotischen Herrchen, dass du nicht häufiger eine leckere Bisamratte bekommst«, sagte Ophelia mit zittriger Stimme zu der Hündin. Einen Augenblick lang spielte sie mit dem Gedanken, Gideon anzurufen, wusste aber, dass sie es nicht tun würde. Nachdem sie zwei Bissen hinuntergewürgt hatte, warf sie Gretchen den Rest zu, die sich wie ausgehungert über das Sandwich hermachte. Dabei ließ sie Ophelia nicht eine Sekunde aus den großen, tadelnden braunen Augen, so als wollte sie sagen: »Er ist kein Idiot.«

»Ich nenne ihn einen Idioten, wann immer ich es will«, verteidigte sich Ophelia trotzig. Dann füllte sie Gretchens Wasserschüssel auf, schnappte sich die Schrotflinte samt Munition und trat ins Freie, nachdem sie die Tür hinter sich zu- und Gretchen eingeschlossen hatte. Dem entrüsteten Jaulen des Hundes schenkte sie keinerlei Beachtung. »Pech gehabt«, rief sie, während sie um das Haus herumlief. »Ich muss jetzt alleine sein.«

Mit einem leisen Quietschen öffnete sich Donnie Donaldsons Hintertür, bevor er mit einer Dose Öl in der Hand auf der Veranda erschien. »Was ist denn mit deinem Garten passiert?«, fragte er vorsichtig und schraubte den roten Verschluss der Dose ab.

»Jemand hat ihn vergiftet«, antwortete Ophelia finster und versetzte einem toten Efeu einen Tritt. »Hast du zufällig jemanden gesehen, der sich letzte Woche auf meinem Grundstück herumgetrieben hat?«

Donnie schüttelte den Kopf und stieß ein mitfühlendes Geräusch aus. »Denkst du, Willy könnte dahinterstecken? Gestern Abend war er ziemlich wütend auf dich«, sagte er und träufelte etwas Öl auf das oberste Türscharnier.

»Willy hat doch keine Ahnung, wie er so etwas anstellen müsste«, antwortete sie. »Egal, das muss ohnehin vor ein paar Tagen gewesen sein. Mein gesamter Vorrat an Unkrautvernichter ist aufgebraucht. Das war jemand, der sich mit Pflanzen auskennt oder die Geduld hat, sich die Gebrauchsanweisung durchzulesen und die richtige Mischung herzustellen. Der Kerl hat alles bis auf den letzten Tropfen aufgebraucht.« Sie zog zwei Röschen samt Wurzeln aus dem Boden und warf sie neben die Auffahrt.

»Du Arme.« Donnie ölte jetzt das untere Scharnier. »Da will man doch am liebsten alles hinwerfen, nicht wahr?«

»Aufgeben?« Ophelia starrte ihn verärgert an. »Was faselst du denn da?«

Donnie machte eine ausholende Bewegung mit der Hand. »Du hast die letzten zwei Jahre jede freie Minute in deinen Garten gesteckt. Und jetzt ist die Erde verseucht und alles ruiniert.« Er öffnete und schloss die Tür mehrere Male, bis sie nicht mehr quietschte.

»Nein, der Unkrautvernichter zersetzt sich recht schnell«, sagte sie. »Ich könnte schon heute neue Blumen pflanzen. Vielleicht denke ich mir etwas ganz Neues aus. Ist das nicht die Gelegenheit, mal ein wenig zu experimentieren?«

Donnie ließ ihre Worte sacken. »Wäre vielleicht besser, wenn du erst einmal herausfindest, wer dahintersteckt, damit er nicht wiederkommt und neues Unheil anrichtet. Oder sich etwas noch Schlimmeres einfallen lässt.« Er öffnete die Tür, stellte die Dose direkt dahinter ab und griff sich eine Handvoll grüner Mülltüten. »Vi wünscht sich nichts sehnlicher, als dass du wieder in die Stadt ziehst. Erst vor ein paar Tagen hat sie davon gesprochen, wie wertvoll deine Arbeit im Club war, und wie sehr sie dich vermisst.«

»Dann hat meine liebe Schwester wohl verdrängt, wie oft wir uns in den Haaren hatten«, erwiderte Ophelia. »Vi und der Club kommen auch gut ohne mich zurecht.«

Donnie stopfte tote Blätter, die sich auf dem Rasen auftürmten, in eine der Mülltüten. Keine halbe Minute später fragte er: »Wer war denn der Typ gestern Abend? Dein neuer Freund?«

Ophelia warf ihm einen entnervten Blick zu. »Jabez ist

ein Freund, nicht *mein* Freund«, antwortete sie und ließ den Blick über den Garten schweifen, bemüht darum, so etwas wie Begeisterung zu empfinden, weil sie ganz von vorne anfangen durfte.

»Hast du dem korrupten Bullen endlich den Laufpass gegeben?« Donnie verknotete die Mülltüte und stellte sie neben einem eingerollten Teppich auf die Ladefläche seines Pick-ups.

Ophelia fuhr herum. »Erstens ist er nicht korrupt, zweitens waren wir nie ein Paar. Und nur für den Fall, dass du vergessen hast, was ich gestern gesagt habe: Constantine hat seine Frau nicht umgebracht.«

Mit gespieltem Entsetzen riss Donnie die Hand in die Höhe. »Hoppla, wie dumm von mir. Wenn ich schlecht über Dufray spreche, schläft Vi vielleicht nicht mit mir. Als ob sie das je tun würde. Ein armer Schlucker wie ich hat bei ihr sowieso keine Chance.«

»Wie kommst du denn darauf? Für Vi spielt es keine Rolle, ob ein Mann Geld hat oder nicht. Sie hat selbst genug. Sie spielt gerne die Unnahbare, aber wenn du am Ball bleibst, Donnie, dann hast du irgendwann bestimmt Erfolg.«

»Wenn ich ein dickes Bankkonto hätte, vielleicht. So funktioniert's nun mal. Ich kann von Glück sagen, dass es beruflich bei mir in letzter Zeit sehr gut läuft. Noch ein oder zwei Jahre, und ich spiele in ihrer Liga mit.« Er stopfte die Blätter tief in einen neuen Sack. »Hast du eigentlich wirklich vor, dem Bullen seinen Köter abzukaufen? Wenn ja, frage ich mich nur, warum die Töle so rumheult?«

Ophelia blinzelte ihn fragend an, ehe ihr einfiel, was sie Donnie und dem Verkäufer am Vortag im Fotoladen erzählt hatte. »Weil ich einen Spaziergang ohne den Hund machen möchte.«

»Klingt für mich nicht, als ob du ihn ernsthaft behalten willst«, urteilte Donnie. »Vielleicht solltest du dir einen anderen Hund suchen. Violet meint, hier draußen sei es zu gefährlich für dich. So langsam glaube ich, dass sie recht hat.« Er hakte die Daumen in die Gürtelschlaufen seiner Hose und legte die Stirn in Falten. »Mit deiner Dickköpfigkeit schadest du dir nur selbst. Denk mal darüber nach, wie Vi sich fühlen würde, wenn dir etwas zustößt.«

»Mir gefällt es hier aber«, entgegnete Ophelia schnippisch. »Und deshalb bleibe ich auch.«

»Ich weiß nicht, ob ich mich darüber freuen soll oder nicht«, antwortete Donnie, verknotete die Tüte und warf sie ebenfalls in seinen Pick-up.

* * *

Nächste Woche, dachte Gideon, als er sich Ophelias Haus näherte. *Oder morgen.* Vielleicht gab es ja bis zum Abend etwas Neues, so dass er wieder klar denken konnte, um den unvermeidlichen Besuch hinter sich zu bringen. Bis es so weit war, würde er Ophelias Sachen bei Vi abliefern und alle befragen, die etwas am Fotogeschäft gesehen haben könnten.

Aus den Augenwinkeln heraus beobachtete er, wie Donnie Donaldson eine Mülltüte auf die Ladefläche seines weißen Pick-ups beförderte, während Constantines azurblauer Wagen in Ophelias Auffahrt stand. Jabez hatte sich vermutlich bei den ersten Sonnenstrahlen aus dem Staub gemacht.

Wie von selbst glitt sein Blick zu Ophelias Haus, und ehe er wusste, was er tat, bog er in die Auffahrt. *Zur Hölle mit Ophelia und ihren Waffen.* Noch bevor er die Tür des Mercedes öffnete, hörte er ein Jaulen, das aus Ophelias Trailer kam. Als er ausstieg, sah er die Verwüstung in ihrem Garten. Sein Magen zog sich zusammen. »Was zum Teufel ist denn hier passiert?«

Donnie Donaldson war gerade dabei, einen großen Karton auf die Ladefläche seines Pick-ups zu schieben. »Jemand hat ihren Garten vergiftet. Mit Unkrautvernichter.«

»Wo ist Ophelia? Im Haus?«

Donnie schüttelte den Kopf. »Sie ist spazieren. Wollte alleine sein. Die Arme ist vollkommen durch den Wind. Die ganze Mühe, die sie sich gemacht hat. Alles zerstört.« Er wuchtete ein Bündel überlanger Latten auf die Ladefläche und band ein rotes Stück Stoff an die überstehende Seite. »Das stinkt zum Himmel, finden Sie nicht auch?«

»Warum hat sie meinen Hund nicht mitgenommen?«

»Wie ich schon sagte, sie wollte alleine sein. Sie spielt immer die Starke, aber wenn Sie mich fragen ... Und das, nachdem Willy und Lisa gestern Abend auch noch damit gedroht haben, die Polizei zu rufen. Sie sind davon überzeugt, dass Ophelia Joanna belästigt. Stimmt es eigentlich, dass man eine Leiche in Ophelias Pick-up gefunden hat?«

»Wo ist sie hingegangen?«, fragte Gideon, statt ihm zu antworten, während Gretchen sich noch immer die Hundeseele aus dem Leib jaulte.

Donnie deutete mit dem Kinn am toten Rasen und dem Gewächshaus vorbei auf die Komposthaufen, an denen ein Pfad in Richtung Wald führte. »Sie ist zum Fluss runter. Aber seien Sie vorsichtig, Officer. Sie hat nämlich ein Gewehr dabei. Wenn sie Sie gestern Abend nicht sehen wollte, dürfte das heute nicht anders sein.«

»Darauf kann ich keine Rücksicht nehmen«, murmelte Gideon.

»Aber sagen Sie hinterher nicht, ich hätte Sie nicht gewarnt.« Damit kletterte Donnie in seinen vollbeladenen Pick-up und fuhr davon.

Gideon holte einen Meißel aus dem Kofferraum, stemmte das Schloss der Hintertür des Trailers auf und befreite Gretchen, die sogleich in Richtung Wald lief. Gideon folgte Gretchen und dem Pfad, der sich eine halbe Meile lang durch die Bäume schlängelte. Unter anderen Umständen hätte Gideon vielleicht ein Auge für die Schönheit des Waldes im morgendlichen Sonnenlicht gehabt und es zu schätzen gewusst, wie viel Arbeit es kostete, den Pfad nicht zuwuchern zu lassen. Doch Gideon konnte an nichts anderes denken als daran, wie schlecht es Ophelia jetzt gehen musste. Erst hatte er sie beleidigt, sie hatte sogar seinetwegen geweint. Und dann, zu Hause, musste sie sich Willys widerliche Vorwürfe anhören, nur um heute Morgen festzustellen, dass jede Pflanze in ihrem Garten tot war.

Unweit eines an einem Metallpfahl befestigten Fledermauskastens trat Gideon aus dem Wald und sah sich um. Gut fünfundzwanzig Meter flussabwärts entdeckte er einen weiteren Kasten für Fledermäuse – ungefähr an der Stelle, an der der Fluss gurgelnd über Steine und Baumstämme floss, ehe er sich hinter der nächsten Biegung wieder beruhigte. Er kannte die Gegend gut, denn von dort waren es nicht mehr als hundert Meter bis zu seinem Haus. Flussaufwärts drängten sich ein paar alte Farmhäuser am Ufer, die dem, das Gideon von seinem Vater geerbt hatte, nicht unähnlich waren. Ihm gegenüber, auf der anderen Seite des Flusses, wuchs eine Baumreihe, hinter der der neue Golfplatz entstand.

Gideon lief weiter auf dem Pfad, der einen scharfen Knick nach rechts machte, ehe er durch Weideneichen und Kiefern führend abfiel und am Ufer mündete.

Er hörte, wie Ophelia mit Gretchen schimpfte, bevor sie langsam und geräuschvoll ausatmete.

Sie saß barfuß und mit einem Kranz aus Efeu auf dem Kopf auf einem ins Wasser ragenden Baumstamm. Ihre Hände umklammerten die Schrotflinte fest, und der Blick, den sie ihm zuwarf, sprach Bände. Gretchen lief währenddessen unbeeindruckt am Flussufer entlang, die Schnauze dicht am Boden.

Gideon räusperte sich. »Donnie meinte, ich würde dich hier finden«, rief er. »Ich habe heute Morgen mit Art gesprochen. Ich muss mich bei dir entschuldigen.«

Ophelia nickte stumm und lockerte den Griff um das Gewehr ein wenig. Vorsichtig kletterte Gideon die rutschige Böschung hinunter. Bei ihrem Anblick war ihm, als müsste sein Herz in tausend Stücke zerspringen. Ophelia mit dem geflochtenen Kranz im Haar, in den sie kleine blaue Blüten eingearbeitet hatte, das Wasser glitzerte hinter ihr, und die Sonnenstrahlen, die durch die Bäume fielen, zauberten funkelnde Reflexe in ihre Locken.

Wie aus dem Nichts versetzte Gideons Instinkt ihm einen kräftigen Schubs. Er machte einen Satz nach vorne und stieß Ophelia ins Wasser. Im selben Moment surrte eine Kugel durch die Luft. Gideon spürte einen stechenden Schmerz am Oberschenkel. Gerade als er und Ophelia eng umschlungen untertauchten, schlug eine weitere Kugel im Wasser ein. Ophelia strampelte sich frei, verschwand und ließ nur noch den im Wasser tanzenden Kranz zurück.

Gideon folgte ihr, kam aber wegen seiner Kleider und Schuhe nur langsam vorwärts. Es kostete ihn Kraft und Mühe, nicht eher aufzutauchen, bis er die nächste Biegung erreicht hatte. Instinktiv nahm er an, dass sich der Heckenschütze auf der anderen Seite des Flusses verschanzt hatte.

Vermutlich in der Böschung direkt gegenüber der Stelle, an der Ophelia gesessen hatte. Als seine Lungen brannten, tauchte er auf, in der Hoffnung, sich nicht mehr im Sichtfeld des Scharfschützen zu befinden. Sein erster Blick fiel auf das leuchtend gelbe Top an der Wasseroberfläche, das Ophelia ausgezogen hatte. Sie selbst war längst wieder abgetaucht. Mit hastigen Bewegungen riss er sich ebenfalls sein Hemd herunter, streifte seine Schuhe ab und begann trotz des beißenden Schmerzes, weiter flussabwärtszutauchen.

Wenig später bemerkte er Ophelia an der Wasseroberfläche und tauchte auf gleicher Höhe unweit des Ufers auf. »Bist du getroffen worden?«, fragte sie, während ihre Brüste verführerisch durch das Wasser schimmerten. »Ist es sehr schlimm?«

»Nicht so schlimm, dass ich deinen Anblick nicht mehr genießen könnte«, antwortete Gideon. Doch Ophelia war bereits wieder unter Wasser, schwamm auf ihn zu, weitete den Riss in seiner Hose und fuhr mit der Zunge über seinen Oberschenkel.

Als sie wenige Sekunden später wieder an die Oberfläche kam, schob sie sich die Reißzähne zurück in den Kiefer. »Nur ein Streifschuss. An der nächsten Biegung steht eine große Trauerweide, und dahinter gibt es eine kleine Nische am Ufer. Dort kann ich mich richtig um die Wunde kümmern.«

»Ich weiß, welche Stelle du meinst«, antwortete Gideon, auch wenn er das Gefühl hatte, sein Oberschenkel wäre bereits so gut wie neu. Sie tauchten nebeneinanderher und schwammen um die Trauerweide herum, deren Äste schwer ins Wasser hingen. Der Fluss änderte die Richtung, und sie tauchten unter den Ästen hindurch in die geschützte Nische, die der Baum bot. Zuerst erreichte Ophelia das Ufer, schälte sich aus den Shorts und ihrem Slip, wrang sie aus und legte alles hinter sich.

»Zieh dich aus«, sagte sie.

Dein Wunsch ist mir Befehl, Süße. Nachdem Gideon sich seiner Hose, seiner Boxershorts und seiner Socken entledigt hatte, ließ er sich auf den weichen, moosbewachsenen Boden sinken. Seine Augen starrten wie gebannt auf Ophelias nackten Po. Ihm war, als hätte er noch nie eine solch gewaltige Erektion gehabt.

»Leg dich auf den Rücken«, wies ihn Ophelia an.

Gideon tat, was sie ihm befahl, und beobachtete durch halbgeschlossene Lider, wie ihre Zunge das Blut aufleckte, das aus der Wunde rann. *So muss es sein, wenn man stirbt und im Himmel ankommt,* dachte er bei sich. Für den Bruchteil einer Sekunde wanderten seine Gedanken zu dem Kondom, das er stets bei sich in der Brieftasche trug. Doch wie so oft, wenn Ophelia im Spiel war, warf er jegliche Vernunft über Bord.

Es ist mir egal, ob er meine Reißzähne mag oder nicht, schoss es Ophelia durch den Kopf. Sein Verlangen stand ihm ins Gesicht geschrieben, während er mit aufgestützten Ellbogen jede ihrer Bewegungen beobachtete. *Er gehört mir. Ich werde ihn so weit bringen, dass er sie mag,* schwor sie sich und merkte, dass sie fast schon betete und die Augen geschlossen hatte. *O Gott, bitte mach, dass er sie mag, dass er mich mag.* Als wären ihre Gebete erhört worden, legte sich Gideons Hand weich auf ihren Kopf, spielte mit einer feuchten Haarsträhne und strich ihr sanft über die Wange.

Ophelia atmete den ureigenen Geruch, den seine Männlichkeit verströmte, tief ein, bevor sie seinen harten Penis streichelte und mit den Fingern über seine samtig glänzende Eichel glitt. Sie sehnte sich danach, mit ihrer Zunge die Länge seiner Erektion nachzufahren, um ihn ganz in ihrem Mund zu genießen. *Diese verfluchten Reißzähne,* dachte sie. *Warum kann ich nicht wie jede normale Frau sein?*

Dann wäre er nicht so verdammt scharf auf dich, antwortete eine Stimme in ihrem Innern.

Getrieben von dem Wunsch nach mehr, setzte Ophelia sich rittlings auf ihn, um die Kontrolle zu übernehmen, und teilte mit ihrer Zunge seine Lippen. Voller Begierde glitt er in ihren Mund und leckte ohne Angst oder Respekt an ihren Fangzähnen. Seine Hand massierte ihren Po, während die andere ihre Brust umfasste und sanft, aber bestimmt ihren Nippel liebkoste. Im selben Moment entlud sich ein gleißender Blitz zwischen ihren Schenkeln, und ein Schauer des Verlangens lief durch sie hindurch.

»Vielen Dank«, raunte sie, überrascht über sich selbst. »Vielen Dank, dass du mir das Leben gerettet hast.«

»Reiner Instinkt«, antwortete Gideon, der bis über beide Wangen grinste, dass es fast schon weh tun musste. Doch plötzlich verhärtete sich sein Gesichtsausdruck. Seine Hände stoppten mitten in der Bewegung und legten sich wie ein eisernes Band um ihre Schultern. Er drückte sie von sich. »Wenn du das nur aus Dankbarkeit tust, dann …«, sagte er durch zusammengebissene Zähne. Ophelia verschlug es beinahe den Atem. »Wenn du das nur aus Dankbarkeit tust«, setzte er abermals an, »dann lass es gleich.«

»Ich bin froh, noch am Leben zu sein, um es endlich tun zu *können.*« Ophelia rieb sich neckend an seinem Penis, während sie mit ihren Reißzähnen an seinem Hals entlangfuhr. »Du schmeckst so gut.« Als sie mit ihrer Nase über seine Brust und die kleine Kuhle unterhalb des Schlüsselbeins strich, atmete sie tief seinen Geruch ein. Ein Beben zuckte durch ihren ganzen Körper bis in ihren Kitzler, der wohlig erschauerte. »Wie gut du riechst. So stark. So lebendig.« So, als gehörte er zu ihr.

»Wenn du es später nicht bereust.« Gideon saugte an ihrer Lippe und biss sie sanft. Sein Mundwinkel schwebte sacht über ihrem, und sein heißer Atem umströmte ihre Wangen. »Wenn du mich überhaupt willst.«

Zur Hölle mit aller Vorsicht. Und mit sämtlichen Konsequenzen. Ophelia umfasste sein Becken und dirigierte ihn so, dass sie ihn in sich aufnehmen konnte. »Du willst die Wahrheit?«

Gideon antwortete mit einem verschlagenen Lächeln, während sich seine Hände fest um ihre Hüften legten und er seinen Penis nur so weit nach oben schob, dass er sie leicht berührte. »Raus mit der Sprache.«

»Ich habe dich vom ersten Moment an gewollt, mehr als alles andere.« Ophelia nahm sein Gesicht zwischen ihre Hände und küsste ihn gierig. »Als du angefangen hast, mit mir zu streiten, hätte ich dich am liebsten in den Dreck gestoßen und dich an Ort und Stelle gevögelt.« Sie klammerte sich fest an ihn, ihr Verlangen war so stark, dass es sie schmerzte. »Ich musste mich zusammenreißen wie noch nie, um es nicht zu tun.«

»Worauf wartest du noch?«, raunte Gideon atemlos. »Nimm es dir. Hier und jetzt. Nimm dir, was du brauchst …« Seine Stimme erstarb, als er sein Becken in die Höhe riss und mit einem erlösenden Seufzen tief in sie eindrang.

Wie durch Watte hörte Ophelia ihr eigenes Stöhnen, während sie ihn immer weiter in sich trieb, und spürte, dass sie kurz vor dem Höhepunkt stand – viel zu früh. »Verdammt!«

»Komm schon, lass einfach los. Alles wird gut, das verspreche ich dir.« Gideons Hände hielten ihre Hüften fest, und ein lustvolles Zittern lief durch sie hindurch. Er hob sie in die Höhe, nur um sie gleich wieder auf sich zu reißen. Seine feuchten Finger erforschten jeden Zentimeter ihres Körpers, spielten mit ihren Brüsten und spreizten ihre Pobacken, während sein heißer Atem sich mit ihrem vereinte. Sie hielt es kaum mehr aus, als er sich pulsierend in ihr bewegte, sie beide mit all seiner Kraft auf den Gipfel der Lust zusteuern ließ.

»O Gott!«, keuchte Ophelia. »Das habe ich verdient!« Sie ritt auf ihm, als ginge es um ihr Leben.

»O ja«, stöhnte Gideon, umfasste ihr Gesäß noch fester als zuvor und leckte über ihre Fangzähne.

»Ist dir eigentlich klar, wie lang es her ist?«, rief Ophelia. »Ich bin ein Vampir. Das ist mein Recht!« Sie warf sich gegen ihn.

»Dein gutes Recht! Ich gehöre ganz dir.« Er lachte und zog sich zurück, ehe er ihr mit rauher und harscher Stimme befahl: »Beiß mich!« Gideon packte sie noch fester und zog sie tief auf sich. »Tu es jetzt.«

»Noch nicht.« Ophelia badete in seinem männlichen Duft, der sie in den Wahnsinn trieb, und ritt ihn so lange, bis er kurz vor dem Orgasmus stand. Plötzlich glitten ihre Reißzähne aus dem Kiefer.

»Bitte«, flehte Gideon keuchend.

Im selben Moment bohrten sich ihre Zähne in seine Schulter. Der Geschmack seines Blutes erfüllte ihren Mund. Mit einem langen, kehligen Stöhnen entlud sich Gideon in ihr.

Diesmal hielt sie nichts mehr zurück. Schließlich zog sie die Fangzähne aus ihm heraus, fuhr mit der Zunge über die kleinen Einstiche und fiel in eine warme, erleichternde Dunkelheit.

17

Als Gideon erwachte, spürte er in jeder Zelle seines Körpers überschäumende Freude, nur um fast im selben Moment von dem grässlichen Wissen eingeholt zu werden, dass er es schlimmer denn je vermasselt hatte. Dem Stand der Sonne nach zu urteilen, konnte er nicht lange geschlafen haben. Dennoch hatte der Heckenschütze inzwischen mehr als genug Zeit gehabt, seine Spuren zu verwischen. Wenn er ihnen flussabwärts gefolgt wäre, hätte er vielleicht Spuren auf der Baustelle des Golfplatzes hinterlassen. Aber auch die wären mittlerweile zerstört, weil der Arbeitstag schon begonnen hatte und die Bauarbeiter alle verwertbaren Spuren längst verwischt haben dürften. Obwohl er genau wusste, dass er sich dem Täter an die Fersen hätte heften sollen, ehe die Spur zu kalt wurde, war ihm seine Arbeit in diesem Moment egal. Gideon legte die Arme um Ophelia. Für ihn zählte nur, dass sie an ihn gekuschelt schlief.

Er schien sich also doch wieder auf seinen Instinkt verlassen zu können. Leider gab der ihm aber auch keine Antwort darauf, was er jetzt mit der friedlich schlummernden Ophelia machen sollte. Er liebte es, wie ihr sanfter Atem seine Brust streifte und ihre dichten Wimpern auf ihren Wangen ruhten. Als sie sich bewegte, spürte er sofort wieder, wie er hart wurde, und war einfach machtlos gegen das tiefe, kehlige Lachen. Noch ein Instinkt, der wusste, was er wollte, so viel stand fest.

Ophelias Wimpern flatterten, und sie räkelte sich lasziv. »Mmh.«

Und was für ein Mmh. Gideon rollte sich auf sie, spreizte mit dem Knie ihre Schenkel und drang mit einer geschmeidigen Bewegung in sie ein.

»Danke«, murmelte Ophelia, schlang die Beine um ihn und bäumte sich leicht auf. »Das brauche ich jetzt«, stöhnte sie lustvoll. »Vampire können ohne Sex nicht leben.«

Sie war so lüstern, so willig. Und ja, er brauchte es jetzt auch. »Keine Sorge, die mageren Zeiten sind vorbei.«

Seufzend öffnete Ophelia die Augen. »Solltest du nicht zur Arbeit gehen?«

Gideon zog sich fast vollständig aus ihr heraus, nur um mit einem Stöhnen gleich wieder in sie zu gleiten und einen langsamen, trägen Rhythmus anzustimmen. »Ich bin so was von durch den Wind.«

»Dann meld dich doch krank«, schlug Ophelia vor, zog ihn zu sich und fing seine Lippen zu einem sinnlichen Kuss ein. Erst als sie vollkommen befriedigt nebeneinander unter der Weide lagen, sprachen sie wieder.

Ein sanftes Wimmern über ihren Köpfen setzte der Magie des Momentes ein Ende.

»Gretchen ist wieder zu Hause.«

»Zu Hause?«

Gideon hob das, was von seinen und Ophelias Kleidern übrig geblieben war, auf und zog sich an. »Das hier ist mein Grund. Von hier aus kann man es schwer erkennen, aber ungefähr fünfzig Meter weiter steht mein Haus.«

»Dir gehört also der *weinende Garten?*« Ophelia kletterte nackt hinter Gideon die Böschung hinauf in das Dickicht, das dringend beschnitten werden musste. Schon seit einem Jahr sehnte sie sich danach, endlich Hand bei diesem Gestrüpp anzulegen. Gideons Garten, der von zwei Seiten von Wald gesäumt war und an den Fluss grenzte, war ein Paradies – zumindest musste es das vor Urzeiten einmal gewesen sein.

»Der was?«

»*Der weinende Garten.* Er schreit förmlich nach Zuneigung und Aufmerksamkeit.« Vorsichtig lief sie über den geschwungenen Pfad, der von dichtem giftigen Efeu überrankt wurde. »Früher war das ein richtiger Bilderbuchgarten.«

»Woher weißt du das?« Gideon wollte sich umdrehen, um sich den grünen Dschungel anzuschauen, konnte aber den Blick nicht von Ophelia nehmen. »Selbst unter normalen Umständen hätte ich keine Zeit, mich darum zu kümmern. Aber jetzt muss ich dir leider etwas zum Überziehen suchen.«

»Du hast ja sogar einen Feigenbaum«, sagte Ophelia und deutete nach rechts. »Das hier war mal ein Paradies. Die Betonung liegt auf *war.*«

»Das war noch nie ein Paradies«, entgegnete Gideon trocken. »Hierher hat sich meine Mutter zurückgezogen, wenn es Stress mit meinem Vater gab. Die Pflanzen haben ihr wenigstens zugehört und sind nicht einfach davongelaufen. Ihre Zuneigung war vermutlich der beste Dünger.«

»Vielleicht haben sie ihr ja zugehört«, meinte Ophelia.

»Sie ist ihm mit ihrem Gejammer auf die Nerven gegangen«, erklärte Gideon.

»Vielleicht hätte sie keinen Grund zum Jammern gehabt, wenn er ihr von Anfang an zugehört hätte.«

»Das ist wie mit dem Huhn und dem Ei«, antwortete

Gideon. »Ich weiß nur, dass Art und ich irgendwann verstanden haben, dass sie eine Nörgeltante und er ein alter verschlossener Sturkopf ist. Doch da war es schon zu spät. Damals habe ich mir geschworen, nie so wie mein alter Herr zu werden.« Gideon öffnete das Gatter, vor dem Gretchen saß. In einem geräumigen Zwinger, der von einer alten Flussbirke Schatten gespendet bekam, liefen zwei Schäferhündinnen auf und ab. »Das sind Daisy und Belle.«

Ophelia folgte Gideon zu dem alten, eleganten Haus im viktorianischen Stil, dessen Wände in frischem Mintgrün erstrahlten. Die Pfosten der Veranda waren in Creme gestrichen. Sie liefen die Stufen an der Rückseite des Hauses hinauf, die auf einer breiten überdachten Terrasse mündeten, auf der zwei Holzbänke und ein Grill standen und deren zahlreiche Fensterbänke darum bettelten, bepflanzt zu werden. Gideon blieb stehen. »Für meinen Vater zählte nur, was er für richtig hielt. Mögliche Konsequenzen scherten ihn nicht. In seinen Augen waren alle anderen Vollidioten.« Er schüttelte die nasse Hose aus, kramte nach seinem Schlüsselbund, der wundersamerweise nicht verlorengegangen war, und schloss auf.

Das Haus war ordentlich und sauber, sah man von einem Stapel dreckigen Geschirrs in der Spüle ab. Aber dafür, dass hier ein Junggeselle mit drei Hunden wohnte …

»Gefällt es dir?«

Das Gefühl der Beklemmung, das Ophelia befallen hatte, seitdem sie aus der Nische unter der Weide geklettert waren, legte sich wie ein Panzer um sie. »Mir ist dieser ganze Wohnungskram nicht so wichtig, aber ja, ist nicht schlecht.« Der ideale Liebhaber mit dem perfekten Garten – doch Ophelia war weder ideal noch perfekt, geschweige denn in Sicherheit.

Gideon schleuderte ihre nassen Kleider in einen Wäschekorb. »Hausarbeit macht mir nichts aus, aber Gartenarbeit ist gar nicht mein Ding.«

Zu perfekt, um wahr zu sein ... Trotzdem, ich kann es nicht tun. Sie wartete nur darauf, dass er das Thema anschnitt, damit sie ihm einen Korb geben konnte. Doch stattdessen führte er sie über die Treppe nach oben in ein geräumiges Schlafzimmer mit einem großen Dachfenster, in dem die Blätter vor dem leuchtend blauen Himmel tanzten. Er ging weiter in ein Badezimmer mit einer Toilette, einem Waschbecken und einer sechseckigen Dusche. Eine Seite des Raums war mit Baufolie abgeklebt.

»Theoretisch müsste hier eine Badewanne sein. Aber ich bade so gut wie nie, deshalb steht diese Baustelle ganz unten auf meiner Liste.« Er drehte die Dusche auf, stellte sich in den Wasserstrahl und winkte sie zu sich. »Stimmt etwas nicht?«

»Das wahre Leben«, antwortete Ophelia, »und dass es sich in unsere kleine Idylle drängt.«

»Wir kommen später bestimmt noch dazu, die Idylle wieder aufleben zu lassen«, sagte Gideon und träufelte erst Ophelia und dann sich selbst etwas Shampoo auf den Kopf. »Noch immer keine Ahnung, wer es auf dich abgesehen haben könnte?«

Ach ja. Das hätte sie fast vergessen. Jemand hatte versucht, sie umzubringen. »Nein.« Mit den Gedanken ganz woanders, machte sie sich daran, sich die Haare einzuschäumen. Gideon für seinen Teil schrubbte sich kräftig das Haar. »Das Gift in deinem Garten. Ist dein Grund und Boden jetzt für immer verseucht?«

»Nein, ich bin mir ziemlich sicher, dass er meinen biologisch abbaubaren Unkrautvernichter benutzt hat. Ich kann jederzeit mit dem Pflanzen beginnen.« *Aber eigentlich will ich das gar nicht. Nicht dort. Ich will mich lieber hier um den Garten kümmern. Dazu muss ich aber dort erst mal weg. Und es gibt nur einen Weg, um von dort wegzukommen.* »Die Pflanzen nehmen das Gift zwar mit den Blättern auf und verwelken, aber im Boden zersetzt es sich innerhalb weniger Tage.«

»Trotzdem. Warum wirft dir gestern Nachmittag jemand eine Leiche in den Pick-up, vergiftet heute Nacht deinen Garten und will dich heute Morgen über den Haufen schießen?«, fragte Gideon, nahm den Duschkopf aus der Verankerung und spülte sich das Shampoo aus.

»So schnell wirkt Unkrautvernichter nicht.« Ophelia verharrte bewegungslos unter dem warmen Strahl. »Wenn ich davon ausgehe, wie viel Unkrautvernichter ich noch hatte, wie viele Pflanzen umgekommen sind und wie das Wetter in den letzten Tagen war, dann muss er es vor mindestens drei Tagen getan haben.«

»Ist ja auch egal. Es sah trotzdem nach Rache oder einem Einschüchterungsversuch aus. Bis auf heute Morgen. Ein Mordversuch ist noch mal ein ganz anderes Kaliber. Was mag ihn dazu gebracht haben, seine Meinung zu ändern?«

Ophelia zuckte gedankenverloren mit den Schultern. Sie wollte diesen Garten. Und das Haus, solange sie sich nicht um die Hausarbeit kümmern musste. Am meisten aber wollte sie diesen Mann, koste es, was es wolle.

Du weißt, was du zuerst zu tun hast, ermahnte sie sich. *Tief in deinem Innern planst du es doch sowieso schon.* Das Problem war nur, dass sich ihre Planung auf einen Zeitpunkt in nicht absehbarer Zukunft bezog.

»Haben die Wylers ein Gewehr? Oder Donnie Donaldson? Plato? Hallo?«

Ophelia riss sich am Riemen. »Jeder hier draußen hat ein Gewehr. Na ja, mit Ausnahme von Plato vielleicht. Aber der würde mich bis zum Tod verteidigen. Warum hast du ihn eigentlich gestern Abend in die Mangel genommen?«

»Ich habe ihn nicht in die Mangel genommen!« Nachdem Gideon die Seife aufgeschäumt hatte, gab er sie an Ophelia weiter und seifte sich flink von Kopf bis Fuß ein. »Er meinte, er würde ein wenig auf dein Haus achten.«

»Als ob er das nicht längst täte. Macht es dir nichts aus, dass er mich ... verehrt?«

»Das ist sein Problem, nicht meins. Außerdem habe ich *seine* Göttin hier in *meiner* Dusche.« Er nahm Ophelia die Seife ab, schäumte sie noch mal auf und seifte nun sie ein. »Gehst du eigentlich regelmäßig zum Fluss?«

»Meistens abends. Und manchmal auch morgens, wenn ich nichts anderes zu tun habe.« Selbst, als sie die Augen schloss, verschwanden die Bilder dessen, was sie plante, was sie tun musste, nicht. Während Gideons große Hände sanft den Schaum verteilten, legte sie die Stirn auf seiner Schulter ab. Ein traumhafter Garten. Exzellenter Sex. Das mit den Reißzähnen schien auch okay zu sein. Nicht der eifersüchtige Typ. Er mochte Hausarbeit. Sie musste es durchziehen. Jetzt. Der Zeitpunkt in nicht absehbarer Zukunft war gekommen. Mit einem Stöhnen ließ sie sich gegen ihn fallen.

»Hallo?« Gideons Finger, die liebevoll ihren Kitzler massiert hatten, griffen nach dem Duschkopf. »Hörst du mir eigentlich zu? Jetzt weiß ich wenigstens, wie sich meine Mutter gefühlt hat.«

Ophelia kicherte. »Vielleicht hat sie auf die falsche Art versucht, die Aufmerksamkeit deines Vaters zu bekommen.«

»Witzig.« Gideon duschte den Schaum von ihr ab. »Daran möchte ich nicht einmal denken. Dreh dich um.«

Ophelia gehorchte. »Hab dich nicht so. Die beiden hatten bestimmt mehr als nur zweimal Sex, um dich und Art in die Welt zu setzen. Wenn man bedenkt, dass du aus so einer verkorksten Familie kommst, erstaunt es mich, dass du eigentlich ganz in Ordnung bist.«

»Ich habe mir eben größte Mühe gegeben.« Er gab ihr einen leichten Klaps auf den Po, stellte das Wasser ab und machte den Duschkopf fest. »Wer außer deinen Nachbarn weiß, dass du manchmal zum Fluss hinuntergehst?«, fragte er und reichte ihr ein großes weiches Badehandtuch.

»Die Leute, die auf der anderen Seite des Flusses wohnen. Gelegentlich winken wir uns zu. Und ab und zu pfeift mir mal ein Bauarbeiter vom Golfplatz hinterher, aber keiner von ihnen ist mir je so nahe gekommen, als dass er in den Genuss meiner Anziehungskraft gekommen wäre. Für die bin ich nichts weiter als eine attraktive Frau.« Sie dachte einen Moment lang nach. »Dann wäre da noch dieser Immobilienmakler, der die Häuser in dem neuen Viertel neben dem Golfplatz verkauft. Er hat darauf bestanden, dass ich ihn herumführe, ihm alles zeige, sogar meinen Zugang zum Fluss, obwohl ich ihm klar und deutlich gesagt habe, dass ich nicht verkaufen will.« Sie zuckte mit den Achseln. »Aber keiner von denen hat einen Grund, mir etwas antun zu wollen. Du erwartest doch nicht allen Ernstes, dass ich das trage, oder?«

Gideon blickte grinsend auf das T-Shirt, das er ihr hinhielt: ein Constantine-Dufray-Fan-Shirt in Größe XXL, auf dessen Rückseite Constantine mit nacktem Oberkörper und zerzaustem Haar zu sehen war. »Art hat es gewonnen. Und weil es ihr zu groß war, hat sie es mir geschenkt.«

»Wie soll ich eigentlich nach Hause kommen? Ich kann ja wohl schlecht halbnackt über die Landstraße laufen, und dein Auto steht bei mir«, sagte Ophelia, während sie sich das T-Shirt über den Kopf zog. »Ich organisier uns jemanden, der uns abholt. Außerdem bedeckt Constantine gerade so deinen süßen Hintern. Wahrscheinlich hat er ihn dir in der Vergangenheit auch schon ein paarmal gerettet, oder? Ist das eigentlich der Grund dafür, dass dich die Bedrohungen und der Mordversuch so kaltlassen? Weil du weißt, dass er dich im Notfall beschützt?«

Ophelia funkelte ihn an. »Er ist ein guter Freund, mehr nicht. Wag es ja nicht, schlecht über ihn zu reden.«

Gideon zog sich in aller Seelenruhe die Shorts an, ehe er sich das Hemd in die Hose steckte. »Ich rede doch gar nicht schlecht über ihn. Aber ich finde, dass du die Situation, in der du steckst, nicht ernst genug nimmst. Ich möchte lediglich den Grund für dein Verhalten herausfinden.«

Ophelia zog eine Schulter in die Höhe. Wie kam sie aus dieser Sache wieder raus? Ihr blieb nichts anderes übrig, als sich einen Plan zurechtzulegen und dabei so dicht wie möglich bei der Wahrheit zu bleiben.

»Wahrscheinlich bin ich so ruhig, weil ich mir sicher bin, dass du dich um alles kümmerst, so wie Constantine und Leopard es früher getan haben. Ich muss über andere Dinge nachdenken. Zum Beispiel brauche ich dringend neue Ahornbäume, die ich bei einem Kunden einpflanzen muss. Es sei denn, du holst meine Bäume aus dem Gefängnis.«

»Deine Bäume konnte ich dir zwar nicht mitbringen, aber deine Brieftasche und dein Klemmbrett liegen in meinem Wagen. Auf deine Arbeitsschuhe musst du noch ein wenig verzichten. Rein theoretisch – und nein, das ist nicht auf meinem Mist gewachsen – könnten sich Beweise auf der Sohle befinden.«

Ophelia kniff die Augen zusammen. »Du weißt genau, dass ich nicht …«

»Ich weiß nur, dass mich mein Boss von dem Fall abzieht, wenn er das Gefühl hat, ich wäre voreingenommen. Und nach der Sache mit Constantine im letzten Jahr habe ich keine Lust darauf, dass das Gerede über Korruption von vorne losgeht. Wenn ich nur dran denke, werde ich stinkig. Außerdem möchte ich mir gar nicht ausmalen, wie ungemütlich mein Boss wird, wenn er mir den Fall wegnehmen und sich dann selbst um alles kümmern müsste. Er schiebt nämlich lieber eine ruhige Kugel. Wir sind eben nur eine kleine Wache und haben es nicht oft mit Mordfällen zu tun. Und woran liegt das? Weil deine Unterweltfreunde alle, die ihnen in die Quere kommen, einfach verschwinden lassen. Und solange es keine Leiche gibt, ist es auch kein Mord.«

Ophelia murmelte geistesabwesend etwas über Korruption. Dabei waren ihre Gedanken schon wieder bei ihren Bäumen, Kostenvoranschlägen und einem Großeinkauf – und das alles an einem Tag. »Hast du eigentlich einen Computer? Ich müsste mal ins Netz.«

Als Joanna Wylers Bus wegen einer Panne mit dreißig Minuten Verspätung vor der Schule hielt, wurde Zelda Dupree wie durch ein Wunder geheilt.

»Die Krämpfe sind weg«, sagte sie der Krankenschwester. »Manchmal reicht es schon, wenn ich mich ein paar Minuten hinlege.« Dass sie den Großteil der letzten halben Stunde am Fenster des Krankenzimmers gestanden hatte, weil dies das einzige Zimmer war, das nach vorne rausging und zu dem sie um diese Tageszeit Zugang hatte, verschwieg sie natürlich. Ebenso wie die Tatsache, dass sie ihre Periode erst seit zwei Monaten hatte und diese bislang ohne Unterleibsschmerzen verlaufen war. Sie verabschiedete sich von der Schulschwester und war in null Komma nix zur Tür hinaus, lief vor die Schule und schloss sich brav Joanna an, als diese aus dem Bus ausstieg.

»Du hast gesagt, dass du meine Tante Ophelia magst!«, sagte Zelda mit schneidender Stimme. Beim Anblick von Joannas fleckigem Gesicht und den roten Augen regte sich jedoch ihre einfühlsame Seite. »Stimmt was nicht? Du siehst schrecklich aus.«

Joanna brach in Tränen aus und beschleunigte ihre Schritte.

»Nicht weinen«, sagte Zelda. »Sonst siehst du noch schlimmer aus.« Sie kramte in der Hosentasche nach einem Taschentuch, fand aber keines. War vielleicht auch besser so. Sie konnte es sich nicht leisten, zu viel Mitleid mit Joanna zu haben.

»Ich kann aber nicht anders.« Als Joanna sich die Nase mit dem Ärmel ihres Hemdes abwischte, verrutschten die Bücher, die sie unter dem Arm trug. Sie drückte sie fest gegen ihre ausladende Oberweite und stürmte davon.

»Du Schisser«, fauchte Zelda, die mit jeder Sekunde wütender wurde. Es war ihr egal, dass sie damit Joannas wunden Punkt traf. Sie schloss zu ihr auf. »Du steckst in Mordsschwierigkeiten. Hast du überhaupt eine Ahnung, wie viele Leute mir heute Morgen schon gesteckt haben, Ophelia hätte Sex mit dir gehabt? Sechzehn!«

»O nein!« Joanna hastete zur Rückseite des Gebäudes. »Jetzt denken bestimmt alle, ich wäre eine Lesbe oder so.«

Zelda packte Joanna am Kragen ihres gestreiften Poloshirts und schleuderte sie gegen die Wand aus Löschbeton. Als Joanna kreischte und die Bücher fallen ließ, verselbständigten sich ihre Hausaufgabenzettel und segelten durch die Luft. »Es ist mir scheißegal, was andere über dich denken. Niemand erzählt ungestraft Lügen über Ophelia, hast du mich verstanden?«

»Ich habe nie gesagt, dass Ophelia es getan hat!«, schrie Joanna. »Meine Hausaufgaben. Sie fliegen davon!«

»Deine Hausaufgaben können dir egal sein, wenn du erst einmal tot bist«, zischte Zelda Joanna ins Gesicht. »Und genau das wirst du sein, wenn du die Sache nicht sofort wieder geradebiegst!« Zelda warf der kleinen Schar aus Schülern, die sich neugierig um die beiden Mädchen sammelte, finstere Blicke zu. »Haut ab, hier gibt's nichts zu glotzen. Macht euch lieber nützlich und sammelt die Blätter ein!« Sie lief um Joanna herum.

»Meine Eltern haben es einfach angenommen«, quiekte Joanna. »Ich habe ihnen gesagt, dass Ophelia mich nicht angefasst und nichts mit den Fotos zu tun hat. Aber sie haben mir nicht geglaubt! Das ist alles die Schuld meiner Mutter. Die macht doch den ganzen Tag nichts anderes, als am Telefon zu hängen und rumzutratschen, weil sie …«

»Was für Fotos?«, fiel Zelda ihr ins Wort.

Joannas Blick glitt zur Seite, und ihre Wangen leuchteten rot. »Schmutzige Fotos«, flüsterte sie.

»Wow«, entfuhr es einem der umstehenden Jungen. »Die will ich sehen. Sind deine Titten auch darauf zu sehen, Joanna?« Einige Mädchen kicherten, während ein einziger mitfühlender Junge über den Parkplatz jagte, um Joannas Hausaufgaben einzufangen. Zelda spielte kurz mit dem Gedanken, auf die schaulustigen Mitschüler loszugehen, ließ es jedoch bleiben. Joanna hatte es verdient, dass sie sich schlecht und gedemütigt fühlte.

»Na dann«, sagte Zelda und lockerte den Griff ein wenig. »Das lässt sich leicht lösen.«

»Wirklich?« Joanna tat einen tiefen, zittrigen Atemzug.

»Du gehst einfach zu deinen Eltern und sagst ihnen, wer die Fotos wirklich gemacht hat. Nein, noch besser. Du sagst es mir. Hier und jetzt. So, dass alle die Wahrheit hören und« – sie ließ den strengen Blick über die Gaffer gleiten, die einen Halbkreis um sie gebildet hatten – »schnell weiterverbreiten können.«

»Das kann ich nicht!«, rief Joanna aufgebracht. »Ich kann es niemandem sagen, niemals.«

»Wirst du etwa bedroht?«, fragte Zelda. »Wenn ja, dann solltest du es uns jetzt sagen. Wir sind deine Zeugen. Sechs, nein, sieben«, korrigierte sie sich, als Rick, mit dem sie gemeinsam Kunst hatten, mit Joannas Hausaufgaben zurückkam. Ohne Zelda aus den Augen zu lassen, steckte er Joanna die Zettel zu. Was für ein Weltverbesserer! »Gegen uns alle kommt derjenige, der dich bedroht, auf keinen Fall an. Also, wer ist es?«

»Nein!« Joannas Brust bebte. »Ich kann es nicht sagen! Lieber sterbe ich!« Sie blickte hektisch nach oben und über die Menge hinweg. »Lass mich in Ruhe, du blöde Kuh!«, schrie sie panisch. »Das Ganze ist nicht mein Fehler!«

Eine unglaubliche Wut, die Zelda so noch nie verspürt hatte, packte sie. Mit schmerzendem Kiefer und aufgeworfenen Lippen riss sie die Hand nach hinten, um Joanna eine zu verpassen, dass sie Sternchen sah.

»Wow, Zelda«, sagte Rick voller Bewunderung. »Du bist echt heiß, wenn du wütend bist.«

Zelda schaffte es gerade noch, Rick einen festen Schlag zu versetzen, ehe der Schulleiter kam, sie am Arm packte und wegschleifte.

* * *

Als der rote Cadillac vor dem Haus stehen blieb, hielt Gideon die Luft an und bereitete sich mental auf einen weiteren Streit vor. Doch so weit sollte es nicht kommen. Ophelia bemerkte den Wagen samt blondem Fahrer, versteifte sich einen Augenblick, hatte sich aber schnell wieder gefangen.

Puh, dachte Gideon. *Das kommt mir bekannt vor.*

»Eigentlich sollte mich das nicht überraschen«, sagte sie angewidert, aber dennoch ruhig.

»Du brauchst dringend einen Bodyguard«, erklärte Gideon. »Und da ich leider nicht die ganze Zeit auf dich aufpassen kann, blieb mir nichts anderes übrig, als Lep anzurufen.« Er beobachtete, wie Leopards Handlager sich im Seitenspiegel betrachtete, ehe er mit federnden Schritten auf das Haus zuging. »Der Typ gehört auf das Cover eines dieser Liebesromane, die Jeanie ständig liest.«

»Mit der Idee rennst du offene Türen bei ihm ein. Los, lass uns gehen. Du bist nämlich nicht der Einzige, der sich dringend wieder seiner Arbeit widmen muss.«

»Du rastest gar nicht aus? Diskutierst nicht rum? Schreist mich nicht an?«

»Das hebe ich mir für unser nächstes Treffen auf«, entgegnete Ophelia kühl. »Ein paar Stunden in der Gegenwart von unserem großen blonden Reuben, der sich für den schönsten und männlichsten Typen auf dieser Welt hält, dürften reichen, um mich wieder aggressiv zu machen.«

Gideons Lippen zuckten. »Du benimmst dich gar nicht wie die Ophelia, die ich kennengelernt habe.«

Ophelia zog träge die Schultern nach oben und gähnte. »Du hast es mir besorgt. Das entspannt mich. Außerdem ist jetzt meine Anziehungskraft auf Männer etwas abgeflaut. Der arme Reuben muss sich also nicht die ganze Zeit auf die Finger hauen, damit er mich nicht anbaggert. In dem Aufzug weigere ich mich allerdings, zu ihm in den Wagen zu steigen.« Sie schnappte sich den Überwurf, der auf einem der Stühle lag und wickelte ihn sich um die entblößten Hüften.

»Ich kann nicht sagen, dass deine Anziehungskraft auf mich nachgelassen hat«, sagte Gideon, schloss die Augen und versuchte, sich zu konzentrieren. Schließlich musste er arbeiten.

»Vielen Dank.« Ophelia gähnte abermals und verknotete die Enden des Überwurfs wie bei einem Sarong.

»Bist du dir sicher, dass du mit dem Kerl klarkommst?«

»Er wird mich schon nicht umbringen.«

Im selben Atemzug verabschiedete Ophelia sich von ihm – freundschaftlich und zugleich ein wenig geistesabwesend. Und dennoch ... er war sich sicher, ihre Anspannung hinter der gelassenen Fassade deutlich zu spüren.

Guter alter Instinkt, dachte Gideon. *Ich werde schon noch herausfinden, wie sie tickt.*

Als er ein paar Stunden später durch die Wache hastete, nachdem er eine Reihe Verhöre ohne jedes Ergebnis hinter sich gebracht hatte, hörte er die blonde Zicke schon von weitem. Ihre kreischende Stimme dröhnte bis in sein Büro im hinteren Teil des Gebäudes. »Ich habe es in den Nachrichten gesehen. In Ophelia Beliveaus Pick-up lag eine Leiche. Und obwohl es mein Johnny sein könnte, haben Sie es nicht für nötig gehalten, mich anzurufen.«

Der Chief musterte sie träge. »Wir hatten keinen Grund zur Annahme, dass es sich bei dem Toten um Ihren Mann handelt. Mittlerweile sind wir uns einigermaßen sicher, dass es nicht Ihr Mann ist.«

»Einigermaßen sicher? Was soll das denn heißen? Wenn der Mann mein Johnny ist, muss ich es wissen. Die Versicherung will schriftlich haben, dass Johnny tot ist, sonst sehe ich keinen Cent!« Als Gideon durch die Zwischentür kam, warf Marissa dem Chief gerade einen funkelnden Blick zu. »Wen haben wir denn da?«, entfuhr es ihr, als sie ihn bemerkte. »Wenn das nicht der Vibrator-Mann ist. Er beschützt diese Schlampe von Ophelia doch nur, weil er scharf auf sie ist. Genau wie Johnny.«

Der Chief legte drei Dachschindeln und ein Allzweckmesser auf die Bank an der Wand und sah Marissa entnervt an. »Gibt es einen konkreten Anlass für Ihren Besuch, Ma'am, oder sind Sie nur hergekommen, um meine Mitarbeiter zu beleidigen?«

Unbeirrt fuhr die Blondine fort: »Er verschwendet seine Zeit. Die Kleine schläft mit Constantine Dufray. Warum sonst sollte sie Leichen für ihn durch die Gegend fahren?«

»Wenn Sie sich den Leichnam ansehen wollen, kann ich das organisieren«, sagte der Chief. »Aber vielleicht sollten Sie sich das noch einmal gut überlegen. Weder Größe, Gewicht noch Haarfarbe des Opfers stimmen mit denen Ihres Mannes überein. Außerdem ist sein Gesicht so übel zugerichtet, dass es sich nicht mehr erkennen lässt.«

Marissa, die einen enganliegenden Hosenanzug aus Stretch trug, der ihre reifen Kurven umhüllte, wurde trotz der dicken Schicht Make-up auf ihrem Gesicht kreidebleich. »Mein Johnny wurde erschlagen?« Sie riss die Augen auf und schlug die Hände vor den Mund. Jeanie stieß einen genervten Seufzer aus.

Gideon und der Chief tauschten einen langen Blick aus. »Der Tote ist nicht Johnny«, wiederholte der Chief und holte ein Maßband hervor, das in einem Fach unter dem Tresen lag.

Marissa stöhnte auf. »Constantine hat meinen Johnny auf dem Gewissen. Wenn Sie erlebt hätten, wie er mich gestern im Club angesehen hat, würden Sie nicht daran zweifeln, dass ich in Lebensgefahr schwebe. O Gott, was soll ich denn jetzt bloß tun?«

Wenn es einen Gott gäbe, dachte Gideon, *würdest du verschwinden und dich hier nie wieder blicken lassen.*

Jeanie erhob sich und legte Marissa die Hand auf den Arm. »Schätzchen, Sie übertreiben maßlos. Wenn Constantine jeden umbringen würde, der ihm auf die Nerven geht, wären wir alle längst tot. Sie wissen doch: Hunde, die bellen, beißen nicht.« Die Blondine riss ihren Arm weg. Achselzuckend kehrte Jeanie auf ihren Platz zurück und nahm ihren Liebesroman wieder zur Hand. »Und wenn Constantine beißt, ist das der Himmel auf Erden.«

»Ma'am«, setzte der Chief noch einmal an, »es gibt keine Beweise dafür, dass Constantine Ihren Mann oder sonst wen umgebracht hat. Das ist nur sein Image. Er spielt gerne den bösen Jungen.« Er hielt ein Winkelmaß an einen der Dachziegel, ehe er ihn in zwei gleich große Hälften sägte.

»Was ist mit seiner Frau? Er hat sie vergiftet!«

»Auch dafür gibt es keine Beweise«, erwiderte er, maß einen weiteren Dachziegel ab und zersägte ihn in aller Seelenruhe. Aus dem Sperrholz, an dem er gearbeitet hatte, war mittlerweile eine Kiste entstanden, die an einen Miniaturschuppen erinnerte. Der Chief legte einen der zerteilten Ziegel auf die abgeschrägte Seite der Box und nagelte ihn fest, ehe er die Prozedur mit der anderen Hälfte wiederholte. »Sieht gut aus, oder? Die kleinen Biester werden es lieben.«

Marissa verzog das Gesicht. »Welche Biester?«

»Fledermäuse«, antwortete der Chief. »Sie sorgen dafür, dass wir hier keine Insektenplage haben. Es gibt nichts Schöneres, als Fledermäusen dabei zuzusehen, wie sie in den nächtlichen Himmel aufsteigen. Außerdem …«

Marissa holte tief Luft, ballte die Hände zu Fäusten, presste sie gegen die Oberschenkel und stieß einen lauten Schrei aus.

»Ich muss jetzt los«, sagte Gideon und schüttelte angewidert den Kopf. »Was bin ich froh, dass es noch *echte* Mordfälle gibt.« Auf dem Weg nach draußen schleuderte er Jeanie eine Kreditkarte zu. »Sei so lieb und besorg mir ein neues Handy, gleiche Nummer. Und zwar so schnell es geht. Mein altes liegt nämlich am Grund des Flusses.«

»Wenn man bis über beide Ohren verknallt ist, was ist da schon ein Handy?«, entgegnete Jeanie kichernd.

»Aber das *ist* ein echter Mordfall!«, kreischte Marissa. »Wollen Sie wissen, warum ich mir da so sicher bin? Weil Johnny immer wieder zu mir zurückgekommen ist. Immer, wenn er weg war, hat er mich angerufen. Mag sein, dass mein Johnny nicht alle Tassen im Schrank hatte und wie besessen von dieser Ophelia Beliveau war, aber er hat mich gebraucht! Schon vor Ophelia gab es hin und wieder andere Frauen, aber wie gesagt, er ist immer zu mir zurückgekommen. Und deshalb spüre ich ganz tief in meinem Herzen, dass er tot ist. Dieses Weib führt Sie, Vibrator-Mann, den Chief und die ganze Stadt gnadenlos an der Nase herum.«

Gideon schenkte den aufkeimenden Zweifeln keine Beachtung, sondern zuckte stattdessen gelassen mit den Achseln. »Es tut mir leid, Ma'am, aber ohne Leiche kann ich nichts tun.« Damit verschwand Gideon durch den Hinterausgang.

Marissas Stimme verfolgte ihn. »Die nächste Leiche werde ich sein! Constantine Dufray hat vor, mich um die Ecke zu bringen – genau wie meinen armen Johnny!«

Wenn du mir noch weiter auf die Nerven gehst, dann helfe ich ihm sogar dabei, dachte Gideon.

18

Dicht gefolgt von dem roten Cadillac, fuhr Ophelia vor dem Haus ihrer Schwester vor. Im selben Moment stellte auch Artemisia ihren Toyota auf der anderen Straßenseite ab. *Okay,* sagte Ophelia zu sich selbst, *tu einfach so, als wärst du vollkommen normal. Ganz ruhig. Alles in bester Ordnung.*

»Was hast du denn da im Schlepptau?«, fragte Art neugierig.

O Gott, bitte hilf mir. »Einen Häcksler«, antwortete Ophelia, als sie aus dem monströsen Pick-up sprang und hoffte, dass sie nicht allzu mürrisch klang, sondern eher wie eine Geschäftsfrau, die sich gerade über eine neue Anschaffung freute. »Den habe ich mir heute erst gekauft.«

»Igitt«, sagte Art. »So ein Ding, das Äste zerhackt?«

Hoffentlich mehr als nur Äste. »Genau das machen Häcksler für gewöhnlich.«

»Das Teil sieht aus, als würde es jeden Augenblick auseinanderfallen«, meinte Art skeptisch. »Glaubst du wirklich, dass es sicher ist?«

»Ich habe es preiswert für einen speziellen Job gekauft«, erwiderte Ophelia. »Das Gerät muss nicht lange durchhalten.« *Bitte mach, dass es nicht vorher den Geist aufgibt.*

»Hast du den Film *Fargo* gesehen?« Art schauderte.

»Allein der Anblick dieses Monstergeräts macht mich wahnsinnig.«

Als ob Gideons Schwester irgendetwas über Wahnsinn wüsste. Ophelia setzte ein heiteres Gesicht auf, als der verschwitzte, attraktive und unglücklicherweise auch stinksaure Reuben um den Pick-up herumlief. »Da dein Bruder entschieden hat, dass ich einen Leibwächter brauche, darf sich der arme Reuben schon den ganzen Tag mit mir herumschlagen.«

»Wow.« Art errötete. Wenigstens hatte sie das Interesse am Häcksler verloren.

Ein wütender Schrei, der aus dem Garten hinter dem Haus kam, zerriss die Luft. »Ich will nicht wie du werden!«, kreischte Zelda.

Art und Ophelia rannten sofort los. Violet stand auf dem Rasen und hantierte mit einem Gartenschlauch. Das lange, rote fast durchsichtige Kleid, das sie trug, war klatschnass. Mit dem Schlauch spritzte sie einen Schwall Wasser in Zeldas Richtung.

»Du bist meine Tochter!«, schrie sie dabei. »Hast du denn alles vergessen, was ich dir über Gewalt beigebracht habe? Du darfst niemals deine Selbstbeherrschung verlieren.«

Zelda feuerte einen noch stärkeren Schwall aus ihrem eigenen Schlauch auf ihre Mutter ab, die geradewegs in den Petunien landete.

Damit nicht noch mehr Pflanzen zu Schaden kamen, machte Ophelia einen Satz über den Zaun und sprintete zu den beiden.

»Verdammt, Zelda!« Ehe die vor Wut kochende Violet sich aufraffen und nach dem Schlauch greifen konnte, kam Ophelia ihr zuvor.

»Ich bin kein Kind mehr! Ich will nicht wie du werden!«,

schrie Zelda, in deren Stimme Trauer und Wut mitschwangen. Vollkommen außer sich, wedelte sie mit dem Schlauch herum, wobei sie nicht nur Ophelia, sondern auch Reuben und Art traf, die gerade um die Ecke des Hauses bogen.

»Frieden!«, rief Ophelia und drehte den Wasserhahn ab.

»Okay, Frieden«, schluchzte Zelda, warf den Schlauch beiseite, stürmte auf Ophelia zu, warf sich ihr in die Arme und grub ihr die Fingernägel in die Haut. »Ich habe Mist gebaut«, weinte sie in Ophelias T-Shirt. »Du musst mir sagen, was ich jetzt tun soll!«

Ophelia befreite sich von Zeldas Fingern und legte die Arme um ihre Nichte.

Violet riss die Hände in die Luft. »Ich gebe auf. Seitdem ich denken kann, habe ich ihr gepredigt, dass Gewalt keine Lösung ist. Aber kaum ist sie in der Pubertät, geht sie auf andere Leute los.«

»Du tust ja gerade so, als ob du nie die Beherrschung verlierst, Mom«, schrie Zelda verzweifelt. »Wenn dir ein Typ blöd kommt, scheuerst du ihm auch mal eine.«

»Aber nur, wenn ich wirklich keine andere Wahl habe«, verteidigte sich Violet. Als ihr Blick auf Reuben fiel, wurde ihre Laune schlagartig besser.

Mit strahlenden Augen sah Ophelias Leibwächter zu der halbnackten und vollkommen durchnässten Violet. »Brauchst du 'ne Umarmung von 'nem starken Mann?«, fragte er grinsend.

»Nein danke, ich habe mich sehr gut unter Kontrolle, du Testosteronbombe. Ophelia hat dich angeheuert, stimmt's? Los, ab unter die Dusche, Süßer. Ich weiß, dass du dieses klebrige Gefühl nicht ausstehen kannst.«

Reuben sah Violet an und hob auffordernd die Augenbrauen.

»Tut mir leid, Darling. Ich würde dich ja gerne begleiten, aber Zelda hat jetzt Vorrang. Wenn sie doch nur mal auf mich hören würde.« Violets Augen blitzten auf.

Zelda erwiderte den Blick nicht minder theatralisch. »Vielleicht solltest du ab und an auf *mich* hören, Mom!«

Art wich unsicher einen Schritt zurück. »Ich sollte jetzt besser gehen.«

»Nein, bleib hier«, erwiderte Violet. »Komm mit ins Haus. Wir trinken eine Tasse Tee. Du bist wenigstens kooperativer als meine pubertäre Tochter, von der ich mir mehr erwartet habe.«

Sie sah, wie sich Reuben unentschlossen am Fuße der Treppe herumdrückte, den Blick fest auf Ophelia gerichtet. »Los, geh schon! Zeit für Gespräche unter Mädels. Du wirst jetzt nicht gebraucht.«

»Mensch, Reuben, ich mach schon nicht die Biege«, versicherte Ophelia ihm. »Oder hattest du heute den Eindruck, ich würde vor dir fliehen?«

»Siehst du?«, sagte Violet, als der Bodyguard die Treppe hinauflief. »Selbst Ophelia kooperiert. Zum Glück. Schließlich schwebt sie in Lebensgefahr. Ich kann gar nicht sagen, wie glücklich ich darüber bin, dass wenigstens einer in meiner Familie vernünftig ist.« Tränen liefen Violet über die Wangen. Als Ophelia spürte, dass Zelda die Situation alles andere als kaltließ, nahm sie sie beim Arm.

»Zelda und ich, wir werden uns jetzt erst einmal in Ruhe unterhalten«, sagte sie, zog den Teenager auf die Veranda hinter dem Haus und setzte sich neben sie auf die Hollywoodschaukel. »Ich werde bestimmt *nicht* kooperieren«, zischte sie dem Mädchen zu. »Ich warte lediglich den richtigen Moment ab. Aber wehe, du sagst auch nur ein Wort zu Vi. Und jetzt erzählst du mir, was eigentlich passiert ist.«

»Mom versteht rein gar nichts«, schimpfte Zelda, nachdem sie berichtet hatte, was in der Schule vorgefallen war. »Was ist schon dabei, wenn ich von der Schule fliege? Und es ist auch egal, ob ich gemein zu Joanna war oder nicht. Sie hat es verdient. Und bitte sei jetzt nicht sauer auf mich, weil ich dich verteidigt habe. Das Gerede der anderen habe ich einfach nicht mehr ausgehalten.«

»Ich bin nicht sauer, sondern vielmehr dankbar.« Ophelia drückte Zeldas Schultern. »Aber ich denke, dass wir Joanna eine Chance geben sollten. Wenn sie das Gefühl hat, dass sie bei uns sicher ist, wird sie mit der Wahrheit herausrücken.«

»Sie hat schon zweimal angerufen. Aber ich habe mich geweigert, mit ihr zu sprechen.« Trotzig hob sie den Blick. »Es ist ja nicht so, als wäre Mom in der Schule ein Engel gewesen. Sie war ständig in Schwierigkeiten.«

»Mag sein, aber über einen kleinen Verweis hinaus hat sie sich nie etwas zuschulden kommen lassen. Ich war schon eher wie du. Aber darum geht es hier gar nicht, oder? Auch nicht um Joanna oder den Jungen, dem du eine verpasst hast.«

»Nein«, räumte Zelda ein, schniefte und biss sich auf die Lippe, ehe ihr nach und nach ein paar Tränen über die Wange kullerten. Ophelia herzte sie noch einmal kräftig, und eine Weile blieben die beiden schweigend nebeneinander sitzen.

Irgendwann seufzte Zelda. »Ich hätte nicht gedacht, dass es so weit kommen würde. Ich habe mir geschworen, niemals wie ein Vampir völlig auszurasten. Ich liebe Mom, aber es macht mich wahnsinnig, wenn sie mit Sachen um sich wirft und Geschirr zerdeppert, bis irgendein Kerl sie in den Arm nimmt und zurückhält. Das ist so kindisch!

Diese Antiaggressionstherapie mit den Wasserschläuchen macht ja irgendwie Spaß, aber ich möchte später nicht so schnell die Kontrolle über mich verlieren. Aber ich habe mich ja schon jetzt nicht mehr unter Kontrolle, Ophelia. Ich kann mich noch nicht mal daran erinnern, was genau passiert ist. Ich war blind vor Wut. Was ist nur in mich gefahren?«

»Deine Mutter ist nicht außer Kontrolle«, erklärte Ophelia tröstend. »Sie hat im Laufe der Zeit einfach Gefallen an dramatischen Szenen gefunden. Überleg mal: Hat sie je jemandem verletzt, wenn sie mit dem Geschirr um sich geworfen hat?« Zelda schüttelte den Kopf. »Wenn etwas zu Bruch geht, erwartet sie dann, dass du das Durcheinander beseitigst? Nein, sie nimmt das selbst in die Hand. Vielleicht ist dir auch schon aufgefallen, dass sie leichter reizbar ist, wenn ein Mann anwesend ist, der sie sich schnappen kann. Violet mag es, wenn ein Mann sie wieder ein bisschen auf Spur bringt.«

»Igitt!« Zelda schüttelte den Kopf. »Was soll ich denn jetzt tun?«

»Du musst einen Weg finden, die Beherrschung nicht zu verlieren. Aber reib dich nicht zu sehr auf. Wie sieht es mit deinen Reißzähnen aus? Irgendwas Neues?«

Zelda massierte sich das Zahnfleisch. »Nein. Vielleicht bin ich ja doch kein Vampir, sondern nur ein gewalttätiges Biest.«

»Reines Wunschdenken, fürchte ich«, gab Ophelia zurück. »Das Wichtigste ist, dass du Kontrolle über deine Fangzähne bekommst, sobald sie dir gewachsen sind. Du darfst sie nur im absoluten Notfall einsetzen. Ansonsten könntest du eine Menge Unheil anrichten.« *O ja.* »Du würdest nicht nur demjenigen, den du angreifst, schaden, sondern auch dir selbst und allen anderen Vampiren. Unsere Privatsphäre zu schützen, ohne anderen wehzutun, ist eine riesige Herausforderung. In Bayou Gavotte lässt es sich gut leben, aber vergiss nicht, dass es nicht überall einen Lep oder Constantine geben wird, die dich vor dem Gefängnis bewahren.« *O nein.* »Jemandem eine reinzuhauen, ist zwar nicht das Nonplusultra, aber zumindest eine gute Option, bis du gelernt hast, dich zu beherrschen.«

»Weshalb sind wir eigentlich so aufbrausend?«

»Weil uns genau diese Eigenschaft das Leben retten kann, wenn wir richtig fiesen Gestalten begegnen, von denen es leider viel zu viele gibt. Ein wutentbrannter Vampir mit ausgefahrenen Reißzähnen schlägt neunundneunzig von hundert Scheißkerlen in die Flucht. Und mit deinem Verstand und ein paar Selbstverteidigungsgriffen bekommst du auch den letzten in den Griff.«

»Ta-ta!« Violet riss die Hintertür auf und schob Art nach draußen – die neue Art in einem langen, hautengen blauen Kleid und mit mörderisch hohen Absätzen.

Art trippelte vorwärts. »Das bin ich nicht!«

Ophelia lachte. »Du siehst umwerfend aus!«

»Wir werden heute Abend so viel Spaß haben«, kicherte Violet.

»Ich sehe ja fast aus wie Marissa«, murmelte Art. »Wenn Dar nur so auf mich abfährt, dann ist er definitiv nicht der Richtige für mich.«

Violet zupfte den Saum zurecht. »Zu unserem Zweck passt es. Heute wirst du deinem Süßen endlich mal zeigen, dass du kein kleines Mädchen mehr bist. Sobald er das erst mal begriffen hat, gehen wir richtig zum Angriff über.«

Als das Telefon klingelte, sprang Zelda auf, blieb aber

gleich wieder wie angewurzelt stehen und warf Ophelia einen finsteren Blick zu. Ophelia zuckte mit den Achseln.

»Schon gut«, sagte Zelda. »Wenn es Joanna ist, werde ich nicht gleich wieder auflegen. Aber mehr kann ich nicht versprechen.«

Doch es war nicht Joanna, sondern Gideon.

»Er klingt ernst«, meinte Zelda, als sie Ophelia das Telefon reichte.

»Bin ich froh, dass du da bist«, sagte Gideon erleichtert. »Wieso gehst du nicht an dein Handy?«

»Ich hab es im Wagen liegen lassen. Stimmt etwas nicht?« Ophelia merkte, dass Violet sie ansah, und wusste genau, was ihre Schwester dachte. Doch sie sollte keine Gelegenheit bekommen, sich weiter den Kopf darüber zu zerbrechen. Gideons nächste Worte rissen ihr den Boden unter den Füßen weg.

»Es hat einen weiteren Mord gegeben«, sagte er. »Plato ist tot.«

»Warum?« Beim Anblick des toten Plato, der mit einem Loch in der Brust auf dem Waldboden lag, kullerten Ophelia zwei Tränen über die Wange. Abgerissene Blätter und unzählige Kiefernnadeln hafteten an seinen Kleidern, während eine Ameisenkolonie unter sein weißes Hemd krabbelte, das frisch gestärkt gewesen sein musste. Ophelia spürte Gideons Blick, der schon die ganze Zeit förmlich an ihr klebte. Zumindest seitdem sie an der alten Landstraße geparkt und er einen erleichterten Reuben abgelöst hatte. Seine ganze Aufmerksamkeit galt ausschließlich ihr – doch diesmal ohne jeglichen sexuellen Hintergedanken.

Nur mit Mühe schüttelte Ophelia das beklemmende Gefühl ab, er könnte sie testen. »Er muss etwas beobachtet haben«, sagte sie mehr zu sich selbst als zu Gideon. Ihr Blick glitt durch die Bäume zum Fluss. »Vielleicht hat er ja denjenigen gesehen, der auf mich geschossen hat?«

»Wie hoch ist die Wahrscheinlichkeit, dass Plato bei Sonnenaufgang zum Fluss geht?«

»So gut wie null«, antwortete Ophelia.

»Wenn er am Morgen wirklich etwas beobachtet hat, hatte er den ganzen Tag Zeit, es zu melden. Er hat aber erst gegen vierzehn Uhr versucht, mich anzurufen.« Gideon klang ungewöhnlich zornig. »Innerhalb weniger Minuten hat er dreimal versucht, mich zu erreichen. Beim letzten Mal hat er eine Nachricht auf der Mailbox hinterlassen und mir gesagt, er müsse mich dringend sprechen, aber nur mich und niemand anderen. Er meinte, er hätte eine heiße Spur, wäre sich aber nicht ganz sicher. Um fünf nach halb drei hat er es dann noch mal versucht, wurde aber unterbrochen, bevor er irgendetwas sagen konnte. Sieht aus, als wäre er aus nächster Nähe mit einem kleinen Kaliber erschossen worden. Bei seinem letzten Anruf war er sich sicher, dass er wirklich etwas Wichtiges beobachtet hatte, aber da war es zu spät.«

»Warum bist du denn nicht ans Handy gegangen?« Ophelia war machtlos gegen die Wut, die sich in ihre Stimme schlich.

»Weil es auf dem Grund des Flusses liegt. Wann immer es ging, habe ich die Nachrichten abgerufen. Mein neues Handy habe ich erst vor einer Stunde bekommen. Der Killer hatte einfach unverschämtes Glück, das ist alles.«

»Plato hatte sich zur Arbeit fertig gemacht«, lenkte Ophelia ab. »Er trug immer ein weißes gestärktes Hemd bei der Arbeit. Wenn er in den Club ging, hatte er immer schwarze Sachen an.« Sie unterdrückte ein Schluchzen. »Er war verrückt, ja, aber er war kein schlechter Mensch. Was hatte er hier draußen bloß zu suchen?«

Gideon sagte eine ganze Weile lang gar nichts. Ophelia blickte abermals auf Plato herab, betrachtete die zertrampelten Bodendecker sowie das Durcheinander aus aufgewühlten Kiefernnadeln um ihn herum, während auf der anderen Seite der Boden beinahe blankgefegt war. »Du hältst es für möglich, dass er woanders erschossen wurde, oder?«, fragte sie. »Und dass er hergeschleift wurde oder sich selbst hergeschleppt hat.«

Gideon, der noch immer keinen Ton von sich gab, zog Ophelia langsam von Plato weg, hin zu ein paar Bäumen, zwischen denen weitere Spuren zu entdecken waren, bis sie vor einem alten Farmhaus ankamen, das malerisch in dem Wäldchen lag.

»Die Familie, die hier wohnt, ist zurzeit im Urlaub«, sagte Ophelia.

Als Gideon noch immer nichts erwiderte, fühlte Ophelia sich dazu gezwungen, weiter auszuholen.

»Sie haben mich gebeten, mich um ihren Rasen zu kümmern, während sie weg sind. Ihre Nachbarn nebenan pendeln jeden Tag nach New Orleans.« Sie deutete mit dem Kinn auf ein altes Haus im viktorianischen Stil, das dem von Gideon nicht unähnlich war. »Ich habe ihren Garten letztes Jahr winterfest gemacht. Es wäre nicht schwer, unentdeckt herzukommen. Er könnte auf der Auffahrt geparkt und Plato durch den Wald geschleift haben. Das würde die abgerissenen Blätter und die Kiefernnadeln erklären … Der Leichnam hätte wochenlang unentdeckt daliegen können. Vielleicht war ja der, der heute Morgen auf uns geschossen hat, ebenfalls hier.« Jetzt war sie an der Reihe, Fragen zu stellen. »Wer hat ihn eigentlich gefunden?«

»Einer der Bauarbeiter hat nach seiner Schicht einen Spaziergang hier gemacht. Er wollte sehen, ob man hier gut angeln kann. Wenn er nur eine Stunde früher gekommen wäre, hätte ich jetzt womöglich einen Zeugen.«

»Wenn er eine Stunde früher Feierabend gehabt hätte, wäre er jetzt wahrscheinlich tot«, entgegnete Ophelia. »Der Killer hinterlässt keine Zeugen. Bist du bei den anderen Morden eigentlich vorangekommen?«

»Nicht wirklich«, antwortete Gideon, als sein Handy klingelte. Ophelia beobachtete, wie er dem Anrufer zuhörte. »Aha«, sagte Gideon nach einer kleinen Stille. »Das ergibt Sinn.«

Ophelia gab sich größte Mühe, sich von seinen knappen Worten und ausdruckslosen Augen nicht irritieren zu lassen. »Danke, Jeanie.«

Ophelia setzte sich in Bewegung. »Ich muss nach Hause, unter die Dusche.«

»Anstrengender Tag?«, fragte Gideon betont höflich.

Wir hatten heute Morgen Sex, und du kommst mir mit deiner aufgesetzten Höflichkeit. »Morgens waren Reuben und ich in der Baumschule, um neuen Japanischen Ahorn zu kaufen. Anschließend sind wir zu dem Kunden gefahren, wo wir alles vorbereitet haben. Dann haben wir gemeinsam zu Mittag gegessen. Ich kann dir gerne die Quittung zeigen.« Für den Fall, dass er ein Alibi verlangte. *Verdammt, was geht hier eigentlich vor sich?* Sie wartete, doch Gideon sagte nichts, und sein Gesichtsausdruck wurde noch unergründlicher.

Ophelia befahl ihren Fangzähnen, an Ort und Stelle zu verharren, und zwang sich, mit möglichst neutraler Stimme zu fortzufahren: »Beim Mittagessen habe ich übrigens über einem neuen Kostenvoranschlag gebrütet. Anschließend sind wir bis nach Baton Rouge gefahren, um Ausrüstung zu kaufen. Nach der Rückkehr mussten wir die Bäume bei dem Kunden einpflanzen – was Reuben übrigens fast den letzten Nerv gekostet hat. Und dann sind wir zu Vis Haus, wo du mich aufgespürt hast. Reuben wird sich bestimmt nicht wieder so schnell überreden lassen, auf mich aufzupassen. Der arme Kerl. Und als Lohn für seine Mühe durfte er noch nicht einmal mit Vi schlafen.«

Als Gideon fragend dreinblickte, erklärte Ophelia: »Vi war nicht in der Stimmung, weil Zelda wegen einer Prügelei früher aus der Schule nach Hause geschickt wurde.«

Der forschende Ausdruck in Gideons Augen wurde stärker.

»Zelda hat meine Ehre verteidigt. Lisa Wyler erzählt überall herum, ich würde Joanna belästigen. Und obwohl Joanna es leugnet, will sie nicht sagen, wer die Fotos gemacht hat. Daraufhin hat Vi ein paar ihrer Kontakte spielen lassen und dem Kinderschutzbund gesteckt, dass sie mich in Ruhe lassen sollen, weil es ihnen sonst mächtig leidtäte. Manchmal ist es eben doch von Vorteil, Leute aus der Unterwelt zu kennen. Aber was, wenn Joanna in Gefahr ist? Sie meint zwar, sie würde nicht bedroht werden. Aber wer auch immer die Bilder gemacht hat, kann sich denken, dass sie früher oder später einbrechen und es jemandem sagen wird.« Sie erreichten Constantines Pick-up, der hinter Gideons Mercedes parkte. »Du solltest lieber Joanna als mich beschützen. Ich komme auch alleine zurecht, versprochen.«

»Wir werden versuchen, ein Auge auf Joanna zu haben«, meinte Gideon. »Aber wie schon gesagt, wir sind nur eine kleine Wache. Und wenn wie jetzt das Chaos hereinbricht, versinken wir regelrecht in Arbeit.« Sein musternder Blick streifte Ophelias neueste Errungenschaft. »Ein Häcksler. Sei vorsichtig mit dem Teil, Süße.«

Ophelia verdrehte die Augen und hoffte inständig, dass ihr nicht anzusehen war, wie grässlich sie sich fühlte. Hechelnd lief Gretchen an ihre Seite und gähnte herzhaft.

»Im College hatte ich einen Studentenjob bei einem Baumspezialisten«, sagte Gideon. »Ich hoffe, du hast nicht zu viel für diesen Schrotthaufen hingeblättert.«

»Ich brauche den Häcksler nur für ein einziges Projekt«, erwiderte Ophelia. »Dafür reicht er allemal.« Es wurde allerhöchste Zeit, dass sie endlich wegkam. »Ich muss jetzt wirklich nach Hause.«

Gretchen schob Ophelia ihre kalte, feuchte Hundenase unter die Hand. »Nimm Gretchen mit. Hier langweilt sie sich nur«, meinte Gideon. »Sie ist ein guter Wachhund.«

»Einverstanden«, stimmte Ophelia zu.

»Ich werde jemanden abstellen, der ein Auge auf dich hat«, fügte Gideon hinzu.

Jemanden, der mich observiert, meinst du wohl? Ophelia trat gegen einen Stein, kämpfte gegen ihre Reißzähne an und zwang ihren Händen, sich zu entspannen.

Die Spurensicherung fuhr vor. »Wollen wir heute Abend essen gehen?«, schlug Gideon vor.

Ophelia gab sich größte Mühe, in seinem Gesicht zu lesen, konnte aber nicht den Hauch von sexuellem Verlangen erkennen. Sie schauderte. Es fühlte sich so *falsch* an. »Du willst mit mir ausgehen? Was ist mit deiner Arbeit, mit den Morden? Mit Joanna?«

»Wenn ich verhungere, hilft mir das auch nicht, den Fall aufzuklären. Aber wenn wir uns noch mal über alles unterhalten, fällt uns vielleicht ja noch etwas ein.«

Noch ein Verhör? Das könnte dir so passen. Nachdem

Ophelia Gretchen auf den Beifahrersitz gescheucht hatte, startete sie den Wagen. »Ruf mich an, wenn du Zeit hast. Dann fühle ich mich hoffentlich etwas gesprächiger.«

»Du musst gar nicht gesprächig sein, Liebling. Es reicht, wenn du da bist.«

Da sein? Wofür denn? Als Ophelia anfuhr, klapperte der Anhänger mit dem antiquierten Häcksler. *Du darfst doch gar nicht mit mir über eure Ermittlungen reden. Und wie kommt es, dass du gar nicht mehr auf Sex aus bist? Ja, ich weiß, es ist vollkommen oberflächlich und niveaulos, gerade jetzt über so etwas nachzudenken. Aber ich dachte, dass da ein bisschen mehr zwischen uns ist. Ich dachte, dass du anders bist. Du hast mich nicht einmal gefragt, ob ich dich heiraten will. Geschweige denn, ob ich bei dir einziehen oder mich um deinen Garten kümmern möchte. Und warum verdammt noch mal hast du mir immer noch nicht gesagt, dass du mich liebst?*

Fünf Minuten später bog Ophelia in ihre Einfahrt ein. Gideon hin oder her, sie würde die Vergangenheit hinter sich lassen und das Leben von vorne angehen. Sie fuhr um das Haus herum über den toten Rasen. Am Waldrand blieb sie stehen, kuppelte den Häcksler ab und parkte den Wagen vor dem Haus, ehe sie in der Küche verschwand, um schnell ein Sandwich herunterzuwürgen. Da kein Bodyguard auf sie gewartet hatte, schloss sie, dass selbst Lep nicht ständig schwere Jungs aus dem Ärmel zaubern konnte. Schade, dass das nicht dann geschah, wenn sie wirklich alleine sein wollte. Nachdem sie die Motorsäge gereinigt und den Tank befüllt hatte, machte sie sich daran, Phase eins ihres Plans in die Tat umzusetzen.

Doch egal, wie sehr sie sich auch in die Arbeit stürzte, die Trauer über Platos Tod ließ sie nicht los. Besonders zu schaffen machte Ophelia, dass er ihretwegen gestorben war. Der liebe, verrückte Plato, der ihr unaufgefordert geholfen hatte, als sie so dringend Hilfe gebraucht hatte. Plato war tot, und was machte Gideon, während der Mörder frei herumlief? Er hatte nichts Besseres zu tun, als sie zu verdächtigen.

Eine Stunde später, als sich unzählige Äste neben dem Häcksler stapelten, entschied Ophelia, die Sache selbst in die Hand zu nehmen und die Morde aufzuklären. Vielleicht war Plato bei sich zu Hause erschossen worden, während er sie beobachtet hatte. Mit Gretchen im Schlepptau und ihrem Ersatzgewehr bewaffnet, marschierte sie über die Straße zu Platos Auffahrt.

Es dauerte nicht lange, da stieß sie auf getrocknete Blutflecken und Schleifspuren im Kies. Der Gedanke, dass Plato hier in diesem Dreck hatte sterben müssen, ließ ihr Tränen in die Augen schießen und fachte ihre Wut an. Nachdem sie Gretchen befohlen hatte, sich neben die Auffahrt zu setzen und brav auf sie zu warten, lief sie vorsichtig den Pfad in den Wald hinein und kletterte auf den Hochsitz, von dem aus Plato sie voller Hingabe beobachtet hatte.

Plato hatte die Äste so zurechtgestutzt, dass er nicht mehr nur ihr Haus und ihren Garten im Blick hatte, sondern ebenso Willys und Donnies Haus. Von der anderen Straßenseite erkannte man die Veränderungen aber nur, wenn man genau hinsah. Alles schien wie immer zu sein. Die Wylers waren nicht zu Hause. Willy spielte vermutlich einen Gig, und Lisa und die Kinder mochten wer weiß wo stecken. Und obwohl Donnies Pick-up nirgends zu sehen war, sah sie durch das Fenster, dass sein Fernseher lief. Vermutlich war er einfach zum Supermarkt um die Ecke gefahren, um Milch zu holen.

Sie schaute sich im Innern des Hochsitzes um: Platos Teleskop samt Stativ, das auf den Boden zeigte, die alte Schere, die an einem Nagel hing, eine halbleere Tüte Chips, ein Haufen Blätter und das Allzweckmesser, das er benutzte, um die Äste zu entlauben. In einer Ecke standen drei ineinandergestellte Körbe, und zwei offensichtlich misslungene Böden lehnten an der Wand.

Als ein Zweig, der über den Rand des Daches hinausragte, ihr Gesicht streifte, griff sie nach oben, um ihn abzubrechen, hielt jedoch abrupt inne, als sie das Quietschen einer Tür hörte. Sie wirbelte herum, ihre Reißzähne glitten nach unten. Wenn nötig, würde sie springen, um ihr Leben zu retten.

Ein untersetzter Polizist stapfte, nachdem er Gretchen verscheucht hatte, die unbefestigte Auffahrt herauf. »Entschuldigung, Ma'am?«

Ophelia rammte sich die Fangzähne zurück in den Kiefer. »Was zum Teufel tun Sie hier?« Das Gewehr fest umklammert, mobilisierte sie die letzten Reste ihrer Anziehungskraft.

Mit schwerfälligen Schritten näherte sich der Polizist. »Ma'am, ich möchte, dass Sie sofort herunterkommen. Sie befinden sich an einem Tatort.«

»Hat Gideon O'Toole Sie geschickt, um auf mich aufzupassen?«

»Ma'am, tun Sie bitte, worum ich Sie gebeten habe.«

Ophelia schenkte dem Officer ihr betörendstes Lächeln, klappte das Handy auf und wählte Gideons Nummer. »Du hättest mir ruhig sagen können, dass du jemanden zu Platos Haus schickst«, sagte sie, als er abnahm. Sie reichte dem Officer ihr Gewehr, ehe sie sich, das Handy zwischen Ohr und Schulter eingeklemmt, über die Strickleiter herabließ.

»Ich bringe hier gar nichts durcheinander. Woher soll ich außerdem wissen, dass ich mich an einem Tatort befinde? Ihr hättet wenigstens Absperrband benutzen können.«

»Kannst du dich bitte um deine eigenen Angelegenheiten kümmern?«, fragte Gideon grimmig nach einer kurzen, entsetzlichen Stille.

»Das *ist* meine Angelegenheit.« Ophelia lächelte so verlockend, dass der Polizist von selbst Platz machte. »Er war mein Freund und ist meinetwegen gestorben. Kann ich wenigstens davon ausgehen, dass ihr die Blutflecken bemerkt habt? Und die Spuren im Kies?«

»Wir haben sogar Fotos gemacht und Proben mitgenommen, Ophelia. Aber wie ich dir schon erklärt habe, sind wir vollkommen unterbesetzt. Deshalb konnten wir noch nicht alles untersuchen. Ich stehe unter wahnsinnigem Druck, den Mistkerl zu schnappen, und komme besser voran, wenn du dich nicht einmischst. Denn ob du es glaubst oder nicht, ich weiß sehr wohl, was ich tue.«

»Hervorragend«, fauchte Ophelia. »Sag *mir* das nächste Mal, was du tust.« Damit klappte sie das Handy zu, nahm dem inzwischen handzahmen Polizisten ihr Gewehr ab und lief mit Gretchen zurück zu ihrem Haus.

Wenige Minuten später kletterte sie aus der Dusche, wickelte sich in ein Badetuch ein und tapste in das Schlafzimmer am anderen Ende des Trailers. Dort blieb sie plötzlich wie angewurzelt stehen und schnüffelte. Mit dem Fuß schob sie den Läufer beiseite, unter dem sich ein Geheimfach befand, und riss die kleine Luke auf.

Der Geruch nach Blut und Schießpulver sprang ihr entgegen. In dem kleinen Fach lag eine kleinkalibrige Pistole. Die Waffe, durch die Plato Lavoies Leben ein Ende gefunden hatte.

19

Als ob Gideon nicht schon genug um die Ohren hatte, tauchte auch noch Darby am Fundort von Platos Leiche auf. Er drängte sich an dem jungen Polizisten, der gerade das Absperrband anbrachte, vorbei mit dem Vorwand, er hätte eine wichtige Nachricht für Gideon.

»Ich suche dich schon den ganzen Tag«, sagte Darby.

»Ich habe jetzt keine Zeit. Art ist eine erwachsene Frau. Sie kann tun, was sie möchte.«

»Nicht, wenn sie mit einem Mörder schläft.«

Gideon unterdrückte ein Grinsen. Seinen Freund hatte es ganz schön heftig erwischt. »Constantine wird ihr nichts tun. Aber du solltest lieber Marissa zurück nach Atlanta schicken, ehe *ihr* etwas zustößt.«

»Verdammt, Gideon, wenn du das wirklich denkst, wie kannst du deine Schwester dann mit Dufray um die Häuser ziehen lassen?«

»Wieso sollte sie nicht ihren Spaß haben? Ich bin mir ziemlich sicher, dass die Beziehung mit Steve nicht sonderlich befriedigend war.«

»Sie kann so viel Spaß haben, wie sie will, aber nicht mit ihm.« Darby hielt kurz inne, dann platzte es aus ihm heraus: »Euer Mädchen auf der Wache meinte, dass Art früher mal in mich verliebt gewesen wäre.«

Erst jetzt fiel Gideon der Zettel auf, den Darby in der Hand hielt. »Du hast ja wirklich eine Nachricht.«

»Ich war auf der Wache, um nach dir zu suchen. Deine Kollegin hat mir das hier mitgegeben. Sie hat versucht, dich anzurufen, aber du bist nicht rangegangen. Sie meinte, es sei dringend.«

Gideon überflog Jeanies handschriftliche Notiz. Keine halbe Minuten und ein paar ausgestoßene Flüche später gab er den anderen bemerkenswert gefasst Anweisungen, bevor er zu seinem Wagen sprintete. »Du bist ein Lebensretter, weißt du das?«, rief er Darby zu. »Und ja, sie war bis über beide Ohren in dich verknallt. Kümmere dich um sie, aber wenn dir dein Leben was wert ist, vergiss dieses ganze liebe und unschuldige Getue.« Er warf den Motor an und fuhr davon.

Denk nach. Ophelias Fangzähne erwachten zum Leben, als ihr der Geruch des geronnenen Bluts an der Mündung der Pistole in die Nase stieg. Sofort zog sie sie wieder zurück. *Erstens: Jemand hat es definitiv auf mich abgesehen. Zweitens: Es hat keinen Sinn, mir etwas unterzuschieben, wenn es nicht gefunden wird.*

Sie hastete in die Küche, um einen wiederverschließbaren Gefrierbeutel zu holen. Mit einem Stück Küchentuch aus Papier hob sie die Waffe aus dem Fach, ließ sie in die Tüte fallen und verschloss diese. Am Boden des Geheimfaches entdeckte sie einen Fleck, höchstwahrscheinlich Blut. Außerdem würde man weitere Spuren dafür finden, dass hier eine erst kürzlich abgefeuerte Waffe deponiert war. Doch dafür müsste die Polizei erst einmal von der Waffe wissen.

Es lag jedoch auf der Hand, dass jemand der Polizei längst einen heißen Tipp gegeben haben dürfte. Und zwar derselbe Jemand, der sich von unten Zugang zu ihrem Geheimfach verschafft, die Pistole hineingelegt und es in Eile wieder zugenagelt hatte.

Wie schnell die Polizei wohl auf einen anonymen Hinweis reagierte? So wie Ophelia Gideon kannte, würde er keine Zeit verlieren. Er hatte es eilig und stand zudem unter immensem Druck, den Fall aufzuklären. Ophelia holte einen Hammer von der Veranda. Mit ein paar kräftigen Schlägen hatte sie das Holz zerschlagen, dann entfernte sie sämtliche Nägel und legte alles zu der Pistole. Der Druck auf Gideon war nicht nur durch die drei Morde der letzten Tage stark. Sein Versagen bei der Aufklärung der Todesumstände von Constantines Frau dürfte zudem noch schwer auf ihm lasten. Ein derart aufsehenerregender Fall konnte die Karriere eines Polizisten vorantreiben oder aber vorzeitig beenden. Was, wenn die Tatwaffe bei ihr gefunden wurde? Es würde ihm gar nichts anderes übrigbleiben, als sie zu verhaften. Was, wenn er genau das *wollte?* Vielleicht war sein Interesse an ihr jetzt, wo sie miteinander geschlafen hatten, erloschen?

Wieso überrascht mich das überhaupt?, fragte sich Ophelia. *Er folgt lediglich dem Muster, mit dem er in der Vergangenheit ganz gut gefahren ist. Sex und hopp.* Frauen kamen und gingen auch wieder. Was auf lange Sicht zählte, war seine Karriere. Das Problem war nur, dass es keine große Perspektive gab. Weder für ihn noch für sie.

Wenn sie das Gefängnis überlebte, wenn die Kerle, die sie anfassten, es überlebten … *O Gott!* Aber egal, ob sie lebte oder starb, die Hölle würde allemal über sie hereinbrechen. Constantine und Leopard würden ihre Verhaftung, geschweige denn ihren Tod auf keinen Fall ungestraft lassen. Sie würden Gideon kurzerhand umlegen, und die schwierige Beziehung zwischen der Polizei und den Clubs ginge in die

Brüche. Mit dem harterkämpften Frieden in Bayou Gavotte, der ohnehin auf recht wackeligen Beinen stand, wäre es aus und vorbei. Ophelia sah nur einen Ausweg: Sie und die Tatwaffe mussten von hier verschwinden. Und zwar jetzt.

Drittens: Wer weiß von dem Geheimfach und hasst mich? Der alte Mann, der vor ihr in dem Trailer gewohnt hatte, war schon lange tot. Sie konnte sich nicht daran erinnern, jemandem außer Zelda und Vi das Fach gezeigt zu haben.

Aus der Küche drang ein gedämpftes Bellen. Panik machte sich in Ophelias Brust breit. Als sie Schritte hörte, legte sie einen Zahn zu. Sie schloss das Geheimfach, bedeckte es wieder mit dem Teppich und ließ den Gefrierbeutel und das Holz in eine rosafarbene Einkaufstasche fallen. Im selben Moment klopfte es an der Tür.

Ophelia atmete tief durch und durchquerte den kleinen Flur. *Nicht zittern. Keine Angst.* »Wer ist da?«

»Ich bin es, Donnie. Ich muss mit dir reden.« Der Stimme des Nachbarn konnte man anhören, wie aufgeregt er war.

Sie ließ sich gegen die Wand fallen und holte tief Luft. Irgendetwas stimmte nicht mit Donnie, das spürte sie. Bloß was? Mit einem Schnauben legte Gretchen den Kopf auf den Pfoten ab.

Eine Entschuldigung, irgendeine fadenscheinige Ausrede musste her. Und zwar schnell. »Das muss leider warten. Ich ziehe mich gerade um, weil ich mich gleich mit Vi treffe.« *Allerdings mit einem Zwischenstopp.* Damit eilte sie zurück ins Schlafzimmer.

»Ophelia«, rief Donnie. »Warum treiben sich so viele Polizisten auf Platos Grundstück herum? Und was machen die mit dem Absperrband?«

Mit dem Kamm in der einen Hand und ihrer Schmuckschatulle in der anderen, kehrte Ophelia zurück. Sie spähte kurz durch das Küchenfenster und nahm einen weiteren tiefen Atemzug. Der Wagen der Spurensicherung verstellte die Einfahrt zu Platos Haus. »Plato wurde heute Nachmittag ermordet.«

»Du machst Scherze!« Die Eingangstür klapperte, als Donnie sich dagegenstützte.

»Über so etwas macht man keine Witze.« Ophelia fuhr sich mit dem Kamm durch das nasse Haar, ehe sie es zu einem Knoten aufdrehte. Anschließend schüttete sie das Kästchen auf dem Tisch aus. Ohrringe. Sie brauchte Ohrringe. Sie mussten sich auch nur im Entferntesten ähnlich sehen.

»Wer hat ihn umgebracht?«, fragte Donnie, der jetzt versuchte, durch den Vorhang der Eingangstür zu spähen.

»Woher soll ich das wissen?« Ophelia steckte sich einen Granatohrring an. »Donnie, ich habe jetzt wirklich keine Zeit«, rief sie, schnappte sich einen Ohrring in Blütenform für das andere Ohr, fand die passende Kette dazu und streifte sie sich über.

»Weiß die Polizei, wer es getan hat?«

»Warum fragst du sie nicht selbst?«

Ophelias Herz machte einen Satz, als Gideons Wagen in Sicht kam und hinter dem Fahrzeug der Spurensicherung stehen blieb. Noch blieb ihr genug Zeit, um wegzurennen. Zurück im Schlafzimmer, zog sie sich ein dunkelrotes Bustier, das sie in ihren Clubtagen oft getragen hatte, an. Dazu ein langer Rock aus schwarzer Seide und unerträglich unbequeme rote High Heels. Sie sammelte sich, mobilisierte die letzten Reste ihrer Anziehungskraft, schnappte sich ihr Notizbuch und lief mit klackernden Absätzen den Flur hinunter in die Küche.

Gideon stand auf der anderen Straßenseite und blickte zu ihrem Haus herüber. Er telefonierte – und er wusste Bescheid. Als Ophelia auf die Veranda laufen wollte, um das Klebeband zu holen, fiel ihr siedend heiß ein, dass sie es aufgebraucht hatte, um die demolierten Blumentöpfe zu reparieren. *Verdammt.* Sie konnte also nicht einmal die Pistole an ihr Bein kleben. Was ging denn bitte noch alles schief?

In Windeseile war sie wieder im Schlafzimmer, wo sie einen Beutel aus Netzstoff mit einer langen Kordel aus den Tiefen ihres Kleiderschrankes hervorkramte, den Gefrierbeutel mit der Pistole und das Sperrholz, nachdem sie es in kleine Streifen gebrochen hatte, hineinlegte, um sich die prallgefüllte Tasche um die Taille zu binden und unter ihrem Rock zu verstecken. Nein, das funktionierte nicht. Die Tasche zeichnete sich viel zu deutlich unter dem fließenden Material des Rocks ab. Doch dann hatte sie eine Idee. Sie lief zum Schrank und holte einen Reifrock hervor, den sie zu einem Mardi-Gras-Ball getragen hatte. Nachdem sie ihn unter den schwarzen Seidenrock gezwängt hatte, war der Beutel unter dem weit ausladenden Rock nicht mehr zu erkennen. Als sie die Eingangstür aufriss, fehlte nicht viel und Donnie wäre ihr entgegengefallen. Gretchen schoss an ihnen vorbei die Auffahrt hinunter.

Selbst Donnie, der für gewöhnlich gegen ihren Charme immun war, weil sein Herz Vi gehörte, fielen fast die Augen aus dem Kopf. »Ophelia, du siehst umwerfend aus.«

»Danke.« Ophelia schob ihn unsanft beiseite und zog geräuschvoll die Tür hinter sich zu.

»Du hast das Licht in der Küche brennen lassen«, sagte Donnie.

»Habe ich dich nicht gebeten, nach Hause zu gehen?« Sie richtete sich den Rock, während sie langsam die Stufen nach unten ging. Die Pistole in der Netztasche klatschte ihr gegen den Oberschenkel.

»Ziehst du mit Vi um die Häuser? Meinst du nicht, dass das ein bisschen herzlos ist? Schließlich wurde Plato gerade erst vor ein paar Stunden umgebracht.«

»Jetzt verzieh dich endlich, Donnie«, fauchte Ophelia und riss die Tür von Constantines Pick-up auf.

»Da kommt dein Lieblingsbulle«, sagte Donnie, auch wenn es vollkommen überflüssig war.

»Erstens ist das nicht mein Lieblingsbulle, und zweitens kann er sich zum Teufel scheren.«

»Heute scheint es schlechte Nachrichten zu hageln«, meinte Donnie beiläufig. »Hast du das von den Wylers gehört? Pleite. Den beiden bleibt nichts anderes übrig, als das Haus zu verkaufen. Nächste Woche ziehen sie aus.«

Wie bitte? Obwohl Ophelia es eigentlich nicht wollte, wandte sie sich noch einmal zu Donnie um. »Wie kann das denn sein? Das Haus ist doch längst abbezahlt. Die beiden könnten ohne Probleme eine Hypothek aufnehmen. Willy tritt doch noch regelmäßig auf und gibt Unterricht.«

»Das mit dem Unterricht bringt in letzter Zeit auch nicht mehr viel ein. Und dann ist da noch die Sache mit der Erpressung.«

Gideon, der noch immer das Handy am Ohr hatte, überquerte die Straße. Ungehindert fuhr Donnie fort: »Lisa hat ihm fast den Hals umgedreht, weil er mich eingeweiht hat. Irgend so ein Schwein hat ihnen wegen der Fotos von Joanna den letzten Cent abgepresst. Sein Bandkumpel Burton Tate wurde so heftig zusammengeschlagen, dass er im Krankenhaus liegt. Außerdem haben sie seinen kleinen Bruder dabei erwischt, wie er Minderjährige ins *Chamber* eingeschleust hat. Und deshalb sind alle ihre Auftritte gestrichen worden. Die armen Wylers haben nicht mal genug Geld, um sich was zu essen zu kaufen.« Donnie warf einen Blick auf seine Armbanduhr. »Oder für Benzin. Lisa hat mich gebeten, Joanna nach der Musikstunde von der Schule abzuholen und Connie zum Turnunterricht zu fahren. Ich muss jetzt los.«

»Arme Lisa«, sagte Ophelia. »Und dabei hängt sie doch so an dem Haus.«

Gideon klappte das Handy zu, während er von Gretchen begleitet auf sie zusteuerte.

»Ich dachte, das würde dich freuen«, gab Donnie zurück. »Weil sie sich doch das Maul über dich zerrissen hat.«

»Wieso sollte ich mich über so etwas Schreckliches freuen?«, entgegnete Ophelia. »Wo ziehen die Wylers denn jetzt hin? Warum geht Lisa nicht einfach arbeiten? Vielleicht könnte Vi ihr einen Job im *Blood and Velvet* besorgen, bis sie wieder auf die Beine kommen.«

Donnie riss die Augen auf. »Du willst ihnen helfen? Nachdem sie deinen Garten verwüstet und so viele widerliche Dinge über dich verbreitet haben? Ophelia, das ist mehr als bloße Nachbarschaftshilfe. Das ist vollkommen verrückt.«

»Wie wäre es denn, wenn du Willy einen Job auf einer deiner Baustellen besorgst?«, fragte Ophelia.

Er verzog das Gesicht. »Ich weiß nicht, Ophelia. Entweder ist er sturzbesoffen oder voller Drogen.«

»Ich weiß ja, aber so nutzlos ist er nun auch wieder nicht. Und vergiss nicht, dass Vi dich bestimmt mit ganz anderen Augen sehen würde, wenn du ihn einstellst. Sie hat eine Schwäche für alle, die anderen helfen.«

»Ach so«, überlegte Donnie und straffte die Schultern. »Vielleicht könnte ich …«

»Wow«, entfuhr es Gideon, der plötzlich neben ihr stand. »Du siehst fantastisch aus.« Ein sexy Lächeln, das keine

Zweifel daran ließ, woran er gerade dachte, legte sich um seine Mundwinkel. »Wo gehst du denn hin?«

Überall, wo du nicht hingehst! »Vi und ich machen heute die Clubs unsicher.« Ophelia kletterte in den Pick-up und stellte den Motor an.

»Vorher müssen wir uns kurz unterhalten.«

»Nein, müssen wir nicht«, erwiderte Ophelia, die sich alle Mühe gab, ihr wild pochendes Herz zu ignorieren. »Ich bin schon spät dran.«

»Dann verschieben wir es eben auf später«, meinte Gideon versöhnlich. »Macht es dir etwas aus, wenn ich mich in der Zwischenzeit ein bisschen bei dir umsehe?«

Ophelia stellte den Motor wieder ab und starrte wütend auf Gideon herab. Wie er so stark, verschwitzt und umwerfend attraktiv dastand, kamen ihr fast die Tränen. »Und ob es mir etwas ausmacht!« Sie zwang sich, diesen verräterischen Bastard gleichermaßen ihre Wut, aber auch ihre Anziehungskraft spüren zu lassen. »Als ich dir gesagt habe, du sollst dich von meinem Haus fernhalten, war das mein Ernst!« Ophelia riss den Kopf herum zu Donnie, der mit weit geöffnetem Mund dastand. »Das gilt übrigens auch für dich! Geh endlich nach Hause!«

»Oh, *Entschuldigung*.« Donnie verdrehte die Augen in Gideons Richtung, bevor er in seinen Garten verschwand.

»Ich dachte, die Dinge zwischen uns hätten sich geändert«, sagte Gideon so einfühlsam, dass Ophelia ihm am liebsten ins Gesicht gespuckt hätte. »Süße, ich mach nur meine Arbeit.« Wie vertrauensvoll und selbstsicher er klang.

Nein, das trifft es nicht, dachte Ophelia. *Selbstgerecht.* Das sengende Gefühl überwältigender Angst stieg aus den Tiefen ihres Bauches auf. Dass er sie austricksen, ihr eine Falle stellen wollte … »Ich *fasse* es nicht. Ich habe dir vertraut, habe sogar mit dir geschlafen, verdammt noch mal!«

Gideon zog die Augenbrauen zusammen. »Was hat das denn jetzt damit zu tun? Geh und hab ein bisschen Spaß mit Violet. Ich sehe mich in der Zwischenzeit ein wenig bei dir um.« Selbstzufrieden setzte er in Gretchens Begleitung seinen Weg die Auffahrt entlang fort.

Ophelia sprang aus dem Pick-up und zuckte zusammen, als die Waffe gegen ihren Oberschenkel prallte. Mit gerafftem Rock jagte sie ihm nach. Dass eines der Sperrholzstücke sich durch die Tasche gnadenlos in ihre Haut bohrte, stachelte ihre Wut nur noch zusätzlich an. »Runter von meinem Grundstück!«

Gideon lief um den Trailer herum. »Wenn du wieder normal bist, können wir uns unterhalten.«

»Ich will mich aber nicht mit dir unterhalten«, zischte Ophelia und suchte fieberhaft nach einer Beleidigung. »Was bist du doch für ein erbärmlicher Feigling! Ein elender Verräter, genau wie alle sagen.«

Gideon erstarrte zu Eis. »Wenn dir nichts Besseres einfällt, als mich zu beschimpfen, dann mache ich eben einfach, was ich verflucht noch mal will.« Er zückte eine kleine Taschenlampe, ging auf die Knie und krabbelte unter den Trailer.

Er wusste also doch von dem Geheimfach und der Pistole. Falls sie einen letzten Funken Zweifel hatte, war dieser spätestens jetzt verpufft. Ohne das scharfe Holz, das gegen ihre Beine stieß, zu beachten, wickelte Ophelia den Gartenschlauch von der Spule am Ende des Trailers und drehte den Hahn auf. Sie ging auf die Knie, stellte den Wasserstrahl auf die stärkste Stufe und hielt ihn unter den Trailer.

Psyche stieß ein grauenhaftes Fauchen aus. »Scheißkatze!«, schrie Gideon, woraufhin Psyche unter dem Trailer hervorschoss und in den Wald flüchtete. Gretchen bellte und warf sich in den Strahl.

»Hau ab, du Mistköter!« Ophelia lugte unter den Trailer und zielte auf Gideon.

»Verdammt, Ophelia!«, brüllte Gideon. »Was ist nur in dich gefahren?«

»Hast du eigentlich einen Durchsuchungsbefehl?«, schrie sie. Als Gretchen sich abermals vor ihr Herrchen stellen wollte, hielt Ophelia den Strahl auf die Flanke des Tiers. Der Hund jaulte auf und jagte davon.

Es dauerte eindeutig zu lange, bis Gideon das Wort ergriff. »Wieso brauche ich denn einen Durchsuchungsbefehl?«

Du dumme Kuh! Denk nach! »Das frage ich *dich,* du Penner!«, fauchte Ophelia zurück und lenkte den harten Wasserstrahl wieder auf ihn. »Du hast kein Recht, mein Grundstück zu betreten. Sieh zu, dass du Land gewinnst!« Als Gideon ins Freie krabbelte und zur Rückseite des Trailers lief, heftete Ophelia sich samt Schlauch an seine Fersen.

Abgesehen von der Wut und dem Misstrauen, die sich in seinem Gesicht widerspiegelten, und dem angewiderten Ausdruck in seinen Augen, sah dieser elende Mistkerl mit nassem Haar und den Wassertropfen, die ihm von der Nase fielen, noch immer verdammt heiß aus. Ein Gefühl der Beklemmung machte sich in Ophelia breit. Nachdem sie das Wasser abgestellt und den Schlauch auf den Boden geworfen hatte, lief sie hoch erhobenen Hauptes und mit bis zum Anschlag aufgedrehter Anziehungskraft an ihm vorbei. Die Netztasche unter dem Reifrock verdrehte sich, pendelte mit Schwung von einem Oberschenkel gegen den anderen. Sie würde so viele blaue Flecken und Schrammen davontragen, dass es in den nächsten Wochen unmöglich sein würde,

Sex zu haben. Aber da es nach dieser Aktion sowieso keinen Kandidaten mehr geben würde, traf sich das ja geradezu perfekt.

Ophelia kletterte in Constantines Wagen, ließ den Motor an und legte den ersten Gang ein. Mit quietschenden Reifen schoss sie aus der Einfahrt. Vor Wut schäumend und laut fluchend, öffnete Gideon sein Handy, nur um es gleich wieder zuzuklappen.

Gideon spürte Donnie Donaldsons Blick, als er den Schlauch aufwickelte. Er wartete, bis Donnie die kleine Connie Wyler zu sich gerufen, sie in seinen Pick-up gesetzt und mit ihr davongefahren war, ehe er ein weiteres Mal unter den Trailer kroch. Wenige Sekunden später hatte er auch schon dank der sehr präzisen anonymen Nachricht die Überreste des Geheimfaches gefunden. Noch immer triefend nass, lief er auf die andere Straßenseite. In Gedanken war er jedoch bei dem *weinenden Garten,* wie Ophelia ihn bezeichnet hatte, seinem chronisch enttäuschten Vater und seiner einsamen und verzweifelten Mutter. Er dachte an Reden und Zuhören, an Geduld, Vertrauen und Liebe. Und kam zu dem Ergebnis, dass er alles wieder in Ordnung bringen würde, egal, wie viele Anläufe er dazu brauchte.

Es sei denn, er war einfach nur ein Trottel, und das war wiederum im Moment nicht ganz von der Hand zu weisen. Doch wenn es um Ophelia ging, waren seine Instinkte dermaßen ausgeprägt, dass er nicht gegen sie ankämpfen konnte, selbst wenn er wollte. Und das wollte er natürlich nicht. *Verdammt,* dachte er, *ich bin verliebt. Oder vielleicht war es auch nur der unfassbar gute Sex.* Er seufzte. *Das ist echt das Letzte, was ich jetzt gebrauchen kann. Dafür habe ich wirklich keine Zeit.*

Woher hatte Ophelia von der Waffe gewusst?

Später, entschied er. Er klappte sein Handy wieder auf, um Leopard anzurufen, der genau in dem Moment abnahm, als der Wagen des Chiefs hinter ihm parkte. »Lep«, sagte Gideon. »Ich habe keine Zeit, dir alles zu erklären, aber wenn Ophelia auftaucht, halte sie bitte so lange fest, bis ich mich wieder bei dir melde. Außerhalb des Clubs ist sie nicht mehr sicher.«

Zeit, sich um den anderen Teil des Problems zu kümmern.

»Sieht aus, als stünden wir kurz davor, den Fall zu lösen«, legte der Chief gleich los, noch ehe er den Motor abgestellt hatte und ausstieg. Er trug ein weißes Button-Down-Hemd und eine khakifarbene Hose.

Gideon schlüpfte aus seinem Shirt und wrang das Wasser aus. »Hoffentlich.«

»Was ist denn mit Ihnen passiert?« Der Chief tätschelte Gretchen flüchtig. Nachdem die Hündin ihn kurz beschnuppert hatte, machte sie es sich im kühlen Gras neben Gideons Wagen gemütlich.

»Ein kleiner Unfall mit einem Wasserschlauch«, antwortete Gideon und machte sich daran, auch Schuhe und Hose auszuziehen.

»Mensch, Gideon, Sie können unmöglich jemanden in Boxershorts festnehmen.« Der Polizeichef von Bayou Gavotte nickte den Kollegen von der Spurensicherung zu, die vor Einbruch der Dunkelheit so viel Arbeit wie möglich erledigen wollten.

»Ich werde niemanden verhaften«, erwiderte Gideon. »Dazu fehlt mir ein Verdächtiger.« Er legte die Kleidung auf das Dach seines Mercedes.

»Und ob Sie eine Verdächtige haben«, entgegnete der

Chief. »Ich habe gerade einen anonymen Anruf auf meinem Privathandy bekommen. Die Pistole befindet sich in Ophelia Beliveaus Haus.«

Scheiße, wäre ja auch zu schön gewesen. Der Mörder wollte um jeden Preis, dass der Verdacht auf Ophelia fiel. Ob er wusste, dass Jeanie mit Ophelias Schwester befreundet war, dass Gideon Ophelias Liebhaber war? »Wir sind uns sicher, dass jemand alle Register zieht, um Ophelia Beliveau etwas anzuhängen. Alle Fälle sind auf ein und denselben Täter zurückzuführen.«

»Sie machen das Ganze viel zu kompliziert«, sagte der Chief. »Der Mann aus dem Fotoladen – inzwischen haben wir ihn eindeutig identifiziert – hat die Beliveau erpresst, weshalb sie ihn um die Ecke gebracht hat. Als sie dann im Laden die Fotos, mit denen sie erpresst wurde, vernichtete, kam ihr die junge Frau in die Quere. Deshalb hat sie sie auch umgebracht. Und jetzt hat sie Plato Lavoie erschossen, weil er versucht hat, sie ans Messer zu liefern. Dieses Weib stellt eine Bedrohung für uns alle da. Verhaften Sie sie.«

»Klingt zwar nachvollziehbar, Chief, aber so einfach es nicht, tut mir leid. Ophelia Beliveau hat ein wasserdichtes Alibi. Sie hat es nicht getan.« Gideon streifte sich die Socken ab und schlüpfte wieder in die Schuhe. Nachdem er die Taschenlampe von seinem Gürtel genommen hatte, bahnte er sich seinen Weg zu Platos Hochsitz.

Der Chief folgte ihm. »So wasserdicht sind ihre Alibis gar nicht. Heute hat sie zum Beispiel den ganzen Tag mit einem von Leopards Männern verbracht. Was für ein Alibi soll das denn sein? Fest steht, sie ist der Schlüssel zu diesem Fall. Wohin man sich auch dreht und wendet, sie ist immer da.«

Oh, ja, das können Sie laut sagen, dachte Gideon, als er die Strickleiter hinaufkletterte. *Ich muss echt vollkommen verrückt sein.*

Der Chief kletterte hinter ihm nach oben. »Selbst wenn sie es nicht selbst getan hat, sie steckt knietief in der Sache mit drin. Sie müssen sie verhaften.« Er richtete den Blick in den Himmel. »Fast dunkel. Die Fledermäuse dürften jeden Augenblick losfliegen.«

»Klar ist sie der Schlüssel. Wenn sie sich mir nur endlich anvertrauen würde, könnte ich die Sache zum Abschluss bringen.«

»Sie denken mit Ihrem Schwanz, O'Toole.« Der Polizeichef trat auf die Plattform. »Das kann ich nicht zulassen.«

»Ich denke nicht mit meinem Schwanz«, widersprach Gideon und war froh darüber, dass er um einiges überzeugter klang, als er sich fühlte. Zum zweiten Mal an diesem Tag besah er sich das Teleskop, die Schere, die Chipstüte, die Körbe, das gelbe Allzweckmesser, die langsam austrocknenden Äste ... irgendeinen Hinweis musste es doch geben.

»Ich habe gehört, dass die Kleine ein ziemlich heißer Feger ist«, sagte der Chief.

»Könnte man so sagen.« *Das reicht, mehr muss er nicht wissen.* »Was wissen wir denn über den toten Mann aus dem Fotoshop?«

»Nicht viel. Nur, dass er vor einem Jahr hergezogen ist und irgendwo aus dem Westen stammt. Er hat den Laden vom Vorbesitzer gekauft, der sich zur Ruhe gesetzt hat. Die Hälfte des Darlehens hatte er bereits abbezahlt, lange bevor es eigentlich fällig wurde. Der Kerl war Single und ist hauptsächlich wegen des Nachtlebens nach Bayou Gavotte gekommen. Er hatte hier und da mal eine Freundin, aber wohl auch einige Techtelmechtel mit Männern. Hat sich auch gerne mal volllaufen lassen. Eltern sind tot, Schwester lebt in Kalifornien. Sein Privatleben gibt in puncto Kriminalität nichts her, also ist die Beliveau nicht vom Haken. Es muss mit der Erpressung zu tun haben. Was machen Sie eigentlich für ein selbstgefälliges Gesicht?«

»Natürlich hat es mit der Erpressung zu tun«, erwiderte Gideon. »Hören Sie. Der Erpresser wusste viel zu viel über seine Opfer für einen, der neu in der Stadt ist. Es ist eine Sache, ob jemand Fotos von seinem Baby in der Badewanne oder seiner Frau in einer anrüchigen Pose macht. Da hat der Erpresser einen Namen und eine Telefonnummer auf dem Umschlag, in den die zu entwickelnden Fotos kommen. Aber bei dem Kerl, den ich gestern Abend im Fotoladen überwältigt habe, war das anders. Haben Sie meinen Bericht gelesen? Er wurde erpresst, weil er Abzüge von alten Highschool-Fotos machen wollte, unter denen sich auch eines seiner Ex-Freundin befand, die noch immer in der Stadt lebt. Er hat Himmel und Hölle in Bewegung gesetzt, damit seine Frau nichts erfährt. Sie hat Krebs im Endstadium, und er möchte nicht, dass sie denkt, er würde sich bereits neu orientieren. Nur jemand, der seit Urzeiten hier wohnt, kann von seiner Ex-Freundin wissen.« Dasselbe galt für seine Schwester. Nur jemand, der lange hier lebte, wusste, wo ihr wunder Punkt lag. Hinzu kam, dass er die Privatnummer des Chiefs kannte.

Er fuhr fort: »Lavoie wurde jahrelang von jemandem erpresst, der eine Adresse in New Orleans benutzt hat und erst seit ein paar Monaten die des Fotoladens. So wie ich das sehe, haben Lavoies Erpresser und der Typ vom Fotoladen gemeinsame Sache gemacht. Wie sie voneinander erfahren haben, weiß ich leider nicht. Dann haben sie sich gestritten – den Rest der Geschichte kennen wir ja.«

»Auch 'ne nette Theorie, O'Toole, aber das bedeutet noch lange nicht, dass die Beliveau nicht doch mit drinhängt. Wie dem auch sei, es kann jedenfalls nicht schaden, sie für ein, zwei Tage einzubuchten.«

Verdammt, dachte Gideon und wehrte einen eisigen Schauder ab, der ihm den Rücken herunterkroch. »Lavoie war hier oben und hat gerade telefoniert, als der Killer sich angeschlichen, ihm die Pistole an die Brust gedrückt und ihn erschossen hat.« Gideon leuchtete mit der Taschenlampe in das Unterholz. »Man kann genau sehen, wo er hingefallen ist, entlanggeschleift wurde und wo er gestorben ist.« Er deutete durch die zurechtgestutzten Äste auf die andere Seite der Straße. »Willy Wyler Haus, Donnie Donaldsons Haus, der Trailer von Ms. Beliveau und ein Stückchen Wald. Vor zwei Tagen beschränkte sich der Ausblick lediglich auf das Grundstück von Ms. Beliveau. Plato hat den Baum so getrimmt, dass er einen breiteren Blickwinkel bekommen hat.«

Schade nur, dass es nicht viel zu sehen gab. Lisa Wyler saß mit einem Getränk auf der Terrasse. Donnies Haus war verlassen, schließlich war er gerade erst mit Connie weggefahren.

»Donnie Donaldson«, sagte der Chief. »Finanziell sieht für ihn in den letzten Monaten alles ziemlich gut aus. Früher hat er als Hilfsarbeiter auf Baustellen gejobbt, jetzt baut er mehrere Häuser pro Jahr.«

Klick. »Im Gegensatz zu Willy Wyler, der ja angeblich pleite ist.« *Klick, klick.* Gideon nahm sein Handy und rief Jeanie zu Hause an. »Kleines, ich möchte, dass du dich ein bisschen umhörst und herausfindest, wer Willy Wylers Haus gekauft hat. Sei so lieb und sieh im Stadtarchiv nach, wem das Gelände im Umkreis von einer Meile um Ophelias

Trailer gehört. Vielleicht kannst du auch in Erfahrung bringen, ob die Grundstückspreise wegen des Golfplatzes gestiegen sind.« Als Jeanie stöhnte, tat sie es so laut, dass selbst der Chief es nicht überhören konnte. »Wenn du irgendwann mal Detective werden möchtest, Jeanie, dann solltest du …« Pause. »Ja, Darby hat mich gefunden. Danke dafür noch mal.« Gideon legte auf.

»Was haben denn Willy Wyler oder Grundstückspreise mit dem Fall zu tun?«, fragte der Chief genervt. »Drei Menschen sind tot. Und ich werde meinen Posten verlieren, wenn wir diesen Fall nicht schnellstmöglich aufklären.«

Die Ranken, die Körbe … »Plato Lavoie war hier oben und flocht Körbe, während er Ms. Beliveaus Trailer im Auge behielt. Das Körbeflechten hat ihm geholfen, einen kühlen Kopf zu bewahren. Er muss etwas Beunruhigendes gesehen haben, etwas, das ihn dazu gebracht hat, mich anzurufen. Er ging zurück ins Haus, zog sich für die Arbeit um und kam ein letztes Mal hierher. Was hat er bloß beobachtet?«

»Verflucht noch mal, Gideon«, hob der Chief an.

»Es sieht ihm gar nicht ähnlich, seinen Aussichtsposten so unordentlich zu hinterlassen. Als ich den Hochsitz vor ein paar Tagen entdeckt habe, stand hier kaum etwas rum.« Er ließ den Lichtkegel seiner Taschenlampe über den Boden wandern. »Sehen Sie sich die beiden Korbböden an der Wand an. Meistens hat er runde Körbe geflochten. Vermutlich war er Weltmeister darin, runde Körbe herzustellen. Bei denen ist die eine Seite so abgeflacht. Er muss vollkommen durcheinander gewesen sein. *Klick – nein, eher »Ach du Scheiße«*.

»Die Beliveau wusste, dass er ihr auf die Schliche gekommen war«, hielt der Chief wütend dagegen. »Sie hat ihn überrascht. Er hat noch versucht, Sie anzurufen, aber da war es bereits zu spät.« Er hob den Blick zu den lautlosen, zuckenden Schatten am abendlichen Himmel. »Habe ich mir doch gedacht, dass wir Fledermäuse sehen würden. Wenn ich meinen Job verliere, muss ich mir eine richtige Arbeit suchen. Dann habe ich keine Zeit mehr, Fledermauskästen zu bauen. Sie müssen diese Frau verhaften.«

»Plato hat Ophelia Beliveau verehrt«, sagte Gideon. »Wenn er herausgefunden hätte, dass sie jemanden umgebracht hat, so hätte er sie niemals verraten. Nicht an mich oder an sonst wen.« Die Klicks, die gerade auf Gideon hereinprasselten, waren zu viele, um sie jetzt zu sortieren. *Später.* Gideon schaltete die Taschenlampe aus.

»Auf jeden Fall ist sie mitschuldig«, sagte der Chief munter. »Fledermäuse sind ein gutes Zeichen. Ist die Beliveau zu Hause?« Er reckte den Hals, um auf die andere Straßenseite zu blicken, aber es war bereits zu dunkel, um etwas erkennen zu können.

»Nein, ist sie nicht.« Sie dürfte mittlerweile in Sicherheit sein.

»Dann warten wir, bis sie wieder auftaucht«, entschied der Chief. »Sie können doch gut mit Frauen umgehen. Am besten, Sie lassen Ihren Charme ein wenig spielen, damit sie Sie in ihr Haus lässt. Und sobald Sie die Pistole gefunden haben, machen wir den Sack zu. Die Beliveau packt aus, wer dahintersteckt, wir verhaften den Kerl, können den Fall endlich abschließen, und mein Job ist für mindestens ein weiteres Jahr gesichert.«

»Sollten wir bei ihr wirklich eine Waffe finden, dann ist sie ihr untergeschoben worden«, erwiderte Gideon. »Wenn wir Ophelia Beliveau verhaften, kann es gut sein, dass Sie das nächste Jahr nicht mehr erleben werden, geschweige denn genießen können. Genau wie ich – und zwar zu Recht.«

»Gideon, wir können nicht zulassen, dass die Clubs in dieser Stadt die Kontrolle übernehmen. Wenn Sie sich um Ihre eigenen Probleme kümmern wollen, dann ist das in Ordnung. Aber ich kann nicht tatenlos mit ansehen, wie diese Gangster unschuldige Bürger umbringen.«

»Blödsinn! Sie wollen doch nur, dass ich eine unschuldige Bürgerin verhafte, damit Sie weiterhin im gemachten Nest sitzen. Aber das mache ich nicht mit!«

»Sie werden das tun, was ich Ihnen sage!« In der Stimme des Polizeichefs schwang immer größere Wut mit. »Sie wissen genau, dass mir die unschuldigen Bürgerinnen und Bürger dieser Stadt sehr am Herz liegen. Und vergessen Sie nicht, dass ich Ihnen in der Sache mit Dufray letztes Jahr den Rücken gestärkt habe.«

»Sir, normalerweise halte ich sehr viel von Ihnen und bin stolz darauf, für Sie zu arbeiten. Aber in diesem Fall muss ich mich weigern, Ihren Befehl zu befolgen. Ich werde Ophelia Beliveau nicht verhaften.«

»Verdammt noch mal, Gideon, dann werde ich es eben selbst tun.«

»Nur über meine Leiche, Sir.«

Die Augen des Chiefs gingen fast über. »Wagen Sie es ja nicht, mir zu drohen!«

Gideon wahrte eine ruhige und leise Stimme. »Ich bedrohe Sie nicht, Sir. Ich sage Ihnen nur, was Sache ist. Wenn ich die Wahl habe, zu sterben, weil ich Ophelia verteidige, oder zu sterben, weil ich es nicht getan habe, werde ich mich immer für die erste Option entscheiden. Jemand will ihr etwas anhängen, und ich werde herausfinden, wer dahintersteckt.« Aber wenn er ihr einen Mord in die Schuhe schieben wollte, warum versuchte er dann, sie umzubringen? *Bingo.*

Der Chief lief unruhig auf der Plattform herum. »Wir müssen trotzdem in diese Richtung ermitteln. Und das wissen Sie genau.«

»Ich gehe jetzt rüber«, sagte Gideon. »Es sei denn, Sie wollen auf einen Durchsuchungsbefehl warten. Aber wir sollten nichts überstürzen und Leopards oder, noch schlimmer, Constantines Wut riskieren. Wenn jemand eine Waffe in ihrem Trailer deponiert hat, wollen die zwei auch, dass sie gefunden wird.«

Der Chief blieb stehen und beobachtete, wie seine geliebten Fledermäuse in die Dunkelheit ausschwärmten. Nach einer langen Pause, die Gideon dazu nutzte, mit der Taschenlampe noch einmal alles abzusuchen, nur um wieder bei den Korbböden zu landen, knurrte der Chief: »Sie haben bis morgen früh Zeit.«

»Mehr brauche ich auch nicht«, antwortete Gideon.

20

Als Ophelia die Tür zu Leopards Büro aufriss, dämmerte ihr, dass sie womöglich vom Regen in die Traufe gekommen war.

Sie warf die Tür hinter sich ins Schloss und lehnte sich mit weichen Knien dagegen. Leopard sah sie interessiert an, während Constantine, der mit seiner Gitarre in der Ecke saß, nicht einmal den Kopf hob.

»Da bist du ja«, begrüßte Leopard sie, der es sich in einem Sessel gemütlich gemacht hatte. »Genau wie Gideon es vorausgesagt hatte. Dir bleiben fünf Minuten, um mich auf den neuesten Stand der Dinge zu bringen. Dann muss ich los.«

»Gideon hat *was?*« Ophelia war überzeugt davon, ihre verbleibenden Adrenalinreserven auf dem Weg in den Club aufgebraucht zu haben. Anscheinend hatte sie sich geirrt.

»Er meinte, du würdest herkommen. Was ist los?«

Gideon musste geahnt haben, wohin sie gegangen war. Wahrscheinlich dachte er, er könnte nach Lust und Laune vorbeikommen, um sie einzukassieren. »Er würde mich nicht bis hierher verfolgen! So etwas Verrücktes würde er doch niemals tun, oder?« Sie zitterte wie Espenlaub.

Leopard stemmte sich aus dem Sessel hoch, verdrehte die Augen, legte Ophelia die Hand auf die Schulter und führte sie zum Sofa. »Vi hat erzählt, dass ihr beide miteinander geschlafen hättet. Warum sollte er es dann nötig haben, dich zu verfolgen?«

»Um mich zu verhaften«, antwortete Ophelia niedergeschlagen, schob das Kinn nach vorne und stieß ein jämmerliches Seufzen aus. »Wag es ja nicht, ihm auch nur ein Haar zu krümmen, Lep. Keiner von euch beiden. Wenn er hier auftaucht, schmeißt ihn einfach wieder raus. Wenn ihr ihm eure Schläger auf den Hals hetzt, dann werde ich …«

Leopard stöhnte leicht genervt auf. »Mal halblang. Er hat nichts davon gesagt, dass er hierherkommen würde. Er meinte nur, es könnte nicht schaden, wenn du erst mal bei uns im Club bleibst, wo du sicher bist. Und jetzt setz dich.«

»Nicht, bis ich diese elende Pistole los bin.« Ophelia nestelte unter ihrem Bustier, um den Seidenrock aufzuknöpfen. »Ich verstehe nicht, warum er mich verdächtigt, die drei Morde begangen zu haben. Er sagt es zwar nicht laut, aber ich sehe es in seinen Augen. Und dann taucht auch noch diese Pistole in meinem Haus auf, und sein Boss setzt ihn mächtig unter Druck.« Mit einem verzweifelten Schrei riss sie den Rock in die Höhe, zerrte an dem Reifrock und trat ihn von sich.

»Du redest einen Haufen Müll«, erwiderte Leopard. »Gideon ist es scheißegal, was sein Boss von ihm verlangt.« Als das Telefon klingelte, warf Leopard einen kurzen Blick auf das Display. Ophelias Seidenrock glitt zu Boden. »Die zauberhafte Vampirlady legt gerade einen Strip für uns hin«, sagte er zu dem Anrufer. Ophelia knirschte mit den Zähnen und fummelte an dem Doppelknoten des Netzbeutels. »Kein Problem«, meinte Leopard. »Bis dann.« Er legte auf, fuhr die Klinge seines Klappmessers aus, ging in die Knie, schnitt das Band durch und nahm die Tasche.

»Er kommt her?« Ophelia versuchte erst gar nicht, das Zittern in ihrer Stimme zu verbergen.

»Mensch, Mädchen! Er wollte nur sichergehen, dass du unbeschädigt bei uns angekommen bist.« Leopard warf das Band in den Mülleimer und öffnete die Tasche. »Du hast noch drei Minuten. Erklärung?«

Ophelia ließ sich auf die Couch fallen und erzählte, was vorgefallen war, während er die Nase in die Tüte mit der Pistole steckte und sie wieder in die Netztasche zurücklegte.

»Ich glaube eher, dass er sich die Waffe holen wollte, damit du *nicht* verhaftet wirst.« Er warf Constantine einen vielsagenden Blick zu.

»Das lässt sich leicht herausfinden, indem wir …«, setzte der Rocker mit seiner düsteren Stimme an, die Ophelia unter normalen Umständen ganz amüsant fand. Heute jedoch entfachte sie in ihr nichts als die nackte Angst.

»Constantine«, rief sie. »Wenn du ihm weh tust …«

»… ihn fragen«, beendete er seinen Satz und legte die Gitarre beiseite. »Cappuccino? Nein. Besser was mit Schuss.« Er öffnete eine Schublade mit Hochprozentigem unter dem Tresen.

Leopard schloss den Tresor im Bücherregal auf, um die Tasche mit der Pistole zu verstauen. »Gideon meint, er hätte den Chief unter Kontrolle. Vorerst. Sag mir Bescheid, wenn er die Waffe zurückhaben möchte. Ich muss jetzt weg.«

Ophelia sprang hektisch auf. »Du hast vor, ihm die Pistole zu geben?«

»Wenn er mich davon überzeugt, dass es das Beste ist, ja. Vielleicht gelingt es ihm ja, sie zurückzuverfolgen. Oder vielleicht will er sie dem Mörder unterschieben, sobald er herausgefunden hat, wer Plato wirklich erschossen hat.

Komm schon, Mädchen, das bist doch nicht du. Ich kann echt nicht glauben, dass der Typ dir dermaßen zusetzt, dass du keinen klaren Gedanken mehr fassen kannst. Was ist mit ihm? Hat er sich auch nur als besessener Freak entpuppt? Ist er eine Niete im Bett? Lässt er kein Nein als Antwort gelten?«

»Natürlich ist er keine Niete im Bett!« Ophelia musste schlucken. Erfolglos. Erst kullerte ihr eine, dann noch eine Träne über die Wangen. »Ich mag ihn wirklich, Lep, aber es hat sich herausgestellt, dass er ein echter Mistkerl ist. Und ich komme mir wie ein Vollidiot vor, weil es so *bequem* war.«

Leopard starrte sie mit offenem Mund an. »Sex mit Gideon war *bequem*? So etwas Langweiliges habe ich in meinem ganzen Leben noch nicht gehört.«

»Es war nicht nur bequem«, schoss Ophelia wütend zurück. »Wenn du auch nur den Hauch einer Ahnung hättest, wie es sich anfühlt, mit jemandem zu schlafen, der nicht wie all die anderen besessen oder einfach nur komplett durchgeknallt ist, wüsstest du …« Weitere Tränen bahnten sich ihren Weg über ihre Wangen. »Er war entspannt. Es war so gut, ich musste mir keine Gedanken darüber machen, ob er danach ausflippt. Ich habe mich *sicher* gefühlt.« Sie war kurz davor, laut loszuschluchzen. »Zum ersten Mal seit langem habe ich mich sicher gefühlt.«

»Aha«, antwortete Constantine mit hochgezogener Augenbraue. »Und jetzt fühlst du dich nicht mehr sicher.«

»Wie kann ich mich denn jetzt noch sicher fühlen, nach dem miesen Trick?« Da, sie hatte schon etwas weniger weinerlich gesprochen. Schniefend wischte sie sich die Tränen weg. »Dieser verlogene, schleimige« – *und leider auch verdammt heiße* – »Bastard hat mir frech ins Gesicht gelacht und mich ganz nebenbei gefragt, ob es in Ordnung wäre, wenn er mein Haus durchsuchen würde. Viel Spaß mit Violet hat er mir gewünscht. Ist klar! Während er sich die Beweise holt, die er braucht, um mich den Rest meines Lebens ins Gefängnis zu bringen. Nicht, dass ich dort auch nur einen Tag überleben würde, ohne jemanden umzubringen. Und ich kann mir nicht vorstellen, dass er das nicht weiß. Oder es ist ihm einfach egal.« Gerade noch konnte sie einen Heulkrampf zurückhalten und begann, wütend auf und ab zu laufen.

»Er hätte meine Alibis auseinandergenommen«, fuhr sie fort. »Reuben arbeitet für dich, und einer meiner Kunden, den ich gestern getroffen habe, steht wahnsinnig auf Bondage. Ein echt süßer Typ, aber wer glaubt ihm schon?« Sie ballte die Hände zu Fäusten und unterdrückte einen Schrei. »Ich dachte wirklich, Gideon wäre … nett. Und ich hätte schwören können, dass er auf meiner Seite ist. Ich könnte diesen Kerl umbringen!« Ihre Reißzähne glitten vor Wut aus ihrem Kiefer. »Aber ihr, ihr fasst ihn bloß nicht an!«

Leopard verdrehte nun vollends genervt die Augen. »Ich bin weg. Tu mir den Gefallen, Constantine, und bring sie wieder zur Vernunft.«

Die Tür fiel ins Schloss. Ophelia atmete langsam aus. »Tut mir leid. Das musste mal raus. Ab jetzt kein hysterisches Gekreische mehr, versprochen.« Nachdem sie kraftlos ihre Fangzähne an ihren Platz zurückbefördert hatte, kuschelte sie sich in eine Ecke des Sofas und nahm die Tasse entgegen, die Constantine ihr hinhielt. »Ich weiß, dass ihr jemanden nicht ohne Grund bestrafen würdet. Aber ich muss mir erst sicher sein. Und selbst dann könnte ich die Vorstellung nicht ertragen. Dass ihr ihm weh tut, meine ich.«

Constantine nippte an seinem eigenen Kaffee, den er mit

einem kräftigen Schuss Alkohol verfeinert hatte. »Lust auf eine andere Sichtweise?«

Ophelia seufzte. »Natürlich. Es ist nur so, dass … Ich will nicht all meine Hoffnungen auf ihn setzen, nur um auf der ganzen Linie enttäuscht zu werden. Ich habe es satt, ständig gegen mich selbst zu kämpfen, mir ständig diese Kerle vom Leib halten zu müssen.«

Constantine setzte sich neben sie. Seine dunklen Augen wirkten seltsam freundlich. »Vielleicht hat er auch nur versucht, dir noch mehr Ärger vom Hals zu halten. Er kann keine Zeit mit dir verbringen, während er an dem Fall dran ist, und hat sich womöglich gedacht, dass du bei deiner Schwester sicherer aufgehoben wärst. Und was die Sache mit seinem Boss betrifft: Vielleicht wollte er, dass du bei uns bleibst, bis er seinen Chef von seiner Theorie überzeugt hat. Klingt, als wäre ihm das gelungen. Klar steht Gideon unter Druck, aber das heißt noch lange nicht, dass er sein Gewissen über Bord geworfen hat. Was auch immer Lep sagt, ich bezweifle, dass Gideon jemals irgendjemandem Beweise unterschieben würde, selbst wenn derjenige schuldig wäre. Hast du eine Ahnung, wie viele Bestechungsversuche von Leuten, die mich im Knast sehen wollten, er abgelehnt hat?«

Ophelia versteifte sich. »Soll das heißen, dass er dich für schuldig gehalten hat?«

»Ich weiß nicht, was er gedacht hat. Ich weiß nur, dass er Summen ausgeschlagen hat, die ihm ein langes Leben im Luxus ermöglicht hätten.«

»Aber warum sieht er mich dann an, als würde er mich verdächtigen?« Verunsichert darüber, was sie in Constantines Blick las, fuhr sie hastig fort: »Er sieht mich so durchdringend an, hört mir zu, als würde er jedes Wort auf die

Goldwaage legen, und beobachtet mich ständig. Sein Verhalten hat nichts mit Sex zu tun. Er wartet und wartet, bis ich die Stille nicht mehr aushalte und rede.«

Als es an der Tür klopfte, stand Constantine auf und kehrte mit einem Tablett frischer Austern und Pommes frites zurück. »Auch wenn es keiner glauben will, Männer denken nicht die ganze Zeit nur an Sex. Ab und zu muss Gideon auch mal einen Gedanken an die Morde, die er aufklären muss, verschwenden.« Er stellte Ketchup und Tabasco auf den Tisch. »Bedien dich.«

»Das Letzte, was ich jetzt brauche, ist etwas Aphrodisierendes.« Trotzdem aß sie eine Auster. »Ich kann mir nicht vorstellen, dass mich jemand wirklich umbringen will.«

»Vielleicht liegt der Fall ja auch ganz anders.« Constantine schraubte den Deckel der Tabascoflasche ab und hielt sie über die Austern. »Darf ich?«

Ophelia nickte. »Wie meinst du das?«, fragte sie und spritzte etwas von dem Ketchup auf den Teller.

»Der Rhythmus ist verkehrt«, antwortete Constantine. »Zuerst die Sache mit der toten Katze, dann kommt jemand anderes daher und verwüstet deinen Garten – da könnte es einen Zusammenhang geben, muss es aber nicht. Als Nächstes haben wir die Leiche in deinem Pick-up. Und dann schafft es jemand nicht, dich zu erschießen, versetzt aber deinem Garten den ultimativen Todesstoß.«

Ophelia hielt die Hand in die Höhe. »Halt …« Sie tauchte eine Pommes in das Ketchup und aß sie. »Mein Garten muss vergiftet worden sein, *bevor* die Leiche in meinem Pick-up gefunden wurde und *bevor* mein Garten verwüstet wurde. Es dauert nämlich eine Weile, bis der Unkrautvernichter wirkt.«

»Noch besser. Lassen wir das mit dem Vandalismus mal

für einen Augenblick beiseite. Dann hätten wir als Erstes eine Drohung, dann noch eine, die aber auf dein Geschäft und damit deinen Lebensunterhalt abzielt. Und wer dir eine Leiche in den Pick-up legt, hat es auch auf deinen Ruf als Geschäftsfrau abgesehen. Außerdem gerätst du durch diese Sache bei der Polizei unter Verdacht. Dann schießt jemand auf dich, geht aber wieder einen Schritt zurück, indem er dir einen anderen Mord in die Schuhe schieben will. Da stimmt doch was nicht. Wenn er dich ein für alle Mal aus dem Weg räumen wollte, warum schießt er dann nicht einfach noch einmal auf dich?« Er schob sich eine Pommes in den Mund. »Vielleicht wollte er ja auch den Bullen mit dem Beschützerinstinkt beseitigen.«

Ophelia richtete sich ruckartig auf. »Du denkst, dass er eigentlich auf Gideon geschossen hat?«

Constantine schlürfte eine Auster. »Woher soll ich das wissen? Das ist nur eine von vielen Theorien.«

»Mein Gott! Wir müssen auf der Stelle mit Gideon sprechen.«

Doch Gideon ging nicht ans Telefon, auch nicht nach unzähligen Versuchen, während Constantine eine Auster nach der nächsten schlürfte, sich an den Pommes frites bediente und es arrangierte, Art abzuholen und sich mit Violet im Club zu treffen.

»Vielleicht hat sein Handy bei meiner Wasserattacke etwas abbekommen«, sagte Ophelia. »Wenn Gideon meinetwegen erschossen wird …« Sie scheute sich, den Gedanken zu beenden.

Constantine schnappte sich Ophelias Handy und hinterließ auf Gideons Mailbox eine Nachricht. »Ophelia dreht vollkommen am Rad. Sie ist überzeugt davon, dass der Schuss heute Morgen dir und nicht ihr gegolten hat.«

Ophelia stürzte sich auf das Handy, doch Constantine hatte es bereits wieder zugeklappt. »Er weiß schon, wie er auf sich aufpasst. Ganz abgesehen davon, brauche ich dich heute Abend.«

»Du kommst auch mit? Gott sei Dank!« Artemisia trippelte erleichtert ein paar Stunden später in ihrem hautengen blauen Kleid von ihrer Haustür zu Constantines Wagen, der noch größer und protziger war als der, den er Ophelia geliehen hatte. Sie schloss Ophelia in die Arme und warf Constantine einen schuldbewussten Blick zu. »Tut mir leid, aber manchmal erschreckst du mich zu Tode, und Vi versteht einfach nicht, wie schwer das alles für mich ist! Ich komme mir wie ein Idiot in diesem Aufzug vor. Bist du dir ganz sicher, dass Darby und Marissa auch dort sein werden?«

Constantine lotste Art in seinen Wagen. »Alles bestens organisiert.«

»Was ist organisiert? Was passiert denn heute überhaupt?«

»Du wirst schon sehen.«

»Du machst Art Angst«, mischte sich Ophelia ein, als sie neben ihr auf der Rückbank Platz nahm. »Sieh dir nur an, wie sie zittert. Und dabei ist es nicht einmal kalt draußen.«

Constantine fädelte sich in den Verkehr ein und fuhr stadteinwärts. »Es wird nicht lange dauern.«

Ophelia warf ihm einen verstohlenen Blick zu. Was würde nicht lange dauern? Sie hasste es, wenn er so geheimnisvoll tat. Andererseits konnte sie sich aber unmöglich weigern, jemandem zu helfen, dem sie so viel zu verdanken hatte.

»Es ist nicht Constantines Schuld«, sagte Art. »Es liegt an mir. Ich weiß einfach nicht, wie ich mich verhalten soll. Soll ich mich in so einen Fummel schmeißen oder nicht? Ich kann mich doch nicht einfach an Darby heranwanzen und ihn dieser Frau ausspannen.«

»Das musst du auch nicht«, entgegnete Constantine mit seiner unheimlichen Stimme.

Ophelia sah abermals zu ihm hinüber, öffnete den Mund, um eine Frage zu stellen, ließ es dann aber bleiben.

Art schauderte. »Was hat er vor?«

»Woher soll ich das wissen?«, antwortete Ophelia gereizt. »Mir sagt er ja nichts.«

»Vertraut mir einfach.« Constantine lachte.

Ophelia verdrehte die Augen. »Art, vergiss einfach, was Constantine ausgeheckt hat, und denk lieber darüber nach, was du dir von diesem Abend erhoffst. Willst du Darby überhaupt noch immer? Was, wenn er sich in dich verliebt, und du ihm dann doch das Herz brichst?«

»Natürlich will ich ihn! Ich liebe ihn, seitdem ich sechzehn bin. Es war mir nur einfach nicht bewusst.« Nach einer angespannten Pause murmelte sie: »Ich hätte es wissen müssen, hätte es wissen können, wenn ich nicht so dumm gewesen wäre.«

»Schon mal drüber nachgedacht, dass der Kerl sich im Laufe der Zeit verändert haben könnte?«, gab Constantine zu bedenken.

»Er ist und bleibt Dar«, entgegnete Art barsch.

Sie betraten das *Chamber* durch den Personaleingang und überquerten die vernebelte Tanzfläche, bevor sie in einen kühlen und nur schwach beleuchteten Nebenraum geführt wurden. Vor einer Bühne standen ein paar Tische, von denen die meisten bereits belegt waren. Sie setzten sich an den für Constantine reservierten Tisch, wo Ophelia sich augenblicklich die Schuhe auszog. »Warum sind wir hier?«

»Wegen der Show«, sagte Constantine, und seine Stimme

klang noch unheimlicher. Ophelia kannte diese Laune bei Constantine nur zu genau. Er gab sich nicht absichtlich so unheilvoll. Er plante etwas ganz und gar nicht Erfreuliches, was nicht nur damit zu tun haben konnte, dass er Art und Darby Sims zusammenbringen wollte. Doch Ophelia war viel zu beschäftigt mit ihren Gedanken für Gideon. Die Entscheidung, die sie unweigerlich zu treffen hatte, und die Sache, die es am Morgen zu erledigen galt, schwirrten in ihrem Kopf herum.

Art setzte sich auf Constantines andere Seite. Im Hintergrund lief ein langsamer, sexy Song. Art blickte auf das üppige, violette und goldene Bühnenbild, die zu einer langen Kette zusammengesetzten Handschellen unter der Decke und die eindeutig phallischen Säulen links und rechts neben der Bühne, über denen einladende Blumen aus Gips prangten. »Jede Show, die hier gezeigt wird, hat mit Sex zu tun. Wenn Dar Marissa mitbringt, kann ich gleich einpacken und nach Hause fahren.«

»Hör auf, dich verrückt zu machen«, sagte Constantine. »Entspann dich und genieß den Ausblick.«

»Welchen Ausblick?«, protestierte Art, gerade als ein nur mit einem Lendenschurz bekleideter Kellner an ihrem Tisch stehen blieb. »Einen Rum mit Cola«, stammelte Art. Als sich der Kellner samt Waschbrettbauch und Knackarsch entfernte, raunte sie: »Und das hier soll einer der *seriösen* Clubs sein?«

»Keine Minderjährigen, und niemand wird verletzt«, erwiderte Constantine. »Ansonsten gibt es so gut wie keine Regeln.«

»Jetzt ist nur noch ein Tisch frei«, bemerkte Art besorgt. »Was, wenn Darby keinen Platz mehr findet? Außerdem verstehe ich noch immer nicht so recht, was …«

Als das Licht auf einmal gedimmt wurde und eine Reihe von Scheinwerfern im hinteren Teil der Bühne ansprangen, rollten zwei hünenhafte, fast nackte Männer eine mit künstlichem Tigerfell bezogene Couch auf die Bühne. Einer von ihnen war Darby Sims. Ein Johlen ging durch die Menge. Darby und sein Kollege begrüßten die Zuschauer, indem sie mit ihren nackten Hintern aneinanderstießen, ehe jeder zu einer der Seiten abging.

Art wimmerte leise. Ihr Blick flog zu Ophelia, die lachend mit den Achseln zuckte. Wenige Sekunden später kehrte Darby mit den passenden Stühlen und Hockern zurück. Die Musik wurde leiser und rauher. Von einem der hinteren Tische ertönte eine Frauenstimme: »Ausziehen, ausziehen!«

Darby grinste, hob einen seiner durchtrainierten Arme über den Kopf und stieß das Becken nach vorne, ehe er dem Publikum noch einmal seinen Allerwertesten präsentierte und davonschlenderte.

»Ach du heilige Scheiße«, sagte Art wie benebelt. »Dar hat den süßesten Knackarsch der Welt.«

Als die Drinks serviert wurden, erschienen Darby und der andere Typ, um weitere Requisiten auf die Bühne zu bringen. Ophelia trommelte mit den Fingern auf dem Tisch und nippte an ihrem Cosmopolitan. Art konnte den Blick von Darbys unteren Körperregionen nur so lange abwenden, um einen großen Schluck von ihrer mit Rum versetzten Cola zu nehmen. »Warum arbeitet er im Theater? Gideon meinte, er hätte einen Job als Tätowierer«, fragte sie mit erstickter Stimme.

»Er kann erst nächste Woche anfangen, deshalb springt er für ein paar Tage als Bühnenhelfer ein«, klärte Constantine sie auf.

»Ich glaube das alles nicht«, flüsterte Art. »Er wirkt so gelassen, dabei steht er halbnackt auf einer Bühne vor einem Publikum.« Art trank einen weiteren großen Schluck.

»In Atlanta hat er nebenher als Stripper gearbeitet«, erklärte Constantine. »Daher kennt er auch Johnny und Marissa Parker. Meine Quellen sind zuverlässiger als die von Vi.«

»Und warum habe *ich* das nie erfahren?« Sie kippte ihren Rum mit Cola in einem Zug hinunter.

»Trink mal lieber nicht so schnell, Art«, riet ihr Constantine. »Dasselbe gilt übrigens auch für dich, Ophelia.«

Ophelia klammerte sich an ihren Cosmopolitan. »Der Drink hilft mir, mich ein wenig zu entspannen. Ich bin verdammt nervös.«

»Das hier macht dich nervös?« Der Glanz in Arts Augen verschwand urplötzlich, als Darby von der Bühne abging und der Showmaster erschien. »Ich kann überhaupt nicht einordnen, was ich gerade fühle. Ich weiß nur, dass ich Darby bis ans Ende der Zeit zuschauen könnte.«

Den roten Strohhalm im Mund, sagte Ophelia: »Dein Hoffentlich-bald-Freund hat ja auch einen ziemlich knackigen Hintern.«

»Hey!«, rief Art. »Sieh gefälligst woandershin! Sein Hintern gehört *mir!*« Trotz des gedämpften Lichts war gut zu erkennen, dass sie errötete. »Ich kann kaum glauben, dass ich das wirklich gesagt habe.« Sie starrte wütend auf das leere Glas in ihrer Hand, so als ob es ihr einen Streich gespielt hätte.

Ophelia schenkte den tanzenden und singenden Travestiekünstlern, die die Show eröffneten, herzlich wenig Beachtung. Was sollte sie bloß Gideon sagen, wenn sie sich das nächste Mal sahen? Selbst wenn er sie nicht verdächtigte und sie nicht verhaften wollte, musste sie sich ihm gegenüber immer noch erklären, ihm sagen, warum sie nicht sicher war. Die andere Möglichkeit wäre nur, ihm einen Korb zu geben. »Du solltest weder das eine noch das andere tun«, hatte Constantine ihr auf dem Weg zu Art eingeschärft. »Fang ein neues Leben an.« Doch so einfach war das nicht. Wenn jemand dafür Verständnis haben sollte, dann gerade Constantine.

Eine weitere Runde Drinks wurde serviert. Als die Männer in ihren bunten, mit Federn besetzten Kostümen von der Bühne tänzelten, blickte Art mit großen Augen nach vorne. Kein Darby. Stattdessen folgte noch eine Showeinlage, in der sich fast nackte Tänzer und Tänzerinnen erotisch räkelten.

»Ah.« Constantine deutete mit dem Kinn auf Reuben, der mit einer verzückt dreinblickenden Marissa am Arm zur Tür hereingeschwebt kam. Kaum hatten Reuben und Constantine für den Bruchteil einer Sekunde Augenkontakt geschlossen, senkte Constantine den Blick wieder auf seinen Drink. »Schaut nicht zu ihnen hin. Ich möchte nicht, dass sie mich jetzt schon entdeckt.« Reuben führte sein Date zu dem letzten freien Tisch.

Art stöhnte auf. »Constantine jagt der armen Frau schon einen Mordsschrecken ein, wenn er sie nur ansieht.«

Jetzt hatte sie es. *Ich habe gar keine andere Wahl,* dachte Ophelia.

»Ich hasse das«, grummelte Art vor sich hin. »Sie ist heute Abend ja noch nicht mal mit Dar unterwegs. Ich wünschte, ich hätte den Mut, selbst zu Dar zu gehen und ihn nach einem Date zu fragen.«

»Ich tue das hier nicht deinetwegen«, entgegnete Constantine. »Sie war nie Darbys Freundin. Sie hat ihn angeheuert, um nach Johnny zu suchen, da er ohnehin hierherkommen wollte.« Er drehte sich zu Ophelia um: »Sieh sie jetzt direkt an. Sei lasziv.«

Ophelia spielte mit dem kleinen roten Strohhalm. »Du kannst manchmal echt brutal sein.«

Constantine brummte zustimmend. Mistkerl!

»Marissa will einfach endlich wissen, ob ihr Ehemann lebt oder tot ist«, sagte Ophelia. »Vielleicht geht es ja um die Ausbezahlung seiner Lebensversicherung. Oder sie hat vor, wieder zu heiraten.«

»Ich kann mich nicht um die Probleme von jedem kümmern«, sagte Constantine unbeirrt. »Lass ein bisschen deine Reize spielen, Ophelia. Aber nur so viel, dass sie dich bemerkt, ohne gleich Theater zu machen.« Als Ophelia noch immer zögerte, sagte er: »Du machst das nicht nur für mich, sondern auch genauso für dich, Baby. Na los.«

Verdammt noch mal ... Ophelia gehorchte und gab ihr Bestes, ihre Anziehungskraft Stück für Stück im Raum zu verströmen. Sie hasste es, wie sich einer nach dem anderen zu ihr umdrehte. Als die Showeinlage sich dem Ende entgegenneigte, zerriss ein erschrockener Schrei die beschwingte Atmosphäre.

»Was macht die denn hier?«, fauchte Marissa. »Mir gefällt's hier nicht mehr.« Sie erhob sich halb, bis Reuben fürsorglich den Arm um ihre Schulter legte und sie sanft, aber bestimmt zurück auf den Stuhl drückte. Jeder Mann im Saal und die Hälfte der Frauen starrten jetzt zu Ophelia herüber.

Ein Mann am Nachbartisch vergaß sein Date sogar vollkommen und sprang auf, um zu Ophelia zu stürzen. Als Constantine sich erhob, machte er jedoch gleich wieder einen Rückzieher. Art, die die Arme um sich schlang, sah aus wie ein Häufchen Elend.

»Gut genug?«, fragte Ophelia und wandte sich schlechtgelaunt wieder ihrem Cosmopolitan zu. »Verdammt, Constantine, ich versuche nachzudenken. Ich muss eine wichtige Entscheidung treffen.«

Constantine nahm Ophelia den Drink ab, den sie fest umklammerte, und gab dem Kellner ein Zeichen. »Was für eine Entscheidung denn? Du bist bis über beide Ohren in den Typen verknallt.« Er warf einen verstohlenen Blick zu Marissa, die es sich in Reubens beschützenden Armen gemütlich gemacht hatte. »Wir lassen sie eine Weile schmoren.«

»Ich wünschte, ich könnte nach Hause gehen«, sinnierte Art und nahm einen großen Schluck von ihrem nächsten Drink. »Ich wünschte, ich könnte mit Dar nach Hause gehen.«

Ophelia griff nach ihrem Cosmopolitan und trank, bis Constantine ihn ihr entriss. »Ganz ruhig«, sagte er leise. »Du hast dich doch längst für Gideon entschieden, und das weißt du auch.«

»Du solltest ihn heiraten«, meinte Art. »Und ich werde Darby heiraten.«

»Eine andere Entscheidung«, erwiderte Ophelia. »Ich muss es ihm sagen.«

»Du hast ihm noch nicht gesagt, dass du ihn liebst?« Art biss sich auf die Lippe. »Ich muss es Dar auch noch sagen, aber ich hab so Angst davor.«

»Warum, verdammt noch mal?« Constantine verdrehte die Augen. »Vergiss es einfach und sieh endlich nach vorne.«

»Was? Ich soll ihn vergessen?«, sagte Art. »Dabei sind wir uns ja noch nicht mal nähergekommen.« Ihr Blick verlor sich in ihrem halbleeren Glas. »Aber ihr habt recht. Wenn er meine Liebe nicht erwidert, bleibt mir nichts anderes übrig, als nach vorne zu sehen.«

»Und wenn ich ihn letzten Endes doch heirate?«, sagte Ophelia. »Ich könnte nicht mehr in den Spiegel sehen.«

Constantine stieß ein ungläubiges Schnauben aus. »Tu, was du für richtig hältst, auch wenn es dein Untergang ist, Baby.«

»Hey«, rief Art. »Ich bin eine moderne, emanzipierte Frau. Ich werde schon nicht gleich draufgehen, nur weil so ein attraktiver Scheißkerl mich nicht liebt.« Tränen kullerten ihr über die Wangen, ehe sie in ihrem Drink landeten.

»Vielleicht irre ich mich ja?«, flüsterte Ophelia. »Selbst wenn er kein Mistkerl ist, was, wenn er es nicht versteht? Wenn ich ihm nicht vertrauen kann? Ich bin mir noch immer nicht ganz sicher, ob er mich heute nicht doch verhaften wollte.«

»Das wäre sein Todesurteil«, meinte Constantine. »Er ist ein netter Kerl und, so wie's aussieht, auch der Richtige für dich. Warum solltest du ihn mit deinem persönlichen Müll belasten? Lass es gut sein.«

»Jemand, der so einen süßen Hintern wie Dar hat, kann unmöglich der Richtige für mich sein«, schluchzte Art. »Ich verehre Dars nackten, schwarzen, knackigen Arsch! O mein Gott, habe ich das gerade laut gesagt?«

Der Kellner brachte ihnen Kaffee und Walnusskuchen, ehe Constantine Ophelias halbleeren Cosmopolitan ungefragt auf dem Tablett abstellte. Arts Drink verschwand auf dieselbe Weise.

Constantine setzte sich kerzengerade hin. »Vor der nächsten Showeinlage setzen wir noch einen drauf. Dieses Mal bekommt sie *mich* zu sehen.« Er befreite sein langes Haar von dem Lederband und schüttelte es aus, so dass es ihm wild auf die Schultern herabhing, ehe er sich Marissa zuwandte.

Als wäre ihr Kopf an einem unsichtbaren Faden befestigt, drehte sich die Blondine zu Constantine um. »Da ist er ja!«, kreischte sie. »Siehst du ihn? Er will mich umbringen.«

Constantine ließ von dem unsichtbaren Faden ab und fütterte Ophelia mit einer Gabel Kuchen. Reuben flüsterte Marissa etwas Beruhigendes zu.

»Du hast ihr eine Falle gestellt«, erkannte Art. »Sie dachte, sie hätte ein Date mit einem heißen Typen, aber in Wahrheit steckt der Kerl mit dir unter einer Decke. Wie gemein ist das denn?«

»Wer auf Ärger aus ist, der bekommt auch welchen.« Als Constantine die Hand auf ihre legte, zuckte sie zusammen. »Beruhige dich«, meinte er mit seiner freundlichen, doch zugleich kühlen Art. »Kümmere dich nicht um Marissa. Ich hätte alles genauso gemacht, auch wenn du nicht hier gewesen wärst. Stimmt's, Ophelia?«

»Ja«, antwortete Ophelia mürrisch.

Die Darbietung, die keiner der drei genauer beachtet hatte, neigte sich dem Ende zu. Als die Lichter angingen, traten auch die Bühnenhelfer wieder in Erscheinung und machten ihre Späße, während sie die Bühne freiräumten und eine Ansammlung von Peitschen und Ketten aufbauten. Gebannt verfolgte Art, wie sie mit zwei nackten Puppen auf dem Rücken hereingetänzelt kamen.

»Hi!« Vi bahnte sich, mit Donnie Donaldson im Schlepptau, den Weg durch den Saal. Art hob zögerlich die Hand, während ihre Augen Dar verschlangen, bis Vi sich mit ihrem Körper dazwischenschob.

»Hey«, kreischte Art und sprang auf. »Du nimmst mir die Sicht.«

Dars Kopf flog herum.

»Los, Dar!«, rief Art. »Überanstreng dich nicht. Spar dich lieber für *mich* auf.«

Die Menge grölte. Darby grinste und warf ihr einen Luftkuss zu, ehe er sich mit wackelndem Hintern wieder an die Arbeit machte.

Violet und Constantine brachen in lautes Lachen aus. Art schlug die Hände vor das Gesicht und winselte.

21

Die Gewissheit traf Ophelia wie ein Blitz aus heiterem Himmel. Plötzlich wusste sie, was mit Donnie nicht stimmte. Sie presste das Gesicht an Constantines Schulter und vergrub die Finger in seiner Brust. Wie von selbst bohrten sich die Fangzähne durch ihre Lippe. Vor Schmerzen ächzend klammerte sie sich an Constantine.

Wie immer begriff Constantine sofort, was Sache war. »Ich weiß, dass es lustig ist, aber musst du mir deshalb gleich den ganzen Arm vollsabbern?«, sagte er scherzend, um Ophelias Ausrutscher zu überspielen.

Blut tröpfelte aus ihrem Mund und landete auf seinem Ärmel. Nachdem sie die Reißzähne wieder aus der Lippe gezogen hatte, verbannte sie die gottverdammten Dinger zurück an ihren Platz.

»Ophelia«, fragte Violet, »alles in Ordnung mit dir?«

»Sie ist betrunken«, antwortete Constantine schnell. »Genau wie Artemisia. Deshalb ist sie auch so hemmungslos.«

»Das sieht Ophelia gar nicht ähnlich«, meinte Violet. »Sie muss ziemlich unter Strom stehen. Kein Wunder, mein armes Engelchen.«

Selbst wenn ich bis eben betrunken war, jetzt bin ich auf jeden Fall nüchtern wie noch nie. Ophelia wischte sich die Lippe mit Constantines Ärmel ab und versiegelte die Wunde, bevor sie ihre Stirn gegen seine Schulter lehnte und darauf wartete, dass ihre Reißzähne ihr endlich wieder gehorchten. Sie wünschte, sie könnte sich einfach so aus dem Staub machen, ohne Violet und ihr *Date* ansehen zu müssen. Wut kochte in ihr hoch – siedend heiß wie Lava. Und mit der Wut kamen der Schmerz und die Enttäuschung. Er war immer ein guter Nachbar gewesen, fast schon ein Freund. Wie konnte er nur? Und warum? Ophelia war fassungslos.

»Warum stellst du mich deinem Freund nicht vor, Vi?« Constantine klang amüsiert.

»Das ist Donnie, Ophelias Nachbar. Er hat mich besucht und dann spontan entschieden, sich uns anzuschließen.«

»Doch wohl nicht der Nachbar, der den Garten zerstört hat, hoffe ich?« Constantine hatte große Mühe, nicht in schallendes Gelächter auszubrechen.

»Natürlich nicht«, antwortete Vi. »Donnie könnte keiner Fliege etwas antun.«

Ophelia zischte, wobei sie sich beinahe wieder in die Lippe gebissen hätte.

»Ophelia, wehe, du kotzt mich voll«, sagte Constantine drohend. »Darauf stehe ich nämlich ganz und gar nicht.«

Artemisia erhob sich heftig schwankend. »Ich glaube, ich muss mich übergeben.« Damit hastete sie in Richtung Toiletten.

»Du gehst mit, Ophelia.« Constantine schlang sich ihren Arm über die Schulter und folgte Art mit langsamen Schritten. »Das ist also der Killer?«, fragte er, sobald sie außer Hörweite waren.

Knurrend drückte Ophelia die Fangzähne zurück an ihren Platz. »Er ist mit meiner Schwester unterwegs.«

Constantine schüttelte sich vor Lachen. »Das war nicht zu übersehen. Wie hast du's herausgefunden?«

»Durch dich. Weil du gesagt hat, die Kugel am Fluss wäre für Gideon und nicht für mich bestimmt gewesen.«

»Ja und?«

»Donnie hat Gideon zum Fluss geschickt, um dort nach mir zu suchen. Er ist der Einzige, der wusste, dass er dort ist. Wahrscheinlich ist er sofort auf die andere Seite des Flusses gefahren, um sich in einem der Neubauten auf dem Golfplatz zu verstecken. Mehr als ein paar Minuten dürfte das nicht gedauert haben. Außerdem fällt mir jetzt wieder ein, dass er das Geheimfach im Trailer für den Vorbesitzer eingebaut hat. Und jetzt ist er mit Vi unterwegs. Was sollen wir denn nun tun? Verflucht noch mal, jetzt hör endlich auf zu lachen.«

»Vi kann gut auf sich selbst aufpassen.«

»Und wenn sie mit ihm schläft? Ich kann unmöglich zulassen, dass sie mit einem Mörder ins Bett geht.«

»Ach, ich weiß nicht«, sagte Constantine. »Es scheint ein besonderer Reiz zu sein. Sieh dir nur all die Frauen an, die mit mir schlafen wollen.«

Ophelia wehrte den Impuls ab, ihm eine zu scheuern. »Was, wenn sie nicht mit ihm schlafen will, und er aus der Haut fährt? Er ist schon seit Jahren hinter ihr her, aber sie hat nie großes Interesse an ihm gezeigt.«

Constantine lachte. »Ich glaube, das wird ein lustiger Abend. Mach dir keine Sorgen, ich werde mich darum kümmern, dass ihr nichts passiert. Geht es dir jetzt besser? Aber wir dürfen nicht zulassen, dass der Kerl mitbekommt, dass wir ihm auf die Schliche gekommen sind.«

»Ich muss noch heute Abend mit Gideon sprechen«, sagte Ophelia. *O Gott, ja. O Gott, nein.*

Als Ophelia die Damentoilette betrat, fand sie Art über eine Kloschüssel gebeugt.

»Was bin ich doch für eine Idiotin«, ächzte sie, nahm die nassen Papiertücher entgegen, die Ophelia ihr hinhielt, und wusch sich damit das Gesicht. »Er war doch nicht etwa abgetörnt, oder?«

»Ganz im Gegenteil. Er war hellauf begeistert.« Ophelia zerrte sie aus der Toilettenkabine zum Waschbecken. »Nachspülen und ausspucken.«

»Diesen ekeligen Geschmack werde ich wohl nie wieder los«, sagte Art und spuckte mehrmals hintereinander. »Was, wenn er ... Vielleicht war das alles auch nur Show. Immerhin war er auf der Bühne. Da konnte er wohl kaum so etwas wie *Du widerliche Schlampe* rufen.«

»Er war nicht angewidert. Jetzt weiß er wenigstens, dass du mit seiner Vergangenheit als Stripper kein Problem hast. Alles läuft doch wie geschmiert.« *Für dich. Und ich freue mich für dich.* »Was du – ich meine, was wir jetzt brauchen, sind Kaffee und Kuchen.«

»Aber was soll ich jetzt bloß tun?«, fragte Art, als sie schwankend zum Tisch zurückkehrte.

»Du wartest, bis Dar zu dir kommt. Ich kuschele mich solange an Constantine, damit es nicht so aussieht, als wärst du mit ihm zusammen.« *Und außerdem muss ich dann nicht Donnie ansehen.*

Zum Glück richtete sich die Aufmerksamkeit ihres abscheulichen, wertlosen und mordenden Nachbarn wahlweise auf Violet oder das Treiben auf der Bühne. Ophelia ließ sich auf einen Stuhl zwischen Constantine und Art fallen, wobei sie ihm einen dicken Kuss auf die Wange gab. »Kuchen und Cappuccino, bitte! Bist ein Schatz!« Während sie ein großes Stück Kuchen verspeiste, sagte sie sich selbst: *Los, werd wieder nüchtern, nimm deinen Mut zusammen und dann raus hier.*

»Äh«, sagte Art während zwei Showeinlagen, »ich habe da ein Problem.«

»Du bist also wieder klar im Kopf?«

Und schon sprudelte es aus Art heraus. »Ich habe seit Urzeiten keinen Sex mehr gehabt. Und der Sex, den ich hatte, war grauenhaft. Was mache ich denn, wenn ich mit Dar schlafe und es katastrophal wird?«

»Sag ihm, dass er es langsam angehen soll«, riet ihr Ophelia. »Du kannst von Glück reden, dass du kein Vampir bist. Bei uns können die Kerle es kaum abwarten. Aber euch bleibt wenigstens die Möglichkeit, euch Zeit zu lassen.«

»Aber wenn er etwas anderes will als ich?«

»Dann müsst ihr eben Kompromisse finden. So läuft das in Beziehungen«, erklärte Ophelia, während ihr Verstand fieberhaft, aber leider erfolglos nach einem Kompromiss für sich und Gideon suchte.

»Wenn ihr erst mal über Sex redet, dann werdet ihr auch welchen haben. Mach dir am besten gleich mal Gedanken über die Verhütung«, mischte sich Violet ein.

»Wie wär's mit dem Kondomautomat auf den Toiletten«, fragte Ophelia.

»Aber lass die Finger von der Sorte mit Kaugummigeschmack«, warf Violet ein.

»Man sollte niemals welche mit Geschmack kaufen«, ergänzte Ophelia. »Schließlich willst du die gottverdammten Dinger ja nicht essen.«

»Nicht das Kondom, das stimmt«, flüsterte Art und errötete. »Was bin ich doch für ein Flittchen.« Sie trank einen großen Schluck Kaffee und sank auf ihrem Stuhl zusammen. »Ich hab so einen Schiss.«

Und ich erst, seufzte Ophelia innerlich.

Später zerrte Art Ophelia zur Toilette, um sich den Kondomautomaten genauer anzusehen. Es dauerte eine gute Viertelstunde, bis sie sich für ein geripptes, eins mit Noppen und ein ganz normales Kondom entschieden hatte. Als sie die Tür der Toilette öffnete, lief sie geradewegs in Darby Sims. Er hatte sich umgezogen und trug jetzt ein altes T-Shirt und verwaschene Jeans.

Die Kondome segelten zu Boden. »Hey«, japste Art. Ophelia ließ die Tür der Damentoilette von innen so weit zufallen, bis sie nur noch einen Spaltbreit offen war, und spitzte die Ohren.

»Hey«, sagte Darby. »Ich habe jetzt frei.« Er hob die Kondome auf. »Was, keins mit Schokoladengeschmack?«

»Du bist die Schokolade«, platzte es aus Art heraus. »Oh Dar, ich hab solche Angst.«

Darby stopfte die Kondome in seine Tasche. »Frag mich mal.« Er lächelte und nahm ihre Hand. »Was hältst du davon, wenn wir irgendwohin gehen und uns in Ruhe unterhalten?«

Zurück am Tisch, flüsterte Ophelia: »Warum ruft Gideon nicht endlich an? Vielleicht ist er ja schon tot. Bei Gott, ich schwöre, dass ich Donnie dann eigenhändig umbringe.«

»Das nenne ich Temperament«, sagte Constantine. »Ich stehe dir als Komplize jederzeit zur Verfügung. Aber vielleicht ist Gideon auch einfach nur beschäftigt.«

»Oder er will nicht mit mir reden«, hielt Ophelia dagegen.

»Vielleicht kann er es sich nicht leisten, abgelenkt zu werden.« Constantine lachte.

Ophelia dachte angestrengt nach, kam aber zu keinem Ergebnis. Einen Cappuccino und ein Stück Kuchen später spürte sie, dass sie wieder nüchtern genug war, um sich hinters Steuer zu setzen. Wenn sie in eine Katastrophe hineinschlitterte, dann sollte es eben so sein … Das war ihr in ihrer Situation auch schon egal.

Die Musik verhallte. »Zeit, die Sache zu Ende zu bringen«, raunte Constantine ihr zu. »Halt dich fest, Babe. Das wird ziemlich hässlich.« Er erhob sich und schloss die Augen.

Keine zwei Sekunden später fuhr Marissa kreischend aus ihrem Stuhl hoch. »Er bringt mich um!« Ihr Kopf fiel in den Nacken. Als Reuben sie festhalten wollte, schlug sie keuchend und schluchzend um sich. Aus den Schatten an den Wänden lösten sich zwei Rausschmeißer und hoben sie hoch.

»Das sollte reichen«, sagte Constantine. Reuben heftete sich an die beiden Türsteher, die die kreischende Marissa aus dem Saal hinaustrugen.

»Armer Liebling«, sagte Violet. »Was für ein verkorkstes Date. Sag ihm, er soll sich bei mir melden, sobald er Zeit hat. Ich mache derweil ein Nickerchen, um Kräfte zu sammeln. Eine Kostprobe von Reuben ist genau das, was ich jetzt brauche.« Sie hauchte Donnie einen Kuss auf die Wange. »Donnie, Schätzchen, lass uns das bald mal wiederholen«, flötete sie und verschwand. Donnie dackelte hinter ihr her.

»Da hätten wir heute Abend einmal die wahre Liebe und einmal schamlose Lust miterlebt«, sagte Constantine und zählte die Möglichkeiten an den Fingern ab. »Wie sieht es bei dir aus, Ophelia?«

Wahre Liebe oder Tod, korrigierte Ophelia Constantines Worte insgeheim.

Im Schneckentempo fuhr Ophelia durch Bayou Gavotte und über die Landstraße, die an ihrem verlassenen Haus vorbeiführte. Mit ausgeschaltetem Licht bog sie wenig später in

Gideons Einfahrt, wo sie neben dem Mercedes parkte. Immerhin war er zu Hause. Und lebte noch. *Soll er mich doch verhaften, wenn er will.* Als sie barfuß aus dem Wagen kletterte, wartete sie auf das Bellen der Hunde, hörte aber nichts außer den Grillen, die in der lauen Luft ihre nächtlichen Lieder zirpten.

Er lebte noch, also würde sie mit ihm sprechen. Oder sollte sie lieber gleich wieder gehen?

Sie atmete tief ein, hastete die Stufen hinauf und klopfte an der Tür. Nichts. Im Wohnzimmer und der Küche brannte gedämpftes Licht. Keine Schritte, keine Hunde.

Sie musste das nicht tun. Sie konnte genauso gut umkehren und wegfahren. Sie konnte ihn anrufen, um ihm zu sagen, was sie in Erfahrung gebracht hatte, bei Vi untertauchen, bis alles vorbei war, und dann ihr Leben weiterleben.

Welches Leben? Kam nicht in Frage.

Ophelia lief um das Haus herum, fand aber auch die Terrasse verlassen vor. Der verwilderte Garten war verlockend. Auf ihren Mitternachtsspaziergängen im vergangenen Sommer war ihr der Duft von Gardenien, Hyazinthen und Pfingstrosen in die Nase gestiegen. Einen Rückzugsort hatte Gideon den Garten genannt. Wenn sie ihn wieder in Schuss brachte, wäre es ein Versteck für sie beide – hoffentlich aber nicht voreinander.

Plötzlich hörte sie Gideons Stimme, gefolgt von einem Platschen. Wenige Schritte später spürte sie eine kalte Hundenase an ihrer Hand.

»Oh, Gretchen«, flüsterte sie. »Ich habe eine Heidenangst.«

Gretchen verzog die Schnauze zu einem Grinsen und lief leichtfüßig vor ihr den Pfad hinunter zum Fluss.

Gideon sah nicht sonderlich beschäftigt aus, wie er wadentief im Wasser stand und Steine über das Wasser hüpfen ließ, während Daisy und Belle um ihn herumscharwenzelten. Seine Schultern hingen müde oder vielleicht sogar niedergeschlagen nach unten. Er hatte die Morde noch nicht lösen können, hatte weder sie noch einen anderen Verdächtigen verhaften können. Wie sollte sie sich ihm am besten nähern? Er würde doch sowieso sagen, dass die Theorie, die Kugel könnte ihm gegolten haben, ausgemachter Blödsinn war. Vermutlich würde er ihr auch nicht glauben, dass die Morde auf Donnies Konto gingen.

»Ich bin so unendlich froh, dass du lebst«, platzte es in der Sekunde, in der er sich zu ihr umdrehte, aus ihr heraus. »Ich hatte schon Angst, Donnie könnte dich umgebracht haben.«

»Wie kann er mich umbringen, wenn er mit Vi um die Häuser zieht?«, fragte er gelassen, was um einiges besser war als: »Jetzt versuchst du wohl, deinen Nachbarn auch noch in die Scheiße zu reiten, du Schlampe. Du hast das Recht zu schweigen …«

»Vorher, meine ich. Du bist nicht ans Telefon gegangen und hast dich auch nicht bei Constantine gemeldet, nachdem er dir eine Nachricht hinterlassen hat.«

»Um ihm was zu sagen?« Gideon wandte sich wieder dem Wasser zu. »Ich war beschäftigt. Seine Nachricht hat nur bestätigt, wovon ich ohnehin schon überzeugt war. Leider brauche ich handfeste Beweise.« Er ging in die Hocke und las eine Handvoll Kieselsteine auf.

»Du hast es bereits gewusst?« Ophelia ballte die Hände zu Fäusten. »Warum hast du mir nichts davon gesagt?«

»Ich habe es auch erst begriffen, kurz nachdem du weg warst«, sagte Gideon müde. »Ich war auf Platos Hochsitz und habe den Fall noch mal mit meinem Boss besprochen, als es mir dämmerte. Deshalb wollte ich auch mit dir essen gehen. Mir hilft es immer, wenn ich mit jemandem alles durchgehen kann.« Gideon erhob sich und zuckte abwehrend mit den Achseln. »Ich habe den Abend damit verbracht, Beweisen nachzujagen. Ich wusste ja, dass du in guten Händen bist.«

»Okay, alles klar. Ähm … dann ist es jetzt wohl das Beste, wenn ich gehe.«

Gideon hob einen Stein auf und warf ihn über das Wasser. »Warte.«

»Was denn noch?« Die Feindseligkeit in ihrer Stimme ließ sie zusammenzucken.

»Ich muss dir etwas sagen.« Er blickte nicht in ihre Richtung, was sie ihm noch nicht einmal übelnehmen konnte. Genau genommen wollte sie ihm auch nicht in die Augen sehen. »Ich muss dir etwas gestehen.«

Du?

»Da du ja sowieso schon von mir genervt bist, kann ich es genauso gut jetzt tun.« *Plitsch, platsch* tanzte der Stein über die Wasseroberfläche.

»Klingt, als ob *du* mächtig sauer auf *mich* wärst.« Ophelia verschränkte die Arme vor der Brust.

»Ich bin sauer auf alles und nichts«, meinte Gideon geknickt. »Ist ja auch egal. Ich habe dein Haus durchsucht …« Nach einer langen Stille fügte er hinzu: »Wenn du vorhast, auszuflippen, könntest du es endlich hinter dich bringen?«

Ein weiterer Stein segelte über das Wasser und setzte unweit des gegenüberliegenden Ufers auf.

Ophelia unterdrückte den Drang, wutentbrannt davonzustapfen. »Wieso sollte mir das etwas ausmachen? Ich habe nichts zu verbergen.« *Zumindest nicht in meinem Haus.*

»Willst du den Grund dafür wissen?«

»Der liegt doch klar auf der Hand. Du verdächtigst mich nach wie vor.«

»Nein, verdammt, das stimmt nicht!« Nachdem Gideon den letzten Stein über den Fluss schlittern ließ, drehte er sich zu ihr um. Seine Augen waren so stechend, dass sie durch die Dunkelheit hindurchleuchteten. »Warum zum Teufel sollte ich dich verdächtigen? Ich weiß, dass du nichts damit zu tun hast. Das war mir die ganze Zeit schon klar.«

Ophelia ließ die Arme sinken und verlangsamte ihren Atem. *Alles in Ordnung. Zumindest für den Moment.*

»Wie kommst du nur auf die Idee, ich würde dich verhaften?«, fragte Gideon verärgert. »Selbst wenn ich dich für schuldig hielte, würde ich dich nie in eine Zelle einsperren. Ich würde einen besseren Weg finden, dich zu …« Er hob abermals eine Handvoll Steine auf und lief ins Wasser hinein.

Ophelia folgte ihm. Der Kies am Ufer reflektierte das Mondlicht, das sich in den leichten Wellen des Flusses brach. »Was meinst du mit besserem Weg?«

»Ich weiß es nicht. Spielt das eine Rolle?«

Bedauerlicherweise ja. »Warum hast du dann mein Zuhause durchsucht?«

»Damit Donnie denkt, dass ich dich verdächtige. Um sicherzugehen, dass er dir nicht noch etwas anderes untergeschoben hat.«

»Oh, verstehe. Falls er jemanden mit einem Vibrator erschlägt und ihn dann zwischen meiner Unterwäsche versteckt.«

»Du bist also doch wütend«, sagte Gideon.

»Nicht wirklich. Jetzt, wo du mein Sexspielzeug unter die Lupe genommen hast, weißt du ja, dass der Federvibrator prima in meine Sammlung passt.« *Jetzt bin ich doch tatsächlich dabei, ihn zu ködern,* ging ihr auf. *So tief bin ich in meinem ganzen Leben noch nie gesunken.* Ihre Blicke trafen sich, doch sosehr Ophelia sich auch Mühe gab, sie konnte beim besten Willen nicht sagen, was dahinter vorging. Auf jeden Fall hatte es rein gar nichts mit Sex zu tun. In der Hoffnung, dass er von ihrer Niedergeschlagenheit nichts bemerkte, sagte sie: »Ich denke, ich gehe jetzt besser.«

»Bleib doch noch«, bat Gideon. »Bitte.«

»Warum? Was willst du denn von mir?«

»Dass du bei mir bist. Dass du mir zuhörst, dass du mir Ratschläge gibst. Ich will deine Wärme spüren, Ophelia, ich will dich. Egal, ob wir am Küchentisch oder auf der Couch sitzen …«

Sie verschränkte die Arme trotzig vor der Brust. »Aber nicht im Bett?« *Ich bin echt erbärmlich.*

»Natürlich auch im Bett, aber da kommen wir nicht zum Reden. Wenn ich mit meinem Schwanz denke, wird es mir nie gelingen, den Mörder dingfest zu machen.«

Nachdem Gideon seine Ansicht erklärt hatte, dass Donnie und der Besitzer des Fotoladens gemeinsame Sache gemacht hatten, regte sich seine Libido und drängte sich stärker in seine Gedanken – als ob sie sie nicht schon längst beherrschte. Als Ophelia sich mit einem Kaffee auf der Couch niederließ, unfassbar traurig darüber, dass Donnie Plato seit Jahren übel mitgespielt hatte, zwang er sich, nicht auf ihr Bustier zu starren. Vergeblich. Seine professionelle Distanz, mit der er an den Fall herangehen musste, war im Laufe der letzten Stunde erst in Bewunderung und dann in pure Lust übergegangen – ziemlich erbärmlich angesichts der Tatsache, dass Ophelia wegen Plato und seinen beiden Korbböden, die wie der Buchstabe »D« aussahen, sich die Augen aus dem Kopf weinte.

»Plato wusste, dass er in Gefahr schwebte«, sagte Gideon. »Vielleicht hat er Donnie zu offensichtlich beobachtet und wurde dabei erwischt. Vielleicht war er so aufgebracht, dass er Donnie mit seinem Verdacht konfrontiert hat. Die Korbböden waren von langer Hand geplant, für den Fall, dass er mich nicht erreicht. Er hat mir erklärt, dass sämtliche Böden deinetwegen die Form eines *Os* hätten, vermutlich in der Hoffnung, dass ich seinen versteckten Hinweis entdecke.«

Obwohl Ophelia keinen sonderlich wollüstigen Eindruck machte, als sie sich die Tränen wegwischte, wirkte sie auf ihn begehrenswerter als je zuvor. *Sie strahlt,* fand Gideon und betrachtete sie im gedämpften Licht, das vom Treppenaufgang herüberfiel, während er bemüht war, seine Aufmerksamkeit wieder auf die Morde zu lenken. *Kann es sein, dass ihre Anziehungskraft sogar wirkt, selbst wenn sie gar nicht in der Stimmung ist?* Denn Ophelia war mit ihren Gedanken definitiv bei der Aufklärung des Falls. Er konnte von Glück sagen, dass sie über einen so wachen Verstand verfügte. Als er erwähnte, dass die Durchsuchung von Donnies Haus keine Beweise ergeben hatte, die ihn in Verbindung mit dem Fotoladen brachten, hatte sie ihm einen entscheidenden Hinweis geliefert.

»Die Mülltüten«, sagte sie. »Er hat die untere Hälfte mit Filmen, Fotos oder CDs und die obere mit Piniennadeln oder verwelkten Blättern gefüllt. Aber wie sollen wir seine Mülltüten unter den hunderttausend anderen auf der Müllkippe finden?«

»Orange«, warf Gideon ein. »Er hatte eine orangefarbene Tüte auf der Ladefläche seines Pick-ups.«

»Ja, eine von den Tüten, die von der Stadt immer für das Herbstlaub ausgeteilt werden. Jetzt, im Frühling, dürfte es nicht mehr allzu viele davon geben. Außerdem hatte er einen zusammengerollten Teppich geladen.« Wie vom Blitz getroffen, richtete sich Ophelia auf. »Damit hat er die Leiche aus dem Apartment getragen. Weißt du noch? Der Schaumstoff, der an der Leiche geklebt hat? Er stammte von dem Teppichrücken.« Ihre sinnlichen Lippen verzogen sich zu einem breiten, betörenden Lächeln.

»O Gott«, sagte er mit erstickter Stimme, packte sie bei den Schultern und küsste sie. »Was für eine großartige Frau du bist.« Als seine Lippen wieder ihren Mund suchten, kicherte sie und erwiderte seinen leidenschaftlichen Kuss.

Sie entzog sich ihm. »Lass uns lieber über den Fall reden. Ich kann heute keinen Sex haben.«

»Hast du deine Tage?«

Ophelia schüttelte den Kopf. »Ich kann einfach nicht.«

Gideon ließ seine Finger durch ihr Haar gleiten, während seine Zunge fordernd über ihre Lippen fuhr. »Falls du dir wegen Verhütung Sorgen machst, ich habe oben Kondome. Dir ist aber schon klar, dass wir das bereits heute Morgen verbockt haben, oder?«

»Stell dir vor, ich nehme sogar die Pille. Sie soll ja bei manchen Frauen die Lust mindern«, meinte Ophelia, wich noch ein Stück zurück, grinste verschlagen und sagte: »Hat bei mir aber nicht geklappt.«

Gideon stöhnte. »Du darfst mich nicht so anlächeln, wenn du mich auf Abstand halten willst. Wenn es hier nicht um Verhütung oder mangelnde Lust geht, um was denn dann?«

»Ist doch egal«, entgegnete Ophelia. »Ich sag dir was. Ich

sorge dafür, dass du kommst, dann kannst du dich wieder voll und ganz auf deine Arbeit konzentrieren, und wir sprechen alles in Ruhe durch.« Sie glitt von der Couch und machte sich an seiner Hose zu schaffen.

»Willst du mir jetzt einen runterholen oder ...«

Als sie zu ihm aufblickte, blitzten ihre rasiermesserscharfen Fangzähne in ihrem lächelnden Mund auf. »Angst?«

Verdammte Scheiße. »Und wie«, flüsterte Gideon. »Worauf wartest du noch?«

22

Wie soll ich arbeiten, wenn ich im Koma liege?«, raunte Gideon danach. Wenige Sekunden später verriet Ophelia sein gleichmäßiges Atmen, dass er schlief.

Sie erhob sich und ging langsam nach oben. Was hatte Constantine gesagt? »Warum solltest du ihn mit deinem persönlichen Müll belasten? Lass gut sein.« Sie schälte sich aus dem roten Bustier und ließ den Seidenrock zu Boden gleiten. Kaum war sie in die sechseckige Dusche geklettert, stand sie eine halbe Ewigkeit unter dem kühlenden Wasserstrahl und malte sich mit geschlossenen Augen ein gemeinsames Leben mit Gideon aus, frei von den Schatten der Vergangenheit. Es fühlte sich verdammt gut an. Allerdings kam es ihr zugleich wie ein Traum vor.

Nachdem sie sich abgetrocknet hatte, öffnete sie Gideons Kommode auf der Suche nach etwas Tragbarem. Sie fand ein ausgeleiertes grünes T-Shirt und streifte es über. Dann zog sie sich den schwarzen Seidenrock an und ging hinunter auf die Terrasse, um ihrer Fantasie noch ein wenig nachzuhängen und sich vorzustellen, wie sie den Garten gestalten würde.

Als Gideon eine Stunde später zu ihr stieß, war Ophelia schon längst wieder in der Realität angekommen und hatte sich darangemacht, ihre Träume wahr werden zu lassen.

Sie befreite gerade das einstige Rosenbeet von Unkraut und wildem Wein. »Ich liebe Kletterpflanzen«, meinte sie, als er sich neben sie stellte, »aber sie brauchen eine strenge Hand. Es grenzt fast an ein Wunder, dass ein Teil der Rosen überlebt hat. Deine Mutter hat eine Rosenart gepflanzt, die ganz gut mit dem feuchten Klima hier klarkommt. Trotzdem ist es erstaunlich, dass sie einen solch heftigen Angriff überhaupt …« Sie schüttelte den Kopf. »Einen Rosengarten hier im Süden von Louisiana anzulegen und zu pflegen, ist ein Greuel. Viel zu viel Arbeit. Diese ganzen Blattkrankheiten … Ich würde dir übrigens empfehlen, etwas gegen den Blauregen neben dem Haus zu unternehmen.«

»Das geht nicht. Ich habe schon alles probiert und war kurz davor, ihn auszugraben.«

»Genau das solltest du tun«, entgegnete Ophelia. »Grab ihn aus.«

»Ein Rosengarten ist zu arbeitsintensiv, aber einen Baum auszugraben nicht?«

»Das ist eine Frage der Wahl«, erwiderte Ophelia. »Wenn du keinen Rosengarten haben willst, legst du einfach keinen an. Wenn du aber keinen Blauregen willst, musst du es beweisen. Und selbst dann kann es sein, dass er manchmal wiederkommt.«

»So versessen bin ich nun auch wieder nicht darauf«, meinte Gideon.

Eine ungemütliche Stille machte sich breit, ehe Ophelia fortfuhr: »Das Unkraut und der wilde Wein müssen ebenfalls ausgerupft und die Erde umgegraben werden. Außerdem ist es immer gut, noch etwas anderes als Rosen anzupflanzen.« Wieder Stille. Schnell sprach sie weiter: »Eine Pergola wäre nett. Mit der richtigen Pflege dürftest du einen Teil der Pflanzen deiner Mutter wieder hinbekommen. Die

Kamelien, die Gardenien, die Azaleen ... Weiter unten, Richtung Fluss, würde ich dir zu Immergrün oder Gelbem Jasmin raten. Den Pfad hinunter kannst du gut mit Efeu einrahmen. Und wie wäre es mit Trompetenbäumen vor der Veranda? Aber auch auf die Terrasse müssen ein paar bepflanzte Kübel, das sieht ja schrecklich leer aus.«

»Art schenkt mir jedes Jahr zu Geburtstag eine Topfpflanze«, erzählte Gideon. »Aber die sterben mir immer weg.«

Eine weitere unbequeme Pause. Ophelia warf die Gartenhandschuhe auf den Boden. »Wir sollten unser Gespräch über den Fall zu Ende bringen, damit ich schnell nach Hause fahren kann. Was ich noch immer nicht verstehe, ist, warum er etwas gegen mich hat. Er steht doch total auf meine Schwester. Das müsste doch Grund genug für ihn sein, sich gut mit mir zu stellen.« Sie hob die Scheren auf und betrat die Veranda.

»Er will sich nicht gut mit dir stellen.« Gideon folgte Ophelia ins Haus. »Er möchte, dass du wieder in die Stadt ziehst und ihm dein Grundstück samt Haus verkaufst. Ich habe mir das Grundbuch der Stadt vorgeknöpft. Donnie kauft seit Jahren Grundstücke entlang des Flusses auf. Du und Willy, ihr seid die Einzigen, die noch nicht verkauft haben. Und jetzt, wo der neue Golfplatz und das Neubaugebiet entstehen, dürften die Grundstückspreise kräftig steigen.« Er öffnete den Kühlschrank und hielt Ophelia ein Bier hin.

»Nein danke. Ich habe heute schon genug getrunken. Außerdem muss ich noch fahren.« Sie wusch sich die Hände in der Spüle und trocknete sie sich an ihrem T-Shirt ab.

»Lieber eine Cola?« Gideon öffnete eine Dose und reichte sie ihr. Dann setzte er sich auf das Sofa und klopfte lächelnd auf den freien Platz neben sich.

Ophelia nahm am anderen Ende Platz, außer Reichweite, und nippte an ihrer Cola. »Der Immobilienmakler meinte, die Grundstückspreise würden steigen, was mir aber egal war, weil ich sowieso nicht vorhabe, zu verkaufen. Donnie hat mir ein paarmal angeboten, mir alles abzukaufen, aber ich kann mir erst eine neue Bleibe in der Stadt leisten, wenn die Preise noch mal kräftig steigen. Außerdem denke ich schon seit längerem darüber nach, eine kleine Gärtnerei zu eröffnen. Und dafür bräuchte ich das Grundstück, selbst wenn ich in die Stadt ziehe.«

»Hast du das ihm gegenüber erwähnt?« Gideon rutschte näher und nahm einen Schluck Bier. Konnte oder wollte er nicht verstehen, dass sie absichtlich Abstand von ihm und seinen Pheromonen gehalten hatte?

»Kann gut sein. Ja, doch, habe ich. Ungefähr vor drei Wochen.«

»Da hast du Donnies Motiv. Es ist eine Sache, hier und da Häuser zu bauen, wie er es seit Jahren tut. Aber es ist eine ganz andere Größenordnung, ein komplettes Viertel hochzuziehen. Mit dem edlen Neubaugebiet auf der anderen Seite des Flusses dachte er, dass jetzt seine Zeit gekommen ist. Da passt es ihm nicht in den Kram, dass ihr euch querstellt.« Obwohl Gideon grinste, verbarg sich dahinter eine Spur von Misstrauen. Jetzt war klar, warum er nicht wollte, dass sie zu ihm zog. Oder sie darum bat, sich um seinen Garten zu kümmern. Er hielt sie noch immer für schuldig. Die Frage war nur, was er ihr vorwarf.

Unbeirrt gab Gideon weiter den coolen Detective, der alles unter Kontrolle hatte. »Bei Willy Wyler wusste er, dass er sich kaum Sorgen machen musste, weil er ein massives Drogenproblem hat und seine Frau sich zu fein ist, um arbeiten zu gehen. Es war nur eine Frage der Zeit, bis die Wylers untergehen würden. Selbst wenn Willy nicht an Donnie verkauft hätte, wäre es keine größere Katastrophe gewesen. Sein Haus ist ja ungefähr so protzig wie die Siedlung, die Donnie plant. Aber ein alter Trailer, egal, wie gut er in Schuss ist oder wie schön sein Garten ist, passt überhaupt nicht ins Bild. Als dann diese schrecklichen Aufnahmen von Joanna im Fotoladen auftauchten, hat er die Daumenschraube bei Willy noch mehr angezogen. Hat ihm eingeredet, du hättest die Fotos gemacht. Wer weiß, womöglich hat er ihn sogar angestachelt, dir einen Denkzettel zu verpassen. Er hat darauf gesetzt, dass du, wenn dir nur übel genug mitgespielt wurde – tote Katze, toter Garten, Vorwürfe wegen Kindesmissbrauch – es entweder mit der Angst zu tun bekämst oder im Gefängnis landen würdest. Dann hättest du früher oder später an ihn verkaufen müssen, um das Geld für einen guten Anwalt aufzubringen. Mag sein, dass er gar nicht vorhatte, seinen Komplizen vom Fotoladen um die Ecke zu bringen. Als er ihn, aus welchen Gründen auch immer, umgelegt hatte, welche bessere Lösung gab es da, als die Leiche bei dir abzuladen? Und wer war bereit, dich mit schmutzigem Geld zu retten? Er natürlich!«

»Er ist überzeugt davon, dass Vi ihn ranlässt, sobald er reich genug ist«, dachte Ophelia laut nach. »Männer sind doch echt Idioten.« *Dich eingeschlossen.* Sie stand auf, um Abstand zu seinen Verdächtigungen und seinem betörenden Duft zu gewinnen. »Ich muss jetzt aber wirklich nach Hause.«

»Warte«, sagte Gideon, der sich ebenfalls erhob und viel zu nahe bei ihr war.

Ophelia kniff die Augen zusammen, um ihn und seinen männlichen Geruch aus dem Kopf zu bekommen. Vergeblich.

»Geh nicht«, flüsterte er mit seiner gedehnten, trägen Stimme, die sie vom ersten Moment an unwiderstehlich gefunden hatte.

Sie zwang sich, in Richtung Tür zu gehen. »Besprochen haben wir ja eigentlich alles. Versuch es zuerst bei der Müllkippe an der Taylor Road. Donnie hat einen Schlüssel zum Hintereingang. Er kann also kommen und gehen, wie es ihm passt. Er hat mich mal mitgenommen, um eine Ladung Müll loszuwerden, als ich knapp bei Kasse war und die normale Gebühr nicht bezahlen konnte.« Sie hielt kurz inne. »Dieser Bastard«, raunte sie. »Hat ständig den Hilfsbereiten gemimt, dabei ist er in Wahrheit ein hinterhältiges Arschloch. Ich kann einfach nicht glauben, dass ich ihn irgendwie sogar gemocht habe.«

»Taylor Road«, sagte Gideon. »Direkt morgen früh. Aber in der Zwischenzeit, Süße, bitte bleib hier.«

»Warum? Ich habe dir doch schon gesagt, dass wir heute Nacht keinen Sex haben werden.« Sie hob ihre Handschuhe und Gartenutensilien auf.

»Es geht mir nicht um Sex«, setzte Gideon an, ehe er eine kleine Pause einlegte. »Na ja, natürlich hätte ich gerne Sex, aber wenn dir nicht danach ist, respektiere ich das. Egal, ob Sex oder nicht, ich würde mir wünschen, dass du hierbleibst. Ist das so schwer zu begreifen?«

Ophelia verdrehte die Augen und legte die Hand auf die Türklinke. »Verstehe. Du denkst, mir könnte zu Hause etwas zustoßen. Jetzt, wo ich weiß, wer dahintersteckt, komme ich schon alleine zurecht.«

»Daran habe ich auch keinen Zweifel. Aber warum soll jeder die Nacht allein bei sich zu Hause verbringen? Warum schlafen wir nicht einfach in ein und demselben Bett?« Als Ophelia nichts erwiderte, riss Gideon verärgert die Hände in die Höhe. »Ich versteh's einfach nicht. Ich dachte, du magst mich. Aber anscheinend bin ich nichts weiter als ein Sexspielzeug für dich. Dein Betthäschen sozusagen. Ganz schön ironisch, findest du nicht?«

Ophelia geriet vor Überraschung ins Schwanken. »Bitte?«, fragte sie mit brüchiger Stimme.

»Was soll ich denn sonst von dir denken? Du willst nicht mit mir reden, suchst ständig das Weite, und das Einzige, was dich an mir interessiert, ist mein Schwanz. Vermutlich sollte ich mich geehrt fühlen, dass eine heiße Vampirlady mich als ihr Sextoy will. Doch Tatsache ist, dass ich mehr will.«

Ophelia legte die Gartenwerkzeuge weg, um zu verhindern, dass sie ihr aus der Hand glitten. »Was genau möchtest du denn?«

»Wenn ich es dir sage, rastest du aus und gehst.«

Ophelia setzte ein ungläubiges Gesicht auf. »Hast du irgendwelche abartigen Vorlieben?« Dankbar für den soliden Türrahmen neben sich, lehnte sie sich dagegen. »Das glaube ich jetzt nicht.«

»Meine einzige Vorliebe bist du. Aber ich will jetzt nicht über Sex sprechen, wenn du nicht in der Stimmung bist, denn selbst wenn ich total sauer auf dich bin, wünsche ich mir nichts anderes, als dass du mich auf den Boden wirfst und bis zur Besinnungslosigkeit vögelst.« Er stieß einen leicht angewiderten Laut aus. »Wahrscheinlich will ich es umso *mehr,* wenn ich sauer auf dich bin. Verdammt, ich mutiere noch zu einem erbärmlichen Liebessklaven. Ausgerechnet ich!«

Ophelia lachte und biss sich auf die Lippe. »Und was genau willst du denn jetzt von mir?«

Sein flammender Blick bohrte sich tief in ihre Augen, und ihr stetig stärker werdendes Verlangen quälte sie. »Versprich mir, dass du nicht gehst«, sagte Gideon leise.

Das Herz schlug ihr bis zum Hals, bis sie das Gefühl hatte, ihre Rippen müssten zerspringen. Sie nahm einen tiefen Atemzug. »Ich werde dich ausreden lassen und dann entscheiden, ob ich bleibe oder nicht.«

»Einverstanden«, legte er los mit einem Gesichtsausdruck, der zwischen Entschlossenheit und Anspannung schwankte. »Ich will, dass du bei mir einziehst. Dass du jede Nacht mit mir in einem Bett schläfst.« Er hielt inne und ließ seinen Blick an ihr hinunter- und wieder hinaufwandern. Dann atmete er tief durch und fuhr fort: »Ich will, dass du neben mir sitzt, mit mir redest, mit mir lebst. Mich heiratest und eine Familie mit mir gründest.« Er machte eine weitere Pause. »Und wenn du schon mal da bist, kannst du dich auch gleich um den gottverdammten Garten kümmern, vorausgesetzt, du hast Lust dazu.«

Ophelia erwiderte nichts. Es hatte ihr schlichtweg die Sprache verschlagen. Stattdessen schloss sie wieder die Augen.

»Wusste ich es doch«, rief Gideon. »Es ist zu früh, genau wie Lep gesagt hat. Du hältst mich nur für einen weiteren Spinner, der dir verfallen ist. Wenn du mir eine Chance und etwas Zeit gibst, werde ich dir beweisen, dass ich mehr als das bin.«

Ophelia lief mit langsamen Schritten zurück durch das Wohnzimmer und ließ sich auf die Couch sinken.

Der weinende Garten. Der verwilderte, überwucherte Garten. Sie konnte ihn haben.

Dieser Mann hat dich gerade gefragt, ob du ihn heiraten willst, und alles, an das du denken kannst, ist ein Haufen Grünzeug?

»Wir kennen uns doch kaum«, stammelte sie, weil ihr nichts Besseres einfiel.

»Das macht das Ganze doch noch spannender.« Gideon setzte sich neben sie, nahm ihre Hand und bedeckte sie mit Küssen. »Liebling, du musst mir nicht sofort antworten. Lass es dir einfach durch den Kopf gehen.«

»Ich bin so verwirrt.« Hilflos, weil sie es wollte und weil es in diesem Moment das einzig Richtige war, beugte sie sich zu ihm hinüber und küsste ihn. Schnell wurde ihr Kuss immer leidenschaftlicher und inniger, bis sie unter ihm lag, ihm die Arme um den Nacken schlang, während sich seine Hände fordernd unter ihr T-Shirt schoben und er ihren Hals mit glühenden Küssen übersäte.

»Ich liebe dich«, raunte er mit heiserer Stimme. »Und jetzt sollte ich mich lieber auf der Stelle kalt abduschen, wenn wir heute keinen Sex haben können.« Gideon stützte sich auf einen Ellbogen. »Was war noch mal der Grund dafür, dass wir uns heute zurückhalten müssen? Und sag jetzt nicht, dass du keine Lust hast. Das kaufe ich dir nämlich nicht ab.«

»Das hat nichts damit zu tun, dass ich keine Lust habe«, setzte Ophelia an, doch da hatte seine Hand schon ihren Rock hochgeschoben und glitt kraftvoll über ihren Oberschenkel. »Aua!« Sie zuckte zusammen. Verdammt.

»Was zum Teufel?« Gideon setzte sich auf. Es dauerte gerade mal eine halbe Sekunde, bis er begriffen hatte. »Die Pistole war unter deinem Rock versteckt, an einem Band oder so, stimmt's? Und den Reifrock hast du getragen, damit sie sich nicht unter der Kleidung abzeichnet und ich es nicht merke.« Er erhob sich und lief quer durch den Raum. »Ach du Schande.«

Ophelia versuchte, die Sache herunterzuspielen. »Ich war in Eile und hatte kein Klebeband mehr.«

»Du bist tatsächlich ein bisschen eigenartig gelaufen, aber ich dachte, das läge an den Schuhen. Hattest du wirklich solche Angst vor mir?« Er fuhr sich mit der Hand durch das Haar.

»Außer ein paar blauen Flecken ist aber nichts passiert.«

»Zieh deinen Rock aus«, befahl Gideon.

Fünf Minuten später, als sie der Länge nach ausgestreckt und von der Hüfte abwärts nackt auf Gideons Bett lag, war ihr Herz voller Schuldgefühle und Liebe zu ihm. Ihre Erklärung hatte er verhältnismäßig ruhig hingenommen.

»Das geht so nicht.« Er entfernte einen Holzsplitter, der sich in ihren Oberschenkel gebohrt hatte, und betupfte die Einstichstelle mit einem in Alkohol getränkten Wattebausch.

»Aua! Den Alkohol kannst du nächstes Mal gerne überspringen.« Sie streckte die Zunge heraus. »Meine Spucke wirkt besser.«

»Schon gut, schon gut«, antwortete Gideon. »Du bist schon sehr biegsam. Kein Wunder, dass der Vibrator dich nicht beeindruckt hat.«

Ophelia lachte. Sie nahm seinen Mittelfinger in den Mund und benetzte ihn. »Was geht so nicht?«

Er verteilte die Spucke auf der Schnittwunde und machte sich wieder mit der Pinzette an die Arbeit. »Wir können unmöglich heiraten, wenn du mir nicht vertraust.«

»Ich habe doch noch gar nicht zugestimmt, dass ich dich heirate.« Sie beobachtete, wie sich sein dunkler Schopf über ihren Oberschenkel beugte, und wünschte sich, sie wäre frei von Schuld. Sein warmer Atem streifte ihr Schamhaar. *Frei von Schuld, aber nicht unschuldig …*

»Aber meinen Garten willst du schon«, sagte Gideon. »Den bekommst du aber nur, wenn du mich heiratest.« Er zog einen zweiten Splitter heraus.

»Es gibt noch andere Gärten«, erwiderte Ophelia und

hoffte, dass sie gleichgültig klang. Sie war entsetzt darüber, wie leicht er sie durchschaut hatte.

»Aber du willst nur meinen«, sagte Gideon und stieß ein leises Lachen aus. Er beugte sich tiefer über sie und leckte sie. »Und ich will deinen.« Er saugte zärtlich. »Aber nur, wenn du mir auch vertraust.«

Ophelia legte die Hände hinter den Kopf und räkelte sich ein wenig, während sie mit der Zunge über ihre Reißzähne glitt. »Vertrauen wächst nicht über Nacht.«

Gideon ließ von ihren Schamlippen ab und nahm wieder die Pinzette zur Hand. »Ich verstehe allerdings wirklich nicht, warum du mir nicht vertraust. Ich habe dir nie einen Grund gegeben, dich bei mir nicht sicher zu fühlen. Sogar Lep und Constantine sind auf meiner Seite.«

Da Ophelia nicht vorhatte, ihm eine Erklärung zu liefern, tat sie cool und herablassend. »Ich soll mich also in dich verlieben, weil die beiden ihr Einverständnis gegeben haben?«

»Nein, aber du könntest darüber nachdenken, mir zu vertrauen, weil sie es ebenfalls tun.« Gideon machte sich an einem weiteren Splitter zu schaffen. »Was auch immer dir in der Vergangenheit zugestoßen sein mag«, sagte er, als der Splitter über die Bettdecke flog, »ist vorbei.«

Ophelia versteifte sich und versuchte, gegen die in ihr aufsteigende Anspannung anzukämpfen. Vergebens.

»Wer auch immer sein Spiel mit dir getrieben hat«, fuhr er fort, »ist Geschichte.«

Ophelia zuckte zusammen.

»Wenn wir beide eine gemeinsame Zukunft haben wollen, dann …« Seine Augen ruhten auf ihrem Oberschenkel. »Du musst ihn loswerden. Gib mir noch etwas Spucke.« Er verteilte Ophelias Speichel auf den kleinen Wunden. »Er zerstört dir deine Zukunft. Entweder du stellst dich ihm oder du begräbst ihn. Eins von beiden. Und dann schauen wir beide gemeinsam in die Zukunft.«

Ophelia bemühte sich, still dazuliegen – *komm schon, krieg es unter Kontrolle, krieg dich unter Kontrolle* –, doch ihr Körper und Verstand besaßen ihren eigenen Willen. »Ich möchte nicht darüber reden«, flüsterte sie. *Bitte.*

»Wir müssen uns gar nicht unterhalten.« Mit dem Alkohol, den Wattebällchen und der Pinzette in der Hand, verschwand er im Badezimmer. Durch das Oberlicht und die sanft wogenden Eichenblätter blinzelten ihr die Sterne zu. Als Gideon wiederkam, zog er sich aus.

O ja, gut, dachte Ophelia und beobachtete ihn mit einer Mischung aus Erleichterung und Verlangen. *Damit komme ich klar.* Sie blickte auf seine Erektion und leckte sich über die Fangzähne.

Gideons Fingerspitzen glitten hauchzart über die Blutergüsse an ihren Oberschenkeln. »Ist das vielleicht der Grund dafür, warum du heute keinen Sex haben wolltest? Oder war es dir zu peinlich?« Ohne auf eine Antwort zu warten, legte er sich auf den Bauch und fuhr mit der Zunge hart über ihre Klitoris. »Das gefällt dir«, flüsterte er wenig später.

Wie könnte mir das nicht gefallen? Erstaunt registrierte Ophelia, dass sie wimmerte. Dieser anbetungswürdige Mann war so *gut.* So unglaublich, erschreckend gut.

»Du wirst schneller heiß als jede andere Frau, mit der ich je …«

Halt die Klappe und mach weiter!

»Und du kommst so schnell …«

Nicht, wenn du die ganze Zeit redest, statt weiterzumachen!

»Und trotzdem bist du nicht vollkommen entspannt.« Er rückte von ihr ab und grinste sie an. »Ich habe eine Idee.«

Ophelia, die einen kalten Luftzug zwischen ihren Schenkeln spürte, wo er sie gerade noch liebkost hatte, sah ihn mit weit aufgerissenen Augen an. »Ich fasse es nicht. Du machst mich erst scharf und lässt mich dann einfach so hier liegen.«

»Gib zu, das gefällt dir«, entgegnete Gideon mit einem verschlagenen Lächeln. »Vollständige Verschmelzung, das ist die Antwort.«

Fünf qualvolle Minuten später, als sie fast bewegungslos unter Gideon lag, dessen knüppelharter Penis regungslos in ihr steckte, kämpfte sie noch immer gegen diese lächerliche Verschmelzungssache an. Und gegen ihn.

»Fühlt sich gut an«, raunte Gideon ihr zu. »Jetzt musst du dich nur noch ein bisschen mehr entspannen.«

Sie wand sich unter ihm. »Wäre es geschummelt, wenn ich meine Beckenmuskeln anspannen würde?«

»Der Punkt, meine Liebe«, erklärte Gideon ihr zwischen zwei Küssen, »ist, einfach alles zu spüren. Jede Stelle, an der wir einander berühren.« Er verlagerte sein Gewicht und glitt mit dem großen Zeh an ihrem Fuß entlang. »Unsere Zehen, die umeinanderkreisen, unsere Hüften, die aufeinanderpressen, unsere Bäuche, die sich zusammen heben und senken. Deine üppigen Brüste an meiner … äh, männlichen Brust. Los, streck die Arme aus.« Kaum war sie seinem Befehl nachgekommen, verflochten sich seine Hände mit ihren Fingern. »Spürst du nicht dieses Knistern an jeder Stelle deines Körpers?«

Mit einem Stöhnen riss Ophelia ihr Becken in die Höhe.

»Geduld.« Gideons Zunge glitt zwischen ihre Lippen und über ihre Reißzähne. »Entspann dich und genieß es.«

»Warum kannst du's mir nicht einfach besorgen?«, raunte Ophelia. »Vergiss die Scheißblutergüsse und nimm mich endlich!«

»Ein anderes Mal«, sagte Gideon. »Heute machen wir es auf die langsame Tour.«

»Das hier ist so langsam, dass es fast schon tot ist«, keuchte Ophelia. Obwohl sie stark war, war er stärker. »Lass den Scheiß mit dem Sexguru und benimm dich wie ein normaler Kerl. Wie viele andere Frauen mussten diese Folter eigentlich schon durchmachen?«

»Keine einzige«, antwortete Gideon. »Ich habe mal in einem Buch darüber gelesen, aber ich wollte bisher noch nie mit jemandem so verschmelzen. Bis du kamst.«

Ein winziger Glücksfunke erwachte in Ophelias Magengrube zum Leben. *Er liebt mich wirklich.* »Was für eine grässliche Idee.«

Gideon bedeckte ihre Lippen mit einem Kuss und flüsterte begierig in ihren Mund: »Entspann dich, nimm mich ganz in dir auf, werde eins mit mir.«

»Das ist doch ver-*rü*ckt«, stöhnte Ophelia. Sein Kuss wurde fordernder, worauf sie nur zu gerne einging, und endlich bewegte er sich auch in ihr – *o Gott ja, vielen Dank*. Ihre ganze Leidenschaft, die sie sich nie zu empfinden getraut hatte, explodierte in diesem Kuss, und während sie ihn immer tiefer in sich aufnahm, zog sie sich enger um ihn zusammen.

»Oh«, stöhnte sie voller Erstaunen und Verlangen zugleich, als der Funke in ihrem Magen sich zu einem hellen Licht auswuchs. *Du liebst mich ja wirklich.* Sie klammerte sich fest an seine Finger, bis ihre ausgestreckten Arme heiß wurden. Jeder Muskel, über ihren aufgebäumten Rücken bis in ihre zitternden Beine, spannte sich an. *Und ich liebe dich.* Als er ihr seine Hüfte nur einen Zentimeter entgegenschob, rollte eine erlösende Woge über Ophelia hinweg. *Endlich.* Sie zog sich um seinen harten Penis enger zusammen, ließ wieder locker und wiederholte das Ganze.

»Shhh«, sagte Gideon. »Wir sind noch nicht ganz eins geworden.«

»Das kann ich schnell ändern«, keuchte Ophelia, ehe sie ihre Reißzähne in seiner Schulter vergrub.

Stöhnend und nach Luft schnappend, bewegte Gideon sich in ihr. Hart und schnell. »Damit hast du dir aber ganz schön Zeit gelassen.«

Ophelia wollte etwas erwidern, doch sein Blut schmeckte zu gut, und sein Rhythmus war zu geschmeidig. Sie schloss die Augen und gab sich seinen schnellen Stößen hin. Zitternd vor Anstrengung, löste sie die Reißzähne. »Warte.«

Gideon lachte und trieb sich nur noch weiter in sie hinein. »Ich dachte, es könnte dir nicht schnell genug gehen.« Sein heißer, feuchter Atem ergoss sich in einem sinnlichen Stöhnen. Er packte ihren Po und rollte sie auf sich, ehe er mit halbgeschlossenen Augen durch seine zusammengebissenen Zähne zischte: »Beiß mich noch mal, Ophelia.«

So als wollte er sie überall besitzen, wanderten seine Hände über ihren Hintern. Erschauernd presste sie sich in die Berührung, während sie sich auf ihm wand in dem gleißenden Gefühl, seinen harten Penis in sich zu spüren. »Wenn ich das tue, kann ich aber nicht mit dir reden.« Sie ließ ihre Zunge vorschnellen und leckte ihm über den Mund, ehe sie sich die Lippen benetzte und kicherte. *Ich kichere sonst nie. Was zum Teufel ist nur los mit mir?* »Wir müssen reden.«

Gideons feuchte Finger verirrten sich zwischen ihren Pobacken, spreizten und massierten sie. »Später.«

»Aber es ist wichtig«, stöhnte Ophelia, vergrub keuchend das Gesicht an seiner Schulter, atmete seinen männlichen

Duft ein, fuhr liebevoll mit den Fangzähnen über seinen Hals und leckte mit der Zunge an seinem Ohrläppchen. Gleichzeitig entzog sie sich ihm. Millimeter für Millimeter, bis nur noch seine Eichel sanft gegen ihre Schamlippen rieb. »Der Sex kann warten.«

Gideons Hand glitt an ihrem Bauch herab, schob sich zwischen sie und suchte ihren Kitzler. Ophelia stieß ein ekstatisches Stöhnen aus.

»Du wolltest gerade etwas sagen?«, lachte Gideon.

Ophelia zuckte unter seinen flinken Finger.

»Wie wäre es, wenn du die Klappe hältst und mich stattdessen vögelst?«, raunte er. »Ich war noch nie der gesprächige Typ.«

Sie entzog sich seiner elektrisierenden Berührung. »So machst du das also.«

Gideons Hand legte sich um ihre Hüfte. Er grinste. »Was denn?«

Ophelia glitt von ihm und verschränkte die Arme. »Dass deine Betthäschen nicht so viel reden. Du bringst sie mit deinen Fingern einfach zum Schweigen.«

»Scheiße.« Gideon stützte das Gesicht auf der Hand auf und sah sie mit gerunzelter Stirn an. »Ich bin ein Mistkerl, nicht wahr?«

»Du bist ein Schatz.« Ophelia ließ die Hände über seinen Körper wandern und küsste ihn. »Du hast ihnen den besten Sex ihres Lebens verschafft.« Sie schlang das Bein um ihn und zog ihn an sich. »Das lässt mir wirklich keine Ruhe.« Sie lachte, wie berauscht vor Liebe. Und Wahnsinn.

Gideon rollte sich auf sie, versenkte seine Zunge tief in ihrem Mund und ließ sie an ihren Fangzähnen entlanggleiten. Keuchend bäumte Ophelia sich auf. Ein dunkles, fast schon dämonisches Feuer loderte in seinen Augen. »Du siehst ziemlich mitgenommen aus.« Sein Knie drängte sich zwischen ihre Beine, um sie zu spreizen.

»Warte«, keuchte Ophelia, die in einem Meer der Erregung zu ertrinken drohte. »Ich bin nicht wie deine Mutter oder deine Schwester oder deine Betthasen. Normalerweise rede ich nicht so viel.«

Er bedeckte ihren Hals mit kleinen warmen Küssen und verweilte kurz bei ihrer Achselhöhle, ehe er mit der Zunge über ihre Brust strich. »Da hätte ich mich ja fast täuschen lassen.« Er liebkoste ihre Brustwarze und saugte behutsam daran.

Ophelia rieb sich an seinem Knie und stieß ein kehliges Stöhnen aus, als er sich der anderen Brust zuwandte. »Ich möchte mehr als die anderen Frauen, nicht weniger. Wenn ich nicht mehr rede, dann wirst du mich nie wieder mit deinen Fingern zum Schweigen bringen …« Ihr Kichern wuchs sich zu einem wohligen Schrei aus, als er ohne Vorwarnung tief in sie eindrang.

»Der Garten …« – keuchend stieß er noch einmal in sie – »… und der Finger. Beide nur für dich, wenn du mich heiratest.«

»Einverstanden.« Sie bäumte sich auf, um ihn noch tiefer in sich aufzunehmen. »Ich habe zwar eine Höllenangst, aber …« *Ich liebe dich.* »Ich habe keine andere Wahl.«

»Ausgezeichnet.« Gideons Stimme brach und ergoss sich in einem melodischen Stöhnen, während er fordernd und liebevoll zugleich in ihr wütete. »Und was bekomme *ich,* wenn wir heiraten?«

Ophelia legte ihre Reißzähne an die Stelle, wo der Hals in die Schultern überging. »Werde eins mit mir, Liebster«, raunte sie.

* * *

Es dämmerte gerade, als Zelda ihr Fahrrad vor Ophelias Trailer abstellte. Sie gab sich größte Mühe, beim Anblick der Person, die dort auf der Veranda saß, ein neutrales Gesicht zu wahren. Schließlich war sie ja auch wegen Joanna gekommen. »Was machst du denn hier? Wo ist denn Ophelia?« Sie warf einen flüchtigen Blick auf das Haus. »Das Küchenlicht ist an, aber ihr Pick-up steht nicht in der Auffahrt.«

Mit langsamen, fast schon trägen Bewegungen erhob sich Joanna Wyler. Ihr Gesicht war geschwollen, ihre Augen stark gerötet.

Schisser, dachte Zelda, wurde aber sofort von einem stechenden Gefühl befallen, was durchaus an den Zahnschmerzen liegen konnte, die sie schon die halbe Nacht wach hielten.

»Ich weiß es nicht«, antwortete Joanna leicht gereizt. »Da niemand auf mein Klopfen reagiert hat, wird sie wohl nicht da sein.« Sie reckte das Kinn nach vorne und presste die Lippen aufeinander.

Zelda musste ihr zumindest anrechnen, dass das Mädchen immerhin versuchte, zäh rüberzukommen. Sie gab sich große Mühe, ein bisschen weniger anmaßend zu klingen. »Du musst dein Schicksal, ein Vampir zu sein, akzeptieren«, hatte Violet ihr immer und immer wieder eingebleut. Wenn das bedeutete, Schissern wie Joanna zu helfen, dann war es eben so. »Und warum sitzt du dann auf ihrer Veranda?«

»Das geht dich nichts an.« Joannas Lippe bebte. »Ich habe dasselbe Recht, hier zu sein, wie du. Ophelia ist meine Freundin. Sie legt wenigstens nicht gleich auf, wenn ich anrufe, um mich zu entschuldigen. Und sie verprügelt mich auch nicht.«

»Ich habe dich nicht verprügelt.« Zelda deutete auf die Hintertür des Trailers. »Lass uns reingehen.«

»Das hättest du aber, wenn Rick dich nicht noch wütender gemacht hätte«, sagte Joanna und folgte ihr.

»Vermutlich hast du recht. Ich sage ja nicht, dass du es nicht verdient hättest, aber ich muss meine Wutausbrüche echt in den Griff bekommen.« Sie hielt kurz inne. »Tut mir leid, dass ich die Kontrolle verloren habe. Und ja, ich akzeptiere deine Entschuldigung, weil du dich wie ein feiger Wurm aufgeführt hast. Damit wären wir quitt.«

»Okay.« Joanna klang wackelig und überrascht. »Danke.«

Mit einem klagenden Miau kam Psyche unter der hinteren Treppe hervorgekrochen. Zelda klemmte einen Holzkeil zwischen das Mückengitter und den Rahmen, so dass der Haken aus der Verankerung sprang, ehe sie nach dem Schlüssel kramte, um die eigentliche Tür aufzuschließen. Kaum war sie offen, eilte Psyche zu ihrem leeren Fressnapf. Joanna folgte ihr. Zelda schloss die Tür, stemmte die Hände in die Hüften, die auch nicht kurviger waren als am Vortag, im Vormonat oder im Vorjahr. Manche Dinge änderten sich eben nie. »Du bist mir noch immer eine Erklärung schuldig, wer die Fotos denn nun gemacht hat.«

Joanna blickte sich hoffnungsvoll im Zimmer um, so als wäre Ophelia doch irgendwo. »Deshalb wollte ich ja mit Ophelia sprechen.«

»Okay«, sagte Zelda unnachgiebig. »Aber du musst es auch deinen Eltern sagen, damit sie aufhören, so schreckliche Lügen zu verbreiten.«

Joanna ballte die Hände zu Fäusten und kreischte: »Das habe ich ja vor. Sobald ich mit Ophelia gesprochen habe. Hör endlich damit auf, so gemein zu mir zu sein.« Psyche miaute, Zelda verdrehte die Augen, und Joanna winselte: »Jetzt hasst mich sogar die Katze.«

»Gib ihr etwas zu essen, und sie wird bis in alle Ewigkeit deine Freundin sein«, murmelte Zelda. »Das Katzenfutter steht übrigens unter der Spüle.« Sie durchquerte den Trailer und blieb nur so lange im Badezimmer, bis sie das Nelkenöl gefunden hatte. »Vielleicht ist Ophelia früher als sonst zur Arbeit gefahren, um so viel wie möglich zu schaffen, solange es noch kühl ist. Wie lange wartest du denn schon?«

»Eine halbe Ewigkeit.« Joanna blinzelte auf die Küchenuhr über dem Fenster. »Zwei Stunden.«

»Zwei Stunden? Das war ja mitten in der Nacht«, meinte Zelda. »Seltsam. Ophelia geht nie aus dem Haus, ohne Psyche zu füttern. Sieht aus, als wäre sie heute Nacht gar nicht nach Hause gekommen.« *Sieht aus, als würde sie mit dem Bullen schlafen, genau wie Mom es vorhergesagt hatte.* Zelda bewegte ihren schmerzenden Kiefer in alle Richtungen und kämpfte gegen das schale Gefühl, von Gott und der Welt verlassen worden zu sein, an. Ophelia hatte einen netten Freund verdient, aber konnte sie damit nicht noch ein paar Tage warten? »Warum bist du nicht einfach wieder nach Hause gegangen?«

»Ich hasse es dort.« Joanna spielte mit Ophelias Ohrringen und kramte ein wenig in der Schmuckschatulle herum, die offen auf dem Küchentisch stand. »Du verstehst das nicht. Sei froh, dass du mit deiner Mutter über alles reden kannst.«

»Das täuscht.« Zelda biss sich vor lauter Schuldgefühlen auf die Zunge. Das lag alles nur an diesen verdammten Schmerzen. Mit fast schon heldenhaftem Bemühen konnte sie sich gerade noch davon abhalten, Joanna anzufahren, sie solle die Finger von Ophelias Schmuck lassen. Stattdessen machte sie sich daran, ihr ungerechtes Verhalten ihrer

Mutter gegenüber auszumerzen. »Zumindest nicht um diese Uhrzeit.« Sie schraubte den Deckel des Nelkenöls ab und betupfte das gerötete Zahnfleisch auf der einen Seite, während Joanna den Schmuck auf dem Tisch auskippte.

»Warum denn nicht?«

»Weil sie bis in die frühen Morgenstunden im Club ist. Heute Nacht ist sie zum Beispiel erst nach vier Uhr ins Bett gegangen. Da kann ich schlecht um fünf Uhr in ihr Zimmer platzen«, erklärte Zelda und rieb sich vorsichtshalber auch die andere Seite ein. »Ich war die ganze Nacht wach, weil ich Zahnschmerzen habe. Ich wollte Ophelia fragen, ob sie Schmerztabletten für mich hat.« Sie öffnete und schloss den Mund, genoss die kühlende Wirkung des Nelkenöls, auch wenn ihr bewusst war, dass sie nur von kurzer Dauer sein würde. »Mach dir keine Sorgen«, hatte Violet am Vortag zu ihr gesagt. »Die brechen schneller durch, als du denkst.« Doch für Violet waren alle Besonderheiten im Leben eines Vampirs nichts weiter als ein Kinderspiel.

»Es ist Zeit, endlich mit der Wahrheit rauszurücken«, kündigte Zelda wenig später an, nachdem Joanna die Ohrringe zu Paaren sortiert hatte. »Wer hat denn jetzt die Fotos gemacht?«

»Das sage ich dir nicht«, brummte Joanna und schob die Ohrringe, zu denen es kein Gegenstück gab, hin und her. »Ich warte lieber, bis Ophelia da ist. Sie wird mich wenigstens nicht auslachen.«

»Warum sollte ich lachen?«, meinte Zelda. »An einem widerlichen Typen, der Fotos von dir macht, ist nichts Lustiges.« Sie legte den Kopf auf die Seite. »Oder war es ein süßer Typ? Sei bloß vorsichtig, oder du bist schneller schwanger, als du bis drei zählen kannst. War das der Typ, der dich zum Sex überreden wollte?«

»Niemand wollte mich zum Sex überreden.« Joanna schob die übrig gebliebenen Ohrstecker von sich.

»Denk doch mal nach. Erst macht er Nacktbilder von dir, und als Nächstes will er mit dir in die Kiste.« Zelda holte die Ohrringe, die Joanna aussortiert hatte, zu sich auf die Seite des Tisches. »War es Gabe Tate? Du stehst doch auf ihn, genau wie all die anderen Matschbirnen in der Schule.«

Joanna errötete und riss die Augen auf. »Nein! Das stimmt nicht!«

»Gut. Der Typ ist nämlich ein Vollidiot. Die vom *Chamber* haben ihn rausgeschmissen, weil er Minderjährige eingeschleust hat.« Zelda nestelte an einem Ohrring mit einer roten Glasblüte und fragte sich, wo das Gegenstück und die passende Kette sein mochten. »Ich weiß, es ist einer von den Schultrotteln. Hast du deshalb Angst, ich könnte lachen?« Sie steckte sich den Ohrring an. Der einzige andere rote Ohrring war ein mit einem Granatstein besetzter Hänger, den sie aber beiseitelegte und sich stattdessen einen mit einer blauen Keramikperle nahm.

»Deine Ohrringe passen nicht«, lenkte Joanna ab und zuckte angesichts Zeldas bösen Blicks zusammen.

Wieder befielen Zelda Gewissensbisse. »Mach dich nicht zum Sklaven von irgendwelchen dämlichen Vorschriften«, erwiderte sie fast schon freundlich. »Wer hat die Fotos denn jetzt gemacht?«

»Das kann ich dir nicht sagen«, antwortete Joanna. »Wirklich, es geht nicht.«

»Feigling«, sagte Zelda, woraufhin Psyche fauchte. »Siehst du, selbst die Katze ist der Meinung, dass du es mir sagen solltest. Jetzt habe ich's! War es ein Mädchen?«

»Nein! Ich bin doch keine Lesbe. Und jetzt hör auf, mir Löcher in den Bauch zu fragen.«

Zelda schnaubte. Sie presste die Finger gegen den Kiefer und sagte durch ihre zusammengebissenen Zähne hindurch: »Hör zu. Du musst keine Angst haben. Du hast doch mich auf deiner Seite. Ich komme mit und trete dem Typen, der die Bilder gemacht hat, in den Hintern. Ich begleite dich auch, wenn du es deiner Mutter sagst. Und ich verspreche dir, dich in der Schule immer zu grüßen. Was immer du verlangst.«

»Du willst mich in der Schule grüßen?«

Zelda wurde von hämmernden Kopfschmerzen heimgesucht. »Werd erwachsen, Joanna. Ich bin nicht die Königin oder so. Klar werde ich dich grüßen, aber was spielt das schon für eine Rolle?«

»Schwörst du, es niemandem zu sagen? Außer Ophelia, der ich es sowieso erzählen will?«

Zelda konnte sich nur mit Mühe und Not davon abhalten, nicht die Augen zu verdrehen. »Ich schwöre.«

»Und du wirst auch nicht lachen?«

»Das kann ich dir nicht versprechen. Aber was für einen Unterschied macht das schon? Wird Zeit, dass du ein wenig mehr Selbstachtung zeigst.« Sie hielt sich die pulsierende Backe. »Jetzt rück schon raus damit, wer die Fotos gemacht hat.«

Psyche fauchte noch lauter.

»In Ordnung«, sagte Joanna und kniff die Augen zusammen. »Ich war es.«

23

Gideon erwachte kurz vor Sonnenaufgang. Er gähnte und löste widerwillig seinen Arm, den er um Ophelias warme Rundungen gelegt hatte, von ihr. Wenn sie immer so unruhig wie in dieser Nacht schlief, dann würde er in Zukunft wohl nicht viel Schlaf abbekommen. Er gähnte ein weiteres Mal, bevor er nach unten ging, um Kaffee aufzusetzen.

Zwei Minuten später hörte er Gretchen. Ihr leises, unruhiges Winseln, gefolgt von einem langen, unheimlichen Schrei, der ihm einen Schauer über den Rücken jagte. Es war der gleiche Laut, den Ophelia schon im Auto von sich gegeben hatte, als sie kurz eingenickt war. Mit wenigen Schritten sprintete Gideon wieder nach oben. Dass er dabei das Handtuch verlor, das er sich um die Hüften geschlungen hatte, war egal. Mit einer barschen Bewegung schob er Gretchen beiseite und stürmte ins Schlafzimmer.

»O Gott, nein, ich war das nicht, nein, bitte, nein, bitte!« Ophelias Fangzähne blitzten auf, ihre Hände flogen durch die Luft, während sie sich von einer Seite auf die andere wälzte.

In Sekundenschnelle war Gideon auf dem Bett und legte von hinten den Arm um Ophelia. »Ophelia, Schatz, ich bin hier. Ophelia, ich bin es, Gideon. Alles ist in Ordnung.«

»Das wollte ich nicht, du Bastard!«, wimmerte sie verzweifelt, ehe sie die Augen aufriss. »Oh, du bist es. Verdammt.« Kraftlos und schluchzend ließ sie sich gegen ihn fallen. »Verdammt«, stöhnte sie.

»*Verdammt, du bist es?* Ist das der Dank dafür, dass ich dich aus einem Alptraum gerettet habe?« Er lehnte seine Wange gegen ihr Haar. Sie roch nach Schweiß und Sex, nach Trauer, Wut und Angst.

Mit umständlichen Bewegungen setzte sich Ophelia auf. »Das war eine Panikattacke und kein Alptraum. Und du hast mich auch nicht gerettet, du Idiot, sondern dich selbst in Gefahr gebracht. Das ist der Grund, warum ... oder zumindest einer der Gründe, weshalb ich ... Oh, Gideon, wie soll ich dich je heiraten können?« Ihre Stimme zitterte. »Wenn ich nicht aufgewacht wäre, hätte ich dich womöglich umgebracht.«

»Moment. Du hattest Angst, du könntest mich im Schlaf angreifen?«

»Ich habe dir doch gesagt, dass ich gefährlich bin.« Sie schob ihn von sich und erhob sich. »Ich muss weg von hier. Ich muss nach Hause.«

»Hast du denn beim Aufwachen aus solchen Träumen schon mal jemanden attackiert?«

Ophelia blickte finster drein. »Es sind Panikanfälle. Und nein, habe ich nicht. Weil ich schon seit ... seit einer halben Ewigkeit mit niemandem mehr geschlafen habe.«

»Du hättest mich nicht umgebracht«, sagte Gideon und stand ebenfalls auf. »Mir hast du es zu verdanken, dass du die ganze Nacht durchgeschlafen hast.«

»Deine lächerliche Nummer mit dem Ineinanderverschmelzen kannst du vergessen.« Ophelia ging ins Badezimmer und warf die Tür zu.

Gideon öffnete sie sogleich wieder. »Das ist nicht nur Gerede, es funktioniert wirklich. Ein Vorspiel für phänomenal guten Sex, wie wir heute Nacht eindrucksvoll bewiesen haben.«

Ophelia drehte den Strahl auf und stellte sich unter die Dusche, ohne darauf zu warten, dass das Wasser sich erwärmte.

»So verdammt guten Sex, dass du eine kalte Dusche brauchst, wenn du nur daran denkst. Vielleicht sollte ich dir ein wenig Gesellschaft leisten.« Prompt stand er neben ihr in der Dusche. »Schau, das Wasser wird schon wärmer. Und was machen wir beiden Hübschen als Nächstes?«

»Ich gehe arbeiten«, antwortete Ophelia mürrisch. »Vielleicht solltest du dasselbe tun.«

»Du gibst also zu, dass der Sex phänomenal war?« Gideons Blick tastete ihr Gesicht ab, auf der Suche nach einer Reaktion. »Zumindest Güteklasse A, oder?« Als Ophelias Mundwinkel zuckten, beugte er sich nach vorne und küsste sie. »Und Spaß hat es außerdem auch gemacht.«

»Ja, okay. Es war umwerfend, zufrieden?«, antwortete Ophelia. »Aber erst, nachdem ich meine Beißerchen ins Spiel gebracht habe.« Wie aufs Stichwort glitten ihre Reißzähne herunter, woraufhin sie sie gleich wieder an ihren Platz verbannte. Mit gespieltem Hochmut fügte sie hinzu: »Andererseits ist es immer großartig, sobald ich zubeiße.«

»Aber dieses Mal war es etwas ganz Besonderes.« Gideon legte die Arme von hinten um sie und biss sie zärtlich in den Hals. »Du hast *mich* gebissen.«

Ophelia ließ sich zurückfallen und schloss die Augen. Für einen flüchtigen, glückseligen Moment genoss er die heftige Reaktion ihrer Brüste auf seine Berührung. Seine Lippen arbeiteten sich von ihrem Kinn bis zu ihrem Ohr hinauf.

Dann stieß sie ihn weg. »Das bedeutet aber noch lange nicht, dass ich dich heirate.« Ophelia nahm den Waschlappen und wrang ihn aus.

»Doch, tut es wohl.« Er reichte ihr die Seife. »Abgesehen davon, dass du heute Nacht schon ja gesagt hast … «

»Ich war nicht klar bei Verstand«, fiel ihm Ophelia ins Wort. »Ich muss verrückt gewesen sein.«

»Abgesehen davon«, fuhr Gideon unbeirrt fort, »hatte der Sex, so grandios er auch war, nur anfänglich eine beruhigende Wirkung. Ich habe dafür gesorgt, dass du den Rest der Nacht friedlich durchschläfst.«

Mit müdem Gesicht schäumte Ophelia den Waschlappen ein. »Wovon redest du eigentlich?«

Gideon lehnte sich gegen die Fliesen. »Du warst die ganze Nacht über kurz davor, den Alptraum an dich herankommen zu lassen. Jedes Mal, wenn du dich herumgewälzt und gestöhnt hast, habe ich dich in die Arme geschlossen und dir gesagt, dass alles gut wird. Dann bist du schlagartig ruhiger geworden. Der Traum hat dich erst gepackt, nachdem ich aufgestanden bin.«

»Die Panikattacke«, korrigierte ihn Ophelia, während sie sich einseifte.

»Alptraum«, entgegnete Gideon beharrlich. »Du weißt es, und ich weiß es. Wenn du nicht mit mir darüber reden möchtest, dann ist das in Ordnung. Aber tu mir einen Gefallen und lüg mich nicht an.«

Ophelia schloss den Mund. Die Anspannung, die sie ausstrahlte, hielt Gideon auf Abstand.

Gideon bemühte sich umso mehr um ein bisschen Zärtlichkeit. »Mag sein, dass du mir im wachen Zustand nicht vertraust. Wenn du schläfst, sieht es aber schon ganz anders aus. Bedeutet dir das denn gar nichts?«

Zwei einsame Tränen liefen Ophelia über die Wangen. »Lass mir ein bisschen Platz, verflixt noch mal«, flüsterte sie. »Das ist mein Problem, nicht deins.«

Gideons Herz krampfte sich kurz zusammen. Um dem Drang zu widerstehen, sie sich zu schnappen und beschützend in seine Arme zu nehmen, verschränkte er sie vor der Brust. »Was dich belastet, belastet gleichzeitig auch mich.«

»Solange du nicht mit mir in einem Bett schläfst, belastet dich das gar nicht.« Ophelia hielt das Gesicht in den Wasserstrahl, damit er ihr die Tränen fortspülen konnte. Niedergeschlagen fügte sie hinzu: »Ich weiß, du meinst es nur gut, aber dieses Mal musst *du mir* vertrauen. Das ist etwas, womit ich alleine zurechtkommen muss.« Damit stieg sie aus der Dusche.

»Einverstanden«, antwortete Gideon und warf sich in eine übertriebene Pose. »Du bist der Boss.« *Zumindest, bis Donnie Donaldson hinter Gittern sitzt.* »Deine Shorts und deine Unterwäsche von gestern hängen in der Waschküche. Möchtest du dir noch ein T-Shirt von mir leihen?«

»*Du* hast die Fotos gemacht?«

»Ja.« Joannas Stimme klang kratzig. Obwohl ihre Wimpern zitterten, ließ sie die Augen geschlossen. »Mach schon und lach mich aus.«

»Genau genommen ist das sogar ziemlich cool. Verrückt, aber cool. Wie hast du das denn genau angestellt? Eine Kamera auf ein Stativ gestellt und dann mit Selbstauslöser?«

Joanna öffnete vorsichtig ein Auge. »Ja.«

»Du hast echt mehr Mumm in den Knochen, als ich dir zugetraut hätte«, sagte Zelda. »Wolltest du die Fotos ins Internet stellen?«

Joanna riss die Augen auf.

»Ich hab nur Spaß gemacht!«, lenkte Zelda ein.

Joanna schauderte. »Wenn jemand die Fotos sieht, dann sterbe ich. Hundertprozentig. Das ist so unfair. Ich wollte sie doch nur entwickeln, um sie mir anzusehen. Um zu wissen, ob ich sexy oder dumm aussehe. Sie sollten auch gar nicht im Fotoladen landen. Es waren Schwarzweißbilder, und ich wollte sie selbst entwickeln. Mein Vater hat nämlich eine Dunkelkammer, weil er früher selbst mal fotografiert hat. Ich hatte alles geplant.«

»Wie sind sie denn geworden?«

»Ich weiß es nicht«, brummte Joanna. »Mein Dad hat mir verboten, sie mir anzusehen.«

»Dein *Vater* hat die Bilder gesehen? Okay, ich wäre vor Scham gestorben. Wirst du es noch mal versuchen?« Sie kicherte. »Zieh nicht so ein Gesicht. Das war nur ein Scherz.«

Psyche wich fauchend und mit aufgestelltem Haar von ihrem Fressnapf zurück.

»Was ist denn nur mit der Katze los?«, fragte Joanna.

Zelda hielt die Hand in die Höhe. »Shhh.« Sie lauschte angestrengt und hörte gedämpfte Geräusche, die von der Unterseite des Hauses kamen. »Da draußen ist ein Mann.«

»Ich höre nichts.« Joanna glitt vom Stuhl, um aus dem kleinen Küchenfenster zu spähen. »Ich kann niemanden sehen. Woher weißt du, dass es ein Mann ist?«

»Sieh dir Psyche an.«

»Vielleicht ist es ein männlicher Hund«, sagte Joanna.

»Er atmet nicht wie ein Hund«, hielt Zelda dagegen. Wow! Das Gehör eines Vampirs war definitiv eine ziemlich coole Angelegenheit.

»Du kannst unmöglich von hier drinnen hören, wie draußen jemand atmet«, erwiderte Joanna ungläubig. »Hör auf, mich zu veralbern.«

»Sei leise.« Zeldas Ohren fingen leise Kussgeräusche, eigenartige Schritte und ein Grunzen auf. Allesamt definitiv von einem Mann. »Bleib hier.«

Als Joanna schnaubte, machte Zelda eine verärgerte Geste, die keinen Widerspruch duldete. Weitere Schritte und ein kratzendes Geräusch waren vom hinteren Ende des Trailers zu hören. Auf Zehenspitzen schlich Zelda den schmalen Flur entlang.

Peng! Als sie das Schlafzimmer erreichte, erschütterte ein Schlag den Boden. Sie fluchte leise. Doch Joanna, die dumme Nuss, schrie auf, als ein weiterer Schlag direkt unter Zeldas Füßen zu spüren war. *Scheiße.* Sie lauschte konzentriert. Das Atmen unter dem Trailer wurde alarmierend schneller.

Wenige Sekunden später drang Donnie Donaldsons Stimme laut und deutlich zu ihnen herauf. »Komm her, du kleines Kätzchen, komm. Los, Psyche, komm zu mir. Ich hab hier auch was ganz Leckeres für dich.« Zelda hörte, wie Donnie Donaldson unter dem Trailer hervorkroch. Kurz darauf stapfte er die Stufen zum Vordereingang hinauf und klopfte. »Ophelia, bist du zu Hause?«

Zelda schlich in die Küche zurück, gerade als Joanna Donnie die Tür öffnete. »Sie ist nicht da«, sagte Joanna. Psyche stürmte auf Zelda zu.

»Das habe ich mir fast gedacht«, antwortete Donnie. »Heute Morgen stand kein Pick-up in der Auffahrt, wahrscheinlich war sie die ganze Nacht nicht zu Hause. Und da dachte ich mir, ich tue ihr einen Gefallen und füttere Psyche. Aber wie ich sehe, habt ihr euch bereits darum gekümmert.« Er stellte eine Schüssel mit Speckstreifen auf den Boden und putzte sich seine Hände, an denen er Handschuhe trug, am Overall ab. »Lasst es einfach stehen. Früher oder später wird sie es essen. Was macht ihr beiden eigentlich hier?«

Zelda wollte nach der Katze greifen, doch Psyche flüchtete und schoss den Flur hinunter. »Wir warten auf Ophelia. Was hast du eigentlich unter dem Trailer zu suchen?«

»Wie gesagt, ich wollte Psyche füttern. Sie versteckt sich ja oft da unten.«

»Und woher kam das laute Klopfen?«, wollte Joanna wissen. »Klang fast wie eine Pistole.«

»Ein Hammer.« Donnie wies auf seinen Werkzeuggürtel. »Als ich gesehen habe, dass unter der angebauten Veranda ein Nagel herausguckt, habe ich ihn kurzerhand wieder hineingeschlagen.«

»Das klang aber nicht so, als wäre es unter der Veranda gewesen«, erwiderte Zelda. »Es klang, als wäre es am hinteren Ende des Trailers gewesen.«

Donnie warf ihr einen verächtlichen Blick zu. »Scheint, als wäre dein Gehör nicht das beste, Mädchen.«

Wenn du wüsstest. Ein brennender Schmerz durchzuckte Zeldas Kiefer. »Gott, tut das weh. Zahnschmerzen«, erklärte sie Donnie. »Vielleicht hat Ophelia Schmerzmittel.«

»Ich habe welche«, sagte Donnie schnell. »Was halten die beiden Ladys davon, wenn ihr mit zu mir kommt? Dann könnt ihr mir gleich einen Rat geben.«

»Was für einen Rat?«, hakte Joanna nach. Zelda hielt sich die Backe und lief den Gang hinunter.

»Es geht um ein kleines Geschenk, das ich für Violet mache. Sie ist letzte Nacht mit mir ausgegangen, müsst ihr wissen«, fügte er selbstzufrieden hinzu. »Zelda weiß das natürlich längst. Sie hat uns ja gesehen, als wir losgefahren sind.«

Und ich habe sie dann auch um vier Uhr morgens mit

Reuben gehört. »Was hast du ihr denn gemacht?«, rief Zelda aus dem Badezimmer. Als sie dort nicht fündig wurde, setzte sie ihre Suche im Schlafzimmer fort.

»Ihr werdet schon sehen«, sagte Donnie geheimnisvoll. *Was für ein Idiot.*

Zelda öffnete die Schubladen der Kommode und sah Dinge, die nicht für ihr Auge bestimmt waren – auch wenn Ophelia damit kein Problem hatte. Außer Medikamenten, die sie bereits ausprobiert hatte, fand sie nichts.

»Weiß deine Mom eigentlich, dass du hier bist?«, fragte Donnie Joanna leise, was Zelda natürlich nicht entging. »Wohl nicht, oder?«, fügte er hinzu. »Ich wette, sie wäre nicht sonderlich begeistert, wenn sie wüsste, dass du mit Zelda zusammen bist. Am besten, ihr beide kommt jetzt schnell mit zu mir, und zwar bevor deine Mutter aufwacht und merkt, dass du nicht da bist. Dann sage ich ihr auch nicht, dass du hier warst. Das bleibt dann unser kleines Geheimnis. Es sei denn, du willst …« Seine Stimme verlor sich in einem stummen Fragezeichen. Joanna winselte. »Komm schon, Zelda. Ich habe richtig gute Schmerzmittel, die mein Zahnarzt mir verschrieben hat.«

Kleines Geheimnis, dachte Zelda. *Das ist so widerlich.* Donnie selbst klang mehr als widerlich, fast schon gefährlich. Und dann fiel Zelda etwas ein. Sie trat den Teppich beiseite und blickte auf das Geheimfach, das Ophelia ihr vor einer halben Ewigkeit gezeigt hatte.

»Bin gleich bei euch! Ich habe gefunden, was ich suche!«, rief sie, ging auf die Knie und öffnete das Fach. Ihr Blick fiel auf Fotos, die mit einem Gummiband zusammengehalten wurden. Sie hatte zwar keine Zeit, sich die Bilder durchzusehen, aber das oberste Foto sagte alles: eine nackte und nervös dreinblickende Joanna – ein Arm über den Brüsten, der andere zwischen den Beinen. Zelda schloss das Geheimfach und legte den Teppich zurück.

Entsetzliche Gedanken schossen ihr durch den Kopf, als sie das Fläschchen mit den Schmerztabletten öffnete und sich einige davon auf die Hand schüttete. Was, wenn Joanna sie angelogen hatte? Was, wenn Donnie die Bilder gemacht hatte? Das wäre ein ziemlich *großes* Geheimnis. *Igitt!* Was in Gottes Namen hatten die Fotos nur in Ophelias Geheimversteck zu suchen? Sie versuchte nachzudenken, während Psyche, die unter dem Bett saß, sie mit vorwurfsvollen Blicken traktierte.

Im Flur ertönten Donnies Schritte. Zelda schnappte sich den violetten Vibrator aus der obersten Schublade, legte ihn auf den Teppich, und hastete in den Flur. »Ich brauche noch etwas Wasser, um die Dinger zu schlucken«, sagte sie, schob sich an Donnie vorbei, der sofort umdrehte und ihr für ihren Geschmack viel zu dicht folgte.

Joanna warf ihr einen flehenden Blick zu, als sie die Küche betrat. Was zum Teufel ging hier vor sich? Zelda holte ein Glas aus dem Wandschrank, ließ Wasser hineinlaufen und schluckte eine Tablette. Nachdem sie das Medikamentenfläschchen neben das Glas auf den Tisch gestellt hatte, grinste sie Donnie breit an. »Bekommen wir bei dir auch was zu essen?«

Er blinzelte und wirkte für den Bruchteil einer Sekunde verdutzt. »Selbstverständlich.«

Scheiße, dachte Zelda. *Das wird ja immer ekeliger.* Das kleine Ablenkungsmanöver reichte jedoch aus, damit sie, als er sich umdrehte und die Tür öffnete, die einzelnen Ohrringe nehmen und in ihrer Tasche verschwinden lassen konnte.

Am Fuße der Treppe ließ Zelda die zweite Tablette fallen, die wie ein kleiner blauer Punkt in dem verbrannten Gras liegen blieb. Auf der Auffahrt warf sie einen Ohrring auf den Boden, traute sich aber nicht, nach unten zu gucken, um sich zu vergewissern, welche Farbe er hatte und ob er sich gut vom Kies abhob. Donnie schien erpicht darauf zu sein, sie so schnell wie möglich in sein Haus zu lotsen. An der Grenze zu Donnies Vorgarten deponierte Zelda einen weiteren Ohrring. »Wartet«, rief sie. »Ich habe meinen Flipflop verloren.« Sie schlüpfte wieder hinein und bemerkte erleichtert, dass der Ohrring gelb und deshalb gut sichtbar war.

Besonders widerlich war, dass Donnie schlecht roch. Er stank regelrecht. Jede Faser in Zeldas Körper war auf Flucht eingestellt, aber sie konnte es einfach nicht übers Herz bringen, die naive, hilflose Joanna mit Donnie alleine zu lassen, auch wenn sie schon mal mit ihm alleine gewesen war und die ganze Zeit gelogen hatte. Zelda summte und ließ einen weiteren Ohrring auf Donnies Rasen und auf die unterste Stufe seiner Hintertreppe fallen.

Kaum waren sie im Haus angekommen, verriegelte Donnie hinter ihnen die Tür. »Ab nach oben, Mädchen«, sagte er.

»Was hast du denn für meine Mom gemacht?«, fragte Zelda, die vor Joanna die Treppe hinauflief. Donnie war dicht hinter ihnen, stieg schwer keuchend die Stufen hoch. *Alter unsportlicher Sack,* dachte Zelda. *Bäh, der Typ scheint sogar angetörnt zu sein. Wenn der wüsste, mit wem er sich angelegt hat.*

Es stellte sich heraus, dass Donnie weder das eine noch das andere war. Immerhin war er kräftig genug, den beiden Mädchen eins überzubraten, als sie im Obergeschoss angekommen waren. Zelda sah noch, wie Joanna zu Boden ging, ehe alles um sie herum schwarz wurde.

Gideons gute Laune hätte Ophelia um ein Haar eingelullt. Er hatte ja auch genug Grund, sich zu freuen. »Die Ermittlungen gegen Donnie gehen gut voran. Seine Finanzlage ist lange nicht so gut, wie er vorgibt. Er hat angeboten, das Haus der Wylers in bar zu bezahlen. Ob er den Zuschlag bekommt, entscheidet sich heute Nachmittag. Bleibt zu hoffen, dass wir den Teppich und die Müllbeutel finden. Ich bin mir sicher, dass wir auf etwas stoßen, das ihn zumindest mit einem der Morde in Verbindung bringt. In der Zwischenzeit würde ich ihn nur zu gerne einbuchten, damit er nicht noch jemanden um die Ecke bringt. Leider spielt der Chief nicht mit. Er meint, ich könne nicht einfach einen angesehenen Geschäftsmann verhaften, den er seit Urzeiten kennt und der irgendwann einen möglichen Kandidaten für den Stadtrat abgeben könnte.«

»Warum sollte Donnie noch jemanden umbringen?«, fragte Ophelia und merkte, dass Gideons gute Laune nur gespielt war. So als würde er sie schon wieder verdächtigen. Sie warf ihm einen bitterbösen Blick zu. »Hör endlich auf damit.«

»Womit?« Gideons dunkle Augen sahen sie sanft über den Rand seiner Kaffeetasse an.

Ophelia biss herzhaft in den mit Erdnussbutter bestrichenen Muffin, den Gideon ihr regelrecht aufgedrängt hatte. »Hör auf, mich so misstrauisch anzusehen. So werde ich dir nie vertrauen«

»Bis ich weiß, was hinter deinem Verhalten steckt, werde ich dich genau so ansehen, wie ich es jetzt tue«, erwiderte Gideon. »Das bedeutet, dass ich mir Gedanken um dich mache.«

Nur mit Mühe und Not bekam Ophelia den Bissen herunter.

»Donnie bringt jeden um, der für ihn eine Gefahr darstellt«, sagte Gideon mit seiner Friede-Freude-Eierkuchen-Stimme. »Was hast du heute eigentlich so vor?«

»Arbeiten«, sagte Ophelia.

»Zu Hause? Bei einem Kunden?«

Ophelia schluckte. »Beides. Keine Angst, ich habe nicht vor, Donnie die Hölle heißzumachen. Für den Fall, dass du mich brauchst, lasse ich das Handy die ganze Zeit über an.« Der Versuch, den Kloß in ihrem Hals mit Kaffee herunterzuspülen, war zum Scheitern verurteilt. Händeringend suchte sie nach einem anderen Thema. »Art hat den Club gestern gemeinsam mit Darby Sims verlassen.«

Ein breites Lächeln, das eindeutig nicht gespielt war, zog sich über Gideons Gesicht. »Das nenne ich endlich mal gute Neuigkeiten. Die beiden hätten schon vor Jahren zusammenkommen sollen. Ist Constantine eigentlich diese Marissa Parkerson losgeworden?« Ophelia riss die Augen auf. Sämtliche Alarmglocken in ihrem Kopf gingen los. Erst, als sie das Zwinkern in seinen Augen sah, beruhigte sie sich. »Art war so nett, mich darüber zu informieren, dass sie nicht mit ihm geschlafen hat. Daher wusste ich, dass noch etwas anderes im Gange war. Ich vermute, er hat die arme Frau an den Rande eines Nervenzusammenbruchs gebracht, oder?«

»Kann man so sagen«, antwortete Ophelia. »Das hat Art echt gestört.«

»Und dich?«

Es war unmöglich zu sagen, was Gideon genau meinte. »Es war bestimmt alles andere als schön, aber ich weiß ja, wie Constantine tickt. Es hat keinen Sinn, mit ihm zu diskutieren, wenn er sich erst einmal etwas in den Kopf gesetzt hat.«

Gideon war so gut drauf, dass Ophelia fast schwindelig wurde. »Wenn Marissas Ehemann tatsächlich so eine Niete war, ist sie tausend Mal besser dran, wenn er wirklich tot ist.«

Schade nur, dass »tot« ihr Problem nicht löste. Ophelia brummte etwas Unverständliches und erhob sich. »Ich muss jetzt gehen.«

»Klar doch.« Gideon warf einen dicken Luftkuss in ihre Richtung. »Ich wünsch dir einen schönen Tag.«

Zehn Minuten später bog Ophelia in ihre Einfahrt ein. Donnies unbeladener und auf Hochglanz polierter Pick-up stand neben seinem Haus. Die Eingangstür zu dem Haus der Wylers flog auf. Mit einem Rucksack in der einen Hand und einer Handtasche in der anderen Hand blieb Lisa auf der Veranda stehen und rief: »Joanna!«

Ophelia fuhr mit Constantines Wagen an ihrem Trailer und dem kaputten Gewächshaus vorbei, um hinter dem Häcksler, ganz in der Nähe des letzten Komposthaufens, zu parken. Sie holte Schaufel und Spaten von der Ladefläche sowie ihr Ersatzgewehr aus der Fahrerkabine und machte sich an die Arbeit.

Ihre leise Hoffnung, in Ruhe gelassen zu werden, erfüllte sich natürlich nicht. Nachdem Lisa ein paarmal lautstark nach ihrer Tochter gerufen hatte, pochte sie wie wild an Donnies Tür. Mit wütenden Bewegungen fing Ophelia an, ein Loch zu graben, während Lisas schrille Stimme zu ihr herüberschallte. »Sie ist ohne ihre Bücher losgegangen! Und ohne ihre Handtasche. Die vergisst sie sonst nie. Hast du zufällig gesehen, ob sie in den Bus eingestiegen ist?«

Donnies Stimme war zu leise, als dass Ophelia seine Antwort verstanden hätte. Aber offensichtlich hatte er ihre Frage verneint.

»Sie war *wo?*«, kreischte Lisa panisch.

Du elende Ratte, dachte Ophelia und entschuldigte sich sofort bei allen Nagern. Es war klar, dass er nicht eher Ruhe geben würde, bis er sie in die Knie gezwungen hatte.

Ophelia warf die Schaufel neben den winzigen Erdhügel, den sie gerade angehäuft hatte, nahm das Gewehr zur Hand und marschierte an dem Häcksler vorbei. »Joanna ist nicht hier, also verzieh dich«, blaffte sie, als Lisa beim Gewächshaus angekommen war. Beim Anblick von Lisas vor Sorge verzerrtem Gesicht drehte sich Ophelia der Magen um, und sie schlug einen versöhnlicheren Ton an. »Tut mir leid, Lisa, aber ich habe sie heute Morgen noch nicht gesehen. Ich bin selbst erst gerade nach Hause gekommen.«

Donnie schlenderte auf Lisa zu und legte ihr die Hand auf die hängende Schulter. »Ich hab doch gesagt«, meinte er gedehnt und zugleich bevormundend, »sie *war* vorhin hier. Ich dachte, sie wäre wieder nach Hause gegangen, aber vielleicht war es schon Zeit für den Bus gewesen. Ich hänge ja nicht ständig am Fenster.«

Er kicherte. Das Gewehr fest am Lauf umklammert, lief Ophelia auf die beiden zu. Ihr Blick glitt von Lisas traurigem Gesicht zu Donnies selbstgefälliger Visage. Nur zu gerne würde sie dem Bastard den Kopf von den Schultern pusten. *Als ob das in der Vergangenheit deine Probleme gelöst hätte.*

»Jetzt muss ich den ganzen Weg bis zur Schule mit dem Auto fahren«, jammerte Lisa. »Und das, wo ich mir kaum noch das Benzin leisten kann. Ich habe für gar nichts mehr Geld.«

»Ich würde gerne einspringen, aber heute habe ich überhaupt keine Zeit. Hilft es dir, wenn ich dir etwas vorstrecke?« Donnie zückte seine Brieftasche und überreichte ihr großzügig einen Fünf-Dollar-Schein.

Ophelia wandte den Kopf ab, als sie spürte, dass ihre Reißzähne sich ihren Weg nach außen bahnen wollten. Es war wichtig, dass er sich nicht bedroht fühlte.

»Sobald ihr unterschrieben habt, seid ihr doch wieder flüssig«, sagte Donnie zu Lisa. »Sag mal, müsstest du nicht so langsam mit dem Kofferpacken anfangen?«

Ophelias Reißzähne wurden mit jedem Lidschlag unruhiger, doch sie zwang sie, an Ort und Stelle zu bleiben.

»Wo sollen wir denn hin?«, fragte Lisa mit zitternder Stimme. »Was bist du überhaupt für ein Freund? Reißt dir unser Haus unter den Nagel, kaum dass es sich herumgesprochen hat, wie schlecht es uns geht. Willy war so fertig, dass er heute Nacht gar nicht nach Hause gekommen ist. Ja, er ist ein lausiger Ehemann, aber normalerweise kommt er immer zu seiner Familie zurück.«

»Ich tue euch doch bloß einen Gefallen«, protestierte Donnie. »Ihr werdet bestimmt bald ein neues Zuhause finden.«

Du hinterlistige Schlange, dachte Ophelia und entschuldigte sich sofort bei allen Schlangen. *Das wird dir noch leidtun.*

»Aber ich liebe unser Haus.« Lisa holte tief Luft, schluchzte und wischte sich die Tränen weg.

»Das ist ein ziemlicher Batzen Geld, den ihr von mir bekommt«, erwiderte Donnie. »Ihr solltet mir lieber dankbar sein.«

Mieses Schwein, fuhr es Ophelia durch den Kopf, bevor ihr einfiel, das sie den armen Tieren unrecht tat, wenn sie sie mit Donnie auf eine Stufe stellte. Sie setzte ein zuckersüßes Lächeln auf. »Du kaufst Lisas Haus? Es hat doch keinen Sinn, dein schwerverdientes Geld zu verschwenden, Donnie. Erinnerst du dich noch daran, was ich dir gestern Abend gesagt habe?« Sie wandte sich an Lisa. »Wartet noch ein oder zwei Tage mit dem Verkauf. Ich frage Vi mal, ob sie dir einen Job besorgen kann. Es muss doch einen Weg geben, eine Hypothek auf ein abbezahltes Haus zu bekommen.« Ein winziger Hoffnungsschimmer flackerte in Lisas Augen auf. Ophelia lächelte in Donnies Richtung. »Stimmt doch, oder?«

Eine Maske aus Wut legte sich über Donnies Gesicht. Ophelia biss sich auf die Lippe, um das Lächeln, das sich in ihr zusammenbraute, nicht herauszulassen.

»Aber sie haben den Vertrag bereits unterzeichnet«, konterte Donnie.

Ophelia drückte das Gewehr an die Brust. »Ach, Donnie. Was ist schon ein Vertrag unter Freunden? Zerreiß ihn. Und wenn du von der Schule zurückkommst, Lisa, klemmen wir uns ans Telefon.«

Mit etwas mehr Haltung als zuvor hastete Lisa davon, während Donnie Ophelia zum Komposthaufen folgte. »Warum musstest du ihr diesen Floh ins Ohr setzen? Die Wylers sind doch Gesindel, verdammt noch mal.«

Ophelia legte die Waffe weg, hob die Schaufel auf und machte sich wieder an die Arbeit. »Du bist Gesindel, Donnie. Und Violet wird dir das auch sagen, sobald sie erfährt, was hier gespielt wird.«

»Ich muss mir nichts vorwerfen. Ist nicht meine Schuld, dass die beiden pleite sind. Ich habe ihnen nur ein Angebot gemacht.«

Ophelia schleuderte eine weitere Schaufel Dreck auf den Haufen und funkelte ihn an. »Du versuchst, ihre elende Situation auszunutzen. Und schlag dir aus dem Kopf, dass meine Schwester jemals etwas mit dir anfangen wird. Eher friert die Hölle zu.«

Ein befriedigender Schwall Hass schlug ihr entgegen. Donnie baute sich hüftbreit vor ihr auf, wippte auf den Fersen und fixierte sie mit einem Blick, der ihr Angst einjagte. Doch das würde sie ihn aber um nichts in der Welt merken lassen. »Warum schaufelst du eigentlich Dreck von einem Haufen auf den anderen?«

»Ich wende den Kompost für meinen neuen Garten.« *Ha!* »Ich bin so unglaublich froh, dass mein alter Garten zerstört wurde. Das gibt mir den nötigen Ansporn, etwas Neues, etwas Großartiges zu probieren. Ich habe *riesige* Pläne.« Sie warf eine Ladung Erde in seine Richtung. »Ist es nicht lustig, wie aus einer Katastrophe etwas Wunderbares erwachsen kann?«

Donnie schnaubte. »Oder etwas Katastrophales aus etwas Wunderbarem. Man kann nie wissen.« Damit stapfte er davon. Zehn Minuten später hörte Ophelia, wie er den Motor anließ und mit quietschenden Reifen davonfuhr.

Mit einem unguten Gefühl, weil sie nicht wusste, was Donnie vorhatte, begab sie sich wieder an die Arbeit. Es dauerte nicht lange, bis sie merkte, dass das Unbehagen größtenteils auf ihre eigenen Plänen zurückzuführen war. *Ich werde einfach nicht daran denken,* sagte sie zu sich selbst. *Ich werde es einfach hinter mich bringen, und basta.*

Mit jeder Ladung Erde, die sie von rechts nach links beförderte, während sie schweißgebadet immer tiefer grub, wiederholte sie dieses Mantra. Sie hörte, wie Lisa und Connie wegfuhren. Nach einer Weile fragte sie sich, warum Psyche noch nicht gekommen war, um nach Essen zu betteln. Irgendwann spürte Ophelia, dass sie jetzt tief genug gegraben hatte. Übelkeit stieg in ihr auf, doch sie kämpfte dagegen an. Die Zeit war gekommen.

Sie kletterte aus dem Loch, holte die Wasserflasche aus

dem Pick-up und trank einen großen Schluck. Doch auch das konnte dem stärker werdenden Ekel nichts anhaben. Sie ließ den Blick umherschweifen. Weder Lisa noch Donnie waren heimgekehrt. Kein Polizeiauto in Platos Auffahrt. Einen besseren Zeitpunkt würde es nicht geben.

Ophelia stellte die Wasserflasche weg, atmete tief durch und zog die Gartenhandschuhe an, die am Rande des Lochs lagen. Anschließend kratzte sie die Erde von dem großen Knochen, den sie soeben freigelegt hatte. Ein menschlicher Knochen.

Es tut mir leid. Aber ich habe nicht damit angefangen, und ich wollte auch nicht, dass es so endet. Ich bin ein Vampir, aber das bedeutet nicht, dass alles nur meine Schuld ist.

Tränen schossen ihr in die Augen. Sie konnte nicht verstehen, wie manche Menschen so etwas einem Maulwurf antun konnten. Irgendwann wischte sie sich die Tränen fort und entschied, diese Sache ein für alle Mal zu Ende zu bringen.

»Ich habe verdammt noch mal keine andere Wahl«, sagte sie laut – und drehte den Schlüssel des Häckslers um.

24

Als Zelda erwachte, war es dunkel um sie herum. Sie saß aufrecht, eingeklemmt zwischen der Wand eines winzigen Raums und der schluchzenden Joanna. Nur unter der Tür sickerte etwas Licht hindurch. Es stank nach alten Schuhen.

Kaum hatte sie die Augen geöffnet, setzte ein quälender Kopfschmerz ein, der sie sogar das Pochen in ihrem Kiefer, das Kneifen in der Schulter und den Geschmack von Blut vergessen ließ. Sie fuhr mit der Zunge den Oberkiefer entlang und stieß gegen die Spitze eines Reißzahns. »Einer ist schon da«, murmelte sie. »Scheiße!« Ihre Hände waren hinter dem Rücken zusammengebunden.

»Zelda!«, jammerte Joanna ihr ins Ohr. »Gott, bin ich froh, dass du wach bist. Ich habe Angst.«

Zeldas Füße waren ebenfalls verschnürt. »Scheiße!«, entfuhr es ihr noch mal. »Du bist auch gefesselt, stimmt's? Ich fasse es nicht. Donnie hat uns eins übergezogen und in einen Wandschrank voller stinkender Schuhe gesperrt. Ich komme mir vor wie das Dummchen aus einem schlechten Horrorfilm, das zu blöd ist, um wegzulaufen. Ich habe geahnt, dass etwas nicht stimmt. Ich *wusste,* dass es besser wäre, nicht mit dir zu Donnie zu gehen. Aber er mag meine Mom, und ich kenne ihn seit einer halben Ewigkeit, und außerdem hast du so traurig ausgesehen. Und …« Zelda zerrte wütend an ihren Fesseln. »Und weil ich ein Volltrottel bin, bin ich trotzdem mit dir und Donnie mitgekommen.«

»Es tut mir so leid.« Joanna fing wieder an zu weinen. »Das ist alles meine Schuld. Du hast nur versucht, nett zu sein.«

»Es gibt nett, und es gibt dumm, und wie sich herausgestellt hat, bin ich Letzteres.« Als Zelda wieder gegen die Fesseln ankämpfte, zuckte ein beißender Schmerz durch ihre Schulter. *Ich Idiot! Benutz endlich deinen Verstand.* »Nicht weinen, Joanna. Wir stehen das gemeinsam durch und finden einen Weg hier raus.«

»Es ist so dunkel«, schluchzte Joanna. »Tut mir leid, aber ich habe wirklich riesige Angst.«

Zelda, der die Dunkelheit weniger ausmachte, empfand Mitleid mit der hilflosen Joanna. »Donnie hat die Bilder gemacht, stimmt's? Und weil er dir gedroht hat, gibst du vor, sie selbst geschossen zu haben. Ich bin dir nicht böse, dass du gelogen hat.«

»Das war nicht gelogen. Ich habe sie wirklich selbst gemacht. Er hat mich nur dabei erwischt.«

»Igitt«, zischte Zelda. »Das ist so was von ekelig.« Sie zog die Knie bis zur Brust und schob sie wieder von sich, um eine Handbreit nach vorne zu rutschen.

»Donnie ist ein neugieriges, widerliches Schwein.« Joannas Stimme zitterte vor Wut. »Er glotzt nicht nur aus dem Fenster, um alle Nachbarn zu beobachten. Manchmal guckt er auch bei uns rein. So hat er mich erwischt. Ich hasse ihn. Er hat mir den Film abgenommen und gesagt, er würde Abzüge machen und sie an alle Jungs in der Schule schicken, wenn ich ihn verrate. Und als wäre das nicht schlimm genug, hat er dafür gesorgt, dass meine Eltern sie zu sehen bekommen.« Ihre Stimme schraubte sich panisch höher. »Was meinst du, was er mit uns machen wird?«

»Nichts«, erwiderte Zelda mit fester Stimme. »Uns wird nichts passieren.« Sie rutschte näher an Joanna heran. Als sie die Hüfte in die andere Richtung hob, grub sich ihr der Schlüsselbund in den Hintern. *Bingo!* »Fang jetzt bitte nicht wieder an zu weinen. Ich habe einen Plan.«

Im Untergeschoss fiel eine Tür geräuschvoll ins Schloss. Joanna schnappte nach Luft. »Das ist Donnie!«

Ach, wirklich? »Shhh.«

»Vielleicht geht er ja weg!«, flüsterte Joanna. »Vielleicht ...«

»Leider nicht.« Zelda konnte ihn bereits auf der Treppe hören. »Er kommt nach oben. Tu so, als wärst du noch bewusstlos. Beweg dich nicht und sag kein Wort.«

Schwere Schritte näherten sich der Tür. Wieder wurde Zelda von einem stechenden Schmerz gepackt. Um sich unter Kontrolle zu halten, biss sie sich auf die Zunge. Im selben Moment schmeckte sie Blut. *Lecker.* Doch schnell schob sie das angenehme Gefühl, das das Blut in ihr ausgelöst hatte, von sich, um sich auf die drohende Gefahr zu konzentrieren. Sie wusste selbst nicht, wie sie reagieren würde, wenn er ihnen zu nahe kam. *Ich beiße ihn,* sagte Zelda sich. *Ich reiß ihn auf.* Erschrocken zuckte sie vor ihren brutalen Gedanken, eindeutig eine Auswirkung ihrer Vampirgene, zurück.

»Seid ihr wach?«, fragte Donnie.

Joanna unterdrückte ein Schluchzen.

»Tut mir wirklich leid, Mädels.« Donnie klang fast schon traurig. »Ich hatte nicht vor, euch wegzuschließen, und ich wollte euch auch nicht weh tun.«

Peng! Die Wand des Schuhschrankes bebte. Joanna stieß ein verzweifeltes Wimmern aus, und Zelda spürte, wie sie zitterte. *Was zum Teufel geht hier vor sich? Ich bringe dieses Schwein dafür um, dass er Joanna so viel Angst einjagt.* Für den Bruchteil einer Sekunde schossen Zelda die Vorzüge dieses Temperaments, das so heißblütig und rasend nur bei einem Vampir sein konnte, durch den Kopf, bis der pochende Kopfschmerz wieder die Oberhand gewann. Sie hatte das Gefühl, als würde jemand ihren Schädel spalten. Um nicht zu schreien, biss sie sich ein weiteres Mal auf die Lippe. Wieder Blut.

»Seid ihr jetzt endlich wach?« *Kawumm!* »Was hattet ihr auch in Ophelias Haus zu suchen? Ihr hättet gar nicht da sein sollen«, keuchte Donnie. *Peng!*

Joanna ließ sich kraftlos gegen Zelda fallen. Und dann dämmerte es Zelda. Der alte Sack verschloss die Tür mit Nägeln.

»Tut mir echt leid«, hörte sie Donnie sagen. »Aber mir bleibt nichts anderes übrig.«

Zelda spürte, wie unbändige Wut in ihr aufkam. Ihre Kiefer pulsierten, bebten und zitterten. Sie kniff die Augen zusammen, bis das Gefühl etwas abebbte. *Von wegen Kinderspiel.*

Aber Violet war ja auch nicht mit dröhnendem Schädel in einem Wandschrank eingesperrt gewesen, als ihre Reißzähne durchgebrochen waren. Bei dem Gedanken an ihre Mutter hätte Zelda um ein Haar auch geweint. *Reiß dich zusammen! Später.* Sobald sie hier raus waren, konnte sie weinen, so viel sie wollte. Zelda leckte sich das Blut von den Lippen und legte den Kopf zu Joanna herüber, in der Hoffnung, sie ein wenig zu beruhigen.

»Ich muss ein paar Besorgungen machen, Mädels, aber ich kann einfach nicht riskieren, dass ihr frei herumlauft und Blödsinn macht, während ich weg bin.« *Rumms!* »Ich werde nicht lange fort sein.« Die schweren Schritte entfernten sich. Wenige Sekunden später fiel die Haustür lautstark ins Schloss.

»Shhh!« Zelda lauschte angestrengt. »Da, jetzt hat er den Motor angelassen. Das ist unsere Chance.« So schnell es ging, robbte Zelda nach vorne. »Rutsch an die Stelle, an der ich bis jetzt gesessen habe, aber so, dass du mit dem Rücken zu mir sitzt und die Füße in der Ecke sind. Schnell!«

Schniefend tat Joanna, was Zelda sie angewiesen hatte, auch wenn es in der engen Kammer eine kleine Ewigkeit dauerte. Zelda machte sich so klein wie möglich. »Greif mit den Fingern in meine Hosentasche. Genau da.« Sie stieß mit der Hüfte gegen Joannas Hintern. »Hol den Schlüsselbund heraus. Ich hab ein Taschenmesser daran. Wir werden die Fesseln einfach durchschneiden.«

Joanna tastete nach der Hosentasche.

»Du schaffst das«, feuerte Zelda sie an, als Joanna nach dem dritten Versuch in Tränen ausbrach. »Gib jetzt bloß nicht auf. Du musst es so lange probieren, bis es irgendwann klappt.«

»Es ist so heiß hier drin.« Joannas Finger rutschten immer wieder ab, als das Mädchen sie in Zeldas Hosentasche schieben wollte. »So stickig. Wir werden ersticken!«

»Wir werden *nicht* ersticken. Wenn es sein muss, dann beiße ich ein Loch in die Wand. Für jetzt reicht die Luft, die wir hier drin haben. Mach einfach weiter.« Zelda atmete tief durch. *Ich werde nicht die Geduld verlieren.* »Vielleicht klappt es besser, wenn ich mich rüberlehne.« *Bitte, bitte, bitte.*

Joanna keuchte, machte die Finger lang und streckte die Hand aus – ohne Erfolg. »Das hat keinen Sinn«, jammerte sie. »Ich schaffe es nicht. Ich kann nichts sehen, meine

Schulter tut weh, und meine Finger sind wie taub. Meine Handgelenke bringen mich um.«

Das liegt daran, dass sie bluten. »Du hast keine andere Wahl«, zischte Zelda. »Jetzt versuch es weiter. Los, konzentrier dich. So schwer ist das doch nicht!«

Joanna stieß einen Schrei aus und stampfte mit den gefesselten Füßen auf dem Boden auf. »Woher willst du denn wissen, ob das schwer ist oder nicht? Du bist ja so verdammt perfekt! Kannst du nicht wie jedes normale Mädchen Angst haben und weinen?«

Wie bitte?

»Nimm dein Schicksal als Vampir an«, würde ihre Mutter sagen. »Gib ihr, was sie braucht.«

Zelda hatte keine andere Wahl: Wenn sie jetzt ausrastete, dann würden sie es womöglich nie hier rausschaffen, und wer weiß, was Donnie noch mit ihnen vorhatte. Also ging sie auf Joanna ein: »Wie kommst du darauf, dass ich nicht weine?« Sie nutzte die Gelegenheit und ließ ihre Stimme erstickt klingen. Sie wollte Joanna trösten, und wenn sie dazu weinerlich klingen musste, dann war es eben so. Zelda schob noch ein Schniefen nach. »Nur weil ich nicht oft weine, heißt das noch lange nicht, dass ich keine Angst habe. Davon abgesehen, spare ich mir das für später auf.«

»Was sparst du dir für später auf? Reden wir jetzt hier auf einmal über Sex?«

Zelda lachte halb hysterisch auf. »Nicht mein erstes Mal, du dumme Nuss. Meine *Tränen*. Ich hebe sie mir für die Zeit auf, wenn wir wieder frei sind. Dann heule ich mich bei meiner Mutter aus.« Sie erlaubte sich einen Schluchzer, bevor sie sich auf die Lippe biss … und blutete. »Versuch es noch mal. Bitte.«

Joanna zog die Nase hoch und versuchte es ein weiteres

Mal. Eine Minute später landeten die Schlüssel klirrend auf dem Boden.

»Super! Du hast uns das Leben gerettet!« Zelda rutschte nach vorne, fädelte den Finger durch den Ring und tastete nach dem Messer. Im Geiste dankte sie Constantine dafür, dass er ihr dieses Wunderwerkzeug geschenkt hatte. Sie fuhr die Umrisse des kleinen Messers ab, ehe sie die Klinge aufklappte. »Jetzt wieder Rücken an Rücken.« Wenige nervenaufreibende Minuten später gab das Seil um Joannas Hände nach. »Los, jetzt du. Zerschneide meine Fesseln. Es spielt keine Rolle, dass du nichts sehen kannst. Verlass dich einfach auf dein Gefühl. Mach dir keine Gedanken darüber, dass du mir weh tun könntest.« Zelda hielt still, wartete und betete. Es dauerte eine Weile, bis Joanna ihre Aufgabe erfüllt hatte. »Gute Arbeit!« Zelda bewegte die Finger und lockerte ihre Schultern, woraufhin der Schmerz etwas nachließ. Blitzschnell, damit Joanna nicht protestieren konnte, packte sie ihre blutigen Armgelenke und spuckte darauf. »Reib das in die Wunde ein. Das hilft, glaub mir«, sagte sie, ehe sie ihre Fußfesseln durchschnitt. »Und jetzt sehen wir zu, dass wir von hier fortkommen.«

* * *

Gideon wuchtete den zweiten Ahorn in den Kofferraum seines Mercedes, wo bereits der erste auf einer alten blauen Decke lag.

»Diese Frau hat Sie verhext«, meinte der Chief.

Brummend plazierte Gideon den dritten Ahorn. »Fühlt sich auf jeden Fall gut an.«

»O'Toole, ich meine es ernst. Todernst.«

Gideon holte den vierten Baum. »Würden Sie sie gerne

kennenlernen, Sir? Dann hätten Sie bestimmt mehr Verständnis.«

»Verständnis habe ich genug«, erwiderte der Chief. »Ich bin schließlich auch nur ein Mann, genau wie Sie. Ich habe mich gestern mal ein wenig umgehört. Und raten Sie mal, was ich herausgefunden habe? Sie ist ein Vampir.« Gideon hob die Augenbrauen und verzog die Lippen zu einem schmalen Lächeln.

»Grinsen Sie nicht so dämlich. Sie halten das ganze Gerede über Vampire wohl für ausgemachten Blödsinn, oder? Vergessen Sie nicht, ich bin ein paar Jährchen älter als Sie und weiß es besser.« Er räusperte sich und hielt bedeutungsvoll inne. »Ich hatte nämlich schon mal etwas mit einer Vampirin.«

Es gibt doch noch Zeichen und Wunder, dachte Gideon. »Dann müssten Sie ja am besten wissen, wie ich mich fühle, Sir.« Gideon schlug die Bäume in die Decke ein, ehe er ein Stück gelbe Nylonschnur von einer Rolle abwickelte.

Der Chief funkelte ihn an. »Haben Sie etwa mit ihr geschlafen?«

Gideon befestigte das Seil am Griff des Kofferraums. »Bei allem Respekt, Sir, aber mein Privatleben geht Sie nichts an.«

»Sie haben also eine Affäre mit einer *Verdächtigen?* Sind Sie eigentlich noch ganz bei Trost?«

Gideon schlang das andere Ende um die Anhängerkupplung, ehe er sich aufrichtete und dem Chief zuwandte. »Sie ist keine Verdächtige, Sir.«

Der Chief riss die Hände in die Luft. »Ausgerechnet mein bester Mann wird von einer Vampirlady verführt.« Er warf einen verstohlenen Blick zu Gideon und grinste unwillkürlich. »Aber der Sex ist unschlagbar, nicht wahr?«

»Sie wird mich heiraten«, antwortete Gideon.

Das Lächeln des Chiefs fiel in sich zusammen. Ein dunkler Blick braute sich in seinen Augen zusammen. »Verdammt, O'Toole, genau das hatte ich befürchtet. Sie können doch unmöglich eine Frau heiraten, die sie gerade mal drei Tage kennen, nur weil sie eine Granate im Bett ist. Mag sein, dass diese Vampire rattenscharf sind, aber ihre Wutanfälle können tödlich sein. Und außerdem treiben sie sich gerne mit Kriminellen und sonstigem Gesindel herum.«

»Die Unterwelt bietet ihnen Schutz vor all den Verrückten und Idioten, die sie einfach nicht in Ruhe lassen wollen. Aber ich kann sie genauso gut beschützen. Ich kann mich auf meinen Instinkt und meinen Verstand verlassen, und die sagen mir, dass sie genau die Richtige für mich ist. Wenn Sie so viel über Vampire wissen, dann ist Ihnen bestimmt auch klar, dass Ophelia im Gefängnis alles andere als sicher wäre.«

»Wo zum Teufel soll ich sie denn sonst hinstecken? Ich kann eine Mörderin unmöglich frei herumlaufen lassen. Das dürfte selbst Leopard und seinen Handlangern einleuchten.«

Gideon verdrehte die Augen. »Sie ist keine Mörderin. Wenn sie gefährlich wäre, hätte Leopard sich längst darum gekümmert.« Er öffnete dem Chief die Beifahrertür. »Wie wäre es, wenn Sie heute mit mir fahren?«

»Donnie Donaldson ist aber auch kein Mörder«, protestierte der Chief. »Im Gegenteil, er ist ein angesehener Bürger dieser Stadt. Sie haben nur irgendwelche Theorien, Gideon, aber keine Beweise!« Damit stieg er mit in den Mercedes ein.

Kaum hatte Gideon den Wagen auf die Straße gelenkt, erreichte ihn ein Anruf von Jeanie. »Ist der Chief bei dir?«, fragte sie. »Wahrscheinlich dreht er mir den Hals um, weil ich dich und nicht ihn anrufe, aber wir hatten schon wieder einen Anruf von diesem seltsamen Irren. Er wollte wissen, warum wir Ophelias Haus nicht durchsucht haben.«

»Das war alles?«

»Und warum wir eine Mörderin frei herumlaufen lassen. Er hat von einem öffentlichen Fernsprecher in Hammond angerufen.«

»Das bedeutet, dass er zwanzig, nein fast dreißig Minuten von hier entfernt ist«, sagte Gideon und klärte seinen Chef auf. Auf dem Weg zu Donnie Donaldsons Haus schwitzte er Blut und Wasser. *Bingo!* Donnies Auffahrt war leer.

»Das beweist noch gar nichts«, erwiderte der Chief.

»Das macht ihn aber auch nicht weniger verdächtig.« Gideon fuhr an Ophelias Haus vorbei und parkte neben dem vordersten Komposthaufen.

»Wow«, sagte der Chief beeindruckt, als sein Blick auf den ramponierten Fledermauskasten am Gewächshaus fiel. »Keine schlechte Konstruktion.«

»Statt Fledermäuse nisten da allerdings Wespen drin.« Gideon stieg aus, öffnete die hintere Tür. Gretchen sprang heraus und steuerte schnurstracks den Häcksler an.

Der Chief lief zu dem Häuschen für Fledermäuse und besah es sich genauer. »Schade. Ich hätte ihr helfen können. Eine Schande, dass sie bald ins Gefängnis wandert.«

»Aber mir vorwerfen, ich wäre voreingenommen. Angenommen, wir stoßen im Trailer auf etwas Verdachtiges, bin ich mir sicher, dass es wieder vom Täter absichtlich dort deponiert wurde. Wenn Sie mir wenigstens erlaubt hätten, ihr Haus überwachen zu lassen, dann …« Da der Chief ihm offensichtlich nicht zuhörte, sparte sich Gideon den Atem. Stattdessen löste er die Kordel am Kofferraum und lud die Bäume aus.

Gurgelnd erstarb der Häcksler. »Scheißteil!«, ertönte Ophelias wutentbrannte Stimme, gefolgt von einem panischen Aufschrei: »Nein! Gretchen, leg das sofort wieder hin!«

Gideon machte einen Satz nach vorne, blieb aber wie angewurzelt stehen, als er Ophelia erblickte. Mit blitzenden Reißzähnen kämpfte sie mit Gretchen im Dreck, versuchte der Hündin einen Knochen aus dem Maul zu reißen, den sie, nachdem sie gewonnen hatte, in ein Loch hinter sich warf.

Was zur Hölle ging hier vor? »Gretchen, bei Fuß!«

Die Hündin rang mit sich, ob sie ihm gehorchen sollte oder nicht. Währenddessen schnappte sich Ophelia das Gewehr, das neben dem Häcksler lag. Ihr Blick glitt unruhig umher. Die hektische Energie und das blanke Entsetzen, das sie ausstrahlte, traf Gideon unvermittelt. Winselnd kehrte Gretchen zu Gideon zurück. Ophelia zielte mit der Waffe auf Herrchen und Hund.

Ein Déjà-vu, nur mit dem Unterschied, dass Ophelia dieses Mal alles andere als gelassen war. Der Chief, der noch immer vor dem Gewächshaus stand, warf sich auf den Boden. »Runter mit dem Gewehr!«, befahl er, nach seiner Dienstwaffe tastend.

»Sie wird mich schon nicht erschießen«, rief Gideon mit lauter, klarer Stimme. »Bei Ihnen wäre ich mir da nicht so sicher. Am besten, Sie bleiben, wo Sie sind.«

»Was willst du?« Ophelias Stimme bebte vor Wut und Angst.

»Gideon«, beschwor ihn der Chief.

»Ich meine es ernst, Sir. Gretchen, bleib hier. Pass auf den Chief auf.« Gideon nahm zwei der Ahorne und schlenderte ruhig auf Ophelia zu. »Probleme?«

Ophelia wich zurück, in Richtung Häcksler, während sie mit dem Gewehr in die Richtung des Chiefs zielte. »Warum bist du gekommen?«, krächzte sie. »Warum musstest du unbedingt kommen?«

»Weil ich dir die hier vorbeibringen wollte.« Gideon gab sich größte Mühe, sorglos und unbekümmert zu klingen. Angesichts ihrer voll ausgefahrenen Fangzähne und bis zum Anschlag aufgedrehten Anziehungskraft alles andere als leicht. »Tut mir leid, Süße, dass wir einfach so bei dir hereinplatzen. Ich kann voll und ganz verstehen, dass deine Nerven blank liegen, aber … Oh, wie ich sehe, hast du schon ein Loch gegraben.«

Ophelia ließ die Waffe sinken und lehnte sich zitternd und mit einem elenden Ausdruck in den Augen gegen den Häcksler. Ihr Gesicht hatte komplett die Farbe verloren. Gideon lief an ihr vorbei und besah sich den großen Oberschenkelknochen auf dem Grund des Lochs, der neben einer Reihe anderer Knochen lag. Kommentarlos stellte er einen der Bäume darauf. Den anderen Baum positionierte er neben dem Loch. Ob ihm bewusst war, was er sah?

Er machte einen Schritt auf Ophelia zu. »Hättest du damit nicht bis später warten können?«, knurrte er leise, unfähig, seine Wut über ihre Rücksichtslosigkeit und Gedankenlosigkeit zu verbergen. »Er liegt hier seit zwei verdammten Jahren, habe ich recht?«

Ophelias Augen weiteten sich panisch. »Du wusstest es?«

Irgendwie schon. Allerdings fehlte die Zeit für Erklärungen.

Zwar klang ihre Stimme hart, doch die Unsicherheit in ihrem Blick hatte sie verraten. »Wann hätte ich es denn sonst machen sollen? Ich kann den Häcksler wohl kaum über Nacht laufen lassen.«

Als Gideon die Sprache wiederfand, fuhr er sie leise, aber umso wütender an: »Hättest du nicht wenigstens ein paar Tage warten können, bis sich die Aufregung gelegt hat, bis die Gefahr, erwischt zu werden, geringer ist?«

Ophelias Knöchel traten weiß hervor, so fest umklammerten ihre Finger den Lauf des Gewehrs. »Ich dachte, du würdest den Vormittag auf der Mülldeponie verbringen. Wenn du längst Bescheid weißt, warum bist du dann hergekommen?«

»Ich wusste es nicht, aber ...« Das war nicht der richtige Zeitpunkt, um das Thema Vertrauen wieder aufzuwärmen. Aber er schwor sich bei Gott, dass er sie zur Seite nehmen würde, sobald sich die Gelegenheit ergab. Nachdem er dem Chief ein Zeichen gegeben hatte, nicht näher zu kommen, zwang er sich, in ruhigem und gelassenem Ton fortzufahren. »Ich nehme an, Constantine hat ihn beseitigt.«

»Nein. Er war damals auf Tour. Ich vermute, er kann sich denken, was passiert ist.«

Sie war also vollkommen alleine gewesen. »Was ist passiert? Hat Parkerson dich angegriffen? Dich vergewaltigt?«

Ophelia sank in sich zusammen. »Er hat es versucht.«

Gideon stieß einen langen, rauhen Atemzug aus. »Dann hat er ja bekommen, was er verdient hat.« Er ließ seine Worte wirken. »Aber du kannst ihn unmöglich durch den Häcksler jagen.«

Ophelia schreckte zusammen. »Nein.« Sie schloss die Augen. »Aber ich wollte dich, dich und deinen Garten, um jeden Preis. Und außerdem stecke ich jetzt schon seit fast zwei Jahren mit ihm und diesen schrecklichen Träumen hier draußen fest ... Ich wusste mir nicht anders zu helfen.« Sie zitterte am ganzen Leib. »Aber das spielt jetzt sowieso keine Rolle mehr, vermute ich.«

»Stimmt, tut es nicht. Was für ein beschissenes Durcheinander.« Gideon legte den Arm um sie. Als sie versuchte, sich aus seiner Umarmung zu befreien, zog er sie nur noch näher an sich und gab ihr einen Kuss aufs Haar. »Tu mir den Gefallen und flirte mit dem Chief.«

»Bitte?« Der Blick in ihren Augen war stumpf, beinahe abwesend.

»Du musst ihn auf deine Seite ziehen«, flüsterte er, als der Chief gerade dabei war, sich aufzurappeln und sie mit bitterbösen Blicken traktierte. Gideon hob einen dicken Ast vom Boden auf und steckte ihn in den Häcksler. »Mach, was ihr Vampire für gewöhnlich tut. Er hat ein Faible für Fledermäuse, vielleicht hilft dir das. Zeig ihm deine Fledermauskästen und lass deinen Charme spielen.« *Wach auf, Mädchen,* wollte er am liebsten sagen. *Jetzt ist nicht die Zeit für Gefühlsduselei.* »Er denkt, du hättest mich verhext.«

»Und, habe ich das?«, fragte Ophelia mit tieftrauriger Stimme.

»Zweifelsohne.« Gideon versteckte seine Ungeduld hinter einem Lächeln. »Hör zu, Süße, der Chief ist ein sturer alter Esel, der denkt, an meiner Theorie über Donnie sei nichts dran. Eben hatten wir wieder einen anonymen Anruf mit dem Hinweis, dein Haus zu durchsuchen. Wenn du seinen Beschützerinstinkt erregen kannst …«

»Das ist leider nicht alles, was ich erregen würde«, warf Ophelia ein.

»Ich verlange ja nicht von dir, mit ihm zu schlafen.« Gideon widerstand dem Wunsch, Ophelia kräftig zu schütteln. »Er weiß, dass du ein Vampir bist, hatte selbst mal etwas mit einer von euch. Deshalb kennt er auch eure legendären Wutausbrüche. Vertrau mir. Wenn es dir gelingt, ihm zu zeigen, dass du ein liebenswürdiges, sanftmütiges und ganz und gar harmloses Mädchen bist, das dringend Rat wegen der Fledermauskästen braucht, wird er seine Meinung über dich bestimmt ändern.« Gideon packte sie beim Arm. »Komm zu dir, Ophelia. Du schleppst die Sache jetzt schon so lange mit dir herum. Du kannst es dir nicht leisten, gerade jetzt deinen kühlen Kopf zu verlieren.« Damit führte er sie zum Chief. »Ich muss jetzt noch ein paar Anrufe erledigen.«

Besorgt glitt Ophelias Blick in Richtung des Grabes. »Aber, Gideon, was ist denn mit … Gideon, ich weiß, dass du ein Polizist bist, aber musst du dich unbedingt einmischen? Verstehst du denn nicht, was das bedeutet?«

»Ich habe keine andere Wahl«, antwortete Gideon.

25

Mit einem mulmigen Gefühl in der Magengegend führte Ophelia, die sich bemühte, so viel Anziehungskraft wie nur möglich aufzubringen und nicht einmal ihre Reißzähne verbarg, den Chief auf dem schnellsten Weg in Richtung Fluss. Auf der Lichtung ließ sie ihm alle Zeit der Welt, die Fledermauskästen zu bewundern, ehe sie sich auf den Rückweg machten. Es war Zeit, den Chief wieder bei Gideon abzuliefern und auf direktem Weg weiter in die Hölle zu fahren.

Gretchen war jedoch anderer Meinung. »Ich will nicht, dass dein Köter mich begleitet«, hatte sie zu Gideon gesagt, der daraufhin sichtlich entnervt erwidert hatte: »Bitte, nimm sie mit.« Ophelia wusste auch nicht mehr, warum sie Gretchen dann doch mitgenommen hatte. Warum hatte sie ihn überhaupt zurückgelassen, damit er in Seelenruhe die Beweise für ihre Schuld sichern konnte? »Geh mir aus dem Weg«, hatte Ophelia den Hund vier Mal auf dem Weg zum Wald rand angeschnauzt. »Hör auf, mich trösten zu wollen, verdammt.« Gretchen stupste Ophelia sanft mit der Flanke an.

»Belaste ihn nicht mit deiner Vergangenheit«, hatte Constantine ihr geraten. Jetzt verstand Ophelia, warum.

Gideon war ein Bulle. Und soeben war er auf Beweise für einen Mord gestoßen. Sie hatte aus Notwehr gehandelt. Es war nicht ihre Schuld. Nichtsdestotrotz blieb ihm nichts anderes übrig, als den Leichenfund zu melden. Aber was wurde dann aus seinem Versprechen, dass sie bei ihm immer in Sicherheit wäre? Sie hatte ihm geglaubt … selbst im Schlaf.

Gerade als Gretchen sich abermals an Ophelia schmiegte, brüllte der Chief, sie solle stehen bleiben. *Alter Knacker.* Leicht angenervt wartete Ophelia, bis er zu ihr aufgeschlossen hatte. Bei seiner miesen Laune hatte sie große Zweifel daran, dass es ihr je gelingen würde, ihn für sich zu gewinnen. Einen Augenblick spielte sie mit dem Gedanken, ihm eine Kopfnuss zu verpassen, damit sie sich aus dem Staub machen konnte. Doch die Vorstellung, ein Leben auf der Flucht zu führen, bis man sie irgendwann fassen und in Handschellen zu Gideon schleppen würde, ließ sie zusammenzucken. Da war es beinahe würdevoller – sie hätte um ein Haar losgeprustet –, sich jetzt zu stellen. Ophelia versuchte, die Wut auszublenden, die in ihr brodelte, seitdem er sie und den Chief zum Fluss geschickt hatte. Als wäre nichts gewesen, hatte er sich lässig gegen seinen Mercedes gelehnt und telefoniert.

Das alles ergab keinen Sinn. Außerdem fühlte es sich entsetzlich falsch an. Seltsam nur, dass ein Teil von ihr ihm noch immer vertrauen wollte. Als eine Wespe an ihr vorbeischwirrte, war sie voller Neid auf das einfache Leben der Tiere, in dem weder Morde noch schwer zu durchschauende Polizisten vorkamen. Wusste Gideon denn nicht, was ihm blühte, wenn er sie hinter Gitter brachte?

Nein. Zum x-ten Mal verbannte sie den entsetzlichen Gedanken. *Wir sehen uns in der Hölle.* Sie unterdrückte ein hysterisches Kichern.

Keuchend holte der Chief sie ein. »Wo ist denn dieser

verdammte O'Toole?«, japste er. »Ich sollte den Kerl feuern. Schläft mit der Hauptverdächtigen, verschwindet mitten in den Morduntersuchungen und lässt mich in den Klauen eines Vampirs zurück.« Sein Zorn wuchs beständig. Die Wespen schienen seine Ungehaltenheit zu spüren. Erst eine, dann noch eine schoss aus dem windschiefen Häuschen heraus.

»Ich bin nicht gefährlich«, sagte Ophelia ruhig. »Im Gegensatz zu den Wespen, die hier herumfliegen. Gideon wollte lediglich, dass ich Sie von meiner Unschuld überzeuge.« Sie legte sich das Gewehr über die Schulter.

»Ohne diese Waffe würden Sie einen weniger gefährlichen Eindruck erwecken.«

»Das Thema hatten wir bereits, Chief«, antwortete Ophelia. »Ich traue Ihnen keinen Millimeter mehr über den Weg, als Sie mir trauen.« Sie bedachte ihn mit einem breiten Grinsen, das ihre bis zum Anschlag ausgefahrenen Fangzähne entblößte.

»Lassen Sie das«, stöhnte der Chief und wischte sich mit dem Ärmel den Schweiß von der Stirn.

Als Ophelia ihm die Zunge herausstreckte, schauderte der alte Polizist und eilte weg in Richtung Gewächshaus. Mit hängender Zunge lief Gretchen zum Häcksler. Da es ohnehin egal war, was Gretchen ausgrub, sah Ophelia ihr lediglich träge nach. Über den Häcksler hinweg, hinter dem letzten Komposthaufen, erblickte sie die Baumkronen dreier junger japanischer Ahornbäume, die in einer Reihe standen – zwei kerzengerade, einer schief.

In Ophelias Kopf regte sich allem zum Trotz ein kleiner Funke Hoffnung. Vielleicht war doch etwas dran, dass sie ihm vertrauen konnte.

Von der anderen Seite des Häckslers hörte sie das leise

Klicken einer Autotür sowie Gideons unterdrücktes Fluchen, das jedoch für die Ohren des Chiefs viel zu leise war.

Die Stimme des älteren Mannes riss sie aus den Gedanken. »Nachdem Sie die Wespen mit Spray abgetötet haben«, sagte er, den Blick auf den schief baumelnden Fledermauskasten gerichtet, »sollten Sie das Innere gründlich reinigen. Anschließend sehe ich es mir gerne an, für den Fall, dass die Schlafplätze neu hergerichtet werden müssen.« Er schüttelte den Kopf. »Ich weiß gar nicht, warum ich Ihnen das alles erzähle. Sie gehen sowieso für den Rest Ihres Lebens ins Gefängnis.«

»Ich bin *unschuldig*. Außerdem werde ich das Nest erst dann reinigen, wenn die Wespen es aus freien Stücken verlassen haben. Kommt gar nicht in Frage, dass ich etwas töte, das es nicht verdient hat.« Es kostete sie einiges an Nerven, nicht zum Häcksler zu blicken.

Der Chief schnaubte. »Sie können nicht mit einem Gewehr und gefährlichen Vampirzähnen herumlaufen und mir erzählen, Sie würden nichts umbringen.«

»Klar kann ich das. Es ist die Wahrheit.« Wenn sie doch nur sehen könnte, was Gideon getan hatte.

Donnies Pick-up fuhr auf die benachbarte Auffahrt. Dieser Idiot von Chief winkte dem Mörder auch noch freundlich zu. »Wo zum Teufel steckt Gideon?«, wiederholte er.

Jeden Augenblick konnte er ihn entdecken. Was, wenn Gideon noch etwas Zeit brauchte?

Ophelia legte das Gewehr an und beobachtete Donnie durch das Zielfernrohr hindurch. »Wie wäre es, wenn ich ihn hier und jetzt von seinem Leiden erlöse?« Auf halber Strecke zwischen Pick-up und Veranda blieb Donnie wie erstarrt stehen. Gerade als der Chief nach seiner Waffe greifen wollte, schenkte Ophelia ihm ein entwaffnendes Lächeln. »Wenn

Leopard ihn in die Finger bekommt, erwartet ihn ein grausameres Schicksal. Betrachten Sie es als Gnadenschuss.« Donnie schlich sich zur rückwärtigen Treppe.

Mit zitternden Händen, weil er gegen Ophelias übermenschliche Reize ankämpfte, holte der Chief die Pistole aus dem Halfter.

Ophelia ließ das Gewehr sinken. »Regen Sie sich ab«, sagte sie. »Ich hatte nie vor, ihn zu erschießen. Bloß ein kleiner Scherz.« Donnie sprintete zur Hintertür.

»Ein grottenschlechter Scherz«, brummte der Chief, während Donnie sich in Sicherheit brachte. »Wo zum Teufel ist O'Toole?«

Ophelia antwortete mit einem weiteren zauberhaften Lächeln. »Wer weiß das schon? Ich gehe mich jetzt frisch machen. Sie können gerne bei mir auf Gideon warten. Hier draußen wird es langsam heiß.«

Der Chief schmolz förmlich dahin. »Scheiße«, entfuhr es ihm. »Ich kann nicht glauben, dass ein alter Mann wie ich nach all den Jahren …«

»Manche Dinge ändern sich eben nie.« Ophelia schob ihn in Richtung Hintereingang. Gerade als sie neue Hoffung schöpfte, fiel ihr Blick auf Zeldas Fahrrad.

Seit wann ist Zelda hier?

Ophelia hastete die hintere Treppe hoch. Der Haken der Mückentür war herausgebrochen. Der Keil lag dort, wo Zelda ihn fallen gelassen hatte. Sie eilte laut rufend hinein. »Zelda?«

Die einzige Antwort, die sie bekam, war Psyches gequältes Miauen. Ophelias Nackenhaare stellten sich auf. Warum lagen ihre Ohrringe sortiert auf dem Küchentisch? Und was hatten die Schmerztabletten auf der Arbeitsfläche zu suchen? Sie hatte sie definitiv nicht dort hingestellt. Schließlich entdeckte sie Psyche in der Diele. Kaum erblickte das Tier den Chief, begann es zu fauchen.

»Setzen Sie sich doch«, meinte Ophelia. Da er ihrer Bitte nur widerstrebend nachkam, vermutete sie, dass ihr Charme bereits wieder nachließ. »Versuchen Sie erst gar nicht, die Katze zu streicheln. Sie hasst Männer.« Ophelia lief kurz durch ihr Zuhause: Wohnzimmer, Gästezimmer, Badezimmer und Schlafzimmer.

»Wo gehen Sie hin?«, fragte der Chief, der sich, unbeeindruckt von Psyches wütendem Fauchen, in Bewegung gesetzt hatte.

In der einen Hand den violetten Vibrator, in der anderen das Gewehr, fing Ophelia den Chief im Türrahmen ihres Schlafzimmers ab. »Zelda würde nicht hier auftauchen, um in meinem Sexspielzeug herumzuwühlen.« Genau wie Gideon. Als sie dem Chief den Vibrator in die Hand drückte, lief dieser hochrot an. »Das Chaos hier muss eine Bedeutung haben«, fügte sie hinzu. Einer Eingebung folgend, schob sie den Teppich beiseite, ging in die Hocke und öffnete das Geheimfach.

»Dieses Schwein!« Ophelia nahm den Stapel Fotos in die Hand. »Dieser elende Scheißkerl!« Sie klemmte sich das Gewehr unter den Arm, löste das Gummiband, das die Bilder zusammenhielt, und sah sich die obersten Aufnahmen an. Sie warf dem Chief, der ihr neugierig über die Schulter spähte, einen funkelnden Blick zu. »Ich kann damit umgehen, wegen Mordes verdächtigt zu werden«, rief sie und klatschte ihm den Stapel Fotos in die freie Hand. Vor allem, weil die Anschuldigung nicht komplett aus der Luft gegriffen war. »Aber dieser Mist mit dem Kindesmissbrauch macht mich richtig sauer. Gott weiß, was dieses widerliche Arschloch mit Joanna angestellt hat.«

Der Chief starrte auf die Fotos, als wären sie der letzte Beweis für Ophelias Schuld. Er mied ihren Blick. Seine Augen glitten zu dem Gewehr.

»Nein, ich habe diese Fotos nicht gemacht«, erklärte Ophelia. »Nein, ich wusste nicht, dass sie in dem Fach im Fußboden lagen. Und nein, ich werde die Waffe nicht hergeben. Wo steckt bloß meine Nichte, verdammt noch mal?«

Sie stürmte am Chief vorbei in den Flur. Zelda würde sich nicht einfach so aus dem Staub machen. Sie hätte mit Sicherheit eine Nachricht hinterlassen. Ophelia betrachtete die Schüssel am Boden, die weder ihr noch Zelda gehörte. Wo mochte sie hergekommen sein? Einen Moment lang spielte sie mit dem Gedanken, Vi anzurufen, entschied sich dann aber dagegen. Sie wollte niemanden in Panik versetzen, solange sie nicht wusste, was Sache war.

»Ms. Beliveau.« Der Chief betrat die Küche. »Ich möchte, dass Sie bleiben, wo Sie sind.« Er schleuderte die Fotos auf den Küchentisch und zückte seine Waffe, während er in der anderen Hand noch immer den lilafarbenen Vibrator umklammert hielt.

»Sie sehen lächerlich aus«, erwiderte Ophelia.

Psyche zischte und schlug nach dem Bein des Polizisten, der aufschrie und die Katze wüst beschimpfte. »Ms. Beliveau …«

»Ich muss meine Nichte finden.« Ophelia riss die Tür auf und sprang die Stufen hinunter. Eine einsam und verlassen daliegende blaue Schmerztablette sprang ihr ins Auge. »Wie kommt die denn hierher?«

»Ms. Beliveau, ich möchte nur ungern handgreiflich werden.«

Ophelia drehte um und sah ihm mit einem strahlenden Lächeln tief in die Augen. »Dann lassen Sie es doch.«

Der Chief stand schwankend in der wärmenden Frühlingssonne. Zwei Häuser weiter fuhr ein weißer Wagen vor. Lisa Wyler sprang heraus und kam wild gestikulierend auf sie zugesprintet. Genau in diesem Moment erblickte Ophelia den ersten Ohrring, dann den zweiten am Rande der Auffahrt. Sie schritt über den toten Rasen und die Auffahrt auf Donnies Haus zu.

»Ms. Beliveau!«, brüllte der Chief hinter ihr.

Der dritte Ohrring, der auf Donnies getrimmtem Rasen lag, funkelte in der Sonne. Ophelias Herz pochte heftig, ihre Reißzähne verselbständigten sich.

»Sie ist nicht in der Schule«, schluchzte Lisa, als sie Donnies Rasen überquerte. »Ist sie hier vielleicht aufgetaucht?«

Verflucht. Ophelia drückte ihre Reißzähne zurück in den Kiefer. »Ich habe sie nicht gesehen, Lisa, aber ich fürchte, dass …«

Eine eiserne Hand packte Ophelia am Arm. Im selben Augenblick bohrte sich der kalte Lauf einer Pistole in ihren Rücken. »Ms. Beliveau, Sie sind verhaftet«, knurrte der Chief. »Und sollten Sie es wagen, mich verführerisch anzusehen, werde ich Sie erschießen.«

»Du hast recht«, sagte Zelda, die auf Joannas Schultern saß. »Die Fliesen hören hier auf.« Sie leckte sich den blutenden Finger und hämmerte mit der Hand gegen die Wand, so dass auf der anderen Seite ein Brocken Trockenmauer in die Badewanne fiel. Jedes Mal, wenn sie das Messer von hinten gegen die Fliesen rammte, schrie ihre Hand vor Schmerzen. Joanna hatte sich vorher ebenfalls an der Wand versucht und schließlich vorgeschlagen, dass Zelda sich auf ihre Schultern setzte, und es unterhalb der Decke versuchte, wo die Wand auf der anderen Seite womöglich nicht gefliest war. »Gott sei Dank kann wenigstens eine von uns klar denken. Wenn ich die Geduld verliere, setzt mein Verstand aus«, grunzte sie und versuchte, das Loch zu weiten, indem sie das Messer von einer Seite zur anderen schwang. »Ich bin so stinksauer, dass ich platzen könnte.«

»Und ich habe entsetzliche Angst«, wimmerte Joanna.

»Eigentlich dachte ich immer, ich wäre ein geduldiger Mensch.« Als Zelda abermals gegen die Wand hämmerte, fiel ein weiterer Brocken in die Tiefe. »Jemand, der sich unter Kontrolle hat.« Sie wechselte die Hände und drosch mit der blutenden Faust gegen das letzte Stück Hartfaserplatte, das endlich nachgab. »Geschafft. Ich klettere durch.« Sie klappte das Messer zusammen, verstaute es in ihrer Hosentasche und balancierte auf Joannas Schultern.

»O Gott«, weinte Joanna. »Alleine hier drin sterbe ich.«

»Du wirst nicht lange alleine sein«, ächzte Zelda, steckte ein Bein durch das Loch, quetschte sich seitlich hindurch, holte das andere Bein nach und hielt sich mit den Händen am Rand fest, um den Sturz so gut wie möglich abzufedern, ehe sie unsanft in der Badewanne landete. »So weit, so gut.« Sie hastete zum Fenster, das zu den Wylers hinausging. »Kein Auto vor deinem Haus. Ich bin gleich wieder da.« Von dem einzigen anderen Zimmer auf der anderen Seite des Flurs bot sich der gleiche Anblick: Auf Ophelias Auffahrt stand kein Wagen.

Zelda jagte nach unten. Kein Telefon. Nur eine verschlossene Tür. Wahrscheinlich Donnies Arbeitszimmer, in dem auch das Telefon war. Als sie gegen die Bürotür trat und vor Schmerz aufschrie, hörte sie Joanna oben jaulen.

»Ich komme!« Zwei Stufen auf einmal nehmend, hechtete sie wieder nach oben in das Zimmer, in dessen Wandschrank Joanna saß. Ein ausladender Stuhl, eine Anrichte, auf dem ein großes Bild von Violet stand, und ein breites Bett mit einem Überwurf aus rotem Samt. *Igitt.* Offensichtlich befand sie sich in Donnies Schlafzimmer, dessen Einrichtung große Ähnlichkeit mit dem *Blood and Velvet* hatte. Tränen schossen Zelda in die Augen. Bei der Vorstellung, dass Donnie sich an ihre Mutter heranmachte, wurde ihr speiübel. Ihre Reißzähne, die sich zum Glück eine Weile lang beruhigt hatten, pochten wild in ihrem Kiefer. Sie ließ den Blick durch den Raum schweifen und suchte fieberhaft nach einer Fluchtmöglichkeit, während sich blutige Rache- und Mordgedanken in ihrem Kopf abwechselten.

Aha! Donnies Hammer lag auf dem Boden. Dass er ihn dort vergessen hatte, zeigte, wie verwirrt er sein musste. Für gewöhnlich ging er nirgends ohne seinen Hammer hin. Sie klemmte die flache Seite des Hammers unter einen der Nägel, mit denen er die Tür verschlossen hatte. »Ich hole dich hier raus. Du glaubst nicht, was ich entdeckt habe. Donnie hat ein Foto von meiner Mutter in seinem Schlafzimmer. Wie ekelhaft ist das denn?«

»Hast du die Polizei gerufen?«

»Er hat sein Arbeitszimmer, in dem das Telefon steht, abgesperrt.« Zelda zerrte so fest an dem Nagel, dass ihr Bizeps brannte. »Ich schwöre dir, dass dieses Schwein dich nie wieder anfassen wird. Dich nicht und meine Mutter auch nicht.« Sie spürte, wie die Spitze des Zahnes, der bereits das Zahnfleisch durchbrochen hatte, ein wenig tiefer glitt. Um den Schmerz wieder in den Griff zu bekommen, atmete sie tief durch. »Ich bin ein Vampir«, murmelte sie und hätte um ein Haar lauthals losgelacht. Der winzige Tropfen Blut, dessen Geschmack sich in ihrem Mund ausbreitete, war köstlich. »Ich werde gewinnen.« In ihrem Innern prallten Selbstvertrauen und Furcht erbittert aufeinander.

»Geh rüber zu Ophelia oder zu mir«, kreischte Joanna. »Ruf die Polizei, solange du noch kannst.«

Zelda machte sich am nächsten Nagel zu schaffen. »Ich soll dich hier einfach alleine lassen? Kommt gar nicht in Frage.«

»Ich werd's schon überleben.« Das Zittern in Joannas Stimme sprach Bände.

»Klingt nicht sonderlich überzeugend!« *Mist, warum kann ich nicht einfach mal die Klappe halten?*

»Sei nicht so gemein zu mir, Zelda. Ich versuch's wenigstens.«

»Tut mir leid«, keuchte Zelda. »Ich weiß.« So viel zum Thema Geduld. Oder Taktgefühl. »Ich bin hier diejenige, die langsam die Nerven verliert«, schrie sie, als der dritte Nagel sich löste. »Scheiße.«

»Was ist?«

»Ich kann Donnies Wagen hören.« Joanna unterdrückte ein Schluchzen, und Zeldas Herz zog sich zusammen. *Geduld und Taktgefühl, verzieht euch. Jetzt muss ich mich auf meinen Instinkt verlassen.* Mit zusammengekniffenen Augen betrachtete Zelda den Nagel in ihrer Hand, den Wandschrank und die unverbrauchten Nägel, die verstreut am Boden lagen ...

Bingo! »Ich hämmere die Tür zum Schlafzimmer zu.« Genau wie Donnie es getan hatte, schlug sie einen Nagel dort ein, wo die Tür auf dem Rahmen auflag. »Dann befreie ich dich.« Zweiter Nagel. »Danach überlegen wir uns, wie wir hier rauskommen. Er kann unmöglich uns beide aufhalten.« *Mich auf keinen Fall.* Dritter Nagel. Als Donnie die Terrassentür ins Schloss fallen ließ, saß der vierte Nagel. Zelda schleifte den Stuhl durch den Raum und stellte sich darauf, um weitere Nägel am oberen Ende der Tür einzuschlagen.

Mit polternden Schritten kam Donnie die Treppe hinauf und drückte die Türklinke – ohne Erfolg. *Ja!* Während Donnie fluchend gegen die Tür trommelte, versenkte Zelda noch einen Nagel. »Verpiss dich, du altes Schwein!«, rief sie. »Wie kannst du es wagen, ein Bild von meiner Mutter zu haben?« Als Donnie nach unten lief, zog Zelda den Stuhl zum Wandschrank.

»Ich habe eine Idee«, keuchte sie und versuchte, den obersten Nagel auszuhebeln. »Er wird die Tür aufbrechen. Wir müssen irgendwie an ihm vorbei, ihn außer Gefecht setzen, damit wir ins Erdgeschoss gelangen.«

»Können wir nicht durch das Fenster abhauen?«

»Das wäre Plan B«, antwortete Zelda. *Noch zwei Nägel.* Wenn wir ihn verletzen können, umso besser. Aber eine von uns muss fliehen können. Warum ist bloß Ophelia nicht hier?«

»Oder meine Mom«, schniefte Joanna.

Zelda verkniff sich jeglichen Kommentar über Joannas Mutter. »Waffen«, sagte sie stattdessen. »Der Hammer. Und die Nachttischlampe«, dachte sie laut nach und zog den letzten Nagel raus. Als sie die Tür öffnete, fiel ihr eine verängstigte Joanna entgegen, die sie sofort in ihre Arme schloss. »Wir haben es fast geschafft.«

Donnie kam bereits wieder nach oben gepoltert, deshalb befreite sich Zelda schnell aus der Umarmung. Ihre Reißzähne bebten, das Herz schlug ihr gegen die Rippen. »Gibt es im Wandschrank eine Waffe?«

»Außer stinkenden, alten Schuhen?«

»Los, hol sie raus.« Zelda riss den Stecker der Nachttischlampe aus der Wand. »Du schlägst hiermit auf ihn ein. Ich nehme den Hammer. Wenn alles nicht hilft, bewerfen wir ihn mit den Schuhen.«

Joanna nahm die Lampe. »Zelda, dein Mund blutet!«

»Als ob ich das nicht wüsste«, raunte Zelda, deren Vampirzähne nun mit aller Macht in die Freiheit drängten, während Donnie sich an der verschlossenen Tür zu schaffen machte.

»Sie haben das Recht, zu schweigen!«, erklärte der Chief grimmig.

Ophelia sprach durch ihre bebenden, zusammengebissenen Reißzähne, die sie kaum bändigen konnte: »Und Sie haben die Pflicht, die Klappe zu halten und mir verdammt noch mal zu helfen.« Die Waffe in ihrem Rücken bewegte sich keinen Millimeter. »Da kommt die hysterische Mutter. Es geht hier um zwei verschwundene Mädchen. Begreifen Sie das nicht?« Sie deutete mit dem Gewehr auf den Boden. »Pille, Ohrring, Ohrring, Ohrring.« Und noch ein Ohrring vor den Stufen, die zu Donnies Hintereingang führten. »Zelda und Joanna sind dort drin!«

Lisa blieb wie angewurzelt stehen. »Joanna ist bei Donnie?«

Der Chief fuchtelte mit dem Vibrator in der Luft herum, während er Ophelia die Pistole tiefer in den Rücken drückte. »Ms. Beliveau, das ist das dümmste Ablenkungsmanöver, das mir je untergekommen ist. Lassen Sie die Waffe fallen.«

»Vielleicht sollten Sie lieber Ihre Pistole wegstecken. Sie haben offensichtlich keinen blassen Schimmer von Gewehren. Wenn ich es jetzt fallen lasse, könnte sich ein Schuss lösen.« Sie vernahm ein verzweifeltes Hämmern, das auch Donnies Haus kam. *Was zum Teufel?*

Lisa riss die Augen auf. »Ist das ein Vibrator?«, rief sie fassungslos. »Wer sind Sie eigentlich? Und warum bedrohen Sie Ophelia mit einer Waffe?«

Der Chief errötete und schleuderte das Sexspielzeug von sich. Er stellte sich neben Ophelia, glitt mit seiner Pistole über ihren Rücken und schnappte sich das Gewehr. »Ich bin der Polizeichef von Bayou Gavotte, Ma'am, und Ms. Beliveau steht unter Mordverdacht. Gehen Sie jetzt in Ihr Haus zurück. Ms. Beliveau ist gefährlich. Man weiß nie, was sie vorhat.«

»Ja, verdammt noch mal, ich bin gefährlich«, erwiderte Ophelia. »Aber Donnie ist der Mörder, nicht ich. Ich muss die Mädchen retten, bevor er ihnen etwas antut.« Sie zitterte vor lauter Ungeduld. »Komm schon, Lisa. Hilf mir.«

»Alles Blödsinn«, entgegnete der Chief streng. »Ich habe die Nacktfotos in Ihrem Haus gesehen.«

»Ja, weil Donnie sie dort versteckt hat. Er wusste von dem Geheimfach im Fußboden. Er hat es selbst dort eingebaut. Für den Vorbesitzer.« Lisa Wylers Blick ging unruhig zwischen Ophelia und dem Polizisten hin und her. »Mein Gott, Lisa, das hatten wir doch alles schon. Du weißt genau, dass ich Joanna nie ein Haar krümmen würde. Donnie steckte mit diesem Typen, der euch erpresst hat, unter einer Decke. Erst hat er euch um eure Ersparnisse gebracht, und jetzt reißt er sich auch noch euer Haus unter den Nagel. Er war es, der Willy immer wieder zum Saufen ermutigt hat. Was habe ich euch eigentlich getan? Geh und brich die Tür auf.« Sie hob die Stimme. »Sag ihm, dass die Polizei hier ist. Verlang, dass sie sein Haus nach deiner Tochter absuchen.«

»Seien Sie still!« Der Chief klemmte sich das Gewehr unter den Arm und betätigte sein mobiles Funkgerät. »Ich brauche Verstärkung. Beliveaus Haus. Mindestens eine weibliche Kollegin. Und zwar schnell.«

»Es geht um Kinder«, brüllte Ophelia. »Am besten, Sie schicken eine Polizistin, die etwas im Kopf hat.«

»Halten Sie endlich die Schnauze«, schrie der Chief. Das Funkgerät sonderte ein ungehaltenes Geräusch ab, woraufhin die Waffe in Ophelias Rücken zu zittern begann. »Nein, nicht du, Jeanie. Du weißt doch, dass ich dich niemals anblaffen würde. Das galt Ms. Beliveau. Sie ist eine gemeingefährliche Verbrecherin, die vollkommen grundlos Krawall macht.«

Ein Krachen, ein Scheppern und ein lautes Kreischen drangen aus Donnies Haus. *Mist!*

»Verstärkung ist unterwegs«, sagte Jeanie. »Halten Sie durch, Ophelia.«

»Spinnst du, Jeanie?!«, brüllte der Chief.

»Vielen Dank«, rief Ophelia.

Ein Fenster im ersten Stock von Donnies Haus zersplitterte auf einmal. Eine vergoldete Nachttischlampe landete unsanft auf dem Boden. Der rote Lampenschirm löste sich und rollte davon. »Hilfe!«, kreischte Joanna. »Ruft die Polizei!«

Die Pistole, die der Chief immer noch gegen Ophelias Rücken presste, bebte immer stärker.

»Arschloch!«, brüllte Zelda. Ein Schuh segelte durch das Fenster, gefolgt von einem Schmerzensschrei, der allen Anwesenden durch Mark und Bein ging.

Blitzschnell reagierte Ophelia, schlug dem Polizeichef die Waffe aus der Hand, griff nach ihrem Gewehr und sprintete zu Donnies Hintereingang. Ohne Rücksicht auf Verluste zerschlug sie mit dem Gewehrkolben den Glaseinsatz, griff durch das Loch und öffnete die Tür. Sie jagte die Treppe hoch und sprang durch die Überreste der Schlafzimmertür.

»Keinen Schritt näher!« Mit einem kaputten Bilderrahmen um den Hals, blutverschmiertem Kopf und panischem Blick packte sich Donnie die wild um sich schlagende Joanna. In der anderen Hand hielt er einen Schraubenzieher. »Tu die Waffe weg. Ich spieß sie auf, das schwöre ich.« Seine Stimme zitterte genau wie die Hand, mit der er Joanna bedrohte.

Im Zeitlupentempo legte Ophelia das Gewehr auf dem Boden ab. Joannas Bewegungen wurden mit jedem Lidschlag langsamer, weil sie kaum noch Luft bekam. Der alte Turnschuh, den sie in der Hand hielt, fiel zu Boden. Zelda kniete in der Ecke. »Alles okay, Joanna«, flüsterte Ophelia beruhigend. »Donnie will dir nicht weh tun.« Lisas hysterische Stimme drang von unten herauf. »Deine Mom ist hier draußen, zusammen mit der Polizei. Alles wird gut.«

»Nichts wird je wieder gut werden.« Für den Bruchteil einer Sekunde verlor sich Donnies Stimme. »Kannst du dir vorstellen, dass mein verblödeter Partner dich erpressen wollte, damit du mit ihm schläfst? Ich habe dir eine Chance nach der anderen gegeben, aber du hast alles kaputt gemacht. Wieso konntest du nicht einfach dein Land verkaufen, du dumme Schlampe?«

»Du hättest mich einweihen sollen, Donnie«, sagte Ophelia mit trauriger Stimme. »Wir hätten gemeinsam eine Lösung gefunden.« Nein, es war bestimmt nicht ihr Fehler. Ophelia sah zu Zelda, die sich gerade aufrappelte. Ihre Fangzähne blitzten in ihrem blutverschmierten Mund auf, in ihren Augen loderte ein wütendes Feuer. *Oh, Scheiße.* »Schon gut, Zelda. Bleib, wo du bist. Du musst das nicht tun.«

Donnies Blick schoss zu Zelda. Er schrie auf, taumelte nach hinten, fiel über einen Vorschlaghammer und ließ Joanna los, die mit einem dumpfen Geräusch auf dem Boden aufschlug und regungslos liegen blieb. Donnie schnappte sich den Vorschlaghammer und rutschte nach hinten.

stützte. »Constantine hätte ihn wahrscheinlich in den Sumpf geschmissen, aber das habe ich nicht übers Herz gebracht.«

»Die meisten Menschen können nur davon träumen, in einem schönen Garten vergraben zu werden«, entgegnete Gideon. »Johnny hat mehr Respekt bekommen, als er eigentlich verdient hat. Ich bin mir sicher, dass Marissa ihn irgendwann für tot erklären lässt und ein neues Leben beginnt.« Er warf Schaufel um Schaufel in die Grube. »Constantine war bereits mehr als hilfreich.«

»Er ist seit Urzeiten ein guter Freund, aber ich wollte nicht, dass das hier« – Ophelia hielt die Schaufel in die Höhe – »zu seinem Problem wird. Es ist mein Problem.« Sie seufzte. »Und jetzt auch deins.«

»Unseres«, korrigierte Gideon sie.

Als das provisorische Grab zugeschaufelt war, gingen sie zurück auf die Veranda. »So ganz verstehe ich das noch immer nicht. Als Polizist bist du doch verpflichtet, einem Mord nachzugehen. Du kannst doch nicht einfach einen Täter decken, selbst wenn du weißt, dass ich in Notwehr gehandelt habe. Ich weiß das zu schätzen, aber …«

»Hast du einen besseren Vorschlag?«, fragte Gideon.

Ophelia lehnte die Schaufel gegen die Terrasse und schüttelte den Kopf. »Selbst wenn es mir nicht darum ginge, deine und meine eigene Haut zu retten, was würde es schon bringen, wenn du ins Gefängnis gingest?«, erklärte er. »Angenommen, du würdest es überleben und Leopard würde mich und den Chief nicht um die Ecke bringen, deine Zeit und dein ganzes Geld gingen dafür drauf, zu beweisen, dass es Notwehr war. Und selbst dann müsstest du vielleicht noch in den Knast. Wie dem auch sei, die einzige Person, der ich leider nicht helfen kann, ist Marissa Parkerson. Aber wenn ich ehrlich bin, lässt mich das ziemlich kalt. Ich gebe immer mein Bestes, allen möglichen Leuten das Leben zu erleichtern und ihre Probleme zu lösen, aber ich sehe nicht ein, die Regeln zu befolgen, wenn ich dadurch alles nur noch schlimmer mache.«

Ophelia blickte zu Gideon empor und sagte, weil sie nicht anders konnte: »Ich bin ein furchtbar misstrauischer Mensch.«

»Soll das heißen, dass du mir *immer* noch nicht vertraust?« Gideon klang jedoch nicht, als wäre er sauer. Lachend stellte er seine Schaufel neben ihre und ging zum Zwinger, um die Hunde freizulassen. »Selbst wenn ich nicht so ein vertrauenerweckender Typ wäre, musst du dir keine Sorgen mehr machen. Du hast mich jetzt in der Hand.«

»Und trotzdem ist das nicht richtig.« Ophelia wusch sich ausgiebig die Hände unter dem Wasserhahn. »Aber ich will immer noch deinen Garten – und ich will dich.«

»Und nicht zu vergessen meine flinken Finger.« Gideon folgte ihr die Stufen nach oben, setzte sich auf die Bank, die an der Hauswand stand, und zog sie auf seinen Schoß. Sichtlich nervös ließ sie sich gegen ihn fallen. Die nächtliche Brise streichelte sanft ihre Haut, und ein Hund nach dem anderen machte es sich auf der Terrasse gemütlich.

»Einfach wird das nicht«, sagte Ophelia. »Und auch nicht sicherer.«

»Ich habe kein Problem damit«, antwortete Gideon. »Und ich sag dir was: Du musst mir nicht vertrauen, aber dafür werde ich dich so ansehen, als ob ich dich verdächtige, wann immer es mir passt.«

»Das nenne ich einen Deal.« Ophelia lächelte schüchtern, während sie ihre Hand in seine schmiegte und sich an ihn kuschelte.

Sie saßen noch lange so da und blickten in den verwinkelten Garten, der bald wieder in seinem alten Glanz erstrahlen würde, bis die Sonne wieder aufging und ihre wärmenden Strahlen auf einen neuen Tag und eine glückliche Zukunft warf.

Lynda Hilburn

KISMET KNIGHT

Vampirpsychologin

Roman

»Ich bin ein Vampir.«
»Selbstverständlich bist du das«, dachte ich spöttisch. »Erzählen Sie mir davon.«
Er lachte wieder. Er schien mich ausgesprochen amüsant zu finden.
Hm. Unangebrachter Humor. Das ist ein Symptom bei mehreren Störungen!

Kismet Knight hat als Psychologin schon viele ungewöhnliche Patienten behandelt. Das Mädchen Midnight, das ein Vampir sein möchte, gehört da noch zu ihren normalsten Fällen. Wirklich verrückt wird es aber, als der angebliche Vampir, von dem Midnight ihr erzählt hat, plötzlich vor Kismet steht. Deveraux ist umwerfend attraktiv – und behauptet tatsächlich, dass er über 800 Jahre alt ist. Kismet scheint einer neuen Geisteskrankheit auf die Spur gekommen zu sein: Schließlich gibt es Vampire ja nicht wirklich. Oder?

»Spannend und gefährlich, humorvoll und spritzig, emotional und erotisch – eine echte Bereicherung in der Sammlung guter paranormaler Romane!«
www.happy-end-buecher.de

PAN

Dunkel, humorvoll, sinnlich und spannend:
Sharon Ashwood ist eine echte Entdeckung!

Sharon Ashwood

HEXENLICHT

Roman

Die üblichen Unkenrufer hatten eine Umwälzung zum Millennium prophezeit, aber dass Vampire, Werwölfe und andere Wesen ihre Existenz öffentlich machten, sahen sie ganz sicher nicht kommen.

Und dabei ahnten sie noch nicht einmal, was ihnen blühte.

Hollys Freund hat sie verlassen, weil sie ihm zu sehr Hexe war. Der umwerfend attraktive Vampir Alessandro will hingegen nichts von ihr wissen, weil sie zu sehr Mensch ist. Doch Hollys kompliziertes Liebesleben ist noch ihr geringstes Problem, als ein Dämon auf ihre Heimatstadt losgelassen wird. Die junge Hexe ist die Einzige, die ihn stoppen kann! Nur fordert solche Magie immer einen Preis … und der ist Hollys Leben!

»Hexenlicht ist einfach überragend!«
Chicago Tribune

Knaur Taschenbuch Verlag